문학의 윤리

국립중앙도서관 출판시도서목록(CIP)

문학의 윤리 : 서영채 평론집 / 서영채 지음.
— 파주 : 문학동네, 2005
p. ; cm — (문학동네 평론집)

ISBN 89-8281-962-2 03810 : ₩15000

810.906-KDC4
895.709-DDC21 CIP2005000625

문학의 윤리

서영채 평론집

문학동네

책머리에

『소설의 운명』 이후 두번째로 내는 평론집이다. 헤아려보니 구 년 만이다. 그 동안 많은 사건과 책과 유행이 나를 스쳐갔다. 세상 물정이 많이 변하고 책장도 복잡해졌지만 삶은 단순해지고 생각은 검소해졌다. 갈수록 화려해지는 시대에도 읽고 쓰는 일이 아직도 내게 기쁨이라는 것이 적잖이 다행스럽다.

한때 나는 시인이었고 철학도였다. 나는 알고자 했고 쓰고자 했다. 1980년대와 더불어 내 이십대가 끝나갈 무렵 그 둘을 접고 나니 내게 남은 것이 비평이었다. 문학비평이 내게 매력적이었던 것은 그것이 앎에 대한 추구와 문학적 글쓰기가 겹쳐지는 지점에 놓여 있다는 점 때문이었다. 문학은 인식의 차원에서 삶에 접근하게 해주었고 그러면서도 생각의 구체성을 놓치지 않게 해주었다. 하나의 텍스트가 나에게 다가올 때 나는 언제나 묻곤 했다. 무엇이 이런 텍스트를 만들었는가. 어떤 힘이 이런 텍스트를 가능케 했는가. 한 시대의 정신일 수도 있고, 장르가 지니고 있는 문법일 수도, 작가의 특별한 내적 경험이나 이념일 수도 있다. 그것들이 하나의 텍스트로 형성되는 과정을 들여다보고 맥락화하는 것, 그것이 문학작품이건 현상이건 간에, 텍스트의 발생론적 맥락을 읽어내는 것이 나에게 남겨진 문학적 쓰기로서의 비평이었다.

그래서 나는 가능한 한 평가의 문제는 우회하고자 했다. 평가란 가르고 다는 것, 잣대와 저울을 들이대는 일이다. 이것은 철저하게 양적인 차원에서 작동한다. 평가를 위해서는 대상들을 동일한 평면에 놓아야 하고, 대상들이 지니고 있는 질적 차이를 제거해야 한다. 그래야 계량화가 가능하다. 평가는 그런 점에서 개성과 차이를 향해 나아가는 문학 자체의 속성과 상반된다. 게다가 문학이 예술인 한, 평가의 최종심급에는 주관성으로서의 취향이 버티고 있다. 취향의 우열을 논하는 것은 소주와 막걸리의 우열을 논하는 것만큼이나 허망한 노릇이다. 아무리 객관적이고 엄정하고 공평한 정신이라 하더라도 사정은 마찬가지다. 그렇다면 절대적 평가란 불가능하다는 것인가. 당연히 그렇다. 그렇다면 기왕의 문학사가 만들어놓은 정전의 체계라는 것도 상대적이고 잠정적일 뿐이라는 것인가. 당연히 그렇다. 물론 정전이란 오랜 시간 속에서 많은 사람들의 평가와 논의가 집적되어온 결과이며 그만큼의 권위를 지닌다. 그렇다고 하여 그 권위가 취향의 옳고 그름을 가를 수 있는 근거는 되지 못한다. 단지 다수가 합의할 수 있는 취향과 그렇지 않은 취향의 차이만이 있을 뿐이다. 99명의 합의가 남은 한 명의 주장을 제압할 수 없는 공간, 그것이 문학과 예술의 영역이다.

문화의 모든 영역이 그렇듯, 문학도 예술도 사상도 유행의 흐름 속에서 변해간다. 시대가 바뀜에 따라 문학의 주류 질서가 달라지는 것도 당연한 일이다. 문학의 사회적 위상 역시 마찬가지다. 그 흐름의 변화라든지 시간이나 개성이 개입하여 만들어낸 차이에 대해 말하는 것까지가 객관적 언어가 개입할 수 있는 영역이다. 그 나머지 주관성을 드러내는 일에 관한 한 매우 신중해야 한다. 어떤 원근법에서 보느냐에 따라 평가는 얼마든지 달라질 수 있기 때문이다. 비평에 있어 우선적인 것은 하나의 텍스트가 지니고 있는 의미의 깊이와 만나는 일이다. 평가란 이런 논의가 쌓여가면서 아주 천천히 이루어지는 것, 미네르바의 올빼미가 날아오르는 황혼 무렵이나, 아니면 그마저 잠드는 새벽녘에나 가능할 것이다. 멀리 있는 것은 작아 보이고 가까이 있는 것이 커 보이는 현실주의의 원근법이 있다. 반대로 멀리 있는 것이 아름답고 진실해 보이는 낭만주의의 원근법도 있다. 또한 중요한 것을 크게 그리고 다른 것과 부차적인 것을 작게 그리는 이념의 원근법도 있다. 이들은 서로 질적으로 다른 것이지 양적으로 비교될 수 있는 성질의 것은 아니라고 생각한다. 내가 생각하는 바람직한 문학은 서로 다른 원근법들이 서로를 긴장케 하며 공존하는 공간이다.

탈이념의 시대에 문학은 무엇으로 살아갈 것인가. 이 책의 원고들을 쓰는 동안 나는 이런 질문을 스스로에게 던지고 있었다. 윤리적이어야 한다는 것이 그 대답이었다. 그러나 윤리라니, 이는 문학이 함께 놀기에 너무 장엄한 말이 아닌가. 윤리에서 윤(倫)이란 순서를 뜻한다. 통상적으로, 정해진 순서를 잘 지키는 것을 두고 윤리적이라고 한다. 그러나 윤리 앞에 문학이 오는 순간 사정은 정반대가 된다. 정해진 순서를 의심하고 부정하고 뒤집어보는 것, 그것이 문학의 본성이고 윤리다. 이념이 집단 주체의 것이라면 윤리는 개별 주체의 것이다. 우리가 만들어가야 할 세계의 빛나는 모습을 그려내고자 하는 것이 이념의 일이라면, 윤리는 우리 욕망의 심연을 투철하게 응시하고자 하는 시선의 산물이다. 1990년을 정점으로 하여 우리 문학의 관심은 점차 이념에서 윤리를 향해 이행해왔다. 그것은 한 개인의 의지와는 무관하게 이루어진 시대의 조류였다. 나는 문학 현장에서 이루어지는 그 흐름을 지켜보았고, 그 변화의 흐름을 타고 흘러가는 작가와 작품들의 서로 다른 운명에 대해 숙고해왔다. 그 생각의 일단을 기록한 것이 이 책이다. 그래서 책의 제목을 '문학의 윤리'라고 했다. 원고는 두 부분으로 나누어 최근 것부터 배열해놓았다.

지난 시간 동안, 앞의 절반은 주로 읽고 뒤의 절반은 주로 썼다. 개념적인 지식을 익히는 것도, 문학의 현장과 만나는 것도 즐거운 일이었다. 그러는 사이, 마음은 언제나 선원의 것이었으나 몸은 차츰 농부의 것이 되어갔다. 문학을 통해 좋은 텍스트와 만나 빛나는 경탄의 순간을 맛볼 수 있었고, 또 좋은 벗들을 만나 생각과 마음을 나누었다. 이 책은 그런 기쁨의 일부를 담은 것이기도 하다. 지금의 나로서는 이것만으로도 족하다. 혹시라도 그 마음을 함께할 수 있는 독자가 있다면 내게는 망외의 기쁨일 것이다.

2005년 3월

서영채

차례

2부

탈이념의 시대의 문학

사이렌의 침묵 : 문학적 사유와 역설의 힘

한국 민족문학론의 개념과 역사에 대한 소묘

왜 문학인가 : 문학주의를 위한 변명

냉소주의, 죽음, 마조히즘 : 1990년대 소설에 대한 한 성찰

1부

탈이념의 시대의 문학*

K형, 계간 『문학동네』가 드디어 통권 41호를 맞았습니다. 첫마디를 이렇게 떼고 보니 문득 쑥스러워지는군요. 저도 모르게 튀어나온 '드디어' 라는 단어 때문입니다. 41호래야 계간지로서 겨우 십 년을 채운 셈인데, 뭐가 그리 대단한 것이겠습니까. 하지만 아마도 형이라면, 느닷없이 튀어나온 그 말의 의미를 헤아려줄 수 있으리라 생각합니다.

형도 잊지 않으셨겠지요. 『문학동네』 통권 3호째를 내기 위해 우리가 치러야 했던 그 한바탕의 홍역 말입니다. 동료들의 도움이 없었더라면 아마도 『문학동네』는 폐간을 면키 어려웠을 것입니다. 당시의 『문학동네』는 겨우 2호를 낸, 그야말로 신생 계간지였을 뿐이었지요. 얼마 가지 못하고 중단된 문학지들이 한둘이 아닌데, 한 신생 계간지에 쏟아졌던 문단 안팎의 동료들의 성원은 예사로운 것이 아니었습니다. 그것이 지닌 의미를 정확하게 알 수 있었던 것은 약간의 시간이 흐른 다음이었

* 이 글은 『문학동네』 41호의 머릿글로 씌어졌다. 문학에 대한 최근의 생각들을 정리한 글이라, 일부를 추려내고 수정하여 책에 엮는다.

습니다. 3호 원고를 마무리하고 겨우 한숨을 돌렸을 때, 가슴께를 서늘하게 스치고 지나갔던 느낌을 지금도 생생하게 기억하고 있습니다. 잠시 동안의 뿌듯함을 덮어버릴 정도로 묵직한, 일종의 책임감 같은 것이었지요. 그 속에서 무엇보다 분명하게 다가왔던 것, 그것은 『문학동네』가 이제 우리만의 것이 아니게 되었다는 생각이었습니다.

아마도 그 순간이 『문학동네』의 진정한 출발점이 아니었을까 합니다. 조금씩 서로 다른 생각을 가지고 있는 사람들이 모여 문학계간지를 만들고자 했을 때, 그리고 거기에 '문학동네'라는 소박하고 촌스러운 이름을 붙이고자 했을 때, 이심전심으로 공유하고 있던 생각이 있었습니다. 문학이라는 이름으로 함께할 수 있었던 어떤 꿈 같은 것 말이지요. 다소 막연하지만, 우람한 진리보다는 작은 진실들을 끌어안고, 가르고 쪼개는 일보다는 붙이고 아우르는 쪽에 힘을 실어주고 싶다는 생각, 1980년대라는 활화산 같은 시대 속에서 미처 챙기지 못했던 것들을 이제라도 제대로 대접해야 한다는 생각, 다른 어떤 것이 아니라 문학의 이름으로 그렇게 해야 된다는 생각들이었습니다. 어떤 편견도 억압도 폭력도 없는 세상에 대한 소망, 그것이 아마도 우리가 꿈꾸었던 문학의 다른 이름이 아니었을까 싶군요. 초기의 곤경을 함께 헤쳐나오며, 새삼스럽게 우리는 그런 생각들을 서로에게서 확인하게 되었습니다. 편집동인들뿐 아니라, 우리의 든든한 후원자로 다가왔던 많은 동료들의 성원을 느끼며, 그들과 함께 말입니다. 그것이 우리에게는 무엇보다 큰 힘이자 밑천이었습니다.

『문학동네』라는 새로운 판을 꾸려보자고 했을 때, 이미 우리 앞에는 유수한 전통의 문학적 권위들이 존재하고 있었습니다. 우리는 그런 권위들에 기대고 싶지도 않았지만 그렇다고 그 힘들을 비판적으로 넘어서야 한다고 생각하지도 않았습니다. 우리는 단지 그들과는 다른 방식으로 문학에게 말을 걸고 싶었습니다.

1970, 80년대를 지나오면서 우리 문학이 불가피하게 감당해야 했던 사회적 책무가 있었습니다. 한편으로 그것은 우리 문학이 겪어내야 했던 고역이었지만 또 한편으로는 그로 인해 문학은 빛나는 이름일 수 있었습니다. 하지만 이미 그런 시대는 종말을 고하고 있었습니다. 문학은 이제 더이상 광장의 함성일 수도, 작업실의 신음일 수도 없었고, 그렇다고 하여 새롭게 힘을 얻어가고 있는 문화산업의 인공 음성일 수도 없었습니다. 광장의 언어는 눈부시지만 열정의 정점을 지나고 나면 관료의 언어로 굳어져버립니다. 작업실의 언어는 깊이 있지만 소통의 통로를 잃으면 자폐증의 언어가 되어버립니다. 또 문화산업의 언어는 화려하지만 그 자체가 상품미학의 부박함이라는 한계를 지니고 있습니다. 물론 광장도 작업실도 문화산업도 그 자체만으로 부정될 수는 없는 노릇이지요. 이들은 모두 우리 문학이 당면한 역사적이고 현실적인 존재조건들입니다. 더욱이 이들은 서로가 서로에 대한 거울입니다. 광장 언어의 단순함이 빛날 수 있는 것은 자폐증의 언어들을 배경으로 했을 때이고, 작업실의 언어가 지니고 있는 깊이는 상품미학의 부박함을 배경으로 했을 때 한층 돋보입니다. 문화산업의 화려함이나 경박함도 엄숙주의나 자폐증과 맞서게 되면 생기 있는 발랄함일 수 있습니다. 그 역도 마찬가지 아니겠습니까. 셋 모두 그 자체만으로는 부정될 수 없는 자기만의 영역과 얕지 않은 뿌리를 지니고 있다는 말입니다.

우리에게 문학은 무엇보다도, 저 세 개의 인력권으로 구성되는 공간 속을, 어떤 힘에도 구속되지 않은 채로 비상하고 유영하고 질주하고 포복하는 생각과 감수성, 자유로움의 표상이었습니다. 정치적 사유의 힘과 예술적 충동과 시장의 논리라는 세 개의 꼭지점 속에서, 스스로의 몸을 팽팽하게 긴장시키고 그럼으로써 우리를 긴장케 할 수 있는 문학, 폐소공포와 광장공포로부터 자유로우면서도 시장 논리의 그물에 호락호락 포획되지도 않는, 힘 있는 문학을 원했습니다. 물론 말은 쉽습니다. 그러나 우리가 최소한으로 지켜야 한다고 생각했던 것은 간명합니다. 그 어떤 편견으로부터도 자유로워야 한다는 것, 그 어떤 생각의 울타리에도 스스로를 가둬서는 안 된다는 것. 그것이 『문학동네』의 동료들이 공유하고 있던 생각이었습니다. 그래서 우리는 지속적으로 질문해야 한다고 생각했습니다. 지금 우리에게 문학이란 무엇인가. 새삼스럽기 짝이 없지만, 우리가 처해 있는 문학적 전환기에 가장 유효하면서도 절실한 질문이 그것이 아닐까 싶었습니다. 지난 십 년 동안 다양한 방식으로, 우리 스스로도 답하고자 했고 또 우리의 동료들에게 답하기를 요구했던 것이 바로 그 질문이었습니다.

비평의 경우도 마찬가지였습니다. 비평이란 무엇보다도 문학작품을 통한 사유이고, 작품 속에서 울려나오는 목소리에 귀를 기울이는 일 아닙니까. 이것의 중요함에 비하면 그 나머지는 모두 부차적인 것이겠지요. 형은 언젠가, 정신분석학의 논리를 익히고 있던 저에게, 그게 너무 쇄말적인 틀이 아니냐고 넌지시 말한 적이 있지요. 하지만 그들의 이론을 통해 제가 배우고자 했던 것은 개념이나 기법뿐 아니라 태도와 자세이기도 했습니다. 그들은 분석가가 지녀야 할 미덕에 대해 이렇게 말하더군요. 분석가는 그를 찾아온 분석주체—그들은 환자라는 말을 이렇게 바꿔 부르더군요—에게 투명한 스크린이 되어야 한다고 말이지요. 분석주체로 하여금 저항 없이 말하게 하고, 그 말을 통해서 자신의 문제를 발견하고, 스스로를 치유케 하는 것이 중요하다는 것이지요. 이를 위해 그들이 구사하는 두 개의 기법이 있다고 했습니다. 구두법(punctuation)과 절분법(scansion)이 그것입니다. 분석가는 말하는 사람이 아니라 듣는 사람입니다. 상대로 하여금 거리낌없이 말하게 하는 사람입니다. 구두법이란 분석주체의 입을 통해 흘러나오는 말에 쉼표와 느낌표, 물음표와 마침표를 찍어주는 일입니다. 그럼으로써 그 말에 강세를 넣어주고 흘러가는 말들을 단락지어주고 반복해주고, 이를 통해 말의 맥락을 잡아주고 그 뒤에 숨겨져 있는 무의식적 자료들을 포착케 하는 기술입니다. 또 절분법이란, 말을 중단시킴으로써 분석주체를 자극케 하는 것이라지요. 정기적으로 대화를 하다보면 분석주체들은 왕왕 면담만을 위해 할말을 미리 준비해오는 경우가 있다고 합니다. 준비된 말들은 분석가에게 무의식의 자료들을 제공해줄 수 없는 공허하고 무의미한 것입니다. 이럴 경우 분석가는 적절한 시점에 대화를 중단해버립니다. 그것을 절분법이라 부르더군요.

저는 이런 이야기를 읽으며 자연스럽게 비평의 기능과 태도에 대해 생각하게 되었습니다. 물론 문학작품과 비평의 관계를 곧바로 분석가와 분석주체의 관계에 빗대는 것은 무리가 있겠지요. 또 비평의 영역은 다양하여 단지 분석적인 글만이 아니라, 문학의 이념이나 정책을 제시하고 비판하기 위한 글도, 또 저널리즘을 위한 대중적인 글도 필요할 것입니다. 하지만 비평의 본무라 한다면, 무엇보다도 작품 속에서 들려오는 목소리에 귀를 기울이는 것, 정신분석의 용어를 빌리자면, 그 목소리의 흐름에 구두점을 찍어 맥락을 만들어내고 더러는 과도함과 진부함을 절분해내는 것이 아닐까 합니다.

이런 지점에서 출발한다면 많은 비평의 언어가 그 앞에 놓여 있는 함정들을 건너뛸 수 있을 것이라 생각합니다. 작품 자체를 들여다보되 인상비평의 피상성에 빠지지 않고, 근본적으로 사유하되 지도비평의 오만함에 빠지지 않으며, 사유의 깊이를 추구하되 추상성의 고답적인 성채에 머물지 않을 수 있을 것입니다. 또한 비판 강박에 빠져 폭력적인 언어를 휘두르게 되지도 않을 것이고, 그리고 무엇보다도 문학담론을 헤게모니화함으로써 비평을 정치화하는 함정도 피할 수 있을 것입니다. 이런 생각은 출발 당시나 지금이나 마찬가지입니다. 지난 십 년 동안 『문학동네』를 편집해왔던 사람들이 그런 소망스런 결과들을 산출했느냐의 문제는 물론 별개의 것입니다. 하지만 최소한 이런 자세를 견지하고자 노력해왔다는 것만은 자부할 수 있습니다.

지난 십 년 동안 『문학동네』는 몇 가지 비판에 직면하기도 했습니다. 잘못된 논리나 그릇된 사실에 입각한 비판도 있었습니다. 충분치는 않았지만, 몇 가지 경우에는 우리 중 몇 사람이 직접 대응했던 적도 있었습니다. 지금 이 자리에서 그런 경우들을 구구하게 늘어놓고 싶은 생각은 없습니다. 단지 아직도 정정되지 않고 있는 잘못 알려진 사실들이 있다는 점을, 그리고 적절한 시기가 오면 합당한 방식으로 이를 수정해둘 것이라는 점 정도만을 밝혀두고 싶습니다. 우리로서는 달갑지 않은 경험들이었지만, 그 와중에도 하나 다행스러운 것이 있었습니다. 비판자들의 존재가 그들의 비판의 적실성과는 무관하게, 문학에 대한 우리 자신의 생각의 밀도를 높일 수 있는 계기가 되었다는 것입니다. 그런 구체적 계기를 통해 좀더 예각적으로 문학의 가치와 의미에 대해 생각할 수 있게 되었다는 것이지요.

세계사적인 전환기를 맞으며 문학에 대한 생각이 얼마나 변했는지는 이제 와서야 비로소 분명해진 듯합니다. 유일한 분단국가로 남아 있는 우리의 경우는 이런 변화의 양상이 좀더 날카로웠고 그래서 혼란 또한 좀더 심했다고 하겠지요. 문학의 위상을 둘러싸고 행해졌던 다양한 형태의 논란들이 그 증거입니다. 일시적으로 벌어진 이념의 진공상태에서 문학은 사회적 위상의 가치 절하를 경험해야 했습니다. 세상이 그만큼 바뀌어버린 것이지요. 하지만 오히려 그런 변화의 와중에 있었기에 우리에게 좀더 선명하게 부각되었던 것이 문학의 가치가 아니었을까 합니다. 현존하는 모든 질서와 불화하는 힘이라는 점에 문학의 가치가 있었다는 것은 새삼 강조할 필요가 없겠지요.

물론 문학도 제도의 하나로 존재한다는 것 역시 분명한 것입니다. 그러나 문학이라는 제도는 제도 밖의 제도라 할 만한 것이 아닐까요. 모든 제도는 그것이 어떤 것이건 간에, 현존하는 제도로 결정화(結晶化)

되는 과정에서 그것의 탄생을 감싸고 있던 모든 정서적인 요소를 제거함으로써 성립된 것입니다. 그래서 제도가 지니고 있는 합리성은 관습이 그렇듯 축약된 과거일 뿐입니다. 좀더 나은 미래를 향해 나아가고자 하는 입장에서 보자면, 제도도 관습도 결국은 깨어지기 위해 존재하는 것일 뿐입니다. 극단적으로 말하면, 제도란 표본실이고 시체실일 뿐이라는 것이지요. 이런 점에서, 가장 내적인 것만을 추구하는 것으로서의 문학이라는 제도는 저 스스로 이루어진 제도의 배꼽 같은 존재, 제도 속에 존재하는 제도의 타자가 아닐까 싶군요. 말하자면 제도 밖에서 제도의 균열을 포착해내고 그 틈을 비집고 들어가 그것을 내파시킬 때, 문학의 힘은 제대로 발휘되는 것이 아닐까 하는 것입니다. 그런 부정성의 계기를 온축하고 있는 힘일 때에만 문학은 우리가 존중할 수 있는 문학일 수 있으리라는 것입니다.

부정성의 계기를 어떻게 발현시키느냐에 대해서는 이론의 여지가 많습니다. 너무나 자명한 것이면서도 그래서 우리가 자주 망각하곤 하는 것이 있습니다. 문학은, 대상이 아니라 말하는 방식 속에 존재한다는 사실이 그것입니다. 대상이래야 우리 삶의 영역을 벗어날 수가 없는 것이지요. 그중에서 말할 만한 것들을 찾아내는 것도 중요하지만 더욱 중요한 것은 말하는 방식일 것입니다. 비평이 문학작품을 대상으로 구두법과 절분법을 구사한다면, 문학은 우리의 현실과 사회적 언설들을 상대로 하여 구두법과 절분법을 구사하는 것이 아닐까요. 우리 현실 속에는 다양한 층위의 편견과 억압과 폭력이 있습니다. 많은 사람들이 문제시하고 있는 것에서부터 미처 의식조차 하고 있지 못한 것들에 이르기까지, 우리의 의식은 다형적이고 다층적인 편견들로 구성되어 있지요. 문학은 그런 편견과 폭력에 의해 추방되고 억압당한 존재들이 목소리와 형상을 얻어 귀환하는 장이 아닐까 합니다. 그런 목소리에 귀를 기울이는 것, 그것이 곧 제도의 배꼽으로서 문학에게 맡겨진 임무가 아닐까 합니다. 그것은 단순한 소재주의로는 어려운 일입니다. 그 목소리의 절실성을 그대로 받아들일 수 있는 겸허한 주체만이 그 임무를 달성할 수 있는 것이 아닐까 합니다.

탈이념의 공간에서 문학은 오로지 윤리적이 됨으로써만 자신의 가치를 보존할 수 있을 것입니다. 이 경우 윤리란, 말 잘 듣는 새 나라의 어린이가 되는 것과는 아무 상관이 없는 것이지요. 참과 거짓이 싸울 때 어느 편에 설 것인가. 이런 장중한 목소리가 들려올 때, 나는 단지 내 편일 뿐이라고 단호하게 대답하는 것, 그것은 충분히 윤리적입니다. 그가 거부하는 것은 참과 거짓의 존재가 아니라 그것을 장엄하게 구분하고자 하는 목소리이기 때문입니다. 부처를 만나면 부처를 죽여야 하듯이, 부시를 재선시킨 애국적인 미국 시민들과는 다르게, 애국심을 죽이고 민족을 부정하고 자기가 속해 있는 집단의 이익과 전통과 가치체계를 의심에 찬 눈초리로 바라보는 것, 주어진 선과 악의 경계에서 단호히 그 경계선에, 자기 자신 편에, 문학 편에 서는 것, 그것은 충분히 윤리적입니다. 코스모폴리타니즘의 허황된 포즈가 아니라 진정한 세계시민으로서 사고하고 판단하고 행동하는 것, 국가와 민족의 이익을 수호하고자 하는 대통령이나 국방부장관이 아니라, 그 어떤 국적과 성별과 종교와도 무관한 보편적 입법자의 자리에서 세계를 바라보는 것, 그것은 충분히 윤리적입니다. 이런 윤리성을 지키는 것이 이 탈이념의 시대에 문학에게 주어진 최소한의 임무가 아닌가 합니다. 모든 편견으로부터 자유로운 열린 자세야말로 문학의 심장이 아닐까 합니다.

K형, 어수선한 말이 너무 길었습니다. 다 아는 이야기겠지만, 한번 더 확인하고 재삼 다짐해두고 싶은 마음 때문이었습니다. 이제 『문학동네』는 다시 새로운 십 년을 시작합니다. 문학을 사랑하고 문학의 가치를 아끼는 형과 같은 독자들이 있었기에 우리의 오늘이 있을 수 있었습니다. 그 어떤 권위에도 구속되지 않는 자유로움을 위해, 어떤 편견도

없는 열린 문학을 위해, 엄숙주의와 자폐증과 상품미학의 인력으로부터 스스로를 지켜나가며 우리는 최대한으로 긴장하겠습니다. 지금껏 그랬듯이 변함없이 지켜봐주시기 바랍니다. 기억하소서. 당신이 우리의 힘입니다.

사이렌의 침묵 : 문학적 사유와 역설의 힘

1. 두 개의 사이렌

사이렌의 일화에 대한 두 개의 해석으로부터 시작해보자. 물론 여기에서 사이렌이란, 『오디세이아』에 등장하는 마녀 자매의 이름이다. 그들은 아름다운 노래로 선원들을 유혹하여 죽음에 빠뜨리는 마성적 존재들이다. 오디세우스는 창녀들의 여신 키르케의 조언을 통해 그들의 존재와 그에 대한 대처 방법을 알고 있었다. 가장 현명한 방법은 사이렌이 지니고 있는 치명적인 매력으로부터 거리를 두는 것, 사이렌의 노래를 듣지 않는 것이다. 오디세우스는 노 젓는 부하들의 귀를 밀랍으로 봉하게 했다. 그런데 대체 어떤 노래이기에 그토록 매력적인가. 키르케는 오디세우스에게, 노래를 듣고 싶다면 귀를 열어두는 대신 몸을 마스트에 묶어두라고 했다. 오디세우스는 그런 상태로 사이렌의 바다를 통과했다. 그럼으로써 그는 목숨을 걸지 않고도 사이렌의 노래를 들을 수 있었고, 사이렌의 노래를 듣고도 살아남은 유일한 인간이 되었다. 물론 그 이전에도 귀를 봉하지 않은 채 사이렌의 바다를 통과한 사람들이 있었다. 황금 양의 가죽을 찾으러 떠난 이아손과 아르고 호의 용사들이었다. 그들에게는 사이렌의 노래에 맞설 만한 놀라운 가수 오르페우스가 있었다. 사이렌의 노래가 가까워지자 오르페우스는 뱃전에서 노래를 했고, 아르고 호의 용사들은 가까이 있는 오르페우스의 노래에 귀를 기울임으로써 멀리서 다가오는 사이렌의 치명성에 대처할 수 있었다. 그들도 결국 사이렌의 노래를 듣지는 못했던 것이다.

사이렌과 오디세우스의 일화에 관해서는 『계몽의 변증법』의 해석이 표준적인 위치를 점하고 있다. 호르크하이머와 아도르노는 일차적으로, 사이렌과 오디세우스를 신화에 맞서는 계몽, 자연에 맞서는 문명의 표지로 읽었다.[1] 그들에게 호메로스의 『오디세이아』는 구비전승되어온 다양한 신화들이 서사시라는 합리적 형태로 통합된 텍스트였고, 서사의 중심에 있는 개인으로서 오디세우스는 무엇보다도 합리성을 숭상하는 부르주아적 개인의 원형이었다. 그는 귀향이라는 목표를 향해 지중해 연안을 전전하며 수많은 초월적 존재들과 맞서야 했다. 계약과 책략을 통해, 신과 타협하고 자연력의 상징들과 싸워야 했다. 이 과정에서 오디세우스의 행동을 추동해내는 핵심적인 기율은 주체의 자기 보존이다. 자신의 동일성을 유지한 채 그것을 위협하는 자연력으로부터 자아의 영역을 분리해내는 것이 그 중심에 있으며, 이를 위해 주체는 철저하게 자신의 향락을 단속함으로써 금욕을 실천한다. 자연이라는 타자에 대처하기 위해서는 먼저 자기의 내부를 단속해야 한다는 것, 곧 대상으로서의 자연을 지배하기 위해 필수적인 것은 주체의 자기 지배라는 것이다. 이 과정에서 충동과 욕망과 향락이 배제된다. 그것은 주체가 스스로를 통제하기 위해 폐기해야 할 우선적인 것이다. 그렇다면 과연 주체에게는 무엇이 남는가. 즐거울 수 없는 노동과 건조한 자기 관

---

1) M. 호르크하이머 · T.W.아도르노, 『계몽의 변증법』, 김유동 외 옮김, 문예출판사, 1995, 부언설명1 참조.

리, 한계 체험이 배제되어버린 우울한 쾌락으로 일상을 견디는 삶이 어떤 의미가 있는가. 삶을 위해 향락을 포기했지만 포기한 그것이야말로 삶을 삶이게 만드는 것이 아닌가.

호르크하이머와 아도르노에게 사이렌과 오디세우스의 일화는 계몽 이성의 주체가 지니고 있는 이같은 역설을 읽어낼 수 있는 적실한 텍스트였다. 정신분석학의 용어로 말하자면 주체화를 위해 상징적 거세는 필수적이다. 이 과정에서 배제되는 사이렌의 노래는 무엇보다도 행복에의 약속이며 향락이다. 그것은 자아에게 쏟아져오는 세계와의 일체감이고, 교환이 없는 세계, 소외되지 않은 세계의 모습이기도 하다. 그래서 그들은, 오디세우스와 사이렌의 만남이 성공적이면서 동시에 실패한 것이고, 이들의 만남 이래로 모든 노래가 병들었다고, 서구에서의 노래는 문명과 노래 사이의 모순을 감내해야 했다고 했다. 행복에의 약속을 배제해버린 예술은 더이상 생생한 생명력일 수 없고, 향락과 충동이라는 죽음의 힘을 상실해버린 삶의 주체는 고작해야 우울한 환락의 주인일 수밖에 없다. 요컨대 호르크하이머와 아도르노에게 사이렌의 일화는, 지배의 메커니즘이 지니고 있는 자기 구속의 역설과 이 역설 속에서 배제되는 신화적 힘으로서의 예술에 대한 상징으로 읽혔던 것이다.

카프카의 단장 「사이렌의 침묵」은 이 일화에 대한 또다른 해석을 제시한다.[2)] 카프카는 사이렌의 테마가 지니고 있는 역설을 좀더 일그러진 모습으로 재현해낸다. 그가 들려주는 이야기는 오디세우스가 아니라 사이렌의 시선으로 구현된다. 치명적인 유혹자 사이렌은 마스트에 몸을 묶은 오디세우스가 멀리서부터 다가오는 모습을 바라본다. 카프카의 오디세우스는 호메로스의 경우와는 달리, 몸을 묶은 데 더하여 자신

2) F. 카프카, 『오드라덱이 들려주는 이야기』, 김영옥 옮김, 문학과지성사, 1998, 90~92쪽.

의 귀까지 봉해버렸다. 아예 노래를 듣지 않겠다는 것이다. 이중으로 시건장치를 하고 의기양양하게 다가오는 오디세우스의 모습을 사이렌은 어이없는 눈으로 바라본다. 한 줌의 밀랍과 쇠사슬 따위로 자기들의 노래의 힘을 막을 수 있다고 생각하는 오디세우스의 그 천진난만함에 사이렌들은 질려버린다. 그 무모함과 방자함에 노래의 여신 사이렌들은 어떻게 대응하는가. 마법의 노래로 하여금 밀랍을 관통하여 오디세우스의 심장을 파고들게 하고, 그의 내부에 잠들어 있는 격정을 일깨워 쇠사슬을 끊어버리게 만들 것인가. 카프카의 사이렌은 마법의 노래보다 훨씬 더 가공할 무기를 동원했다. 싸늘한 침묵이 그것이다. 요컨대 사이렌은 그들과의 조우를 승부로 생각하는 오디세우스에게 아예 맞설 수 있는 기회를 박탈해버리는 것이다. 승부가 없는 한 승리도 있을 수 없다. 오디세우스는 자기 보존이라는 게임의 승자가 아니라 오히려 게임으로부터 버림받은 처지가 되는 것이며, 자신의 향락을 배제한 주체가 아니라 향락으로부터 추방당한 존재가 되는 것이다. 게다가 오디세우스는 사이렌이 침묵했다는 사실조차도 모르는 채 자신의 승리에 도취해 있는 바보가 된다. 그것은 스스로를 속박함으로써 행복을 느끼는 모더니티의 영웅에게 자연의 화신 사이렌이 조용히 건네주는 저주다.

카프카가 비틀어놓은 이런 사이렌의 모습을, 슬로베니아의 정신분석학자 살레클은 사랑에 빠진 여성 주체의 시나리오로 읽었다.[3] 이에 따르면, 사랑에 빠진 것은 오디세우스가 아니라 사이렌이다. 그럼에도 오디세우스를 따라나서지 않은 채 자신의 자리를 지키고, 오히려 침묵으로 오디세우스에 맞선 사이렌을, 상징적 거세를 받아들이지 않는 주체화의 전형적 사례로 파악했다. 이런 해석은, 카프카의 사이렌이 유혹자로서 기능했던 것이 아니라 오히려 의기양양한 오디세우스의 자기 충

3) R. 살레클, 『사랑과 증오의 도착들』, 이성민 옮김, 도서출판b, 3장.

족적인 표정에 유혹당했다는 전제로부터 출발한다. 하지만 카프카의 이 짧은 텍스트는 좀더 열려 있다. 여기에서 분명한 것은, 오디세우스의 눈길에 순간적으로 포착된 사이렌의 모습, 깊은 한숨으로 입은 열려 있고 눈에는 그렁그렁한 눈물이 맺혀 있는 모습이다. 물론 오디세우스는 그 모습조차 사이렌의 노래에 포함된 것이라 생각했다. 무엇이 사이렌으로 하여금 이런 표정을 짓게 했는지, 절망적인 어이없음 때문인지, 오디세우스의 저 철저한 자기 도취에 대한 경탄 때문인지 카프카는 밝혀놓지 않았다. 심지어는 글의 말미에서, 오디세우스가 사이렌의 침묵을 알면서도 짐짓 모르는 척했다고, 한번 더 비틀어놓기까지 했다. 그러므로 여기에서 선명한 것은, 사이렌을 외면한 오디세우스의 의기양양함과 침묵을 지키고 있는 사이렌의 절망스런 표정일 뿐이다.

그러나 이런 사정에도 불구하고, 살레클이 제시한 오디세우스와 사이렌의 차이에 대한 해석은 기본적인 유효성을 상실하지 않는다. 오디세우스와 사이렌은, 타자의 수수께끼를 향해 나아가는 남성적 욕망과 자기 공간 속에 갇혀 있는 여성적 충동에 대한 전형적 상징이다. 호메로스의 표준 판본도 카프카의 변주도 이 점에서는 마찬가지다. 오디세우스는 자신의 향락을 포기했지만 사이렌은 포기하지 않았다는 점에서 그렇다. 단지 카프카의 경우는 이런 성격이 좀더 과장된 모습으로 등장하고 있는 것이다.

사이렌의 테마를 재해석한 카프카의 텍스트에서 무엇보다 인상적인 것은, 그가 사이렌의 시선으로 이 일화를 포착했다는 점이다. 호메로스의 텍스트를 지배하고 있는 것은, 또다른 여신의 도움을 받아 간신히 사이렌의 마법권으로부터 빠져나오는 오디세우스의 시선이다. 여기에서 강조되는 것은 신화적 힘의 위력에 대한 인간적 지혜와 술책의 승리다. 신화적인 힘이 압도적인 세계였으므로 당연히 그럴 수밖에 없었을 것이다. 그러나 카프카는, 신화적 힘에 맞서기 위해 인간이 동원한 바로 그 술책의 바보스러움에 대해 이야기한다. 카프카의 이야기에서도 오디세우스는 사이렌의 마법을 통과해나오지만, 이 경우 신화의 힘을 이겨낸 것은 지혜로움이 아니라 바보스러움이다. 그 바보스러움이 결국은 구원을 가져다주는 지혜로움으로 귀결되지만 주체인 바보는 그 사실조차 알지 못한다. 카프카는 그 단호한 바보스러움을 바라보는 신화적 힘의 시선을 포착해주었다. 그 시선은 무엇보다도 비애로 가득 차 있다. 그것은 벤야민의 표현을 빌리자면, "어떤 깨끗하지 못한 술집에 들어갔다가 수치감 때문에 자기의 잔에 묻은 먼지를 닦아내기를 단념하는 어떤 신사"[4]의 마음과도 같은 것이다. 벤야민은 호메로스의 『오디세이아』가 신화와 동화의 문턱에 놓여 있다고 했다. 동화란 초자연적인 힘을 가진 신화적 존재들에게 맞서는 인간적 책략의 승리의 기록이다. 그러므로 전래동화의 주인공들의 승리 이면에는 인간들의 사소한 트릭에 빠져 패배해버린 초자연적인 존재들의 비애가 잠복해 있다. 카프카는 호메로스의 이야기를 뒤집어놓음으로써 동화적 성격 이면에 잠재되어 있는 비애를 일깨워주었다. 그의 단장을 감싸고 있는 기묘한 분위기는 동화적 명랑성과 그 이면의 비애가 뒤섞임으로써 생겨난 것이다.

사이렌의 비애를 포착해내는 카프카의 텍스트는 우리로 하여금 문학적 사유의 본성에 대해 성찰케 한다. 어떤 경우에건 오디세우스는 현실적 승자이고, 사이렌은 패자다. 승리한 책략과 패배한 노래 중, 우리 시대의 문학이 어느 편에 서야 하는가는 물론 자명한 일이다. 문학은 무엇보다도 패배의 기록이며, 외적 패배를 통해 내적 승리에 도달하고자 하는 욕망의 산물이기 때문이다. 그러나 사태가 그렇게 단순하지만은 않은 것은, 우리 시대의 주체를 규정하는 근본적인 힘이 오디세우스적인 것이라는 사실 때문이다. 자본제라는 시스템 속에서 노동력을 팔며

4) W. 벤야민, 『발터 벤야민의 문예이론』, 반성완 옮김, 민음사, 1983, 100쪽.

살아가는 한에 있어 우리는 모두 오디세우스나 그의 부하들의 후예다. 예술가들이라고 해서 여기에서 예외일 수가 없다. 아도르노 식으로 말하자면, 우리 시대의 노래란 사라져버린 사이렌의 노래를 동경하는 병든 노래일 수밖에 없다. 카프카도 종국적으로는 오디세우스적 주체의 승리를 인정하지 않을 수 없었다. 그러나 그 승리는 오디세우스가 원했던 방식의 승부나 승리와는 거리가 먼 것이었다. 이것은 카프카가 사이렌의 입장에서 사태를 기술함으로써 비로소 가능케 된 것이다. 카프카의 사이렌은 오디세우스에게 승리를 허용했지만, 오디세우스는 그 승리의 대가를 치러야 한다. 그가 사이렌을 통과하기 위해 억압해버린 향락의 저주를 견디는 일이 그것이다.

자기를 규율하고 통제함으로써 오디세우스적 주체는 만들어진다. 우리 시대에 그것의 가장 선명한 모델은 자기 절제와 책략과 모험을 통해 부를 축적하는 기업가다. 기업가 주체에게 자신의 향락을 거리낌없이 드러내는 일은 외설적이다. 자기 목적적인 순수한 향락은 어린아이들에게만 제한적으로 허용된다. 아이가 어른이 되는 것은 향락을 체계적으로 박탈당하는 일에 다름아니다. 어른들의 향락, 비즈니스맨의 향락은 다른 어떤 가면을 뒤집어씀으로써만 표현 가능한 것이 된다. 자기 목적적인 향락을 누리는 것은 퇴행에 다름아니기 때문이다. 스포츠를 즐기는 것은 건강을 위함이고, 룸살롱에 가는 것은 비즈니스 때문이다. 교양이나 사업이나 웰빙을 위함이다. 그 가면은 다른 누군가가 아니라 자기 자신을 위한 것이다. 그 나머지 가면을 얻을 수 없는 향락은 마음 속 포르노그래피의 어두운 그늘 속으로 스며들어, 부끄러움과 죄의식과 환멸의 원천이 된다.

카프카의 사이렌에게 오디세우스가 그랬듯이, 해답을 알고 있다고 생각하는 사람들의 자부심은 문학을 질리게 한다. 귀마개와 쇠사슬로 무장을 하고 있는 신념에 찬 부르주아 앞에서 예술은 침묵할 수밖에 없다. 부의 축적이 부끄러운 것이었던 적이 있었다. 자본주의에서의 부의 축적은 근본적으로 교환의 비대칭성으로부터 비롯되는 것이고, 그래서 그것은 능력의 소산이되 부끄러운 능력의 소산이다. 자신의 치부에 새겨진 그 부끄러운 흔적들을 볼 수 있었던 사람들의 경우가 그랬다. 그들에게 있어 부의 사회적 환원이란 부끄러움을 씻는 행위의 다른 말이다. 하지만 재테크가 경제라는 이름으로 초중등교육의 영역에까지 침투해 있는 이 신자유주의 시대에, 자본주의는 거리낌없이 자신의 비대한 몸을 드러낸다. 너무나 당당한 오디세우스 앞에서 노래를 잊어버린 사이렌의 모습은, 부끄러움조차 잊어버린 자본주의 앞에서의 문학의 운명을 상징하기에 족하다. 물론 이런 체제에서 세금을 내는 시민으로 사는 한 누구에게도 부끄러움 없는 삶은 불가능하다. 그렇다면 어떻게 살아야 하는 것인가.

카프카는 사이렌과 오디세우스, 누구의 편도 들지 않았다. 그는 단지 삼천 년 동안 침묵 속에 갇혀 있던 사이렌에게 발언권을 줌으로써 둘 사이의 균형을 맞추어놓았을 뿐이다. 타협 불가능한 두 힘이 맞세워짐으로써 사이렌의 침묵이라는 역설의 공간이 형성된다. 그 공간이 있음으로써 비로소 억압된 것들의 귀환이 이루어진다. 그것이 글쓰기의 윤리에 대한 카프카 식의 대답으로 보인다.

2. 역설을 견디는 힘

사이렌이 침묵하고 있는 곳에서, 문학과 예술은 어김없이 자신의 존재 근거에 대한 회의에 시달려야 하고, 바보스런 오디세우스들의 위풍당당한 모습에 열패감을 맛보아야 한다. 삼십대 중반의 야심만만한 평론가 김현이 『한국문학의 위상』이라는 책을 펴냈던 것은 1975년의 일이었다. 여기에서 그에게 다가온 첫번째 화두도 문학의 유용성에 대한 질문이었다. 문학을 하는 일이 대체 무슨 소용이 있다는 것인가 : "중세기처럼 문학을 이해하는 것이 권력에 가까이 가는 길도 아니며, 몇몇의 날렵하고 재치 있는 수필가 작가들이 비록 그들의 저술로 치부를 하였다는 소문이 있다고 하더라도, 문학을 해가지고 아무나 돈을 크게 벌 수 있는 것도 아니다. 그렇다고 식민지 치하의 몇몇 작가들처럼 모두들 지사로서 대접을 받는 것도 아니다. 그런데도 문학을 한다. 무엇 때문에? 누구를 위해서?"[5] 이런 질문이 책의 처음과 마지막에 나란히 놓여 있다. 하나는 문학을 선택한 자식을 걱정하는 어머니의 육성으로, 다른 하나는 의대에 다시 들어가고자 교수의 자문을 구하는 불문과 졸업반 학생의 목소리로.

문학하기의 윤리가 문제가 되는 것은, 이처럼 문학이 자신의 존재 근거에 대한 근본적인 질문에 당면했을 때이다. 문학이 어떻게 윤리적이 될 것인지가 아니라 문학을 선택하는 윤리가 문제가 되는 것이다. 왜 문학 같은 쓸모없는 것을 선택했느냐는 질문에 대해 어떻게 대답할 것인가. 유용성의 세계에 사는 사람과 그 밖에 있는 사람은 서로가 서로의 이방인이다. 최선의 대답은 사이렌의 침묵과 응시를 되돌려주는 것이다. 그러나 그 이방인이 자식의 장래를 걱정하는 어머니라면 어떤 방식으로든 답해야 하지 않겠는가. 김현은 어머니의 질문에 대해 이렇게 답했다 : "그러나 역설적이게도 문학은 그 써먹지 못한다는 것을 써먹고 있다. 문학을 함으로써 우리는 서유럽의 한 위대한 지성이 탄식했듯이 배고픈 사람 하나 구하지 못하며, 물론 출세하지도, 큰돈을 벌지도 못한다. 그러나 그것은 바로 그러한 점 때문에 인간을 억압하지 않는다."(20~21쪽) 여기에서 그가 말하는 쓸모없음의 쓸모란, 이천 년 전

5) 김현, 『한국문학의 위상』, 문학과지성사, 1975, 8쪽.

장자가 만들어놓은 무용지용(無用之用)이라는 대답과 동일한 것이며, 그것을 염두에 두고 1920년대 초반의 염상섭이 내어놓았던 대답과도 역시 동일한 것이다. 그것이 정답이다. 문학의 쓸모에 대한 물음이므로 대답도 쓸모에 대한 것일 수밖에 없고, 그런 한에서 장자의 역설 외에 더이상의 대답이 있기 어렵다.

그러나 문학의 존재 이유에 관한 한, 이것만으로는 충분치 않다. 무용한 것으로 치면 모든 자기 목적적 유희가 다 그렇기 때문이다. 이에 대해 김현은 장자의 역설에 억압과 반성의 문제를 추가함으로써 답변을 제시한다. "문학은 억압하지 않는다. 그러나 그것은 억압에 대해서 생각하게 만든다"(26쪽)라는 것이 그것이며, 이 억압과 문학의 테제가 이 책 전체의 주도 동기를 이룬다. 그에게 있어 문학과 예술은 바로 억압을 배제하고 억압과 맞서 싸움으로써만 존재의 의의를 획득한다. 그렇다면 그가 말하는 억압이란 무엇인가. 그의 책에 흩어져 있는 표현들을 추슬러보자면, 문제는 '현대의 소비사회'가 유포하는 '가짜 욕망'이고, 그로 인해 발생하는 문학의 상품화이며, '지배적 이데올로기'의 선전 도구인 '공식 문화'다. 또한 억압에 맞서 싸우고자 하는 너무나 명시적 의도로 인해 오히려 문학을 억압하고 그럼으로써 "지배적 이데올로기의 내적 운동에 자신을 맡겨버리게 되는"(29쪽) 그릇된 노력이다. 이런 요소들은, 그의 표현을 빌리자면 '잘 팔리는 대중물'과 '혁명적 예술이라 불리는 가짜 급진예술'이라는 두 요소에 대한 비판으로 정리될 수 있거니와, 그 근본에는 어떤 방식으로든 문학이 지니고 있는 비판적 잠재력을 극대화시켜야 한다는 생각이 전제되어 있다. 요컨대 억압으로 인해 굳어버린 상상력을 일깨워주고 그 존재 자체로 억압 없는 사회의 표상이게끔 하는 것이 문학의 임무인 셈이다.

문학과 억압의 문제에 대한 김현의 논의에서 가장 현저한 것은 마르쿠제의 음성이다. 그가 이 책의 말미에서, "나의 단견으로, 현대에서 가장 중요한 철학적 논의는 인간은 억압 없는 사회를 이룩할 수 있는가 없는가에 관한 것이다"(195쪽)라고 했을 때, 그가 언급하고 있는 것은, 『에로스와 문명』에서 마르쿠제가 제기한 문명의 발생에 관한 억압가설의 문제다. 마르쿠제 자신이 밝히고 있듯이,[6] 억압가설은 문명의 발생과 근친상간의 금지를 연결시킨 프로이트의 논리로부터 출발한다. 그에 따르면, 인간이 사회적 동물로 살기 위해 지켜야 되는 최소한의 금기가 있고 그것이 문명 발생의 기초가 된다. 성적 충동에 대한 제한과 억압이 그 내용을 이룬다. 그런데 어떻게 억압 없는 세계가 가능할 것인가. 김현이 물었던 것도 그것이다. 마르쿠제는 억압을 두 차원으로 분리함으로써 이 논리적 난관을 돌파하고자 했다. 보편적 인간사회의 토대가 되는 억압을 기본억압이라 했고, 특정한 사회나 문화권이나 지배층이 자신의 체제를 유지하기 위해 구성원들에게 가하는 억압을 과잉억압이라 했다. 근친상간의 금지 같은 예가 전자에 속한다면, 일부일처제나 가부장제 등의 예는 후자에 속한다. 곧 억압 없는 사회라는 말로 마르쿠제가 꿈꾸었던 것은, 과잉억압으로부터 자유로운 세계이며, 그 속에 잠재되어 있는 억압적 승화나 부권적 이성의 폭력성이 거세되고, 인간의 리비도가 비억압적 승화와 모성적 에로스로 감싸이는 세계의 모습인 것이다.

하지만 그런 것이 과연 가능한가. 이차대전의 악몽을 바라보아야 했던 1955년의 마르쿠제도, 1975년의 한국 땅을 바라보고 있던 김현도 이 점에 대해서는 공히 비관적이었다. 문학과 예술의 존재가 빛을 발하는 것은 이 대목에서다. 마르쿠제에게 예술은 무엇보다도 억압된 것들의 회귀가 이루어지는 공간이고, 또한 과거의 실패한 해방과 배반된 약속이 깃들어 있는 곳이다. 개인의 차원에서도 인류 역사의 차원에서도 그

---

6) H. 마르쿠제, 『에로스와 문명』, 김종호 옮김, 양영각, 1982.

렇다. 마르쿠제는 현실을 지배하고 있는 억압적 이성에 맞서, 인간에게 내재되어 있는 에로스와 타나토스의 화해를 도모할 수 있는 논리적 거점으로서 심미적 경험과 감성적 이성을 제시했다. 그의 논의에 있어 칸트와 실러가 중요한 참조점이 되고 있는 것도, 또 그가 오르페우스나 나르키소스의 신화적 이미지를 그의 책에 전면적으로 내세웠던 것도 그 때문이다. 김현이 억압에 대해 말하면서도 문학의 담론 속에 침투해 있는 억압을 중심에 놓고 논의를 전개했던 것도, 그럼으로써 당대의 정치적 억압에 대한 표현을 우회할 수밖에 없었던 것도 이와 유사한 이유 때문이 아니었을까. 그에게 있어 문학이란 무엇보다도 억압과 가짜 욕망의 반대말이며 가짜들에 대한 비판적 잠재력이 보존되어 있는 저장고다. 그래서 그에게 문학은 그 자체의 방식으로 보존되어야 하는 어떤 것이다.

그러나 자본주의사회에서 문학이 지니고 있는 근본적 역설은, 그것이 자본제적 현실에 대한 타자이면서 동시에 상품의 형식으로 유통될 수밖에 없다는 점이다. 문학은 근본적으로 자본제의 안과 밖에 동시에 존재할 수밖에 없는 것이다. 내부에만 존재한다면 문학은 상품미학에 침윤됨으로써 자신의 존재 근거를 망실해버리고, 외부에만 존재한다면 문학은 소통되지 못한 채 불모성에 빠져버린다.

김현은 문학에까지 파고든, 소비사회가 유포하는 가짜 욕망이 문제라고 했다. 그렇다면 그가 말하는 가짜 욕망이란 무엇인가. 그가 예거한, 칼을 대신한 연필깎이나 간장을 대신한 인공조미료 등의 예는, 삼십 년이라는 시차를 감안하더라도 옹색하다. 당연한 일이다. 욕망이란 환상을 통해 작동하는 것이고, 그 환상적 대상의 존재를 부인하지 않는 한, 어떤 욕망도 진짜와 가짜의 차원으로 구분될 수 없다. 환상은 욕망의 대상이자 원인이고, 그 속에서 모든 욕망은 가짜이면서 동시에 진짜이기 때문이다. 어떤 욕망이 비난당해야 한다면 그것은 욕망의 원인이나 대상 때문이 아니라, 곧 욕망의 내적 경험 때문이 아니라, 그것이 만들어낸 행위나 결과로 인해서일 뿐이다. 문학 안에 있는 가짜 욕망을 적발해내는 일은 불가능하다. 문학이라는 욕망에 관해서 중요한 것은, 현재의 우리 삶을 규정하고 있는 욕망의 흐름 속에서 문학이 어떻게 자신의 동일성을 만들어나가는지, 어떻게 그 안에서 문학이 자신의 긴장을 유지하는지를 들여다보는 일이다.

문학이 지배 이데올로기에 대한 비판적 잠재력의 거점이라는 논리도 마찬가지다. 문학은 단지 비억압적인 유희로서만이 아니라 동시에 억압에 대한 비판적 거점이 됨으로써 존재의 의미를 획득한다. 그렇다면 그 비판은 어떻게 수행되어야 하는가. 한 정신분석학자의 논의에 따르면, 비판은 최소한 세 가지 차원으로 구분될 수 있다.[7] 첫째, 고전적 이데올로기 비판은 속이는 지배자와 속는 예속자라는 구조를 전제로 작동한다. 여기에는 기만성과 순진성이 상보적 요소로 자리잡고 있다. 따라서 비판자의 일은 간명하다. 기만적인 이데올로기의 장막 뒤에 은폐되어 있는 진실을 밝혀내고 그럼으로써 순진한 허위의식을 격파하는 것이 그것이다. 비판은 기만성에 대한 폭로이자 동시에 계몽을 통한 의식화인 것이다. 둘째, 이보다 좀더 세련된 비판은 이데올로기가 특정 집단의 의도라기보다는 구조와 제도를 통해 작동한다는 사실에 기초한다. 이데올로기적 장치들이 개인을 이데올로기적 주체로 호명한다는 논리가 그것이다. 여기에서 비판은, 이데올로기적 신비화를 초래하는 제도적 장치들의 작동방식에 초점이 맞춰진다. 그럼에도 여전히, 이데올로기적 공세의 대상이 되는 순진한 의식과 그들의 눈을 흐리고 있는 허위의식이라는 틀은 남아 있다. 여기에서도 비판은 인식의 차원에서, 진실에 대한 앎의 차원에서 작동하고 있는 것이다. 셋째, 이런 두 가지

7) S. 지젝, 『이데올로기라는 숭고한 대상』, 이수련 옮김, 인간사랑, 2002, 1장 및 3장 참조.

방식의 비판이 전제하고 있는 허위의식이라는 개념이 지양되고 이데올로기의 개념이 다시 정의됨으로써 비판의 새로운 모델이 제시된다. 그에 따르면, 이데올로기는 단순히 기만적인 환영(illusion)이 아니라, 욕망과 향락이 그 안에서 작동하는 무의식적 환상(fantasy)의 차원에 존재하는 것이다. 즉 이데올로기는 외부에서 덧씌워진 베일이 아니라 대상과 주체의 상호작용 속에서 만들어진다는 것, 그러므로 그것은 폭로나 계몽을 통해 손쉽게 제거될 수 있는 성질의 것이 아니라는 것이다. 여기에서 비판은 이데올로기의 주창자들의 비논리성이나 기만성에 대한 폭로에 그치는 것이 아니라, 이데올로기 공세의 대상이 된 사람들로 하여금 자신의 무의식적 욕망과 환상에 대면케 하는 것이다.

지젝이 자주 언급하는 반유대주의의 경우가 적실한 예다. 유대인에 대한 악평들, 이기적이고 돈만 아는 수전노라는 식의 논리에 맞서, 유대인은 그렇지 않다고 말해봐야 소용이 없다. 이에 대해 반유대주의의 이데올로기는, 심지어 유대인은 그렇지 않은 척하는 교활함까지 지니고 있다고 반박할 것이기 때문이다. 반유대주의에 대한 정확한 대답은, 당신이 말하는 그런 속성과 유대인은 아무런 상관이 없다는 것, 오히려 당신의 환상 속에서 작동하고 있는 당신 자신의 욕망을 들여다보라는 것이다. 물론 그런 다음에도 여전히 반유대주의는 남을 수 있다. 이데올로기가 지니고 있는 논리적 형태가 아니라, 나는 단지 유대인이 싫을 뿐이라는 방식으로, 비이성적 거부감이나 증오의 형태로, 아무튼 나는 유대인이 싫으니 내 취향을 건드리지 말라는 방식의 정서적 저항으로 드러날 수 있다. 요컨대 지젝은 하나의 이데올로기가 지니고 있는 내용이 아니라 그 내용을 만들어내는 두 개의 주체, 이데올로기의 전파자와 수용자 사이에서 이루어지고 있는 작동방식에 대해 문제 삼고 있는 것이다. 이런 논리에 의하면, 이데올로기는 향락이나 충동과 같은 무의식적 차원에서 작동하고 있는 것이며, 논리나 윤리와는 무관하게 기계적으로 움직이는 즐김의 차원에 존재하고 있는 것이다. 여기에서 문제가 되는 것은 하나의 이데올로기가 지니고 있는 논리적 내용이 아니라 작동방식이며, 그것의 주체까지 흡입해들이는 물질적인 위력인 것이다.

이 단계에서 비판은 단순한 폭로일 수도 없고, 또한 허위의식에 대한 계몽일 수도 없다. 이데올로기의 성채 속에 안주하고 있는 개인들로 하여금, 자신의 환상 속에서 꿈틀거리고 있는 무의식적 욕망을 대면케 하는 것, 그것이 비판이다. 히틀러나 파시스트를 비판하는 방식은 그들의 죄상을 논하는 것으로 시작한다. 그러나 그것이 끝이 아니다. 그것 못지않게 중요한 것은, 그들의 논리를 잉태케 하고 배양케 한 개개인들의 무의식을 들여다보는 것이다. 독재자들이 초래한 모든 문제들을 그들에게만 귀속시켜버림으로써 면죄부를 얻는 방식의 비판은 비윤리적이다. 그런 성급한 역사화는 우리가 응시해야 할 어둠의 핵심을 은폐해버린다. 자신의 입장을 드러내기 위해, 이미 자명한 것으로 드러나 있는 악에 대해 부관참시처럼 행해지는 지당한 비판은 정치적일 수는 있어도 윤리적일 수는 없다. 은폐되어 있는 사실들을 드러낼 때 비판은 의미를 지닐 수 있지만, 비판이 윤리일 수 있기 위해서는, 거기에 더하여 비판자 자신에 대한 메타비판의 시선이 동반되어야 한다.

1990년대 후반부터 한동안 화제가 되었던, 이른바 '문학권력 비판'에 대해서도 동일한 말을 할 수 있을 것이다. 문학권력이라는 말은, 그것이 미시권력이라는 의미에서의 기술적인 개념이건, 아니면 폭력이라는 의미에서의 가치평가적인 개념이건, 그 자체로 형용모순이다. 권력이란 무엇보다도 통치와 지배를 위한 매체이며 그런 점에서 정치적 개념이다. 문학은 그 자체가 지배에 대한 타자로서 존재하며 그렇게 기능하는 한에서만 의미를 갖는다. 그러므로 문학권력이라는 말은 가까스로 중립적일 수는 있으되 긍정적이기는 어렵다. knowledge와 power가 동의어라는 베이컨의 생각은 지금껏 '아는 것이 힘이다'라는 말로 번역되어왔다. 이제 그 말은 '지식은 권력이다' 라는 문장으로 새롭게 번역되고 있다. 권력은 지식을 지배하고 통제하고 생산함으로써 작동한다는 푸코의 생각이 지배적인 까닭이다. 권력이 통제하는 지식이란 무엇보다도 정보로서 존재한다. 내가 지난 여름에 한 일을 아는 것, 내 구좌에 드나들었던 돈의 내역을 파악하고 있는 것, 내가 만들어낸 상품의 원가와 이윤율을 정확하게 알고 있는 것, 그것이 권력의 토대가 되는 정보다. 권력은 정보를 독점적으로 통제함으로써 생겨난다. 어디에서나 정보기관이 최고의 권력기관인 것은 그 때문이다. 문학이라는 이름으로 지칭되는 추상적 실체는 오히려 그에 대한 적극적 반대개념이다. 물론 문학하는 사람들 사이에서 형성되는 권력관계는 있을 수 있다. 하지만 그것도 다층적이고 다형적이어서 일방적 권력관계란 존재할 수 없다. 또 그것이 문제가 된다면 문단이라는 상상의 공동체 내에서일 뿐이다. 권력이라는 이름으로 비판되어야 할 것이 있다면, 문학이 아니라 문단이되, 그것조차도 적실성을 얻기 위해서는 정확한 초점이 필요하다.

누가 혹은 무엇이 권력인가라는 문제제기는 이데올로기적이다. 그 안에는 권력이 무엇인가에 대한 반성적 질문이 들어설 자리가 없다. 권력이란 이미 고정된 실체로 존재하고 있기 때문이다. 따라서 여기에는 권력이라는 사실을 자인하라는 요구와 그렇지 않다는 항변만이 존재할 수 있을 뿐이다. 제대로 된 질문이라면, '권력은 어떻게 작동하는가' 여야 한다. 이 질문은 그 안에 권력이란 무엇인가에 대한 반성적 시선을 내포하고 있다. 권력이 작동을 낳는 것이 아니라, 작동이 권력을 낳는다. 문제가 되는 권력이 있다면 그것은 어떤 잠재력이 아니라, 구체적인 작동과 행사를 통해 사후적으로 확인되는 힘이다. 권력을 낳는 정보의 집적과 통제와 행사에 관한 지적이 없다면, 권력에 대한 어떤 논의도 이데올로기적 효과만을 낳으며 겉돌게 될 뿐이다. 문학상을 둘러싸고 일각에서 벌어진 한심한 행태 같은 것들은 있을 수 있다. 그것은 어디까지나 차가운 외면이나 조소의 대상인 추문일 뿐이다. 또한 명백히 편향적으로 보이는 평가나 해석이 있을 수 있다. 이것도 내버려두는 것이 상책일 것이다. 독자들은 바보가 아니기 때문이다. 해석의 정치가 문제시될 만큼 중요한 것이라면 또다른 해석으로 비판을 하면 될 것이다. 편향성의 의도에 대해 비판하는 것은 적절치 않다. 비판의 대상으로서의 의도란, 아무리 명백해 보이는 경우라 할지라도 추정에 불과한 것이고, 추정을 근거로 한 비판은 정당한 비판이 아니기 때문이다. 이런 것들에 대해 정색하고 비판을 하는 것은 어떨까. 비판자들의 진정성은 인정할 수 있을 것이다. 그러나 문학권력이라는 화두나, 한국문학이라는 이름을 통해 그런 비판에 임하는 것은 지나치게 성급한 것이다. 우도할계처럼 그 둘이 격에 맞지 않는 것이기 때문이다. 또한 눈앞의 목표에만 치중한 비판은 자칫 그 비판의 열기 속에서 그 너머의 목적에는 맹목이 될 수 있기 때문이다.

문학의 비판적 잠재력은 메타비판의 시선을 견딜 수 있을 때에만 제대로 가동될 수 있을 것이다. 그것은 자신의 욕망이 지니고 있는 역설적 힘을 투시할 수 있는 능력이기도 하다. 문학과 예술의 장은, 억압된 것들의 귀환이 이루어질 수 있는 장이면서 또한 서로 다른 욕망들이 난마처럼 얽혀 있는 장이기도 하다. 문학적 사유의 긴장은 무엇보다도 그 욕망들이 빚어내는 역설을 견딤으로써 획득된다. 정신분석적 사유가 우리에게 제공해주는 지혜가 있다면, 그것은 인간의 마음이 지니고 있는 다층성을 이해할 수 있어야 한다는 점일 것이다. 한 인간의 마음을 구성하는 억압은, 명시적인 정치적 억압에서부터 사회적이거나 제도적 억압, 그리고 가장 내밀하고 사적인 층위까지 다양한 층위에서 작동한다. 따라서 그로부터 회귀하는 마음의 유령들도 다양할 수밖에 없다. 1980년대와 1990년대를 지나오면서 우리는, 열정과 환멸이 뒤엉킨 거대한 가치 전복과 역설의 드라마를 목격했다. 유토피아에 대한 꿈과 함께 사라진 것이 높이에 대한 열망이라면, 환멸 속에서 새롭게 잉태된 것은 자신의 삶과 세상을 보는 시선의 깊이다. 역설을 견디는 힘은, 무엇보다도 손쉬운 결론에 빠지지 않는 것, 역설을 이루는 힘들을 정면으로 응시함으로써 사유의 긴장을 잃지 않는 것으로부터 획득된다.

우리가 삶의 진리에 대해 경험칙으로 알고 있는 것은, 진리는 단순하되 거기에 이르는 길은 단순하지 않다는 것이다. 욕망에 대해서도 미시 권력에 대해서도 마찬가지다. 어느 것을 가짜라고 말하는 것보다 어려운 것은, 그것을 가짜라고 규정하고자 하는 자기 내부의 욕망과 대면하는 것, 그 속에서 자기의 욕망이 어떻게 육체를 얻고 물질화되는지 지켜보는 것, 주체로서 자신의 일관성을 유지하기 위해 스스로가 가짜라고 억압해버린 힘들과 마주 보는 것이다.

효용성을 강조하는 기업가 주체에게 역설을 견디는 것은 무용한 일이다. 행정의 합리성을 발휘해야 하는 관료에게도, 국익을 위해 일하는 정치가에게도 마찬가지다. 그들에게 중요한 것은 사태를 간명하게 판단하고 거기에 정확하게 대응하는 것이다. 그들에게 역설은 견뎌야 할 것이 아니라 단지 처리해야 할 대상일 뿐이다. 문학의 사유가 경제적 유용성이나 행정적 합리성이나 애국심의 반대편에 있다는 것은 자명한 일이다. 단정한 목적합리성의 세계에서 추방당한 유령들과 정치적 제도적 사회적 소수자들, 매국노와 반역자와 깡패와 거짓말쟁이들이 그 공간으로 모여든다. 징징거리기도 하고 청승을 떨기도 하고, 까닭 없이 찍자를 부리거나 대책 없이 날뛰기도 하는 이 유령들이 문학적 사유의 한 축을 이룬다. 유령들의 목소리에 귀를 기울이는, 글쓰기가 지니고 있는 합리성이 다른 한 축이다. 이 두 개의 힘이 결합됨으로써 만들어지는 공간이 문학적 사유의 고향이라면, 그곳은 무엇보다도 역설을 응시하고 견딤으로써만 접근될 수 있을 것이다.

3. 문학적 사유의 공간

역설을 견딤으로써 형성되는 문학의 장은 억눌려 있던 힘들의 기억과 흔적을 상기시킨다. 이를 통해 문학이 우리에게 제공하는 것은 정보나 교양이 아니다. 교훈도 지혜도 아니다. 억눌려 있던 힘들과 동화됨으로써 형성되는 기억의 장, 그것을 제공하는 것이 문학이다. 우리가 문학을 통해 교양이나 지혜, 교훈이나 정보를 얻는다면, 그것은 어디까지나 부차적이고 결과적으로만 그럴 수 있을 뿐이다.

명백한 정치성이나 이데올로기적 의도를 가진 문학이 종국적으로 실패로 끝날 수밖에 없는 것은, 많은 사람들이 생각하듯, 주관적 의도로서의 이데올로기가 문학적 순수성을 훼손하기 때문이 아니다. 사태는 오히려 반대다. 문학과 이데올로기의 만남에서 훼손되는 것은 문학이 아니라 이데올로기다. 문학의 장으로 들어오는 순간 이데올로기는, 자기 완결성을 위해 억압해야 했던 힘들이 봉합선 사이로 비어져나오는 것을 목격해야 한다. 그러므로 그 실패는 문학의 것이 아니라 이데올로기의 것이다. 의기양양한 이데올로기 앞에서 문학은 침묵하고 있을 뿐이다. 순수한 문학성이라는 것이 존재한다면, 그것은 단지, 이데올로기가 좌초하는 순간 문학의 침묵을 듣는 사람들의 마음을 잠시 스쳐가는 환상일 뿐이다.

글을 쓰는 주체는 작가의 그 어떤 외삽적 의도가 아니라 연필을 쥔 손의 물질성이다. 그것이 이데올로기에 저항하는 힘이고, 또한 미메시스로서의 문학이 지니고 있는 힘이다. 그 힘은 『소설의 이론』에서 루카치가 대서사문학에 대해 논하면서 지적했던 '주관성의 역설'과 동일한 지평에 있다. 진정으로 창조적 주관성을 얻고자 한다면 그것을 버려야 한다는 것, 세계를 받아들이는 순수한 수용기관으로 자신을 변모시킬 수 있는 겸손한 주체만이 총체성이라는 은총을 획득할 수 있다는 것이 그 요지였다. 문학 그 자체의 경우도 마찬가지다. 자신을 위대한 것으로 규정하는 순간 문학은 아무것도 아닌 것이 된다. 문학이 대단한 것일 수 있다면, 그것은 자신의 위대성에 대한 부정을 통해서만 그럴 수 있을 뿐이다.

문학은 그런 점에서, 세상을 떠나지 못하는 중음신들에게 자신의 몸과 목소리를 빌려주는 무당이나 영매의 일에 가깝다. 20세기 후반부의 한국문학에서 가장 큰 억압의 원천은 분단과 냉전이 초래한 비극적 역사였다. 신통한 무당들은 그 속에서 희생되어야 했던 영혼들과 교통하면서 그들의 목소리를 듣고 그들에게 몸과 입을 빌려주었다. 『태백산맥』의 조정래나 『봄날』의 임철우는 역사에 의해 선택받은 무당들이었다. 그러나 그들은 동시에, 사회적으로는 계몽주의자의 역할도 수행해야 했다. 귀신들의 목소리를 대변함으로써 억압의 역사를 고발하고 폭로하는 것, 그럼으로써 대중의 의식을 고양시키는 일이 그것이었다. 그들이 접촉한 귀신들이 공동체 전체의 역사와 관련되어 있기 때문에, 그들에게 맡겨진 계몽주의자로서의 임무는 그들의 의지와 무관하게 불가피한 것이었다.

그러나 1990년대를 지나오면서 사태는 현저히 달라졌다. 역사적이고 정치적인 억압의 강도가 현저히 약화되면서 무당과 계몽주의자의 일은 분리되기 시작했고, 그럼으로써 문학은 무엇보다도 비장미의 범주와 결별하기 시작했다. 새 세기에 들어 황석영이 내어놓은 세 편의 장편 『오래된 정원』 『손님』 『심청』은 모두 진혼제의 형식을 지니고 있지만, 여기에는 그 어떤 비극적 영웅도 존재하지 않는다. 여기에서 중요한 것은 고발이나 폭로가 아니라 화해와 진혼이다. 비극을 통한 정서적 고양이 아니라 영혼들과 나누는 정서적 교감이며, 억압되었던 고통에 대한 미메시스다. 여기에도 계몽이 존재한다면 매우 우회적이고 간접적으로만 그럴 수 있을 뿐이다.

지난 역사 속에서 문학이 점하고 있던 사회적 영향력의 많은 부분은, 그것이 민족이라는 공동체의 역사적 기억과 밀접하게 교섭한다는 점에 기인한 것이었다. 민족국가가 거룩한 가치를 지니는 것은 그것이 존재하지 않고 있을 때, 혹은 그것의 존립이 위기에 처해 있을 때뿐이다. 많은 사람들이 민족 단위의 인간다운 삶이 심각한 문제가 되고 있다고 생각했었을 때, 그것을 문제 삼지 않는 문학, 정치적 사회적 억압을 배면에 깔고 있지 않는 문학은 통속적이고 저급한 것으로 배척되었다. 문학은 어떤 층위에서건, 공동체가 지향해야 할 아름다운 미래상에 대해 발언함으로써만 의미 있는 것일 수 있었다. 따라서 여기에서는, 말하는 방식보다는 말하는 내용이 좀더 중요한 것으로 간주되었다. 소재주의라는 함정이 있음에도 불구하고, 소재의 선택은 그 자체만으로도 윤리적이며 문학적 긴장의 중요한 요소다. 「존재의 형식」으로 대표되는 방현석의 최근 작업들이 또다른 방식으로 그것을 보여준다. 민족적 공동체의 삶이 문학적 소재로서의 감도가 현저하게 떨어지기 시작했던 시기에, 문학에 대한 담론이 내적 혼란에 직면해야 했던 것은 이런 점에서 당연한 것으로 보인다. 1990년대를 거쳐오는 동안 장정일의 문학에 대해 행해졌던 다양한 층위의 비판과 논란은 그런 혼란을 반영하고 있다.

1990년대의 문학을 통해, 그 이전의 문학론에서 가치를 인정받기 어려웠던 사랑과 성, 가족간의 일상적 갈등 등의 요소들이 문학의 중요한 축으로 부상했던 것의 이면에는, 점차 가시화되기 시작한 문학적 인간학의 변화가 자리잡고 있다. 민족사라는 특수성을 통해 포착되었던 개인이 이제는 좀더 보편적 규정인 삶이나 운명에 직면한 형태로 형상화되는 것이다. 추구해야 할 것으로서의 윤리도 공동체적인 전망 속에서가 아니라 한 개인의 내면을 통해 형상화된다.

윤리란 그 자체가 하나의 공동체와, 그 속에서 정의로운 것으로 통용되는 관습과 이념을 전제로 한다. 민족 단위의 공동체적 이념이 중요한 것이었을 때는 문제가 그다지 복잡하지 않았다. 공동체의 이익과 가치를 위해 개인의 이익을 희생함으로써, 공동체적 이념의 거울에 비추어 개인의 내면을 성찰함으로써 문학은 윤리적 성격을 확보할 수 있었다. 그런 공동체의 윤리가 힘을 잃어가면서부터 문제가 시작된다. 문학적 글쓰기의 윤리는 스스로의 준칙을 만들 수밖에 없는 지경에 처한다. 물론 자율적인 것으로서의 문학적 글쓰기가 종국적으로 기댈 수밖에 없는 것은, 그 자신을 산출한 모더니티의 모럴, 주체성의 절대 자유다. 현실 속에서 우리가 누리는 자유란, 경제 외적 강제로부터의 자유이며 자유시장의 자유다. 그리고 그 자유란, 마르크스의 통찰이 보여주듯이, 생산수단이 없으므로 노동력을 팔 수밖에 없는 경제적 부자유를 기초로 해서만 성립할 수 있다. 자본제를 부정하지 않는 한 이같은 자유의 역설은 감수할 수밖에 없고, 교환의 등가성이라는 전제를 부정하지 않는 한 자신이 판매하는 상품의 가치 규정을 그 틀에 맞추지 않을 수 없다. 우리 앞에는 최소한 세 개의 선택이 있을 것이다. 이런 이치를 감내하면서 생존을 도모하는 것, 그 세계로부터 자신을 퇴각시키는 것, 그 세계 속으로 열렬히 투신하는 것. 그 어떤 것도 그 자체로 윤리적이거나 비윤리적일 수 없다. 문제는 그 선택을 받아들이는 방식이다.

유력한 건설회사에 십칠 년간을 봉직했던 성실하고 능력 있는 한 중견 간부가 있다. 한국 경제가 휘청거리던 무렵 회사는 심각하게 흔들려 침몰 위기에 처했다. 능력 있는 간부는 다른 튼튼한 회사에 더 높은 직위로 스카우트되었다. 침몰하는 배에서 혼자서 빠져나온 형국이다. 그것이 못내 마음에 걸렸는지 남자는 하루에 두 번씩 옛 회사를 방문해 동료들을 만난다. 그랬던 그가 어느 날 갑자기, 위와 장 사이에 생긴 폴립 때문에 음식을 삼키지 못하는 희귀병에 걸린다. 그 폴립은 수술로 제거할 수도 없고 오로지 음식물을 삼킴으로써만 사라지게 할 수 있다. 먹을 수도 먹지 않을 수도 없는 희한한 병이다. 이런 사연이 그의 아내의 시선으로 포착된다. 그는 회사를 옮겼다는 사실을 아내에게 알리지 못했다. 또 옮긴 회사에서 그가 맡은 첫번째 일은, 떠나온 회사와 경쟁을 하여 대형 사업을 수주하는 것이었다. 당연히 그 처지도 말하지 못했다. 그가 말할 수 없었던 것을 이제는 그의 몸이 말하고 있는 것이다.

이것이 신경숙의 단편 「종소리」의 줄거리다.[8)] 물론 성석제가 형상화해낸 깡패나 속물들이라면 문제는 단순하다. 깡패도 속물도, 구차한 생계와 당당한 의리 사이에서 머뭇거리지 않을 것이기 때문이다. 둘 중 어느 것도 자신의 힘으로 선택할 수 없었던 간부의 몸은 이미 사회적 신체이고, 그 몸에 나타난 증상 또한 사회적인 것이다. 더욱이 신경숙은 이 부부의 아파트 창틀에 둥지를 튼 새의 모습을 소설 한편에 배치해놓았다. 병든 사내의 이야기를 들려주는 것은 그 모습을 가슴 아프게 바라보는 아내의 육성이지만, 이들의 이야기를 정면으로 바라보고 있는 것은 정작 이 새의 시선이며 자연의 응시다. 아무렇지도 않게 아파트 창틀에 둥지를 틀고 새끼들을 키워 떠나버리는 무애의 자연이 그들을 내려다보고 있는 것이다.

차마 할 수 없는 말과 차마 할 수 없었던 행동들이, 혹은 의식의 차원에서조차 지워져버렸던 것들이 터져나오는 것은 몸의 증상을 통해서다. 신경숙의 또다른 단편 「그가 지금 풀숲에서」가 이를 보여준다.[9)] 인터넷 쇼핑몰에 다니며 밤낮으로 일하는 남편이 있고, 그를 정성껏 챙겨주는 착한 아내가 있다. 남편은 교통사고를 당해 인적 없는 풀숲에 사지가 마비된 채로 쓰러져 있다. 어느 날부턴가 아내를 찾아온 증상이 있었다. 나중에 외계인손 증후군이라 밝혀진 희귀병이었다. 아내의 왼손이 자립적인 개체로 변해 통제 불능의 상태에 빠져버렸다. 그 왼손은

---

8) 신경숙, 『종소리』, 문학동네, 2003.

9) 신경숙, 「그가 지금 풀숲에서」, 『창작과비평』 2004년 여름호.

시누이 앞에 놓인 꽃게를 자기 접시로 옮겨버렸고, 불필요한 물건을 쇼핑 카트에 실어놓기도 했고, 남편의 따귀를 갈겨버리고 마침내는 잠자고 있는 남편의 목을 조르고 집 안을 난장판으로 만들어버렸다. 이런 상황을 견디지 못한 착한 아내는 친정으로 떠나버렸다. 그곳에서만 아내의 왼손은 잠잠했다. 착한 아내는 남편을 위해 이혼을 원했다. 그런 아내를 이해할 수 없었던 남편이, 이혼을 원하는 아내에 대해 온갖 생각을 하며 아내를 찾아 처가로 가던 길이었다. 누구의 도움도 받지 못한 채 버려져 있는 남편의 의식을 통해 이런 이야기가 펼쳐진다. 쓰러져 있는 몸과 멀쩡한 의식으로, 풀숲의 낯선 기운 속에서 하루 밤낮을 보내면서 남편은 아내의 증상을 이해하게 된다. 자신의 몸이 에일리언이 되어서야 비로소 남편은 아내의 증상을 이해하게 되는 것이다.

두 경우 모두 착한 남편과 착한 아내였다. 그들에게 증상은 어느 날 갑자기 터져나온다. 신경숙은 그런 증상들을 통해 윤리적 이중구속의 순간을 포착해낸다. 그들은 착한 사람이고자 했지만 그들의 몸은 그 상태를 견디지 못했다. 자기들의 증상과 함께 있는 순간에만, 하나의 몸 안에서 자기가 통제할 수 없는 절대적 타자와 동거하는 순간에만 그들은 윤리적 주체일 수 있다. 그 역설의 순간에만 그들은 착한 남편이면서 동시에 의리 있는 인간일 수 있고, 착한 아내이면서 동시에 자기 삶의 주인일 수 있다. 그 순간은, 양립 불가능했던 두 윤리의 역설이, 그들을 꼼짝 못 하게 했던 이중구속이 한꺼번에 해소되는 순간이기도 하다. 신경숙은 몸의 증상으로만 말할 수 있는 사람들을 그 밖에 있는 사람들의 시선으로 포착하게 했고, 또 그 밖에 있는 새와 풀숲의 응시로 그 시선을 감싸안게 했다.

김영하의 단편 「너의 의미」는 절대적 타자와의 만남으로 인해 생겨나는 역설의 공간을 풍자적으로 보여준다.[10] 그 만남은 오디세우스와 사이렌의 조우에 대한 김영하 식 버전이다. 이야기의 화자는 데뷔를 준비하고 있는 삼십대 후반의 미혼의 영화감독이다. 영화에 대한 대단한 야심도 없고 특별한 능력도 없어 제작사로부터 쓸 만한 시나리오 한 편 받지 못하고 있는 한심한 처지다. 그에게 절실하게 필요한 것은 잘 팔리는 영화가 될 만한 시나리오다. 도서관에서 문예지를 뒤지며 시나리오를 써줄 작가를 찾는 것이 그에게는 중요한 일이다. 문예지에 신인으로 등단한 스물여섯 살의 여성 작가를 찾아 시나리오를 부탁한다. 작가는 아직 외도할 때가 아니라며 그의 요청을 정중히 거절한다. 감독은 절망적인 포즈로 작가를 유혹하여 침대로 끌어들이는 데 성공하고, 다음날 아침엔 시나리오에 대한 응락까지 받아낸다.

문제는 이제부터다. 제작사와 시나리오 계약까지 마치고 준비에 들어갔지만 작가의 눈치가 심상치 않다. 무엇이 문제인가. 여성 작가의 입에서 청천벽력 같은 소리가 터져나온다. 자기를 사랑한다는 것이다. 나를 사랑한다고? 바람둥이 감독은 그 말을 이해할 수가 없다. 그들은 두 번 잠자리를 같이했을 뿐이다. 그리고 그가 어떤 인간인지는 누구보다도 자기 자신이 잘 안다 : "누가 보아도 난 그저 한심한 충무로 낭인이다. 이곳 저곳 영화판을 기웃거리며 귀동냥이나 하고 가끔 신인들 뮤직비디오나 찍고 왕년의 연출부 시절 무용담이나 떠들고 다니면서 어리숙한 초짜 여배우들이나 따먹는, 그게 일상인 나를 사랑한다니. 순진해도 그건 좀 심했다."(175쪽) 감독은 이런 말을 숨김없이 털어놓는다. 그에 대한 작가의 반응은 이렇다 : "감독님, 왜 자학을 하세요?" 이런 작가 앞에서는 어떤 말도 통하지 않는다. 이 나이에 아직 데뷔도 못 했고 모아둔 돈도 없고, 집안도 인물도 신통찮은 사람이다. 감독이 아무리 자기 본질을 까발려 보여주어도 소용없다. 작가에게 그것은 세상으로부터 인정받지 못하는 고독한 예술가의 자학일 뿐이다.

---

10) 김영하, 『오빠가 돌아왔다』, 창비, 2004.

이런 작가가 감독에게는 이해할 수 없는 절대적 타자로 다가온다. 그가 같이 잤던 수많은 배우 지망생들과 모델들은 그들이 제공한 섹스가 거래라는 것을 알고 있었다. 그래서 서로 줄 것은 주고 받을 것은 받았을 뿐, 그 이상의 어떤 책임도 약속도 가책도 없이 그것으로 끝이었다. 그러나 이 무서운 작가 조윤숙은 어떤 대가도 원하지 않는다. 미모이지만 배우가 되고 싶어하는 것도 아니고, 돈에도 관심이 없다. 시나리오 작업도 그의 요청에 의해 마지못해 응락했을 뿐이다. 그리고 흘러나오는 말이 사랑이다. 비즈니스와 교환에 익숙해 있는 감독에게, 조작가의 이런 일방적이고 절대적인 증여로서의 사랑은 함정이고 저주이며 견딜 수 없는 감옥이다. 비즈니스를 무기로 많은 여자들을 유혹하고 다니던 발랄한 속물 오디세우스가 이제야 비로소 공포스러운 유혹자, 아무것도 요구하지 않으므로 거절할 수도 없는 절대적 유혹자 사이렌을 만난 셈이다. 그래서 그들은 어떻게 되는가. 김영하가 들려주는 이야기는 여기까지다. 그는 단지 유혹자와 유혹 대상의 전도된 관계를 통해 유쾌한 역설의 공간을 만들어놓았을 뿐이다.

신경숙과 김영하는 이런 방식으로 역설이 말을 하는 공간을 포착해낸다. 그럼으로써 그들은, 우리가 세금 내는 시민으로 살기 위해 억압해야 했던 것들의 흔적을 보여준다. 이들의 작업은, 문학이 더이상 정치적 계몽일 수 없는 시대에 자신의 비판적 잠재력을 어떤 식으로 발휘해야 하는지에 대한 하나의 예증이다.

이데올로기가 현실 속에 존재하는 역설을 봉합함으로써 작동하는 것이라면, 문학은 그 역설을 응시하고 강화하는 힘으로 존재한다. 유쾌한 풍자의 공간일 수도 있고 그로테스크하고 음산한 장소일 수도 있다. 문학은 역설의 공간을 내부에 품고 있음으로써 그 자체가 사회적 신체의 증상일 수 있다. 물론 하필 문학만일 이유는 없다. 오디세우스로 인해 침묵에 빠진 사이렌으로 하여금 노래할 수 있게 한다면, 예술의 어떤 장르도 마찬가지다. 쉬운 결론의 유혹에 빠지지 않고, 자본주의나 '상업주의' 에 책임을 전가하지 않으면서, 우리의 욕망 내부에 존재하는 타자와의 간극을 집요하게 응시할 수 있는 힘의 소유자만이 사이렌의 침묵을 들을 수 있다. 글쓰기를 통해 구현되는 그런 역설의 공간, 그것을 우리는 문학이라는 이름으로 지칭할 수 있을 것이다.

(2004)

한국 민족문학론의 개념과 역사에 대한 소묘

1. 민족문학론의 파토스

민족문학에 대한 논의는, 한국 근대문학의 초창기부터 현재에 이르기까지 오랜 시기 동안 지속적으로 이루어져왔다. 이에 대한 논의들을 통칭하여 민족문학론이라 한다면, 이는 그 논의의 생산성이나 유효성을 따지기에 앞서, 그것이 거의 한 세기를 지탱해왔다는 사실 자체만으로도 주목할 만한 일이 아닐 수 없다.

민족문학론이 지니고 있는 이러한 역사성을 고려한다면, 다양한 시선과 입장과 생각들이 민족문학이라는 용어 속에서 교차하고 있는 것도 당연한 일이라 하겠다. 이를테면 민족문학론은, 그것이 제기된 시기나 논자들의 입장에 따라 민족주의문학일 수도 있고, 민주주의문학일 수도 있고, 국수주의문학이나 민중문학일 수도, 순수문학이나 본격문학일 수도, 진보적인 문학일 수도 있으며, 단순히 개별 민족의 문학을 지칭하는 포괄적인 용어일 수도 있다. 정치적으로는 정반대되는 입장이나 상이한 문학관이 민족문학이라는 하나의 용어 속에서 충돌하기도 했으며, 경우에 따라 민족문학은 모든 문학인들과 문학사가들이 지향해야 할 최고의 가치를 지닌 용어일 수도 있고, 이제는 시효 만료된 구호에 불과한 것일 수도 있다. 그래서, 근 한 세기에 이르는 민족문학론의 전개과정을 전체적으로 조망해보면, 민족문학이라는 용어는 흡사 다양한 입장과 견해들이 쟁탈전을 벌이는 하나의 고지처럼, 혹은 다양한 관심과 주장이 조우하고 충돌하는 텅 빈 공간처럼 보인다.

물론 이와 같은 다양성에도 불구하고, 민족문학론의 움직일 수 없는 전제는 그것이 민족과 문학의 결합에 의해 조형되는 담론이라는 점, 곧 민족과 문학이라는 두 개의 초점을 중심으로 형성되는 담론의 장이라는 점이다. 민족 담론 속에서의 문학에 관한 논의일 수도 있고, 또 문학의 자기 인식 속에서 행해지는 민족에 대한 논의일 수도 있으나, 이는 궁극적으로는 민족을 위한 문학이라는 원칙으로 수렴된다. 민족문학이라는 용어가 단순히 한국문학이나 아니면 일제 강점기에서의 조선문학처럼 범주를 지칭하는 것이 아닌 한에서, 민족문학에 대한 개념 규정은 이처럼 포괄적이고 추상적일 수밖에 없다.

문제는 다음 한 발짝을 내딛는 순간 벌어진다. 왜 문학은 자기 자신을 위한 것이거나 유희의 차원이 아니라 다른 어떤 것을 위한 진지한 것이어야 하는가, 그 무엇을 위한 것이라면 왜 보편적 개인이나 인류가 아니라 반드시 민족을 위한 것이어야 하는가, 그리고 어떤 문학이 민족을 위하는 문학이며, 민족을 위한 문학의 길은 구체적으로 어떻게 설정되어야 하는가, 또한 문학적 실천의 지향점으로서의 민족은 무엇이며 어떻게 규정될 수 있는가. 민족문학의 개념은 그를 둘러싼 이와 같은 질문을 만나는 순간 다양한 모습으로 분열되어 홀씨처럼 산종된다. 민족 담론에 대한 정치적 입장의 차이와, 문학의 기능과 역할에 대한 서로 다른 생각들이 서로 얽히며 수다한 민족문학론들이 탄생하는 것이다.

그러나 복수의 민족문학론 속에서 하나의 입장을 선택한 사람에게 있어서 민족문학은 현실 속에서 선택 가능한 단 하나의 진정한 문학일 뿐이다. 그러므로 민족문학론을 둘러싼 논쟁의 와중에서 우리가 쉽게 발견하는 용어가 바로 그 '진정한 민족문학'이라는 말이다. 민족문학론은 다양한 입장들을 대변하며 복수로서 존재하지만, 각각의 민족문학론자들에게 있어 민족문학은 수많은 사이비 민족문학론 혹은 문학론들을 제거하고 유일한 대안으로 옹립되어야 할 단 하나의 가치이자 대안인 것이다. 그래서 민족문학에 대한 논의는, 가치에 대한 언설들이 왕왕 그렇듯 더러는 논리의 차원을 넘어 강렬한 소망이나 신념의 형태로 표백되기도 하며, 때로는 이단들을 배척하고자 하는 종교 지도자의 자세와 같은 교조주의의 형태로 드러나기도 한다.

민족문학론의 역사가 그 자체로 문학의 기능과 역할에 대한 논쟁의 역사라 할 만큼 다단한 충돌과 대립의 형태로 구현되고 있음도 이로 보면 당연한 일이지만, 민족문학을 둘러싼 논쟁의 격렬함은 그 자체가 민족문학이라는 하나의 목표지점을 향한 열망과 문제의식의 열도의 표현이라 해도 좋을 것이다. 그러므로 민족문학의 주창자들에게 있어 진정한 적대자는 자기 단계에서 벌어진 논쟁이나 토론의 파트너가 아니라, 그런 논의 자체의 의미를 부정하는 사람들이다. 이를테면, 1920년대 중반에 시작된 계급문학과 민족문학의 논쟁 속에서 김동인은, 「민족문학과 무산문학의 합치점과 차이점」이라는 『삼천리』 창간호의 설문에 답하여 이렇게 말했다 : "민족문학과 무산문학은 모두 다 변변치 않은 문제로 이렇다 저렇다 다투는 점에서 합치점을 발견할 뿐, 그 차이점은 마치 까마귀의 자웅과 같아서 알 수가 없습니다."[1] 김동인은 또 민족문학에 대한 좌우의 논쟁이 격렬하게 불타올랐던 해방공간에서, 「조선문학 재건에 대한 제의」라는 『백민』 지의 설문에 대해 다음과 같이 말했다.

---

1) 김동인, 창간호 앙케트, 『삼천리』 창간호, 1929, 18쪽.

> 소위 「조선문학의 재건」이 다 무엇이라 하는 문제도 역시 마찬가지다. 「조선문학」이란 어떤 것이냐. 「재건」이란 무엇을 가르키는 혹은 형용하는 말이냐. 조선문학이 언제 건설되었다가 언제 무너졌기에 새삼스레 「재건」치 않으면 안 되겠느냐.
>
> 달걀을 세우라는 것과 마찬가지로 공연히 까다롭고 몽롱하고 막연한 문제를 만들어가지고 스스로 자기를 시달릴 필요가 어디 있는가. 문학인이면 문학상의 자기가 질머진 분야를 충성스럽게 개척해나가면 「건설」도 될 것이요, 「재건」(만약 무너졌다 하면)도 될 것이다.[2]

김동인 식의 이와 같은 냉소주의야말로 민족문학론의 주창자들에게는 다양한 논의를 일거에 무화시켜버릴 수 있는 가장 근본적 적대자가 아닐 수 없다. 임화로 대표되는 조선문학가동맹의 민주주의 민족문학론에게도, 김동리로 대표되는 청년문필가협회의 순수문학론으로서의 민족문학론에게도, 또한 김광섭으로 대표되는 전조선문필가협회의 민족주의문학론으로서의 민족문학론에게도 사정은 마찬가지다. 세 개의 민족문학론은 모두 어떻게에 대해 논쟁을 벌이고 있는데, 김동인은 왜라고 반문을 하고 있는 형국이기 때문이다. 세 개의 민족문학론은 모두 문학 생산의 주체로서 민족이라는 집단을 상정하고 있으며, 각각의 편차와 방식의 차이는 있을지라도, 모두 동일하게 민족문학 건설이라는 테제를 내세움으로써 문학의 사회적 기능과 효용에 대해 적극적이고 전향적으로 사고하고 있다는 점에서 동일한 전제에 입각해 있다. 그러나 김동인에게 문학은 철저히 한 개인의 것이고 탈사회적인 것이어서, 집단적인 운동의 형식으로 문학을 실천하고 수립한다는 것 자체가 우

2) 김동인, 「계란을 세우는 방법」, 『백민』 1948년 4, 5월, 17쪽.

스꽝스러운 것이다. 김동인의 이런 논리는, 방법을 놓고 논쟁을 벌이고 있는 민족문학론들의 차별성을 일거에 무화시켜버릴 만한 블랙홀과도 같은 것이 된다.

물론 김동인의 이같은 논리는 어느 쪽 사람들에게도 정색할 만한 토론거리가 되지 못했다. 그들에게 시급했던 것은 진지한 파트너들과의 논쟁과 대결이었기 때문이다. 당시의 급박했던 정치적 상황을 고려한다면 이는 당연한 일로 보인다. 김동인과 민족문학론자들은 서로 다른 코드를 가지고 있기에 충돌할 수조차 없는 것이다. 하지만 이런 사정과는 무관하게, 민족문학론 일반이 지니고 있는 파토스는 저와 같은 냉소주의를 맞세워놓을 때 더욱 선명해지는 것이 아닐까.

민족문학론자들에게 있어 문학은 무엇보다도 한 집단이 가지고 있는 유토피아에 대한 강렬한 열망의 표현이며, 문학은 그것의 실천을 향해 나아갈 때에만 의미 있을 수 있다. 그 유토피아의 구체상이 무엇인지는 국면이나 시기에 따라 달라질 수는 있으되, 민족의 해방과 소망스런 민족국가의 건설을 위해 나아가고자 한다는 것, 또한 그를 통해 억압과 차별이 없는 자유와 평등의 세계에 도달하고자 한다는 것, 그리고 문학은 이를 위한 집단적 실천의 장이 되어야 한다는 것은 민족문학론 일반의 공통적 전제가 되고 있다는 것이다. 물론 이들 각각의 주장과 구체적 실천이 일치하는지, 또 그것은 어떤 현실적 유효성과 생산성을 지니고 있는지, 그리고 근본적으로 문학을 매개로 한 집단적 실천 자체가 가능하고 유효한 것인지 등에 대한 평가는 또다른 차원의 문제이며, 이 자리에서 이를 논하는 것은 성급한 것으로 보인다. 지금의 우리로서는 단지, 민족문학 건설에 대한 주장이 그 결과나 유효성과는 무관하게 민족 해방에 대한 집단화된 열망의 산물이며, 그 배후에는 궁극적인 인간 해방의 세계라는 유토피아에 대한 강렬한 파토스가 근본적인 동력으로 존재하고 있다는 점 정도를 지적할 수 있을 것이다. 그 파토스가 한 개인의 것이 아니라 한 집단의 것이라는 점 또한 강조되어야 할 것이다. 그것이 19세기 말 이후 제국주의 세력의 위협에 국권을 상실하고 오랜 시간에 걸쳐 비정상적인 억압 속에서 살아야 했던 수난의 역사의 소산임은 두말할 나위가 없을 것이다.

2. 특수자로서의 민족문학

민족문학론은 그것이 지니고 있는 당위적 성격에도 불구하고 민족 담론인 한에 있어 근대사회의 보편적인 가치 기준이 되기에는 원초적인 한계를 지니고 있다. 민족주의라는 정치적 이념의 차원이건, 아니면 단순한 민족의식의 차원이건 간에, 민족이 사고와 가치의 주체로 등장하는 순간 민족 담론은 언제나 배타적인 자민족 중심주의로 전화될 위험을 그 자신의 태생적 한계로 지니고 있기 때문이다. 이런 민족 담론의 양면성은 하버마스가 근대적 사유체계 일반의 한계로 지적했던 주체철학의 이중성과 흡사하다.[3] 헤겔과 마르크스로 대표되는 주체철학의 주체중심적 사유는 전근대적 굴레로부터 인간을 해방시킨 힘이지만, 그와 동시에 주체철학 자체가 의지하고 있는 주체의 자기 관계라는 인식과 행위의 틀은 언제든지 공격적인 주체중심적 위력으로 전화될 수 있다는 것이다. 그러므로 주체철학은 단지 역사의 한 국면에서만 타당할 뿐 그 자체로 보편적인 가치를 지닌 규범적 척도가 될 수 없다는 것이다. 민족 담론이 지니고 있는 근본적 한계 역시 마찬가지다. 제국주의 세력에 의해 주권을 상실한 약소 민족의 입장에서라면 민족주의는 민족 해방을 통한 인간 해방이라는 나름의 윤리적 정당성을 지닐 수

---

3) Jürgen Habermas, *The Philosophical Discourse of Modernity*, trans. by F.Lawrens, Polity Press, 1987, ch. 2.

있다. 하지만 이 경우라 하더라도 민족 해방의 이념은 어디까지나 궁극적인 상호주체성의 장으로 나아가기 위한 잠정적이고 수단적인 가치 이상일 수는 없다.

민족 담론 자체가 지니고 있는 이런 양면성과 한계는 물론 이제는 한 상식이 되었지만, 일찍이 1920년대에 형성된 민족 담론 속에서도 어렵지 않게 확인되는 것이기도 하다. 예를 들자면 민족문학과 계급문학 사이의 논쟁이 한창이던 1927년의 염상섭은 「민족·사회운동의 유심적 일고찰」이라는 글의 네번째 장 '민족운동과 사회운동의 실제'의 한 대목에서 다음과 같이 썼다.

> 민족운동이 대의명분적 또는 전통중시적 견지에만 입각한 자민족 내부의 정치 및 교화운동으로 목적을 달하려든 것은 기미년 당시 혹은 그 후 2, 3년의 일이다. 시대는 변하였다. 제일시련이 성공이냐 실패냐는 문제보다도 한 가지 큰 교훈을 얻었던 것이니 현실폭로로써 얻은 실력자의 의식(實力自疑意識)으로 인하여 순정치운동에서 경제운동에 완만한 보조로 전향하여가게 한 것이 그것이다. 그리하여 민족 대 민족의 착취를 자민족의 자본주의적 발달로서 방어할 수밖에 없는 답안에 득달하였다. 이것은 확실히 변태요 역류다. 부르조와 자신이 자진하여 할 일을 여론으로써 부르조와적 발달을 촉진케 한다는 것은 숙호충비(宿虎衝鼻)요 교인행적(教人行賊)케 하는 셈이오 까닥하다가는 무산자 스스로의 묘혈을 준비하는 것이지만, 일면으로 보면 과연 여기에 피압박민족, 피착취민족의 남에게 말 못 할 이중삼중의 고통이 있고 딜레마가 있는 것이다. 그러나 이것이 자민족의 현실을 유지하는 유일로일 지경이면 순리적(純理的) 입장을 버리고 사태에 순응하여 일시적 권도(權道)를 취하는 수밖에 없다.[4)]

염상섭은 여기에서 기미년 만세운동 이후에 진행되어온 민족운동과 사회운동의 양상을 논하면서 민족운동을 일컬어 '일시적 권도'라고 말하고 있다. 무산자나 일반 기층 민중의 입장에서 보았을 때 그렇다는 것이다. 기층 민중이 궁극적으로 꿈꾸는 것은 정치적 억압과 경제적 착취가 없는 세계이지만, 문제는 식민지 민중에게 가해지는 제약이 이중적이어서 계급 해방과 민족 해방이라는 두 가지 과제가 그들에게는 동시적으로 부과되어 있다는 점이다. 그것을 일컬어 염상섭은 딜레마라 했다. 민족 자본가들은 계급 해방의 방해자들에 불과하지만, 제국주의 세력은 자본가이면서 동시에 민족적 억압자들이다. 그러므로 당면한 투쟁에서 보다 우선적인 것은 제국주의 세력과의 싸움이며, 이를 위해서는 일시적으로 민족 자본가 계급과 연합할 필요가 있다는 것, 그것이 곧 '일시적 권도'라는 것이 염상섭의 주장이다. 이런 주장은 1927년 1월에 민족 해방운동의 대동단결을 기치로 좌우합작 단체로 등장한 '신간회'의 출현을 배경으로 하고 있는 것이지만,[5] 여기에서 강조되어야 하는 것은 염상섭이 '권도'라고 칭한 민족 담론의 성격이 단지 이 시기에만 해당되는 것이 아니라 위에서 언급한 바와 같이 그 자체로 본질적인 것이라는 점이다.

김윤식은 1920년대에 벌어진 민족문학에 대한 논쟁을 정리하는 자리에서, 민족문학론자들의 주장에 대해 이론의 부재를 지적했다.[6] 이런 지적은 이 시기 민족문학론이 지니고 있는 논리 자체의 체계나 깊이, 보편성의 부족 등을 지칭하는 것으로 보인다. 하지만 이런 성격은 비단 이 시기의 민족문학론뿐 아니라, 근대 이후에 출현한 민족 담론 자체가 지니고 있는 본래적 한계라 해야 할 것이다. 앤더슨이 적실하게 지적했

4) 염상섭, 『염상섭 전집』 12, 민음사, 1987, 106쪽.
5) 김윤식, 『한국 근대문예비평사 연구』, 일지사, 1976, 111쪽.
6) 같은 책, 132쪽.

듯이, 민족주의는 "정치적으로는 위력이 있는 반면 철학적으로는 그 내용이 빈곤하고 상호일관성마저 결여하고 있다. 다른 말로 하면 대다수의 다른 주의들과는 달리 민족주의는 그 자신의 대사상가를 배출해내지 못했다. 즉, 민족주의 사상가 중에는 홉스, 토크빌, 맑스, 베버와 같은 사상가들이 없다."[7] 물론 그가 지적하고 있는 사상가나 사상의 부재는 유럽에서의 현상을 지적하고 있는 것일 뿐이다. 유럽과 같은 제1세계를 전제로 한다면 민족주의가 보편적인 사상이 될 수 없음은 자명하다. 그들은 제국주의의 세기에 식민지 정복에 나선 침략자들이었고, 그들이 내세우는 민족주의 이론이라면 약육강식의 사회진화론 이상이 있을 수 없다. 그래서 그것은 앤더슨 식으로 말해 하나의 '사상'이 될 수는 없는 노릇이다. 무엇보다 규범성이 결여되어 있기 때문이다. 민족주의가 하나의 사상이 될 수 있다면 그것은 식민지 지배를 경험한 제3세계에서일 뿐이며, 간디주의나 남미의 해방신학 등에서 그런 가능성의 일단을 찾을 수 있을 것이나, 이 경우도 어디까지나 민족 해방이라는 목표에 도달할 때까지만 유효한 잠정적인 것으로서만 그럴 수 있을 뿐이다.

보편성의 결여와 잠정적인 성격이라는 점에서 보자면 민족문학론에 있어서도 사정은 마찬가지다. 문학이라는 보편적인 개념 앞에 민족이라는 한정어가 붙는 순간, 그것은 이미 단순히 서술적인 의미이건 아니면 가치 지향적인 것이건 간에, 자기 자신을 바라보는 외부자의 시선의 개입을 피할 수 없다. 민족이라는 말 자체가 민족 외부에 대한 일종의 대타의식 속에서 만들어지는 것이라는 점에서 그렇다. 한 나라나 민족의 문학이란 물론 그 자체로 개별자로서 존재하는 것임에 이론의 여지가 없다. 그러나 민족문학이 단지 분류적인 의미에서가 아니라 민족이

7) 베네딕트 앤더슨, 『민족주의의 기원과 전파』, 윤형숙 옮김, 사회비평사, 1991, 20쪽.

라는 단어가 지니고 있는 역사적인 시각과 결합되어 하나의 규범적이고 당위적인 성격으로 규정되는 순간, 그것은 단순히 개별자의 위치에 존재하는 것이 아니라 민족 외부의 세계에 대한 대타의식 속에서, 또한 민족들의 총체인 보편자에 대해 상대적인 개념으로 존재하는 하나의 특수자로 규정된다. 요컨대 개별자로서의 문학 속에 존재하는 보편자와 특수자라는 계기 중 특수자로서의 성격이 강조되어 드러나는 것이 곧 민족문학이라는 것이다. 따라서, 민족문학이라는 단어는 민족이라는 단위 내부에서 행해지는 자기 규정이지만, 그것은 어김없이 세계문학이라는 상대적인 개념과 결합되어 존재할 수밖에 없으며, 결과적으로 민족문학은 그것이 어떤 입장을 가진 것이건 간에 외부자의 시선에 의해 포착된 내부자의 문학이라는 성격, 곧 보편자에 의해 포착된 특수자라는 성격을 피할 수 없게 되는 것이다.

이런 이유로, 특수자로서의 민족문학에 대한 강조는 그 자체로 보편자에 대한 강한 지향성을 지니게 되며, 보편자와의 결합을 통해 개별자의 상태로 나아가기 위한 일종의 잠정적이고 계기적인 성격을 지니게 된다. 더욱이 민족문학이, 지향해야 할 어떤 것으로, 당위적이고 규범적인 것으로 강조되면 될수록 이런 성격은 좀더 확실하게 드러난다. 1927년의 염상섭에게 민족운동이 식민지적 상황에서 일시적이고 단계적인 방편으로서만 의미를 지니고 있었던 것과 마찬가지로, 보편자를 지향하는 민족문학 역시 계기적이고 잠정적인 것으로서만 의미를 지니는 것이다. 이 점은 1920년대의 최남선이나 염상섭, 양주동 등은 물론이고, 해방공간의 세 개의 서로 다른 민족문학에서도, 또 "이렇게 이해되는 민족문학의 개념은 철저히 역사적인 성격을 띤다. 즉 어디까지나 그 개념에 내실을 부여하는 역사적 상황이 존재하는 한에서 의의 있는 개념이고, 상황이 변하는 경우 그것은 부정되거나 보다 차원 높은 개념 속에 흡수될 운명에 놓여 있는 것이다"[8]라고 말하고 있는 1970년대 백낙청의 민족문학론에서도 마찬가지다. 서로 다른 것이 있다면 이들 각각이 설정하고 있는 보편자의 형태일 뿐이다.

3. 민족문학론의 보편 지향성

신문학 초창기부터 해방공간을 거쳐 1970년대에 이르기까지, 민족문학을 논의해온 많은 사람들에게 가장 중요한 것은 민족문학의 건설이라는 과제였다. 건설되어야 할 것으로서의 민족문학이라는 개념은 민족문학이라는 것을 아직은 도래하지 않은 미래상으로, 현재 속의 부재로서 정립시킨다. 그리고 그런 한에서 민족문학이라는 개념은 그 자체만으로도 미래를 향한 강한 추동력을 지니고 있으며 그 미래상은 민족문학의 특수성을 넘어서는 그 어떤 보편성과 연관되어 있다. 그리고 보편성에 대한 인식은 현재의 자기 모습에 대한 자각을 통해 문학의 민족적인 자기의식으로 전화됨으로써 스스로의 정체성을 찾아 과거의 역사를 향해 나아가기도 한다.

예를 들어, 1920년대 민족문학[9]의 주창자 중의 한 명이었던 양주동

---

8) 백낙청, 『민족문학과 세계문학』, 창작과비평사, 1978, 125쪽.

9) 1920년대의 논의를 보면 세 가지 용어가 혼용되고 있다. 민족문학과 민족주의문학, 국민문학 등이 그것이다. 그러나 이 용어들은 사실상 같은 의미로 사용되고 있다. 예를 들어 최남선은 「조선국민문학으로서의 시조」라는 제목에서는 국민문학이라는 용어를 쓰고 있으면서도, 본문에서는 국민문학과 민족문학이라는 용어를 동일한 의미로 사용하고 있다. 또 그간의 논의들을 정리하기 위한 동아일보 1932년 1월 13일자 특집에서는 민족주의문학과 프로문학이라는 용어를 쓰고 있다. 문학사가로서 백철은 『신문학사조사』에서 국민문학파, 민족파, 민족문학론 등의 용어를 혼용하고 있지만 국민문학파라는 용어가 지배적이고, 조연현도 『한국현대문학사』에서 국민문학파라는 용어를 쓰고 있다. 「국민문학의 의의」라는 글에서 김영진은 "국민문학이란 2자를 나는 민족이란 글자로 바꾸고 싶다. 그러나 이왕 국민문학이란 말이 났고 또 이것이 한 숙어로 되어 있기 때문에 그대로 사용하려 한다"(『신민』 1927년 3월, 90쪽)라고 말하고 있는데, 이로 미루어 당시에도 국민문학이라

이 "우리 신문학운동의 이상은 국민문학의 건설에 있습니다. 이것이 우선 완성된 다음에 비로소 우리의 문단도 세계 문단과 나란히 할 수 있게 되리라 생각합니다"[10]라고 했을 때 그가 염두에 두고 있는 보편자는 세계 문단이었으며, 또한 시조의 부흥을 주창함으로써 최남선이 나아가고자 했던 곳도 세계문학이라는 지점이었다. 최남선은 시조를 매개로 하여 민족문학과 세계문학을 다음과 같이 연결시키고 있다.

> 시방 조선인의 폐허수정운동(廢墟修整運動), 신천지 개벽운동의 기조 우(又) 지점(支點)될 것은 실로 이에 대한 명확한 의식일지니 문학(또 시)으로 말할지라도 "조선으로 세계에"라는 사상과 방법과 실행 실현이 그 알맹이가 아니면 아니 될 것이다. 조선의 특색을 또렷하게 각출(刻出)하고, 조선의 본성을 고스란히 성출(成出)하고, 조선의 실정을 날카롭게 묘출하되 조선 뼉다귀, 조선 고갱이로써 한 시만이 우리가 세계에 내놓을 뜻 있는 시요, 또한 세계가 우리에게 기다리는 값있는 시일 것이다 (……) 문학이니 시니 우레같이 떠들어야 조선아(朝鮮我)의 망각과 조선 유일의 문학적 금자탑인 시조의 폐척무시(廢擲無視)에 남다른 섭섭을 가졌던 것처럼 천운이 순환하여 난질만하던 조선인의 자기 성찰 운

는 말이 가장 우세했던 듯싶다. 또한 김윤식(『한국근대문예비평사』, 일지사, 1976)과 김용직(『한국근대시사』 하, 학연사, 1986)은 각각 민족주의문학과 민족문학이라는 용어를 쓰고 있기도 하지만, 어느 쪽이건 1920년대의 민족문학론자들을 일컫는 데 문제가 없는 것으로 보인다. 민족문학론이라는 말이 우위를 점하게 되는 것은 해방공간에서부터인데, 1940년대 암흑기에 일제에 의해 주창된 황도문학으로서의 국민문학이라는 용어로 인해 국민문학이라는 말이 타락한 것이 되었고, 또한 문학가동맹의 구성원들에 대해 민족주의가 비판의 대상이 되면서 민족문학론과 민족주의 문학론 또한 분리되기 시작했기 때문으로 보인다. 「지구시대의 민족문학」(1993)에서 백낙청은 민족문학이라는 용어와 남한의 국민문학이라는 용어를 쓰고 있는데, 이는 제도적 실체로서의 국가와 심리적 실체로서의 민족을 구분하기 위한 것으로 읽힌다.

10) 양주동, 「文壇新歲語」, 동아일보 1927년 1월 4일자.

동이 문학에서 시에서도 나타나서 쓰레기통에 넣었던 시조가 끄집혀나오게 되었음에 남다른 흔약변무(欣躍忭舞)를 금치 못하는 자(者)이다. 이것 하나만이 조선의 예원을 꾸민다든지 또 세계의 시단에 기여할 조선인의 유일 소유이리라 함은 아니나 이것도 그 하나일 것은 물론이어니와 아무것보다 먼저 내 동산의 거친 것을 걱정하기를 비롯하고, 내 동산에서 난 적토적성(適土適性)의 화훼를 애호하겠다는 생각이 났다는 것만이 이미 세계란 의주(義州)에 가는 조선이라는 신날을 꼬는 것으로 한없이 든든한 생각을 가지게 함이 있다. 오래오래 몹쓸 추위에 눌려서 아주 죽어 없어졌나 했던 민족문학의 귀여운 싹이 그래도 살았다가 봄 온 것을 알고 봄비음을 할 양으로 조금이라도 고개를 쳐듦을 보고서 봄이 온 바에는 그의 앞에 놀라운 생장과 화실이 있을 것을 아니 믿으랴 아니 믿지 못하겠음에 첫사랑하는 이의 가슴속 같은 울렁거림이 자는 듯한 심장을 흔든다. 괴테의 말이어니와 "모든 국민의 소리가 점차로 나타나오는 일대 악보"라는 세계문학사에 시조라는 숨었던 음계와 박자도 이제는 참입(參入)할까 하여 새로운 응시가 시조로 향함을 마는 수 없다.[11)]

최남선이 시조를 들고 나온 이유가 무엇인지는 위의 인용문에서 선명하게 드러난다. 그는 조선의 문학이라는 이름으로 세계에 내놓을 만한 것이 무엇인지를 묻고 있으며, 시조는 그에 대한 대답일 뿐이다. 시조 그 자체가 대단한 문학적 성취물인지의 여부나 향후에 새롭게 발전 가능한 형식인지 여부는 여기에서 중요한 것이 아니다. 그에게 중요한 것은 세계문학에 대한 의식이며 그로 인해 새롭게 발견한 조선의 자기 의식인 것이다. 그는 지금 조선인의 눈으로 조선을 바라보고 있는 것이 아니라 세계문학의 눈으로 조선의 문학을 바라보고 있는 것이다. 그러

11) 최남선, 「조선국민문학으로서의 시조」, 『조선문단』 1926년 5월, 6~7쪽.

므로 최남선의 이런 생각은, 시조에 대해 염상섭이, "시조나마 내쫓으면 조선 문단에는 무에 남을꼬? 몇 개의 소설? 몇 편의 시가? 민중의 생활의식과 생활감각과는 거리가 먼 구라파의 방계적 혹은 병적 문예사상이? 날내 나는 계급문학의 꽹가리 소리가? 이 모든 것이 조선 문단을 형성하는 중요한 '악터'가 될지라도 그것은 조선적도 아니오 세계적도 아니다"[12]라고 했던 것과 정확하게 같은 입장에 의거해 있다. 그들은 지금 조선문학의 후진성에 대해 말하고 있는 것이며, 그런 인식을 가능케 한 세계문학이라는 보편자에 대해, 그 보편자의 세계로 나아가야 할 당위성에 대해 말하고 있는 것이다.

보편자에 대한 열망에 관한 한, 민족문학론자들의 생각은 시기나 입장을 막론하고 여일하다 할 만큼 일치된 모습을 보여준다. 그 첫번째 모습은 최남선이 인용했던 괴테의 민족문학 곧 세계문학이라는 테제이며, 이는 이후 1970년대 백낙청에 이르기까지 다양한 모습으로 변주된다.

해방공간의 논쟁의 와중에서 「순수문학의 진의」를 썼던 1946년의 김동리에게도 민족문학은 "세계문학의 일원으로서의 민족문학"이며 그러한 민족문학의 수립은 "세계사적 사명"[13]이고, 1948년의 이헌구에게도 사정은 마찬가지다 : "약소민족의 문학은 약소민족으로서의 독자성에 가장 충실하였고 실미(實美)하여졌을 때 비로소 세계문학과 비견하여 인류문화에 불멸의 광망(光芒)을 더해주는 것이다."[14] 또한 1950년대에 들어서도 상황은 크게 다르지 않다. 이를테면 1956년 「민족문학론」에서 정태용은 약소민족이기 때문에 오히려 세계적일 수 있음을 지적하면서, 민족문학이면서 동시에 세계문학일 수 있는 가능성에 대해 언급하고 있고,[15] 「민족문학 확립의 과제」에서 김양수는 "전 세계의 정

12) 염상섭, 「시조에 관하여」, 조선일보 1926년 10월 6일자.

13) 김동리, 『문학과 인간』, 민음사, 1997, 81쪽.

14) 이헌구, 「민족문학정신의 재인식」, 『백민』 1948년 3월, 7쪽.

신적 시력과 국제적인 시점을 토대로 오늘의 세계를 비평하고 자기의 민족을 비평하고 자기 스스로를 또한 비평하는 것이야말로 민족문학이 확립되는 길"[16]이라 했다. 또 1958년의 최일수는 「민족문학과 세계문학」에서 괴테의 테제와 유럽중심적인 세계문학관에 대해 비판적으로 접근하면서도 총론에 있어서는 "민족문학적인 고유한 특수성을 초월해 버리는 세계문학이란 있을 수 없다"[17]라는 생각을 바탕에 깔고 있어 민족문학과 세계문학의 동일성이라는 범위 밖을 벗어나지 않고 있다.

물론 이와 같은 진술은 누구도 부정할 수 없는 것이지만 이것을 강조하는 것은 새삼스럽게 느껴진다. 예술의 핵심은 개성의 발현이되 그것의 진경은 민족적 개성을 포착하고 표현하는 데 있다고 했던, 1922년 「개성과 예술」의 염상섭의 진술에서 크게 벗어나지 않는 것이기 때문이다.[18] 민족문학과 세계문학이라는 테제도 마찬가지여서, 1970년대에 들어서면 이 둘의 개념적 공생관계는 하나의 상투구처럼 구사되고 이런 구호주의에 대한 반성도 행해지기에 이른다. 1971년 김용직은, "우리가 수립하고자 하는 문학은 한민족의 문학이며 우리만이 수립할 수 있는 독특한 성격의 문학이다. 그러나 우리는 그것을 배타, 독선의 전제로 수립하고자 하는 것은 아니다. 다만 그를 통해 오래 열망해온 민족의 대서사시를 엮어내기 위해, 겨레의 내일을 구가하기 위해, 그리고 세계문학의 넓은 바다로 흘러드는 한 도도한 흐름이 되게 하기 위해 오

---

15) 정태용, 「민족문학론 — 개념규정을 위한 하나의 시고」, 『현대문학』 1956년 11월, 45~46쪽. 1950년대에 논의된 민족문학론에 대해서는 박헌호의 「50년대 비평의 성격과 민족문학론의 도정」(『한국전후문학연구』, 성대출판부, 2000)과 한수영의 『한국현대비평의 이념과 성격』(국학자료원, 2000) 등을 참조.

16) 김양수, 「민족문학확립의 과제 — 20세기적 관점에서의 방법론」, 『현대문학』 1957년 12월, 213쪽.

17) 최일수, 『민족문학 신론』, 동천사, 1983, 166쪽.

18) 염상섭의 개성론에 대해서는 권영민, 『한국민족문학론연구』(민음사, 1987) 2~4장 참조.

늘 우리는 그것을 우리의 힘으로 수립코자 하는 것이다"[19]라고 했고, 1975년 천이두도, "이런 의미에서 볼 때 세계문학이라는 개념은 추상적 이념이요, 민족문학이라는 실체는 구체적 주체라 할 수 있고, 또 민족문학적 고유성 내지 개성이란 정립해나가야 할 현실적 과제요, 세계문학적 일반성 내지 보편성이란 지향해나가야 할 어떤 이상이라고 할 수가 있다"[20]라고 했다. 또한 백철은 숱한 당위적 논의들에 대해, "이번에 이 글을 쓰면서 '민족문학'이란 말을 수다하게 쓰면서도 어딘지 공념불을 하고 있다는 공허감이 왔다. 위에서 거듭 이야기했듯이 그것은 결코 우리에게 민족문학의 과제가 현실성을 잃고 있다는 이야기가 되지는 않는다. 요는 우리가 염불하듯이 항상 민족문학을 창조하자 등의 구호를 외우고 있어야 그 문학이 되느냐 하는 것, 서두에 인용한 지이드의 말과 같이 표면으로 과장하지 말고 적어도 이제부터는 더 겸허한 침묵 속에서 더 순수하게 이 과제를 하나씩 구체적으로 실현시켜가야 되겠다는 어떤 수정안 같은 뜻이 된다"[21]와 같이 말하고 있다.

최남선에서 1970년대에 이르는 이러한 민족문학론의 모습은 경제적 근대화론의 문학적 버전이라 해도 좋을 듯싶다. 이 점은 특히, "세계문학에 대해서도 지금까지 우리는 소위 인피어리티 콤플렉스를 갖고 있었다. 그 겁을 타파하는 것이, 또한 작품제작에 있어서 극복할 의식의 하나이다. 우리는 수년 전 서울에서 국제문학자회의를 하는 석상에서 한국문학이 현장으로써 세계문학 속에 서본 실감을 체험한 일이 있다. 우리가 선진한 구미문학과 어깨를 나란히 해서 서 있는 기회의 귀중한 신념을 얻는 기회라고 할 것이다. 별것은 없다. 하면 된다 하는 의식이 새롭던 기회였다. 우리에게 저들과 같은 재능은 있다. 다만 노력 때문

---

19) 김용직, 「민족문학론 — 그 길을 위한 모색」, 『현대문학』 1971년 6월, 380쪽.

20) 천이두, 「민족문학의 당면과제」, 『문학과지성』 1975년 겨울호, 1054쪽.

21) 백철, 「민족문학의 오늘과 내일」, 『세대』 1972년 6월, 134쪽.

에 뒤진 거리감이 있었을 뿐인데 이런 반성과 추진의욕이 생긴 시기에 우리가 긴장한 강행군을 한다면 세계문학에의 우리 목표도 가까워지는 것이 아닌가 생각되고 또 그러한 의욕에서, 우리가 민족문학의 일원으로서 오늘을 이야기하는 귀중한 뜻이 있을 것이다"(135쪽)와 같은 진술에서 두드러진다.

장차 도래할 것으로서의 민족문학, 수립되어야 할 것으로서의 민족문학, 세계의 문학과 어깨를 당당히 겨룰 수 있는 것으로서의 민족문학이라는 논리 이면에 놓여 있는 것은 곧 자기 문학의 후진성에 대한 자각이다. 이런 점에서는, 조선문학의 대표로 시조밖에 들 수 없었던 1926년의 최남선은 물론이고 1972년의 백철도 크게 다르지 않은 것으로 보이며, 그같은 문학적 자기 인식과 강렬한 보편 지향성이 민족문학론 자체를 추동해낸 강력한 동력의 하나였음에는 큰 이론의 여지가 없을 듯싶다. 이러한 시선의 소실점에 존재하고 있는 것이 세계 속의 민족문학이라는 테제라는 점 역시 그럴 것이다.

4. 민족문학과 민족주의

1920년대 민족문학 논쟁의 와중에서 당시 카프를 대표하는 평론가였던 김기진은, "조선주의는 다시 말하면 조선 민족정신의 발현, 문학고전의 부활, 민족적 예술형식의 창조, 외래사조 추종의 배격 등이 그 중심 골자인 듯하다. 한마디로 말하면 민족주의의 문단침윤이다"라고 비판하며, "일개의 국수주의의 변형이요, 보수주의요, 정신주의요, 반동주의요, 그 이상의 아무것도 아니다"[22]라고 덧붙였다. 김기진에게 있어

22) 김기진, 「문예시평」, 『조선지광』 64호, 1927년 2월, 93~95쪽.

민족주의가, 그것도 식민 지배를 받고 있는 피압박민족의 민족주의가, 국수주의나 반동주의로 규정되어 단호하게 비판될 수 있었던 것은, 마르크시즘이라는 또다른 보편자가 그의 배후에 있었기 때문이다. 하지만 그의 비판의 대상이 되었던 양주동이나 염상섭 등의 입장에서 보자면, 다른 것은 몰라도 국수주의라는 말에는 억울해할 듯싶다. 국수주의란 보편자와의 교섭 가능성을 스스로 차단해버린 채 한정된 영역 내에서 자기 증식만으로 세계를 만들어내는 맹목적인 특수자, 민족 너머의 세계를 바라보지 않고 있는 민족 담론에게나 어울리는 말이기 때문이다. 민족문학의 건설을 주장했던 염상섭과 양주동의 논리는 물론이고, 최남선의 '조선심' 이나 정인보의 '얼' 과 같은 추상적인 용어로 표현되는 것이라 할지라도 이들을 일컬어 국수주의라고 하기는 어렵다. 피압박민족 자신의 자긍심과 민족적 동질성을 일깨우고 있다는 점에서 이들은 일제에 대한 저항이라는 요소를 자신의 근본적 동기로 지니고 있기 때문이다. 일제 강점기에 국한하여 말하자면, 민족주의를 허울로 내세웠던 매판 자본가들은 있을 수 있으되 정치적 의미에서 국수주의자는 있기 어렵다는 것이다.

민족주의나 국수주의의 문제가 민족문학론과 결합하여 본격적인 쟁점으로 부각되는 것은 해방공간에서다. 일제의 패망과 함께, 1940년대 전반기를 규정했던 암흑기라는 상황이 일거에 무너져 정치적 담론의 빅뱅이라 할 만한 장관이 연출되었던 것이 바로 그 해방공간이다. 그런데 왜 민족주의가 문제가 되는가. 해방공간에 있어서, 무엇보다 시급한 과제로 등장했던 것은 자주적이고 민주적인 민족국가의 수립이었다는 것은 누구도 부정할 수 없는 것이었지만, 바로 그 민족이라는 한정어가 문제가 되는 것이다. 곧 민족 담론 자체가 지니고 있는 이중성 — 피압박민족의 자기 해방 이념으로서의 보편적 성격과 아울러 자민족 중심주의로 전락할 위험을 그 자체의 고유한 동력으로 지니고 있다는 점 —

이 문제가 되는 것이다. 이 시기의 민족문학론 속에서 이 점이 선명하게 부각되는 것은, 임화와 이원조 등이 중심이 되어 민주주의 민족문학론이라는 구호가 민족문학론의 첫번째 깃발로 등장하면서부터다.

'조선문학가동맹'(1945년 9월)과 '북조선예술총동맹'(1946년 3월), '전조선문필가협회'(1946년 3월)와 '조선청년문학가협회'(1946년 4월) 등의 네 단체로 대표되는 이 시기의 문학 단체의 대립 구도가 당시 정치권의 좌우 대립 구도와 대응되는 것이었음은 잘 알려져 있는 바와 같다.[23] 이들 중 북조선예총을 제외한 세 단체는 모두 민족문학론을 기치로 내걸었다. 임화와 이원조로 대표되는 민주주의 민족문학론, 김광섭과 박종화, 이헌구로 대표되는 민족주의 문학으로서의 민족문학론, 김동리로 대표되는 순수문학 혹은 본격문학으로서의 민족문학론 등이 그것이다. 이들 중 임화와 이원조로 대표되는 문학가동맹 그룹이 민족문학론에 대한 이론적 선편을 쥐고 있었고, 나머지 둘은 이들의 논리에 대한 대항 논리를 내세움으로써 스스로의 입지를 만들어냈다. 이들 중에서 민족주의를 앞세운 문학론이 민족문학론으로 스스로를 지칭하는 것은 지극히 당연한 것으로 보인다. 하지만 나머지 둘이 민족문학론이라는 명칭을 내세우는 데는 나름의 논리가 있어야 한다.

임화, 김남천 중심의 '조선문학건설본부'(1945년 8월)와 이기영, 한설야 중심의 '조선프롤레타리아문학동맹'(1945년 9월)이 '조선문학가동맹'으로 결합된 후, 1946년 2월 8일과 9일에 열린 전국문학자대회를 통해 채택된 공식 강령[24]은 반제 · 반봉건 · 반국수라는 3개 항목으로 요

---

23) 해방공간의 문학적 상황에 대해서는, 권영민의 『해방직후의 민족문학운동 연구』(서울대출판부, 1986), 신형기의 『해방직후의 문학운동론』(화다, 1988), 김윤식의 『해방공간의 문학사론』(서울대출판부, 1989) 등을 참조.

24) 강령은 다음 다섯 항목이다. 1) 일본제국주의 잔재의 소탕 2) 봉건주의 잔재의 청산 3) 국수주의의 배격 4) 민족문학의 건설 5) 조선문학의 국제문학과의 제휴. 당초 초안에는 4번 항목에서 '진보적'이라는 말이 있었으나 토론 과정에서 탈락시키기로 결정된다. 조선문학

약된다. 이후 임화와 이원조 등의 글을 통해 이런 강령들은 구체적인 이념의 형태로 개진되거니와, 이 과정에서 문제가 되는 것은 반국수주의라는 항목이다. 반제국주의와 반봉건주의라는 항목에 관한 한 어떤 그룹도 부정할 이유가 없지만, 반국수주의는 사정이 다르다. 그들이 말하는 국수주의란 사실상 정치적 민족주의에 해당된다. 따라서 그들은 민족주의를 배격하면서도 민족문학론이라는 용어를 내세우는 것이 가능한 것인가라는 질문에 대면하게 된다. 왜 민족주의를 배격해야 하는가, 그런데도 왜 민족문학론이어야 하는가. 이 두 개의 질문에 답하는 과정은 곧 문학가동맹의 민족문학론이 정교화되는 과정에 다름아니다.

임화의 논리의 요체는 다음과 같이 요약된다[25] : '현단계의 중심 과제는 부르주아 혁명을 통한 민주주의의 건설이고 민족의 모든 역량은 이를 위해 집중되어야 한다. 그러나 부르주아 계급은 제국주의 세력과 결탁해 있으므로 배제되어야 하며, 노동자의 영도하에 농민과 소시민, 인텔리겐차가 인민전선을 결합하여 민주주의의 건설에 나서야 한다. 이러한 과제에 이바지하는 문학을 민족문학이라 부른다.'

여기에서 선명한 것은 민족 곧 인민이라는 테제이며, 현단계의 목표를 프롤레타리아 혁명이 아니라 부르주아 혁명으로 설정했다는 점이다. 문제는 부르주아 혁명이라는 과제가 왜 부르주아가 배제된 인민전선에 의해 수행되어야 하는가다. 이에 대한 해명을 위해 임화가 제시하는 것은 근대적 개념의 민족과 현대적 개념의 민족을 구분하는 논리이다. '근대적 개념의 민족'은 서구에서의 부르주아 혁명기에 만들어진 것임에 비해, '현대적 개념의 민족'은 제국주의 세력과 식민지 봉건세력에 대한 투쟁의 대열에서 생겨난 것이라는 것이 그 요체다. 당시의 조선이 요구하는 민족의 개념은 후자이며 따라서 제국주의 세력과 상

가동맹, 『건설기의 조선문학』, 백양당, 1946, 222쪽 참조.

25) 임화, 「민족문학의 이념과 문학운동의 사상적 통일을 위하여」, 『문학』 3호, 1947년 4월.

당 부분 이해관계를 같이해온 부르주아 계급은 민족에서 제외될 뿐 아니라 오히려 반민족적 세력으로 척결의 대상이 되는 셈이다.

이런 논리에 의거할 때 민족주의가 부정되는 것 또한 당연한 귀결이 된다. 민족주의란 부르주아의 이념을 영도체로 하는 '근대적 민족'의 산물일 뿐이므로, 인민으로서의 민족의 이익에 반하는 것, 사이비 민족 담론에 불과한 것이 되는 것이다. 문학론의 영역에서도 마찬가지다. 민족주의를 내세우는 민족문학론은 부르주아의 이익을 옹호하기 위한 것에 불과하며, 진정한 민족문학론은 인민으로서의 민족의 이해에 봉사하는 것, 곧 이원조의 표현을 빌리자면 인민적 민주주의 민족문학이 되어야 하는 것이다.[26)]

요컨대 임화는 제3세계적 시각에서 민족의 개념을 재정의함으로써, 민족주의가 지닌 제국주의적 성향을 배제함과 동시에 그것이 지닌 해방적 동력은 보존하고자 했다. 그러나 이런 점에서라면, 민족주의를 전면에 내세우고 있으면서도 "여기에서 우리가 부르짖는 바 민족운동은 강대민족의 영토적 혹은 문화적 확장과는 달리 자체의 해방에 있는 것이오, 우리가 투쟁하는 바 민족주의과정은 강대민족의 민족 이동을 민족 자결에 의하여 방어하면서 민족주의를 민주화하려는 데 있는 것입니다"[27)]라고 말하고 있는 김광섭의 논리나, 또한 본격문학을 내세우고 있으면서도 민족주의에 관한 한, "민족주의 하면 곧 국수주의 제국주의 자본주의 등과 결부시켜서 나치스 독일이나 군국 일본이나 파시즘 이태리 등의 말로와 동단(同斷)하는 반민족적 공식주의자들도 없는 바 아니나 우리의 약소민족적 현실은 이러한 얼치기 논객들의 천박한 공식을 용인하지 않는다. 가령 애란이나 인도나 비율빈이나 파란이나 혹은

26) 이원조, 「민족문학론 — 인민적 민주주의 민족문학 건설을 위하여」, 『문학』 7호, 1948년 7월, 89쪽.

27) 김광섭, 「민족주의정신과 문화인의 건국운동」, 『백민』 1949년 6월, 13쪽.

중국이나 조선 같은 약소민족이 민족주의를 견지하는 것은 공식주의자들이 망단(妄斷)하는 바와 같은 그러한 침략적인 것이 아니라 자기 혁명에 의한 한 개 해방운동에 불과하다는 것은 충분한 재료가 그것을 실증하고 있는 것이다"[28]라고 말하고 있는 김동리의 경우도 임화의 논리와 크게 다르지 않다. 그들은 모두 저항적 민족주의가 지니는 당위적 성격에는 동의하고 있는 것이다. 차이가 있다면 민족주의라는 용어를 긍정하느냐 그렇지 않느냐의 문제일 뿐이다. 그러나 이 차이는 정치적 현실 속에서는 엄청난 의미를 지닌다. '8월 테제'에 나와 있는 바와 같이 "반동적 민족주의 국가 건설을 요망하고 있"는 것은 "지주, 고리대금업자와 반동적 민족 부루주아지 등 친일파들", 구체적으로는 "반동적 민족 부루주아지 송진우와 김성수를 중심한 한국민주당"이기 때문이며, 따라서 민족주의라는 용어를 승인하느냐 그렇지 않느냐의 차이는 이후의 국가 건설에 대한 궁극적 전망과 연결되어 있기 때문이다 : "즉, 자본주의냐? 사회주의냐? 파시즘이냐? 민주주의냐?"[29]

이런 점에서 보자면, 김동리가 자신의 「민족문학론」에서 문학가동맹이 내세운 민족문학에 대해 민족문학이 아니라 단지 계급문학일 뿐이라고 비판한 것은 타당하다. 인민적 민주주의 민족문학의 궁극적 귀착지가 어디인지는 자명하기 때문이다. 또한 김동리는 민족주의문학에 대해서도 그것이 민족문학의 일부일 수는 있어도 그 자체로 민족문학일 수 없다고 비판했다. 이것 역시 타당한 비판이다. 하지만 이런 논리에 입각하면, 자신이 주창했던 순수문학 혹은 본격문학도 민족문학의 내용이 될 수는 없다는 사실 또한 자명하다. 그가 말하는 "참된 민족문학"으로서의 본격문학이 "계급의식이니 민족주의문학이니 하는 어떤

28) 김동리, 「민족문학론」, 『대조』 1948년 8월, 104쪽.
29) 「조선공산당 1945년 8월 테제」, 김윤식 편, 『원본 한국현대현실주의비평선집』, 나남, 1989, 372~374쪽.

특수한 부동적인 정치의식을 표방하는 것보다 좀더 시공간의 제약성을 초월할 수 있는 기본적 조건에 입각"[30]해 있는 것인 한에 있어, 그것이 민족문학이라는 이름으로 불려야 할 근거가 없기 때문이다. 또한 그가 내세웠던 순수문학이라는 기치도 그의 맥락에서 보자면 탈정치적인 것이라는 점에서만 유효할 수 있으되, 그것이 정치적 좌우 대립의 와중에서 논쟁적이고 선언적으로 발언되는 순간, 그것은 또하나의 정치적 담론의 성격을 띠게 된다. 담론의 정치성은 발언의 내용 못지않게 발언의 형식과 맥락이 지니고 있는 의미에 의해서도 수행되는 것이기 때문이다. 난데없이 웬 민족 타령들인가 하는 어조로 말을 시작하여, "문학은 어디까지든지 자유무애한 입장에 놓여야 할 것이요, 모든 것을 포괄하고 결코 편향하여서는 아니 될 것이라고 믿는 자기로서는, 좌우의 분립 경향을 가진 쌍방 '민족문학'을 가운데 놓고 각자가 자기의 소출이라고 마주 끌고 찢는 것 같은 현상은, 내용은 여하간에 우선 외관부터 정상적이 아닌 듯이 보이는 것이다"[31]라고 말하고 있는 1948년의 염상섭 쪽이 훨씬 더 문학적 순수주의에 가까워 보이는 것도 그 때문이다.

세 개의 민족문학은 모두 다른 것들과 구분되는 민족문학으로서의 개념적 내실을 갖추지 못했다는 점에서는 모두 민족문학이 아니지만, 이와 동시에, 민족을 위한 문학이나 민족이 추구해야 할 문학이라는 정도의 포괄적인 개념으로서의 민족문학이라면, 이 셋은 모두 저마다 민족문학들 중의 하나다. 하지만 이런 개념 없음에 대해 그들을 힐난할 수는 없다. 민족문학이라는 말 자체가, 민족주의가 그런 것처럼 특수자라는 제약을 지니고 있어 그 자체로 보편성을 지닌 규범적 개념으로 승화되기 어려운 것이기 때문이며, 종국적으로는 다른 어떤 보편성의 차

30) 김동리, 「민족문학론」, 『대조』 1948년 8월, 107쪽.

31) 염상섭, 「민족문학이란 용어에 관련하여」, 신형기 편, 『해방 3년의 비평문학』, 세계, 1988, 418쪽.

원으로 이행해갈 운명의 것이기 때문이다. 그럼에도, 해방공간에서 민족문학은 누구나 차지하고 싶어하는 텅 빈 성소로서 존재했다. 폭발적으로 터져나온 민족주의적 파토스의 강렬함이 많은 동시대인들을 사로잡고 있었고, 그런 만큼 민족이라는 관형어가 지니고 있는 저항적 민족주의적 색채나 윤리적 당위성과 시의성은 부정하기 어려웠던 때문일 것이다. 물론 그것이 문학이 지니고 있는 자기 이념성의 차원과 어떻게 조우했던 것인가에 대한 평가는 이와는 별개의 문제다.

5. 민족문학론의 운명

민족문학론이 민족주의와 결합되어 다시 한번 중요한 쟁점이 되기 시작하는 것은 1970년대에 들어와서다. 이에 대해 최원식은, "4·19를 기점으로 우리 사회 내부에서 현저하게 떠오른 민족주의적 동력이 70년대 문학에 집중적으로 반영된 결과일 것이다"[32]라고 지적하고 있으며, 1972년의 한 좌담에서 한 역사학자는 특히 1965년 한일협정 이후로 민족주의적인 기운이 국사학계에 현저하게 퍼졌음을 지적하면서 '민족사관'이나 '민족사학'이라는 화두가 활발하게 논의되고 있다고 했다.[33] 또 이와는 별개로 3공화국 정부의 주도로 근대화론과 결합한 민족주의나 주체성 담론이 광범하게 퍼져 유신 정권으로까지 연결된다. 1968년 정부가 제정한 국민교육헌장의 첫 구절을 장식하고 있는 '민족 중흥'이라는 말이 그 대표적 상징일 것이며, 유신 정권이 출현했던 직후의 상황을 1975년의 백낙청은, "주지하다시피 정부에서는 이른바 '한국

32) 최원식, 「민족문학론의 반성과 전망」, 『민족문학의 논리』, 창작과비평사, 1982, 346~347쪽.

33) 이우성·차하순 좌담, 『월간중앙』, 1972년 3월, 68~70 및 80쪽.

적' 민주주의를 표방함과 거의 때를 같이 하여 '민족문화의 중흥'을 위해 막대한 국가예산을 투입하고 있다"[34]라고 지적하고 있다.

이런 정황 속에서 민족문학이라는 말이 새롭게 관심의 대상이 되는데, 이 과정에서 백낙청과 염무웅이 주도하던 계간지 『창작과비평』은 민족문학론을 위시한 다양한 민족 담론의 발전소가 된다. 1975년 백낙청의 「민족문학의 현단계」를 필두로 하여, 강만길의 「'민족사학' 론의 반성」, 송건호의 「'민족교육'의 사적 고찰」 등을 거쳐, 「민족의 역사, 그 반성과 전망」 「분단시대의 민족문화」 「농촌소설과 농민생활」 「한국기독교와 민족현실」 「분단현실과 민족교육」 「내가 생각하는 민족문학」 「민족문학과 문화운동」 등의 좌담, 대담, 특집의 행렬이 이어지거니와, 이러한 흐름의 초두에서 백낙청은 민족문학에 대한 절박한 요구에 대해, "한국민족의 일원이 써낸 문학이면 무엇이나 다 민족문학이고 따라서 굳이 '민족'이란 접두사를 붙여도 그만 안 붙여도 그만인 그런 태평한 세월이 아니라 민족의 존엄성과 생존 자체가 위협받는 절박한 위기에 직면하여, 우리 민족의 문학은 문학으로서 성립하기 위해서라도 이러한 민족적 위기에 대한 인식에 뿌리박지 않을 수 없다는 것이다. 이러한 민족적 위기의식이야말로 민족문학 개념의 현실적 근거이자 그 존재가치를 이루는 것이다"(같은 책, 12쪽)라고 말하고 있다.

그렇다면 그 '절박한 위기'란 무엇인가. 당시의 정치 현실을 언급할 필요도 없이 백낙청의 이 글 자체가 겪어야 했던 수난이 그러한 상황을 웅변해주고 있다.[35] 이런 폭압적 정치 현실이야말로 백낙청에게는 민

34) 백낙청, 같은 책, 11쪽.

35) 그의 첫 평론집 『민족문학과 세계문학』(1978)의 머리말에 언급되어 있는 것으로 미루어, 「민족문학의 현단계」는 발표지(『창작과비평』 1975년 봄호)가 회수되고 평론집에조차 실을 수 없었던 수난을 겪어야 했던 것으로 보인다. 이 글이 책에 수록된 것은 1985년에 나온 그의 세번째 평론집에서다.

족문학의 존재 근거이자 가장 중요한 동력이고, 따라서 민족문학이라는 개념은 "하나의 엄밀한 학문적 정의라기보다 우리 문학의 올바른 자기 이해와 역사의식을 위한 하나의 지침"이 된다. 이와 같은 기본 전제들은 제3세계문학론, 리얼리즘론, 민중문학론 등과의 다양한 교섭 속에서도 견지되었다. 또한 그는 1980년대에 폭발적으로 분출한 소장파 민족문학론자들[36]과의 대화를 통해 자신의 논리를 정교화시켜, 민족 해방과 민주개혁이라는 과제를 분단체제론으로 아울러내기도 했거니와, 지금에 이르러서는 현장비평으로서의 민족문학론에 접근할 수 있는 거의 유일한 통로로 존재하고 있다.

분단 고착 후 민족문학을 둘러싸고 벌어진 담론의 흐름 속에서 백낙청의 민족문학론이 지니는 독특성은 「민족문학 개념의 정립을 위해」(1974)의 표현을 빌리자면, "민족문학의 개념을 고수할 것을 요청하는 어떤 구체적인 민족적 현실"을 적시했다는 점에 있다. 같은 글에서 그는, 국수주의도 복고주의도 아니어야 하는 것으로서의 '진정한 민족문학'은 "참다운 민족주의의 실현"을 통해 가능할 것이라고 했다. 그로부터 이십 년이 지난 후 그는 「지구시대의 민족문학」(1993)에서, '참다운 민족주의'를 정의하기가 불가능해 보이는 현상들에 직면하여 그 스스로 '참다운 민족주의'라는 용어에 대해 최소한 그 표현만이라고 바꿔야 하리라고 말한다. 그에게 '참다운 민족주의'라는 말이나 혹은 이 연장에 있는 '진정한 민족문학'이라는 말보다 더 중요한 것은 그 말들에 실천적 의미를 부여할 수 있는 '민족 현실'이고 그것의 구체적 모습으로서의 분단체제다. 이에 비하면 민족주의도 민족문학도 이러한 현실에 맞서기 위해 마련한 지침이자 방편에 불과하다. 요컨대 그의 민족문학론에서 중요한 것은 현실에 맞서는 문학의 응전력, 곧 문학이 자기 현

36) 1980년대에 이루어진 민족문학론에 대한 개괄적인 내용은, 김성수, 「민족문학운동과 사회변혁의 논리」(『작가연구』 10호, 2000년 하반기) 3절 참조.

실에 대한 적극적인 참여와 실천으로서 존재하고 있다는 사실이며, 이런 점에서 그의 민족문학 개념은 단순한 자국 문학의 발전 논리였던 민족문학론들과 구분된다. 실천으로서의 문학이라는 보편적 규정을 통해 민족 담론 고유의 특수성 혹은 폐쇄성으로부터 민족문학을 견인해내고 있는 것이다.

백낙청은 민족문학의 개념을 철저하게 역사적인 것으로서, 그 어떤 영원성에 대한 지향이 아니라, 당대의 현실과의 교섭을 전제로 한 특수한 계기로서 설정했다. 이런 점에서 그의 민족문학론은 자기 소멸에 대한 갈망을 자신의 핵심적인 논리로 지니고 있다. 실천으로서의 문학을 추동해내는 힘은 무엇보다도 인간 해방과 좀더 나은 세계를 향해 나아가고자 하는 동력이며, 그 힘의 최종적 지향점은 문학이 더이상 실천일 필요가 없는 세계이기 때문이다. 1993년의 백낙청에게 민족문학론이 여전히 유효한 것일 수 있었던 것은 민족분단이라는 현실과, 민족통일의 자주성과 민주성을 저해하는 분단체제가 엄존하고 있기 때문이었다. 민족문학론의 종국적인 꿈은 그런 현실적 질곡을 극복하는 데 있으며, 그 꿈이 이루어지는 순간 민족문학론은 자신의 행복한 죽음을 목도하게 될 것이다. 물론 그 세계에도 문학으로 하여금 실천적 지향성을 요구하는 또다른 억압적 현실이 있을 것이고, 문학은 그것과의 싸움을 향해 나아갈 것이다. 그러나 그 문학이 지녀야 할 이름은 민족문학은 아닐 것이다. 그것이 문학적 자기 인식의 지침으로서의 민족문학, "부정되거나 한층 높은 개념 속에 흡수될 운명에 놓여 있는 것"으로서의 백낙청 식의 민족문학이 지닌 운명이다. 그것은 또한 그 어떤 보편자로 나아가기 위한 잠정적이고 특수한 계기로서만 존재해왔고 본질적으로 그럴 수밖에 없는 민족문학 일반의 운명과 상응하는 것이기도 하다.

6. 국수주의와 진영테제

민족문학론은, 모든 당위적인 언설들이 그렇듯이 자칫하면 구두선이 될 위험을 지니고 있다. 냉전체제의 종식이라는 세계사적인 사건으로부터 시작된 1990년대 이후의 한국적 상황에서 이 점은 더욱 두드러진다. 무엇보다도 분단체제가 갖는 현실적 긴장감이 그 이전에 비해 현저히 약화되었고, 이에 따라 남북간의 문제에서도 통일 그 자체가 아니라 어떤 통일인지가 문제시되는 상황에 이르렀으며, 이런 상황은 2000년의 6·15 선언에 이르기까지 다소의 부침에도 불구하고 큰 흐름으로 지속되어왔다. 바로 이런 상황이 민족문학론에게는 문제가 된다.

1920년대와 해방공간, 그리고 1970, 80년대에 민족문학에 대한 논의들이 활발하게 전개될 수 있었던 것은, 문학에 대한 민족 단위의 담론을 가능케 할 만한 구체적 현실이 있었고 그 현실에 대한 응전을 통해 완수해내고자 하는 공동의 목표가 있었기 때문이다. 조선문학의 건설, 민주적 민족국가의 건설, 분단체제의 극복 등이 그것이었다. 민족문학이라는 개념은 이러한 목표가 현실성을 지니고 있을 때에만 실질적인 의미를 지닐 수 있다.

1920년대와 해방공간, 1970년대 등 세 시기의 민족문학론들을 살펴보면서 우리는 민족문학의 개념 자체가 특수자로서 존재하고 있으며, 그런 만큼 보편자에 대한 강렬한 지향성을 지니고 있다는 사실을 지적해왔다. 이러한 이중성은 근본적으로, 민족문학론이 한편으로는 특수자에 대한 강조로 이루어지는 민족 담론의 일환이면서 동시에 문학 일반이 지니고 있는 보편자로서의 성격을 지니고 있다는 점에서 비롯된다. 이 둘은 모두 민족문학론의 성립을 위한 필수적인 계기이되, 문제가 되는 것은 특수성에 대한 지나친 강조다. 보편성에 대한 지나친 강조는 기껏해야 민족문학이라는 개념 자체를 형해화하는 데 불과할 뿐이지만, 특수성에 대한 지나친 강조는 논리를 신념의 차원으로 전치시켜 국수주의나 자민족중심주의의 배타성을 낳게 한다. 그 대표적인 예를 신경득의 『한민족문학사상론』(1996) 같은 경우에서 발견하게 된다.

그가 내세운 "자본주의와 사회주의의 권력 모순이 극복된 민족 공동체 사회"[37]라는 구호는 아름답고, "적어도 민족문학은 우리의 피와 역사를 바탕으로 민족혼의 풀무질을 통해 민족성을 회복·신장하여 민족을 해방시키는 참다운 인간학이 되어야 한다"(26쪽)라는 말에도 어느 정도는 동의해줄 수 있다. 하지만, "시끄럽고 간사한 베토벤이 악성의 자리에 앉아 국악하는 사람을 홀겨본다. 로댕의 뒤보는 사람은 염치나 수치를 버리고 벌거벗은 짐승이 되라고 외친다"라든지, "민족문학을 오도한 해외문학파 최재서의 후예들인 이어령·류종호·김현·백락청·김우창 등은 민족 자각이 싹트는 이 시기에 새롭게 검토되어야 한다"와 같이 표현되는 배타성에는 고개를 젓게 되고, "글 읽던 선비와 생산에 종사하던 민중이 항일 혁명 전선에서 몸 바쳐 싸우던 그 정신을 투쟁적 민족주의라고 부를 수 있다. 투쟁적 민족주의는 반·비민족주의자들에 대한 민족 피거르기를 요구한다. 개혁의 방법에 의한 피거르기가 불가능하다면 혁명의 수단에 맡겨야 한다. 개량주의나 중화주의는 배격되어야 한다. 인정주의나 속물 근성도 용납될 수 없다. 피와 역사가 제자리에 서야만 문학도 설 자리를 찾게 된다"(27쪽)와 같은 구절에서는, 그것이 비록 일제 강점기를 대상으로 한 진술이라 할지라도 섬뜩함마저 느끼게 된다.

민족의 주체성에 대한 지나친 강조가 어떤 결과를 초래하는지는 이미 1970년대 유신정권의 '한국적 민주주의'라는 구호가 상징적으로 보여주었다. '한국적'이라는 관형어는 '민주주의'를 질식케 했다. 민족문

37) 신경득, 『한민족문학사상론』, 살림터, 1996, 220쪽.

학이라는 구호에서도 '민족' 이라는 관형어가 '문학' 의 올가미가 되지 않게 할 수 있기 위해서는, 민족문학이라는 개념을 "우리 문학의 올바른 자기 이해와 역사의식을 위한 하나의 지침"으로 사유하는 태도가, 곧 그것의 역사성에 대한 자각이 동반되어야 한다. 그것은 민족문학이라는 개념으로 하여금 특수자의 위치를 넘어서 절대적인 것으로 비약하는 것을 막아줄 최소한의 안전핀이기 때문이다.

1993년의 하정일이 해방공간의 비평사를 논의하는 자리의 서두에서, "그러나 본고가 당시의 비평 가운데 특히 민족문학론에 논의의 초점을 맞추려는 것은 민족문학론이야말로 우리 근현대 비평사의 정통이라는 믿음 때문이다. 뒤에서 본격적으로 살펴보겠지만, 우리 근현대의 민족사적 과제에 진실로 부응하는 동시에 문학예술의 본래적 요구에도 합치하는 문학이념은 민족문학이다. 이는 크게 두 가지 이유 때문인데, 하나는 민족문학이야말로 근대 민족사의 과제를 반영한 문학이념이란 점이며, 다른 하나는 민족문학이 인류가 개발한 최고의 문학방법인 리얼리즘을 자신의 방법적 원리로 삼고 있다는 점이다"[38]라고 했을 때, 그의 말에 선뜻 동의하기 어려운 것은, 그가 문학사가의 위치에 있으면서도 논리나 사실이 아니라 믿음에 대해 말하고 있다는 점 때문이다. 물론 믿음이나 확신 그 자체가 문제가 되는 것은 아니다. 믿음은 누구나 하나쯤은 가지고 있는 것이며 그 자체로는 선악을 논할 수 없는 중립적인 것이다. 문제는 자신의 믿음을 그 자체의 언어로 표현하는 것, 곧 믿음을 고백하거나 표명하는 것이다. 그런 화자에게 가장 잘 어울리는 것은 침묵 속에서 경청하는 청자들이며, 그런 담론의 상황 속에는 정상적인 토론이 들어설 여지가 많지 않다. 믿음에 대한 토론은 일방적인 옹호나 반박의 형식으로 전화되기가 쉽기 때문이다. "민족문학진영의

---

38) 하정일, 『민족문학의 이념과 방법』, 태학사, 1993, 233쪽.

일부 작가와 평론가들이 탈근대라는 문제 설정을 과감히 받아들일 것을 주장하면서 민족문학의 원칙과 대의에서 벗어나고 있는 모습은 포스트모더니즘의 논리에 역이용된 전형적인 예라 하겠다"[39]라는 대목에서와 같이 진영테제에 입각한 주장이 그의 글에서 자주 나타나는 것도 그 때문이라 해야 할 것이다. 진영(camp)이라는 단어는 전쟁에서 쓰이는 용어다. 공산진영과 자유진영이라는 말이 상투구처럼 쓰였던 것도 냉전이라는 상황 속에서였다. 현재 진영이라는 말이 가장 활발하게 사용되고 있는 곳은 선거전에서이되, 용어 자체도 캠프라는 외래어로 바뀌었다. 그것이 민족문학을 논하는 자리에서 여전히 쓰여도 되는지는 의문이다. 단지 용어의 문제가 아니라, 용어의 사용이 내포하고 있는 태도가 문제라는 것이다.

하정일의 최근 저서에 대한 서평에서 채호석은, "평자가 던지는 첫번째 질문, 그리고 아마 마지막일 질문은 '왜 저자는 민족문학이란 무엇인가라는 질문을 던지지 않고 있는가?' 이다. 저자는 민족문학이 무엇인지를 말하지 않은 채, 민족문학을 옹호하고, 그리고 갱신을 말하는 것처럼 보인다. 질문을 좀더 정확히 하자. 그는 민족문학이 어떠한 문학인가에 대해서는 말하고 있다. 말하고 있기보다는 '전제하고' 있다. 묻고 싶은 것은, 왜 '그러한' 문학이 민족문학인가 하는 것이다. 그는 이렇게 말한다. 그가 생각하고 있는 '바람직한 문학'은 '민족문학'이다. 그러므로 민족문학을 부정하는 자는 그가 말하는 '바람직한 문학'을 부정하는 자이다. 그런데 사실 민족문학에 대해 던져진 질문의 일부는 왜 그것이 '민족문학'이라는 이름을 달고 있어야 하는가가 아니었던가"[40]라고 했다. 채호석은 지금, 민족문학의 개념이 규범성을 지니기 위해 필요한 것은 구체적 현실과의 관련 속에서 문학적 실천을 가능케 할 내

39) 하정일, 『20세기 한국문학과 근대성의 변증법』, 소명출판, 2000, 97쪽.
40) 채호석, 「민족문학이라는 '깃발'에 대한 질문」, 『작가연구』 10호, 2000년 하반기, 222쪽.

실 있는 자기 규정이라는 점을 지적하고 있는 것으로 보인다. 이에 대해 하정일은 '민주변혁기의 문학이념이라는 역사적 성격을 지닌 것으로서, 민중연대성을 이념적 원리로 하고, 리얼리즘을 방법적 원리로 하는 문학'[41]이라고 간단하게 정리해줄 수 있을 것이고, 다시 채호석은 그런 문학이 왜 하필 민족문학이라는 이름을 가져야 하는가라고 되물을 것이다. 요컨대 하정일이 민족문학이라는 테두리 안에 있음에 비해 채호석은 그 바깥에서 민족문학을 바라보고 있는 것이다.

민족문학의 위기라는 말이 1990년대에 들어 폭넓게 사용된 것은 잘 알려진 바와 같다. 그러나 위기의 담론이 비단 민족문학뿐 아니라 그와 동시에 문학 자체를 놓고 운위되었었다는 사실은, 민족문학이 그 동안 어떤 위치에 놓여 있었던가를 보여주는 상징적인 것이라 하겠다. 문학에 대한 담론에 있어서 민족문학은 엄격하고 진지한 아버지의 자리를 차지하고 있었다. 그 위엄 있는 목소리는 현실 속에서 문학이 있어야 할 자리와 가야 할 길에 대해 이야기하고 있었다. 하지만 정작 여기에서 중요한 것은, 분단체제나 민족현실이라 지칭될 수 있는 구체적인 현실의 모습이 아니다. 그것은 어디까지나 가변적인 것이기 때문이다. 문학이 현실에 대한 구체적이고 실질적인 응전력의 형태로, 또한 규범적이고 당위적인 언설의 차원에 존재해야 한다는 생각이 이에 비하면 좀 더 근본적인 것이다. 민족문학이라는 개념의 현실적 위력이 점차 약화되면서 문학 자체의 정체성에 대한 회의가 대두되게 된 것도 그 때문이라 해야 할 것이다. 규범적인 아버지의 위력이 약화되면 그 아버지의 모습에 가려져 있던 무시무시한 괴물, 모든 가치를 계량화의 블랙홀 속으로 삼켜버리는 자본주의라는 호랑이 아가리가 등장한다. 하정일도 채호석도 모두, 문학의 존재 근거를 송두리째 삼켜버릴 그 호랑이 아가

41) 하정일, 『민족문학의 이념과 방법』 1-1장 참조.

리를 의식하고 있는 것으로 보인다. 말하자면 하정일은 그에 대항하기 위해 규범적인 아버지의 목소리에 힘을 실어주어야 한다고, 또 채호석은 어떤 싸움이 될지는 모르지만 차라리 정면으로 맞서는 것이 정직한 것이라고 말하고 있는 것으로 보인다.

앞에서 지적한 바와 같이, 최소한 1970년대 이후의 민족문학의 개념은 대다수의 민족 구성원들에게 절박하게 다가오는 인간적인 삶에 대한 위기의식 속에서 도출된 것이며, 그러한 현실이 존재하는 한에서만 의미 있는 것이다. 따라서, 1990년대에 들어 '민족현실'의 위기가 아니라 '민족문학'의 위기가 폭넓게 담론화되었다는 것은 한국사회가 그 이전에 비해 좀더 성숙해졌음을 뜻하는 지표로 읽힌다. 물론 그 성숙에는 사회적 억압의 성숙도 포함되어 있다. 분단체제가 내용적으로 종식되면 민족문학은 존립하기 어려운 개념이 될 것이다. 나아가 정치권력이나 자본의 논리에 의해 인간이 비합리적인 차별과 억압을 받지 않는 세상이 된다면, 최소한 한국의 근대사에서처럼 극단적인 폭력의 형태로 드러나지 않는 상태가 된다면, 문학 자체의 위상도 바뀌어 상상력의 유희나 보편적 지혜의 차원으로 옮겨가게 될 것이고, 문학에 대한 담론에서도 엄격한 아버지의 목소리보다는 부드러운 어머니의 목소리가 좀더 힘을 얻게 될 것이다. 이를 뒤집어 말하자면, 민족문학이라는 개념은 그런 세상이 등대하기 전까지는 여전히 현실적이고 규범적인 유효성을 지니고 있으리라는 것 또한 당연한 말이다.

마르크스에게 예술가가 근대적 주체의 이상적 모습일 수 있었던 것은 그것이 외화와 전유의 사이클을 완성할 수 있는 탈소외의 전범적인 표상이기 때문이었다. 어떤 의미에서건, 지난 삼십 년 동안 한국에서 민족문학이라는 슬로건은 문학의 저항적 성격을 지시하는 가장 강렬한 상징이었다. 민족문학이 지니고 있던 그 같은 에토스가, 견결한 윤리의 고갱이가 지켜져야 한다는 점에는 누구도 이론을 제기할 사람이 없을 것이다. 하지만 문제는 방법이다. 그것이 무엇인지는 쉽게 말할 수도 없고, 그런 말에 적당한 자리도 아니다. 하지만 이 자리에서도 최소한, 구두선을 반복하는 단순한 논설문의 방식이 아니라는 점 정도는 지적해둘 수 있을 것이다. 당위와 규범을 앞세우는 것만으로는 곤란할 정도로는 성숙해지고 동시에 교활해진 것이 현재 우리 사회의 현실이기 때문이다.

신념에 대한 맹목적 주장이나 교조적 반복은 그 자체로 반문학적이고 반민족적이다. 민족문학의 개념이 실천적 의미를 견지하기 위해서는 자신의 역사성과 특수성에 대한 철저한 인식이 전제되어야 한다고 말하는 것 역시 새삼스런 구두선이 될지도 모르겠다. 하지만 그러한 인식이 강조되어야 하는 것은 1990년대를 전기로 엄청나게 바뀌어버린 세상 탓이다. 신념을 위해 목숨을 바치는 일이 고결하고 아름답던 시대도 있었으나, 이제 신념은, 더욱이 집단화된 신념의 존재는 아름답기보다는 위험해 보이는 세상이 되었다. 화용론적인 시각이 밝혀주었듯이 중요한 것은 말의 내용 자체가 아니라, 그 말의 주체와 맥락이 만들어내는 의미다. 문학의 이름으로 정사를 준절히 구별하고 곡직을 엄정하게 가려내고자 하는 생각보다, 문학이라는 물건 자체가 복수의 유토피아들과 서로 다른 층위의 담론들이 동거할 수 있는 넉넉한 장이어야 한다는 생각 쪽에 좀더 신뢰가 가는 것도 그 때문이다.

(2002)

왜 문학인가 : 문학주의를 위한 변명

1. 질문에 대하여

왜 문학인가라고 물었다. 이 질문은 그 자체로 도발적이고 불손하기까지 하다. '왜'와 '문학인가' 사이에 '하필이면'이 숨어 있는 것처럼 보이기 때문이다. 소이부답이 최선일 듯싶지만, 대답을 해야 한다면 난처한 일이 아닐 수 없다. 질문 자체가 대답하는 사람을 피심문자로 만들어버리기 때문이다. 실존적인 대답이나 존재론적인 대답을, 더러는 고백성사를 해야 할 것처럼 느껴지기도 한다. 밖으로부터 주어지는 질문이라면 매우 무례하고, 자문자답이라면 자학적이다. 그리고 무엇보다도 이런 질문이 가능하다는 사실 자체가 문학의 현재적인 위상을 짐작게 해준다. 세상은 넓고 할 일은 많은데 왜 하필 문학이냐는, 일종의 찍자나 시비처럼 다가오고 있는 것이다.

그러나 그럴 만하지 않은가. 1990년대 이후로 문학은 자기 존재의 정당성에 대한 시비와 의심에 시달려왔고 다양한 위기론의 대상이 되어왔다. 1990년대 초반을 장식했던 대형 표절시비로부터 시작하여 최근에 이르기까지 문학을 둘러싼 추문의 연쇄가 위기의 담론과 나란히 진행되어왔다. 이러한 과정을 통해 점차 변해가는 문학의 위상이 가시화되었다. 문학이 아직도 여전히 몇 남지 않은 소도이며, 신성한 숲이고 역사적 실천의 장인가. 성스럽고 고고하며 당당한 것인가. 그래야 한다고 외칠 수는 있으되, 그렇다고 선뜻 긍정하기는 어려운 것 또한 사실이 아닐까. 아마도 다른 문화 상품들과 마찬가지로 자본주의 체제에서 생산되고 유통되고 소비되는 상품의 하나일 뿐이라고 말하는 것이 좀 더 현실에 가까운 것이 아닐까. 어쩌다 이 지경이, 하는 식의 차탄이나 노호의 목소리가 있을 수도 있다. 그러나 그것도 새삼스러울 듯싶다. 이전까지 문학은 일종의 역사적 특수를 누렸던 것뿐이며, 이제야 비로소 문학이 제자리를 찾은 것이라 생각하면 그것으로 족하다. 그것이 또 다른 문화 생산품들의 경우와 비교해 공평한 일일지도 모른다.

그렇다면 우리는 저 난폭하고 무례한 질문에 대해 답변할 수 있다. 왜 문학이냐구요? 문학이 내 앞에 있었을 뿐입니다. 일종의 우연이었지요. 다른 것보다 쓰는 일에 재능이 있었고 무엇보다 쓰는 일을 아주 좋아했지요. 그러면 이 질문은 왜 설렁탕집이냐, 왜 헤어 디자이너냐 하는 질문과 같은 차원이 된다. 대중매체와의 인터뷰에 나선 스타처럼, 혹은 〈성공시대〉의 주인공처럼, 혹은 그렇게 되기를 꿈꾸는 사람처럼, 아주 사적인 방식으로, 성공이 잉태되고 양육되어온 비밀스런 공간을 조금씩 보여주는 것으로 충분하다. 왜 문학이냐는 질문에 대해 예민하게 받아들이는 것 자체가 일종의 피해의식의 산물일 수 있으므로, 곧 문학을 대단한 것이라 생각하고 있는 시대착오적 인식의 소유자라는 증거일 수 있으므로, 태연하게, 내 앞에 문학이 있었고 그저 그것을 집어 들어 호주머니에 넣었을 뿐이라고 대답하면, 그것으로 족하지 않은가.

그럼에도 그것으로 충분하지 않다고 한다면, 문학은 그래도 무언가 달라야 한다고 말하는 사람이 있다면 무엇 때문일까. 물론 문학에 대한 어떤 신비주의나, 전통적인 사유가 지니고 있었던 문자 행위 자체의 권위주의와 관련되는 것은 아닐 것이다. 왜 문학인가라는 질문 방식 자체가 이미 그런 가능성들을 차단해버리고 있기 때문이다. 문학이란 무엇인가가 아니라 왜 문학인가라고 묻는 순간, 문학의 존재 근거는 수세적이고 자기 방어적인 위치에 떨어져버린다. 그리고 무엇보다도 그런 질문을 가능케 할 만큼 세상은 충분히 문학적인 것에 대해 적대적이지 않은가. 왜 문학인가라는 질문도 이런 상황의 산물일 것이다. 게다가 주제어는 문학이다. 시나 소설이나 드라마가 아닌 문학. 그것이 자기 안의 어떤 것들과도 같아 보이지 않는 것은 단순히 범주적 차이의 문제만은 아니다. 여기에서 문학은 실체개념으로서의 문학이라기보다는 오히려 속성이나 성질이라는 뜻에서의 문학적인 것을 가리키는 것처럼 보이기 때문이다. 이 모든 상황에도 불구하고 문학은 무언가 달라야 한다고, 입 속으로 웅얼거리는 사람은 문학적이다. 왜 문학이냐는 물음은 바로 그 문학적인 것의 고유성에 대한, 배배 꼬여버린 혹은 슬쩍 비틀려 있는 물음인 것으로 보인다.

2. 문학적인 것과 '상업주의 비판'

문학적인 것에 대한 직접적인 규정은, 예술이나 미적인 것에 대한 규정이 그렇듯이 그 자체가 오류이기 쉽다. 문학은, 예술의 다른 장르와 마찬가지로 고정적이고 불변적인 것이 아니라 특정한 사회적 맥락 속에서 형성된 것이고, 그런 이유로 외적인 범주는 물론이고 문학적인 것이라는 본질에 이르기까지 지속적으로 변해가는, 과정적인 것이다. 이런 이유로 문학적인 것이란 매순간 그것이 아닌 것과의 관계 속에서만 규정될 수 있다고 생각하는 편이 훨씬 더 설득력이 있고 사실에 가까울 듯싶다.

이를테면, 자본주의가 세계를 평정했고 문학도 자본주의라는 현실적 규정력으로부터 예외일 수 없다는 사실을 인정하면서도, 그래도 문학은 뭔가 달라야 한다고 말을 하는 사람들이 있다. 이런 말은, 최소한 문학을 하는 사람들에게는 논리 여하를 떠나 어떤 절실성을 가지고 다가오는 듯싶다. 그런 절실한 느낌들, 논리의 그늘에 웅크리고 있는 것, 그 존재를 증명하기는 힘들지만 어렵사리 설명해볼 수는 있는 것, 현실의 논리와는 다른 궤도에 놓여 있어 어떤 경우엔 아예 대화조차 되지 않는 것, 창문 없는 단자와 같은 것, 그런 것이 문학적인 것이라 할 수는 없을까. 과연 그런 것이 실제로 존재하느냐 그렇지 않느냐는 중요한 문제가 아니다. 그보다 더 중요한 것은 사람들이 그 존재를 의식하거나 느끼고 있다는 사실이다. 문학적인 것에 관해 중요한 것은, 그것의 객관적 실재성이 아니라, 시장주의라는 우리 삶의 주류 논리에 대해 대립항의 계기로서 주어지는 심리적 실재성이기 때문이다.

이런 관점에 설 때 상업주의에 대한 비판이 유난히 1990년대 들어 왕성하게 행해졌던 까닭에 대해서도 이해할 수 있게 된다. 상업주의는, 그에 대한 비판이 문학에 대해 책임 있는 발언자임을 증명하는 알리바이이자 누구나 부담 없이 제공할 수 있는 립서비스가 될 정도로, 동네북 신세를 면치 못했다. 물론 이런 비판에는 그 자체로 논란의 소지가 없지 않고, 상투화되고 자동화된 비판이 자주 그렇듯 비판 자체의 비논리성도 없지 않았다. 상업주의와 상품미학을 구분하지 않는 태도가 대표적인 예다.

상업주의라는 비판은 일반적으로, 1990년대 들어 가속화한 출판 풍토의 변화에 초점이 맞춰져 주로 출판사 쪽에 대해 행해졌다. 그러나 출판사는 책을 상품으로 생산하고 판매하는 사기업이다. 그들이 이윤을 추구하는 것은 당연한 일이고, 새로운 상품을 기획하고 홍보하고 마케팅을 관리하는 방식에 관한 한, 상법과 상도의를 벗어나지 않는 한에서 비판할 거리가 못 된다. 이것을 일컬어 책의 상품화라고 한다면 오히려 이는 작가에게나 독자에게나 좀더 왕성하고 활발하게 행해질수록 좋은 것이 아닌가. 우리가 비판의 대상으로 삼을 수 있는 것은 이런 책의 상품화가 아니라 문학의 상품화이고, 상업주의라기보다는 상품미학일 것이다. 상품미학은 유통보다는 생산의 차원에서 더욱 강력하고 효과적으로 작동하는 기제이며, 그런 한에서 출판사보다는 작가 쪽에서 더 많은 책임을 져야 하는 문제다. 표절이나 모방, 유사품 만들기, 졸속 생산, 이데올로기나 유행에 편승하기 등에서 그 예를 찾을 수 있을 것이다.

상품미학에 대한 비판은 상업주의에 대한 비판보다는 좀더 현실 정합적이지만 여기에도 반론의 여지는 얼마든지 있다. 상품미학이 단순히 위에서 지적한 저러한 항목에 국한되는 것은 아닐 뿐더러, 무엇보다 그 자체가 자본주의 체제에서 조직되고 구성되는 감각의 형식 및 그 운명과 관련되어 있는 것이어서, 그 자체에 대한 전면적인 부정이나 근본적인 비판이 어렵다는 것이다. 이를테면 표절이나 졸속 제작 등은 상품 형식 자체의 문제라기보다는 그것의 구체적인 현상 형태인, 독창성의 추구라는 작가의식에 관계되는 것이라 해야 할 것이다. 그러한 작가의식의 실종을 부채질하는 것이 상품 형식 자체의 파토스라는 점은 물론 당연한 지적이다. 그리고 무엇보다도 상품의 자기 구현 방식이나 자기 혁신 시스템이 동종의 다른 상품과의 경쟁에서 승리하기 위해 추구하는 저 놀라운 독창성과 차별화에의 의지를 보자. 문학작품이건 상품이건, 제도로 존재하고 있는 상품미학이라는 물질적 기제 자체보다는 그것을 운용하는 주체의 역량이나 의식 쪽에 부하가 훨씬 많이 걸려 있는 문제라 생각하는 쪽이 좀더 설득력이 있을 것이다.

상품미학은 우리 시대에 상품의 방식으로 존재하는 모든 물질적 정신적 재화나 가치들이 감각적으로 구현되는 기본적인 형식이며, 또한 구체적인 표현에서는 지속적으로 갱신되고 있다. 그런 점에서, 상품미학에 대한 분석과 평가에서 신중하고 조심스러워야 한다는 점은 강조할 필요가 없다. 자칫하면 그 칼날이 스스로를 상하게 할지도 모르기 때문이다. 1990년대의 문학적 상황에 대해 폭넓게 가해진, '상업주의 비판'이라는 이름으로 행해진 상품미학에 대한 비판이 과연 그랬는지에 대해 선뜻 수긍하기는 어려울 듯싶다. 더러는 시장 논리라는 존재 조건과 문학성의 추구라는 가능성 조건의 구분마저 제대로 하지 않은 경우도 있었고, 많은 경우가, 문제적인 작품에 대한 분석이나 비판보다는 어느 시장에나 있게 마련인 문학적 키치에 대한 안이하고 지당한 비판으로 귀결되곤 했다.

그러나 이런 문제점들에도 불구하고, 상업주의에 대한 비판적 담론 자체가 갖고 있는 의미는 분명하다. 뭔가 팔려서는 안 될 것이 팔리고 있다는 것, 상업적 교환이나 매매의 대상이 되어서는 안 될 것이 팔리고 있다는 것, 논리적이건 아니건 간에, 혹은 현실 정합적이건 아니건 간에, 상업주의라는 비판적 언사의 바탕에는 그런 심리적 현실이 놓여 있었다. 그런 점에서 '상업주의 비판'은 비판이라기보다는 오히려 비명에 가깝다. 어느 날 갑자기, 한때 문학이라 불렸던 것은 자신이 무인도에 홀로 남아 있음을 깨달은 것이다.

1990년대를 거쳐오면서 문단의 상황과 그리고 그것을 둘러싸고 있는 출판계의 상황이 양적인 면에서나 질적인 면에서 현격하게 시장주의적인 것으로 변했다는 것만큼은 어김없는 사실이다. 그것은 무한 경쟁이니 신자유주의니 하는 이름으로 지칭되었던 시장주의의 전면화와 함께 더욱 가속화하고 있는 중이다. 상업주의나 상품화라는 말이 경우에 따라서는 오히려 찬사로 사용되고 있는 것이 현실이다. 문화의 상품화라는 말도 단순히 영화산업을 선두주자로 하는 문화산업의 캐치프레이즈

일 뿐 아니라, 지자체의 것이기도 할 만큼 확산되어 있다. 이런 현상이 단지 사회 한 부분의 현상만이 아니라는 것은 이론의 여지가 없다.

그러나 이런 모든 현실적 상황에도 불구하고, 오히려 이런 현실이기 때문에 더욱더, 문학이어야 한다고 생각하는 사람들은 문학적이다. 그들은 무인도에 표류한 것이 아니라 무인도를 찾아가는 사람들이다. 물론 그런 사람들은 '상업주의 비판' 같은 일에 흥미를 느끼지는 않을 것이다. 어디에나 키치는 있게 마련이고 그것은 비판이라기보다는 단지 조소나 경멸의 대상일 뿐이기 때문이다.

3. 실천, 반성, 냉소

1980년대까지 문학적 논리의 두 축이 실천테제와 반성테제였음은 두루 아는 바와 같다. 그러나 이 둘이 서로 대척적인 자리에 놓여 있었으면서도 사실은 얼마나 상보적이었던가는 1990년대를 지나면서 분명해졌다. 문학이라는 말 옆에서 사회나 실천이나 역사 같은 말들이 멀어져 가자 동시에 반성이라는 말도 점차 힘을 잃어갔다. 이것은 무엇보다도, 실천테제에 의해 흔히 개인주의적인 것이라고, 경우에 따라서는 소시민적인 것이라고 비판을 받기도 했던 문학의 반성테제가 사실은 얼마나 사회적이고 실천적인 의미를 지니고 있었는지를 보여주고 있다.

반성테제가 주된 대상으로 삼았던 것은, 집단화된 움직임이 자주 범하게 마련인 전체주의적 폭력이나 사회 속에 미만해 있는 위선, 혹은 그 위선의 일부인 자기 자신에 관한 것이었다. 세기말을 경과하면서 가장 먼저 힘을 잃은 것은 실천테제였다. 이는 세계사적인 상황과 밀접하게 연관되어 있었으며, 문학만의 일이 아니었음은 물론이다. 그럼에도 반성테제도 함께 무력해진 것에 대해, 대화의 카운터파트를 잃었기 때문일 것이라고 말하는 것만으로는 부족할 듯싶다. 사회성이라는 요소가 반성테제 자체의 본질적인 요소라 하는 것이 좀더 타당한 것이 아닐까. 둘이 서로 상보적이라는 지적도 같은 맥락이다. 이를테면 사회성이라는 맥락으로부터 멀어져버리는 순간 반성은 대상을 잃어버린 주체의 자기 인식과 같은 모양이 된다. 대상을 상실한 반성은 주체의 공허한 자기 귀환이라는 형식이 되는 것이다. 물론 주체는 자기 자신을 바라볼 수 있다. 그러나 자신의 무엇을 본다는 것인가. 매개 없는 주체의 자기 반성은 헛되이 자기 자신을 들여다보고 있는 공허한 메타주체들의 행렬만을 낳을 뿐이다. 흡사 거울을 마주 세워놓은 것 같은 형국으로 메타주체의 무한 퇴행이 벌어진다. 원근법은 기괴하게 일그러지고, 낯설고 신기한 세계가 나타난다. 그 가운데서 내가 누구인지를 묻는 것, 어느 것이 진짜 나인지를 탐색하는 것은 고통스런 일이다. 장정일의 『너에게 나를 보낸다』와 같은 작품들이 그런 고통들을 담고 있었다. 원본과 복사본의 구분은 불가능하다는 것, 진짜와 가짜의 구분이 무의미하다는 것, 요컨대 다른 방식의 문제설정이 필요하다는 것이었다.

반성테제가 잃어버린 것은 무엇보다도, 집단화된 유토피아의 꿈이다. 유토피아를 향한 충동의 자체 속성을 고려한다면 '집단화된'이라는 수식어가 불필요할 수도 있다. 물론 그것은 실천테제가 함께 공유하고 있던 것이기도 했다. 하지만 이 경우 잃어버린 것으로서의 유토피아는 객관적이고 과학적인 전망이라는 이름으로 지칭되었던 변혁 논리의 구성물이 아니다. 논리는 새로운 현실 속에서 새로운 선을 찾아냄으로써 제 길을 간다. 그것이 과학주의의 속성이다. 우리가 잃어버린 것은 로고스가 아니라 파토스이다. 좋은 세상을 향해 나아가고자 하는 사람들의 유대감, 그 속에 깃들어 있던, 그리하여 그 옆에 있는 사람들까지도 모조리 하나의 정서로 끌어안아버렸던 어떤 집단화된 열정이다. 그것이 사라짐으로써 우리는 완벽하게, 화려한 황무지 속에 내던져졌다.

1990년대 초반 후일담 소설의 작가들이 아쉬워했던 것도 바로 그 파토스의 부재였다. 문학이 중요한 것일 수 있었던 것은 그러한 꿈을 지니고 있었기 때문이었다. 그것은 단순히 문학 속에 깃든 꿈일 뿐 아니라 한 시대의 정신을 추동해내는 거대한 힘이기도 했다.

실천테제를 잃어버린 반성테제는 자율성테제로 바뀐다. 운동으로서의 문학을 내세웠던 실천테제에 맞서 반성테제는 문학적 실천을, 곧 문학의 상대적 자율성을 강조했었다. 실천이나 운동이라는 요소가 사라지면 남는 것은 자율성뿐이다. 그러나 이 자율성은 문화산업의 논리 앞에 전면적으로 노출되어 있다. 이는 근대 예술의 역사에서 볼 수 있듯이, 문학의 자율성 자체가 시장의 논리와 매우 밀접한 동맹관계를 가지고 있기도 하지만, 그 속성상 양자가 공유하고 있는 공통점 때문이라 해야 할 것이다. 냉소주의가 그것이다.

『부정변증법』의 아도르노가 "부르주아 시대 내내 정신의 자율성이라는 이념에는 그것과 반대되는 정신의 자기 모멸이 수반되었다"[1]라고 했을 때, 그가 직접적인 비판의 대상으로 삼고자 했던 것은 상대주의가 지니고 있는 역설적인 편협성이었다. 물론 그가 상대주의에 맞서 어떤 강령으로서의 절대주의를 세우고자 하는 것은 아니며, 단지 부르주아 사회가 전제로 하는, 이성의 능력에 대한 원천적인 제한을 비판하고 있는 것이다. 사정이야 어떻든 여기에서 흥미로운 것은 자율성이 자기 모멸을 수반하고 있다는 역설에 대한 진술이다. 이런 역설은 단지 아도르노가 비판하는 강령으로서의 상대주의뿐 아니라 칸트에 의해 시동되고 베버의 다신론 테제로 정식화된 가치분화의 논리, 가치중립성의 논리 전체에 해당되며, 모든 장인정신에 깃들어 있는 것이기도 하다. 그리고 여기에서의 자기 모멸이란 일종의 자기 제한, 내가 할 수 있는 것은 구

---

1) T. W. 아도르노, 『부정변증법』, 홍승룡 옮김, 한길사, 1999, 96쪽.

두를 잘 만드는 것일 뿐 정치는 모른다는 식으로 자신의 한계를 명확하게 하는 태도일 것이다. 그러나 그것이 동시에 자부심의 표현이라는 사실도 어렵지 않게 눈치챌 수 있다. 구두 만드는 일에 관한 한 누구에게도 양보하고 싶지 않다는 식의 태도가 그것이다.

이와 같이 자기 모멸과 자부심이 동시에 역설적인 모습으로 얽혀 있는 태도는 모더니티의 주체가 당면해야 했던 저 절대 자유에 대한 양가적인 반응이라 할 것이다. 위에서 언급한 냉소주의는 그런 양가적인 반응 방식을 뜻한다. 그러나 그것은 헤겔이 불행한 의식이라는 용어로 지칭하고자 했던 분열된 상태를 뜻하는 것은 아니다. 그보다는 오히려 분열이라는 운명에 대한 적극적인 감수이며 경우에 따라서는 분열을 실천하는 일이다. 자기 모멸이라는 점에 대해서도 사정은 마찬가지다. 장정일의 마조히즘과 백민석의 카니발리즘, 또 김언희의 시가 보여주는 문학적 하드고어(hardgore)는 이제 역겨운 문학이라 부를 만한 하나의 계보를 만들어가고 있다. 1980년대의 이성복은 장시 「약속의 땅」에서 "이젠 내보내주십시오 가야겠읍니다 못 견디겠어요/내보내주세요 풀어주세요 소리치겠어요 악쓰겠읍니다 내보내주세요!"[2]라 했지만, 세기말의 김언희는 "가래처럼찐득거리는희망도/손가락이열개나달린이구멍도/저뱀자루도아버지지긋/지긋하옵니다/벗겨주소서/벗겨내주소서아버지/나를아버지/콘돔처럼아버지/아버지의좆대가리에서아버지!"[3]라고 한다. 이성복의 경우가 정치적 억압으로 인해 생긴 폐소공포증의 표현이라면, 김언희의 경우는 거꾸로, 어떤 제한도 없이 펼쳐지고 있는 욕망의 벌판에서 주체가 느끼는 광장공포증의 표현으로 읽힌다. 그 광장이란 곧 시장이고 중인환시의 역전 광장이다. 그리고 그 모든 것들이 자기 안에 들어와 있다.

---

2) 이성복 외, 『우리 세대의 문학 3』, 문학과지성사, 1983, 89쪽.

3) 김언희, 『말라죽은 앵두나무 아래 잠자는 저 여자』, 민음사, 2000, 22쪽.

장사꾼은 싸게 사서 비싸게 파는 사람이며 그런 한에서 근본적인 사기꾼이다. 그러나 자본주의의 체제에서 사는 사람치고 어느 정도의 장사꾼을 자기 안에 갖고 있지 않은 사람은 없다. 그런 점에서 어느 정도의 자기 모멸은 누구에게나 필수적이다. 역겨운 문학에서 등장하는 자기 모멸과 그것의 실천인 냉소주의는 그런 마음들의 반영으로 보인다. 그리고 그들은 무엇보다도 문학에 대해 차갑고도 차가운 태도를 지니고 있는 사람들이다. 문학으로 무언가 위대한 일을 할 수 있다고 생각하는 사람들과 대척적인 자리에 있다. 그들에게 중요한 것은 문학이 아니라 문학적인 것이다. 그것이 반성테제의 새로운 모습으로 보인다. 실천테제? 물론 그것은 이미 저 발랄한 문화산업의 영역으로 옮겨가 상업적 실천으로 거듭나고 있는 중이다. 그것도 아니라면, 이제는 철저한 반사회성의 실천, 고립의 실천이 되고 있는 것은 아닌가.

4. 진정성의 변증법

1990년대 중반 김영하의 등장이 신선했던 것은, 소설 자체의 독특한 개성 때문이기도 했지만 한편으로는 그의 세대들이 함께 보여준 문학에 대한 낯선 태도 때문이기도 했다. 물론 이 태도는 그들의 소설 자체에서 드러나고 있는 것인데, 이를테면 그들의 소설은 그 어떤 실존적인 무게도 실려 있지 않은 것처럼, 작가 자신이 소설쓰기에 대해 매우 가볍게 접근하고 있는 것처럼 보였다. 그럼에도 그것은 일종의 활기처럼 느껴졌다. 물론 작품의 내용과 무관하게, 소설을 대하는 작가의 태도에서 느껴지는 활기였다. 그리고 이 활기는 최근작에 이르기까지 계속되고 있는 것처럼 보인다. 『엘리베이터에 낀 그 남자는 어떻게 되었나』에 실려 있는 단편들은 작가 자신이 얼마나 소설쓰기를 즐거워하고 있는

지를 생생하게 보여주고 있다.

김영하는 『나는 나를 파괴할 권리가 있다』(1996)에서 작중인물의 입을 빌려, "소설은 삶의 잉여에 적합한 양식이다"[4]라고 했다. 소설은 시간이 남을 때 읽는 것이라는 평범한 말일 뿐이다. 문학이 잉여의 형식이라는 말 자체도, 문학이나 예술이 인간 생존의 기본적인 필요와 연관되어 있는 것은 아니라는 점에서 고전적인 진술에 속한다. 그럼에도 이 말이 유난스럽게 다가오는 것은 김영하 자신이 보여준 문학에 대한 태도로서의 가벼움 때문이다. 그 가벼움은 여행을 준비하고 있는 사람의 마음과 같은, 가벼움이나 들뜸 같은 진짜배기 마음의 잉여, 삶이나 생각이나 상상력이 차서 넘치는 부분 같은 것이다. 김영하와 그의 문학적 세대들이 보여주고 있는 이런 감수성에 이르러, 한국문학은 또 한 차례의 단절을 경험하는 것으로 보인다. 무엇보다 그들의 소설은 상처가 없다는 점, 체험이 문제가 되지 않는다는 점에서 그렇다.

이를테면 1980년대적인 문학정신의 소유자들은 무엇보다 전사들이었다. 박노해나 김정환은 물론이고 임철우도 황지우도, 이인성이나 이문열 등도 똑같이 그랬다. 싸움의 방향이나 방식이 다를 수는 있었지만 의식 자체의 전투성이라는 측면에서는 누구도 예외일 수 없었다. 그들에게는 포연이 자욱한 전쟁터와 피가 흐르고 있는 상처가 있었다. 이에 비하면 1990년대적인 작가들은 전후의 상이군인들과도 같았다. 피는 응고되었고 상처도 아물었다. 그들에게 상처는 이미 과거의 것이되, 문제는 어느 날 느닷없이 터져버리곤 하는 그 상처를 어떻게 달래고 다스리느냐에 있다. 김인숙이나 공지영처럼 좀더 직접적인 경우도 있고 신경숙과 윤대녕처럼 좀더 내면화된 경우도 있다. 그러나 정치적 의미에서건 실존적인 의미에서건 그들에게 소설을 쓰게 하는 힘이 바로 그런

4) 김영하, 『나는 나를 파괴할 권리가 있다』, 문학동네, 1996, 11쪽.

상처들이라는 점에서는 전혀 다를 바 없다. 하지만 김영하로 대표되는 새로운 감수성의 소유자들에게는 아예 상처 자체가 없거나, 있다 하더라도 문제가 되지 않는다. 그들에게 문제가 되는 것은 그 어떤 삶의 절실성이나 실존적인 아픔이 아니기 때문이다. 소설이 여행이라면, 그들의 여행은 상처를 치유하기 위한 것이라기보다는 오히려 삶의 잉여를 향유하기 위한 것이다. 그들의 소설은 상상력과 위트의 잔치가 될 수밖에 없다. 이들에 의해 이루어지는 문학사적인 단절은 그 앞의 어느 경우보다 더 근본적이고 급격한 것으로 보인다.

그럼으로써 문학의 의미에 대한 질문도 한층 본질적인 것이 된다. 지금까지 문학에서 가장 원천적인 자리에 있었던 것, 실천테제나 반성테제나 자율성테제 등의 밑바닥에 있는 것, 그것은 아마도 진정성의 원리라 해야 할 것이다. 현실에 대한 참여나 문학적 실천이 중요했던 것도, 또한 상처가 의미 있을 수 있었던 것도 진정성의 원리라는 틀이 있기 때문이다. 원리는 매우 간명하다. 진실/거짓의 대립항이 그것이다. 허위는 드러나 있고 진실은 감추어져 있다. 감추어져 있기 때문에 진실이다. 시민사회에서 새로이 등장한 공공영역이 자신의 탄생과 동시에 사적 영역을 만들어낸 것과 같은 이치다. 공식적으로 드러낼 수 있는 것이 생김으로써 사적이고 감춰져야 할 영역이 생겨나는 것, 곧 거짓과 진실이 서로를 주조해내는 것이다. 진정한 의식/허위의식, 유토피아의식/이데올로기, 프롤레타리아 의식/사물화된 의식 등의 이분법도 궁극적으로는 이 연장선상에 있다.

진정성의 원리는 곧 모든 위선과 형식적인 것과 허위에 대한 배격이며, 자유로운 개인의 자율성과 자발성과 내면성으로 이어져 있다. 기존의 법과 관습은 형식주의라는 이름으로 배격되고, 해방된 주체는 자신의 법을, 감정이라는 새로운 육체적 터전 위에서 진정성의 원리로 성문화한다. 『사회계약론』에서 루소가, 가장 중요한 법은 대리석판이나 청동판이 아니라 시민의 마음속에 새겨지는 것이라고 했을 때, 그가 말하고자 한 것도 바로 그 진정성의 파토스였다. 또 1902년, 메이지 시대 일본의 한 평론가, 대중적인 영향력이라는 점에서 공전절후였다고 평가받은 바 있는 다카야마 초규(高山樗牛)가 철저한 자아주의를 주장하여, 성욕의 만족이건 애국심이건 간에 자아의 내면적인 본능의 만족을 추구하는 삶이야말로 진짜라고, 그것을 미적 생활이라고 부를 수 있다고 했던 것도 마찬가지다. 그로부터 팔 년 후, 만 18세였던 청년 지식인 이광수가 지육(智育), 덕육(德育), 체육(體育)과 함께 정육(情育)의 중요성을 외쳤던 것도 같은 맥락을 지니고 있음에 두말할 나위가 없다. 그에게 감정을 교육하는 것으로서의 문학이 중요한 이유도 여기에 있다. 그것은 자발성과 진정성을 가르치는 교과서이며, 그런 한에서 문학은 그의 동시대인들이 생각하는 오락이나 여흥이나 여기일 수 없다. 그들에게 문학은 마음에 새겨진 법과 같은 것이며 미적 생활과 같은 것이다. 굉장한 것이고 신성한 것이며 거룩한 것이기까지 하다. 그에게 문학이라는 단어는 바로 그 진정성이라는 파토스를 지칭하는 뜨거운 상징인 셈이다.

이광수와 그의 세대들에 의해 구동된 진정성의 원리는 역사적 정황에 따라 다양한 방식으로 현상했다. 실천테제와 반성테제가 모두 그 산물이다. 그러나 그것이 사회성으로부터 분리되어 자립하는 순간 이내 한계에 도달한다. 사회적 모순을 고발하는 일이나, 혹은 소시민으로 살아가는 자기 계급의 위선과 허위의식을 비판하는 일이라면 진정성은 그것들에 대한 부정으로 스스로를 재생산할 수 있다. 그러나 사회성으로부터 유리되어 홀로 남은 진정성은 이내 진실 게임에 돌입하게 된다. 양파껍질 벗기듯 옷을 벗는 게임에 들어가는 것이다. 공개적인 것과 감춰진 것 사이에 위계가 있듯이, 감춰진 것 중에도 위계가 있다. 쉽게 드러낼 수 있는 것에서부터, 도취나 명정의 힘을 빌려서만 드러낼 수 있는 것, 그리고 저 혼자 드러나지 않고는 결코 드러낼 수 없는 것에 이르기까지. 상처도 마찬가지다. 갈수록 강도가 높아지지 않고서는 진정성의 차원을 획득할 수 없다. 상투적인 것은 진정한 것일 수 없기 때문이다. 한번 벗기 시작하면 더이상 벗을 수 없는 단계가 오는 것은 매우 쉬운 일이다. 이제는 오히려 감추는 것이, 보여주지 않는 것이 진정한 것일 수 있게 된다. 게다가 세계는 이미 탈승화(desublimation)와 탈정신화(de-spiritualization)의 시대로 접어들었다. 노골적이고 뻔뻔스러워졌다. 로고스의 압제로부터 해방된 육체의 자기 표현은 이미 한 한계에 도달하고 있다. 벌거벗은 육체의 언어는 더이상 충격도 놀라움도 아니고, 그러므로 진정성의 차원도 아니게 된다. 이 지점에 이르면 진정성의 차원과 개념이 오히려 전도되기에 이른다. 이러한 상황은 순식간의 일이다. 이것을 우리가 진정성의 변증법이라 한다면 이는 그 자체가 이미 계몽의 변증법의 일부다.

김영하와 그의 세대들이 보여주고 있는, 문학에 대한 저 가볍고 담담한 태도는 우리가 이미 그 변증법의 한 변곡점에 이르렀음을 보여주고 있다. 물론 어느 세대나 자기들만의 상처가 있게 마련이고, 또 진정성에 대한 자기들만의 고유한 언어가 있게 마련이다. 김영하의 세대들도 마찬가지다. 그러나 최소한 그들에게 문학은 자신의 상처를 표현하거나 치유하는 데 적합한 형식이 아니라는 점에서 특징적이다. 그것이, 그들이 장정일 세대의 문학과 강력한 정신적 유대를 가지고 있으면서도 결정적으로 구분되는 점이기도 하다. 그들의 문학은 1990년대 이후 점차 문화 전체의 주류가 되고 있는 섹슈얼리티와 감정 생활에서의 탈승화 경향과 나란히 가면서 동시에 그에 대한 반영과 반성의 기제 노릇을 하고 있는 것으로 보인다. 그 어떤 정서적인 절실함, 맺힘, 터져나오는 상처의 아픔 등은 그에 대한 승화나 억제를 전제로 한다. 감추고 거리낄 것이 없는데, 심드렁하게 세상을 보는데 절실함이 있을 수 없다.

오히려 그들에게 문학은 유희에 가깝다. 진지함이라는 태도는 진정성의 원리에서 중요한 현상 형태였다. 문학에 대한 그들의 태도가 보여주는 유희성, 삶의 잉여로서의 문학이라는 생각은 그런 진지함에 대한 부정이다. 물론 그런 부정은 그들에 앞서 장정일에 의해 시도되었다. 그러나 장정일은 아방가르드였기 때문에 유희성의 존재 의의에 대해 강조해야 했고, 그로 인해 오히려 진지해 보인다. 그의 뒤에 온 김영하 세대는 구태여 유희성을 강조할 필요가 없다. 그것을 조용히 실천하는 것으로 족하기 때문이다.

그들은 다른 방식으로 진정성의 또다른 차원을, 자기들의 문학적 언어를 찾아나선 것으로 보인다. 푸코 식으로 말하자면, 아무것도 말하지 않지만 침묵하지도 않는 언어, 중얼거림 같은 언어, 근본적으로 자기 완결적인 언어다. 이들에 이르러 비로소 우리 문학은 아무런 후광도 원조도 없이, 저 사막과도 같은 막막한 상상력의 지평선을 마주하게 된 것이 아닐까.

5. 멋진 문학

문학적인 것과 마찬가지로 진정성도 부정적으로만 규정될 수 있다. 가짜가 아닌 것, 허위가 아닌 것, 위선이 아닌 것, 허풍이나 설레발이나 엄살이 아닌 것, 구질구질하지 않은 것. 부정의 대상은 다양하고, 또 매 순간순간 바뀔 수 있다. 그래서 진정성은 오히려 엄살이나 허풍이나 과장 속에, 신파의 눈물과 가짜와 허위와 위선 속에 존재할 수도 있다. 유희의식은 무엇보다 자기 목적적이어서, 사회적 실천이 강조될 때는 반사회적인 것 혹은 일종의 허위의식이라고 비판을 받았다. 그러나 상업적 실천이 주류 논리일 때 유희의 저 엄격한 자기 목적성은 자본의 식민

지화하는 힘으로부터 스스로를 지키는, 장인정신과 같은 기율이 됨으로써 오히려 예찬의 대상이 된다. 진정성도 문학적인 것도, 이렇게 뒤집어지고 겹쳐지고 착종되는 의미의 평면들이 만들어내는 간극 어디쯤에 존재할 것이다.

김원우의 소설들, 특히 『모노가미의 새 얼굴』 같은 작품은 사람을 경탄케 하는 대목이 있다. 중년 부부가 바람피우고 사고 치다 헤어져 살게 되는 이야기니, 내용인즉 별 신통할 것이 없다. 그러나 우리를 경탄케 하는 것은 그 과정을 기술해가는 태도다. 원고지 삼천 장쯤은 됨직한 분량의 소설을 채우고 있는 것은 일상의 자잘한 세속사들이며 그 끝에는 두 건의 법정 장면이 있다. 장인과 사위 사이에서 아파트 소유권을 싸고 진행되는 민사소송과, 그리고 가정법원에서 다뤄지는 이혼에 관한 가사조정 건이다. 돈을 둘러싼 계약관계와 그로 인해 생겨난 민사소송이라면, 또 가정법원까지 가게 된 이혼에 대한 이야기라면 자본주의적 일상의 꽃이 아닐까. 물론 김원우의 소설이, 반전에 반전을 거듭하는 흥미진진한 법정 드라마를 제시하고 있는 것은 아니다. 동네 담뱃가게에 들르는 듯한 태도와 느낌으로, 김원우는 법정의 장면들을, 그리고 거기에 이르게 되는 과정을 아무렇지도 않게 툭툭 던져놓는다. 장편소설이 무엇보다도 디테일의 예술임을 김원우는 그런 식으로 증명해 보인다.

소설에 대한 이런 접근 방식에 대해 일찍이 김현은 세속적 트임이라 칭했다. 1981년 김원우가 낸 첫번째 창작집에 대한 해설에서였다. 그보다 육십 년쯤 전 발터 벤야민은 초현실주의자들의 경험을 설명하기 위해 동일한 용어를 썼다. 여기에서 트임(Erleuchtung)은 깨우침이고 지혜이고 계시다. 세속적 트임이란 그러므로, 그런 지혜는 멀리서 얻어지지 않는다는 것, 약물의 힘을 빌린 도취와 환각을 통해서도 아니고 종교나 신비주의를 통해서도 아니라는 것, 구질구질한 삶의 현장에 대한 응시와 성찰을 통해서라는 것을 말하고 있다. 김원우는 문학이 대단한 것이라고 설레발치지도 않고, 또 문학도 삶도 시시한 것이라며 허황되게 도사연하지도 않는다. 사람들의 살림살이를 꼼꼼하게 지켜보고 기록할 뿐이다. 그의 소설들이 보여주는 단단함은 세상에 넘쳐나는 물렁하고 퍼석한 물건들에 비하면 고집스럽고 괴팍하게 느껴질 정도다. 그는 명백히 세상의 흐름에 역행하고 있다. 세상이 필요로 하는 것은 흥미이거나 정보다. 이 둘은 모두 대체 가능한 것들이며 가능한 한 빨리 대체될수록 좋다. 정보의 생명은 속도이기 때문이다. 그러나 김원우는 문학을 제공한다. 쿤데라 식으로 말하자면, 세상은 속도를 요구하는데 그는 느림을 제공하고 있는 것이다. 그래서 세상은 김원우를 팽개쳐버릴지도 모른다. 그러나 무슨 상관인가. 세상의 흐름에 역행하는 일이야말로 멋진 문학이라고 김원우는 생각할 것이다.

쿤데라가 『느림』이라는 제목의 책에서 제시하는 지식인은 세 유형이다. 카메라가 가는 모든 일에 참례하고 돌아다니는 떠벌이 지식인, 뭐가 뭔지 모르는 촌뜨기 지식인, 대중 앞에 나서길 싫어하는 은둔자 지식인. 그런데 떠벌이 지식인에게는, 파리 이외의 지명에 대해서는 프라하와 부다페스트를 구분하지 못할 정도의 기억 장애가 있다. 그로 인해 종종 카메라 앞에서 실수를 한다. 쿤데라는 속도와 망각의 강도는 비례한다고 하면서, 우리가 탐닉하고 있는 것은 속도처럼 보이지만 사실은 망각이라는 멋진 말을 하고 있다. 문학은 촌뜨기일 수도 있고 은둔자일 수도 있지만 최소한 떠벌이는 아니다. 위악은 문학일 수 있지만 위선은 아니다. 세상의 흐름에 역행하는 것은 멋진 위악이다.

광주에 사는 아줌마 소설가 윤효씨가 곡성에 사는 아줌마 소설가 공선옥씨를 인터뷰차 만나러 갔었다. 소설 얘기는 한마디도 안 했다고 했다. 왜 사느냐는 질문과도 같기 때문이라 했다. 삶에 대한 질문이 그렇듯이, 문학적인 것에 대한 질문, 왜 문학인가에 대한 질문에 대해서도 역시 부정적 규정의 방식으로 말할 수밖에 없다. 규정하는 순간 이미 문학은 문학이 아닌 것이 되어버리는 까닭이다. 문학주의는 선언되는 그 순간 문학주의가 아닌 것이 된다. 아웃사이더는 침묵할 때만 아웃사이더일 수 있다. 진정한 문학이 구호가 될 수는 있지만 구호는 결코 문학일 수 없다. 진정성이 변증법적인 것과 같은 이치다. 망각에 대한 탐닉이 망쳐버리는 것은 무엇보다도 깊이다. 아도르노의 말처럼 진정한 깊이가 저항에서 비롯되는 것이라면, 문학적 저항은 이제 자기 자신에 대한 저항일 것이다. 이 태평성대에, 문학이 인간의 정신을 살찌우는 위대한 것이라고 말하는 것은, 혹은 문학주의 선언은, 이 자유주의 천국의 태평성대에 나는 자유주의자라고 외치는 것만큼이나 실없는 일이다. 문학주의가 아니라 선언이 문학의 반대말이기 때문이다. 문학주의자는 자기가 문학주의자인지도 모를 것이다.

(2000)

냉소주의, 죽음, 마조히즘 : 1990년대 소설에 대한 한 성찰
—신경숙, 윤대녕, 장정일, 은희경의 소설을 중심으로

1990년대라는 진기한 시대가 있다. 숲을 채 빠져나오지 못했으므로 끝을 이야기할 수는 없다. 그러나 현재 우리가 절감하고 있는 이 거대한 변화의 흐름이 시작된 출발점으로서, 아직도 진행형인 이 시대의 의미에 대해서 논의해볼 수는 있을 것이다. 그것은 아마도, 시대의 한복판을 보무도 당당히 행진하고 있는 신화적인 힘과, 그 힘에 대응하고 있는 작가들의 다양한 서사적 전략에 대한 논의가 될 것이다. 이를 위해 우리는 신경숙과 윤대녕, 장정일과 은희경 등 네 작가의 텍스트를 대상으로 올려놓았다. 이들은 모두 1990년대의 대부분을 삼십대로 살아온 이른바 1990년대 작가들이다. 이들의 소설을 죽음과 냉소라는 개념으로 테마화하고자 한다. 이는 일차적으로 각각의 텍스트가 지니고 있는 의미와 시대적인 맥락을 읽어내기 위함이고, 나아가서는 이 시장의 시대에 문학이 있어야 할 자리에 대한 성찰을 위함이다. 1990년대 소설들의 숲으로 들어가보자.

1. 전장에서 시장으로

1990년대의 문화적 현상 중에서 무엇보다 현저한 것은 대중문화의 엄청난 약진이다. 이는 단지 양적인 팽창이나 질적인 비약만을 말하는 것이 아니다. 중요한 것은 대중문화가 어느새 문화적 헤게모니의 중심이 되었다는 점이다. 영화와 대중음악, 애니메이션과 만화 등을 보자. 1990년대에 들어서야 비로소 문화적 담론의 시민권을 획득했을 뿐이었는데도 지금은 어느덧 중심을 차지하고 있지 않은가. 더욱이 이들은 단지 문화 분석의 텍스트일 뿐 아니라 어느덧 가치 판단의 대상이 되는 작품으로까지 평가받고 있다. 1999년이라는 시점에서 보자면, 이런 현상을 기이하다는 듯이 서술하고 있는 태도 자체가 이미 시대착오적인 것이 아닐까 싶을 정도다. 이들이 엔터테인먼트나 키치에 불과한 것으로 간주되었던 1980년대적 상황에 비하면, 이같은 현상은 상전벽해라 해도 과언이 아닐 것이다.

이런 현상은 무엇보다도 문화 전반을 뒤덮고 있는 산업적 마인드의 존재를 실감케 한다. 대중문화란 궁극적으로 문화산업의 논리, 상업문화의 논리와 밀접하게 연관되어 있는 것이기 때문이다. 1980년대의 문화적 담론이 민주화 투쟁이라는 뜨거운 전장에서 형성되었다면, 1990년대의 문화적 논리는 차가운 시장에서 구현된다. 문화산업의 담당자들은 좋은 재료를 골라 신제품을 생산하고, 대중들은 시장에서 구매 행위를 통해 자기의 취향을 선택하고 표현한다. 시장은 그와 같은 방식으로 취향의 탈중심화를 촉진한다. 취향의 선택이 지극히 제한적일 수밖에 없었던 1980년대를 떠올려보자. 대항문화/대중문화라는 이분법이 기본적인 옵션으로 존재하고 있었고, 더욱이 대중문화는 폭력적인 지배자들의 대중 조작의 수단이거나 퇴폐적인 향락을 제공하는 쓰레기라는 인식이 지배적이었다. 그리고 전사들에게 요구되는 것은 높은 수준의 도덕성과 금욕적 견결함이었다.

그러나 전장이 사라지면 1980년대식의 대안문화는 존립할 수가 없다. 해체되어 시장의 질서 속으로 편입되거나, 문화적 담론의 수면 밑에 있는 박물관으로 들어가 근근도생하거나, 양자택일이 있을 뿐이다. 그렇게 1990년대식 시장은 1980년대가 지니고 있었던 문화적 가치의 위계를 폭파해버렸다. 그럼으로써 극단적인 취향의 상대주의가 이루어진다. 누구도 취향의 서열을 매길 수는 없다. 단지 서로 다른 취향들이 있을 뿐이다. 무협지와 추리소설과 본격소설이 나란히 놓이는 것은 예술영화와 공포영화와 액션영화 사이에서 서열을 논할 수 없는 것과 같은 이치다. 단지 취향의 차이를 말할 수 있을 뿐이며, 가치의 서열은 취향의 물질적 형태인 장르 내부로 옮겨지는 것이다. 당대 최고의 무협지가 있고 최고의 예술영화가 있을 뿐이라는 것이다. 그리고 그런 판단들은 해당 장르의 오피니언 리더들에 의해 내려지고 시장 속의 구매자들에 의해 검증되고 추인될 것이다.

전장이 시장으로 바뀌고 대안문화라는 대립항이 사라짐으로써 1990년대의 문화는 대중문화의 전일적인 지배 아래 놓이게 된다. 그러나 진짜 지배자가 누구인지에 관한 한 속단은 금물이다. 문화 생산물들이 유통되는 시장에서 주인은 누구인가. 산업인가 대중인가. 산업은 제공하고 대중은 선택한다. 그러나 대중의 선택은 산업이 제공하는 범위 내에서만 이루어질 수 있고, 또한 산업은 대중의 선택을 끌어내기 위해 면밀하게 대중의 취향을 파악하고 분류하고 반영해야 한다. 누구도 저 혼자 주인일 수는 없다. 이 둘의 역동적이고 상호섭동적인 관계를 가능케 하는 힘, 곧 시장이야말로 진정한 주인이라 할 수 있을 것이다.

2. 시장의 냉소주의와 1990년대 문학

물론 시장주의라면 1990년대를 지나온 우리에게는 너무나 낯익은 것이다. 김영삼 정부의 모토였던 세계화에서부터 출발하여 당신의 경쟁 상대는 누구냐고 묻던 공익광고, 김대중 정부의 신지식인론이나 신자유주의에 이르기까지 귀에 못이 박이도록 들어온 것이 바로 그 논리다. 1990년대 들어 자본주의는 마침내 세계 정복에 성공했고 그럼으로써 초국적 자본이 주창하는 자유시장의 논리는 하나의 신화가 되었다. 그 신화로부터 자유로운 곳은 이제 존재할 수 없다. 무한 경쟁의 무한 궤도가 가차없는 정글의 논리로 버티고 있을 뿐이다. 필요한 것은 부가가치의 획득을 위한 경쟁력이다. 개인도 사회도 국가도, 경쟁력을 갖추지 않으면 도태될 뿐이라고 한다.

시장의 신화의 핵심에 놓여 있는 것이, 자기 보존의 법칙이라는 급진화된 모더니티의 모럴임에는 이론의 여지가 없다. 케인즈주의적 국가 통제로부터 시장을 해방시켜, 경제를 시장의 자율적인 조절 능력에 맡겨야 한다는 새로운 자유주의의 논리는, 경쟁의 공정성과 자율성을 강조하고 있다는 점에서 빈틈없이 단정하지만, 그 단정한 모더니티의 모럴에서는 싸늘한 쇳내가 난다. 그렇다고 그것을 비인간적이고 냉정하다고 비난하는 것은 동물의 왕국을 보면서 사자를 나쁘다고 욕하는 어린아이의 경우나 다를 바 없게 된다. 냉정해지거나 철없어지거나, 속물이 되거나 어린아이가 되거나 양자택일인가. 다른 길은 없는가. 시인 황지우는 "삶이 한낱 시장판이 되어버렸을 때의 그 속물적인 난장 속에서 고작 문학이 할 수 있는 것은 무엇일까?"라는 질문을 던지고 스스로 답한다.

이 세상에 아름다움과 진실이 존재한다는 것을 알게 해주기 위해서만

> 있을 필요가 있는, 신분 없는, 다만 정신일 뿐인 귀족주의! 나는 그것이 문학의 길이라고 생각하게 되었다. 시장에 대한 강력한 항체로서 문학의 귀족성을 나는 요청하고 싶다. 문명사적 전환을 예고하는 새 밀레니엄을 향해 발을 내딛는 문지방 앞에서 엘리트주의는 비난이 아니라 문학에 내려진 명령이라고 나는 생각한다. 문학은 키치, 펄프 시장으로부터 철수해야 한다. 문학은 문화 자본의 부가가치에 의해 계량화되고 교환되는 시장으로부터 은둔해야 한다. 문학은 비록 끼리끼리라고 할지라도 그것을 진정으로 알아보는 사람들의 회로에 올려지고 결국 문학의 역사 속에 저장될 수 있는 어떤 가치일 뿐이라고 인식될 필요가 있다. 문학은 다시 언더그라운드로 내려가야 한다.[1]

쓸쓸한 처방이 아닐 수 없다. 지난 1980년대에, 시보다 중요한 것은 시적인 것이라는 명제로, 시를 구기고 비틀고 짓이기면서 서정시의 형식주의적인 고답성을 정면으로 돌파해온 황지우이다. 다른 사람도 아닌 그가 저렇듯 쓸쓸한 어조로 저 키치의 세계에서 철수하자고 한다. 어디로 가자는 것인가. 고답적인 문학의 성채는 그에 의해 이미 폭파당했고, 카타콤으로 잠입하기에는 정치적 박해가 충분치 않다. 아직도 남아 있는 언더그라운드가 있다는 것인가. 시장의 신화가 발하는 빛이 저렇게 휘황한데 아직도 남은 그늘이, 동굴이, 어둠이 있다는 것인가.

빛은 계몽 이성의 전통적인 상징이지만 이제 그 빛은 시장에서 가장 밝게 빛난다. 물건을 만들기 위해 원료를 선별하는 생산자들과, 팔릴 만한 물건을 골라내 진열하는 상인들과, 구매를 결정하기 위해 상품을 비교하고 관찰하는 소비자들의 저 명석판명한(clear and distinct) 눈빛을 떠올려보자. 그것이야말로 코기토의 권화가 아닌가. 저 시장의 신화

1) 황지우, 「이제 문학은 은둔하자」, 『21세기 문학이란 무엇인가』, 민음사, 1999, 108~109쪽.

앞에서는, 모든 것들을 계량화하고 상대화하는 그 눈빛 앞에서는 그 어떤 것도 벌거벗지 않을 수 없다. 저 가차없는 냉소주의의 시선을 피할 수 없다. 시장은 우리에게 묻는다. 당신이 내놓은 그 물건은 얼마짜리인가. 사랑? 그거 얼마짜리인가. 당신의 책은 얼마짜리인가. 당신은 얼마짜리인가. 『안티 오이디푸스』의 저자들이 자본주의와 더불어 부끄러워할 일이 시작된다고 했을 때의 그 부끄러움은, 더 정확하게 말한다면 이와 같이 값을 매기거나 값이 매겨지는 순간 시작되는 것이라 할 수 있지 않을까. 값을 매긴다는 사실 자체가 부끄럽고, 또 남보다 값이 싸서 부끄럽고, 진짜 원가는 절대 비밀이기 때문에 부끄럽다. 그렇게 해서 생긴 내 계좌의 잔고와 내 소유의 부동산은 나의 입이자 항문이고 내가 축적해놓은 나의 똥이다. 그래서 재산을 숨김없이 공개하는 것은 죽고 난 다음에 공개할 유서를 통해서다. 시장은 자본주의의 경찰일 뿐 아니라 학교이기도 하다. 이 모든 부끄러움과 위선과 냉소주의를 통제하고 감시하고 교육시킨다.

황지우는 저 시장의 냉소주의에 대해 정신적 귀족주의를 맞세워놓았다. 말끝마다 얼마짜리냐고 묻는 사람에게, 당신은 왜 사느냐고 반문하는 식이다. 그러나 그것이야말로 시장주의 속에서 문학과 예술이 존재할 수 있는 근거가 아닐까. 시민사회와 더불어 생겨난 공공영역은, 왕권과 교회의 권위를 대체함으로써 자신의 근거를 만들어나갔지만, 그것은 동시에 사적 영역의 분리를 전제로 한 것이었다. 공론이 형성되는 장으로서의 공공영역이 자유시장과 함께, 시민사회를 성립시킨 계몽이성의 저장고에 해당되는 곳이라면, 사적 영역은 그 빛의 타자들이 거주하는 곳이다. 사랑과 성, 에로티시즘 같은 사적인 친밀성과, 원한이나 질투심, 복수심 같은 비밀스럽거나 쑥스럽거나 야비한 감정들이 있다. 슬로터딕에 의하면, "상스러운 것이나 몸에서 분리되어나온 것, 사적인 것 들을 공중 앞에서 드러내는 일은 전복적이다. 이것은 또한 부르주아의 문화적 전략이기도 하다. 부르주아는 상품 경제와 과학과 기술의 발전뿐 아니라, 도덕적이고 감각적인 측면에서 다양하게 얽혀 있는 사랑이나 감정, 육체와 같은 내면세계의 사적인 영역들—유물론에 의해 은밀하게 고양된—을 공개함으로써 문화적 헤게모니를 장악했다. 지난 이백 년 동안 우리는 사적 영역들이 공공영역으로 이행해가는 지속적인 운동을 지켜봐왔다."[2] 요컨대, 공공영역의 지속적인 확장 과정이 부르주아의 문화적 헤게모니의 원천이라는 것인데, 이러한 이행 과정에서 중요한 역할을 했던 것이 문학과 예술임에는 이론의 여지가 없을 것이다.

공공영역은 공론이라는 대화적 합리성이 형성되는 장이기도 하지만 동시에 사적인 감정이 감추어지는 장, 곧 이중성과 위선이 만들어지는 장이기도 하다. 여기에서 문학과 예술은, 공공영역에 진입하지 못하고 버림받은 부분들, 육체와 감정과 금기의 언어들이 자신을 표현하는 장으로 기능한다. 요컨대 문학과 예술은 시장논리에 의해 계량화되지 않는 것들이 스스로를 표현하고 존재를 드러내는 장, 곧 시장의 냉소주의와 공공영역의 위선에 맞서는 힘이 되는 것이며, 황지우의 저 귀족주의 선언이 강조하는 것도 바로 이같은 문학의 임무일 터이다.

그러나 사령관의 명령은 결사 항전이 아니라 퇴각이었다. 은둔해야 한다는 것이다. 무엇 때문인가. 말할 것도 없이 시장주의의 저 엄청난 위력 때문이다. 이미 우리 자신이 그 신화의 일부이고, 그 신화는 우리 삶의 전제조건이며 제2의 자연이기 때문이다. 곧 우리 자신이기 때문이다. 우리에게 칼을 겨누고 있는 저 적대자는 우리의 분신이며 그림자다. 우리도 칼을 들어 맞설 수는 있으되 상대를 찌르면 나 자신도 함께 쓰러진다. 그러므로 정면 대결은 불가능하다. 사령관의 명령은 그래서 퇴각

---

2) Peter Sloterdijk, *Critique of Cynical Reason*, trans. by M. Eldred, Minneapolis, Univ. of Minnesota Press, 1987, p. 106.

이었을 것이나 그러나 그것은 너무 늦은 게 아닐까. 이미 우리 눈앞에는 1990년대 문학이 걸어온 고투의 흔적들이 너무나 생생하게 펼쳐져 있지 않은가. 1990년대 소설의 주인공들이 보여주고 있는 현저한 소극성과 수동성, 탈사회성, 그들이 뿜어내는 고립과 죽음의 이미지 등을 보자. 1980년대 문학이 지니고 있었던 사회성에 비하면 얼마나 현저하게 다른 것들인가. 이들이야말로 저 의기양양한 시장의 냉소주의와 이중성에 대한 문학적 표현이자 대응이 아닐까.

그러나 왜 하필 1990년대의 소설을 논하는 자리에서 시장의 냉소주의를 말하고 있는가. 그것은 자본주의가 있는 자리면 어김없이 같이 있는 것이 아닌가. 마르크스는 자본주의가 그 자체의 냉소주의를 숨기지 않는 그 황금시대가 오리라고 자주 넌지시 말하곤 했다고 한다.[3] 한국의 1990년대는 아마도 그런 황금시대의 출발점이라 해야 하지 않을까. 열정과 이상이 사라져버렸고 그것을 대신할 만한 새로운 희망의 원리가 보이지 않는 시대가 시작되었다. 그러나 무엇보다 그런 희망의 원리에 민감한 것이 문학이고 소설이 아닌가. 더이상 자본주의의 나신을 가려줄 이상이 존재하지 않으므로, 저 냉소주의는 노골화될 수박에 없다. 1990년대를 자신의 시대로, 자신의 출발점으로 삼는 소설은 그러므로 그 냉소주의에 직면하지 않을 수 없으며, 그런 점에서 시장의 냉소주의는 1990년대적인 소설의 존재 조건이라 할 수 있을 것이다.

냉소주의에 대한 문학의 대응 방식이 1980년대식의 전면전과는 다를 수밖에 없다는 점 또한 지적해두자. 피아가 구분할 수 없을 정도로 뒤엉켜 있기 때문이다. 이제 적은 내 안에 있다. 내면에서 들끓고 있는, 내가 통어할 수 없는 이 욕망이야말로 진짜 나의 적이 아닌가. 1980년대식 소설들이 지니고 있었던 진실/허위의 대립이 근본적으로 사회적이

3) 들뢰즈·가타리, 『안티 오이디푸스』, 최명관 옮김, 민음사, 1994, 355쪽.

고 역사적인 것이었다면, 1990년대식 소설에서 이런 대립은 개인적인 차원으로 전치된다. 사회의 차원에서 이루어지는 정의가 아니라 각각의 개인들이 직면하는 진정성이 문제가 되는 것이다. 사라진 것은 전면전의 전선일 뿐이다. 전선은 분할되고 겹쳐지고 전이되어 있다. 소설은 무엇보다도 대립과 긴장을 먹고 사는 존재다. 긴장을 발견하지 못하면 소설은 현재적 삶의 의미라는 자신의 존재 근거를 상실하여 무협지나 로맨스 같은 다른 장르로 바뀌어버린다. 중요한 것은 긴장이되, 문제는 그것을 어떤 방식으로 획득하는가다.

3. 진정성 속의 죽음과 그 의미 : 신경숙과 윤대녕

신경숙과 윤대녕의 소설은 김사인의 적절한 지적대로, 1990년대 소설에서 일종의 말문 트기의 역할을 담당했다고 할 수 있다.[4] 이들의 소설에서 주조되는 새로운 서사적 자아는 본질적으로 탈사회적이다. 그들은 자본주의적 세계를 규정하고 있는 시장의 냉소주의를 통째로 부인해버린다. 실천철학적인 의미에서의 부정(Negation)이 아니라 존재 자체를 인정하지 않는, 프로이트적인 의미에서의 부인(Verleugnung)이다. 그들에 의해 포착되는 세계는 시장의 손길이 미치지 않는 곳, 일상적 삶의 계량화되고 균질화된 표면 사이로 모습을 드러내는 심연과도 같은 곳이다. 시장의 원리 같은 것은 아예 안중에도 없다. 이런 식의 태도는 일차적으로 그들의 소설이 의거하고 있는 사적인 진정성의 원리에서 드러난다. 모든 것은 내성적인 시각에 의해 개인의 내면으로 수렴되고 그로부터 다시 세계를 향해 열린다. 이런 점에서 보자면 이들의

4) 김정란·방민호·김영하·김사인, 「좌담 : 90년대 문학을 결산한다」, 『창작과비평』 1998년 가을호, 18쪽.

소설에서 공히 우물이 특권적인 상징성을 지니고 있는 것도 우연은 아닐 것이다.

3-1. 신경숙적인 글쓰기와 죽음

신경숙은 「낯선 것에 찔린 자국」이라는 제목으로 스스로의 글쓰기에 대한 생각을 밝힌 바 있다. 왜 쓰느냐는 질문 앞에서 혹은 문학관이 무엇이냐는 질문 앞에서 언제나 버버거리는 자신의 모습과 그 불가피성에 대해 이야기하면서 소설에 대해 이런 표현을 쓰고 있다 : "한순간도 멈춰 있지 않고 움직이는 이 삶을, 그 유동적인 삶의 어느 순간을 붙잡아놓았을 소설."[5] 요컨대 소설이란 부단한 변화의 흐름으로만 존재하는 삶의 어느 한순간을, 아마도 그 어떤 절실함과 의미로 충만한 것일 어떤 순간을 포착해내는 것인 셈인데, 그것은 소설이라기보다는 오히려 시에 가까운 것이 아닌가. 신경숙은 그 순간을 다시 "말해질 수 없는 것"이라 표현하고 있다. 말할 수 없는 것도 아니고 말해질 수 없는 것이라 했다. 좀더 구체적으로 기술하면 : "내가 살아보려 했으나 마음 붙이지 못한 헤어짐들, 슬픔들, 아름다움들, 사라져버린 것들, 과학적인 접근으로는 닿지 못할 논리 밖의 세계들, 말해질 수 없는 것들, 그런 것들. 이미 삶이 찌그러져버렸거나, 아무도 알아주지 않는 익명의 존재들에게 생기를 불어넣어주고 싶은 욕망. 도처에 어른거리는 죽음의 그림자나, 시간 앞에 무력하기만 한 사랑, 불가능한 것에 대한 매달림, 여기 없는 것에 대한 그리움." (589쪽)

이런 삶의 절실한 매듭들을 포착해내는 일은 1990년대를 통해 신경숙적인 글쓰기라는 하나의 전형이 되었고, 이러한 내용을 가능케 하는

5) 신경숙, 「낯선 것에 찔린 자국」, 『21세기 문학이란 무엇인가』, 민음사, 1999, 587쪽.

형식으로서의 현재형 심리묘사도 신경숙 고유의 문체라는 차원을 넘어 하나의 유행처럼 되기도 했다. 신경숙은 자신이 지향하는, 저 섬세한 마음의 현전에 대한 묘사에 관한 한, 우직하고 고집스럽다. 『풍금이 있던 자리』에서부터 시작하여 『깊은 슬픔』과 『외딴방』을 거쳐 『기차는 7시에 떠나네』에 이르기까지 집요하다고 할 만큼 철저하게 자기 스타일을 관철시킨다. 그는 소설쓰기에 대해, 초기작인 「멀리, 끝없는 길 위에」에서는 삶의 주변을 일렁이는 미세한 '기미'를 포착하는 일이라 했고, 「모여 있는 불빛」에서는 "그 어떤 것에도 매임 없이 가슴에 들어왔다가 나가는 사람살이를 바깥은 닳아도 안은 빛나고 아름답게 그릴 것"[6]이라 했다. 이런 식의 글쓰기는 철저하게 자기 자신의 마음에 대한 응시를 통해 이루어지는 것이어서 서사적인 것이라기보다는 서정적인 것에 훨씬 가깝다. 요컨대 자기의 내면을 드러내 보여주는 것, 자기를 고백하는 것, 고립된 주관성의 정서에 해당되는 것이다.

그래서인가. 신경숙은 「낯선 것에 찔린 자국」의 말미에서 "글쓰기 앞에서의 나는 아무런 비밀도 없습니다"(589쪽)라고 말하고 있다. 돌연하게 박혀 있는 구절이지만, 아마도 비밀 없음은 감춤이나 꾸밈이 없는 것을 지칭하는 것처럼 보인다. 이와 같은 고백의 글쓰기, 마음의 현전에 대한 묘사로서의 글쓰기가 무엇을 지향하는지는 명백하다. 사적인 형태로 전화된 진정성에 대한 추구가 그것이다. 독백적인 상황과 고백적인 정서에 입각해 있는 진정성에 관한 한, 그 어떤 사회적인 것도 그 밖의 다른 어떤 것도 부차적인 것일 뿐이다. 말하는 사람의 진실만이 독백적인 것으로 존재하고 있기 때문이다.

신경숙의 소설에서 나타나는 이러한 진정성에 대한 추구는 죽음과 밀접하게 연관되어 있다. 그러나 따져보면 이 둘 사이의 친연성은 당연

6) 신경숙, 『오래 전 집을 떠날 때』, 창작과비평사, 1996, 98쪽.

할 것이다. 진정성에 대한 추구로서의 고백은 일차적으로 일종의 자기 갱신에의 의지와 연관되어 있다. 신이나 그의 대리자 앞에서 행하는 참회가 고백의 원형이다. 과거보다 좀더 나은 자기를 지향한다는 점에서 그렇다. 그러나 문제는 그 고백의 진정성이 극단화될 때다. 진정성만을 추구하는 고백은 독백의 차원으로, 신과의 절대적인 관계 이외에 다른 모든 것들을 무화시키는 방향으로 나아가게 된다. 절대 고독과 고립의 상태를 향해 나아가게 된다는 것이다. 그러나 절대 고독이라면 외계의 어떤 대상과도 차단되어 있는 상태, 고립과 격절과 은둔의 상태, 곧 죽음의 상태가 아닌가. 설령 '신 앞에 선 단독자' 자신에게는 그것이 지복과 열락일 수 있을지라도 그 바깥에 존재하는 사람들에게 그것은 죽음에 다름아닌 것이다.

진정성에 대한 추구로서의 고백은 그 자체로 이런 이중성을 가지고 있다. 자기 갱신에의 의지는 세계에 대한 새로운 긍정과 연관되어 있지만, 진정성에 대한 추구는 절대 고독으로서의 죽음으로 연결된다. 죽음에서 긍정으로 이어져 있는 이 선이야말로 신경숙의 소설세계의 중추일 듯싶다. 신경숙의 소설에서 흔하게 발견되는 죽음의 이미지들을 상기해보자. 초기 소설에서 보였던 '이숙'이라는 인물의 거식증과 죽음에서부터, 『깊은 슬픔』『외딴방』 등을 거쳐 비교적 근작들인 「작별인사」나 「딸기밭」에 이르기까지 죽음은 그의 세계에서 핵심적인 이미지나 모티프로 존재하고 있다. 거기에서 죽음은 고립과 격절의 상징이면서 동시에 그런 공간에서만 잉태될 수 있는 내면의 고유한 징표이기도 하다. 이는 '희재 언니'의 외로운 죽음을 핵심적인 모티프로 품고 있는 『외딴방』에서 무엇보다 선명하다.

3-2. 신경숙 : 우물의 의미

『외딴방』의 서사적 골간은 잘 알려진 바와 같이, 열여섯 살 난 시골 소녀가 작가의 꿈을 이루기 위해 겪어야 했던 가혹했던 시련의 내용들이다. 가정 형편이 어려워 고등학교 진학에 실패한 한 시골 소녀가, 직업훈련원을 거쳐 구로공단의 노동자가 되고, 야간 고등학교 산업체 특별학급의 학생이 되며, 마침내는 대학 진학을 통해 작가의 꿈을 이룬다는 줄거리는 전형적인 성장 소설의 외관을 지니고 있다. 그러나 『외딴방』이 지니고 있는 특징은, 현재와 과거가 수시로 교직되고, 소설이 씌어지는 과정이 소설 속으로 피드백되는 독특한 서술의 형식에 있다. 서사의 표면에는 현재의 작가가 화자로 등장하여, 애써 묻어두려 하였던 외딴방에서의 생활을, 더 정확하게 말한다면 그곳으로부터의 탈출의 기억들을 힘겹게 털어놓고 있다. 그 고백은 과거가 자기 스스로에게 더 이상 부정의 대상이 아니라는 것, 작가가 현재의 자기가 되기 위해 겪어야 했던 통과제의의 고통을 이제야 비로소 수긍하기에 이르렀다는 것을 뜻한다. 이런 자기 긍정은 과거와 현재 사이의 끝없는 대화와 반추를 통해 성취되는데, '희재 언니' 의 죽음은 그 과정에서 가장 핵심적인 모티프로 놓여 있다.

(가) 호텔로 돌아와서 나는 찬물에 얼굴을 씻고 세면대 앞에 오래 서 있었다. 지난 봄과 여름 내가 잊고 있었던 것은 글쓰기가 아니라, 죽음이었다. 내가 잊고 있었던 건 새로운 형식이나 새로운 문체가 아니라 죽음이었다.

죽음을 잊자 일상은 무기력해졌고, 가족은 멀어졌다. 특별하다고 여기고 있던 사랑이 어디서 본 듯해지고, 늦잠이 시작되었다. 늦잠 속에서 깨어나면 심장 부근까지 쓰잘데없는 욕망이 치솟아오르고 점점 그것은 강도를 높여가며 목 부근까지 오르락내리락했다. 통증까지 동반하고서.(『오래 전 집을 떠날 때』, 328~329쪽)

(나) 언젠가도 그랬지. 보아서는 안 될 인간의 얼굴을 봐버린 적이 있었지. 구더기가 들끓고 있던 다정했던 얼굴. 썩어문드러진 노동에 절은 손. 생을 향해 남긴 유서 위로 스멀스멀 기어가던 구더기. 그 여름의 긴 장마. 그 얼굴을 사랑했던 죄로 나는 오랫동안 얼굴을 들 수가 없었다. 회오리바람처럼 쳐들어오는 생의 정면들에 내가 얼마나 깜짝깜짝 놀랐는지. 나쁜 생. 청춘에 들어서기도 전에 미리 겁을 주다니. 눈을 뜨고 싶지 않은 수많은 아침들이 지나간 뒤로 나는 자신감을 잃었다. 분명한 대답들과 분명한 명분들이 무서워졌다. 숨어 살아야겠다고 생각했지. 어디에도 얼굴을 내밀지 말아야겠다고. 다행히 나는 아름답지가 않아서 숨어 살 수가 있었다.(221쪽)

(가)는 『외딴방』(1995)이 씌어지기 직전 발표된 「깊은 숨을 쉴 때마다」(1994)의 한 대목이고 (나)는 그후에 발표된 「마당에 관한 짧은 얘기」(1996)의 한 대목이다. 둘 다 작가가 일인칭 화자로 나오고 중요한 모티프로 쌍둥이들의 죽음이 등장하고 있어 이채롭다. (가)에서는 쌍둥이 동생의 죽음을 눈앞에서 목도하고 그 상처로 인해 일상적인 삶의 바깥을 배회하는 처녀가 등장하고, (나)에서는 닭을 안고 심야의 오피스텔을 배회하는, 일곱 살에 죽은 어린 소녀의 혼령이 환상 속의 모습으로 등장한다. 둘 모두 절실한 죽음의 표정들을 지니고 있거니와, 우리에게 흥미로운 점은 위의 두 개의 인용문이 모두 『외딴방』의 죽음과 연관되어 있다는 점이다. (가)는 암시적이고 (나)는 명시적이다. (나)에서 등장하는 죽음은 화자를 자폐증적인 고립감 속으로 몰아넣었다. 그것은 물론 '희재 언니'의 죽음을 목격한 직후의 일이고, 『외딴방』의

달력으로 치면 십오륙 년 전의 일이다. 그러나 현재의 상황을 말하고 있는 (가)에서는 오히려 그 죽음을 잊었다는 점이 문제라고 말하고 있다. 그것은 곧 한때 자폐증의 상태로 자기를 몰아넣었던 바로 그 죽음이야말로, 혹은 죽음 일반이라 말할 수 있는 그 어떤 마음의 절실한 매듭이야말로 글쓰기를 위한 긴장의 원천이자 동력이라고 말하고 있는 것이 아닌가. 뒤집어 말하면 글쓰기의 긴장은, 일상의 무기력함에 맞서는 힘으로서의 진정성에 대한 추구는, 궁극적으로 죽음으로 이어진다는 것이 아닌가.

『외딴방』에서의 '희재 언니'의 죽음에는 어떤 사회적 의미도 없다. 단지 누구에게도 드러내지 못할 만큼 깊은 상처를 입은 외로운 짐승 한 마리가 있었을 뿐이다. 그 짐승은 자신의 최후를 열아홉 살 난 화자에게 의탁했고 그로 인해 충격을 받은 또 한 마리의 짐승이 생겨났다. 『외딴방』의 화자는 쇠스랑을 휘두르다 발바닥이 찍혔던 기억을 가지고 있다. 그것은 현재의 답답한 상태에 머물러 있는 자기 자신에 대한 일종의 응징이었다. 열여섯이었던 화자는 그 쇠스랑을 우물에 빠뜨려버렸고, 이제 십육 년이 지나 그렇게 소망했던 작가가 되어 다시 그 우물 앞에 서 있다. 그런 화자에게 쇠스랑을 건져주는 이는 죽은 '희재 언니'다. 우물과 쇠스랑의 삽화는 『외딴방』의 서두와 말미에 대칭으로 배치되어 흡사 서사 전체의 향도 구실을 하고 있다. 또 최근의 신경숙은 모든 개인이 저마다 하나씩의 심연을 품고 있고 또 하늘을 향해 열려 있는 우물과도 같은 존재라고 했다(「낯선 것에 찔린 자국」, 577쪽). 그 우물에는 모두 쇠스랑과 같은 상처의 기억들이 채워져 있을 것이며, 그 상처를 헤집어들어가면 죽음과도 같은 심연이 도사리고 있을 것이다. 신경숙은 그 내면의 우물을 향해 자맥질을 한다. 「작별인사」에서 신경숙은 스스로를 죽이기에 이른다. 일상의 세계를 안타까운 눈으로 지켜보는 영혼의 독백은 우리를 섬뜩하게 만든다. 그렇게 신경숙의 소설은 사적인 진정성에 대한 추구가 얼마나 타나토스와 가까이 있는가를 보여주고 있다.

3-3. 윤대녕 : 우물의 의미

윤대녕의 세계에서도 우물은 특권적인 상징성을 지니고 있다. 그는 1990년 등단한 이후 지금까지 세 권의 창작집과 네 편의 장편소설을 상재한 바 있다. 이를 통해 윤대녕은 그 자신만의 고유한 스타일과 상상력의 공간을 구성했다. 이 세계에서 무엇보다도 특징적인 것은 떠돌이이자 관조자의 모습을 하고 있는 주인공들, 길 위의 영혼들이 중심적인 모습으로 존재하고 있다는 점이다. 그 길은 회사나 직장과 같은 일상적인 공간 내부에 존재하기도 하고, 사막이나 7번 국도, 완도나 화성 바닷가 같은 탈일상적인 공간으로 연결되어 있기도 하다. 그럼에도 여일한 것은 정주하지 못하고 떠도는 영혼으로서의 주인공들의 모습이다. 흡사 떠돌기 그 자체가 목적인 것처럼, 명백한 지향점도, 지향점에 이르고자 하는 의지도 없이, 망연한 눈길로 세상과 자기의 운명을 관조하는 인물들의 형상이야말로 윤대녕적인 세계의 대표적인 모습이다.[7)]

이같은 윤대녕적인 인물들은 그 어떤 연대와 유대의 망으로부터도 고립되어 있는 정신적인 고아들이다. 신경숙의 세계에 있어서, 죽음을 향해 나아가는 진정성 추구에 대한 급진화된 충동을 제어해주는 것은 가족들간의 끈끈한 유대였다. 그러나 윤대녕의 인물들에게 가족은 아예 존재하지 않거나, 있다 하더라도 인물들의 행로에 영향을 미치지 못

---

7) 윤대녕의 문학에 대한 최근의 생각들은 『달의 지평선』과 『많은 별들이 한곳으로 흘러갔다』에 대한 짧은 서평들을 통해 밝힌 바 있다(각각, 『서평문화』 1998년 겨울호, 『문학동네』 1999년 가을호 소재). 이 글의 논지와 중복되는 대목들은 이 두 편의 글에서 부분적으로 차용했음을 밝혀둔다.

할 정도로 미미한 존재들이다. 대부분의 윤대녕의 인물들은 완전한 정신적 고립상태에 있으며, 그들 사이에서 이루어지는 만남 또한 건조하고 메마른 관계에 지나지 않을 뿐이다. 그들은 모두 하나씩의 섬이고 저마다 상처로 만들어진 심연들을 가지고 있다. 그 심연으로부터 돌연히 나타났다 사라져버리는 비밀스런 메시지가 흘러나온다. 그것은 일종의 신비 체험과도 유사한 것, 환각이나 환청과도 같은 것으로, 혹은 형언하기 어려운 그 어떤 강렬한 느낌으로 다가온다. 일상의 논리로는 포착하기 어려운 그것은 아마도 하이데거적인 의미에서의 존재론적인 것이라 할 수 있을 것이다. 윤대녕의 세계에서 우물은 그런 세계의 신비가 축장되어 있는 곳이다. 그의 초기작 「은어」에 나오는 우물을 보자.

열 살 때까지, 나는 유학자였던 조부의 집에서 살았다. 조모는 이순이 되던 해 눈이 멀어 해가 질 때까지 마루에 앉아 소리를 듣는 일로만 소일했다. 무서워서 가까이 갈 수가 없었다. 그렇게 셋뿐이었다. 건넌방에서 혼자 잠을 잤는데 새벽에 잠이 깨는 때가 많았다. 그러면 슬그머니 뒤란으로 나가 파밭에 오줌을 누고 안개 낀 마을을 담 밖으로 훔쳐보곤 했다. 뽕나무밭 사이로 희부연 햇살이 진군해오고 있는 게 보였다. 그러는 사이 어딘가에서 철썩! 하고 무언가가 몸을 뒤채는 소리가 들려오곤 했다. 흠칫 놀라 뒤돌아보면 거기, 앵두나무 잎새가 후드득 떠는 것이 먼저 눈에 들어왔다. 그것은 뒤란에 있는 우물 속에서 나는 소리였다. 그 속을 들여다보면 검은 구멍이 빨아들일 듯이 그 깊은 입을 벌리고 있었다. 얼마나 깊은지 알 수가 없었다. 한참을 들여다보고 있으면 다시 철썩! 하고 무언가가 솟구쳐오르는 소리가 들렸다. 그게 은어라는 소리를 들었다. 나는 그놈의 은어가 보고 싶었다. 허나 그 땅속 깊은 어둠으로 갈 수는 없는 노릇이었다.[8)]

여기에서 소설의 화자는 우물을 가리켜 입을 벌리고 있는 검은 구멍이라 표현하고 있으며, 깊이를 알 수 없는 심연 속에서 기척이나 소리로만 존재하고 있는 움직임에 대해 은어라고 말한다. 따라서 은어는 전적으로 미지의 어떤 것을 지칭하는 것일 뿐인데, 은어는 다시 여자로 치환되고 곧바로 뒤이어 죽음의 이미지가 이에 부가된다. 「은어」에 등장하는 여주인공 하은을 소설의 화자는 은어라고 부르고 있고, 또 화자의 삼촌이 사랑했던 '은어 같은 여자'가 있다. 그 여자들은 모두 죽음과 가까이에 있다. 삼촌의 여자는 다른 사람의 아이를 가짐으로써 삼촌으로 하여금 우물 속으로 들어가게 만들었고, 또 화자가 만나는 은어 같은 여자 하은의 존재는 화자의 이혼 결심과 이에 뒤이어지는 아버지의 죽음으로 연결되어 있다. 요컨대 우물과 은어와 여자와 죽음이 하나의 환유적 연쇄로 이어져 있는 셈이다. 이들은 모두 깊이를 알 수 없는 검은 구멍과도 같은 존재라는 점에서 동일하다. 신경숙의 경우에서 보았듯이, 우물은 그 자체로 하나의 심연으로서, 죽음과도 같은 고요로, 또 고립된 내면의 공간으로 표상되고, 그럼으로써 죽음을 향해 수렴해간다.

윤대녕에서도 사정은 유사하다. 다른 것이 있다면 우물 속에 있는 것이 쇠스랑이 아니라 은어라는 점이다. 쇠스랑이 내 안의 상처라면 은어는 내 밖의 세계 속에 깃들어 있는 미지의 신비한 영역이다. 따라서 윤대녕의 우물은 세계의 신비로 이어지는 비밀스런 통로쯤에 해당되는 셈이다.

---

8) 윤대녕, 「은어」, 『은어낚시통신』, 문학동네, 1994, 14쪽.

3-4. 죽음과 떠돌기

세계의 비밀에 대한 윤대녕의 인물들이 보여주고 있는 동경과 열망은 남다르다. 「말발굽 소리를 듣는다」에서와 같이 직접적으로 등장하는 경우도 있지만, 많은 경우, 여자들과의 만남을 통해 표현된다. 이런 양상은 「소는 여관으로 들어온다 가끔」이나 「국화 옆에서」와 같은 초기작들에서부터 최근의 장편 『달의 지평선』에 이르기까지 지속적이다.

그 세계에 있어 여자와의 만남은 미지와의 조우이고 또한 죽음과의 조우이며, 환각이나 환상과의 만남이다. 윤대녕이 쓰는 존재감이라는 말은 아마도 이같은 만남을 통해 도달하는 상태를 지칭하는 듯싶다. 『달의 지평선』에서 윤대녕은 그 느낌을 "저쪽에 있던 내가 설레는 소리를 내며 이쪽으로 다가오고 있는 느낌"이라고 설명한다.[9] 또 그의 초기작 「January 9, 1993 미아리통신」에서는 한 여자의 입을 빌려 "이연주가 목매 죽었단 소릴 듣고 며칠 동안 구역질을 해대느라 잠까지 설쳤습니다. 존재감 때문이었습니다. 죽음은 바다와 같은 것이라죠?"라고 말하고 있다. 이 두 경우 존재감이라는 말은 서로 다른 맥락에 놓여 있는 듯싶다. 앞의 것은 환각에 가깝고 뒤의 것은 환멸과 유사하다. 그러나 어느 쪽이건, 자기 자신이나 혹은 자기의 삶이 갑자기 낯선 것으로 변하는 순간의, 섬뜩하거나 상쾌한, 혹은 이 둘을 동시에 지닌 어떤 미묘한 느낌을 지칭하는 것이라는 점에서는 동일하다. 이런 느낌이 작중인물들의 강렬한 동경의 대상이 될 때, 그것은 윤대녕의 인물들이 개벽이나 초월, 비상, 해탈 등의 말로 표하는 그 어떤 상태와 통하게 된다. 그것은 아마도 자아의 경계가 무너지고 그럼으로써 주관과 객관이 하나의 흐름으로 연결되는 강력한 환각의 상태, 루소의 『고독한 산보자의

---

9) 윤대녕, 『달의 지평선』 1권, 해냄, 1998, 225쪽.

명상』에 등장하는 충만한 순간(erfüllter Augenblick)[10]이나 황홀한 정지라 표현할 수 있는 그런 상태일 것이다.

그래서 윤대녕의 주인공들은 현저히 수동적이다. 존재론적 심연으로부터 갑작스럽게 용출하는 삶의 신비—이를 황종연은 적절하게도 에피파니라고 명명했다[11]—를 망연하게 바라보고 있는 사람의 표정이야말로 윤대녕적인 남성 주인공의 대표적인 모습이다. 또 여성 주인공들은 어느 날 갑자기 자취를 감춰버리곤 한다. 신비의 문을 열고 사라져버리는 것이다. 「소는 여관으로 들어온다 가끔」에서처럼 탈속의 공간 속으로 사라져버리거나 『추억의 아주 먼 곳』에서처럼 기억상실증이라는 문을 통해 다른 세계로 이동해버린다. 윤대녕의 소설에서 등장하는 남자와 여자의 만남은 말 그대로 '스쳐가는 자의 초상'과도 같다. 관계의 직접성에 도달하지도 못하고, 열정적이고 감격적인 하나됨에 이르지도 못한 채 서로 먼 거리에서 메시지를 주고받는다. 몸을 맞대고 있어도 사정은 마찬가지다 : "그녀는 울고 있었다. 얼핏 소 울음 소리를 듣고 있었던가. 그토록 찾아 헤매던 먼 것이, 내 가슴 안에서 이렇듯 조용히 흐느끼고 있었다. 나는 말할 수 없이 사무친 생각이 들어, 한껏 두 팔을 벌리고, 그녀의 떨고 있는 몸을 힘주어 그러안았다. 그때, 가슴속에서 무엇이 쑤욱 빠져나가는 듯한 차디찬 느낌이 엄습해들었다./'나'라는 하나의 공간을 남겨두고./히뜩 정신을 차리고 보니 조금 전까지만 해도 내 가슴에 있던 그녀가 어느 결에 문밖으로 소리없이 사라지고 있었다."(「소는 여관으로 들어온다 가끔」, 『은어낚시통신』, 195쪽) 길 위에서 우연히 만나 감정의 짧은 교호를 경험하고 서로 비껴가는 남자와 여자의 모습이 윤대녕적인 만남의 전형적인 형식이다. 그러니 적극적일 수 없다. 만나는 게 아니라 만나지는 것이다. 운명이나 우연처럼. 윤

10) Karl Heinz Bohrer, *Der romantische Brief*, Suhrkamp, 1989, p. 35.

11) 황종연, 「내향적 인간의 진실」, 『21세기 문학이란 무엇인가』, 민음사, 1999, 552쪽.

대녕의 남성 주인공들이 보여주는 저 현저한 관조적이고 수동적인 태도를 보자. 많은 경우 여자가 먼저 다가오고, 여자가 먼저 옷을 벗는다. 남자들은 지켜만 보고 있을 뿐이다.

이런 수동성과 관조성은 윤대녕의 세계에 빈번하게 등장하는 서사적 공간의 원리와 밀접하게 연관되어 있다. 그의 소설에서는 두 종류의 공간이 빈번하게 등장한다. 하나는 화랑이나 전시장 영화관으로 대표되는 일상의 문화 공간들로, 여기에서는 이집트 문명전이나 화석 전시회, 요셉 보이스와 백남준의 전시회, 또 아시아 영화 페스티벌 같은 행사들이 열리고 있다. 다른 하나는 선운사나 쌍계사 같은 탈일상의 자연 공간들이다. 속초 바닷가이기도 하고, 비구니가 파계하는 노란 산수유꽃 마을이거나 범피중류 가락이 휘감고 있는 완도의 구계등 바닷가, 유성우가 쏟아지는 밤하늘이기도 하다. 더 나아가서는 암스테르담이나 프라하 같은 이국의 도시들도 마찬가지 의미를 지닌다. 윤대녕의 소설에서 이 두 종류의 공간은 그 자체만으로도 소설의 분위기를 좌우할 만큼 압도적인 비중을 차지하고 있다. 물론 둘의 표면적인 기능은 서로 달라 보인다. 다소 도식화시켜보자면, 도시의 문화 공간은 주로 인물들의 취향을 지시하는 문화적 기호 노릇을 하고, 탈일상의 자연 공간들은 그들에게 운명과의 만남을 제공하거나 암시하거나 환기시키는 역할을 한다. 「3월의 전설」에서처럼 이 둘이 서로 연결되어 있는 경우도 있다. 그럼에도 이 둘은, 소설의 중심인물과의 관계라는 점에서 보자면 전적으로 동일한 의미를 지닌다. 두 공간 모두 주인공을 관조자로 만든다는 점에서 그렇다. 전시 공간이 인물을 관람객이라는 관조자로 만드는 것은 당연한 일이다. 그러나 탈일상의 공간도 마찬가지여서 인물들로 하여금, 세상은 여관이고 사람은 과객이라는 의미에서의 투숙객의 태도를 취하게 만든다. 그림을 보는 관람객의 태도로 자신과 주변 사람들의 운명을 바라보게 하는 것이다.

이런 이유로 윤대녕의 주인공들은 근본적으로 떠돌이라 할 수 있거니와, 이들에 의해 구현되는 떠돌기야말로 윤대녕 문학의 핵심으로 보인다. 이는 모색이나 탐색도 방황도 아니다. 그 어떤 지향점도 혹은 찾아내야 한다는 의식도 없다. 구태여 말하자면 자기 목적으로서의 떠돌기, 혹은 순수의지로서의 떠돌기라 할 수 있을 것이다. 그래서 그의 소설에는 고향도 집도 없다. 진짜 고향은 얼음장 박힌 호수 밑바닥 잉어들이 사는 붉은 집이고, 사막에서 보았던 불타는 집, 죽어야 갈 수 있는, 하얀 신발을 신어야 갈 수 있는 곳이다. 「은항아리 안에서」의 착한 여자는 윤대녕적인 인물들의 본질을 "바람을 너무 타서 까만 염소처럼 돼버린 사람이고 그것도 모자라 꽁지에다가는 빈 수레까지 달고 다니는 사람"이라 갈파하고 있다. 해바라기 방이 있는 「빛의 걸음걸이」의 고향집은 과거의 집이었을 뿐이고, 은항아리 골짜기에서의 사랑도 스쳐 지나가는 것일 뿐이다. 머물러 있는 주인공들에게서조차 재가승의 냄새가 난다. 운명조차 관조의 대상인데 세속의 잡사가 눈에 들어올 이치가 없다. 그들의 눈에 포착되는 풍경들은 그래서 그 어떤 단도직입의 시적 이미지로 혹은 추상적이고 비분절적인 느낌으로 포착되곤 한다. 윤대녕이 구사하는 저 섬세한 감각의 이미지들, 「상춘곡, 1996」의 연둣빛("문살 창호지를 투과해 들어오는 연둣빛 봄 햇살 소리")이나 「빛의 걸음걸이」에서의 붉은 양귀비꽃, 또 「천지간」에서의 흰색의 이미지 등이 대표적인 예이고, 또 인물들의 입을 통해 구사되는 "사람이 혼자 오래 있을 수 있다는 것은 강해서가 아니라 독해서"와 같은 유의 잠언들도 그렇다.

순수의지로서의 떠돌기를 윤대녕은 '독립의 탁발 정신'이라고 혹은 '자유'라고 부른다. 그 자유의 구극에 있는 것이 무엇인지를 짐작하는 것은 어렵지 않다. 일체의 외계로부터 독립불기의 자세를 취하는 것, 금욕주의의 이상이 그것이다. 그것은 곧 감각의 죽음이고 초절로서의 자유다. 윤대녕의 소설에서 죽음의 이미지들이 다양하게 변주되고 있는 것도 이런 관점에서 보자면 당연한 일이다. 순수의지로서의 떠돌기 혹은 재가승 행각은 금욕적 이상이라는 큰 죽음의 인력으로부터 언어 도단의 세계로부터 스스로를 지켜내기 위한 작은 죽음들이다. 은어가 뛰놀던 우물은 메워졌다. 은어를 찾아 우물로 들어간 삼촌이 돌아오지 않았기 때문이다. 윤대녕의 세계는 우물에서 은어로, 여자로, 죽음으로 이어지는 환유의 고리를 타고 유동하고 있다.

3-5. 신경숙과 윤대녕의 세계에서 나타나는 죽음의 의미

신경숙과 윤대녕의 서사적 감수성이 근본적으로 죽음에 잇닿아 있다는 사실을 애써 지적해왔다. 물론 신경숙의 세계에서 죽음은, 『외딴방』이나 『기차는 7시에 떠나네』에서 볼 수 있듯이 새로운 긍정의 세계로 이어져 있다. 주인공은 죽음이나 기억상실을 넘어 화해와 자기 긍정의 세계에 도달한다. 윤대녕의 경우에서도 주인공들은 죽음을 지켜보고 죽음에 가까이 다가가기도 하지만 신비의 문을 열고 죽음의 심연 속으로 사라져버리지는 않는다. 그럼에도 이들의 세계에 있어 죽음이 서사의 근본적인 동력이라 할 수 있는 것은 무엇 때문인가. 그들의 세계에서 죽음은 진정성의 세계와 그 타자 사이에 놓여 있는 문턱과도 같은 존재이기 때문이다.

신경숙과 윤대녕의 서사에 충만해 있는 죽음과 관조와 내성의 분위기야말로 1990년대의 정신이 서사에게 요구했던 일차적인 것이라 할 수 있을 것이다. 신자유주의로 표상되는 저 냉혹한 시장의 냉소주의에 대해, 경쟁력의 신화로 등장하는 저 왕성한 식욕의 에로스에 대해, 신경숙과 윤대녕은 천연덕스럽게 등을 돌린 채, 사적 진정성의 우물 속으로 침강해들어가고 초월적 세계의 신비를 응시한다. 이들은 시장주의를 비판하지도 부정하지도 않는다. 철저하게 무시하고 부인하고 있는 것이다. 1990년대의 저 시장주의에 대해 정색하고 진지하게 비판하는 문학을 상상해보자. 우스꽝스럽지 않은가. 야유나 풍자, 조롱의 대상일 수는 있어도 비판의 대상이기는 어렵다. 비판은 무엇보다 대안을 필요로 하는데 시장주의가 지배하는 세계는 들뢰즈 식으로 표현하자면, 질적인 규정이 존재할 수 없는 탈코드화된 흐름으로 이루어진 세계, 똥과 항문의 세계이다. 사회주의라는 세계사적 모험도 실패로 돌아간 마당에, 시장주의 자체에 대한 비판은 기껏해야 화장실을 수세식으로 바꾸자는 정도일 것이기 때문이다.

신경숙과 윤대녕은 풍자나 해학의 세계로 날아가지 않는다는 점에서 세계에 대한 태도의 진지함을 유지하고 있다. 그런 한에 있어, 그들의 문학이 결과로 보여주는 저 고전적 문학주의는 시장의 냉소주의에 맞설 수 있는 거의 유일한 대안이었을 듯싶다. 윤대녕의 소설적 공과를 논하는 자리에서 남진우는, 현실 도피나 탈역사성 같은 항목들이 그의 소설에 가해질 수 있는 비판이라 지적한 후, 그런 비판이 근거하고 있는 시각에 대해 반성이 필요하다는 점을 조심스럽게 언급한 바 있다.[12)] 현실에 등을 돌린 채, 죽음과 신비의 우물에 대해 이야기하고 있는 신경숙과 윤대녕의 소설을 보자. 이 시장주의와 냉소주의의 시대에 있어, 타나토스와 현실 도피야말로 진지한 문학이 서야 할 오히려 마땅한 자리라 해야 하지 않을까. 문학이 사회적 약자 편에 섬으로써 도덕적 정당성과 의미를 획득하고 위엄 있는 목소리의 주인일 수 있던 시대는 지나갔다. 더욱이 계몽은 언제나 변증법으로만 존재한다. 이제는 작은 진정성의 영역을 향해 천착해들어가는 일이 더 절실하고, 그것을 위해서라면 문학은 오히려 현실로부터 멀어져야 한다고, 신경숙과 윤대녕의

12) 남진우, 『숲으로 된 성벽』, 문학동네, 1999, 232~233쪽.

문학은 우리에게 말하고 있는 것이 아닐까. 그들의 작품에서 배어나오고 있는, 저 고립과 격절로서의 죽음의 이미지를 보자. 그것은 시장의 냉소주의에 의해 정지되어버린 계몽의 변증법을 재가동시키는, 새로운 삶의 힘이며 살림의 힘이라 할 수 있지 않을까. 이를 위해서라면 그들은, 이제는 따옴표 속에 갇혀버린 현실로부터 더욱더 멀어져야 하는 것이 아닐까.

4. 마조히즘과 냉소주의 : 장정일과 은희경

4-1. 장정일의 서사적 전략

장정일은 1990년대의 소설 공간에서 매우 이채로운 존재이다. 『아담이 눈뜰 때』(1990)에서 시작하여 『너에게 나를 보낸다』(1992), 『너희가 재즈를 믿느냐』(1994), 『내게 거짓말을 해봐』(1996) 등을 거쳐 『보트 하우스』(1999), 『중국에서 온 편지』(1999)에 이르기까지, 그가 감행한 소설적 모험은 한국 소설에 있어서 새로운 상상력의 공간을 열어놓았다.

타자기와 턴테이블과 뭉크의 화집을 꿈꾸던 열아홉 살짜리 재수생의 삶으로부터 시작한 장정일은, 재즈적 글쓰기라는 분방한 서사적 유희의 공간을 치달리기도 했고, 또 본격적인 포르노그래피의 세계로 잠입해들어가기도 했다. 그가 보여주고 있는 이런 펄프 픽션의 세계는 일상의 권태에 대한 부정이면서 동시에 문학적 권태에 대한 부정이었다. 그런 점에서 장정일은 아방가르드의 정신적 후예다. 그는 유희 충동을 극단화시킴으로써 모든 권위를 부정해버린다. 정색하고 비판을 하기도 하고, 야유와 조롱을 일삼는 광대 노릇을 하기도 하고, 또 근거 없는 독설가처럼 굴기도 한다. 그의 서사는 그래서 만화적으로 과장되어 있고 일그러져 있다. 장정일 식의 서사가 보유하고 있는 탕아소설가의 에너지가 곳곳에서 분출해나오기 때문일 것이다. 그 힘이 장정일로 하여금 『내게 거짓말을 해봐』의 세계로까지 나아가게 했고, 그로 인해 '음란문서 제작 및 배포 혐의'[13]로 기소되어 유죄 판결을 받았다. 그리고 당연히 책은 서점에서 회수되었다.

장정일이 구사하는 서사적 전략은 일차적으로, 캠프(camp)적 상상력, 자기 반영적 서사, 상호텍스트성의 셋으로 요약될 수 있다. 첫째, 다양한 키치 장르들과 교호함으로써 만들어지는 캠프적 상상력의 공간은 의도된 조악성과 그로테스크한 과장을 통해 서사에 활기를 불어넣는다. 이는 일차적으로 실정화(實定化)된 진지성 곧 엄숙주의에 대한 암묵적인 비판으로 작동한다. 둘째로, 서사의 자기 반영성(self-reflexivity)은 자신의 소설관이나 작품에 대한 작가의 입장 등을 작품 안에 다양한 방식으로 노출시킴으로써 만들어진다. 이는 캠프적 상상력과 상보적으로 작용하면서 텍스트 생산의 의도와 텍스트 자체가 얽히는 흥미로운 공간을 만들어낸다. 말하자면 소설 속에서 소설관이 드러나고, 그럼으로써 다시 소설 자체의 근거가 만들어지고 강화되는 식이다. 소설 속에 등장하는 인터뷰들이 대표적인 예다. 셋째로, 텍스트 사이의 대화적 관계가 이루어지는 상호텍스트성의 공간도 장정일의 소설세계가 지니고 있는 흥미로운 부분이다. 이는 주로 몇몇의 인물들이 연속 출연함으로써 만들어지는데 이를테면 『너에게 나를 보낸다』에서 베스트셀러 작가가 된 은행원이 『너희가 재즈를 믿느냐』에서는 신흥 종교의 교주 노릇을 하고 『보트 하우스』에서는 옷을 새로 갈아입고 중국 마피아로 출연하는 식이다. 장정일의 소설 목록이 늘어갈수록 이런 공간은 더욱 다채

13) 김종욱, 「장정일을 만나기 위하여」, 『작가세계』 1997년 봄호, 18쪽.

롭고 풍성해진다. 이중에서 우리의 문제의식과 연관하여 흥미롭게 다가오는 것은 두번째 자기 반영적 서사다. 다음과 같은 대목을 보자.

> 제이의 친구였던 그 소설가는 오래 고민한 끝에 자신이 쓰고 있는 소설의 여주인공인 여고 3년생 술집 접대부를 막 고등학교에서 퇴학당한 문제아로 바꾸어 설정했다. 그러면서 이렇게 말했다. '지금까지는 나도 아슬아슬하게 버텨왔는데 이번에는 조심해야겠어. 누구처럼 개피 보지 않으려면 말이야.' 그때 제이는 이렇게 대꾸해주었다. '나라면 개피를 뒤집어쓰겠어. 내 주먹을 스스로 망치질해서 뭉뚱그릴 용기가 없다면 누군가 강제로 나의 손발을 묶어주는 것도 좋은 방법이지' 라고 대답했다. 만약 제이가 친구와 같이 소설을 쓰는 입장이라면 예술과 외설의 선을, 검열과 표현 자유의 경계를 아슬아슬하게 밟고 있으며 처벌을 면하는 게 아니라 그 선을 훌쩍 넘어가버리기를 원했을 것이다. 구속당하기를, 감옥에 갇히기를, 그리하여 예술이 아버지나 권력의 대항물이 아니라 권력과 아버지에게 바치는 고해에 불과했음을 드러내고 싶었을 것이다.[14)]

먼저, 서사의 자기 반영성이 선명하게 드러나고 있는 대목이라는 점이 흥미롭다. 소설의 주인공인 제이는 38세의 조각가이고, 열여덟 살짜리 여고 3년생과 엄청난 섹스의 향연을 벌이고 있는 중이다. 따라서 제이의 이런 생각을 『내게 거짓말을 해봐』라는 작품에 임하는 장정일의 생각으로 간주해도 아무런 문제가 없어 보인다. 게다가 이 소설로 인해 장정일은 실제로 한 달 반 동안 서울구치소 생활을 해야 했다. 실제로 "개피를 뒤집어" 썼던 것이다.

그러나 이 대목을 장정일의 육성으로 생각할 때, 더욱 흥미롭게 다가

---

14) 장정일, 『내게 거짓말을 해봐』, 김영사, 1996, 135쪽.

오는 것은 처벌받고자 하는 욕망으로 드러나는 마조히즘이다. 이는 가장 최근작들인 『보트 하우스』 『중국에서 온 편지』 등에서 드러나고 있는 장정일 식의 오이디푸스 서사와 밀접하게 연관되어 있어, 장정일의 서사적 전략의 목록에 추가할 네번째의 것이라 해도 좋을 듯싶다.

『내게 거짓말을 해봐』에 등장하는 오이디푸스 서사는, 일차적으로 아버지에 대한 격렬한 증오의 형태로 나타난다. 주인공 제이의 죽은 아버지는 박정희 파벌에 끼지 못해 퇴역했던 영관 장교 출신으로 설정되어 있으며, 잠잘 때까지 바른 자세를 요구하는 등 아들을 부하처럼 훈육시킨 억압적인 모습으로 그려져 있다. 그 아버지를 제이는 '신버지'라고 부르고, 신격화된 아버지의 준말이라 설명한다. 신버지에 대한 극단적인 증오는 시종일관한 것이며 강도 또한 격렬하기 짝이 없어 "자신이 창작 행위를 하는 동기와 힘을 아버지를 적대화하는 일에서 얻어온 것이 아닐까"(104쪽)라고 생각할 정도다. 아버지에 대한 이런 격렬한 증오와 공포는 장정일이 자전소설이라는 형식으로 쓴 단편 「개인기록」(『문학동네』 1995년 봄호)에서 이미 나타난 바 있다. 아버지에 대한 공포로 인해 아버지의 죽음을 기도했다든지, 초등학교 5학년 때 아버지가 죽자 해방이라고 외쳤다든지 하는 이야기들이었다. 또 『너에게 나를 보낸다』에서도 표절 작가와 은행원을 대비시키면서 억압의 상징인 아버지에 대해 언급한 바 있다. 『내게 거짓말을 해봐』에서 아버지에 대한 증오는 가장 격렬하고 전면적으로 드러나고 있다.

아버지에 대한 이런 증오는 상징적 질서 속의 아버지, 곧 남근과 권력에 대한 증오로 쉽게 연결되며 종당에는 예술에까지 미친다 : "제이는 삼십대 초반에 일찌감치 자신의 작품활동을 중단하면서 마지막 몇 년간을 이십대 때 자신이 제작했던 작품에 똥칠하는 세부작업에 매달렸다. 그로서는 자신이 만든 아버지의 초상을 용납할 수 없었다."(73쪽) 예술에 똥칠하는 일을 제이는 '분뇨 예술'이라 칭하고, '자기 모멸'의 산물이라고 한다. 제이는 폭력적인 아버지의 질서에 자기 모멸로 맞서고, 이렇게 테마화되는 오이디푸스 서사는 포르노그래피에 대한 일종의 문학적 알리바이처럼, 제이와 와이가 벌이는 저 굉장한 성의 향연과 묘한 평행선을 그리며 진행된다. 그들이 벌이는 성의 향연에 대한 장정일의 묘사는 자연주의적으로 철저하고 노골적이어서 그로테스크하기까지 하다. 제이는 와이와의 섹스를 통해 한 쌍의 남녀가 시도할 수 있는 온갖 가능성을 시험한 후, 사디즘을 거쳐 최종적으로는 마조히즘에 도달한다. 제이의 성적 욕망의 궁극적인 귀착지인 마조히즘과 아버지에 대한 증오의 표현인 '분뇨 예술'은 이렇게 소설의 두 축으로, 서로의 이형태(allomorph)로 나란히 놓여 있다. 무엇보다도 『내게 거짓말을 해봐』라는 소설 자체가 자기 모멸의 표현이며 전형적인 마조히즘 텍스트이다. 그러나 왜 하필 마조히즘인가.

4-2. 마조히즘과 유머

『내게 거짓말을 해봐』는 마조히즘의 발생에 관한 한 교과서적이다. 마조히즘은 장정일의 서사의 작동원리를 이해하는 데, 또한 그의 소설이 지니고 있는 시대적인 맥락을 파악하는 데 핵심적인 매개 역할을 한다. 먼저 마조히즘이 형성되는 양상에 대해 살펴보자.

화가 제이와 여고생 와이가 벌이는 섹스의 축제는 정상적인 성희에서 사디즘을 거쳐 마조히즘으로 나아가는 세 단계의 변화를 겪는다. 제이가 와이를 때리는 단계에서 특징적인 점은 제이가 아버지를 흉내내고 있으며 그것을 의식하고 있다는 점이다. 그로 인해 제이는 와이에 대한 연민과 더불어 자기 자신에 대한 격렬한 혐오를 느낀다.

제이는 와이를 침대 밑에 꿇어앉혀놓고 두 손으로 자신의 가슴을 밑에서부터 위로 봉긋 솟아오르게 했다. 그런 다음 혁대로 와이의 젖가슴을 열 차례나 쳤다. 그러면서 제이는 자기에게 와이와 같은 젖가슴이 있었다면 아버지는 분명히 이렇게 했을 것이라는 생각을 해본다.(164쪽)

성교 중에는 그 검은 멍이 흥분제가 되었지만 성욕이 충족되자 와이에 대한 연민과 자신에 대한 혐오가 함께 치밀어오른다. 제이는 욕실로 가며 자기 손을 눈앞에 들어본다. 망치로 깨어버리고 싶다. 그는 중얼거린다. '내가 만든 것은 다 이래. 모두 아버지의 모조품이야'.(165쪽)

자신의 매를 받아내던 와이가 한계에 도달했음을 느낀 제이는 이제 역할을 바꾸자고 요청하고, 주저하는 와이를 설득시킨다. 시작은 엉덩이 때리기, 기본 대수는 와이의 엉덩이 치수인 35대, 엉덩이를 내리거나 손이 올라가면 두 배다. 이제부터 와이는 명령을 하고 제이는 복종한다. 와이는 제이의 이름을 '죽돌이'로 바꾸어주고 자기에게 엄마라고 부르게 한다. 차츰 매질의 횟수가 늘어나고, 다른 사람이 보는 데서 때리기도 하고, 매도 회초리에서 대걸레 자루로 다시 곡괭이 자루로 바뀌고, 양말이나 구두, 생리대 등을 입에 물리거나 팬티나 스타킹을 착용시켜 때리기도 한다. 제이는 스스로 '노예'가 되고, 와이는 '성모'와 '천사'와 '여신'이 된다. 제이는 맞으면서 열락을 느끼고 환상을 본다. 그 환상은 죽음과 재생으로 연결되어 있다 : "엉덩이를 맞을 때마다 제이는 마치 만화 영화에 나오는 우주선처럼 꽁무니에 불을 뿜으며 저 우주로 사라질 것 같은 열락을 가졌다. 그날 오늘까지의 제이는 끝이 보이지 않는 캄캄한 소실점으로 사라지고 자신이 사라진 먼 소실점으로부터 또다른 제이가 환하게 스며나왔다."(186쪽)

장정일의 마조히즘은 교과서적이다. 환상의 모티프, 재생의 신화, 페티시즘 들은 마조히즘의 핵심적인 요소들이고 새 이름을 받는 모티프도 마조흐의 대표적인 작품 「모피를 입은 비너스」의 경우와 일치한다.[15] 이런 조작들이 의도된 것인지는, 알 수도 없지만 중요하지도 않다. 문제는 마조히즘의 본질적인 요소와 장정일의 소설이 어떻게 만나느냐 하는 점이다.

마조히즘에 대한 프로이트의 기본적인 견해는, 마조히즘이 '주체의 자아에게 되돌아온' 사디즘이라는 것으로 요약될 수 있다.[16] 우리의 논의와 관련해 흥미로운 것은, 부친 살해라는 신화적 요소와 관련하여 마조히즘의 죄의식의 상관성에 대해 언급하고 있는 「도스토예프스키와 부친 살해」다. 여기에서 그는 도스토예프스키의 간질 발작과 그의 독특한 사도마조히즘적 경향, 『카라마조프가의 형제들』에서 등장하는 부친 살해 등의 상호연관성을, 도스토예프스키가 18세 때 일어난 아버지의 죽음이라는 사건과 연관시켜 분석한다. 이에 의하면, 도스토예프스키에게는 나쁜 아버지에 대한 증오심과 아버지가 죽기를 바라는 억압된 소망이 있었는데 어느 날 그 소망이 실현되어버렸고, 그것은 무거운 죄의식으로 남아 그로 하여금 발작이라는 자기 처벌로 나아가게 이끌었다는 것이다. 요컨대 마조히즘에 대해 말하자면, 아버지에 대한 신화적인 양가감정과 그로 인해 발생하는 아들의 죄의식이 곧 마조히즘의 근원이 되는 셈이다.

이런 논리는 장정일의 텍스트에 등장하는 아버지에 대한 증오와 마

---

15) 들뢰즈, 『매저키즘』(이강훈 옮김, 인간사랑, 1996)을 참조할 것.

16) 『쾌락원칙을 넘어서』, 박찬부 옮김, 열린책들, 1997, 76쪽. 「성욕에 관한 세 편의 에세이」(1905)나 「본능과 그 변화」(1915) 「매맞는 아이」(1919) 등에서 이러한 견해가 표명되고 있다. 여기에서는 사디즘이 일차적인 것이며 마조히즘은 이차적인 것으로만 표현된다. 그러나 「쾌락원칙을 넘어서」(1920)에서 죽음 본능의 존재를 확인한 이후부터는 약간의 수정이 가해져, 일차적 마조히즘의 존재 가능성에 대해 긍정적으로 표현했고 「마조히즘의 경제적 문제」(1924)에서는 일차적 마조히즘을 확실한 것으로 언급하고 있다. 그러나 사디즘과 마조히즘의 상호보완성이라든지, 본능적인 힘의 방향이 바뀜으로써 마조히즘이 생겨난다는 점은 바뀌지 않고 있다.

조히즘의 상호관련성을 해석하는 데 있어 일견 정확하게 들어맞는 것처럼 보인다. 실제로 장정일의 텍스트에는 아버지에 대한 애증의 양가감정이라든지 죄의식이 곳곳에 흩뿌려져 있다.

그러나 과연 이것이 정답인가. 18세의 도스토예프스키는 아버지가 죽었을 때 발작을 일으켰지만 초등학교 5학년짜리 장정일은 만세를 불렀다. 또 도스토예프스키는 자기와 똑같은 간질 환자인 사생아 스메르차코프를 시켜 아버지를 죽이게 하고 다시 자살하게 함으로써 속죄의 드라마를 만든다. 그러나 장정일의 아들들은 어떠한가. 『중국에서 온 편지』에서 진시황의 아들 부소로 분장한 장정일은 아버지 명의로 된 자살 명령을 거부한다. 눈을 찔러 스스로를 거세함으로써[17] 차라리 여자 되기를 선택한다. 아버지에 복종하는 아들이 되기를 거부하고 여자가 됨으로써 새로운 아버지이자 남편을 맞아들이는 것이다. 그가 무슨 잘못을 했다고 죽어야 하는가. 장정일은 그렇게 역사를 뒤집으면서 아들 편을 들고 있는 것이다.

『내게 거짓말을 해봐』에서 매를 맞고 있는 제이를 보자. 누가 때리고 누가 맞는가. 프로이트 식의 설명에 의하면, 나쁜 아버지의 죽음을 원했던 아들의 죄의식이 초자아가 되어 자아인 아들을 때리고 있다. 아들은 지금 매를 맞으면서 참회하고 있는 중이고 그 참회를 통해 새로 태어나고 있는 것이다. 그러나 이는 우리가 알고 있는 장정일과는 얼마나 다른 모습인가. 그는 피에로이고 독설가이고 파괴자이고 장난꾼이다. 그는 무엇보다도 서사의 전략가, 거짓말쟁이다. 그런 그가 순진하게도 이렇게 납작 엎드려 엉덩이를 쳐들고 매를 맞고 있다고? 더욱이 때리고 있는 사람은 여자인데 어떻게 아버지일 수 있는가.

들뢰즈는 프로이트를 거꾸로 세워놓는다. 프로이트가 『쾌락원칙을

17) 실명과 거세의 동일성에 대해서는 프로이트의 「섬뜩함에 관하여 the Uncanny」를 참조할 것.

넘어서』에서 본능의 이원론을 주장했던 것과 흡사하게, 들뢰즈는 사디즘과 마조히즘이 서로 다른 질적인 원리에 입각하고 있음을 보여주고자 한다. 사디즘/마조히즘의 이분법은 스피노자적 논증/플라톤적 변증, 논리/상상, 제도/계약, 부정/부인, 프랑스 혁명과 사드/1848년 혁명과 마조흐, 아이러니/유머 등으로 변주되는데 그가 이런 비교를 통해 도달하고자 하는 것은 양자의 상보성을 강조함으로써 성립되는 사도마조히즘이라는 프로이트적 틀에 대한 비판이다. 마조히스트가 느끼는 죄의식이 부친 살해와 연관되어 있다고 했던 프로이트와는 달리, 들뢰즈는 거꾸로 아들의 내부에 존재하고 있는 아버지와 닮아 있는 자신의 모습이 죄의식의 근원이라고 한다. 곧 아버지를 죽이려 했기 때문에 죄의식을 느끼는 것이 아니라, 나쁜 아버지를 자기 안에 용납해들였기 때문에, 곧 아버지를 닮아가고 있는 자기 모습 때문에 죄의식을 느낀다는 것이다. 따라서 마조히즘은 죄의식이라기보다는 처벌받고자 하는 욕망이고, 아버지를 처벌하고자 하는 욕망이고, 그래서 "매저키스트의 죄의식은 대단히 혼란스럽"게 나타난다(『매저키즘』, 114쪽). 요컨대, "매저키즘의 공식은 바로 굴욕을 당하는 아버지인 것이다."(68쪽)

그렇다면 다시 물어보자. 누가 때리고 누가 맞고 있는가. 매를 맞고 있는 것은 아들처럼 보이지만 사실은 아들 속에 있는 아버지다. 아들은 착한 어머니에게 매를 건네주어 자기를 때리게 했지만 막상 매질을 당하고 있는 것은 아들이 아니라 아버지인 것이다. "제이는 자기 속에 김일성이, 파시스트가, 아버지가 들어 있다는 것을 안다."(137쪽) 제이는 와이를 성모로 만들고 그 손에 몽둥이를 쥐여줌으로써 자기 안에 있는 신버지를 몰아낸다. "제이는 자기 속에 있는 악마와 같은 힘을 천사에게 양도하고 더 큰 힘, 즉 무를 얻었다./이제 제이는 정말 아무것도 하지 않고 늘 와이 생각만 한다. 와이는 그의 성모다."(186쪽)

장정일의 마조히즘은 들뢰즈의 설명과 훨씬 더 잘 어울린다. 무엇보다 장정일은 익살꾼이고 조롱가다. 초자아의 의도를 비켜가게 하는 기술로서의 마조히즘은 장정일이 구사하는 유머의 기제를 이해하게 해준다. 장정일이 구사하는 유머는 이런 식이다. 주한미군 범죄를 해결하는 방법은 무엇인가. 사건이 일어날 때마다 미군 한 명씩을 암살하면 된다. 누가 하는가. 전 국민이 뽑기를 하거나, 조폭이나 사형수를 시키면 된다. 또 음주운전을 막는 방법은 무엇인가. 경찰들로 하여금 곤봉을 휘둘러 음주운전자를 두들겨패게 만든다. 죽거나 말거나, 많이 다치면 다칠수록 더 좋다. 도망가는 사람들은 얼마나 스릴이 있겠는가.

이런 식의 농담은 마조히즘적인 유머에 바탕을 두고 있다. 법보다 더 높은 단계로 초월해버림으로써 법을 부정하는 것이 사디즘의 아이러니라면, 법을 철저하게 지킴으로써 법의 불합리성을 입증하고 그럼으로써 법의 의도를 저지시키는 것은 마조히즘의 유머다(『매저키즘』, 7장). 소크라테스의 죽음이 대표적인 예다. 예비군 훈련을 철저히 해서 국가 안보에 힘쓰자는 취지의 토론장에서, 훈련 일수를 최소한 일 년에 180일로 늘리고 예비군 연령도 60세까지 올려잡아 전 국민의 예비군화를 실현해야 한다고, 내친김에 여자들에 대한 징집도 실시하자고, 최소한 이 정도는 돼야 저 음흉한 북한 괴뢰 도당의 남침 야욕을 꺾을 수 있다고 주장하는 식이다. 국가 안보를 강화해야 한다는 주장을 과장함으로써 국가 안보에 대한 주장을 조롱하고 있는 것이다. 애국심을 과장함으로써 애국심에 대한 주장을 조롱하고 교통질서를 과장함으로써 교통질서에 대한 주장을 조롱하는 것이다. 들뢰즈가 말하는 마조히즘적인 유머는 요컨대 이런 과장을 통한 조롱의 기술로 이해할 수 있다.

그러나 이런 과장의 기술이라면 소설에 등장하는 몇 개의 농담뿐 아니라 장정일의 소설 전체가 이에 해당되는 것이고 또한 장정일이 구사하는 기본적인 서사적 전략으로서의 캠프적 상상력 자체가 곧 과장의 기술 아닌가. 뒤집어 말하면, 캠프적 상상력의 소산인 장정일의 펄프 픽션들은 곧 마조히즘적인 유머의 산물이며, 따라서 장정일의 서사는 나쁜 아버지, 미친 초자아의 억센 손아귀에 자신의 목을 내맡기는 척하면서 결과적으로는 스스로의 목을 조르게 하는 유쾌하고 멋진 농담의 기술이라 할 수 있지 않을까. 우리 시대의 가장 높고 위대한 아버지인 저 시장의 냉소주의에 철저하게 복종하는 척함으로써 오히려 그것을 싸늘하게 비웃는, 혹은 비웃는 척함으로써 높이고 그럼으로써 다시 비웃는, 마주 세워진 거울처럼 자기 반영적으로 반복을 생산해내는 냉소의 전략이 아닐까. 그렇다면 그 냉소주의는 얼마나 철저한 것인가. 마조히즘적인 유머는 또 얼마나 큰 냉소인가. 그러나 냉소주의조차도 농담이 아닌가. 장정일은 『보트 하우스』에서 다음과 같은 두 개의 목소리를 대립시켜놓았다. 진지한 소설가의 어조와 기운차고 활기 있는 깡패두목의 말투가 대조되고 있다. 장정일이 어느 편인지를 묻는 것은 어리석은 일이다. 둘은 마주 서 있을 때에만, 서로 마주 보면서 상호견제와 상호부정의 긴장을 만들어낼 때에만 의미 있는 것이기 때문이다.

> 어떤 작가의 소설이 베스트셀러가 될 확률은 복권에 당첨될 확률보다 높다. 이게 나에게 소설을 쓰게 하는 힘이다. 베스트셀러가 되든 복권 당첨이 되든 돈벼락을 맞기만 하면, 나는 손을 씻는다. 그래, 손을 씻는다. 이 말은 범죄자들이 새로운 삶을 살려고 결심할 때나 쓰는 말이다. (……) 나는 손을 씻고 발을 빼고 싶다. 비치 파라솔이 뜨거운 햇볕을 가려주는 그물 의자에 누워 얼음 재운 콜라를 마시고 싶다. 그 세계엔 아무런 음모도 없고 괴로운 죄의식도 없다. 그 평화로운 정적 속에서는 섹스도 알코올도 필요없다. 누군가 내게 묻는다. 범죄자가 다시 범죄의 세계로 돌아오는 것처럼 그물 의자에 누워 있으면 당신은 다시 글을 쓰고 싶어할 거요. 나는 그 사람에게 내 두 손을 들어 보인다. 더이상 타자기를 다룰 수 없도록 나는 내 두 손목을 끊어냈던 것이다.[18)]

그러니까 내가 왜, 손 씻는다, 발을 뺀다 하는 놈들을 절대 용서하지 않는지 알겠지? 나는 세상에서 그런 놈들이 김일성이보다 더 미워. 진정한 프로는 끝까지 가는 거야. 진짜 복권에 미친 놈은 오늘 복권에 1등 당첨이 되어도 그 다음날 또 길거리에 나가서 복권을 사는 거야. 진정한 작가는 베스트셀러가 되어서 100만 부가 터져도 매일 새벽 다음 소설에 쓸 메모를 한단 말이야. 나 같아도 그래. 수표로 집을 지을 만큼 큰돈을 벌었지만 내가 언제 은퇴한다고 한 적이 있냐 말이야. 퇴직금도 없고 생명보험 같은 것도 없지만, 피가 튀고 살점이 뜯겨져나가는 이 야쿠자판이 나는 너무 좋다 이거야. 왜 좋은가? 여기 내 생존의 근거, 존재 이유가 있기 때문이다. 그러니 돈 같은 거 아무리 많이 벌어도 비치 파라솔 밑에 누워서 얼음 채운 콜라 따위나 홀짝이고 있고 싶지 않은 거지. 노를 저어갈 힘이 있으면 배를 타고 고기를 잡으러 나가는 거지 무슨 보트 하우스 타령이야. 헤밍웨이를 봐. 사냥도 낚시도 타자기를 누를 힘도 없으니까 총을 입에 물고 탕, 해버리잖아. 죽기 전에 그는 계속해서 이렇게 중얼거렸다는 거야. 이제 써지지 않는다. 이제 써지지 않는다, 그리고는, 탕! 이게 프로야.(180~181쪽)

4-3. 『새의 선물』: 재치로서의 냉소주의

1995년 동아일보 신춘문예로 데뷔한 은희경이 그해 겨울 『새의 선물』을 들고 나왔을 때 많은 사람들을 매료시켰던 것은, 열두 살 난 여자아이의 당찬 냉소주의 선언이 가지고 있는 신선함이었다.

---

18) 장정일, 『보트 하우스』, 산정미디어, 1999, 174~175쪽.

그때 1969년 겨울, 나는 조그만 앉은뱅이 책상 앞에서 '절대 믿어서는 안 되는 것들' 이라는 제목의 목록을 지우고 있었다. 동정심, 선과 악, 불변, 오직 하나뿐이라는 말, 약속…… 마침내 목록을 다 지운 나는 내 가운뎃손가락 마디에 연필 쥔 자국이 깊게 파인 것을 한참 동안 내려다보았다. 그 이후 지금까지 나는 인간이 진심으로 사랑하는 것은 자기 자신뿐이라고 확신하고 있는 것이다. 요즘도 나는 뭔가를 쓰다가 이따금 연필을 내려놓고 가운뎃손가락 마디의 옹이를 한참 내려다보곤 한다. 나는 삶을 너무 빨리 완성했다. '절대 믿어서는 안 되는 것들' 이라는 목록을 다 지워버린 그때, 열두 살 이후 나는 성장할 필요가 없었다.[19)]

이런 선언은 우리를 미묘한 이중 감정으로 이끈다. 어른의 세계의 비밀을 일찍 눈치챈 조숙한 아이들을 보면 생겨나게 마련인 귀여운 경탄의 마음이 한편에 있다. 그러나 열두 살짜리 강진희가 눈치챈 비밀의 실체가 청년기도 넘어 장년기로 들어서야 비로소 체감할 수 있는 삶에 대한 근본적 멜랑콜리라는 사실, 그리고 진희가 그 비밀에 가까이 다가갈 수 있었던 것이 어머니의 비극적 죽음과 아버지의 부재라는 상황 때문이었다는 것 등은 또한 우리로 하여금 연민의 감정을 느끼게 한다. 게다가 열두 살의 진희는 '절대 믿어서는 안 되는 것들' 이라는 목록을 쓰고 있는 것이 아니라 지우고 있는 중이다. 믿을 것과 믿지 못할 것의 구분조차 필요없다는 것인가. 소설의 말미에서 열두 살짜리 진희는 "그 일기를 쓸 때까지만 해도 나는 삶을 꽤 심각한 것이라고 여겼던 모양이다" (359쪽)라고 한다. 그렇다면 지금의 삶은? "어이없고 하찮은 우연이 삶을 이끌어간다. 그러니 뜻을 캐내려고 애쓰지 마라. 삶은 농담인 것이다." (363쪽) 열두 살짜리 소녀의 생각이 이렇다면 이는 얼마나 대단

19) 은희경, 『새의 선물』, 문학동네, 1995, 12~13쪽.

한 멜랑콜리인가.

그러나 소설 전체를 감싸고 있는 것은 우울이라기보다는 오히려 활기 있고 유머러스한 분위기다. 두 가지 이유를 생각할 수 있다. 우선, 진희네 집이 살림집 두 채와 가겟집 한 채로 구성되어 있는 대가구의 모습을 하고 있어 그 자체로 하나의 공동체적 공간을 이루고 있다는 점이다. 그 안에는, 할머니와 이모를 포함한 진희네 가족을 중심으로 하여, 양장점과 양복점, 미장원과 사진관, 하숙집 사람들이 있다. 다양한 구성원들 사이에서 빚어지는 삶의 다채로운 풍경들은 그 자체로 세태소설적인 경쾌함을 가지고 있다. 공동체가 포착되고 있는 소설 속에 근본적인 의미에서의 우울은 존재할 수 없다. 우울은 무엇보다 고립과 격절의 산물이다. 공동체적 공간 안에서는, 우울이 있다 하더라도 이내 전체적인 그림의 한 부분으로 편입되고 그럼으로써 쉽게 중화되어버린다. 다음으로, 『새의 선물』이 진희라는 열두 살짜리 여자아이의 시선에 의해 포착된 악동소설 혹은 성장소설의 외관을 가지고 있다는 점을 들 수 있다. 이런 구조 안에서는 그 어떤 조숙성도 또다른 미숙성의 표현일 수 있다. 진희의 저 맹랑한 냉소주의 선언도 마찬가지다. 진희의 입을 통해 흘러나오는 우울한 현실주의적 강령들도 이런 구조 속에서 상당 부분 중화되어, 발랄하고 상큼한 악동소설의 틀 속으로 편입될 수 있는 것이다.

그러나 이 둘보다 좀더 근본적인 점을 지적할 수 있는데, 이는 진희에 의해 표현되고 구사되는 냉소의 본질과 연관되어 있다. 진희의 냉소는 무엇보다도 상처를 피하기 위한 전략이며 이는 두 가지 계기를 가지고 있다. 첫째는 대상에 대한 지적이고 냉철한 접근 태도를 유지하는 일이다. 소설의 첫머리에서 진희는 삶이 자기에게 그다지 호의적이지 않다는 사실을 깨달으면서부터 그에 대처하기 위해 삶에 대해 거리를 가지고 대하기 시작했다고, 삶의 이면을 보기 시작했다고 한다. 이는

38세의 진희가 말하고 있는 '똑바로 바라보기'의 전략과 같은 의미를 지니고 있다. 자기에게 위협적인 것으로, 공포나 억압으로 다가오는 대상에 대처하는 방법은 그 대상을 정면으로 바라보는 것이다. 요컨대 대상에 대한 앎을 통해 공포나 불안을 극복한다는 것이며, 이 경우 냉소란 대상에 대한 지적이고 냉철한 자세를 뜻한다. 둘째는 자기 자신을 분리시키는 것이다. 진희의 용어를 쓰자면 '보여지는 나'와 '바라보는 나'로 분리시키는 것인데 이는 곧 진짜 자기를 감추기 위한 것임은 긴 말이 필요치 않다. 진희는, 어머니의 비극적 죽음이라는 상처를 가지고 있고 이로 인해 남들이 자기에 대해 뒷공론을 하거나 자기를 유심히 바라보는 것을 극도로 싫어하게 된다. 그렇다고 저 어두운 자폐증의 동굴 속으로 도망가버릴 수도 없다. 그래서 터득한 자기 위장의 전략이 곧 자아의 분리라는 것이다.

이런 전략으로 무장한 열두 살짜리 소녀가 『새의 선물』의 주인공이다. 세상과 삶을 보는 통찰력이 있고 이지적이고 게다가 쉽게 자신을 노출시키지 않는 단정함까지 갖추었다. 이런 진희에 맞설 수 있는 사람은 서울대 법대생인 삼촌과 그의 친구 그리고 어머니의 역할을 하는 지혜로운 할머니 정도다. 그 밖에 진희가 일상적으로 접하는 진희네 집과 그 주변 사람들은 모두 진희를 돋보이게 만들기 위한 소품일 뿐이다. 감상적인 이모나 멍청한 장군이가 그 대표적인 예다. 장군이는 지적인 수준에 있어 진희의 실험 대상 정도이고 감상적인 처녀 이모에게는 오히려 진희가 이모 노릇을 해줘야 할 지경이다. 여자티를 내야 직성이 풀리는 이모와 중성적인 소녀 진희의 대조는 매우 현저하다. 이를테면 진희는 이렇게 말한다 : "애교로 봐주세요, 이 말은 재치있는 말이라고 생각들 하는지 요즘 유행어인데 이모는 그 말을 꽤 애용하는 편이다. 그러나 나는 애교라는 말 자체가 굴욕적인데다 상대방에게서 애교에 대한 반응을 얻지 못한다면 그것처럼 수치스러운 일도 없을 것 같아 그 말이 싫다. 내 스스로의 힘으로 취하지 않고 남의 처분만 바라는 그런 말은 내 삶의 방식과도 거리가 있다."(175쪽) 이모와 진희의 이런 대조는, 소설의 말미에서, 이모가 미혼 임신과 중절이라는 아픔을 경험하고 또 진희가 초경이라는 의례를 치러 비로소 중성적 소녀에서 여성의 세계로 나아감으로써 해소된다. 성장에 대한 여성적 서사라는 점에서 흥미롭게 보이는 대목이다.

이처럼 자존심이 강하고 이지적인 진희가 소설의 화자다. 세상살이의 이면을 통찰해보는 지적인 시선과 그 시선에 포착된 세계의 모습, 아이러니, 경구, 냉소적인 잠언들이 소설의 곳곳에 잠복해 있다. 이런 점에서 진희의 냉소주의는 일종의 소설적 재치(tact)로 작용한다. 이 경우 재치란 단순히 인격적 특성을 지칭하는 말이 아니다. 『소설의 이론』의 루카치가 소설이라는 장르 자체가 지니고 있는 위험인 추상성에 대해 지적하면서 소설이 소설일 수 있기 위한 가장 중요한 특성으로 적시한, 바로 그 재치를 일컫는 말이다. 바로 그런 재치로서의 냉소주의가 『새의 선물』에 활기를 부여하는 좀더 근본적인 요소라 할 수 있을 것이다.

4-4. 냉소적 주체의 멜랑콜리

문제는 진희가 유년의 공간을 떠남으로써 시작된다. 『새의 선물』의 액자를 이루고 있는 서른여덟 살 난 진희의 냉소주의가 있었다. 자신의 분방한 남성 편력이 사랑에 대한 냉소에서 오는 것이라 했다. 또한, "사랑을 위해 언제라도 모든 것을 버리겠다는 나의 열정은 삶에 대한 냉소에서 온다. 나는 언제나 내 삶을 대수롭지 않게 여겨왔으며 당장 잃어버려도 상관없는 것들만 지니고 살아가는 삶이라고 생각해왔다"(11쪽)라고 했다. 그러나 이런 냉소주의가 이제 더이상 유년과 추억의 빛이라는 중화제를 확보할 수 없을 때, 『새의 선물』이라는 공간을 떠날 때는 어떻게 될 것인가. 『새의 선물』의 속편 격인 『마지막 춤은 나와 함께』가 그 직접적인 대답일 것이다.

이제 강진희는 지방대 교수이고 자유분방한 삶을 사는 이혼녀다. 냉소주의는 여전하다. "애인이 셋 정도는 되어야 사랑에 대한 냉소를 유지할 수 있다"[20]고 생각하며 실제로 두 명의 애인과 만나고 있다. 사랑이나 삶에 대해 냉소적인 자세를 유지하는 것은 물론 상처받는 것에 대한 두려움 때문이다. 그 자신이 이런 사실을 잘 알고 있으면서도 고쳐야 할 이유를 알지 못한다. 사랑도 삶도 냉소의 대상이기 때문이다. 애인 현석은 진희를 독점하고 싶어하고 결혼하고 싶어하지만, 진희는 거절한다 : "나한테는 끊임없이 남자가 필요해." 이 정도면 대단한 위악이 아닐 수 없다. 이에 대해 현석은 다시 "당신에게 필요한 건 남자가 아냐. 사랑의 존재를 의심하게 해주는 싸구려 연애 감정이지. 당신은 사랑이 하찮은 거라고 생각하고 싶어서 자꾸 남자에게 곁을 주는 거라구"라고 반박한다. 진희는 정곡을 찔렸다.

그렇다면 이런 위악적인 냉소주의는 무엇을 위한 것인가. 진희는 그것을 '악역의 즐거움'이라고 표현한다 : "나쁜 인간을 자처하기만 하면 하기 곤란한 일은 적어진다. 누군가에게, 특히 나 자신에게 야박하고 거침없어지는 일은 즐겁다. 희망과 환상을 뺏는 일은 분명 악역이지만 최소한 거짓된 일은 아니다. 거기에 악역의 즐거움이 있다."(116쪽) 요컨대 즐거움 때문이라는 것인데, 더 정확하게 말하자면 상처받는 것에 대한 두려움 때문이라고, 나아가서는 스스로의 정체성을 유지하기 위한 것 곧 주체의 자기 보존을 위한 것이라고 해야 할 것이다. 따라서 여기에서의 위악은 프로이트의 용어를 빌리자면 일종의 반복강박(compulsion to repeat)이다. 사고 현장의 끔찍했던 상황을 되풀이해 보여

20) 은희경, 『마지막 춤은 나와 함께』, 문학동네, 1998, 8쪽.

주는 외상성 신경증 환자의 꿈이나, 서로 주사를 놓아주고 있는 어린아이들의 병원놀이와도 흡사하다. 그들은 고통이나 불쾌의 경험들을 스스로 반복하고 인내함으로써 그 경험의 주인이 되고자 한다. 요컨대 불쾌한 경험이나 고통의 기억들을, 놀이의 능동성을 통해 길들이고 치유하고 있는 것이다. 『새의 선물』의 진희가 구사했던 냉소의 두 계기를 떠올려보자. 하나는 직시하는 것이었고 다른 하나는 자아를 분리시키는 것이었다. 공포나 고통을 직시하는 것이란 곧 그 상황의 주체가 되고자 하는 것이며, 자아를 분리시키는 것은 더 철저하게 위악을 행할 수 있는 조건이 된다.

위악적 냉소는 그 자체로 선명한 대상을 가지고 있다. 무엇보다도 위선이 그 대상이며 감정의 과장이나 순진성 등도 대상이 될 수 있다. 진희는 이러한 위악의 길을 간다. 위악이 가능할 수 있기 위해서는, 위선의 경우와 마찬가지로 철저한 자아의 분리가 있어야 하고 또 그런 분리의 상태를 견딜 수 있어야 한다. 둘 다 일종의 연기이기 때문이다. 여러 명의 애인들을 위해서 진희는 그 수만큼의 향수를 준비해둔다. 그러나 더 필요한 것은 그 수만큼의 자아다. 자아를 분리시키는 것은 근대적 주체성의 신화적 원형인 오디세우스의 특기였다. 그에게 자아의 분리는 무엇보다 생존을 위한, 주체의 자기 보존을 위한 수단이었다. 진희의 경우는 어떠한가. 현석의 결혼 제의도 뿌리쳤고, 자기를 몰아내려는 박 교수와 학교측의 부당한 기도에 그 어떤 저항도 없이 사표를 던져버린다. 무엇 때문이냐고 묻는다면 아마도 사랑이나 삶에 대한 냉소 때문이라 할 것이다. 이제 진희는 단일한 정체성을 거부하고 많은 자아들을 자유롭게 편력하는 분열 주체(schizosubject)로 새로 태어나는 것인가. 아니면 자기 보존을 위해 자아를 분리했다가 고통스런 자기 분열 상태에 빠져버린 근대의 오디세우스가 되는 것인가. 소설의 결말은 단지 술취한 냉소적 주체의 멜랑콜리를 보여주고 있을 뿐이다. 이것은 김미현이 적절하게 지적하고 있듯이 "세상의 기형성이 사랑의 기형성을 부르고, 사랑의 기형성이 춤의 기형성을 부른" 결과일 것이다.[21]

은희경은 냉소적 주체를 서사의 전면에 드러냄으로써 이 시대의 삶과 사랑의 근본적 멜랑콜리에 대한 통찰을 표현해낼 수 있었다. 은희경의 냉소적 주체는 시장의 냉소주의가 지배하는 세계의 구조를 속속들이 꿰뚫어보고 있으며, 저 우울한 시장의 리얼리즘을 몸으로 구현하고 있다. 은희경은 그들에 대한 미메시스를 통해, 1990년대에 미만해 있는 환멸과 냉소의 정신들에게 서사적 발성을 위한 입과 혀를 제공한다.

4-5. 두 개의 냉소주의

은희경이 냉소주의를 보여준다면, 장정일은 냉소주의를 실천한다. 이 경우 두 개의 냉소주의는 정반대의 현실적 함의를 지니고 있다. 은희경이 포착하는 냉소주의는 우리가 앞에서 시장의 냉소주의라고 불렀던 바로 그것이지만, 장정일이 실천하는 냉소주의는 그 시장의 냉소주의에 맞서는 전복적인 힘이다. 따라서 전자가 자본주의적 현실 속에 존재하는 전제적인 원리라면 후자는 이에 맞서 그런 상징적 질서를 전복하고자 하는 의지라 할 수 있을 것이다.

이와 같이 냉소주의를 둘로 나누는 논리는 슬로터딕에 의해 선명하게 규정된 바 있다.[22] 그는 격렬했던 1960년대를 넘긴 이후 1970년대부터 문화적 삶과 정신적 영역을 점거해버린 지배적인 힘을 시니시즘(cynicism)으로 규정하고, 이에 맞서는 문화적 전략을 키니시즘(kyni-

21) 김미현, 「사랑의 상형문자」, 은희경, 『마지막 춤은 나와 함께』 해설.

22) 슬로터딕의 앞의 책을 참조할 것. 슬로터딕을 포함한 웃음에 대한 포괄적인 논의로는 윤혜준, 「웃음, 주체, 시니시즘 — 보들레르의 '웃음의 본질'을 중심으로」(『문학동네』 1998년 여름호)가 있다.

cism)이라고 칭한다. 그는 시니시즘을 계몽된 허위의식 혹은 현대화된 불행한 의식 등으로 규정했다. 이는 자본주의 사회의 기업과 관료 조직의 완강함에 대해 대중들이 느끼는 일종의 체념과도 같은 정서로, 서구 마르크시즘에 의한 이데올로기 비판이 현실적 응전력을 상실한 후 다른 어떤 대안도 없는 상태의 정신적 산물이라고 설명된다. 이에 비해 키니시즘은 시니시즘이 가지고 있는 허위의식들을 폭로하고 전복시킴으로써 스스로를 정립한다. 이는 일찍이 플라톤의 정신주의에 맞서 디오게네스가 내세웠던 전복과 야유와 조롱의 전략, 몸의 철학에 토대를 두고 있으며, 부르주아 사회에서 이러한 힘은 예술 속에 보존된다.

이런 논의 중에서 우리의 관심을 끄는 것은 시니시즘을 일컬어 헤겔의 용어를 차용하여 '현대화된 불행한 의식' 이라고 부르고 있다는 점이다. 불행한 의식이란 자기 안에서 분열된 채 끝없이 부동하는 의식이다. 정치적 상황에 대한 환멸 이후에 찾아오는 냉소주의는 현실에 대한 체념과 우울을 바탕으로 하고 있다. 시니시즘으로서의 냉소주의를 실천하고 신화로 만드는 사람들은 자본주의 사회에서 헤게모니를 장악하고 있는 사람들이다. 그들의 냉소주의는 전제적이어서 일종의 공격적인 허무주의라 할 것이다. 체념과 우울은 그 논리를 자기 삶의 원리로 삼아야 하는 대중들의 정서다. 이 둘을 주인의 시니시즘과 노예의 시니시즘이라 한다면 이 둘이 상보적으로 작용하여 우리가 앞에서 시장의 냉소주의라 불렀던 저 신화를 이루는 것일 터이다.

그것이 현재 우리 세계를 이끌어가는 가장 강력한 현실적 힘이라는 사실에는 이론의 여지가 없다. 문제는 그런 상황에서 문학이 마땅히 지니고 있어야 할 비판적 잠재력을, 슬로터딕 식으로 말하자면 네오키니시즘(neokynicism)적인 힘을, 어떤 방식으로 갈무리하고 구사할 것인가 하는 점이다. 1990년대를 질러온 장정일과 은희경의 문학은 이런 문제의식에 대한 저마다 하나씩의 대안으로 보인다. 그들에 의해 실천되고 표현되는 냉소주의는, 저 순정한 낭만주의가 불가능한 시대에 어떤 방식으로 삶과 문학의 진정성을 추구할 것인가에 대한 대답들인 것이다.

5. 마조히즘 텍스트로서의 1990년대 소설

지금까지 우리는 죽음과 냉소라는 테마를 통해, 신경숙과 윤대녕, 장정일과 은희경 네 명의 작가들의 세계를 조망해보았다. 신경숙과 윤대녕의 세계에 있어서 죽음은 비본질적인 외계와의 단절을 가리킨다. 죽음의 이미지를 통해 그들은 진정성의 공간인 내면 속으로 또 존재와 삶의 비밀이 깃들어 있는 환각의 공간 속으로 나아간다. 이들의 소설을 탈현실적이라고 한다면 여기에서 현실은 어디까지나 현존 사회의 정치경제적 연관관계를 지칭하는 것일 뿐이다. 정작 그들에게 중요한 것은 마음의 질서에 의해 포착되는 현실이며, 삶의 진정성이 현시되는 찰나적 순간으로서의 현실이다. 또 장정일과 은희경의 세계가 보여주는 냉소가 있다. 장정일은 『내게 거짓말을 해봐』와 『보트 하우스』에서 작가의 육성에 가까운 소리로 현실에 대한 급진화된 냉소를 피력하고 있다. 현실을 믿지도 사랑하지도 않는다는 것이다. 그의 냉소는 또한 무위를 향한 열망, 곧 죽음에 대한 열망과 나란히 놓여 있으며, 이런 점에서 급진적이고 본질적이라 할 수 있다. 반면 은희경의 냉소는 인식의 차원에 존재한다. 세상을 어떻게 볼 것인가, 세상 사는 이치가 어떤 것인가 등에 대한 냉정하고 현실적인 인식이 중요하다는 것이다. 따라서 은희경에 의해 포착되는 세계의 중심에는 삶에 대한 어느 정도의 체념이 놓여 있다. 그의 세계는 섬뜩하고 그로테스크한 장정일의 세계에 비하면 세련되고 어른스런 모습을 보여주는데, 어른이 되는 일이란 근본적으로 어떤 부분에 대한 체념을 전제로 하는 것이기 때문이다.

이들의 소설 속에서 구현되고 있는 죽음과 냉소의 세계는 1990년대라는 이 포스트모던한 문화의 현실 속에서 소설과 문학, 혹은 예술의 존재 근거에 대한 성찰의 계기를 제공해준다. 예술은 현실을 이끌어가는 자본주의적 논리의 타자들이 거주하는 공간이라는 점에서 언제나 현실의 그림자로서만 존재한다. 자본주의는 무엇보다도 강력하고 탐욕스럽기까지 한 에로스로서, 그 어떤 질적 차별성도 인정하지 않는 무차별적인 계량화의 논리로 나타난다. 삶에 대한, 이 이상의 뿌리 깊고 철저한 냉소는 있을 수 없다.

지난 1980년대까지 혹은 1990년대 초반까지 문학이 누렸던 특수(特需)가 사라짐으로써 1990년대 문학은 저 시장의 냉소주의에 전면적으로 노출되었다. 우리가 문학에 요구하는 것은 언제나 현실에 대한 대안적 인식과 상상력이다. 문학은 비주류의 자리에 놓여 있어야 하는 것이기 때문이다. 우리가 네 명의 작가를 통해 살펴본 죽음과 냉소는 근본적으로, 우리 시대 삶의 논리적 주류인 시장의 냉소주의와의 대면으로부터, 그것과의 적대관계로부터 비롯된 것이라고 할 수 있다. 물론 그 양상은 1980년대 문학의 경우와는 사뭇 다르고 그럴 수밖에 없다. 문학과 현실 사이의 관계 양상과 위상이 달라졌기 때문이다. 타자의 공간으로서의 문학이 주류 현실에 대해 지니게 되는 적대관계의 모습도 그렇다.

1980년대까지의 소설을 지배했던 마스터 서사는 궁극적으로 이방의 적들과 싸우는 아들의 서사였다. 아버지는 이방의 군대에게 죽었고 어머니와 누이는 능욕을 당했다. 스스로 아버지가 되기 위해 필요한 것은 현실에 대한 냉철한 인식과 불굴의 용기일 뿐이었다. 그러나 1990년대 문학은 못된 아버지와 싸운다. 시장의 냉소주의라는 못된 아버지가 있다. 우리 몸에 그의 피가 흐르고 있음을 부정할 수 없으니 아버지인 것은 사실이다. 그를 실천철학적인 의미에서, 1980년대식으로 전면적으로 부정하는 것은, 자기 부정이라는 혹은 자살이라는 함정에 빠져버린다. 그래서 문학은 착한 어머니의 채찍 아래로 나아간다. 매를 맞고 있는 것은 나 자신이면서 동시에 내 안에 숨어 있는 못된 아버지다. 맞는 나는 고통스럽지만 아버지를 맞게 하는 나는 통쾌감을 느낀다. 그것은 자기 내부에서 벌어지는 아프고 유쾌한 농담이다. 네 작가의 텍스트에 나타나는 죽음과 냉소가, 더 나아가서는 1990년대 소설의 큰 줄거리가 우리에겐 근본적으로 마조히즘적인 맥락으로 읽힌다.

마조히즘의 대표적 신성은 예수이다. 예수는 자기의 '나르시시즘적 자아인 카인' 과 '이상적 자아인 부활한 예수' 사이에 놓여 있는 밧줄과 같다. 예수라는 신성을 통해 드러나는 마조히즘적인 욕망은 재생 혹은 신생에의 의지이자 희구다. 네 작가의 텍스트를 통해 살펴본 죽음과 냉소도 궁극적으로는 자기 갱신과 신생에의 욕망으로부터 비롯된 것이라 할 수 있다. 그것은 우리에게 이 시대에 문학이 지녀야 하는 비판적 잠재력의 양상과 소재(所在)를 알려주기에 그다지 부족함이 없어 보인다. 이런 줄거리들이 서로 얽히며 만들어가는 1990년대 소설의 숲은 더없이 울창하고 그윽하게 느껴진다.

(1999)

장인의 기율과 냉소의 미학

창녀 심청과 세 개의 진혼제

질주하는 아이러니

깡패, 웃음, 이야기의 윤리

21세기의 순정

유토피아 없이 사는 법

충청도의 힘

사람다운 삶에 대한 갈망

『봄날』에 이르는 길

이야기꾼으로서의 소설가

알레고리에서 심연으로

연금술적 상상력과 원근법의 우수

2부

장인의 기율과 냉소의 미학
—김훈론

1. 소설가 김훈

김훈은 이제 소설가다. 그가 첫 장편 『빗살무늬토기의 추억』을 펴냈던 것은 1995년의 일이었다. 하지만 이때 김훈은 소설가라기보다는 소설을 써본 기자였고 저널리스트였다. 소설쓰기란 누구나 한 번쯤 시도해볼 수 있는 것이고, 김훈처럼 문장 좋은 기자라면 충분히 그럴 수 있다는 정도였다. 2001년 그가 두번째 장편 『칼의 노래』를 상재하고 동인문학상을 받았을 때도 아직 그는 절반쯤만 소설가였다. 그만큼 저널리스트로서의 명성이 높았던 탓이다. 그런 그가 2003년, 아직까지는 유일한 단편 「화장」을 발표하여 이상문학상을 받고, 해가 바뀌기가 무섭게 세번째 장편 『현의 노래』를 펴냈다. 이쯤 되면 우리도, 세번째에 이르러서야 비로소 자신의 패배를 인정한 한나라당처럼 그를 소설가로 인정하지 않을 수 없다. 문학상 같은 것들이야 절반 이상이 팔자 소관이므로 그렇다 치더라도, 세번째 책을 냈다는 것은 예사로운 일이 아니다. 아랍 속담에 이르기를, 한 번 일어난 일은 다시 일어나지 않을 수도 있지만, 두 번 일어난 일은 반드시 다시 일어난다고 했다. 세번째란, 반복되는 우연이 필연이었음을 확인케 하는 최초의 계기다. 더욱이 저널리스트로서의 명성을 지니고 있는 김훈 같은 이가 소설가로 전향하기 위해서라면 세 번쯤의 고백성사는 불가피해 보인다. 그것은 글쓰기의 막장으로 진입하기 위한 최소한의 의전이기도 할 것이다. 어떻든 김훈은 관문을 성공적으로 통과했고 이제는 돌아가기가 어려워졌다.

그렇다면 무엇이 김훈을 소설의 세계로 이끌었을까. 소설쓰기가 아니라도 그는 이미 성공적인 저널리스트의 길을 가고 있었다. 그런 그를 유혹한 소설이라는 글쓰기의 매력은 무엇인가. 그의 첫 소설 『빗살무늬토기의 추억』의 첫 단락은 이렇게 시작한다 : "도시로 진주해들어오는 겨울바람의 풍향과 풍속은 설명되지 않는다. 시의 북쪽 외곽을 훑고 밀려내려오는 바람의 군단은 시계(市界)를 넘어서면서부터는 풍향의 계통을 버리고 수천 갈래의 가닥으로 흩어지면서 유격전을 펼쳤다. 도심으로 진주한 바람의 유격대들은 빌딩 사이의 좁고 깊은 계곡을 휩쓸거나 가각(街角)의 모퉁이를 굽이칠 때마다 방향과 속력을 바꾸어 길길이 날뛰었고, 빌딩의 벽에 부딪쳐 깨어져나가는 바람의 대열들은 도심의 계곡 사이로 빠져나가면서 맞은편에서 달려온 바람의 대열과 뒤엉켜 땅바닥으로 깔리거나 하늘로 치솟아오르며 쓰레기를 날렸다."(7쪽)[1] 도시의 겨울바람에 대한 이와 같은 묘사는 장장 네 쪽이 넘게 이어지고, 화재 현장으로 출동하는 소방대원들의 모습에 대한 묘사가 뒤를 잇는다. 첫번째 소설을 쓰던 김훈은 이것이 소설이라고 생각하고 있는 듯하다. 육하원칙에 입각한 요약적 기술로서의 기사 쓰기도 아니고, 의견과 주장에 대한 논리적 기술로서의 칼럼 쓰기도 아닌 것, 곧 외적 메시

1) 이 글에서 인용되는 김훈의 텍스트는 다음과 같다. 인용할 경우 본문에 쪽수만 밝힌다. 『빗살무늬토기의 추억』, 문학동네, 1995 ; 『칼의 노래』 1, 2, 생각의나무, 2001 ; 「화장」, 『문학동네』 2003년 여름호 ; 『현의 노래』, 생각의나무, 2004.

지를 제거해버린 나머지로서의 글쓰기가 그것이다.

이와 같은 묘사로서의 글쓰기는 정보 전달이라는 실용성으로부터 배제된 잉여로서의 글쓰기, 그것의 존재 자체가 메시지인, 현저히 자족적이고 자기 지시적인 것으로서의 글쓰기다. 실용성으로부터 배제된 잉여의 공간에서 글쓰기는 향락의 차원에 등재된다. 그 힘으로 구동되는 김훈의 글은, 어떤 대목에서는 내부로부터 비롯되는 놀라운 집중과 긴장을 보여준다. 이야기가 있어 글이 만들어지는 것이 아니라, 집중된 글의 긴장이 이야기를 만들어내는 것처럼 느껴질 정도다. 그의 문장들은 삶의 에너지가 최고도로 집중되는 강렬한 한순간을 향해 치달려간다. 전쟁과 죽음에 관한 이야기가 그의 소설의 대종임은 이로 보면 당연하다. 불과 싸우는 소방대원들의 이야기, 자신의 공포와 싸우는 충무공의 이야기, 신라의 공격을 받아 몰락해가는 대가야의 이야기 들이 그렇고, 유일한 단편 「화장」의 경우도 마찬가지다. 거기에는 뇌종양과 전립선비대증이라는 질병과의 싸움이 있고, 또한 피오줌을 흘리는 중년 남자의 내면에서 벌어지는 안타까운 전쟁이 있다. 둘의 차이는 전장이 밖에 있느냐 안에 있느냐의 차이일 뿐이다. 그리고 이 싸움들 속에는 어김없이 죽음이 있다. 김훈은 다양한 죽음의 표정들을 묘사해낸다. 죽음의 시선으로 바라볼 때에만 삶은 전체로서 관조된다. 「화장」의 주인공에게 삶은, 뇌종양으로 죽어가는 아내의 풀어져버린 항문과, 바라보는 것만으로도 가슴이 벅찬 젊은 여직원의 아름다운 빗장뼈 사이에 가로놓여 있는 어떤 것이다. 죽음이라는 거울을 마주함으로써만 삶이 생생해지고, 그 생생한 삶의 전율 속에서 문장이 대전(帶電)된다.

전쟁과 죽음의 서사 속에서 김훈은, 문장 자체가 이루어내는 자기들만의 충만한 순간을 포착해낸다. 그것은 우리 삶의 핵심적 구성요소와는 무관한, 잉여로서의 글쓰기 속에서만 가능할 수 있다. 그 잉여의 공간을 제공해주는 것, 그것이 기자나 칼럼니스트가 아니라 소설가가 하는 일이다. 김훈이 소설가로 전향한 것이 사실이라면, 그로 하여금 전향의 문턱을 넘어서게 한 것은 이처럼 가상의 공간 속에서 전쟁과 죽음을 통해 저 스스로 충만해지는 문장, 잉여로서의 글쓰기다. 김훈에게 그것을 제공해줄 수 있는 제도는 소설밖에 없다. 최소한 김훈에게는 그렇다.

2. 잔인성과 위선

김훈은 죽음을 즐겨 다루고 있지만 다루는 방식 또한 독특하다. 죽음의 풍경과 표정들을 향해 정면으로 박두해들어간다. 죽어가는 사람들이나 죽은 몸을 그려내는 김훈의 태도는 집요하고 철저하다. 「화장」에서 죽어가는 아내의 몸을 묘사하는 대목도 그렇고, 조선시대와 삼국시대를 배경으로 한 두 장편에서는 곳곳에 시체와 죽음이다. 전쟁을 다루고 있는 소설이라는 점을 감안하더라도, 그가 묘사해낸 죽음의 풍경은 잔인하고 그로테스크하다.

『현의 노래』는 가야금을 만든 악사 우륵을 상징하는 제목이다. 그러나 정작 이 소설에서 주인공 노릇을 하는 것은 우륵도 음악도 아니다. 소설 전체를 지배하고 있는 두 개의 요소가 있다. 가야 왕의 죽음과 순장 절차가 하나고, 신라 장군 이사부가 대가야를 정벌하는 과정이 다른 하나다. 곧 『현의 노래』의 진짜 주인공은 순장과 전쟁이고, 이를 압축하면 잔인성이다. 순장에 대한 묘사는 소설의 첫머리에 등장하여 소설 전체의 분위기를 향도하고 다시 두 번에 걸쳐 반복된다. 삼국시대의 전쟁 과정에서 신라 군사들이 포로로 잡힌 적국 군사들을 학살하는 장면들도 이에 상응하여 수차에 걸쳐 반복된다.

무당의 딸이 흑, 하고 울음을 토해냈다. 순장자들이 서로 얼굴을 더듬으며 술렁거렸다. 뒤에서 달려든 군졸이 도끼로 무당 딸의 어깨를 내리찍었다. 순장자들은 다시 고요해졌다. 지관이 구덩이 하나를 손가락으로 가리켰다. 군사들이 달려들어 쓰러진 무당의 딸을 구덩이 안으로 밀어넣었다. 순장자들은 무릎으로 기어서 구덩이 안으로 들어가 반듯이 누웠다. 젖먹이가 딸린 농사꾼 내외는 마주 보며 모로 누웠다. 젖먹이는 그 사이에 끼어 있었다. 군사들이 구덩이 안으로 밥그릇을 던졌다. 지관이 두 손으로 커다랗게 원을 그려 신호를 보냈다. 구덩이마다 지키고 섰던 군사들이 돌뚜껑을 덮었다.(99쪽)

신라 군대는 붙잡힌 가야의 관원과 근위부대 백여 명을 묶어서 들판 한곳에 꿇어앉혀놓았다. 십 열 종대를 이룬 신라 기병들이 멀리서 사나운 기세로 말을 달려왔다. 추수가 끝난 겨울 들판에 길게 먼지가 일었다. 신라 기병들은 말발굽으로 포로들을 밟고 달려갔다. 들판 저쪽으로 몰려간 신라 기병들은 다시 방향을 돌려서 다가왔다. 말들이 진땀을 흘렸다. 신라 기병들은 한나절 동안 열 번을 오가며 포로들을 밟았다. 포로들은 모두 두개골이 으깨지고 창자가 터져서 죽었다. 겨울 들판에 김이 올랐다. 살점과 골편들이 튀어올라 기병들의 갑옷에 엉겨붙었고 말 정강이가 피에 젖었다.(66쪽)

순장자들은 더러는 죽어서 묻히기도 하고 생장을 당하기도 했다. 돌뚜껑 밑에 숨쉬고 있는 생장자들의 재갈이 풀려 울음소리가 웅웅거리고 그 소리는 이내 다른 구덩이로 번져나간다. 우륵이 지휘하는 악공들은 음악을 베풀어 이 소리를 잠재운다. 울음소리를 잠재우면서 우륵은 날이 밝도록 춤을 춘다. 이런 묘사를 통해 김훈은 순장의 잔인성을 간결하게 그려낸다. 너무 간결하고 깔끔하여 잔인성과는 거리가 있게 느껴질 정도다. 또한 곳곳에 삽입되어 있는 전투 장면들, 폐허가 된 땅에 대한 묘사와 어우러져, 고대세계의 잔인성은 소설 전체의 정서적 기조를 이룬다. 그리고 그 흐름은 소설의 말미에 자리잡고 있는 대가야의 몰락에서 정점에 달한다. 신라 장군 이사부가 가야와 백제의 연합군을 격파하는 관산성 싸움과, 배신한 가야의 왕자 월광의 칼 아래 가야의 도성이 무너지는 장면이 그것이다. 관산성 싸움에서 이사부는 만여 명의 포로를 잡았다. 그들을 십 열 종대로 들판에 앉혀놓고 신라의 군사 만여 명이 그들의 정수리를 도끼로 내려친다 : "신라 보병 일만이천삼백오십이 기마자세로 두 다리를 벌리고 도끼를 머리 위로 치켜들었다. 백제 포로들의 울음소리가 들판에 가득 찼다. 울음소리는 이사부의 사장대에까지 들렸다. 가지극 대장이 깃발을 내렸다. 일만이천삼백오십의 도끼가 일만이천삼백오십의 정수리를 찍었다."(245쪽) 이런 장엄한 학살 장면에서도 신라군의 기마자세에 대해 언급하는 김훈의 묘사는 냉정하고 철저하다. 어떤 감정이입도 차단해버리는 묘사의 냉정함과 철저함은 잔인성의 다른 표현이다. 묘사의 잔인함이 대상의 잔인함과 어우러져 소설은 전체가 잔인성의 축제가 된다.

게다가 『현의 노래』에서 잔인성은 그 자체가 하나의 제도적인 존재조건이다. 그 세계에서 사람의 목숨은 지금 우리 세계에서의 값어치와 비교할 수가 없다. 자본제 사회에서 살아 있는 생명은 값을 따질 수 없는 대상이다. 왜 그런가. 우리 시대에 한 재화의 가치는 다른 재화와 등치됨으로써 산정되고 교환을 통해 실현된다. 그러나 살아 있는 목숨은 결코 등가교환의 저울대 위에 올라설 수 없고 그래서 값을 따질 수 없다. 이 놀라운 등가교환의 시대에도 계량화될 수도 교환될 수도 없는 것, 그래서 최고의 가치로 존재하는 것, 그것이 곧 인간의 생명이다. 그래서 우리 시대에 목숨을 거는 일은 그것이 무엇을 위한 것이건 간에 그 자체만으로 숭고하거나 그로테스크한 일이다. 하지만 김훈이 그려낸 전자본제의 세계는 경우가 다르다. 제도화된 잔인성과 공포가 상징 질서의 뼈대를 이루고 있는 세계가 그곳이다. 가야의 궁녀 하나가 순장 대열에서 빠져나가기 위해 도망을 쳤다. 정해진 오십 명의 순장자를 어떻게 채우는가. 간단하다. 도망친 궁녀를 잡거나 여의치 않으면 민촌에서 적당한 처녀 하나를 토막쳐 데려오면 된다. 그것은 이사부와 우륵의 세계뿐 아니라, 충무공의 세계에서도 마찬가지다. 죄를 지으면 고통과 목숨으로 갚아야 한다. 충무공은 탈영병들과 부정한 관리들을 효수하고 장살했다 : "아전과 탈영자 세 명을 붙잡았다. 군관을 시켜 목 베게 했다. 그들은 불탄 향교 자리에서 처형되었다. 목을 벨 때, 그 식솔들은 울부짖다가 실신했다. 잘린 머리 네 개를 마을 정자나무에 걸었다. 보리쌀 다섯 말을 받고 일가족 호적을 부재자로 기재한 아전을 함평 산골에서 붙잡았다. 형틀에 묶고 곤장 사십 대를 치게 했다. 늙고 병든 아전이었다. 그 아전은 아마 스무 대쯤에서 숨이 끊어진 것 같았다. 숨이 끊어진 것을 모른 형리가 나머지 스무 대를 계속 쳤다. 그의 몸은 으스러져서 죽처럼 흘러내렸다. 그날 밤 나는 동헌 객사에서 묵었다."(1권, 40~41쪽)

말 그대로 몸이 으스러져 죽처럼 흘러내리는 세계, 질컥거리는 시즙과 미만해 있는 시취의 세계다. 그럼에도 이에 대한 김훈의 묘사는 건조한 단문들의 흐름을 타고 간결하고 냉정하게 일정한 보조로 나아간다. 죽고 죽이는 일은 잔인하지만, 대신 거기에는 그 어떤 가식도 위선도 죄의식도 있을 수 없다. 이 세계에서 목숨이라는 것은 한없이 가벼울 뿐이다. 적들을 도륙한 이사부도 마침내는 전쟁터의 막사에서 숨을 거둔다 : "사체는 베개를 안고 윗목 구석에 엎어져 있었고 이부자리가 헝클어져 있었다. 가슴이 답답했던지, 앞섶을 쥐어뜯어 잠옷이 찢어졌고 노란 위액을 토해놓았다. 똥물이 흘러나와 가랑이에 엉켰다."(274쪽) 그가 그려낸 세계에서 죽음이란 별것이 아니다. 너절하고 허망하고 보기 흉한 것일 뿐이다.

김훈은 이런 방식으로, 죽음이 매우 하찮은 세계의 풍경을 그려낸다. 잔인성이 태연자약한 모습으로 아무렇지도 않게 드러날 수 있었던 까닭도 어느 정도 짐작할 수 있다. 그에게 중요한 것은 충무공이나 우륵의 삶이 아니다. 그들은 단지 우리와는 전혀 다른 시대를 살았던 무사와 악사이고, 그것으로 족하다. 을지문덕이나 강감찬이라도 상관없다. 전쟁이 있고, 삶과 죽음의 경계를 타고 살아가면서 그 경계의 가벼움과 하찮음을 느낄 수 있는 사람이라면 누구든 상관없다. 『칼의 노래』의 첫머리에는, 백의종군하는 충무공을 관기 여진이 찾아오는 장면이 있다. 하룻밤을 보낸 후 여진은 자기를 동반할 수 없는 충무공에게 자기를 베어달라고 한다. 그 말이 진심인지 아닌지는 중요하지 않다. 중요한 것은 김훈의 충무공이 여진의 그 말을 진심으로 느끼고 있다는 것이다. 그뿐 아니라 충무공 자신도 언제나 생명의 위협을 느끼고 있다. 강한 신하를 두려워하는 왕의 칼과, 강한 적을 두려워하는 적의 칼이 그를 앞뒤에서 겨누고 있다. 우륵과 이사부와 대장장이 야로가 살았던 시대도 마찬가지다. 전쟁터에서 병장기를 회수하는 대장장이 야로의 군사들은, "썩어서 흐물거리는 사체의 팔다리를 칼로 쳐내고 갑옷과 투구를 벗겼다. 갑옷에 묻어나는 살점들을 흙으로 비벼서 떨어냈다."(31쪽) 그들은 죽음도 죽임도 죽은 몸도 대수롭지 않은 세계에서 살고 있다. 『칼의 노래』와 『현의 노래』는 역사적 시간 자체로 따지면 천 년을 격해 있지만, 그 시간에 상관없이 우륵과 이사부와 충무공은 동시대인이다.

이들의 시선에 의해 포착되는 잔인성과 공포의 시대, 엄격한 신분적 위계와 그에 부속되는 생살여탈적 권력의 질서가 뼈대를 이루고 있는 시대, 그리고 그 힘들이 예각적으로 분출해나오는 전쟁이 있는 세계, 김훈은 이 세계를 단순성과 순결함으로 파악했다. 그는 『칼의 노래』의 부제를, '이순신 — 그 한없는 단순성과 순결한 칼에 대하여' 라고 붙여놓았다. 제목과 현저하게 구분되는 작은 활자로 표지 한켠에 수줍은 듯이 놓여 있는 이 구절은, 왜 김훈이 충무공의 삶을 소설화하고자 했는지를 상징적으로 보여주고 있다. 단순한 삶과 순결한 칼의 세계, 그 칼에게 목을 베라고 명령하는 왕과 장군이 있는 세계에 김훈은 매혹되어 있다.

『현의 노래』에 등장하는 이사부는 육십여 년 동안을 싸움터에서 시체 더미와 함께 보낸 장군이다. 젊은 시절의 이사부가 순교자 이차돈의 이야기를 들었을 때의 심사를 김훈은 이렇게 묘사했다 : "서라벌에서 이차돈(異次頓)이라는 거렁뱅이가 왕의 칼에 맞아죽었다. 서역에서 건너온 불승이라고도 했고 강 건너편 가야 땅에서 떠돌던 풍수장이라고도 했다. 근본은 알 수 없었는데, 혀를 싸게 놀렸고 사람을 잘 구슬렀다. 그가 부처의 도를 앞세우고 자비와 연민을 뇌까리며 저잣거리에서 공술을 얻어먹고 뒹굴었는데, 설움을 잘 타는 천한 백성들이 무리지어 그를 따랐다."(128쪽) 또, 출옥한 충무공을 찾아온 여진이 왜 왔느냐는 물음 앞에서 간신히 꺼내놓은 대답은 이랬다 : "전에, 제 몸을 편안해하시기에……"(43쪽) 이는 우리 시대 남성 판타지의 한 극점이지만, 장군을 우러르는 관기로서 이 이상으로 진솔하면서 곡진한 애정 고백은 있기 어려워 보인다.

야만주의에 기초한 이런 장면들이, 그리고 충무공과 우륵의 세계를 통해 냉정하고 간결하게 묘사되는 잔인성이 무엇을 겨냥하고 있는지는 자명하다. 김훈은 지금 위풍당당한 잔인성과 아름다운 야만과 위대한 단순성에 대해 말하고 있는 중이다. 그 세계에서 중심에 놓여 있는 화법은 최고의 낮춤말로 구사되는 명령법이다. 그것은 절대적 주체의 화법이며 김훈의 왕들이 구사하는 화법이다. 『칼의 노래』에서 김훈은 왕의 교서나 유지를, "너는 삼도 수군을 지휘하여 시급히 적을 무찌르라"라거나, "너는 빼앗은 왜적의 조총을 많이 쌓아두고 있다 하니 그중 성한 것들을 골라서 서울로 보내라"(2권, 91쪽)와 같은 방식으로 표현했고, 『현의 노래』에서 왕의 언어는 신하들의 말에 대해 "너의 말이 아름답다"라고 답하는 방식으로 표현된다. 절대적 주체의 이와 같은 일방적이고 장엄한 화법은 수신자와 발신자를 군신(부자, 사제)관계로 규정한다. 충무공과 그 부하들의 관계나 우륵과 그 제자의 관계는 물론이고, 『빗살무늬토기의 추억』에서, "무서우냐?" "무섭고…… 더럽군요. 큰 불은 늘 이렇습니까?" "그래. 대체로…… 이렇다"(126쪽)라는 말을 주고받는 소방파출소장과 신입 대원의 관계도 마찬가지다. 이런 식의 화법을 바탕으로 세워진 세계, 절대적 명령법의 단순하고 야만스럽고 잔인한 세계가 조금이라도 아름답거나 위풍당당하거나 위대하다고 느껴진다면, 그것은 그 세계가 현재의 우리가 몸담고 있는 세계의 음화이기 때문이다.

김훈은 잔인성과 야만이 당당하게 노출되어 있는, 제도화된 잔인성의 체계로서의 세계를 그려냄으로써, 현재의 우리 삶의 형식에 차폐되어 있는 삶의 원형을 보여주고 있다. 그럼으로써 그는, 잔인성을 억압하거나 은폐함으로써만 존립할 수 있는, 단순하지도 않고 순결할 수도 없는 세계, 명령법이나 장엄한 화법으로 발언을 했다가는 무슨 곤경을 당할지 모르는 이 문명화된 세계에 대해, 제도화된 위선의 체계에 대해, 곧 우리가 발 딛고 있는 세계의 윤리적 취약성에 대해 말하고 있는 중이다.

3. 장인의 기율과 차가운 낭만주의

칼과 현의 세계를 바라보는 김훈의 시선은 이중적이다. 이 이중성은 아름답고 빛나는 세계에 대한 동경의 뜨거움과 자신의 지반을 바라보고 있는 인식의 차가움 속에서 형성된다. 두 개의 서로 다른 힘들이 서로 얽히면서 만들어지는 내성적인 인간, 꿈을 향한 강렬한 열망과 동경으로 불타오르고 있지만, 그 꿈의 실현 불가능성을 너무나 명료하게 인식하고 있는 인간, 그래서 마음의 불을 철저하게 감춘 채 냉정하고 절제력이 강한 모습으로 형상화되는 강박증적인 인간, 그것이 김훈이 즐겨 그리는 인물의 모습이다.

단편 「화장」은 화장품 회사 상무로 있는 55세의 중년 남자가 뇌종양으로 죽어가는 아내의 모습을 지켜보는 이야기다. 항암제 치료로 온몸이 타들어가듯 말라가는 아내가 있고, 그 반대편에는 화자와 함께 근무해온 눈부시게 빛나는 젊은 여사원이 있다. 김훈은 여자의 이름을 추은주라 불렀고 한자도 밝혀놓았다. 은주(殷周)라는 이름 속에서 화자는 "이제는 지층 밑에 묻혀버린 먼 고대국가의 이름"을 떠올린다. 그는 지금 탕왕의 나라와 주공의 나라를 말하고 있는 중이다. 화자는 그 여자를 오 년 동안이나 안타깝고 절실한 마음으로 지켜보았고, 당장 달려가 사랑을 고백하지 않으면 터져버릴 것 같은 격정에 휩싸이기도 했다. 그러면서도 그는 그에 대한 어떤 표현도, 의례적인 호감조차도 드러내지 않았다. 오히려 외면하고 피하고 멀리했다. 무엇 때문인가.

물론 대답은 자명하다. 욕망의 대상이자 원인인 추은주는 말 그대로 사라져버린 고대국가, 다다를 수 없는 나라이기 때문이다: 거리를 두고 지켜볼 때에만 그 아름다움이 보존될 수 있는, 가까이 다가가면 주체와 대상이 함께 붕괴해버리는 역설적 존재이기 때문이다. 『현의 노래』에 등장하는 가야의 늙은 대장장이 야로는 순장을 피해 도망쳐나온 궁녀를 잡았다. 18세의 궁녀 아라는 가야에서 가장 고운 여인이다. 대장장이 야로는 가야의 실권자이고 싸늘한 사람이다: "여자들의 비릿하고 물컹거리는 속살을 야로는 그다지 좋아하지 않았다. 그 속살들은 늘 깊이를 알 수 없이 모호했고 정처 없어 보였다."(112쪽) 그런데도 야로는 아라의 몸을 탐했다. 아라의 벗은 몸 위에서 발버둥치면서, 그 황홀한 절망감 속에서 탄식한다 : "이 질퍽거리는 구멍은 대체 무엇인가. 이 빨아당기는 속살이 어째서 왕의 무덤 속에 들어가 쇠와 함께 썩어야 하는가."(117~118쪽) 하지만 야로와 비슷한 또래인 「화장」의 상무는 야로보다 훨씬 더 현명하고 비겁하다. 저 고대국가에 한 발 더 접근했을 때 어떤 일이 일어날지를, 그 세세한 시말을, 그는 겪어보지 않고도 너무나 잘 알고 있는 것이다.

김훈의 주요 인물들은 이처럼 냉정한 인식과 절제력의 소유자들이다. 『칼의 노래』의 충무공은 울음에 둘러싸여 있으되 그 자신은 결코 소리내어 울지 않는다. 우는 사람들, 그것은 임금과 신하와 백성들이다 : "임금은 흐느껴 울었고 중신들도 울었고 백성들도 울었다. 명의 구원병이 압록강을 넘어왔을 때 임금은 강가에까지 마중 나가 울었다."(2권, 47쪽) 이 경우 울음은 그 자체가 언어다. 그래서 "임금은 날을 정해놓고 정기적으로 울었다".(2권, 48쪽) 백성들도 마찬가지다. 백의종군하는 충무공의 초막을 찾아온 백성들은 마당에 둘러앉아 통곡을 했고, 임금의 교서를 듣는 장졸들도 땅바닥에 꿇어앉아 울었다. 김훈의 충무공에게는 백성들의 울음이 그 자신에 대한 "의전행사처럼 보였다".(1권, 38쪽) 모두 다 우는데 그 울음의 대열에 동참하지 않는 인간, 그가 충무공이다. 그뿐 아니라, 울음으로 의례를 치르는 이 단순한 고대인들을 신기한 눈으로 바라보고 있는 근대인, 그가 속울음을 울 줄 아는 충무공이다. 그가 느끼는 울음을 김훈은 칼의 울음이라 표현했다 : "내 몸의 깊은 곳에서, 아마도 내가 알 수 없는 뼛속의 심연에서, 징징징, 칼이 울어대는 울음이 들리는 듯했다."(1권, 22쪽) 물론 이순신만이 근대인이라는 말은 이치로 보면 있을 수 없는 일이다. 그러나 역사소설에서 시대착오는 필수적이다. 『칼의 노래』에서 김훈은 이 불가피한 시대착오를 충무공에게만 허용했다. 충무공은 무엇보다도 일기를 쓰는 인간이었다.

절제력에 관한 한, 『현의 노래』에 등장하는 세 명의 동갑내기들, 악사 우륵과 장군 이사부, 그리고 약간은 다른 맥락이지만 대장장이 야로도 충무공과 같은 층위에 있다. 이들은 모두 장인들이다. 악사와 대장장이가 장인이라는 것은 당연하다. 그러나 장군도 장인이라는 것인가. 김훈은 당연히 그렇다고 말할 것이다.

이순신이 그랬듯이 이사부도 장인이었다. 70이 넘는 인생의 태반을 싸움터에서 보냈고, 그 결과로 신라군의 총책임자인 병부령의 직위에 올랐다. 『현의 노래』에서 이사부가 등장하는 장면은 우륵과 야로에 비해 현저하게 적지만, 소설 속에서 차지하고 있는 위상으로 보면 소설의 중심에 있는 것은 오히려 이사부다. 그는 전쟁에서의 승리라는 목적에 집중해 있는 냉정한 지휘관이다. 그것만이 그에게 중요하고 의미 있는 것이며 그 나머지는 모두 허깨비다. 그래서 순교자 이차돈은 그에게 거렁뱅이일 수밖에 없고, 불교를 받아들인 왕이 "너는 살육을 하지 않고서도 가야를 합쳐 평안케 할 수가 있겠느냐?"라고 했을 때, 이사부는 "살생을 금하시되, 가야의 일은 신에게 맡겨주십시오"라고 답할 수 있었고, 고구려와 백제의 포로 이천 명을 오 열 종대로 앉혀놓고 뒤에서부터 목을 베었다. 가야를 멸망시키던 때 이사부가 내린 마지막 명령은, 가야의 궁궐을 태워 자취를 없애고 가야 정벌의 선봉이었던 귀순한 가야 왕자 월광을 유폐시키라는 것이었다. 그 명령은 전쟁 기술자의 명령이다. 기술은 목적합리성의 영역이며 거기에는 그 어떤 외삽적 이념이나 이상이나 휴머니티도 끼어들 여지가 없다. 우륵에게 음악은 국경이 없는 것이고, 대장장이 야로에게 병장기를 연구하고 만드는 일 역시 마찬가지다. 이들은 모두 가치중립적인 기술자들이다. 이사부나 이순신의 경우도 마찬가지다. 김훈이 묘사해낸 그들은 전쟁기계들이다. 자기 자리를 지키면서 자신의 논리와 내적 윤리에, 현과 쇠와 칼의 논리에 충실한 인간, 그것이 김훈의 인물들이다.

이런 기술자들을 초점 인물로 내세움으로써 김훈의 소설은 디테일의 핍진성을 획득한다. 명량해전을 위해 이순신은 울돌목의 역류 속으로, 북과 피리로 대오를 유지케 하면서 선단을 몰아간다. 그는 갑판 위의 통제소에 있으면서도 갑판 밑에서 노를 젓는 격군들의 움직임을 몸으로 느낀다 : "우현이 물결에 밀리면서 배의 진행방향이 틀어질 때, 북과 물결의 힘 사이에서 무너져내리는 격군들의 이두박근의 경련이 내 몸에 전해져왔다."(1권, 100쪽) 『현의 노래』의 대장장이 야로는 전쟁터의 시체 더미를 뒤지며 병장기의 쓰임과 효용에 대해, 기병과 보병과 궁수들의 상호관계와 무기와 갑옷의 효율성에 대해 분석한다. "보병의 주검에는 활, 창, 칼, 철퇴, 쇠도끼의 자국이 박혀 있었지만, 기병의 주검은 단순해서 이해하기 쉬웠다. 기병들은 대체로 기병의 창에 찔려 죽었다. 뒤에서 날아드는 화살은 보병이나 기병이나 어쩔 수 없었다. 죽은 기병들의 상처는 깊었고 대체로 급소를 찔렸고, 찌르고 들어오는 힘은 좁고 날카로웠다"(32~33쪽)와 같은 방식이다. 적의 동태를 관찰하며 물러서 기다릴 때와 돌진해야 할 때를 가늠하는 이사부도, 대숲에 넣어놓은 오동나무 판을 두드리며 악기가 되기를 기다리는 우륵도 마찬가지다. 이들이 보여주는 대상에 대한 집중과 그 집중의 단순성은 디테일의 실감으로 쉽게 전화된다.

충무공과 우륵과 이사부는 모두 장인으로서 자기에게 주어진 길을 갔다. 오직 야로만이 자기 길을 가지 못했다. 야로는 대상의 논리가 아니라 주체의 욕망에 몸을 맡겼기 때문이다. 그는 가야의 우수한 철기와 전쟁터에서 필요한 신무기들을 개발해내는 명장이었다. 가야의 멸망을 내다보고 있던 그는 신라의 이사부와 거래를 했고 백제군에게도 자신의 신무기를 제공했다. 70세가 된 야로가 귀순해왔을 때 그와 동갑인 신라 장군 이사부는 야로를 죽인다. 야로의 죽음은 이사부가 아니라 야로 자신의 탓이다. 그는 세상의 질서와 거래를 했고 그 거래를 통해 이익을 얻었다. 그 이익은 그가 다루는 쇠를 위한 것이 아니라 자기 자신을 위한 것이었다. 게다가 야로는 그 자신이 거래의 적극적인 주체이고자 했고 그 거래를 통해 위신을 얻고자 했다. 그것은 장인의 기율에 어긋난다. 장인이란 무엇인가. 만드는 사람일 뿐 교환하는 사람이 아니다. 만드는 것 자체를 향해 집중하는 사람이지 그것을 통해 이익을 얻고자 하는 사람이 아니다. 그리고 무엇보다도 자기의 영역이 아닌 곳에서는 납작 엎드리는 사람이다. 야로는 명백히 장인의 기율을 위반했고, 그래서 전쟁의 장인에게 목숨을 잃었다. 그것도 자기 자신이 만들어낸 신무기 반달도끼로.

70세의 우륵도 가야가 망하기 전 신라로 귀순했다. 야로와 마찬가지로 이사부를 만났다. 우륵의 말은 이랬다 : "이제 신라 병부령께서 가야를 토멸하실 것이니, 다만 살아서 소리를 내려 하오."(250쪽) 야로와는 달리 우륵은 신라 앞에서 최대한으로 엎드렸고 목숨을 빌었다. 그가 그럴 수 있었던 것은 그 목숨이 자기 자신을 위한 것이 아니라 소리를 위한 것이었기 때문이다. 대상을 위하여 주체의 위신까지 버릴 수 있는 것, 그것이 장인의 자부심이다. 우륵은 뒤에 이렇게 덧붙였다 : "나를 그저 내버려두시오. 신라가 가야를 멸하더라도, 신라의 땅에서 가야의 금을 뜯을 수 있게 해주시오. 주인 있는 나라에서 주인 없는 소리를 펴게 해주시오."(252쪽) 이런 태도에 대해 전쟁의 장인 이사부는 매우 격렬하게 반응한다. 그 자신과 똑같은 모습이기 때문이다 : "이사부는 섬칫 놀랐다…… 이자는 대체 누구인가. 이자가 지금 무슨 말을 하고 있는 것인가. 이자가 소리로 저 산맥을 건너가려는 것인가. 이자는 나와 같은 자인가. 이자는 나의 적인가. 양쪽 다인가……"(252~253쪽) 우륵과 이사부는 각각 소리와 전쟁의 장인으로서 정확하게 같은 지평에 있다. 그들은 그렇게 느끼고 있다.

이 점에서는 충무공도 마찬가지다. 김훈에게는 충무공이야말로 장인의 전형이다. 충무공을 움직이는 것은 다른 어떤 것이 아니라, 그의 내면에서 징징거리는 칼의 울음이다. 김훈의 이순신은 두려움 속에서 떨고 있는 인간으로 그려진다. 그에게서 함대를 빼앗아버리고, 그를 감옥에 가두고, 또 병력도 없는 군대의 지휘관으로 임명하는 임금도 두려움의 대상이고, 이데올로기가 판을 치는 세상의 질서도 두려움의 대상이다. 또 어떤 방식으로건 목숨이 다하는 것도 두렵다(2권, 59쪽). 그러나 그 무엇보다도 그를 가장 두렵게 하는 것은 적의 부재다. 적들이 철수한다는 정보가 입수되고 명과 왜가 협상하려 한다는 풍문이 들려오는 시점에서부터 이순신의 두려움은 여러 차례에 걸쳐 반복적으로 묘사된다.[2)] 적들이 떠나버리고 전쟁터가 사라지는 순간 이순신은 자신의 꿈을 이룰 지반이 없어진다. 그가 꿈꾸는 것은 임금의 손이 미치지 않는 곳에 건설되어야 할 무(武)의 세계다(1권, 18쪽). 적이 사라져버리면, 무의미하고 허망할 뿐인 세상과 삶의 진짜 모습이 드러난다. 그것과 대면하는 것은 견딜 수 없는 일이다. 그것을 가려줄 환상이 필요하다. 그것이 칼의 세계이고 소리의 세계다.

이런 점에서 보면, 이순신과 우륵은 도망자들이다. 자기 힘으로 대적할 수 없는 진짜 세계와의 조우를 피하기 위해 삶이 강렬하게 작렬하는 현장으로 도망 나왔다. 나간 것이 아니라 나온 것이다. 김훈 식으로 표현하자면 이순신은 벨 수 없는 적들의 세계를 피해 벨 수 있는 적들의 세계로 도망 나온 것이고, 라캉 식으로 표현하자면 치명적인 트라우마

2) "내 함대가 아무 곳도 조준할 수 없고 내 칼이 아무것도 벨 수 없게 되는 환영에 나는 진저리를 쳤다."(2권, 129쪽) "나는 이런 방식으로 전쟁이 끝나는, 이 세상의 손댈 수 없는 무내용을 감당할 수 없었다."(2권, 151~152쪽) "철수하는 적들을 바다에서 잡을 수 없다면, 어느 날, 적들이 모두 떠나버린 빈 광양만 바다의 적막을 나는 감당할 수 없었다. 그 견딜 수 없는 적막보다는 임금의 칼에 죽는 편이 오히려 아늑할 듯싶었다."(2권, 175쪽) "하루하루가 무서웠다. 오는 적보다 가는 적이 더 무서웠다. 적은 철수함으로써 세상의 무의미를 내 눈앞에서 완성해 보이려는 듯했다."(2권, 184쪽)

의 원천을 피해 현실 속으로 도피한 것이다. 이순신은 전과 보고용으로 적들의 머리통 열다섯 개를 소금에 절이면서, 비트겐슈타인의 발성법을 빌려 이렇게 술회했다 : "고리짝에 담긴 머리통들의 제가끔인 표정들이 내 마음에 오래 남아 있었다. 칼로 베어지지 않는 것들을 칼로 벨 수는 없었다."(2권, 118쪽) 또한 기축옥사로 인해 사람들이 죽어가는 것을 보면서, "이 세상과의 싸움은 불가능한 것처럼 느껴졌다. 헛것은 칼을 받지 않는다. 헛것은 베어지지 않는다"(1권, 50쪽)라고 했다. 이데올로기와의 싸움도 휴머니티나 충성을 위한 싸움도 그의 것이 아니다. 그것들은 모두 헛것과의 싸움이다. 이순신의 싸움은 무엇인가. 살아 있는 적을 수장시키는 것이고, 살아 있는 인간인 적을 베는 것이다. 아들의 원수를 갚는다는 추상적인 것이 아니라, 아들을 죽인 젊은 포로의 목을 베는 것이다 : "나는 아베를 베었다. 목숨을 가로지르며 건너가는 칼날에 산 것의 뜨겁고 뭉클한 진동이 전해졌다."(1권, 192쪽) 살아 있는 적은 현실 속에 있고 그곳이 그들의 작업장이다. 도망자들이 원하는 것은 작업장에서 죽는 것이다. 이순신은, "어느 날, 내 몸이 적의 창검에 베어지더라도 나의 죽음은 결국은 자연사일 것이었다. 비가 내리고 바람이 불어 나뭇잎이 지는 풍경처럼, 애도될 일이 아닐 것이었다"(1권, 75쪽)라고 했다. 이사부와 우륵과 이순신은 모두 작업장에서 죽었다. 우리가 그들의 삶을 기린다면 그것은 그들이 그 어떤 외삽적 원리의 개입도 거절한 철두철미한 장인들이기 때문이다.

장인들의 이와 같은 삶을 통해 표현되는 김훈의 인간학은 명료하다. 그는 역사 속으로 날아들어가, 작고 단단하게 자기 자리를 지키는 사람들의 모습을 그려냈다. 자기가 손댈 수 없는 거대한 세계가 있고, 그 세계에 대한 두려움과 혐오감은 탈출을 향한 낭만적 열정에 불을 지핀다. 하지만 그 추악한 세계를 떠나서는 살 수 없다는, 그 세계로부터의 탈출은 결국 불가능하다는 절망적이고도 차가운 인식이 그 낭만적 열정을 나포해버린다. 이 두 힘의 결합으로 생겨나는 것이 차가운 낭만주의다.[3] 그로부터 분출해나오는 차가운 열정이 김훈의 세계에 대기를 불어넣고, 그 대기를 호흡함으로써 장인의 기율이 만들어진다.

그들은 단순성을 방패로 세계의 어둠을 견딘다. 그들은 우륵처럼 목숨을 건지기 위해 망하는 조국을 거리낌없이 등질 수 있고, 그러면서도 그저 세상이 자기를 내버려두기를 바랄 뿐이다. 충성이나 애국심이나 이념과는 무관한 공간에서 움직이는 존재들이기에, 그들은 세계를 바꿀 수 있는 존재들이 아님은 물론이다. 세계를 바꾸겠다는 일념으로 세계를 망치는 사람이 될 수도 없다. 고작해야 그들은 열광적인 사람들의 행로에 놓인 돌부리 노릇을 할 수 있을 뿐이다. 그들은 자기를 낮춤으로써 지겨움을 견디는 일의 성스러움을 보여준다.

4. 몸의 언어와 냉소의 미학

김훈의 장인들에게 중요한 것은 몸의 언어다. 그들이 못 견뎌하는 것들은 몸 없이 떠도는 언어, 실체 없는 개념들이다. 김훈의 첫 소설은 소방수들의 이야기였다. 그들은 자신의 대상과 몸으로 교섭하는 사람들이다. 화재 현장으로 출동을 할 때 그들이 어떤 자세로 소방차에 매달려야 하는지를 김훈은 닭이 모이를 쪼듯 묘사해낸다 : "펌프차 뒤꽁무니에 매달린 관창수들은 속도를 낮추지 않고 우회전하는 차체로부터 튕겨나가지 않도록 두 다리를 벌려 체중을 엉버티면서 손잡이 파이프 쪽으로 상반신을 숙였다. 관창수들은 왼쪽 다리를 구부려 발바닥에 힘을 주면서 우회전하는 차량의 원심력을 버티었다." (13~14쪽) 이런 묘

3) 차가운 낭만주의에 대해서는, 서영채, 『사랑의 문법 : 이광수, 염상섭, 이상』(민음사, 2004) 3-2장 참조.

사는 대장장이 야로가, 말을 탄 기병들이 보병들의 가지극이 잡아당기는 힘을 버티기 위해서는 등자 바닥의 넓이가 어느 정도가 되어야 하는지를 따지는 것과 흡사하다. 몸과 연장에 관한 이야기로 접어들면 김훈도 그의 인물들도 정교해지고 신이 난다.

하지만 몸을 떠난 언어에 대해서 그들은 진저리를 친다. 『칼의 노래』에 등장하는 길삼봉에 대한 삽화가 대표적인 예다. 임진왜란이 일어나기 전, 길삼봉이라는 역적이 있었다. 왕은 그를 잡아들이라고 했으나 정체가 명확하지 않아 잡을 수가 없었다. 그래서 드디어 마녀 사냥이 시작되었다. 김훈은 그 대목을 이렇게 표현했다 : "마침내 길삼봉은 누구냐? 라는 질문은 누가 길삼봉이냐? 라는 질문으로 바뀌었다. 질문의 구조가 바뀌자 길삼봉의 허깨비는 피를 부르기 시작했다."(1권, 48쪽) 김훈은 지금 이데올로기적 봉합을 위한 전도의 효과에 대해 말하고 있는 중이다. 길삼봉이 누구냐는 질문은 이데올로기적이지 않다. 길삼봉이 아직 규정되지 않았기 때문이다. 그러나 누가 길삼봉이냐는 질문은 이데올로기적이다. 이 문장에서 길삼봉은 이미 빠져나갈 수 없는 역적으로 규정되어 있다. 여기에서는 길삼봉의 정체에 관한 어떤 반성이나 문제제기도 수용될 수 없다. 일단 길삼봉으로 지목당하면 아니라고 주장해봐야 소용이 없다. 국기를 문란케 하는 역적이라는 규정 위에 교활이나 비겁이라는 덤까지 추가될 뿐이다. 매카시즘에서 그 전형을 보이는 이런 이데올로기적 전도 효과는 몸 없는 말, 텅 빈 기표를 바탕으로 가동된다. 이순신은 이런 피투성이 허깨비들에 대해 진저리를 친다. 신라 장군 이사부가 순교자 이차돈을 일컬어 입만 번드르르한 거렁뱅이라고 했던 이유도 역시 마찬가지다. 또 우륵은 음악에 대해 허황한 말을 하는 가야의 왕과 집정관, 그리고 신라의 왕 앞에서 몇 번이나 치밀어오르는 반박의 말을 삼켜야 했다. 음악은 국운이나 충성이나 주술 같은 허깨비들과 아무런 관련이 없다. 우륵에게 소리란 잠시 사람의 귀청과 마음을 울리고 사라져가는 어떤 것일 뿐이다. 우륵은 생살여탈권을 쥐고 있는 권력자들 앞에서 이런 말을 속으로 삼켜야 했다.

몸에 대한 예민한 감수성은 김훈으로 하여금, 오줌과 똥물, 해수가래, 월경의 피 같은 분비물과 배설물 들 그리고 전쟁터에 널려 있는 시즙, 골수, 골편, 살점, 창자 들에 대한 기휘 없는 묘사에 이르게 한다. 애정의 문제도 마찬가지다. 이순신의 여자 여진은 일차적으로 더러운 몸과 다리 사이에서 나는 지독한 젓국 냄새로 표상되고, 이순신은 그것을 통과하고 난 다음에야 비로소 달콤한 입 속과 평화로운 몸 속으로 진입할 수 있다. 또 우륵의 여자 비화도 무엇보다도 냄새로, "가랑이 사이에서 초승 무렵의 풋내가 났고 머리카락에서는 개울물에 흔들리는 풀이며 버들치의 비린내가 났다"(134쪽)와 같은 방식으로 표현된다.

우륵의 세계에서 가장 아름다운 궁녀 아라는, 매번이라 해도 좋을 만큼 자주 오줌누는 모습으로 등장한다. 김훈은 그 모습을 집요하게 묘사하기까지 한다. "몸 속에서 살이 울리는 소리가 가랑이 사이의 구멍으로 퍼져나오고 있었다. 오줌을 눌 때마다 그 소리는 낯설고 멀게 들렸고, 소리를 내고 있는 살구멍의 언저리가 떨렸다. 아라는 놀라서 오줌줄기의 방향을 바꾸었다. 마른 잎이 찢어지고 흙이 튀었다. 아라는 가랑이를 벌려서 오줌줄기를 펼쳤고 가랑이를 오므려서 오줌줄기를 모았다. 땅은 부채 모양으로 젖었다"(53쪽)와 같은 방식이다. 왜 하필 오줌누는 여자인가. 오줌누는 여자는 무방비상태의 가장 무력한 몸이다. 그것은 남성의 시선에 포착된 아내의 몸이자 딸의 몸이다. 『빗살무늬토기의 추억』의 화자는 악몽에서 깨어나는 새벽 아이들의 오줌 소리를 듣는다. 소리만으로도 그것이 아들의 것인지 딸의 것인지를 가늠할 수 있었다. "변기에 부딪치는 딸년의 오줌 소리는 끊어졌다 이어지며 쪼르륵거렸다. 딸년이 변기에 올라앉아 졸면서 가랑이를 벌렸다 오므렸다 하는 모양이었다. 나는 돌아눕는 아내를 뒤에서 끌어안았다"(164쪽)와 같이 표현되는 아늑한 오줌 소리가 있다. 남성 가장에게 그것은 원초적인 안정감의 표상이다. 『현의 노래』에서 오줌누는 여자 아라는 숙성해버린 딸이다. 그래서 우륵은 순장을 피해 도망간 아라를 발견했을 때 맥락도 없이 격렬하게 끌어안았고, 그러면서도 제자 니문을 아라의 방에 들어가게 했다.

김훈은 몸의 언어를 통해 삶을 가장 단순한 수준에까지 끌어내린다. 먹고 움직이고 배설하고 생식하는 일이 그 언어의 주축을 이룬다. 몸의 언어를 응시함으로써 김훈은 그 행위들이 지니고 있는 원초적 속성에 대한 감도 높은 표현을 얻는다. "아라는 왕의 상반신을 일으켜 가슴에 안았다. 아라는 재첩국 국물을 왕의 입 속으로 흘려넣었다. 앞니가 모두 빠진 왕의 입 속은 캄캄했고 그 어둠 속에서 시궁창 냄새가 피어올랐다. 재첩국 국물은 그 어둠 속으로 흘러들어갔다. 국물을 넘길 때, 왕의 목울대가 흔들렸다. 국물은 왕의 마른 창자에 스몄다. 엷고도 아득한 국물이었다. 아득한 국물은 창자 굽이굽이와 실핏줄 속으로 깊이 스몄다. 국물은 연기처럼 퍼졌다"(40쪽)와 같은 것이 대표적인 예다. 이순신도 전란중이던 영산강의 한 포구에서 "백성의 국물은 깊고 따뜻했다"(2권, 41쪽)라고 했다. 김훈은 국물을 죽음이나 전쟁 곁에 끌어다놓음으로써, 죽음과 삶의 경계를 타고 흐르며 몸 깊이 스며드는 국물이, 그리고 그것으로 대표되는 먹는 것이 얼마나 아늑한 것인지를 보여준다.

몸의 언어에 대한 감수성을 통해 드러나는 김훈의 단순성에 대한 지향은, 근대적 삶의 쇄말성에 대한 니체의 문제제기와 동일한 맥락을 지니고 있다. 장사꾼을 원형으로 하는 자본제의 근대인들을 향해 『비극의 탄생』의 니체는 한심한 장님들이라고 외쳤다. 소크라테스 이전의 사유가 지니고 있는, 소박하고 건강했던 고대 그리스의 정신을 되살려야 한다고 외쳤다. 김훈도 그렇게 생각은 하지만 외치지는 못한다. 이순신과 우륵은 외치는 일의 허망함을 잘 알고 있다. 김훈이 보여주는 삶의 단순성의 밑바탕에는, 자본제적 삶의 제도화된 위선에 대한 냉소주의가 깔려 있다. 그것은 『냉소적 이성 비판』의 저자가 일반적인 냉소주의(cynicism)와 구분하고자 했던 전복적 냉소주의(kynicism)다. 물론 이 견유학파의 금욕주의가 지니고 있는 비판적 잠재력의 한계 역시 자명하다. 위선을 고발하고 전복시키는 것이란 결국 사람을 개의 수준으로 끌어내리는 것이며, 문명을 비판하기 위해 야만주의를 가동하는 것이기 때문이다. 짐승의 삶을 실천하는 것이나 야만주의를 가동하는 것은 오로지 그것이 위선의 체계와 맞서 있을 때에만 가능하고 의미 있는 일이다. 그 힘이 지나치게 커져버린다면 파시즘이라는 무시무시한 아가리의 봉인을 풀어버릴 열쇠가 될지도 모른다. 김훈의 경우도 그렇다는 것인가.

세상이 변하면 김훈도 변하게 될 것이다. 김훈의 냉소는 기본적으로 미학의 차원에서 작동하고 있고, 그 근저에는 길삼봉의 삽화에서 보이듯이 이데올로기적 봉합과정을 꿰뚫어보는 통찰력이 버티고 있다. 냉소의 미학은 그것 자체로 교환관계의 윤리적 취약성을 겨냥하는 윤리적 지침이다. 게다가 김훈은 강자들의 위선을 배격하고 약자의 편을 드는 의리 있는 깡패 귀족주의자다. 그가 그려내고 있는 장인의 기율은 무엇보다도 상인의 논리를 배격한다는 점에서 교환관계의 외부에, 곧 자본제의 외부에 있다. 자본제의 시대에 귀족은 존재할 수 없다. 기껏해야 귀족 흉내를 내는 대부르주아의 자손들이 있을 뿐이다. 귀족은 함부로 버리는 사람이고 당당하게 낭비하는 사람이며 대가 없이 주는 사람이다. 무엇보다도 귀족은 등가교환이 무엇인지를 알지 못한다. 김훈은 이 상인들의 시대에 귀족정신이 어떻게 존재할 수 있는지를 보여주었다. 이제 그것은 혈통이나 골상이 아니라 정신의 기품으로만 존재할 수 있다. 자기 삶의 일관성을 위해, 혹은 가족의 생계를 위해 허접한 삶을 견디는 것은, 빗살무늬토기 시대의 원시적 삶처럼 고상한 것이다.

그 고상함에 대한 동경이 미학적 댄디즘을 만들고, 김훈의 텍스트의 밑바닥에 놓여 있는 냉소의 미학과 귀족적 정신을 만든다. 그 기품을, 이제 세번째 책을 낸 오십대의 발랄한 신인작가 김훈이 보여주고 있다.

(2004)

창녀 심청과 세 개의 진혼제

—황석영의 『심청』 읽기

1. 『심청』의 활기

황석영의 장편 『심청』에서 무엇보다 인상적인 것은 심청의 행로를 감싸고 있는 활기와 명랑성이다. 『심청』이 다루고 있는 것은 중국 장사꾼들에게 팔려간 19세기 조선의 한 소녀의 일대기다. 게다가 그 소녀의 이름이 심청이다. 자기 희생을 통해 효를 실현하고자 했던 전설적인 소녀의 이야기 『심청전』에 대해, 신소설을 쓴다고 자부했던 1910년의 이해조는 '처량 교과서'라 비판했었다. 더욱이 황석영의 『심청』은 어느 날 갑자기 장사꾼들에게 팔려버린 소녀의 이야기로 시작한다. 희생의 자발성조차 제거되어 있는 것이다. 비통하거나 우울하기로 치자면 처량 교과서인 『심청전』보다 더해야 한다. 그런데도 작품 속에 존재하는 활기라면 좀 이상하지 않은가. 그 활기의 원천은 무엇인가.

먼저, 황석영의 『심청』이 지니고 있는 패러디적 구성 자체가 지니고 있는 힘을 지적해야 할 것이다. 인당수 푸른 물결에 몸을 던졌고 연꽃 속에서 부활하여 왕비가 되는 신화적 텍스트로서의 『심청전』이 있다.

황석영은 여기에 자신의 장편 『심청』을 겹쳐놓았다. 두 개의 텍스트가 겹쳐지는 순간 황석영은 필자라기보다는 독자의 입장에 서게 된다. 그는 신화적 텍스트를 읽으며 익명의 필자들을 향해 이런 질문을 던지고 있는 셈이다. 난징의 장사꾼들에게 팔려간 심청은 과연 어떻게 되었는가. 옥황상제나 용궁 같은, 대중을 위한 신화적 장치들을 배제하고 따져보자는 것이다. 이에 대한 대답 또한 자명할 것이다. 채무 노예가 된 19세기의 소녀가, 인신공희의 제물이 아니라면 할 수 있는 일은 분명하지 않은가. 난징 부자 노인의 동첩(童妾)이 되고, 음률을 익혀 예기가 되고, 어찌어찌하여 바닥 창녀로까지 전락하고, 다시 영국 동인도회사 직원의 현지처가 되고, 돈을 모아 요정 주인이 되는 것, 그것이 황석영이 내어놓은 대답이다. 황석영의 『심청』에도 용궁이 있으되 그것은 심청이 오키나와에서 차렸던 요정의 이름이다. 또 왕비가 되는 원텍스트의 신데렐라 시나리오도 규모는 작지만 한 영주의 후취 영부인이 되는 것으로 살려놓았고, 심청이 아버지를 찾기 위해 벌였던 맹인 잔치는 영주의 부인이 된 심청이 정치적 의도로 마련한 노인 잔치로 변형되어 있다. 『심청』이 지니고 있는 활기는 일차적으로 황석영이 시도한 이런 겹쳐쓰기 자체가 지니고 있는 힘의 소산이라 해야 할 것이다. 원텍스트의 신화성과 그에 대한 현실주의적 대안 서사 사이에서 형성된 대화적 관계와 그 긴장의 산물인 것이다.

황석영은 여기에서 한 발짝 더 나아간다. 15세의 심청이 난징으로 팔려온 후 팔순 노인이 되기까지 유랑을 거듭하는 시기는 19세기의 육십여 년 동안이다. 황석영은 동아시아에서 근대화의 격랑이 소용돌이치던 이 시기를 무대로 끌어냈고, 심청으로 하여금 난징과 타이완, 싱가포르, 류큐, 나가사키 등지를 유랑케 했다. 그럼으로써 그는 근대로 진입하는 동아시아의 다양한 풍경들을 포착해낸다. 아편전쟁이 터져 난징으로 진군하는 영국 군대와 태평교도들의 움직임, 그리고 개항 문제로 뒤엉켜 있는 일본의 정국과 새로운 이윤을 찾아 동진하는 동인도회사 직원들의 움직임이 심청의 삶에 개입해들어오고, 일본의 식민지가 되어 서서히 사라져가는 류큐 왕국의 역사가 후반부 이야기의 배경으로 깔린다. 이처럼 다양한 이야기들이 심청이 스쳐가는 길목마다 기다렸다는 듯이 툭툭 터져나온다. 심청은 호기심 많은 처녀의 시선으로 그 풍경들을 바라보고, 그 자신이 풍경의 하나가 되어 혹은 다치고 상처입으면서도 미끄러지듯 앞으로 나아간다. 심청이 만들어내는 여로를 따라, 제물포와 난징, 싱가포르, 나가사키를 잇는 하나의 선이 만들어지고, 그 선에 감싸이는 황해와 동중국해와 그곳을 유랑해야 했던 심청의 삶의 역정이 하나의 신체로 부각된다. 그곳은 다양한 이야기의 힘들이 각축과 경연을 벌이는 전장이며 시장이다. 황석영의 『심청』이 지니고 있는 활기는, 또한 주인공 심청이 보여주고 있는 명랑성은 이러한 공간 자체의 부산함과 활기의 소산이다.

요컨대 황석영은 신화적 서사의 세계 속에 잠들어 있던 심청을 불러내어 매우 특별한 미션을 부과했던 셈이다. 근대로 진입하는 19세기 동아시아의 풍경을 포착해내는 것이 그것이다. 근대성이 조형되는 이 공간과 심청의 만남은 매우 낯설고 이국적인 느낌으로 다가온다. 논리적으로는 친숙하면서도 실감으로는 다가오지 않았던 동아시아적 근대라는 개념이, 심청의 시선을 통해 구체적 생활공간의 형태로 드러나기 때문이다. 그것은 흡사 컴퓨터그래픽 화면으로 재생된 고대 도시의 모습을 보는 것과 같이, 익숙하면서도 낯선 기묘한 느낌을 준다. 잘 짜여진 서사가 제공하는 과거로의 여행은 그 어떤 미래로의 여행보다 이국적이다.

하지만 심청이라는 전통적 캐릭터에게 이 여행은 대단한 고역이 아닐 수 없다. 그에게 주어진 미션을 완수하기 위해 여행은 필수적이지만, 19세기의 조선 여성에게 해외여행이 어떻게 가능할 것인가. 여행의 기본 형태는 전쟁과 교역과 순례다. 이들은 원천적으로 남성들에게 주어진 옵션이었다. 심청에게는 그 어떤 길도 열려 있지 않으며 그나마 약간의 가능성이 있다면 그것은 교역의 길이다. 그래서 심청은 자신이 지니고 있는 유일한 재화인 신체자본을 동원할 수밖에 없었고, 매춘이라는 험한 길을 가야 했다.

그러나 매춘은 매우 위험한 물건이다. 비윤리적이기 때문이 아니라, 자칫하면 주체를 집어삼켜버릴지도 모를 심연이 그 안에 도사리고 있기 때문이다. 성애와 섹슈얼리티의 문제가 그것이다. 황석영은 『심청』을 일컬어 '매춘의 오디세이아'라 불렀지만, 심청에게 주어져 있는 유랑길은 오디세우스의 경우보다 훨씬 더 위험하다. 곳곳에 심연이 도사리고 있으되 오디세우스와는 달리 그 어떤 천상적 힘의 도움도 기대할 수 없기 때문이다. 그것은 심청뿐 아니라 황석영에게도 마찬가지다. 창녀 심청이 자기 혐오나 염세주의의 늪에 빠져버린다면 그가 요구했던 미션의 완성은 불가능하게 된다. 이들은 어떻게 그 위험으로부터 스스로를 지켜내는가.

2. 두 개의 죽음 : 창녀 심청의 탄생

창녀 심청이라는 어구는 그 자체로 형용모순이어서 사뭇 기이한 느낌으로 다가온다. 『심청가』나 『심청전』의 주인공 심청은 출천대효(出天大孝)일 뿐만 아니라 본디 서왕모의 딸로 잠시 인간세계에 몸을 의탁한 선녀의 현신이다. 인당수에 몸을 던졌을 때는 옥황상제가 친히 구원을 명했고 이로 인해 사해용왕들이 심청을 구하기 위해 전전긍긍했을 정도였다. 그런 심청으로 하여금 황석영은 창녀의 길을 걷게 했다. 『심청전』의 서사를 둘러싼 역사적 정황을 염두에 두면 그것이 훨씬 더 현실에 가까울 것이다. 그럼에도 여전히 창녀 심청은 정서적으로 선뜻 수용되기가 어렵다. 효녀 심청의 이미지가 워낙 압도적인 탓이다. 선녀가 창녀가 되기 위해서는 무언가 특별한 입사의식이 필요하다. 황석영이 『심청』의 초두에 배치해놓은 두 개의 장면은 이를 위한 장치로 보인다.

첫째는 소설의 첫머리에 놓여 있는 제사 장면이다. 심청을 사들인 장사꾼들은 심청을 제물로 하여 두 번에 걸쳐 제사를 지낸다. 한 번은 조선 쪽에서 심청을 바닷물에 세 번 잠기게 하여 수장제를 지내고, 또 한 번은 중국 쪽에서 심청의 제웅을 만들어 바다에 띄워보내는 방식으로 용왕에 제사를 지낸다. 황석영의 『심청』은 이와 같이, 『심청전』이 지니고 있는 인신공희라는 신화적 요소를 탈마법화시키는 것으로 시작된다. 몇 번에 걸친 제사이건 뜻은 마찬가지다. 심청의 상징적 죽음이 그것이다. 하지만 이것은 또한 매춘을 위한 입사의식이기도 하다. 황해로 내던져진, 짚으로 만든 심청의 제웅에는 심청의 넋(靈駕)이라는 글자가 씌어져 있다. 그냥 심청이 아니라 심청의 넋이다. 물론 단순한 제사의 의식에 불과한 것이겠지만 이런 의식이 표면적인 의미 이상의 것으로 다가오는 것은 그 이후의 심청의 삶 때문이다. 난징으로 가는 배에서 심청은 중국 옷으로 갈아입고, 렌화라는 중국식 이름을 얻는다. 영혼과 결별함으로써 육체로만 남은 심청, 그것이 곧 렌화이다. 연꽃이라는 새로운 이름을 얻은 심청은 이로써 매춘을 위한 첫번째 관문을 통과했다. 영육의 분리가 그것이다. 육체만 남은 인간으로 태어나는 것은 성 매매의 시장으로 나가기 위한 필요조건이다.

렌화가 된 심청은 이제 두번째 관문을 통과해야 한다. 자신의 육체를 사물화하는 일이 그것이다. 육체가 그 자체로 독립적인 것일 수 있을 때에만 영육의 분리는 견딜 수 있는 것이 된다. 난징의 부자 노인 첸씨에게 동첩으로 팔려간 심청은 청주로 목욕하고 새롭게 중국 복식으로 갈아입은 자신을 향해 묻는다. 너는 누구냐. 그가 난생 처음 보는 서양식 거울 앞에서, 또 처음으로 늙은 남자의 손길을 받아들이고 그로 인해 달아오르는 자신의 육체를 느끼면서 심청은 거듭 묻는다. 너는 누구냐. 이는 영혼인 심청이 육체인 렌화에게 던지는 질문이고, 이런 질문은 그 존재 자체가 영육의 분리를 견딜 수 없어하는 의식의 산물이자 통합된 자아에 대한 갈망의 산물이다. 렌화는 심청에게 대답한다. "나는 렌화라니까. 넌 이미 귀신이야."[1)]이 대답을 받아들여 내면화시키는 일이야말로 영육의 분리를 완성할 수 있는 요체다.

심청을 동첩으로 받아들인 지 채 일 년이 되지 않아 첸 노인은 복상사를 한다. 열여섯 살의 심청은 노인의 시신과 나란히 누워 환상 속에서 한 생애를 편력한다. 첸이 태어나 소년이 되고 아름다운 청년기를 거쳐 백발 노인이 되는 전 과정을 하나의 환상으로 목도하는 것이다. 뒤이어, 이번에는 지나온 자신의 삶이 또하나의 환상으로 펼쳐진다. 그 자신의 성장과정이 삼인칭 시점에 의한 생생한 환상으로 눈앞에 전개되는 것이다. 그 순간은, 모든 존재를 사위게 하는 절대적 위력으로서의 시간의 흐름을 매우 구체적인 환상으로 경험하는 순간이다. 시간성의 위력을 이처럼 구체적이고 절실하게 받아들임으로써 심청은 삶을 전체로서 조망케 하는 새의 시선을 확보하게 된다. 16세의 나이로 그는 이미 현자가 되는 것이다. 현자의 시선으로 보자면 죽은 첸씨의 몸과 그 옆에 나란히 놓여 있는 렌화의 몸은 정확하게 등가이며, 이로써 심청과 렌화의 분리, 영혼과 육체의 분리는 객관적인 것이 된다. 이것이 심청이 통과하는 두번째 관문이다. 이 관문을 통과함으로써 심청은 창녀 되기를 위한 마지막 준비를 마친다.

이 두 개의 과정은 두 개의 상징적인 죽음으로 이루어져 있다. 영혼의 죽음이 하나이고 육체의 죽음이 다른 하나다. 두 번의 죽음을 통해 심청은 영혼도 육체도 없는 철두철미한 허깨비, 완벽하게 물화되고 파

---

1) 황석영, 『심청』 상권, 문학동네, 2003, 42쪽. 이후 인용은 본문에 쪽수만 표시한다.

편화된 존재로 다시 태어난다. 남근을 받아들이는 질과, 끈끈한 손길에 접촉하는 젖가슴, 매끄러운 피부와 젖은 입술과 위장된 오르가슴의 교성, 눈길을 끄는 화장한 얼굴과 유혹하는 눈빛들이 모두 자기만의 논리로 독립하여 저마다 하나씩의 부분 대상이 되고 경우에 따라 서열화되기도 하는 매춘부 신체가 곧 그것이다. 그것은 심청이라는 영혼과도 무관하며 렌화라는 육체와도 그렇다. 첸 노인의 죽음 후 그의 집을 빠져나와야 했을 때, 진장의 기루에서 최초로 명실상부한 매춘을 해야 했을 때, 또 인신매매범들에게 납치당하여 처참한 윤간을 당하고 바닥 창녀생활을 해야 했을 때, 심청이 이 끔찍한 외상적 경험들 속에서도 자아를 지킬 수 있었던 것은 매춘부의 신체를 사용함으로써였다. 그럼으로써 심청은 오히려 죽음의 경험을 통해 새롭게 태어나는 능동적인 주체로 남을 수 있었다. 영육의 분리는 감내할 수밖에 없는 고통이지만, 이는 또한 위력적인 존재로 버티고 있는 신화적 힘에 맞서 심청이 구사할 수 있는 책략이자 무기가 되는 것이다. 그것은 두 개의 죽음을 통해 단련된 존재의 힘이다.

3. 매춘 남성의 시선과 창녀의 응시 : 전복되는 누이 콤플렉스

심청이 창녀의 신체로 다시 태어나는 과정을 그리고 있는 것이 『심청』의 전반부다. 난징 첸 노인의 집에서 탈출하여 진장의 기루를 거쳐 타이완 북단의 항구 지룽에 이르는 노정이 그것이다. 이 길에서 심청은 채무 노예로 출발하여 매춘의 막노동자로 이행해간다. 그 길의 출발점인 진장의 기루는 심청에게는 하나의 원점으로 존재한다. 『심청』 전체를 통하여 가장 활기 있게 묘사되는 부분이 진장 기루의 풍경이라는 사실도 이런 점에서 보자면 당연해 보인다. 첸 노인이 죽은 후 새장에 갇힌 신세가 되었던 심청은 첸의 아들이자 진장 기루의 사장인 구앙을 유혹하여 탈출에 성공한다. 주인을 잃은 동첩이라면 다른 데로 팔려가는 것밖에 다른 길이 없었으므로 심청으로서도 그것이 최선의 선택이었을 것이다. 이전까지는 단지 인형과도 같은 존재였을 뿐인 심청이 여기에서부터는 적극적인 주체로 변신한다. 심청의 눈에, 도박장과 술집 유곽과 아편굴을 겸하는 진장의 복락루는 놀라운 풍경으로 다가온다. 여기서부터는, 호기심 어린 시선으로 이것을 바라보는 심청도, 또 복락루의 구성원들과 운영 실태를 묘사하는 황석영도 신이 난다. 심청은 구앙의 정부 노릇을 하면서도 기루의 풍속을 배우고, 구앙과의 거래를 통해 스스로 유녀들의 십장 격인 화지아가 된다. 사장의 정부라는 배경도 있었고, 또한 심청 자신이 지니고 있는 빼어난 용모와 기녀로서의 자질 때문이기도 했다. 이런 정황 속에서 심청은 적극적으로 기루의 풍속을 배우고 남자를 다루는 방법과 음률을 익혀 뛰어난 예기로 탄생한다.

난징 첸 노인의 집에서 진장의 기루로 이어지는 이 공간이야말로 창녀 심청에게는 새로운 삶을 얻는 원초적인 장소가 된다. 그곳에서 그는 죽음과 부활을 경험했고 창녀의 신체라는 새로운 몸을 얻었다. 그가 태어났고 그를 팔아넘긴 부모가 있는 땅으로서의 조선이 있지만, 심청에게는 그곳이 오히려 비현실적인 공간으로 다가온다. 첸 노인의 시신 옆에서 자신의 앞길을 생각하면서 심청은 스스로에게 이렇게 말했다 : "하지만 청이로 돌아갈 수는 없어."(상권, 58쪽) 뒤이어 심청은, 자신이 청이로 존재했던 조선 땅이 저승처럼 아득하게 느껴진다고 표현했다. 돌아가는 것은 불가능하다는 말일 수도 있고, 돌아가지 않겠다는 의지일 수도 있다. 어느 쪽이건 분명한 것은 심청이 과거로 돌아가지 않는다는 것이다. 실제로 이후의 여정에서 심청은 과거로 돌아가겠다는 의지는 물론이고, 황주 복사골이나 아버지에 대한 어떤 절실한 그리움도 내보이지 않는다. 유년을 추억하는 아련함으로 복사골을 떠올려보는 정도가 전부이며, 그것도 동냥과 삯바느질로 표상되는 가난의 기억이 태반일 뿐, 거기에는 그 어떤 가슴 벅찬 행복의 기억도 남아 있지 않다. 심청이 진장을 떠난 후 여러 곳을 전전하면서 자신을 소개해야 했을 때 썼던 말은 '나는 진장의 화지아였다'는 것이었다. 황주 복사골은 죽은 심청의 고향일 뿐이다. 복락루가 있는 진장이, 그리고 진장에 대한 환유적 표현으로서의 난징이 그에게는 진짜 고향인 셈이다.

이로써 심청이 지니고 있던 전통적인 이미지, 희생양이자 인륜의 완성자라는 이미지는 완전히 전도되기에 이른다. 그것은 『심청전』의 가장 심층적인 요소에 대한 전복에 해당된다. 아버지의 시력을 되찾게 하기 위해 목숨을 바치는 효녀의 이야기로서의 『심청전』을 보자. 가장 표층에 있는 것은 모든 덕의 근원으로서 존재하고 있는 효의 이념이고, 두번째 층위에 존재하고 있는 것은 집단적 소망의 판타지로 등장하는, 심청의 부활 및 부친과의 재회라는 설화소다. 이 둘은, 창녀 심청의 등장에 의해 『심청전』이 탈마법화되는 순간 쉽게 사라져버린다. 이념이나 그에 기반한 집단의 환상은 자기 시대에만 유효한 것이기 때문이다. 하지만 세번째 층위에 있는, 희생당하는 순결한 여성의 이미지는 경우가 다르다. 이것은 시대구속적인 이념이나 환상이 아니라 처녀 매매라는 당대의 현실과, 순결한 여자들의 희생을 무기력하게 바라볼 수밖에 없었던 남자들의 죄의식에 기반하는 것이기에 한층 더 근원적이고 쉽게 부정되기 어렵다. 최소한 남성중심적 사회구조나 시선이 사라지지 않는 한에서 그렇다. 하지만 황석영이 조형해낸 창녀 심청은 이런 남성적 죄의식에 대한 부정에 입각해 있다. 그것은 심청의 전통적인 이미지에 부착되어 있던, 또한 근대 초기의 소설에서부터 1970년대 호스티스나 창녀 소설들에 이르기까지 한국의 근대소설사에서 자주 등장하는 누이 콤플렉스를 뒤틀어놓는 일에 해당된다.

누이 콤플렉스를 구성하는 기본 요소는 희생자 여성과 무력한 남성의 개념쌍이다. 김윤식은 이광수의 장편 『무정』을 분석하면서 주인공 이형식이 보여주는 여성들에 대한 정결한 태도를 일컬어 누이 콤플렉스라 했다. 그에 의하면, 이광수의 누이 콤플렉스는 그가 성장과정에서 보여주었던 누이들에 대한 정서적 의존과 미션스쿨을 통해 다져진 청교도적 결벽성이 결합함으로써 탄생했다.[2] 탈성적(desexualized) 존재로서 여성을 바라보는 시선으로서의 누이 콤플렉스라면 이광수의 경우만이 아니라, 한국 근대문학 일반의 전개과정으로 쉽게 확장될 수 있다. 무력한 남성과 희생자 여성의 쌍은, '가난한/망명한/감옥에 갇힌/군대에 간' '아버지/오빠/애인/남편' 등과 '기생이나 창녀가 된/돈에 팔려간/옥바라지하는' '딸/누이/애인/아내' 등으로 다양하게 변주될 수 있거니와, 여기에서 핵심적인 것은 여성을 탈성적 존재로 바라보는 남성의 시선이며, 이 시선 속에 수반되어 있는 남성 주체의 무력감이다. 요컨대 희생자 여성을 탈성적 존재로 바라보는 남성의 무력감과 자책, 동정, 연민 등이 복합되어 있는 심리상태를 누이 콤플렉스라 한다면, 이는 이광수는 물론이고 염상섭과 채만식 등의 장편에서, 또한 1970년대 황석영이 발표했던 「몰개월의 새」나 「삼포 가는 길」 등의 단편에서도 매우 현저하게 드러나고 있는 것이다. 물론 그 근저에 놓여 있는 것은, 『토템과 터부』에서 프로이트가 구성해낸, 소유 대상으로서의 여성을 둘러싼 남성들의 갈등이라는 가부장제의 신화적 도식이다. 하지만 우리 소설사에서 누이 콤플렉스가 활성화될 수 있었던 것은 이런 기본틀 위에, 일제의 식민지 지배나 1970년대식 산업화과정 같은, 한국의 근대가 치러야 했던 폭력적 경험이 부가된 탓이라 해야 할 것이다.

『심청전』은 누이 콤플렉스에 관한 한 하나의 원형적인 형태를 지니고 있다. 이를 가장 상징적으로 보여주고 있는 것이 1947년에 발표한

2) 김윤식, 『한국근대문학사상사』, 한길사, 1984, 52~56쪽.

채만식의 희곡 「심봉사」다. 심청을 인신매매의 벼랑으로 몰고 간 심봉사의 죄의식이 무엇보다 압도적인 것으로 표현되고 있다는 점에서 그렇다. 눈을 뜨겠다는 터무니없는 욕심으로 덜컥 공양미 삼백 석을 약속해버리고 그로 인해 딸의 희생을 자초한 심봉사는 무력하면서도 무모한 존재다. 채만식은 그 심봉사로 하여금 딸의 희생을 대가로 빛을 되찾은 자기 자신의 모습에 저주를 퍼붓게 하고 다시 눈을 찔러 두번째 실명에 이르게 했다. 자발적인 실명이 상징적 죽음과 등가라는 것은 새삼 강조할 필요가 없다.

하지만 황석영의 『심청』에는 심청의 운명을 바라보는 그 어떤 죄의식의 주체도, 심청의 운명과 나란히 가는 무력한 남성의 시선도 존재하지 않는다. 심봉사는 아예 등장하지도 않을뿐더러, 심청의 첫번째 남편이었던 떠돌이 악사 동유도 인신매매범들의 손에 심청을 잃고 난 후 태평천국교도들에게 합류하고는 더이상 나타나지 않는다. 이 점에서는 심청 역시 마찬가지다. 심청은 오로지 앞으로만 나아갈 뿐 자신이 떠나온 과거에 대해 어떤 절실한 그리움도 내보이지 않는다. 또한 심청은, 밑바닥 창녀 생활은 또다른 문제지만, 기루나 요정 생활을 선택하는 일에 관한 한 적극적이고 자발적이었다. 이런 정황 속에서 심청의 전락을 안타깝게 생각하는 아비나 오라비의 시선은 존재하기 어렵다. 심청은 그것이 왜 전락이냐고 항변할지도 모른다. 더욱이 황석영의 심청은 탈성적 존재로서의 누이나 딸이 아니라 무엇보다도 창녀의 신체로 묘사된다. 심봉사의 시선을 대체하고 있는 것은 동첩 심청의 알몸을 바라보는 첸 노인의 시선, 곧 창녀의 신체를 바라보는 매춘 남성의 시선이다. 첸 노인이 심청의 몸을 어르는 첫번째 장면에서부터 황석영은 집요하게, 성애의 감각으로 달아오르는 심청의 몸을 묘사해낸다. 쾌락은 정신과 무관하게 몸의 언어로 말을 한다. 그 언어를 습득해나가는 심청, 매춘 남성의 시선으로 포착되는 심청은, 그 시선이 중심적인 것으로 존재하고 있는 한에 있어 누이일 수도 희생양일 수도 없다.

이와 같은 방식으로 황석영은 누이 콤플렉스를 비틀어놓는다. 심청은 밑바닥 창녀로 전락하는 끔찍한 경험을 치러야 했다는 점에서 수난자임에 분명하지만, 심청의 수난은 원텍스트로서의 『심청전』이나 『무정』의 박영채가 보여주는 자기 희생과는 거리가 멀다. 게다가 심청의 수난에 책임을 느껴야 할 남성 존재가 서사의 전면에는 등장하지 않는다. 여성의 수난은 있으되 남성의 죄책감은 존재하지 않는 것이다. 이것은 사실상 누이 콤플렉스를 정지시키는 것에 다름아니다.

그러나 과연 누구도 책임이 없는 것인가. 납치당한 심청은 윤간의 끔찍한 경험 속에서 복수를 다짐한다 : "내가 저들을 다 삼켜버릴 거야. 그래, 조금만 참자. 저들을 차례차례 쓰러뜨릴 테니까."(상권, 174쪽) 그러나 누구에게 어떤 형태로 복수할 수 있을 것인가. 그 끔찍한 경험을 당한 후 심청은 꿈속에서 자신의 알몸을 본다 : "그런데 이게 웬일인가. 그네의 다리 사이에서 걸리적거리고 있는 게 죽은 짐승처럼 늘어진 자지가 아닌가."(상권, 199쪽) 심청은 이제 남근을 지녔다. 그것이 바닥 창녀 생활을 버틸 수 있게 하는 무기다. 매춘 남성의 시선은 메두사의 얼굴이어서 그 시선에 노출되면 여성 대상은 돌이 되어버린다. 하지만 남근을 지닌 심청은, 라캉의 용어를 빌려 말하자면, 이 시선(eye)을 정면으로 바라보고 그 메두사의 시선에 맞서 사물화된 몸의 응시(gaze), 창녀의 응시를 되돌려준다. 윤간을 당하던 순간, 심청은 저항하기를 포기하고 자신의 몸의 감각에 집중한다. 그리고 심청은 눈을 뜨고 자기 몸 위에서 헐떡거리는 살덩어리들을 지켜본다. 또 심청이 타이완으로 팔려가, 그곳 유곽의 두목에게 성 상납을 해야 했을 때도 마찬가지였다. 쾌락의 늪에 빠져 허우적거리는 남성 권력자를 바라보며 심청은 복화술로 말한다 : "그렇게 좋으냐? 하지만 넌 이제 곧 죽을 거야. 허전함이 밀물처럼 밀려오겠지. 그럼 아편이나 한 대 빨고 꿈도 없는 잠이나 자거라."(상권, 221쪽) 요컨대 심청이 복수할 수 있는 유일한 길은 매춘 남성의 시선에 창녀의 응시를 되돌려주는 것이다.

창녀의 응시에 노출되는 순간 남성은, 키르케의 마법에 걸려 돼지가 된 『오디세이아』의 남자들과 동일한 운명에 처하게 된다. 돼지의 몸으로 변한 자신의 존재를 인간의 눈으로 속속들이 지켜보아야 하는 것은 끔찍한 일이다. 창녀의 응시는 남성적 욕망 위에 퍼부어진 심청의 저주다. 매춘 남성의 시선은 여성을 시체로 만들지만, 죽은 여성의 몸에서 되돌아오는 창녀의 응시는 남성을 네크로필리아(necrophilia) 환자로 만들고, 매춘 남성은 그로 인해 끔찍한 자기 혐오를 감당해야 하는 것이다. 그것이 심청의 저주다. 이는 특정한 사람들뿐 아니라 자신의 알몸을 탐하는 남성의 시선 일반을 향해 퍼부어지는 것이다. 게다가 그것은 창녀의 신체를 가동함으로써만 가능케 되는 것이기에 종국에는 심청의 자기 파괴로 귀결될 수밖에 없다. 이런 사태가 황석영에게는 난감한 일이 아닐 수 없다. 그것은 황석영이 심청에게 부과한 미션이 중지되는 것에 다름아니기 때문이다. 저주를 풀기 위해서는 위로가 필요하다. 인당수에 몸을 던진 심청의 영혼을 위해 용궁이라는 위로가 필요했던 것처럼, 황석영의 심청에게도 용궁이 필요하다. 이를 위해 마련된 것이 타이완의 또다른 항구 단수이의 기루이다. 그곳이 심청에게는 부활의 장소가 된다.

4. 심청의 부활 : 요정 주인 심청

심청은 작품 전체에 걸쳐 명랑하고 적극적인 인물로 그려진다. 삶에 대한 적극적이고 낙천적인 태도는 황석영의 인물들이 보여주는 기본적인 것이지만, 바닥까지 전락한 속에서도 심청이 보여주는 삶에 대한 적극적인 태도는 매우 인상적이다.

심청이 타이완으로 팔려가서 거쳐가는 항구는 두 곳이다. 지룽의 유곽과 단수이의 기루가 그곳이다. 지룽에서 심청은 하룻밤에 열 명이 넘는 남자를 받기도 하는, 그야말로 매춘의 막장을 경험해야 했다. 채무 노예의 신세였으므로 다른 도리가 없었다. 심청의 여로 전체를 놓고 보면 이곳이 바닥이다. 더이상 내려갈 데도 없다. 그러나 이곳 지룽이 심청에게는 부활을 위한 장소가 된다. 지룽이라는 지명은 소설 속에서 '鷄籠' 이라는 옛이름으로 표기된다(현재는 표기가 바뀌어 '基隆'이 되었다). 말 그대로 닭장이다. 「몰개월의 새」의 미자나 「삼포 가는 길」의 백화가 작부 노릇을 하며 몸을 팔았던 곳의 이름은 갈매기집이었다. 심청이나 미자, 백화 같은 여자들은 모두 채무 노예들이고, 닭장에 갇힌 상처입은 새들이다. 「삼포 가는 길」의 백화는 술집 생활을 청산하기 위해 탈출을 감행하여 고향으로 간다. 그러나 백화는 과연 고향에 도착했을까. 뒷이야기는 공개되어 있지 않지만 그와 동행했던, 삼포를 찾아가는 날품팔이들의 경험은 백화의 후일담을 짐작게 한다. 고향 상실은 이들에게 공통적으로 주어져 있는 전제다. 고향은 그들이 그곳을 떠나오는 순간 이미 사라져버렸다. 날품팔이도 창녀도 모두 고향을 떠나온 것이 아니라, 그곳으로부터 추방당한 존재들이기 때문이다. 심청의 경우도 마찬가지다.

현명한 창녀 심청은 이 사실을 매우 잘 알고 있다. 그는 일찍이 시체와의 하룻밤을 보내며 자신의 한 생애를 편력한 경험의 소유자이다. 또한 이 점이 오디세우스가 등장하는 서사시의 세계와 구분되는 점이기도 하다. 오디세우스가 온갖 신화적 힘의 위협을 뚫고 돌아가고자 하는 곳은 이십 년 전에 떠나온 집이다. 그는 그곳으로 가기 위해, 신으로 만들어주겠다는 여신 칼립소의 제안까지 뿌리쳤다. 고향이라고 해봐야 얼굴도 모르는 아들과 못 본 지 이십 년이 된 아내가 있는 손바닥만한 섬나라 왕국일 뿐이다. 그곳으로 돌아가는 것이 신이 되는 것보다 더 중요한 일인가. 왜 고향으로 돌아가고자 하는가. 이에 대해서는, 그곳이 고향이기 때문이라는 동어반복 외에 다른 대답이 있기 어렵다. 그러나 심청이 속해 있는 세계는 서사시가 아니라 소설의 세계다. 그 세계의 주재자는 신이 아니라 시간이다. 그곳에는 떠나온 곳으로서의 고향은 있어도 돌아가야 할 곳으로서의 고향이란 존재할 수가 없다. 심청에게 집은 아직 도달하지 못한 어떤 곳에 있다.

황석영은 타이완에서 절망에 빠진 창녀 심청을 위로하기 위해 몇 가지 준비를 했다. 창녀는 보살이라는 명제가 그 하나다 : "여자의 손목을 잡아보기는커녕 냄새도 못 맡은 홀아비들이 북도영(北道營) 관내에만 수만 명이다. 너희야말로 사내들에게는 지옥의 관음보살님이 아니고 무엇이냐."(상권, 224쪽) 이는 심청을 사온 지룽의 유곽 주인이 했던 말이다. 또 황석영은 소설의 초두에서 『심청전』을 변형하여, 태몽의 형식을 빌려 심청이 남해보살의 현신이라 했고, 말년의 심청이 연화보살로 불린다는 말도 덧붙여놓았다. 그러나 자진한 것이 아닌 다음에야 바닥 창녀 생활을 하는 심청에게 이런 말이 위로가 될 수 없음은 자명하다. 심청이 남자들에 대해, "세상 모르는 철부지들 같애. 수염 기르구 옷 잘 입구 점잔을 빼지만 다들 불안한 돈벌이에 몰두하고, 그 짓밖에 모르잖아"(하권, 58쪽)라고 말할 수 있었던 것은, 이로부터 오 년 뒤, 매춘의 세계로부터 빠져나온 후의 일이다.

또한 황석영은 심청에게 가족을 만들어준다. 천애고아 격인 심청은 타이완에서야 비로소 자매들과 어머니로 이루어진 가족을 갖게 된다. 밑바닥 생활에서 만나게 된 유곽의 동료들과 자매가 되고, 그중 하나가 남긴 아이까지 맡게 되어 심청은 졸지에 엄마가 되기도 한다. 심청을 지룽의 유곽에서 빠져나올 수 있게 도와주는, 단수이의 품위 있는 기루의 여주인 샹 부인은 심청에게 정신적인 어머니가 된다. 심청은 이들과의 유대 속에서 새로운 삶의 활력을 얻으며, 매춘의 막장을 빠져나와 예기의 신분으로 상승한다. 그 이후, 심청이 싱가포르 생활을 하던 시절 샹 부인에게 보낸 편지의 첫 구절은 이랬다 : "보고 싶은 샹 유안 엄마. 저 렌화예요." (하권, 36쪽) 기루의 여주인을 부르는 호칭은 중국어 마마다. 이를 황석영은 엄마로 바꿔놓았을 뿐이다. 하지만 어려서 어머니를 잃었던 심청의 처지를 고려하면, 심청이 사용한 엄마라는 말은 문면 이상의 울림을 준다. 『심청전』의 여주인공은 엄마를 만나기 위해서 인당수의 물결을 헤치고 용궁으로 가야 했다. 황석영의 심청도 마찬가지다. 수장제를 지내던 도중 바닷물 속에서 까무룩하게 의식을 잃으면서 보았던 것이 엄마의 영상이었고, 또 엄마의 목소리를 듣기 위해서는 오키나와의 굿판에서 무당의 힘을 빌려야 했다. 그런 심청이 엄마라고 부를 수 있는 샹 부인의 존재는, 그리고 그를 중심으로 구성되는 자매들의 가족은 심청에게 무엇보다 큰 위안이 된다. 엄마가 있는 단수이의 죽원반관은 버전업된 복락루다. 그곳이 심청에게는 용궁이고 새로운 고향이다.

황석영은 심청에게 또다른 선물을 준비해두었다. 경제적으로 자립한 여성이 되는 것이 그것이다. 동인도회사 직원인 영국인 제임스와의 계약을 통해 심청은 삼 년 동안 싱가포르에서 현지처 생활을 하며, 이를 통해 경제적으로 독립할 수 있는 발판을 마련한다. 미혼이었던 제임스는 심청에게 결혼을 제안하지만 심청은 거절한다. 영국인들의 현지처 사회에서 정처가 되는 것은 비약적인 신분의 상승이며 모든 현지처들이 꿈꾸는 것이기도 했다. 이를 거절하는 심청은 흡사 여신 칼립소의 제안을 거절하는 오디세우스와도 같다. 심청에게도 이제는 돌아갈 곳으로서의 고향이 생긴 탓이기도 하지만, 그보다는 심청이 자신의 힘으로 만드는 새로운 집을 원했기 때문이다. 왜 거절하느냐는 주변 사람들의 말에 심청은 이렇게 대답했다 : "나는 자유로워지구 싶어. 아무도 나를 속박할 수 없는 곳으루 갈 거야." (하권, 51쪽) 이에 뒤이어지는, 고향으로 돌아가겠다는 것이냐는 질문에 심청은 놀란다 : "청이는 고향이라는 말에 조금 놀랐다. 그곳이 어디인지 그네는 벌써 까마득하게 잊어버렸던 것이다."(하권, 51쪽) 이 문답의 끝에 있는 것은 다음과 같은 말이다 : "그래 어디엔가 내 집을 만들 거예요."(하권, 52쪽) 자신의 집을 만드는 것은 자립한 여성의 삶을 사는 것이며, 시혜처럼 간택되는 삶이 아니라 스스로 선택한 삶을 사는 일이다. 이를 위해 심청은 제임스와의 앙혼(仰婚)은 물론이고, 오키나와 영주의 귀부인으로 사는 삶도 사양했다. 오키나와에 차렸던 요정 '용궁'과 나가사키의 '연화옥'이 심청의 집이다. 진장의 기루에 있을 때 그랬듯이, 여기 있을 때 심청은 가장 활력이 있고 자연스럽다.

심청의 부활은 이런 과정을 통해 이루어진다. 채무 노예가 예기가 되고 다시 요정 주인이 됨으로써 심청은 비로소 자립적인 존재가 된다. 그에게 싱가포르 생활은 자수성가한 기업가가 되기 위해 신체자본을 동원했던 본원적 축적기였다. 과연 심청에게 주어진 것이 창기의 길뿐이었을까. 오디세우스는 다양한 신성들과의 계약과 거래를 통해 신화적 힘의 미로를 헤쳐나갔다. 심청의 세계를 지배하고 있는 두 개의 신화적 힘은 자본제와 가부장제다. 자립을 원하는 여성이 선택할 수 있는 길은 무엇인가. 싱가포르 시절 심청과 수다를 떨던 한 여자의 말은 이랬다 : "흥, 누가 우리를 무역 상대루 여긴대? 우리가 벌인다면 고작해야 물장사나 색시 장사야."(하권, 51쪽) 이런 사정은 19세기는 물론이고 20세기의 전반기까지도 마찬가지였다. 염상섭의 장편 『무화과』와 『불연속선』 등에 나오는 씩씩하고 자립적인 여성들의 경우가 그랬다. 『무화과』의 여주인공은 기생 출신의 첩실이었고, 『불연속선』의 여주인공은 첫사랑에 실패한 카페의 여주인이었다. 이들은 주어진 조건과 타협을 하면서도 자기 삶의 주인의 자리를 잃지 않았고, 또 염상섭은 이들의 자립적인 삶에 대해 매우 호의적이었다. 이런 점에서, 염상섭은 자신의 여주인공들에게 가혹한 윤리적 기준을 요구했던 이광수와 대조된다. 황석영이 어느 편에 서 있는지는 자명하다. 「삼포 가는 길」에서 상징적으로 드러나고 있듯이, 1970년대의 황석영에게도 작부는 날품팔이 노동자와 동격이었다. 더욱이 심청은 19세기 동북아시아 삼국 중에서 가장 후진적인 나라에서 팔려온 여성이다. 심청이 겪어야 했던 수난은 그 나라와 그곳의 하층 여성들이 겪어야 했던 운명과 동일한 상징 평면에 놓여 있다. 19세기의 황해바다를 활기차게 누비고 다니는 그 나라 출신의 남성 무역업자는 상상하기 어렵다. 요정 주인 심청은 두 번이나 죽음을 경험해야 했던 심청에게 황석영이 제공할 수 있는 최상급의 대우이자 위로일 것이다.

5. 귀신 심청과 세 개의 진혼제

소설은 제물포에서 맞는 심청의 평화로운 죽음으로 끝난다. 말년의 심청은 요정에서 은퇴한 후 수양딸 부부를 따라 제물포로 왔다. 1878년의 일이었다. 그로부터 삼십 년 정도를 그곳에서 조용히 살았다. 그사이 심청은 자신의 고향 황주에 한 차례 다녀왔다. 황석영이 부여한 마지막 임무를 수행하기 위해서였다. 황주의 한 절의 지장전에 모셔져 있는 자신의 위패를 찾아오는 것이 그것이다. 자신의 위패를 확인하는 것, 그것은 곧 자신의 죽음을 확인하는 일에 다름아니다. 그렇다면 육십여 년 동안 황해와 동중국해 연안을 떠돌았던 것은 심청의 넋이었다는 것인가.

정확하게 말하자면, 『심청』의 주인공은 위패로 표현되는 상징적 죽음과 실제 죽음 사이의 공간에 존재했었다고 해야 할 것이나, 구태여 이런 것을 따져보는 것은 심청의 이야기를 대하는 작가의 태도 때문이다. 황석영이 심청으로 하여금 자신의 위패를 확인케 하는 것은 그 자신이 이미 죽은 존재임을 상기시키기 위함이고, 그럼으로써 자신의 두 번째 죽음을 편안하게 받아들일 수 있게 하기 위함이다. 요컨대 황석영은 19세기 동아시아라는 공간을 포착하기 위해 심청의 혼령을 소환했고 그에게 렌화라는 제웅의 몸을 주어 동아시아를 유랑케 했지만, 그 결과로 만들어진 『심청』은 바다 건너로 팔려간 수많은 심청들의 넋을 위로하는 진혼제가 되었다. 심청은 제웅의 몸으로도 기꺼이, 자기가 죽어갔던 곳들을 하나씩 확인하듯 밟아나갔고, 그 환상의 여로가 끝나는 곳에서 "실컷 울고 난 사람의 웃음"(하권, 307쪽)으로 황석영의 진혼제에 화답했다. 수난과 고통은 도처에 널려 있으되 문죄할 대상도, 복수할 상대도 마땅찮은 것이 귀신 심청의 입장이다. 그러니 알듯 말듯한 희미한 미소로 답하는 것이 유일한 길이었을 것이다.

황석영은 이런 심청의 존재에 기댐으로써 근대로 진입하는 동아시아 세계의 모습을 하나의 공간으로 포착해낼 수 있었다. 그것은 귀신 심청이 자신을 소환해준 황석영에게 준 선물이다. 하지만 수많은 심청들이 죽어갔던 장소를 다시 확인하는 것은 귀신 심청에게도 고통스런 일이었을까. 심청은 작가 황석영에게 작은 복수를 했다. 황석영의 텍스트에서 강박적일 만큼 반복되는 심청의 섹슈얼리티에 대한 묘사는 서사의 표면에 뚫린 구멍처럼 자리잡고 있다. 심청을 선녀에서 창녀로 바꾸기 위한 것이었다면 초기의 몇 장면으로 충분했을 것이다. 그래서 이는 진혼의 텍스트 속으로 채 봉합되지 못한 채 남아 있는 창녀의 응시이며, 또 마땅히 문죄할 대상을 찾지 못한 귀신 심청이 황석영에게 행한 작은 복수로 보인다. 어쩌겠는가. 그 정도는 황석영으로서도 감수할 수밖에 없었을 것이다.

『심청』은, 1998년 황석영이 오 년의 영어 생활 끝에 문단으로 복귀한 후, 『오래된 정원』과 『손님』에 이어 세번째로 발표한 장편이다. 『무기의 그늘』(1988) 이후로 생긴 십여 년의 공백을 그는 이렇게 왕성한 창작열로 메워가고 있는 중이다. 마치 한꺼번에 쏟아져나온 것처럼 보이는 세 편의 장편들은 저마다 하나씩의 진혼제로 보인다. 셋 모두 의미심장한 죽음을 서사의 모티프나 동력으로 삼고 있다. 『손님』의 경우는 굿의 형식이 서사의 골격을 이루고 있으니 부연의 여지가 없다. 그렇다면 『오래된 정원』의 경우는 어떤가.

『오래된 정원』은 황석영이 출옥 후 펴낸 첫번째 장편이기도 했지만, 그의 감옥 체험이 직접적으로 드러나 있다는 점에서 그에게는 새로운 출발점의 의미를 지닌다. 십팔 년 만에 출옥한 주인공 오현우 앞에 놓여 있는 것은 그로부터 두 해 전 세상을 떠난 한윤희의 유서다. 그 유서는, "당신은 그 안에서 나는 이쪽 바깥에서 한 세상을 보냈어요. 힘든 적도 많았지만 우리 이 모든 나날들과 화해해요. 잘 가요, 여보"라는 말로 끝난다. 이 구절은 소설의 첫머리와 마지막에 두 번이나 반복되고 있다.[3] 물론 이 구절에서 일차적인 강세는 '여보'라는 단어에 놓여 있다. 서로 사랑했고 아이까지 있었지만 정식으로 결혼한 사이가 아니었기에 면회조차 할 수 없었던, 그리고 홀로 죽어가야 했던 한윤희의 애절함이 거기 담겨 있다. 하지만 우리의 맥락에서 주목되는 것은 그 앞에 있는 '잘 가요'라는 말이다. 저승으로 떠나는 한윤희가 이승에 남아 있는 오현우에게 잘 가라고 하고 있는 것이다. 그렇다면 누가 누구를 보내고 있는 것인가. 의도적인 것이었지는 알 수 없으나, 이 말은 오현우의 감옥 생활로 표상되는 한 시대에 대한 작별사로 들린다. 좀더 나아가서는 『오래된 정원』이라는 소설 자체가, 의롭게 살고자 했다는 이유로 십팔 년이나 감옥 생활을 해야 했고, 뒷수정을 차고 방성구를 한 채 독방에 갇혀 있어야 했던 한 시대에 대한 작별사이자, 또한 그 시대로 인해 상처받고 피 흘렸던 영혼들을 위한 진혼의 제의로 보이는 것이다.

---

3) 황석영, 『오래된 정원』, 창작과비평사, 2000, 상권 39쪽 및 하권 309쪽.

『심청』이라는 소설이 진혼제로 다가오는 것도 마찬가지 맥락이다. 『심청』의 후반부에서 펼쳐지는 부활을 위한 장치들은, 『심청전』의 서사적 골격을 차용한 결과이기도 했지만 좀더 근본적으로는 진혼제를 위한 환상의 시나리오로 읽힌다. 그 시나리오가 펼쳐지는 영사막 뒤편에서 심청은 죽은 몸으로 황해를 떠돌았다. 렌화도, 로터스나 렌카, 연화보살도 모두 그 스크린에 비쳐진 존재의 이름일 뿐이다. 소설의 진짜 주인공은 귀신 심청이고, 그 귀신이 포착해낸 황해라는 공간 자체다. 『오래된 정원』과 『손님』이라는 두 개의 진혼제를 통해 황석영은 1980년 광주와 한국전쟁이라는 가장 비극적이었던 시대의 경험에 작별을 고했고, 다시 초기 근대의 조선을 위해 『심청』이라는 굿판을 마련했던 셈이다.

『심청』에 등장하는 가장 멋진 인간은, 부하가 몇이냐는 질문에 "독수리가 떼지어 다닙디까"(상권, 83쪽)라고 반문하는, 진장 기루의 걸출한 도박사 문씨다. 황석영이 꿈꾸는 세계는 이런 독수리들이 자유롭게 떠돌아다닐 수 있는 곳이다. 또한 그곳은, 몰개월의 유곽에 갇혀 있는 갈매기 미자와, 자유롭고 싶다고 중얼거리는 그의 선배 갈매기 심청이 제한 없이 날아다닐 수 있는 공간이기도 하다. 『오래된 정원』의 오현우에게도 유토피아는 히말라야 산맥 바위틈에 있는 것이 아니라 놀기 좋아하는 모더니스트 화가를 마음껏 놀게 해줄 수 있는 세상이었다. 가장 아름다운 심청은 매춘부도 자선가도 기업가도 아닌 명랑한 예기 심청이었다. 황석영은 진혼제라는 음화의 방식으로 그것을 그려내고 있으되, 진혼은 이제 이 셋으로 충분할 듯싶다. 세 편의 장편을 한꺼번에 쏟아낸 황석영은 지금 새로운 길의 출발점에 서 있는 것으로 보인다. 진혼제를 끝내고 홀가분해진 심청은 그것이 이야기의 장인의 길일 것이라고 말하고 있지만, 그건 좀더 지켜보아야 알 일이다.

(2004)

질주하는 아이러니
—김영하의 『검은 꽃』 읽기

1. 김영하의 애니깽

김영하의 『검은 꽃』이 다루고 있는 것은 연극과 영화 등으로 널리 알려진 애니깽 이야기다. 1905년 천여 명의 한국인들이 계약 노동자로 멕시코에 팔려가 모진 고생을 했다는 것이 그 줄거리다. 애니깽 이야기는 20세기 전반기에 다수의 한국인들이 겪어야 했던 민족적 수난사의 일부다. 이를 최초로 극화했던 김삼열의 드라마 〈애니깽〉(1988)도, 그리고 이 대본을 바탕으로 만들어진 김선영의 여섯 권짜리 장편 『애니깽』(1990)이나 김호선의 영화 〈애니깽〉(1996)도 모두 기본적으로는 이같은 수난의 역사에 초점이 맞추어져 있었다.

그런데 다시 애니깽 이야기가 장편소설로 씌어졌다. 그것도 김영하의 작품이다. 김영하를 아는 사람들이라면 누구든 의아하게 생각하지 않을 수 없다. 『나는 나를 파괴할 권리가 있다』에서 『호출』과 『엘리베이터에 낀 그 남자는 어떻게 되었나』를 거쳐 『아랑은 왜』에 이르기까지, 김영하가 그려낸 세계는 민족사나 수난의 드라마와는 매우 거리가 먼 것이었다. 그리고 김영하는 무엇보다도, 서사의 세계에 관한 한 깔끔하고 세련된 댄디의 감각을 가지고 있는 작가다. 그런 감각의 소유자에게 역사소설은 그다지 어울리는 일이 아니다. 게다가 탈민족주의 담론이 어느덧 주류가 되어 있는 21세기의 초입이다. 이런 시대에 애니깽 같은 민족 수난의 서사라면 생뚱맞기조차 한 것이 아닌가.

하지만 김영하는 이런 예단들을 비웃기라도 하듯, 어둡고 무거운 이야기의 공간 속을 고속으로 질주하며 다채로운 서사의 향연을 만들어낸다. 멕시코 행 배에 오른 1033명의 사람들이 있다. 다수의 농민을 위시하여 양반과 왕족, 내시, 퇴역 군인, 파계 신부, 박수무당 등으로 구성되어 있다. 이들이 뒤섞여 있는 화물선의 선실은 그들이 떠나온 땅을 지배하고 있었던 그 어떤 위계도 질서도 더이상 작동할 수 없는 상태, 들뢰즈 식으로 표현하자면 기관 없는 신체가 된다. 그 속에서 약동하는 새로운 욕망의 흐름은 이 놀라운 몸의 표면을 분할하면서 태평양의 매끄러운 표면을 가로질러 유카탄 반도의 황량한 평원으로, 에네켄 잎사귀들이 용의 혓바닥처럼 버티고 서 있는 곳으로 치달려간다. 자신의 영토로부터 이탈해나온 이런 힘들은 새로운 서사의 선을 만들어낸다. 보부상 출신의 고아 청년은 혁명전사를 거쳐 용병이 되고, 왕족의 딸은 고리대금업자가 된다. 파계 신부는 신내림을 받아 무당이 되고, 사냥꾼 출신의 퇴역 군인은 이발사가 되며, 십자가를 훔쳤던 도둑은 광신자가 되어 십자가에 매달린다. 각각의 흐름들이 만들어내는 서사의 선은 이 과정에서 서로 이어지고 겹쳐지고 단절되면서 다양한 운명의 모습들을 만들어낸다. 또한 각각의 운명의 흐름들은 김영하의 문체가 만들어내는 서사의 속도와 결합됨으로써 경쾌하고 강력한 아이러니의 힘으로 발현되며, 그 힘은 애니깽 이야기로부터 민족적 수난사라는 외피를 벗겨내버린다. 이것이 『검은 꽃』의 세계다. 이런 역사 재현의 방식은, 탈이념의 시대에 단순한 사담이나 흥밋거리로 떨어지지 않고자 하는 역사소설이, 또한 역사에 대한 새로운 소설적 전유가 어떤 형태로 존재할 수 있는지를 보여주는 하나의 시금석이다.

2. 비극과 아이러니

『검은 꽃』의 기본 골격은 작가 자신이 밝혀두고 있듯이 역사적 사실에 기초해 있다. 문제는 그 역사라는 부댓자루에 어떤 내용을 채워넣느냐이다. 이는 곧 대상을 어떤 관점에서 바라보느냐의 문제다. 사실을 문제 삼는다면 요약적으로 정리될 수 있다. 1905년 4월, 1033명의 대한제국인들이 맺은 사 년 동안의 노동 이민 계약은 인신매매 수준의 사기극이었고, 멕시코로 떠난 사람들 중 절대 다수가 고국으로 돌아오지 못했다는 것이다. 애초부터 고향으로부터 떨려져나간 사람들이기도 했지만, 그들이 돌아갈 수 있는 형편이 되었을 때는 이미, 그들이 떠나온 나라 대한제국이 사라져버린 다음이었다. 애니깽 이야기에는 민족 수난의 비극성과 함께 이와 같은 상황의 아이러니가 두 개의 기본항으로 존재하고 있다.

김삼열이 드라마 〈애니깽〉을 쓰고자 했을 때 그를 강렬하게 추동했던 것도 이런 비극성과 아이러니였다. 그가 멕시코 현지에서 애니깽 이야기를 확인하게 되었을 때 일차적으로 그를 사로잡았던 것은 사건 자체의 비극성이었다. 김삼열은 자신의 드라마에 대해, "나의 일념은 오직 이국 땅에서 참혹하게 사라진 선조들의 영혼을 위로하는 것이었고, 나의 연극을 통해서 우리가 잊어버린 역사의 한 토막을 되살려냈다는 그것으로 나의 소임은 끝난 것이다"[1]라고 썼다. 하지만 드라마의 구체적

1) 김삼열, 『애니깽 — 김삼열희곡집 8』, 백산서당, 2002, 18쪽.

인 구상은 현지의 한인 2세를 통해 들은 네 명의 '조선 노예' 이야기가 발단이 된다. 대한제국의 황제에게 진상을 알리겠다고 농장을 탈출했다가 뱃길을 잘못 잡아 쿠바와 미국 등지를 떠돌았다는 소식 정도만 알려진 사람들의 이야기였다. 실제로 김삼열의 드라마에서 서사의 주축은, 유카탄의 에네켄 농장을 탈출하여 이십여 년의 방황 끝에 쿠바와 미국을 거쳐 제물포에 도착하는 형제의 이야기다. 하지만 이들이 도착했을 때는 고발을 들어줄 임금도 그들의 나라도 이미 사라져버린 후였고, 그들의 운명은 그 땅의 새로운 지배자가 된 일제의 관헌의 손으로 떨어져버린다. 그들은 결국 이미 존재하지 않는 어떤 것을 위해 목숨을 걸었던 셈이다. 김삼열은 이같은 상황의 아이러니를, 사건 자체의 비극성을 강화하기 위해 동원한다. 형제의 삶이 보여주는 아이러니로 인해 에네켄 농장에서 노예 노동을 해야 했던 한인들의 비극이 한층 더 선명하게 부각되는 것이다.

김영하의 『검은 꽃』에서의 사정은 이와는 매우 다르다. 김영하에게 애니깽 이야기는 무엇보다도, "1905년에 제물포를 떠나 지구 반대편의 마야 유적지, 밀림에서 증발해버린 일군의 사람들"[2)]에 관한 이야기로 존재한다. 그들은 노예 노동의 에네켄 농장에서 쓰러져간 것이 아니라, 마야의 유적지에서 승천하듯이 사라져버린 사람들이다. 이들의 삶을 규정하고 있는 것은 비극이 아니라 아이러니다. 그들은 삶이 뜨겁게 응축된 한순간을 향해, 운명의 소실점을 향해 치달려나갔다. 김삼열의 드라마에서는 아이러니가 비극성을 위해 봉사했지만, 『검은 꽃』의 경우는 그 반대다. 여기에서는 주요 인물들의 삶의 역정으로 표현되는 아이러니가 비극성을 분할하여 재배치하고 관리한다. 물론 에네켄 농장으로 팔려간 사람들 이야기라는 점에서는 두 경우 모두 동일하다. 문제는

2) 김영하, 『검은 꽃』, 문학동네, 2003, 353쪽. 이후 인용은 본문에 쪽수만 표시한다.

서사의 초점을 그들 중 누구에게 맞추느냐다.

『검은 꽃』에 따르면, 멕시코로 떠난 1033명의 사람들은 크게 넷으로 구분된다. 농민, 몰락 양반, 퇴역 군인, 도시 부랑자. 이들 중 다수를 점하고 있는 것은 농민이다. 그런데 김영하가 『검은 꽃』에서 집중적으로 조망하는 인물들은 농민 출신이 아니다. 소설의 주인공은 보부상의 손에서 탈출해나온 고아 청년 김이정이다. 그리고 김이정의 애인인 왕족의 딸 이연수와 그의 가족들, 주인공에게 김이정이라는 이름을 지어주고 정신적 아버지 노릇을 하는 퇴역 군인 조장윤 등이 한 무리를 이루고 있다. 또하나의 무리는 파계한 신부 박광수, 그의 십자가를 강탈하는 도둑 최선길, 박광수에게 내림굿을 해주는 박수무당, 이들이 벌이는 샤머니즘의 축제에서 악사 노릇을 하는 내시 김옥선 등으로 이루어져 있다. 새로운 토지를 찾아 떠난 농민들이 멕시코 이주자들의 전형이라 한다면, 『검은 꽃』의 주요 인물들은 이런 전형성과는 거리가 멀다. 김영하가 그려낸 고아와 왕족의 딸과 무당과 내시, 신부 등은 오히려 자기 태를 묻은 땅으로부터의 탈주를 꿈꾸는 사람들이다. 그들이 원하는 것은 농토가 아니라 새로운 영토와 새로운 질서이며, 또한 탈주 그 자체이기도 하다. 이들 대부분의 탈주선이 제물포가 아니라 과테말라의 정글로 이어지는 것은 이런 점에서 보자면 지극히 당연해 보인다. 그 선은 에네켄 농장을 탈출하기 전에, 이미 멕시코 행 배를 타겠다고 결심하는 순간 시작되어 라틴 아메리카 대륙의 혁명의 전장으로 이어져나가는 것이다.

삶이 고강도로 농축되는 한순간을 향해 나아가는 이들의 탈주선은 소설적 아이러니의 매우 뜨거운 표현이다. 이 아이러니는 루카치 식으로 말하자면 신이 부재하는 시대의 부정적 신비주의다. 그것은 실정화(實定化)된 삶의 의미에 대한 부정이면서, 동시에 의미의 부재라는 비극성에 대한 부정을 뜻한다. 1905년의 제물포에서 유카탄 반도로, 다시 멕시코 북단에서 1926년의 과테말라의 정글로 이어지는 십여 년의 시간이 있다. 이 시간의 흐름이 소설의 주인공 김이정의 삶의 역정을 규정하는 외적 틀이다. 김영하의 시선이 조형해내는 아이러니는 이 유장한 시간의 흐름을 절단하고 들어와 정지된 삶의 변증법적 단면을 보여준다. 삶의 의미는 출발점에 선 자의 목표가 아니라, 전체를 조망하는 시선에 의해 언제나 사후적으로만 포착된다. 삶의 의미란, 우연의 형태로 나타나는 아이러니가 시간의 부드러운 신체를 가르는 순간 마음을 잠시 스치고 지나가는 어떤 것이다. 주인공 김이정이 판초 비야의 멕시코 혁명군의 일원이었던 시절 전장에 울려오는 종소리를 듣는 다음과 같은 장면은 그런 순간을 상징적으로 보여준다 : "그러나 그 엉뚱한 종소리는 이정의 리듬을 심하게 교란했다. 그것은 이정의 내면에 잔잔하게 가라앉아 있던 어떤 침전물을 휘저어놓는 듯했다. 그제서야 그는 깨달았다. 그의 고요함, 무심함은 역설적으로 전쟁으로부터 빚진 것이었다. 전쟁 덕분에 그는 내면의 모든 욕망과 갈등을 감추고 억누를 수 있었던 것이었다. 사격과 기동, 지휘가 요구하는 엄격한 긴장 덕분에 그는 떠나온 과거로부터 자유로웠다. 그런 그를 누구도 비난하지 않는 곳, 그것이 바로 전장이었다. 그런데 갑자기 영롱한 셀라야의 종소리가 그를 흔들어놓은 것이다. 총탄이 오가는 종탑 아래에서 그는 춘추쿠밀 농장의 불꽃 모양 아치와 연수의 뜨거운 몸을 떠올렸다. 첫번째 살인과 두번째 살인, 방아쇠를 당기던 손의 떨림도 기억해냈다. 미겔이 다가와 건드리지 않았다면 한동안 그렇게 서서 상념에 잠겨 있었을지도 몰랐다."(276~277쪽)

『검은 꽃』을 전체로 놓고 보면, 이와 같은 내면에 대한 묘사는 지극히 일부에 지나지 않는다. 하지만 주요 인물들의 인생 역정 속에는, 저와 같은 형태는 아닐지라도, 자신의 삶이 하나의 전체로서 관조되는 순간이 스며들어가 있다. 죽은 애인의 편지를 받아든 여자가 짧은 눈물을 홀리는 순간이 그렇고, 여자에게 배반당한 통역이 샌프란시스코에서 익숙한 아편 향기를 맡는 순간, 배교자였던 신부가 폭동의 와중에서 결코 신은 자신의 기도에 응답하지 않으리라는 것을 깨닫는 순간 등도 마찬가지다. 이뿐 아니라 격렬한 유전을 보여주는 인물들의 삶에는 예외 없이 아이러니의 표지가 새겨져 있다. 탈영병 출신의 일본인 요리사의 변신, 마야인 감독과 결혼하는 왕족의 부인, 동료들을 죽음의 땅에 버리고 도망가는 이주자들의 지도자, 치명적인 이질에서 살아나 중인환시의 선실에서 용두질을 하는 도둑 등의 경우가 그렇다. 아이러니의 세례를 통해 서사는 단순한 역사 비극의 차원을 넘어 삶의 좀더 근본적인 차원과 접촉하게 된다. 여기에서 애니깽 이야기의 비극성은 단지 삶의 파토스를 가열시켜줄 연료에 지나지 않는다. 삶의 존재론적 차원과 맞서는 데 있어 민족이란 거추장스런 외투에 불과하다. 수난의 역사라는 틀도 비극성도 마찬가지다.

아이러니는 역사가 아니라 운명의 차원에서 작동하는 힘이며, 이 힘으로 인해 애니깽 이야기가 지니고 있는 원초적 비극성은 현저히 약화된다. 비극이 아닌 아이러니로서의 역사는 교사이기 어렵다. 교사일 수 없는 역사 이야기는 민족 서사나 이념 서사로서의 역사소설일 수 없다. 물론 『검은 꽃』은 역사소설의 외양을 지니고 있다. 하지만 여기에서의 역사는 교사가 아니라 현자다. 현자로서의 역사가 제공하는 것은 진리가 아니라 지혜이고, 분노와 폭로가 아니라 성찰과 관조다. 김영하는 애니깽이라는 민족적 비극의 서사를 아이러니와 결합시킴으로써 『검은 꽃』이라는 진기한 세계를 만들어냈다. 여기에서 서사는 역사의식이라는 인식론적 차원이 아니라 개인의 운명이라는 존재론적 차원에서 작동한다. 이는 삶에 대한 차가운 통찰로서 아이러니가 지니는 힘의 소산이다.

3. 자연사적 기술과 문체

역사를 바라보는 시선으로서의 아이러니는 한 덩어리로 존재하던 역사를 낱낱의 운명의 가닥으로 잘게 찢어놓는다. 여기에서 역사는 집단으로서의 민족사가 아니라 다양한 개인사의 집합체가 된다. 또한 개인의 운명은 민족에 대한 구체적인 비유형상이 아니라 그 자체로 독립적인 의미의 단위로, 창문 없는 단자처럼 존재한다. 그것이 어떤 비유적 의미를 지닌다면 역사적 의미에 대한 비유로서가 아니라 근대적 삶에 대한 포괄적인 상징이나 알레고리로서만 그럴 뿐이다. 때문에 여기에서는 특수성과 보편성의 결합체라는 리얼리즘적인 틀도, 각각의 인물들이 전형성이라는 매개를 통해 역사적 의미로 귀착되는 환원주의적 서사 구성도 찾아보기 어렵다. 매끄러운 표면 위로 쏟아져내리는 물처럼, 튀어오르는 물방울들과 자유롭게 유동하는 흐름이 있을 뿐이다.

『검은 꽃』의 주요 인물들의 삶의 역정은 소설 전체가 지니고 있는 이와 같은 서사적 지향성을 상징적으로 보여주고 있다. 예를 들어 주인공 김이정의 삶의 역정은 억압적 기구들로부터의 탈주의 드라마다. 그런데 그 끝에 놓여 있는 것은 건국의 모티프다. 그 줄거리를 개괄해보면 이렇다. 김이정은 부모가 누구인지도 모르는 채 보부상의 손에서 자라났다. 그 밑에서 도망 나와 글을 익히고자 했으며, 16세의 나이로 멕시코 행 배에 올랐다. 사십 일 동안의 항해 도중에 왕족 출신의 처녀와 사랑에 빠졌고, 멕시코의 농장에서 채무 노예가 된 후에는 바로 탈출을 감행하여 미국으로 월경하기 위해 북진한다. 이 과정에서 그는 멕시코 혁명의 소용돌이에 휩싸이게 되고 마침내는 혁명군의 일원으로 전투에 참여하게 되며, 결국 과테말라 혁명전에 용병으로 참여하여 그곳에서 죽는다. 사랑하는 여자도 자기 아이도 건사하지 못했으나, 그 대신 과테말라의 정글 한복판에서 삼십여 명의 사람들과 함께 나라를 세웠다.

비록 두 돌을 채우지 못하고 사라진 지상의 가장 작은 나라였지만, 마야 혁명군 지휘관의 축하를 받으며 건국된, 반상과 귀천의 구분이 없는 나라, 신대한이라는 이름의 공화국이었다.

김이정의 이런 역정은 건국 서사시와도 흡사한 구성을 보여준다. 모든 억압적 메커니즘으로부터의 탈주를 감행했던 김이정이 억압기구의 정화인 국가를 만드는 것으로 삶을 마감한다는 것은 지나친 역설이 아닌가. 물론 여기에도 사연은 있다. 애초에, 망해버린 대한제국을 대신하여 신대한이라는 나라를 세울 생각을 한 사람은, 김이정의 무리들을 과테말라의 정글로 인도했던 지도자 조장윤이었다. 그러나 삼백만 불이라는 거금을 위해 전쟁에 뛰어든 용병들의 무리는 신대한의 건국이라는 장엄한 생각에 별로 동조하지 않았고, 게다가 퇴역 군인 출신의 조장윤은 첫번째 교전을 치르고 난 후 자기들의 싸움이 비관적이라는 사실을 눈치채고는 바로 도망쳐버렸다. 김이정은 남겨진 사람들의 리더가 되었고 그가 또다시 건국이라는 카드를 꺼내들었다. 무엇 때문에 나라 같은 것이 필요한가에 대해 김이정은 이렇게 말했다 : "죽은 자는 무국적을 선택할 수 없어. 우리는 모두 어떤 국가의 국민으로 죽는 거야. 그러니 우리만의 나라가 필요해. 우리가 만든 나라의 국민으로 죽을 수는 없다 해도 적어도 일본인이나 중국인으로 죽지 않을 수는 있어. 무국적이 되려고 해도 나라가 필요한 거라구."(306쪽) 도무지 가리사니가 없는 소리지만 결국 그들은 나라를 세우게 되었다. 이에 대해 소설의 화자는 다음과 같이 덧붙였다 : "이정의 논리는 어려웠다. 그들을 설득한 것은 논리가 아니라 열정이었다. 그리고 그 열정은 기묘한 것이었다. 그것은 무엇이 되고자 하는 것이 아니라 되지 않고자 하는 것이었다."(306쪽) 요컨대 죽음과 가까이 있었던 전장의 용병들이 새 나라를 만들었던 것은 지상에 존재하는 그 어떤 나라의 국적도 거부하기 위함이라는 것인데, 그렇다면 그 나라란 유령들을 위한 유령들의 나라인 셈이다.

물론 서사적인 맥락에서 보자면 김이정이 건국을 생각하게 되는 진짜 이유는 따로 있다. 전장을 찾아온 석 달 동안의 소강상태와 무료함 때문이었다. 그에게 나라란, "있든 없든 상관없다면 있어도 된다는 이야긴가? 그렇다면 하나쯤 만들어도 되지 않을까?"(306쪽)라는 생각의 차원에 존재하는 것이다. 이런 생각에는 건국의 모티프가 지녀야 할 진지함은 찾아보기 어렵다. 이들의 나라 만들기는 유머와 냉소와 비극성이 뒤섞여 있는 어떤 차원에 존재하고 있다. 나라를 만드는 것보다 훨씬 어려운 것은 자기 아이와 여자를 건사하는 것이다. 또한 나라 만들기보다 훨씬 중요한 것은 자기 삶의 주인으로 죽는 것이다. 이런 중요한 것들 사이에 작은 삽화적인 존재로 끼어들어 있는 나라 만들기는 전장을 찾아온 무료한 시간을 때우기 위한 것일 뿐이다. 국가를 건립하는 일뿐 아니라 국가와 관련된 모든 사무가 그렇다. 우스개이거나 심심풀이에 가깝다.

그러나 그것이 망해버린 대한제국의 유령으로 존재하는, 그것도 탈출 노예들이 혁명의 와중에 건국한 신대한이라는 이름의 나라라는 것은, 단순한 유희 충동의 소산으로 치부해버리기에는 예사롭지 않은 측면이 있다. "박광수는 무당으로서 새로운 국가의 출현을 축하하는 고사를 고요하고 겸손하게 올렸고 김옥선이 가장 높은 곳에 올라가 피리를 불었다"(307쪽)와 같이 단 한 문장으로 묘사되어 있는 고사 장면을 보자. 남미의 정글 한복판에서 벌어지는 이 제천의식은 숭고와 비극과 풍자 등의 감각이 뒤섞인 기묘한 느낌으로 다가온다. 숭고한 것들은 그 영역 밖에서 보면 언제나 우스꽝스럽거나 그로테스크한 측면을 지니고 있다. 바꿔 말하면 겉에서 보아 우스꽝스럽고 기괴한 것 속에는 어김없이 숭고가 그 핵자로 존재하고 있다. 정글에서 미니 국가를 만드는 사람들의 경우도 그렇다. 김영하는 이런 방식으로 독자들을 비극과 유머가 마주치는 접경에, 숭고의 영역이 시작되면서 끝나는 지점에 세워놓는다. 그곳에서 『검은 꽃』 특유의 아이러니의 공간이 형성되고 또한 애니깽 이야기가 지니고 있는 민족 수난사라는 외관도 해체된다. 주요 등장인물들의 삶은 민족사에 대한 표상으로서가 아니라 그 자체로 독립적인 의미 단위로 존재하는 개별자들의 이야기, 즉 자연사(natural history)적 기술의 대상이 된다.

이야기가 자연사적 기술의 대상이 된다는 것은 무엇보다도 목적론적 시간의식으로부터 풀려나는 것을 뜻한다. 이렇게 되면 서사적 필연성으로부터 자유로워지고 동시에 인물들의 행동에 의미를 부여해야 한다는 강박으로부터 자유로워진다. 그럼으로써 서사는 민족의 역사 및 역사의식과 결별하게 되고, 윤리적 정당성이나 역사의 발전이라는 틀로부터 벗어나 아이러니의 공간을 마음껏 유영할 수 있게 된다.

『검은 꽃』의 뛰어난 성취 중의 하나는 속도감 넘치는 문체다. 김영하는 건조한 단문들의 연쇄가 만들어내는 시적 효과를 극적으로 구사하고 있다. 소설의 도입부에 등장하는, "그들은 아주 멀리에서 왔다. 입속에서 굵은 모래가 서걱거렸다. 벽이 없는 천막으로 마른 바람이 불어왔다. 떠나온 나라에선 전쟁이 계속되고 있었다"(12쪽)와 같은 구절에서 대표적으로 보이는 것과 같이, 절제된 묘사와 압축된 문장은 문장과 문장 사이에서 서정적 울림을 만들어낸다. 그는 모든 불필요한 묘사를 제거하고 필수적인 서사의 골간만을 툭툭 던져놓으며 로마의 보병들처럼 전진해나간다. 따옴표를 제거해버린 자유화법의 대화부는 묘사부와 서술부 속으로 스며들어가 이야기의 진행에 박진감 넘치는 리듬을 만들어내기도 한다. 이런 효과들을 통해 김영하는 소설이 묘사가 아니라 서사의 예술임을 보여준다.

이같은 문체의 힘도 서사에 대한 자연사적 의식과 연관되어 있다. 무엇보다도 그것은 보통 사람들의 삶을 지배하는 우연에 대한 의식이다.

물론 우연이라는 것도 신의 관점에서 보면 섭리이자 운명이고, 또한 역사의 발전 법칙을 숙지하고 있는 눈으로 보면 필연성에 해당된다. 그 어떤 목적론으로부터도 자유로운 의식은 이야기를 해석할 필요도 없고, 이야기에 부여될 그 어떤 의미도 의식할 필요가 없다. 단지 이야기의 골격만을 자유롭게 던져놓는 것만으로 충분하다. 이런 의식 속에서 이야기의 대상이 되는 역사는, 폭로나 고발의 차원도 아니고 감계나 교훈의 대상도 아니다. 단지 이야기 그 자체로 제시되며 미적 대상으로 전유되고 있을 뿐이다. 그래서 『검은 꽃』의 서사에서 죽음은 혁명가의 이발사 박정훈의 경우처럼 어떤 복선이나 전조도 없이 돌연하게 찾아온다. 그것이 삶이다. 자연사적 기술에 있어서 이야기나 역사가 비유일 수 있다면 그것은 삶 전체에 대해 그렇다.

4. 냉소적 활기 : 전사의 삶과 승려의 삶

『검은 꽃』의 초반부에는, 16세의 김이정이 황성신문의 광고를 보고 멕시코 행을 생각하면서 미국인 선교사에게 자문을 구하는 인상적인 장면이 있다. 선교사가 내어놓은 음식 앞에서 김이정은 자기를 키워주었던 보부상의 가르침을 상기한다 : "누가 먹을 것을 주거든 백을 세고 먹어라. 그리고 누가 네가 가진 것을 사려고 하거든 네 머릿속에 떠오른 값의 두 배를 말해라. 그러면 누구도 너를 멸시하지 않는다." (15쪽) 청년 김이정은 여든넷까지 세다가 먹는다. 김영하다운 솜씨가 멋지게 발휘되는 대목이다.

그런데 우리의 맥락에서 흥미로운 것은 여기에서 구사된 '멸시' 라는 단어이다. 멸시라는 말은 보부상이 자신의 종자에게 물려주기에는 지나치게 장엄한 단어다. 그것은 스스로를 삶의 주체로 삼고 있는 사람들만이 구사할 수 있는 말이기 때문이다. 예를 들어 이 소설에서 "군주 된 자의 부끄러움과 모멸감으로 몸을 떨었음이 분명하다"(136쪽)와 같은 표현은 에네켄 농장의 실상을 알게 된 고종의 반응을 나타낸 것이고, "농장의 이 천한 것들에게까지 능멸당하고 싶다면, 네 맘대로 하려무나"(195쪽)와 같은 표현은 왕족 출신의 귀부인 윤씨의 경우에 해당되는 말이다. 멸시와 모멸과 능멸 등은 모두 존경의 부정적 표현이다. 이런 단어들은 헤겔 식의 표현을 빌리자면 노예가 아니라 주인만이, 비록 몸은 노예상태로 전락해버렸을지라도 여전히 주인의식을 지니고 있는 주체들이 쓸 수 있는 말이다. 이 단어들은 모두 자기 삶의 주체로서의 위엄, 인정(Anerkennung) 투쟁에서의 승리라는 중심점을 순환하고 있다. 중요한 것은 승리나 패배의 여부가 아니라 싸움의 내용이며 또한 싸움 그 자체다. 노예에게는 그 싸움에 나갈 수 있는 자격조차 없다. 고종이나 윤씨 부인 등은 비록 고단한 처지에 빠지긴 했지만 이런 말들을 쓸 수 있는 자격이 있다. 하지만 보부상의 종자 김이정의 경우는 어떨까.

주체의 위상이 술어를 결정하지만, 역으로 술어가 주체를 규정하기도 한다. 『검은 꽃』의 작가 김영하는 소설의 첫머리에서부터 멸시라는 단어를 김이정에게 허락했다. 그럼으로써 김이정은 비록 고아 출신의 뜨내기지만 16세의 나이로도 이미 자기 삶의 주인일 수 있다. 그의 입장에서 보자면 『검은 꽃』은 자신의 방식대로 삶을 처분하고자 하는, 곧 자기가 삶의 주인임을 확인하고자 하는 탈출 노예의 이야기다.

대부분의 싸움이 그렇듯이, 인정 투쟁에서도 문제는 윤리적 정당성이 아니라 힘의 강약이다. 위에서 예시한 고종의 경우, 그에게 합당한 반응은 모멸감이 아니라 자기 백성들을 노예로 팔아넘긴 사기꾼들에 대한 분노여야 했다. 분노가 성난 눈빛과 연관되어 있다면, 모멸감은 질끈 감겨진 눈이나 깨물어지는 입술로 표상된다. 모멸감은 인정 투쟁에서 패배한 사람이 느끼는 체념의 정조를 포함하고 있다. 그것이 고종에게는, 또한 "건국 초기엔 주변의 어느 민족도 북방에서 단련된 강력한 군사력과 성리학적 정치 질서 아래 새롭게 등장한 이 나라를 함부로 여기지 못했다"(23쪽)라고 표현되고 있는 대한제국의 지배자들에게는 전락과 굴욕의 경험이 된다. 하지만 애당초 노예의 자리에서 출발하는 김이정에게 멸시는 현실적 존재 조건이었고, 오로지 그로부터 벗어나는 일만이 남아 있다. 이런 점에서 보자면 김이정뿐 아니라, 자신의 현재의 처지로부터 탈출하고자 했던 주요 인물들, 배교자 박광수, 내시 김옥선, 박수무당, 그리고 역관 권용준까지도 김이정과 동일한 위상을 지니고 있다. 이들은 모두 자기만의 어둠을 지니고 있다. 그것을 김이정은 "마음속에 타오르는 뜨거운 불"(67쪽)이라고 느꼈다. 어린 날에 드리워져 있는 샤머니즘의 흔적과 더불어 배교의 어두운 경험을 견뎌내야 하는 박광수도, 자기 땅이 싫어서 떠난 내시와 무당과 역관도 마찬가지였다. 아편 중독자가 되건 과테말라의 정글에서 총을 맞아 죽건, 그것은 그들이 선택한 삶의 결과일 뿐이다. 그들은 그럼으로써 자기 삶의 주인일 수 있다. 그것은 선악이나 생사까지도 넘어서 있는 것이다. 그러므로 이들의 삶이 서사의 골격을 이루고 있는 『검은 꽃』의 세계에는, 삶이 끝나는 지점에서 그 삶의 허망함을 관조하는 시선의 멜랑콜리가 기본적인 정조로 흐르고 있다.

이와 같은 우울을 가장 대표적으로 체현하고 있는 인물은 퇴역 군인 출신의 박정훈이다. 제물포를 떠나던 1905년 동안의 이야기를 다룬 소설의 전반부(제1부)에서는 배경으로만 존재하는 인물이지만, 그로부터 삼 년 후를 다루는 후반부에서는 이야기의 정신적 중심으로 부각된다. 그가 부각되는 이유는 간단하다. 소설의 여주인공이자 김이정의 애인이었던 이연수와 결혼을 하기 때문이다. 그는 과묵한 명사수 출신으로, 농장에서 풀려나온 후 베라크루스라는 도시에서 이발사 노릇을 했다. 어쩌다가, 멕시코 혁명의 또하나의 주인공 오브레곤 장군의 전속 이발사가 되고 혁명전에 참전까지 하게 된다. 그 과정에서 박정훈은, 중국 식당에서 채무 노예 생활을 하고 있는 이연수를 만나 결혼을 한다. 이연수는 『검은 꽃』의 모든 남자들이 탐내는 왕족의 딸이다. 동갑내기 애인 김이정은 이연수를 사랑에 빠지게 할 수는 있었지만 보호하고 돌볼 수는 없었다. 이연수는 통역으로 권세를 누리던 역관 출신의 권용준에게 몸을 맡겨야 했고, 그로부터 도망쳐나온 후로는 또다시 중국인들에게 인신매매되어 늙은 중국인의 첩 자리로, 식당의 채무 노예로, 험한 곳을 전전해야 했다. 그런 공주를 구해낸 것이 박정훈이다. 그 대목을 김영하는 이렇게 묘사해주었다 : "한 달 후, 박정훈은 흑인 이발사 호세로부터 몇 달치의 월급을 선불로 받았다. 그리고 연수의 중국집으로 걸어들어가 주인과 담판을 지었다. 박정훈의 얼굴을 보고 주인은 그가 진지하다는 것을 알았다. 뿐만 아니라 그 진지함을 무시하면 무슨 일이 벌어질지 모른다는 것을 직감했다. 그는 실리에 살고 실리에 죽는 화교 상인이었다. 박정훈은 150페소를 건네고 연수를 넘겨받았다. 믿어지지 않아요. 그녀는 울먹였다. 당신이 오지 않았다면 나는 어떻게 되었을까요." (266쪽)

박정훈은 여기에서부터 『검은 꽃』의 서사적 중심으로 부상한다. 김이정이 내면의 어둠을 동력으로 자기 구원을 향해, 불꽃 같은 세계의 심장을 향해 질주하는 열정적인 인물이라면, 퇴역 군인 출신 박정훈은 그런 열정의 종국을 이미 알고 있는 사람이다. 박정훈과 김이정은 멕시코의 혁명전에서 조우한다. 김이정은 산적 출신의 혁명군 판초 비야의 진영에 있었고, 박정훈은 직업 군인 오브레곤 장군 휘하에 있었다. 첫 전투에서 승리했던 김이정의 내면을 김영하는 이렇게 묘사했다 : "그는 미국도, 연수도 잊었다. 무수한 아시엔다에서의 멸시와 고난도 모두 잊었다. 전투의 승리에는 순정한 기쁨이 있었다. 그리고 혁명군 내부의 분위기도 마음에 들었다. 그것은 요시다의 주방에서 맛본 것과 비슷했다. 남자들만의 세계. 세상의 모든 의무로부터 면제된 세계. 그들은 더럽고 지저분하고 시끄러웠지만 그 안에는 어떤 편안함이 있었다." (251~252쪽) 김이정은 스스로의 열정을 주체하지 못해 혁명전의 와중에 빠져들었다. 하지만 박정훈에게 전투는 남의 것일 뿐이다. 오브레곤이 박정훈의 사격 솜씨를 알고 참전을 권했을 때, "박정훈은 오브레곤에게 말했다. 어린 아내가 있어서 전장을 수행하기는 곤란합니다. 오브레곤은 웃으며 말했다. 오래 걸리지 않을 거야. 비야나 사파타 모두 전쟁에는 아마추어들이야. 지금은 멕시코시티에서 웃고들 있겠지만 오래 가진 못해. 자네는 곧 돌아와 어린 아내와 함께 중국음식을 먹으러 갈 수 있을 거야"(268~269쪽). 결국 박정훈은 멕시코 혁명전에 나서게 된다. 김이정은 판초 비야나 사파타와 마찬가지로 아마추어 전사지만, 박정훈은 오브레곤과 마찬가지로 정규군 출신이다. 김영하는 박정훈이 전투에 참여하는 모습을 이렇게 묘사했다 : "용병들에게만 나타나는 기묘한 달관의 자세로 그는 침착하게 전투에 참가했다."(277쪽) 아마추어의 열정과 프로의 달관으로 김이정과 박정훈은 구분된다.

김영하는 1033명의 대한제국인들을 실어나른 일포드가 출항하는 순간, 무심한 표정으로 바삐 움직이는 독일 선원들의 모습을 일컬어 '냉소적 활력'이라는 표현을 썼다. "자신이 하는 일의 사회적 의미 같은 것에는 아무 관심도 없으나 그것의 실용적 가치에는 거의 주술적이라 할 정도의 가치를 부여하"(35쪽)는 태도라고 그는 덧붙여주었다. 독일인 선원들이나 일본인 요리사들은, 영국과 일본의 사기꾼들이 천여 명의 한국 사람들을 채무 노예로 팔아먹는 일 같은 것에는 관심이 없다. 그들은 선원이고 자기들에게 주어진 소임만을 다할 뿐이다. 박정훈이 보여주는 달관의 자세도 마찬가지다. 멕시코 혁명전은 남의 전쟁이고 그는 단지 직업 군인으로서, 용병으로서 참전했을 뿐이다. 철저한 무감동(apathy)의 상태를 유지하는 것, 그 어떤 유토피아적 전망에도 디스토피아적 절망에도 흔들리지 않는 것, 자기 삶의 주인으로서의 자리를 유지하고 어린 아내와 아내의 아이를 보호하는 것이 그의 일이다. 박정훈 같은 사람들에게 삶의 의미에 대한 질문은 불필요하다. 그들은 이미 대답을 실천하고 있는 사람들이다.

이발사 박정훈은 자기 여자와 아이를 찾아온 김이정에게 이발과 면도를 해준다. 박정훈은 김이정을 조용히 돌려보내고 김이정 또한 선선히 돌아간다. 달관 속의 체념과 그 체념의 우울을 견뎌낼 수 있는 사람은 남고 그렇지 않은 사람은 그 우울을 차폐해줄 새로운 열정을 향해 떠나간다. 이 두 사람은 『검은 꽃』의 세계를 이끌어가는 두 개의 중심이다. 이 둘에 대해 김영하는 어느 편도 들지 않는다. 자기 열정의 핵심을 향해 달려간 김이정은 비참하게 죽어가지만, 그로부터 삼 년 후, 심장마비로 갑자기 세상을 떠난 이발사 박정훈의 운명도 크게 다르지는 않다. 이 두 남자가 사랑했던 여자 이연수만이 75세까지 살아남는다. 이연수는 박정훈이 남겨준 돈으로 고리대금업자가 되었고 극장과 술집을 사들여 오로지 돈을 버는 일에만 몰두했다.

김이정이 전사의 삶을 살았고 박정훈이 승려의 삶을 살았다면, 이연수는 신용까지 자본으로 동원해야 하는 상인의 삶을 살아야 했다. 김이정은 파토스가 사라져버린 삶의 우울을 정면으로 돌파해갔고, 박정훈은 그 우울을 견디고자 했다. 가장 가혹한 것은 이연수의 경우처럼 그 삶의 우울을 실천하는 것이다. 김영하는 한때 아름다운 공주였던 이연수의 후일담을 에필로그에서 간단히 전해주고 있을 뿐이다. 그것을 구체적으로 들여다보는 것은 물론 또다른 소설의 일일 뿐더러, 구태여 그렇게 하지 않더라도, 전사와 승려의 죽음이 전면에 부각되어 있는 마당에 그 삶을 그려내는 일이란 너절한 것일 수밖에 없다.

보들레르는 존경할 만한 세 부류의 사람이 있다고 했다. 앎을 추구하는 사제, 파괴하는 전사, 창조하는 시인. 하지만 저와 같이 멋진 삶을 사는 것이 어려운 것일까. 진정으로 경탄할 만한 것은 너절함과 허망함을 삶으로 실천하는 것, 외양간 같은 직업을 갖고 깡패들에게 세금을 내며 가늘고 길게 사는 것이 아닐까. 그것을 위해 필요한 것이 냉소적 활력이다. 김영하는 전사와 승려와 상인의 삶의 불꽃 같은 부분을 포착해주었다. 그럼으로써 그가 그려낼 수 있었던 것은 그 삶의 뒤에 버티고 있는 거대한 배경으로서의 어둠과 우울이다. 이것 역시 차가운 아이러니의 힘이다.

5. 아버지를 위로하는 법 : 정지된 변증법

『검은 꽃』에서 가장 가혹하게 묘사되는 사람은 왕족 출신의 이민자 이종도다. 그는 가족을 대동하고 노예선에 올랐다. 망명객의 정서로 배에 올랐으나 오래지 않아 그것이 얼마나 큰 판단 착오였는지를 깨닫게 된다. 그럼에도 그는 계속하여 특권적인 지위와 대접을 요구한다. 배에서도, 멕시코 현지에 도착한 후에도 그랬다. 그리고 그는 농장에 배치된 후에도 노동을 거부한다. 김영하는 그런 이종도의 행동에 대해 자존심 때문이 아니라 능력 때문이라는 매우 가혹한 논평을 한다. 한 번도 육체노동을 해보지 않았기 때문이라는 것이다. 이런 이종도의 모습은 탈영토화된 주인의 운명이 어떤 것인지를 매우 일그러진 방식으로 보여준다. 이종도는 그런 지경에서조차 아버지로서의 권위는 지켜야 한다고 생각했지만 마침내는 14세의 아들과 16세의 딸 앞에서 한없이 무너져버린 모습을 노출해버린다. 그런 아버지의 모습에 가족들의 반응은 이랬다 : "가족들은 모두가 말이 없었다. 아비를 위로하는 법을 배운 적이 없는 아들과 딸은 밖으로 나가 담벼락에 기대어 앉았다. 그리고 아무 말이 없었다."(115쪽)

당연히 삼강오륜의 가르침 속에는 그 어디에도 아버지를 위로할 수 있는 방법이 없다. 아버지와 군주는 위로의 대상이 아니라 복종의 대상일 뿐이다. 위로의 대상이 되는 순간 군주와 아비는 더이상 자기 자신일 수 없다. 위로받을 수조차 없는 영락한 아버지 이종도는 살아 있는 시체의 삶을 살아간다. 무능하고 무책임하기조차 한 아버지로 인해 곤경에 처하는 것은 그의 가족들이다. 왕족의 어린 아들은, 멕시코 한인들 중에서 최고의 실력자로 군림하는 한낱 역관 나부랭이에게 빌붙어 스페인어를 배우려 하고, 아이를 밴 왕족의 딸은 추문을 피해 그 역관의 첩실 노릇을 자청한다. 또 몇 번이고 자살을 시도했던 왕족의 부인은 마침내 마야인 감독관과 결혼함으로써 새로운 행복을 찾는다. 이종도의 입장에서 보자면 경천동지할 일이지만, 그는 이런 상황에서도 죽지 않는다. 전도된 세계의 실상 뒤편으로 조용히 스러져갈 뿐이다. 다른 농장의 통역이 된 아들이 홀로 남은 이종도의 잔명을 조용히 거둬간다. 김영하는 후일담에서조차 이종도에게 왕족다운 죽음을 선물하지 않았다.

그러나 그것이야말로 절망에 빠진 아버지를 위로할 수 있는 적절한 방식이 아닐까. 정확하게 말하자면 그것은 위로조차 필요 없는 상황으로 아버지를 끌고 가는 것이며, 주인과 노예의 변증법을 아예 정지시켜버리는 것이다. 전쟁이 있으면 승패가 있고, 주인과 노예가 생겨난다. 노예는 노동을 하고 주인은 향유만 할 뿐이다. 시간이 흘러 이제 세계를 움직이는 힘은 살찐 주인이 아니라 우람한 근육을 가진 노예가 지니게 되었다. 힘 센 노예 앞에서 주인은 전전긍긍하게 되고 마침내 다시 벌어진 싸움에서 주인과 노예의 관계는 전도되어버린다. 왕족 이종도는 노예로 전락해버린 무능한 주인의 표상이다. 힘을 길러 다시 인정투쟁의 장으로 가기에 그는 이미 늦어버렸다. 새롭게 전장에 나갈 수 있는 사람은 그의 자식들이다. 그러나 그의 자식들은 이미 그의 편이 아니고, 심지어는 그의 아내조차 그렇다. 그러나 그들의 그런 행동이야말로 그가 스스로를 위로할 수 있는 거점이 된다. 운명의 아이러니를 긍정하는 것, 마조히즘적 실천을 통해 우주적 유머에 귀를 기울이는 것이 곧 그것이다.

주체 앞에 박두해오는 적대적 힘으로서의 운명이 있다. 그것은 초자연적 위력을 지니고 있는 것이기에 대적하기가 어렵다. 그러나 그로부터 도망치는 순간 주체는 오갈 데 없는 노예로 전락해버린다. 주인의 표지는 무엇보다도 적극성과 능동성이다. 운명에 맞서는 주인의 방식은 두 가지다. 첫째는 패배를 알면서도 거기에 맞섬으로써 장렬하게 산화하는 것. 이는 주인됨의 자리를 위해 목숨을 바치는 비장한 방식이다. 둘째는 자신에게 박두해오는 적대적인 힘으로서의 운명을 긍정해버리는 것, 곧 자신을 노예화하고자 하는 운명 앞에서 오히려 적극적으로 불행을 실천하는 것이다. 그것은 단순한 투항이 아니라 운명의 농락앞에서 적극적이고 능동적으로, 자기 자신을 제물로 제공함으로써 오히려 운명의 힘을 농락하는 것이다. 김영하는 이종도의 자식들로 하여금 두번째 길을 걷게 했다.

왕족의 딸 이연수는 근본도 모르는 김이정을 적극적으로 선택하고 그 앞에서 스스로 옷을 벗는다. 또 김이정의 아이를 갖게 되었을 때는 제 발로 통역 권용준의 첩실이 된다. 민족의 수난사가 등장할 때 어김없이 문제가 되는 것은 순결한 딸들의 운명이다. 이광수의 『무정』에서 박영채가 겪어야 했던 수난이 그 대표적인 모습이다. 전쟁에서 패배한 아버지와 오라비들은 죽음의 길을 간다. 망국의 공주 격인 박영채는 포로의 신세에 다름아니며 매국노와 매판 지식인에게 강간을 당하는 치욕까지 겪어야 했다. 이광수는 상처받고 자살을 결심하는 영채를 설득한다. 힘을 길러 다시 한번 인정 투쟁의 장으로 나가보자는 것이 그 요지였다. 그래서 박영채가 떠나는 일본 유학 길은 호랑이굴 속으로 뛰어드는 것이며, 아버지와 오라비들을 위한 복수의 길이기도 했다. 하지만 이연수는 경우가 다르다. 그는 운명이 자신을 할퀴기 전에 몸과 마음을 열어 그 운명과 함께 춤을 추었다. 그가 걸어가는 길은 승패도 원한도 복수도 없는, 주인과 노예의 구분도 없는 길이다. 그 길에서는 전략과 전도의 변증법도 무의미해지고, 삶이라는 거대한 아이러니가 우주적인 유머로, 더러는 먼지 같은 인간들을 내려다보는 신의 잔혹한 기쁨(Schadenfreude)으로, 그 속에 깃들어 있는 비감함으로, 혹은 통렬한 허무주의로 가로놓여 있다. 그 앞에서는 어떤 싸움도 결과도 아주 사소한 것으로 변하고 만다. 이런 시선에서 보면 삶은 그것이 어떤 것이건 그 자체로 축복이며 그 어떤 삶도 헛되지 않다.

서사의 흐름을 몇 번씩이나 가르고 들어오는 신비주의의 강렬한 섬광도 이런 맥락에서 이해된다. 귀신 들린 도둑 최선길과 박수무당과 배교한 신부 박광수의 삶 등이 그 매체다. 박광수는 어부의 아들로 태어나 어린 시절 곰소의 무당에게 잡혀 있다가 탈출한 후 천주교 신부가 된 특이한 이력의 소유자다. 샤머니즘의 놀라운 위력이 그를 찾아왔던 것은 그의 어린 시절, 바다로 나갔다 돌아오지 않은 아버지와 삼촌을 위한 굿판에서였다. 씻김굿이 한창 진행중이던 도중에 기이한 사건이 일어난다 : "여자의 젖가슴처럼 둥글게 휘어진 포구를 향해 마치 어뢰처럼 무언가가 빠르게 다가오고 있었다. 장정 서넛이 배를 저어도 그보다 빠르지는 못했을 것이다. 얼핏 통나무처럼 보이는 그 형체는 굿판이 벌어지는 바로 그곳을 향해 곧장 항진해오더니 마침내 모래톱 위에서 멈추었다. 사람들은 소리를 질렀다. 금동이다. 함께 배를 타고 나갔던 소년의 삼촌이었다."(146쪽) 어뢰처럼 해안을 향해 달려오는 시체의 모습은, 흡사 밀림에 덮인 마야 유적지의 하늘을 맴도는 아악부 내시 출신 김옥선의 피리 소리처럼, 『검은 꽃』의 하늘을 신비롭게 가로지르고 있다. 박광수는 샤머니즘의 세계로부터 벗어나려고 애를 썼다. 하지만 그는 저 강력한 황야의 종교의 힘으로도 샤머니즘의 끈적끈적한 마성을 물리치지 못한다. 결국 박광수는 멕시코의 황야에서 무병을 앓다가 신내림을 받고 무당이 된다. 내림굿 장면을 묘사한 다음과 같은 대목은 『검은 꽃』의 사실상의 클라이맥스에 해당된다.

> 에네켄조차 자라지 않아 버려진 황무지의 한복판, 산도 강도 없이 사방이 훤히 트인 움막의 마당에서 한밤중에 벌어진 내림굿은 다섯 시간이 넘도록 계속되었다. 악사와 박수무당은 생전 한 번도 호흡을 맞춰본 적이 없었으나 마치 원래부터 한 팀이었던 것처럼 척척 박자가 맞아들어갔다. 궁중의 악사와 인천의 강신무와 산골의 상쇠가 유카탄의 황무지에서 전직 신부를 위해 피리를 불고 춤을 추고 장구를 쳤다. 고된 노동에 지친 여자들은 혈관을 따라 흐르는 친숙한 곡조와 어깨뼈에 새겨진 장단에 몸을 맡겼다. 삽시간에 움막 마당은 국적을 초월한 카니발적 광란에 휩싸였다. 미친 듯이 울고 웃으며 여자들은 다섯 시간 내내 춤을 추었고 남자들은 술을 마셨다. 박광수는 정신을 잃었다. 그는 넋이 나간 사람처럼 박수무당이 시키는 대로 벗으라면 벗고 입으라면 입고 올라가라면 올라가고 내려가라면 내려갔다. 마지막으로 박광수를 찾아온 환상은 엉뚱하게도 백마였다. 멀리 지평선에서부터 백마 한 마리가 달려와 그를 삼켰다. 백마의 뱃속으로 들어간 그의 눈에 그 내장이 훤히 보였다. 그러다 곧 그 안에서 나와 백기와 홍기를 들고 백마를 타고 달렸다. 그러면서 외쳤다. 나는 백마 장군이다.(229쪽)

삶도 역사도, 지나고 나면 우리가 운명이나 필연성이라 부름직한 수많은 우연으로 이루어진다. 게다가 우리가 전모를 파악할 수 없는 신비한 힘이 그 사이를 비집고 들어오기도 한다. 한 농장에서 격렬한 폭동이 일어나 칠십여 명의 조선 노예들이 총을 든 감독관들에게 사흘째 포위당해 있었다. 내부에서도 투항하자는 농민들과 끝까지 가자는 퇴역 군인들 사이의 대립이 칼부림 직전의 상황이었다. 일촉즉발의 이런 상황을 해결하는 것은 윤리적 정당성도 힘의 우열도 아니라 말라리아 모기 한 마리다. 이런 것이, 『검은 꽃』이 우리에게 제시해주는 세계의 모습이고 우주적 유머이며 차가운 아이러니다. 그 안에서는 그 어떤 삶도 헛되지 않다. 그러니 부디 기운 내시라 동지들이여. 절망에 빠진 왕족이여. 아버지들이여.

아도르노는 예술작품의 평가 기준에 대해, 한 작품이 자기 내부에 존재하는 지적 계기와 직관의 긴장관계를 얼마나 깊이 견뎌내는가에 있다고 한 적이 있다. 예술작품은 개념도 직관도 아닌 그 무엇이고, 그것은 아무것도 상징하지 않음으로써 상징이 된다고도 했다. 『검은 꽃』의 세계에서 등장인물들의 격렬한 인생 유전으로, 어긋나버린 꿈과 샤머니즘과 다다를 수 없는 나라 등으로 표현되는 서사적 아이러니는 논리와 직관 사이의 긴장으로 팽팽하게 당겨져 있다. 이런 긴장감이 장편 전체를 시종일관하고 있다는 것은 놀라운 일이다. 더욱이 압축된 문장들의 연쇄가 만들어내는 탄력과 속도는 아이러니를 더욱 강력한 힘으로 추동해낸다. 다소 과장을 하자면 이 소설의 진정한 주인공은 문체라 해도 좋을 정도다. 그 힘으로 김영하는 애니깽이라는 진부한 소재를 가지고 매우 멋진 소설을 만들어냈다. 역사소설이라는 맥이 풀려버린 장르를 미학적 가능성의 새로운 영역으로 등재해놓았다. 올바른 삶이 아니라 멋지고 놀라운 삶에 대해 말하는 역사 선생님은 얼마나 매력적인가. 김영하가 보여주는 댄디즘으로서의 역사는 멋진 문학이다.

(2003)

깡패, 웃음, 이야기의 윤리
—성석제론

1. 익살꾼 성석제

성석제가 얼마나 웃기는 이야기꾼인가 하는 것은 새삼 강조할 필요가 없다. 그는 이미 두 권의 장편소설과 많은 단편, 콩트, 산문 들을 통해, 종횡무진하는 입담의 진면목을 보여주었다. 또 유수한 작가들과 평론가들이 그의 소설의 독특한 매력과 개성에 대해 다양한 방식으로 증언해주었다. 알 만한 사람들은 이미 다 알고 있다. 성석제는 무엇보다도 거짓말쟁이고 허풍선이고 만담가다.

소설가가 거짓말쟁이라는 건 지당한 말이다. 소설이라는 물건 자체의 속성이 그렇다. 그런데도 소설가를 일컬어 거짓말쟁이라고 하지는 않는다. 작가란 허구적인 이야기, 가공된 이야기를 들려주는 사람이되, 그 이야기는 지금 우리의 삶에 대해 어떤 의미와 중요성을 지닌 것이라는 게 보통 사람들의 생각이다. 그래서, 소설가를 두고 웃기는 이야기꾼이나 허풍선이라 하는 것이 경우에 따라서는 기분 나쁘게 들릴 수도 있다. 작가를 견자나 지사나 실천적 지성이라고 생각하는 사람들에게는 모욕이나 수치로까지 생각될 수도 있을 것이다. 하지만 성석제는 오히려 스스로를 이야기꾼이자 거짓말쟁이로 내세웠다. 『재미나는 인생』[1)]에 수록된 전세계거짓말쟁이협회 서기장의 연설문 같은 것이 대표적인 예다. 하지만 특정한 예를 들지 않더라도, 과장과 과도함, 비꼼, 풍자, 역설, 반어 등을 밥 먹듯이 구사하는 그의 작품 자체가, 성석제가 재담가이고 이야기꾼이라는 사실을 웅변으로 알려주고 있다.

성석제의 이런 지향성이 권위주의나 엄숙주의의 반대편에 있는 것이라는 점 역시 쉽게 알 수 있다. 어떤 사회나 진지하고 엄숙하거나 거룩한 것들이 있다. 그런 가치나 규범이나 존재들은 그에 합당한 대접을 받아야 마땅하다. 하지만 엄숙주의는, 엄숙해야 할 이유도 그럴 필요도 없고 그런 존재가 아님에도 그런 대접을 받고 싶어하는 것들이 취하는 위선적인 외관일 뿐이다. 권위주의도 마찬가지다. 성석제는 스스로를 거짓말쟁이 이야기꾼으로 규정함으로써, 최소한 이런 엄숙주의로부터 거리를 유지할 수 있다. 말하자면 위악의 포즈를 취함으로써 위선자가 될 가능성을 피해간 셈이다.

하지만 이런 경우는, 위악적인 자기 비하가 초래하는 거짓 고백의 악순환이라는 문제, 곧 스스로를 거짓말쟁이라고 말하는 거짓말쟁이의 말을 어떻게 믿느냐 하는 문제가 생긴다. 명제의 진위를 따지는 논리적인 방식으로는 해결이 불가능하다. 익살꾼의 가면을 쓰고 있는 한 어떤 말도 농담이나 익살일 수밖에 없기 때문이다. 방법이 있다면 그것은 말의 논리적 진위가 아니라 태도의 진실로 보여주는 것이다. 곧 진리가 아니라 진실을, 논리가 아니라 윤리를 보여주는 것이다. 그것은 곧 진

---

1) 이 글에서 인용되는 성석제의 텍스트는 다음과 같다. 인용할 경우 본문에 쪽수만 밝힌다. 『왕을 찾아서』, 웅진, 1996 ; 『재미나는 인생』, 강, 1997 ; 『아빠 아빠 오, 불쌍한 우리 아빠』, 민음사, 1997 ; 『인간의 힘』, 『문학과사회』 2002년 봄~2002년 가을호 ; 『번쩍하는 황홀하는 순간』, 문학동네, 2003.

짜 거짓말쟁이가 되는 것, 거짓말 없이는 한시도 살 수 없을 것 같은 프로 거짓말쟁이가 되는 것, 거짓말쟁이의 숭고한 차원에 도달하는 것이다. 물론 익살꾼 피에로의 분장을 지우면 문제는 간단하지만 그 순간 게임도 끝나버린다. 요컨대 철저히 가면을 뒤집어쓴 상태에서 가면의 진실을 보여주는 것, 그것이 성석제가 스스로에게 부여한 임무다.

2. 윤리의 그로테스크 : 백치와 건달

성석제가 우리를 경탄케 하는 것은, 이야기꾼으로서의 그의 뛰어난 자질이 아니라 작가로서의 그가 보여주는 그 어떤 태도의 윤리성이다. 작가의식이나 정신이라는 말로 바꿔도 좋다. 물론 성석제는 뛰어난 피에로답게 자신의 작가적인 태도를 정색하고 밝히지는 않는다. 설사 그가 분장을 지우고 맨얼굴로 나온다 하더라도, 그가 서 있는 곳이 무대인 한, 그것조차도 하나의 가면일 뿐이다. 성석제의 작가로서의 태도를 여실하게 확인할 수 있는 것은 두말할 것 없이 그의 작품 자체다. 그가 즐겨 그려내는 인물들을 보자. 그들은 대부분 깡패, 건달, 바보, 사기꾼, 도둑, 알코올 중독자, 노름꾼 들과 같은 사회적 일탈자들이다. 이런 유형의 인물들이 지니고 있는 독특한 성격이 성석제 식 익살의 중요한 부분을 이루지만, 우리의 관점에서 볼 때 중요한 것은 그 인물들이 보여주는 놀라운 윤리성이다. 이들은 하나같이 자기 스타일을 고수하기로는 완강하기 짝이 없으며, 한번 움직이기 시작하면 갈 데까지 가고 보는 집요한 인간들이다. 「유랑」이나 「협죽도 그늘 아래」에 나오는 지조 높은 할머니들도, 시골 읍내에서 열리는 1970년대식의 점잖은 노래자랑에서 엉덩이를 흔들며 "헝크, 헝크, 버닝 러브"를 외쳐대는 「어린 도둑과 40마리 염소」의 '기타 리' 도, 「천애윤락」이나 「붐빔과 텅 빔」에 등장하는 천부적인 희생자들도 마찬가지다. 자기 스타일대로 끝까지 간다. 추방당할 때까지, 자기 완성에 도달할 때까지, 혹은 죽음 직전까지. 「해방」의 주인공들의 별명은 재털이와 도마다. 알코올 중독자인 남자는 자기 손목에 칼자국을 남겼고, 작부였던 여자는 자기 팔뚝에 담뱃불로 지진 화상 자국을 남겼다. 모두가 끝까지 가겠다는 의지의 표현이었다. 성석제의 소설에 등장하는 많은 인물들은 이런 고집의 소유자들이다. 그러나 고집은 고집일 뿐, 고집스럽다고 해서 윤리적이라는 것은 좀 이상한 논리가 아닌가.

최근 연재되었던 『인간의 힘』에서 성석제는 또하나의 우스꽝스런 인물—본디 우스꽝스런 인물인 것은 물론 아니다. 다른 경우와 마찬가지로 성석제 식 과장법이 그렇게 만든 것이다—을 그려냈다. 임진, 병자 양란 사이를 살았던 채동구라는 인물이다. 그를 일컬어 성석제는 '출가와 무위의 귀재'라 했다. 임금과 나라를 지키기 위해 전란중에, 그것도 네 번씩이나 창의를 위해 홀로 일어선 고령 출신의 양반을 그렇게 부른 것이다. 가출을 일삼기로는 작가 자신도 마찬가지였다. 같은 취미를 가진 작가는 채동구와 그의 시대 사람들의 삶을 생각하면서 이런 말을 한다 : "그는 무슨 생각을 하면서 살까. 무슨 재미로 살까. 어쩌면 지금보다 더 굳센 신념이 있을 것이다. 성현의 도, 예와 도덕, 충과 효처럼 기호화, 상징화된 것들. 그저 싫다, 그냥 좋다 하는 지금의 나와는 다를 것이다. 왜 집을 나서는가. 물론 그 신념을 관철하기 위해서이다. 그에게는 신념을 지키는 것이 곧 인생이다. 중요한 건 신념이 아니라 지키는 것이다. 신념은 나의 것 같지만 남의 것이기 쉽다. 지키는 것은 나의 선택이다."(108~109쪽) 요컨대 어떤 신념을 가지고 있느냐가 아니라 그것을 지키는 것이 중요하다고 성석제는 지금 말하고 있는 중이다. 바깥에 있는 어떤 대상이 아니라 그것을 향한 주체의 태도가 중요하다는 것이다. 이런 점에서 채동구는 그가 그려낸 다른 현대적인 인물들과 크게 다르지 않다. 수미일관하고 철두철미하다. 신념을 신념이게 하는 것은 그것의 내용이 아니라 그것을 가지고 있는 사람의 태도이자 그것을 지키는 형식의 철저함이다. 그것이 윤리성을 만든다.

예를 들어보자. 지젝은 파스칼의 유명한, 신의 존재에 관한 내기를 논하는 과정에서 진정한 복종은 내적인 것이 아니라 외적인 것이라고 했다.[2] 물론 여기서 외적 복종이란 정강이를 걷어차서 무릎을 꿇리는 행위 따위를 말하는 것은 아니다. 그가 말하는 외적 복종이란 몸에 익어서 자연스럽게 이루어지는 기계적인 복종과 같은 것이며, 이것이 진짜 복종이라는 것이다. 이에 비하면, 주체의 적극적인 의지나 합리적인 판단에 바탕을 둔 복종, 흔히 말하는 내적 복종은 진정한 복종이 아니다. 그것은 자기 판단이나 이해관계에 의거해 행해지는 것이며, 대상에 대한 복종은 판단의 결과로 이루어지는 것일 뿐이기 때문이다. 곧 자기 자신의 판단에 대한 복종일 뿐이라는 것이다. 요컨대 주체의 외부에 있는 비합리적이고 몰상식한 대상, 이해할 수 없는 대상에 대한 무조건적인 복종이야말로 진정한 복종이라는 것이다.

이런 복종의 논리는 그 자체로 윤리성에 대한 논의로 이어질 수 있다. 이를테면 효성이 지극하기로 이름난 순임금의 경우를 보자. 그는 장님 아버지는 물론이고 두 번씩이나 자기를 죽이려 했던 계모에게도 극진한 효성을 바쳤다. 그것이 그를 하늘이 내린 진짜 효자로 만들었다. 자애롭고 존경스런 부모나 물려줄 재산이 많은 부모에게 효도하는 것은 누구나 하게 되는 지당한 것이다. 그걸 윤리적이라고 하기는 어렵다. 이해하기 어려운 까탈스런 존재들, 라캉적인 의미에서 사물(the thing)과도 같은 존재들에 대한 복종이 진정한 복종이듯이, 자기를 죽이려 하는 몰상식하고 외상적인 부모에게 효도하는 것이 진짜 효도고

2) S. 지젝, 『이데올로기라는 숭고한 대상』, 이수련 옮김, 인간사랑, 2002, 75쪽. 이하 윤리성에 관한 지젝의 논의는 이 책에 따른다.

윤리적이다. 이 경우 윤리적이란 자기의 이해관계를 돌보지 않는다는 뜻이다.

이런 점에서, 윤리적인 인물들은 자본주의 시대의 생활 감각과는 반대 방향으로 나아갈 수밖에 없다. 자본주의사회에서 그들은 근본적으로 비극적이거나 우스꽝스럽고 기괴하다. 「황만근은 이렇게 말했다」의 주인공 황만근은 괴물 같은 어머니와 아들 사이에 끼어 언제나 희생만 하는 못난 존재다. 홀아비의 몸으로 젊은 어머니를 위해 조석 공궤를 게을리하지 않는 하늘이 낸 효자에다, 핏줄도 통하지 않는 아들에게 바보 취급을 당하면서도 지극 정성인 놀라운 아버지다. 또 「조동관 약전」의 주인공 조동관은 그 무엇으로도 제어가 불가능한 성질 더러운 건달이다. 비즈니스 운운하며 기업가 흉내를 내는 조폭이 아니라, 하고 싶은 일은 앞뒤 재지 않고 제멋대로 해치워버리는 절대적 주체성의 화신이다. 황만근도 조동관도 모두 계산하지 않는, 혹은 계산할 줄 모르는 존재들이다. 이해관계나 수익성 같은 것은 생각할 수도 없다. 이런 점에서 백치와 건달은 등가다. 그들은 모두 비극적으로, 누구도 돌보지 않는 곳에서 외롭고 쓸쓸하게, 혹은 전장의 영웅처럼 장렬하게 죽어간다. 낡은 경운기와 함께 죽어가는 순진한 황만근의 경우는 차분하고 현실적이며, 경찰과 대치하다 동굴에서 죽어가는 조동관의 경우는 만화적이고 과장되어 있다. 그러나 이들이 지니고 있는 본성의 측면에서 보자면 오히려 만화 같은 조동관 쪽이 훨씬 더 본질적이다. 이런 종류의 존재들은 이익이라는 개념 자체를 모르므로, 등가성과 합리성을 최고의 척도로 삼는 시대에는 정상적으로 살아갈 수 없다. 자본주의 세계에서 그들은 비극적이고 우스꽝스럽고 기괴한, 그로테스크한 존재일 수밖에 없다.

자기의 이해관계를 돌보지 않고, 칸트의 정언명령처럼 마음의 격률이 시키는 대로 사고하고 행동하는 것을 우리는 윤리적이라 부른다. 백치와 건달은 모두 마음의 격률이 시키는 대로 살았다. 신의 부재를 중핵으로 한 모더니티의 세계에서 양심의 명령이라는 것 이상의 윤리적 강령은 있기 어렵다. 조동관은 자신의 스타일을 지키기 위해 목숨을 걸었다. 태도에 관한 한 생명을 바치는 것 이상의 엄격함은 있을 수 없다. 조동관과 황만근의 이야기를 통해, 더 나아가서는 이들과 동일한 위상을 지니고 있는 노름꾼과 깡패, 알코올 중독자, 천부적 자기 희생자들의 이야기를 통해, 성석제는 최고의 윤리성이 얼마나 그로테스크한 본질을 지니고 있는지를 포착해내고 있다. 이런 것들을 포착해낼 수 있는 작가 성석제는 어느 쪽일까. 말할 것도 없다. 그는 이들의 이야기를 들려줌으로써 직업적인 거짓말쟁이의 윤리를 실천하고 있는 중이다.

3. 깡패 이야기와 웃음의 기능

성석제가 소설의 소재로 깡패들에게 갖는 애정은 각별해 보인다. 그의 등단작 「내 인생의 마지막 4.5초」나 「조동관 약전」도 매우 독특한 방식의 깡패 이야기고, 그의 첫 장편 『왕을 찾아서』는 말 그대로 다종다양한 깡패, 기인, 건달 들의 전시장이다. 질문을 던져보자. 왜 깡패인가.

물론 깡패들을 사랑하기로는 보통 사람들도 성석제 못지않다. 우리가 사랑하는 깡패들이 현실 속의 깡패가 아니라는 것 또한 당연한 말이다. 우리 보통 사람들은 진짜 깡패에 대해 아는 것이 별로 없다. 신문 사회면에 등장하는 조직폭력배들의 싸움에 대해 읽어본 정도, 혹은 깡패로 추정되는 옷차림이나 몸피의 주인공들과 우연히 마주쳐본 정도, 조금 심한 경우라면 위협을 당하거나 위협감을 느껴본 정도가 전부일 것이다. 하지만 우리는 깡패가 어떤 존재인지 너무나 잘 알고 있다. 우리가 아는 깡패들은 이야기의 공간 속에, 성석제의 『왕을 찾아서』와 같은 소설이나, 〈대부〉나 〈가문의 영광〉 같은 영화 속에 존재하고 있다. 우리가 사랑하는 깡패들은 그 이야기에 나오는 깡패들이다. 이런 뜻에서 보자면, 우리가 사랑하는 것은 깡패가 아니라 깡패의 이미지나 깡패 이야기라 말하는 것이 좀더 정확할 것이다. 그렇다면 질문은 이렇게 수정되어야 할 것이다. 왜 깡패 이야기인가.

이 질문에 대해서라면 성석제도 우리도 할말이 좀 있을 듯싶다. 폭력보다는 깡패에 대해, 또 깡패보다는 깡패 이야기에 대해 말하는 것이 한결 마음이 가볍다. 폭력이 위험한 것은 해로우면서도 매력적이기 때문이다. 그것은 마치 향락의 잉여와도 같이 사람을 메스껍게 하면서도 유혹하고, 치유하기 어려운 외상을 남긴다. 그 정도의 강도를 지닌 것이라야 폭력이라는 이름에 어울린다. 깡패라는 말은, 폭력이 지니고 있는 우발적이고 트라우마적인 속성을 인격적으로 상징화함으로써 순치시킨 결과이고, 그것을 서사라는 상징의 연쇄 속에서 다시 한번 순치시킨 것이 깡패 이야기다. 깡패 이야기는 당연히 폭력의 가능성을 전제하고 있다. 상징의 질서 속에 포획된 폭력은 이미 서사적 문법의 일부이므로, 우발적으로 다가오는 폭력과는 달리 그다지 충격적이지 않다. 애당초 그런 것이 깡패들이고 그들의 이야기니까.

게다가 성석제는 희극적인 방식으로 깡패들의 이야기를 풀어낸다. 서사적으로 포착되는 깡패는 시대착오적인 영웅이다. 시대착오적이라는 점이 강조되면 코미디가 되고 영웅적인 면이 강조되면 비장한 무협지가 된다. 성석제는 깡패들의 이야기를 코미디의 방식으로 풀어낸다. 그것이 성석제의 감각이기도 하지만, 이에 대한 논의에 앞서, 『왕을 찾아서』에 등장하는 깡패들의 모습부터 살펴보자.

『왕을 찾아서』에 나오는 깡패들은 크게 둘로 구분된다. 첫째는 협객풍의 깡패들. 이들은 흉기를 쓰지 않고 조직을 만들지 않는 독불장군식의 전통적 건달들이다. 오른손 주먹의 황제 마사오, 발차기의 왕자 차

백달, 박치기의 왕자 지용칠 등이 주축이다. 이들 중에서 마사오는 단연 우뚝한 인물이며 한 지역의 왕으로 군림했던 전설의 주인공이다. 후배들 중에는 엄청난 팔뚝과 뱃심을 지닌 양희안 같은 인물들이 이 계보를 잇는다. 이들은 모욕당하는 것을 참을 수 없어하고, 의리를 귀하게 여기는 인물들이다. 현대식 깡패들로부터는 논두렁 깡패라는 비아냥을 듣기도 한다. 둘째는 조창용, 박재천, 황포 등의 신세대 깡패들. 해방둥이 마사오보다 십 년 이상 후배들이다. 이들은 기본적으로 조직 지향적이다. 조창용은 대도시 폭력배 조직의 조직원 노릇을 하다가 고향으로 돌아와 발판을 마련한 케이스다. 이들은 흉기를 사용하거나 술책을 동원해 기반을 만드는 인물들이며 모략과 배신도 서슴지 않는다. 조창용은 지역의 왕으로 군림하던 마사오와 그의 정신적인 후계자 양희안을 제거하고 새로운 지배자가 되며, 수하에 박재천과 황포를 거느리고 술집과 도박장을 운영한다. 조창용이 죽은 후에는 황포와 박재천 사이에 세력 다툼이 벌어진다. 이들은 논두렁 깡패와 대비되는 기업가형 깡패들이다.

『왕을 찾아서』는 전체적으로, 낭만적 건달이 현대식 조폭으로 대치되는 과정을 보여준다. 이 과정에서 전설적인 왕이었던 마사오는 조창용으로 대표되는 조폭 세력에 의해 비참한 방식으로 하야당한다. 마사오의 세대들은 저마다 하나씩의 왕이었다. 힘센 왕과 조금 덜 센 왕의 관계로 연대하고 있었을 뿐 그들은 철저한 상하관계로 맺어져 있었던 것은 아니다. 하지만 조창용이 대표하는 조폭의 질서에서 서열은 생명과도 같다. 그것이 조직의 힘이기 때문이다. 또 이들은 깡패이면서 동시에 사업가들이다. 머리 좋은 수완가이고 전략가이며, 한 조직을 거느리는 보스 노릇도 해야 한다. 『왕을 찾아서』에서 왕관은 마사오에서 조창용에게로 다시 박재천에게로 이어진다. 카리스마도 완력도 위력도 뒤로 갈수록 떨어진다. 이것은 폭력과 깡패가 탈마법화되는 과정이며,

자본제의 영역에서 탈영토화되었던 건달들이 조폭의 형식으로 재영토화되는 과정이기도 하다.

이 과정에서 출현하는 세번째 유형의 깡패가 있다. 이들은 마사오나 조창용, 박재천처럼 왕의 족보에 올라 있지도 않고 이야기 흐름으로 볼 때 주인공급인 것도 아니다. 하지만 이들이야말로 깡패 중의 깡패, 본질적인 깡패들이다. 박재천이 거느리고 있는 두 명의 수하, 이중원과 육재모가 그들이다. 한 사람은 씨름 선수 출신으로 굉장한 완력의 소유자이고, 또 한 사람은 몸이 날랜 싸움꾼이다. 이들은, 짧은 머리와 검은 양복에 선글라스라는 전형적인 조폭 차림으로 박재천을 수행한다. 소설의 화자이자 덜떨어진 인물인 장원두는 이들을 놓고, 완벽한 깡패, 깡패의 표본이라고 한다. 직관적인 느낌 자체가 그렇다는 것이다. 그런 인물들답게 이들이 박재천에게 바치는 충성도 절대적이다. 이에 대해 화자인 장원두는 이렇게 말한다 : "그들은 재천의 수족이다. 수족은 더러운 일이나 깨끗한 일이나 다 해준다. 힘든 일도 쉬운 일도 마다하지 않는다. 그러기에 수족의 주인이 수족인 자신들 대신에 다른 수족을 쓰면 서운하고 섭섭하고 삐쳐서 최후의 수단으로 죽음으로써 억울함과 원통함을 하소연할 수도 있는 것이다."(195쪽) 소설의 화자에게 다가오는 느낌으로 보자면 이들은 흡사 충성과 복종이라는 코드만으로 이루어진 사이보그나 기계 같은 존재들이다.

물론 세 유형의 깡패들은 모두가 위력을 지니고 있다는 점에서 위협적인 존재들이다. 그러나 각각 서로 다른 느낌으로 소설의 화자에게 다가온다. 지난 시대의 왕 마사오는 위협적이면서도 애정이 가는 대상이다. 그는 무엇보다도 영웅이고, 모든 외적 제약에서 벗어나고자 하는 절대적 주체성의 화신이다. 두번째 유형인 조창용과 박재천은 목적합리성의 원형이며 잔인한 기업가들이다. 그들은 위협적이면서 동시에 혐오스럽고 경멸적인 존재들이며, 소설의 화자에 의해 조롱과 야유의 대상이 된다. 세번째 유형의 깡패들은 이물감을 주는 섬뜩한 존재들이다. 소설의 화자에게 이들은 인간이라기보다는 기계에 가깝다. 이런 깡패들이 실제로 존재하느냐는 별문제다. 우리가 문제 삼는 것은 실제 깡패들이 아니라 이야기 속의 깡패들이다. 이들의 이미지 속에서 우리는 우리 욕망의 공백이 어떤 방식으로 물질화되는지를 보게 된다. 절대적 위력을 소유하고 싶다는 것이 그 하나이고, 절대적 복종자가 되고 싶다는 것이 다른 하나다. 세번째 유형의 깡패들은 이런 두 가지 역설적인 욕망을 체현하고 있는 환상 대상이며, 그런 점에서 본질적인 깡패다.

깡패의 질서는 자본제가 식민화하지 못한 영역이다. 깡패들이 좋아하는 단어들—의리, 우정, 복종, 힘, 충성, 사내다움 등은 돈으로 환산할 수 없는 것이며 그런 점에서 탈자본제적인 요소들이다. 깡패들은 인간관계의 친소나 호오를, 또한 지배와 예속의 관계를 숨기지 않는다. 오히려 내세우고 과시한다. 「내 인생의 마지막 4.5초」에서 벌어지는 깡패의 결혼식 풍경이 그렇고, 박재천의 두 사이보그 부하들의 태도가 그렇다. 성석제의 단편 「첫사랑」의 주인공이나 영화 〈친구〉의 주인공처럼, 깡패는 친구가 원하는 것은 무엇이든 한다. 다른 이유는 없다. 친구가 원하기 때문이다. 그것이 우정이고 의리다.

이런 질서는 근대 자본주의의 관점에서 보자면 얼마나 우스꽝스러운 것인가. 지젝 식의 논리로 표현하자면 이들은 전도된 물신주의를 보여준다. 깡패 이야기의 세계에서 물신화되어 있는 것은 인간관계다. 한번 형님은 영원한 형님이고, 조직과 의리를 배반하는 놈은 인간도 아니다. 이에 비하면 돈은 부차적이다. 그러나 돈 앞에서의 평등과 자유 계약을 원칙으로 하는 자본제적 질서 속에서는 모든 게 반대다. 아무리 친구 사이나 가족간이라 하더라도 돈관계는 분명히 해야 한다. 공사 발주처의 공무원과 건축업자가 친구라는 사실은 드러낼 필요도 없고 드러나서도 안 된다. 그 대신 고정된 서열이나 지배 예속 관계란 존재하지 않는다. 단지 돈을 주는 사람과 받는 사람이 있을 뿐이다. 돈의 흐름에 따라 상하관계는 얼마든지 바뀔 수 있다. 요컨대 화폐가 물신화됨으로써 인간관계가 탈물신화된 상태가 자본제적 질서다.

그렇다면 지배와 예속의 관계는 사라진 것인가. 사라진 것이 아니라 억압과 변형을 통해 단지 보이지 않게 되었을 뿐이라는 것이 마르크스와 지젝의 지적이다. 하지만 이들의 지적이 아니더라도 보통 사람들이라면 일상 속에서 체험으로 알고 있는 것이다. 윗사람에게 굽실거리는 장면이 눈에 띄면 보는 사람이 민망해진다. 감춰져 있어야 할 것이 드러나버린, 외설적인 장면이기 때문이다. 그러나 절대 복종이라는 코드에 따라 움직이는 깡패-사이보그들은 보스 앞에서 우렁차고 당당하게 허리를 숙인다. 그들은 나체주의자들이기 때문에 부끄러움도 외설도 모른다. 때문에 이런 깡패들의 논리는, 그 존재 자체만으로도 자본제의 질서가 지니고 있는 위선과 표리부동을 되비추는, 너절함과 소심함과 교활함을 되비추는 거울이 된다. 그들은 인간관계를 물신화함으로써 화폐의 물신화를 격파해버리고, 시대착오로써 현재의 현실을 되비춘다. 그것이 깡패 이야기의 밑그림이다.

깡패의 이미지는 이처럼 자본제의 도덕적 치부에 대한 비판을 배경으로 삼고 있다. 위선을 필두로 줄줄이 이어지는 탐욕, 인색, 소심, 비겁, 나약, 교활 등등의 이른바 소시민적 혹은 상인적 기질의 악덕들. 깡패의 이미지는 이에 대한 부정으로 형성된다. 무엇보다도 이해관계에서 벗어나는 일, 곧 의리를 지키는 일이 그 중심에 있다. 이런 점에서 성석제가 그려낸 건달과 백치들처럼 깡패도 본질적으로 윤리적인 존재들이다. 이들의 윤리성은 그러므로 자본제적 현실 논리에서 보자면 그로테스크한 속성을 지닐 수밖에 없다. 낯설고 기이하게, 때로는 숭고하고 거룩하게 느껴지는 것이다. 이를테면 황산벌 싸움을 앞둔 계백이 3천의 결사대를 끌고 나가기 전에 자신의 가족을 모두 죽이는 행위 같은 것.

어떤 대의를 위해 자기를 희생하는 것은, 어떤 덕도 자기 보존보다 우선할 수 없다고 했던 스피노자의 에티카에 정면으로 맞서는 것, 곧 모더니티의 모럴에 정면으로 맞서는 것이다. 전근대라 해도 좋고 탈근대나 초근대라 해도 좋다. 애국심이나 민족주의일 수도, 전제주의나 전체주의일 수도 있다. 자본제의 타락한 도덕성이라는 견지에서 보자면 그 어떤 것도 깡패들이 지니고 있는 것과 유사한 느낌으로, 굳게 다문 입술의 결연한 표정이나 근엄한 어깨들의 위용으로, 당당함과 통쾌함과 매혹으로 다가온다.

이처럼 희생이 미학적으로 받아들여지게 되면, 중요한 것은 목적이 아니라 자세와 태도가 된다. 무엇을 위한 희생이냐가 아니라 희생한다는 사실 자체가 중요한 것이다. 자기 목적화된 희생정신, 미학화된 윤리성은 파괴 충동의 소산이며 파시즘적인 폭력의 상징이다. 그들은 누구를 위해서도 희생할 줄 모르는 저 인색한 자본주의와 개인주의의 겁쟁이, 속물 들을 보라고 말한다. 자본주의 사회의 도덕적 타락과 퇴폐와 향락을 말한다. 하지만, 개인주의의 도덕적 타락을 비판하지 않았던 전체주의는 존재하지 않았다. 윤리적 엄격함과 강력한 초자아의 매혹으로 사람들을 복종시키지 않았던 전체주의도 존재하지 않았다.

이런 점에서 깡패 이야기는 파시즘적인 미학의 길로 이어진다. 그러나 성석제는 깡패 서사를 웃음과 결합시킴으로써 이런 함정으로부터 비켜간다. 당연한 일이다. 그는 무엇보다도 웃기는 이야기꾼이다. 『왕을 찾아서』의 화자 장원두는 소심하고 겁 많은, 사이보그 같은 깡패들을 좋아하지 않는 인물이며, 기본적으로 냉소적인 능청꾼이다. 가늘고 길게 사는 것을 모토로 삼고 있는 장원두의 시선을 통해 성석제는, 깡패들의 모습에서 비장미라는 외투를 벗겨버린다. 그럼으로써 소설에 등장하는 모든 왕족 깡패들은 탈승화(desubilmation)되어 만화의 주인공처럼 나타난다. 사이보그 깡패들만이 어두운 구멍처럼 존재하고 있으나, 그 역시 만화의 세계 속에 뚫린 구멍 격이다.

『왕을 찾아서』에는 두 개의 구멍이 나온다. 하나는 젊은 시절의 박재천이 찾아다녔던, 조직으로 통하는 구멍이다. 박재천은 왕이었던 마사오에게서 구멍을 찾고자 했으나 마사오에게는 조직이 없었으므로 구멍도 없었다. 조직을 가진 조창용에게서 비로소 그는 구멍을 발견한다. 또 박재천의 친구이자 소설의 화자인 장원두가 비슷한 나이 때 발견한 구멍이 있다. 시장통 어물전에서 나세희라는 여자를 만났을 때다 : "그녀를 보는 순간 나는 놀랐고 당황했다. 그녀는 주변에 전혀 어울리지 않는 깊은 구멍처럼 보였다. 그런데 그 깊은 구멍은 어두운 것이 아니고 안쪽에서 황홀하게 밝은 빛이 뿜어져나오고 있었다."(241쪽) 이 경우 구멍은 빛나는 여성성 그 자체다. 성석제는 이 두 경우 모두 구멍이라는 말을 썼다. 성석제가 즐기는 의도적인 말놀이일 수도, 단순한 우연일 수도 있다. 여기에서 구멍은, 라캉 식으로 말하자면 환상 대상, 욕망의 대상이자 원인이다. 무엇으로 그것을 채워넣느냐, 욕망의 공백을 어떻게 물질화하느냐가 문제다. 구멍을 멍하니 바라만 보았던 장원두는 빛을 잃었고, 환상의 구멍 속으로 뛰어든 박재천은 왕이 되었고 빛나는 구멍인 여자를 차지했다. 그가 왕이 되었다는 것은 왕이 사라졌다는 것과 같은 말이다. 그럼으로써 『왕을 찾아서』의 깡패세계도 자본제화된다. 이 과정이 『왕을 찾아서』의 서사적 줄거리이지만, 이를 포착해내는 장원두의 시선은 냉소적으로 과장되어 하나의 스크린처럼, 진정성의 세계가 더이상 존재하기 어렵다는 내면의 멜랑콜리를 은폐하고 있다.

깡패가 긍정적으로 묘사될 때는, 그보다 더 어두운 세계를 배경으로 깔고 있거나, 깡패가 자본제의 일상적 감각과 반대되는, 태도의 윤리성의 상징으로 형상화되고 있을 때이다. 성석제는 깡패세계의 이런 모습들을 포착해냄으로써 우리가 사는 세계의 윤리적 취약성을 뒤집어 보여준다. 그와 동시에, 이를 웃음과 결합시켜 리얼리티의 수준을 슬쩍 떨어뜨림으로써 다시 한번 뒤집어놓는다. 그럼으로써 태도의 윤리성이 자기 목적적인 폭력이 되는 것을 제어한다. 이와 같은 이중의 뒤집기 과정에서, 마사오나 양희안, 조동관 같은 깡패들은 영웅이면서 동시에 바보가 되고, 그 사이에 개입해 있는 웃음도 냉소에서 익살까지 다양한 형태로 뒤섞이게 된다. 다만 여기에서 더욱더 분명하게 드러나는 것은, 이들을 제어하지도 수용하지도 못하는, 우리가 사는 세계의 윤리적 취약성이다. 하지만 중요한 것은 그것을 교정하려는 것이 아니라 그 사실 자체를 깨닫는 것이라고, 성석제가 그려낸 웃기는 깡패들은 우리에게 말하고 있다.

4. 웃음의 의미 : 누가 웃기는 인간인가

성석제의 이야기가 만들어내는 웃음은 대개 이야기 자체의 희극성이 불러일으키는 웃음이다. 흥겨운 잔치판의 웃음이고 통쾌한 웃음이다. 이를테면, 전철에서 『재미나는 인생』을 읽던 육십대의 작가 박완서가 명랑만화를 읽는 소녀처럼 비죽비죽 흘렸던 웃음, 마침내는 허리를 꺾고 한바탕 웃기 위해 목적지에 닿기도 전에 전철을 내리게 만들었던 웃음이 그 표본이다. 물론 성석제와 웃음의 감수성이 다른 사람은 폭소를 터뜨리는 대신 실소를 흘리게 될지도 모른다. 그러나 폭소든 실소든 간에, 이런 종류의 웃음은 사랑스런 아이들을 바라보는 부모의 흐뭇한 미소와는 성질이 다르다. 그 웃음은 이빨 달린 웃음이라는 점에서, 어떤 대상에 대한 공격이자 징벌이라는 점에서 그렇다. 선명한 공격 대상을 가지고 있는 풍자는 말할 것도 없고, 강도에서 차이가 날 뿐, 단순한 익살이나 해학이라 해도 마찬가지다. 그런데도 성석제의 웃음은 공격적이기보다는 따뜻한 쪽에 가깝다. 무엇 때문인가.

보들레르나 프로이트, 베르그송 같은 이들은 이구동성으로 웃음의 공격성에 대해 언급했다. 이들이 말했던 웃음은 기본적으로 희극이 불러일으키는 웃음이었다. 휴머니스트의 따뜻한 미소나 아기의 만족스런 웃음과는 거리가 먼 것이다. 성석제의 이야기가 만들어내는 웃음도 기본적으로 희극성에 입각해 있다. 이런 웃음의 경우, 웃는 사람과 웃기는 대상 사이에는, 순간적이든 지속적이든 간에, 감정의 절연상태가 있어야 한다. 발생기제라는 측면에서도 이처럼 웃음은 눈물과 정반대다. 보들레르가, "자신의 형상을 본떠 사람을 만들고자 했던 신은 사람의 입에 사자의 이빨을 달아주지 않았고, 사람의 눈에 뱀의 매혹적인 표리부동을 허용하지 않았다. 하지만 사람은 웃음으로 물어뜯고 눈물로 유혹한다"[3]라고 했을 때, 물어뜯는 웃음과 유혹하는 눈물의 관계가 그렇다. 둘 다 신적인 본성과는 거리가 멀다는 점에서는 동일하지만, 눈물은 감정이입 없이는 불가능하고, 반대로 감정이입이 되어버리면 웃음이 불가능해진다. 웃음이 지니고 있는 이런 공격성이 최고로 발휘되는 양식이 풍자다. 하지만 같은 풍자라 하더라도 경우에 따라 편차가 있다. 김지하의 「오적」의 풍자는 차가운 것이지만 채만식의 『태평천하』의 경우는 좀더 가볍고 부드럽다. 풍자의 대상이 지니고 있는 강력함의 정도나, 풍자의 주체가 처해 있는 정치적 사회적 상황에 따라, 웃음의 양태가 달라지기 때문이다.

성석제의 웃음은, 대개의 경우 익살이나 해학 같은 공격성이 완화된 웃음이다. 술 취한 사람들이 저지른 우스꽝스러운 사고라든지, 순진무구한 촌사람들이 의도치 않게 만들어낸 희극적 상황들이 대표적인 예다. 또한 그의 이야기가 포착해내는 풍자도, 뇌물 받는 교통경찰, 그에

3) Baudelaire, *Selected Writings on Art and Artists*, trans. by P. E. Charvet, Cambridge Univ. Press, 1981, p. 143.

게 부도수표를 준 친구, 관료들에게만 굽실거리는 식당 주인, 무례한 반말족 등을 대상으로 한 것이어서, 상대적으로 가볍고 경쾌하다. 물론 이런 경우에도 웃음 자체가 지니고 있는 공격성이 완전히 사라진 것은 아니다. 상대적으로 약화된 형태로 드러나고 있을 뿐이다. 1930년대의 채만식이나, 1970년대의 김지하, 1980년대의 황지우 등과는 경우가 다르다. 제국주의 세력이나 독재정권 같은, 명백하게 부도덕하면서도 강력한 집단이 지근거리에 존재하지 않는 시대를 살아가는 탓에, 성석제에게는 차가운 풍자의 가능성이 원천적으로 봉쇄되어 있다. 그렇다면 그의 웃음은 어디서부터 비롯되는가.

베르그송은 희극성의 원천으로 기계적인 경직성을 지적한 바 있다.[4] 부드럽고 자연스러운 것 가운데 있는 딱딱하고 경화된 어떤 것을 지칭하는 말이다. 슬랩스틱 코미디 수준이라면 깁스한 다리나 뻣뻣한 목처럼 굳은 관절 같은 것들, 풍자 수준이라면 권위주의적인 태도나 경직된 정신 같은 것들이 그것일 터이다. 예를 들어, 「조동관 약전」에서 웃음을 불러일으키는 것은 두 개의 경직성이 맞부딪치면서 내는 파열음이다. 조동관은 성석제가 만들어낸 최고의 건달, 건달 정신을 위해 목숨까지 바치는 숭고한 건달이다. 무식하고 고집스럽고 비타협적인 조동관, 그는 절대적 주체성의 화신이다. 또 재수 없게도, 조동관이 있는 곳으로 시찰을 나온, 젊고 유식한 신임 경찰서장이 있다. '철없는 호랑이'라 소문난, 권위적이고 뻣뻣한 인물이다. 이 두 개의 비타협적인 경직성이 부딪치며 만들어내는 희극성은 성석제 식 웃음의 대표적인 모습이다. 예를 들자면, 천하무적의 깡패 조동관이 경찰서장의 넥타이를 붙잡고 역전 광장을 질주하는 장면 : "똥깐은 서장의 넥타이를 잡고 멧돼지처럼 달리기 시작했다. 서장은 목이 졸려 죽지 않으려면 충직한 사냥

4) 베르그송, 『웃음』, 정연복 옮김, 세계사, 1992, 2장.

개처럼 똥깐의 뒤를 따를 수밖에 없었다. 그 뒤를 은관이 오토바이를 타고 따랐고 경찰들이 뒤를 이었고 읍민들이 뒤를 따랐다. 따라서 역전 파출소에서 기차역까지 수백 명이 달리기로 이동하는, 은척읍 사상 초유의 장관이 연출되었다."(『아빠 아빠 오, 불쌍한 우리 아빠』, 26쪽) 성석제가 즐겨 구사하는, 『돈 키호테』에서 선보인 이른바 '눈덩이 효과'의 예다. 이들의 우스꽝스러움에 더하여, 이야기를 끌어가는 화자의 익살스런 입담이 우리의 웃음보를 건드린다.

그렇다면 우리의 웃음은 누구를 향하고 있는가. 조동관이 표상하고 있는 주체성의 절대 자유는, 절대군주제가 몰락한 후 구조적으로 불가능해진 모든 주체의 꿈이다. 또 동굴에서 농성하는 조동관이 경찰들에게 퍼붓는 '웅장한 욕설'이 있다. 이것이 탈승화된 것의 양가적인 느낌으로 다가온다면, 그것은 누구의 제약도 간섭도 받지 않고 살고 싶다는, 모든 주체의 실현 불가능한 소망이 그 밑에 자리잡고 있기 때문이다. 또 무지막지한 건달에게 봉욕을 당하는 경찰서장의 뻣뻣함을 보자. 그것은 관료들과 자부심 강한 사람들의 기본 속성이다. 나이 어린 상급자와 대책 없는 깡패 사이에서 황망해하는 배불뚝이 파출소장은 비굴함을 먹고 사는 소시민의 전형이다. 조동관이 경찰서장을 짓이기는 장면은, 절대적 주체성이라는 우리의 불가능한 욕망이 우리의 현실을 짓이기고 있는 장면이다. 그 장면에서 웃음이 나온다면, 그 웃음은 누구를 향한 것인가.

세 부류의 바보가 있다. 권위적인 바보, 속물적인 바보, 무지막지한 바보. 경찰서장의 지나친 자부심과 그로 인한 권위주의, 파출소장의 과잉충성과 속물근성, 깡패의 무지막지한 무모함이 모두 비웃음의 대상이 된다. 물론 가장 많이 공격당하는 것은 경찰서장의 권위주의이지만 나머지 두 유형의 바보도 웃음의 공격을 피할 순 없다. 그러나 그뿐인가. 바보들의 우스꽝스러운 모습을 구경하겠다고 뛰어가는 구경꾼들도 속물이거나 바보 아닌가. 그렇다면 우리는 어디에 있는가. 작가의 지휘에 따라 폭소를 터뜨린 우리도 그 바보 구경꾼들 중의 하나가 아닌가. 이 모든 바보의 지휘자인 작가 자신은 말할 것도 없이 바보 중의 최고 바보가 아닌가. 그렇다면 독자도 작가도 결국 자기 자신을 비웃고 있었다는 것인가.

『재미나는 세상』에 수록되어 있는 콩트 「번호」의 경우를 보자. 신병훈련소에서 자기 번호를 복창해야 했던 군인들의 이야기로, 핵심 대목은 이렇다 : "그런데 농사밖에 모르며, 태어나서 가장 먼 거리를 여행한 것이 집에서 대한민국 육군7사단 26연대 3대대 초소 앞까지라는 대한민국 육군7사단 26연대 3대대 2중대 1소대 3분대 8번은 자신의 번호를 말할 차례가 되면 자신만의 독특한 억양과 어휘와 지식을 사용했다. 8번으로서는 그렇게 하지 않을 도리가 없었다. 8번은 자신의 번호를 말할 차례가 되자 '야덟' 이라고 외쳤다. 그 말에 9번은 순간적으로 자신이 어디에 있는지를 잊고 웃음을 터뜨리고 말았다."(15쪽) 이 때문에 9번은 정강이를 걷어차이고, 재차 시작되는 번호의 대열에서 또다시 9번은 웃음을 터뜨리고, 전 중대원들이 원산폭격으로 연병장을 돈다는 교관의 경고를 듣고서도 8번의 입에서 또다시 '야덟' 이라는 말이 나오자 9번은 웃음을 참을 수 없다.

벌을 받아야 하는 중대원들 입장에서 보자면 가장 원망스러운 것은 웃음을 참지 못했던 9번이다. 물론 웃기는 대상이었던 '야덟' 도, 그 상황을 용납하지 않고 징벌을 가한 교관도 어느 정도 원망스러울 수는 있다. 하지만 훈육 제도나 사투리의 존재 자체를 부정하지 않는 이상, 웃기는 대상도 훈육 주체도 자기 자리를 지켰으므로 궁극적인 비난의 대상일 수는 없다. 문제는 웃어야 할 자리를 분간하지 못한 웃음의 주체다. 우리가 만약 이 이야기를 읽고 웃었다면, 우리 역시 정확하게 그 웃음의 주체, 아무 대책도 없이 웃어버린 9번과 동일한 자리에 있다. 웃음의 주체로부터 웃기는 대상을 향해 날아간 웃음의 공격성은, 웃음에 대한 비난의 형태로 자기 자신에게 되돌아오는 것이다.

웃음이 정점을 넘어서고 나면, 감정의 절연상태가 점차 스러지면서 그제서야 비로소 감정이입과 반성의 시간이 온다. 눈물은 감정이 길을 깔아주어야 오지만, 웃음은 반대로 그 자신이 우울과 비애의 길잡이가 되는 것이다. 우스운 것에 대한, 조롱당한 것에 대한 연민이 일단 앞장서고 몇 가지 질문들이 뒤를 잇는다. 나는 왜 웃었는가. 누구를 향해 웃었는가. 그것은 과연 웃을 만한 것인가. 웃는 나는 어디에 있는가. 웃음이 크면 클수록 그뒤에 찾아오는 비애의 농도도 짙어진다. 깡패도 속물도, 8번도 9번도 웃음거리였다.

성석제의 발상을 빌려 말하자면, 세상에는 두 종류의 사람이 있다. 깡패와 속물. 한쪽은 윤리적이고 다른 한쪽은 비윤리적이다. 「조동관 약전」의 신임 경찰서장은 깡패 흉내를 내는 속물이다. 우리 보통 사람들은 대부분 속물 쪽에 속하고, 기껏해야 가끔씩 깡패 흉내를 낼 뿐이다. 풍자가 결국 자기 풍자로 귀결되는 것은, 자본제와 그것에 기반해 사는 사람들 자체가 지니고 있는 본원적인 속물성이, 마치 기독교에서 말하는 원죄처럼 서사세계의 밑그림으로 존재하고 있기 때문이다. 속물이나 깡패 중 양자택일해 자기 안에 받아들일 수밖에 없는 상황에서, 웃음은 세계의 윤리적 허약함을 은폐하는 스크린이 된다. 그것이 왜 은폐되어야 하는가. 비난받아야 마땅한 것은 내 안에 있다. 그것을 직접적으로 공격한다면 자신의 존재 근거 자체가 와해되어버린다. 웃음은 웃는 주체와 웃기는 대상 사이의 직접적인 대면을 차단해준다. 웃음이 잦아들고 난 후 스크린 뒤에서 천천히 스며나오는, 웃기는 인간은 바로 나라는 식의 멜랑콜리는, 폭소를 터뜨린 사람들이 각자 책임져야 할 몫이다. 웃음이 지니고 있는 근본적인 공격성에도 불구하고 성석제의 웃음이 상대적으로 따뜻하게 느껴지는 것은, 그의 웃음의 바탕에는 마조희증적인 유머가 깔려 있기 때문이다.

5. 이야기꾼의 윤리

전세계거짓말쟁이협회 서기장은 신입회원들에게 거짓말쟁이가 지켜야 할 항목을 세 가지로 적시한다. 첫째, 뛰어난 기억력을 가질 것. 둘째, 해석 가능성이 풍부한 거짓말을 할 것. 셋째, 반증의 여지가 없는 거짓말을 할 것. 첫째 항목은 윤리에 관한 것이고, 뒤의 둘은 방법론에 관한 것이다.

기억력이 거짓말쟁이에게 필수적이라는 점은 자명하다. 하지만 기억력에 관한 이야기가 윤리적인 것은 무슨 까닭인가. 서기장은 이렇게 말했다 : "진정한 거짓말쟁이는 자신이 그것을 진실로 믿을 수 있을 때까지 끈덕지게 거짓말을 할 수 있어야 한다. 그러자면 그전에 자신이 했던 거짓말이 어떤 것이었느냐를 기억하고 있어야 한다는 말이다."(『재미나는 인생』, 9쪽) 여기에서 중요한 것은 기억력이 아니라 끈덕짐이다. 뻔한 거짓말이라도 끝까지 반복해야 한다. 자기 자신조차 사실로 믿게 될 때까지. 거짓말쟁이에게는 이런 집요함이 필요하다는 것이다.

성석제의 이야기 중에는 「중 제 머리 깎기」[5] 같이 실소를 자아내는 것도 많다. 논리적 추급(推及)이나 상상력의 유희 자체를 지향하는 것, 혹은 썰렁한 이야기를 집요하게 반복함으로써 마침내는 독자로 하여금 피식거리게 만드는 이야기들이 그렇다. 이런 이야기들이야말로 이야기하기라는 욕망의 본질을 보여준다. 이야기를 낳는 이야기, 이야기 자체를 위한 이야기의 모습을 보여준다는 점에서 그렇다. 성석제는 집요하

5) 이 절에서 언급되는 콩트들은 『재미나는 인생』과 『번쩍하는 황홀한 순간』에 수록된 것들이다. 직접 인용일 경우에만 출처를 밝혀둔다.

고 뻔뻔스럽게 실소를 반복케 함으로써 마침내는 독자의 항복을 받아낸다. 그래, 당신 정말 끈덕지게 웃기는 사람이다. 이런 사실을 인정해 버리고 나면, 독자는 성석제 앞에서 자연스럽게 마음의 무장을 해제하게 되고, 성석제는 웃기는 작가로서 웃기지 않는 농담도 할 수 있는 면책특권을 갖게 된다. 예를 들면, 학교 폭력을 야유하면서 성석제는,

> 주먹나라중학교로 내가 처음 전학을 왔을 때 나는 백 미터를 20초에 뛰는 느림보였다. 처음 맞고 나서 백 미터를 뛰어보니 약 2초가 향상됐다. 졸업할 무렵 다시 2초가 단축됐다. 고등학교 1학년 시절 나는 백 미터를 13초에 뛰는 준족을 자랑했고 1년이 지나기도 전에 11초대에 진입했다. 그때 국가대표급으로 각광받던 축구 선수가 유일하게 나보다 빠른 발을 가졌는데 졸업할 무렵 나는 그 선수를 추월할 수 있었다. 자신과 비슷하게 발이 빠른 보통 학생이 있다는 걸 안 그 녀석이 어느 날 주먹을 쳐들고 나를 따라왔기 때문에 나는 순식간에 10초대에 진입했던 것이다.(『재미나는 인생』, 135~136쪽)

와 같이 거짓말을 꾸며댄다. 물론 그는 여기서 더 나간다. 국가대표 달리기 선수가 되어 국위 선양을 한다는 식으로. 실소나 자아내는 이런 이야기가 우습게 다가올 수 있는 것은 이야기 자체 탓이기보다는, 점층적인 과장 뒤에 숨어 있는 작가 자신의 필사적인 태도 때문이다. 요컨대 우리를 웃게 만드는 것은, 웃기지도 않는 이야기를 우습다고 우기고 있는 성석제인 것이다. 서기장이 요구한 집요함이란 바로 이같은 허풍스런 우격다짐이다. 그것은 깡패와 건달, 바보 들의 미덕이자 윤리성이며, 성석제는 그의 충고를 충실히 따름으로써 깡패 이야기꾼이 되었다.

서기장의 두번째 충고는 다양한 해석의 여지를 남겨두라는 것이다. 이것은 혹시 당면할지도 모르는 궁지를 피하는 요령이다. 이 점에서는

세번째 충고도 마찬가지다. 이와 유사한 이야기를 칠십 년쯤 전 발터 벤야민도 한 적이 있다.[6] 벤야민은, 어떤 설명도 덧붙이지 않은 채 이야기 자체만을 건조하게 전달하는 것이야말로 이야기꾼의 모범적인 태도라 했다. 그 예로 이집트 왕 사메니투스의 이야기를 쓴 헤로도투스 경우를 지적했다. 전쟁에서 진 왕 사메니투스는 포로로 잡힌 왕녀들이 능욕당하고 있을 때도, 왕자가 처형장으로 끌려갈 때도 슬픈 빛을 나타내지 않았다. 그의 슬픔이 터져나온 것은 늙고 불쌍한 하인 한 명이 포로의 행렬에 끼어 있다는 것을 발견한 순간이었다는 것이 이야기의 대강이다. 성석제의 경우도 마찬가지다. 그는 어떤 설명도 없이 이야기를 툭 던져놓는다. 설명할 수 없기 때문인지도 모른다. 그의 단편 「해방」에서 알코올 중독자였던 사람의 말을 들으며 한 여자가 훌쩍거린다. 여자가 왜 우는지 성석제는 끝까지 말해주지 않는다. 말해줄 수 없기 때문인지도 모른다. 또 「바보의 웃음」 같은 콩트의 경우도 마찬가지다. 마을에서 바보 취급을 당하는, 황만근과 같은 상일꾼이 있다. 자기 집 마당으로 과일을 따러 온 아이들에게 겉으로는 사납게 대하면서도, 뒤에서는 흐뭇하게 미소짓고 있는 장면이 어린 화자의 눈에 포착된다. 이야기는 그뿐이다. 여자와 바보는 왜 그랬을까. 성석제는 한마디 설명도 않는다.

설명하지 않는다는 것은 이야기를 어떤 목적론적인 논리 속에 위치시키지 않는다는 것을 뜻한다. 성석제가 인물들의 삶을 다루는 태도를 보자. 인물 자체를 대상으로 하는 그의 소설은 다수가 전기라는 형태를 취하고 있다. 전기는 인간의 삶을 자연사(natural history)의 대상으로 전제한다. 조동관이든 황만근이든, 혹은 『왕을 찾아서』의 깡패 마사오든, 『순정』의 도둑 이치도든, 이야기의 흐름은 비약 없는 시간의 흐름과

---

6) W. 벤야민, 『발터 벤야민의 문예이론』, 반성완 옮김, 민음사, 1983, 173쪽. 이하 벤야민의 이야기론에 관한 것은 이 책을 따른다.

나란히 가고 있다. 한 인물의 이야기가 자연사적 시선의 대상이 되면, 이야기꾼은 해석과 설명에 대한 부담에서 자유로워진다. 벤야민의 논리에 따르면, 자연사적 서술과 맞서는 것은 중세의 묵시록적 서술이다. 묵시록의 저자에게 세계는 해석의 손길을 기다리고 있는, 신의 뜻으로 충만한 거대한 은유의 공간이다. 묵시록적 서술이 탈종교화되면 목적론적 서술이 되고, 이와 동시에, 시대정신이나 역사발전법칙, 사회진화론이나 민족혼 같은 요소들이 비어 있는 신의 자리를 차지한다. 이런 틀에서 벗어나 있는 이야기 곧 인간의 자연사는, 서사의 뼈대를 제공하는 시선을 더이상 갖고 있지 못하기 때문에, 세속적이고 디테일한 사건들의 연쇄에 초점을 맞출 수밖에 없다. 여기에서 중요한 것은, 서사의 굵은 흐름이 아니라, 디테일이 지니고 있는 핍진성과 정교함이다. 시골 파출소의 차석이 마을 사람들에게 하는 말을 채록한 것처럼 기술된 콩트 「당부 말씀」은, 상주쯤으로 추정되는 경북 북부 사투리가 얼마나 매력적인지, 또한 성석제가 얼마나 섬세한 수공업자인지 잘 보여주고 있다.

「휴가」나 「아르카디아의 게」 같은 예에서 볼 수 있듯이, 성석제의 몇몇 이야기들은 우화나 동화 같은 가장 단순한 형태를 향해 나아간다. 이런 단순한 형태의 서사는, 경우에 따라 울림의 폭이 다르긴 하지만 기본적으로 삶의 지혜와 교훈을 담고 있다. 벤야민이 지적했듯이, 이는 소설이 추구하는 삶의 의미와 대조적인 요소다. 물론 그는 지혜도 의미도 아닌 의사소통의 새로운 형식으로 정보라는 요소를 제시하기도 했다. 벌써 칠십 년 전의 일이다.

소설이 위기에 처했다는 말은 벌써 낡은 말이 되어버렸지만, '소설의 위기'란 이런 뜻에서 보자면 삶의 의미에 대한 질문이 처한 위기라고 할 수 있을 것이다. 지난 한 세기 동안 한국의 문학은 거듭되는 계몽의 시대를 살아왔다. 계몽 서사는 기본적으로 악한 힘과 맞서 싸우는 전쟁의 서사이며, 문학은 외적 패배를 통해 내적 승리에 도달하고자 하는 도착된 형태의 계몽 서사였다. 많은 사람들이 그것을 진정한 문학이라고, 문학성이라고 했다. 하지만 1990년대를 거치면서 기왕의 계몽 서사가 한계에 도달했다는 사실은 좀더 명확해졌고 문화적 코드의 변화도 급속하게 이뤄졌다. 반세기 전, 아도르노가 비판적 의미로 썼던 '문화산업'이라는 말이 지금은 오히려 추구해야 할 것이 되어버렸고, 이제는 문화를 넘어 영혼을 위한 지혜까지 판매하는 시대에 접어들고 있다. 욕심을 줄이고 마음을 다스리는 것은 스토이시즘의 이상이다. 헤겔에 따르면, 금욕주의는 세계의 주인이 자신의 주인됨을 회의하기 시작했을 때 생겨나는 정신이다. 유머와 익살은 문화적 성숙의 표지이고, 냉소주의의 미덕은 타자에 대한 관대함이다. 이 모두가 우리 시대의 문화적 코드들이다.

성석제는 이야기의 형식이 지니고 있는 지혜로움을 통해, 다채로운 웃음의 향연을 통해, 지난 시대의 신화들로 인해 상처받았던 마음을 다스리고, 난관에 봉착한 소설의 갱신을 꾀하고 있는 것으로 보인다. 게다가 그는 의미도 지혜도 정보도 아닌 그 무엇을 제공해주고 있다. 그것은 이야기하기라는 욕망 자체를 보여주는 일이다. 이는 이야기의 장인, 깡패 같은 거짓말쟁이라야 할 수 있는 일이다. 쿰쿰한 냄새가 나는 말, 장인이 빛나는 시대에 우리는 살고 있다. 성석제의 소설이 그것을 새삼 일깨워준다.

(2003)

21세기의 순정
—김형수론

1. 늦깎이 작가 김형수

김형수는 늦깎이 작가다. 시를 발표하기 시작한 지 십일 년 만에 다시 소설가가 되겠다고 나섰던 것은 1996년 여름의 일이었다. 그 이전까지 그는 주로 시인이었고 비평가이기도 했다. 김형수가 시인으로 등단했던 것은 1985년의 일이고, 1980년대의 한복판을 그는 민족 해방과 문예통일전선을 주창했던 『녹두꽃』 그룹의 이론가이자 활동가로, 그리고 무엇보다도 시인으로 살아왔다. 그런 그가 마흔 다 된 나이에 소설을 쓰겠다고, 그것도 다른 문인들의 경우와는 달리 아주 다소곳하게 단편 하나를 발표하더니, 그 이듬해 경장편 『나의 트로트 시대』를 책으로 냈고 이제 첫번째 창작집을 선보인다.

시를 쓰다가 다시 소설을 쓴다는 것이 물론 그다지 대수로운 일은 아니다. 무엇보다도 소설쓰기라는 것 자체가 글쓰기의 막장 같은 것이기 때문이다. 글을 써서 먹고사는 사람들이라면 누구든 맨몸으로 뛰어들 수 있고 또 재수가 좋으면 노다지를 캐낼 수도 있는 게 소설판이다. 물론 돈과 명예를 한 손에 거머쥘 수 있다는 투의 사행심 같은 것을 두고 하는 말은 아니다. 이런 유의 사행심이라면 사행심이라기엔 약간은 고상한 것이라서, 오히려 예술적 야심이라고 추켜주어야 할 것 같기도 하지만, 어떻든 뒤늦게 소설이라는 막장을 선택하는 사람들에게는 이보다는 좀더 절실한 이유가 있을 듯싶다. 단도직입적으로 말하자면, 아마도 자기 자신의 삶에 대해 이야기하고 싶은 충동, 자기 삶의 어떤 맺혀있는 대목들에 대해 고백하고, 복수하고, 사죄하고, 용서하고 싶은 충동의 소산이 아닐까 싶다.

김형수도 보통의 늦깎이들과 비슷하게 소설가로서의 자신의 뒤늦은 출발에 대해 매우 자각적이었던 것으로 보인다. 『나의 트로트 시대』의 책머리에 밝힌 바에 따르면, 그 자신 애초부터 염두에 두고 있던 장르는 소설이었다. 단지 "출발이 늦어진 까닭은 '한국'이라는 사회적 공동체의 일원으로서 내게도 부과되어 있다고 믿었던 '정치적 당번 기간(?)'이 끝난 게 이제라는 데에 있다"라고 써놓았다.[1] 어느 정도는 수긍할 수 있는 말일 듯싶다. 그가 '정치적 당번 기간'이라 칭했던 시절은 소설보다는 시가 어울리는 시대였다. 소설은 구질구질한 육체를 필요로 하지만, 불타오르는 정신의 한복판을 향해 단도직입으로 치달려가는 것만으로 족한 것이 서정시다. 유토피아를 향한 열망이 세상을 움직여가던 시절과 서정시는 잘 어울리는 짝일 수 있다. 일의 선후를 되새겨가며 회고하거나 경중을 재고 따지고 하는 식의 산문성이 아니라, 과거와 미래가 하나로 응집되는 위대한 현재 시간 속에서 터질 듯이 부풀어오르고 혹은 좌절하고 고통스러워하고 절망하는 것으로서의 서정성

1) 이 글에서 인용, 참조한 김형수의 텍스트는 다음과 같다. 인용할 경우 본문에 쪽수만 밝힌다. 『애국의 계절』, 녹두, 1988 ; 『동요하는 배는 닻을 내려라』, 살림터, 1992 ; 『빗방울에 대한 추억』, 문학동네, 1995 ; 『나의 트로트 시대』, 실천문학사, 1997 ; 『이발소에 두고 온 시』, 문학동네, 2003.

이 그 시대의 요구에 좀더 부응할 수 있었다.

그런 시대를, 청춘의 나이였던 김형수는 시인으로 살았다. 뜨거웠던 시절을 뜨거웠던 나이로 뜨거운 장르와 함께 보냈던 셈이다. 시가 청춘의 장르임에 비해 소설은 장년의 장르다. 시도 소설도 무언가 자기 속내를 털어놓는 일이지만, 시의 시선은 미래를 향해 있는 데 반해 소설의 경우는 과거를 향해 있다. 물론 이는 장르의 속성이라는 근본적인 차원에서 그렇다는 말이다. 청춘의 방자함이, 혹은 격렬함이 사그라져 버리고 난 뒤, 행동보다는 생각이 많아지기 시작하는 나이가 되면 느끼는 어떤 마음의 상태, 어느덧 세상 무서운 것도 좀 알게 되고 그래서 약간의 체념과 세속의 지혜를 얻게 된 상태, 달관이라고까지 하면 지나치지만 그저 자기 삶을 객관화시켜 돌이켜보거나 관조할 수는 있는 상태, 소설은 이런 마음의 상태와 연관을 맺고 있다. 물론 실제 나이와는 무관하게 말이다. 게다가 소설쓰기는 절대 시간을 필요로 하는 막노동이다. 소설가 출신의 정치가도 있고, 정치가 출신의 소설가도 있지만 둘을 겸하는 것은 어렵다.

김형수가 새삼스럽게 소설을 쓰겠다고 작심했을 때 그의 마음을 사로잡고 있었던 마성적 힘의 정체는 무엇이었을까. 그의 마음을 스치고 지나갔던 수많은 풍경들이 있을 것이다. 그것을 일일이 확인해볼 수는 없는 노릇이다. 그를 붙잡고 물어본다 한들 한번 스윽 스치고 지나간 마음속의 그림들을 그라고 제대로 일러줄 수 있겠는가. 그의 첫번째 창작집 『이발소에 두고 온 시』를 통해, 그의 소설이 지니고 있는 몇몇 특징들을 짚어가면서 그 일단을 헤아려보는 정도가 우리의 일일 것이다.

2. 김형수와 함께 트로트를 : 서정성과 활기

김형수의 소설에서 인상적인 것은 그의 소설 전체를 감싸고 있는 독특한 분위기다. 한편으로는 특이한 인물들의 삶이 뿜어내는 활기가 있고 또 한편에는 소설 전체를 관류하고 있는 풍부한 서정성이 있다. 그의 소설이 보여주는 활기는 지금까지 그가 주로 그려낸 장터와 군대 사람들의 모습 속에서 다채롭게 표현된다. 장터와 군대라는 공간 자체가 지니고 있는 그 어떤 원초적 힘과 김형수의 인물들의 개성이 만남으로써 비롯된 것이라 해도 좋을 듯싶다. 이에 비해 그의 소설이 지니고 있는 서정성은 대개 작중화자의 시선에 의해 조성되는 애잔함이나 쓸쓸함의 형태로 나타나며, 시간 속에서 사위어갈 수밖에 없는 것들이나, 도달할 수 없는 어떤 그리운 것에 대한 반응의 모습으로 구체화된다. 이런 서정성은 「그 이발소에 두고 온 시」에서처럼 서사의 전면에 강렬하게 드러나 있는 경우도 있고, 작품 전체를 감싸안는 틀이나 배경 정도로 물러서 있는 경우도 있다. 그러나 어떤 경우든 간에 이들은 모두 강한 정서적 호소력을 지니고 있는데, 이런 서정성의 존재로 인해, 그의 인물들이 뿜어내는 활기가, 이를테면 장터의 능청스럽고 반지빠른 사람들의 모습이나 젊은 군인들의 혈기방장한 음담패설 같은 거칠고 뾰족한 것들조차도 잘 공글러져 특유의 분위기 속으로 부드럽게 착지하게 된다.

김형수의 소설들이 지니고 있는 분위기는 일차적으로 그의 인물들이 보여주는 풍부한 감수성이나 정감의 깊이와 연관되어 있다. 그들의 감수성이 가장 예민하게 작동하는 대목은 자기가 그 일부였던 세계의 독특한 방언들과 만나는 순간이다. 다음 두 개의 장면을 예로 들어보자.

1) "아앗따, 아우님도 뭔 욕을 고렇게 떨이로 해버리시까이."

장바닥의 능청이 잘잘 흐르는 이 대사가 누구의 것인지를 나는 대번에 알아들었다. 뭔가 뼛속에 묻힌 미감의 심층을 건드리는 것 같은 소리 '아앗따' 때문이었다.

아앗따!

이 소리가 언제부터 내게 '쥐약'이 되었는지를 설명하기란 쉬운 일이 아니다. 그런 현상이 왜 생기는지 모르지만 나는 '아앗따' 소리를 듣게 되면 곧장 머리가 혼미해진다. 열 살 언저리에 서 있는 건지 아니면 서른 살 어디쯤에서 헤매는 건지 모를 어떤 아득한 혼돈의 상태를 경험하는 것이다.

그날도 그랬다. 리감초(그렇다 Lee감초! 이것이 그의 확고부동한 별호였다)의 '아앗따'가 귀에 닿는 순간 강렬한 풍경 하나가 시각적 청각적 후각적 이미지를 뒤범벅시켜 와락 안겨드는 바람에 내가 막 당도한 곳이 달나라인지 아니면 한반도 어디인지 알 수 없는 지경이 된 것이다. 눈에 힘까지 주어 두리번거려봤지만 보이는 것은 없고, 당장에 앞을 막아서는 것이 장수처럼 우람한 버드나무 두 그루였다.(71~72쪽)

2) "근데 과부촌이라 쓴 사람을 왜 찾죠?"

사나이는 아무 소리 없이 너저분한 장발을 두 손으로 움켜서 뒤로 젖혔다. 아, 그때 나타난 배구공처럼 생긴 이마와 눈! 그리고는 귀에 들리지 않을 만큼 낮고 느린 소리로,

"씨발년아, 나여."

할 때 가슴을 치받던 음성. 세상에! 얼마나 놀랐는지 나는 자지러질 뻔했다. 다름아닌 달마 상병, 바로 민통선 시절의 꼴리니였다. 꼴리니는 내 손에 '간첩 일망타진'이 들린 것을 보더니 덥석 끌어안고 울먹거리기까지 했다.

"이년아, 아직도 과부촌 꿈을 안 버렸냐?"(45쪽)

1)은 「나뭇잎 옷을 입은 거짓말쟁이」의 작중화자가 고향인 밀래미 장터로 귀향했을 때의 장면에서 따온 것이고, 2)는 「구름의 파수병, 둘」에서 작중화자가 군대 시절의 고참과 다시 만나는 장면이다. 두 장면에서 모두 작중화자들을 정감의 깊이 속으로 끌어들이는 미늘 노릇을 하는 것은 독특한 방언들이다. 전라도 사투리의 발어사 '아앗따' 와 모든 수컷들을 여성화시켜 말하는 군대식 비속어 '씨발년아, 나여' 는 작중화자에게 동일한 정서적 위상을 지니고 있다. 이런 방언들이 김형수의 인물들을 끝 모를 센티멘트의 심연 속으로 끌고 들어가버리는 것이다. 그 속으로 끌려들어가며 그들은 혼미해지거나 자지러질 뻔한다.

이런 방식으로 표현되는 감수성이 김형수 소설 전체의 바탕을 이루고 있다. 그의 인물들이 보여주는 공동체적인 것에 대한 놀라운 친연성도 이 연장에 있다. 그것은 인간관계의 그 어떤 원초적인 것들에 대한 반응이라 해도 좋을 듯싶다. 그가 『이발소에 두고 온 시』에서 들려주는 여섯 편의 이야기를 보자. 그중 절반은 고향 사람들 이야기고, 두 편은 군대를 배경으로 한 이야기다. 원초적 체험의 공간이라는 점에서는 고향이나 군대나 마찬가지다. 둘 모두, 한 개인으로서는 선택 가능한 것이 아니고, 또한 시장의 합리성과는 전혀 다른 정서적 유대의 공간이라는 점에서 그렇다. 고향 사람들은 누구라 할 것 없이 저마다 하나씩이 유년의 거울들이고, 또 군대 생활을 같이 한 사람들은 짐승의 시간을 같이 보낸 사이들이다. 이들과의 사이에 존재하는 정서적 유대는, 계약관계의 합리성을 기축으로 하는 시장의 정서적 질서와 정반대의 것일 수밖에 없다. 김형수의 감수성은 바로 이런 관계 속에 존재하는 인물이나 대상들에 대해 민감하게 반응하며, 위의 인용문에서와 같이 이들과 돌연하게 맞닥뜨릴 때 그의 인물들은, 심금의 현이 떨리는 소리에 말 그대로 혼미를 경험하는 것이다.

「구름의 파수병, 하나」는 다음과 같은 문장으로 시작한다 : "과부촌에 가고 싶다! 하루라도 좋으니 과부촌에서 자고 싶다! 내가 이런 생각을 처음 한 것은 스물한 살 여름이었다. 그때 나는 군인이었고 민통선(민간인 통제선)에서 근무하고 있었다."(9쪽) 여기에서 과부촌이란, 철책선 근무를 하는 사병들 사이에서 최전방 철책 밑에 있다고 소문처럼 떠돌고 있던 환상의 마을이다. 이 마을을 둘러싼 이야기들, 그리고 사병들 사이에서 떠도는 음담패설들이 소설의 디테일을 이루고 있다. 꼴리니라는 별명을 가진 선상병, 연좌제에 걸려 철책 근무도 못 하고 전방 사단에서 예비훈련만 받아야 하는 딱한 사병이 그 화제의 중심에 있다. 철책에 투입된 작중화자는 선상병과 교신을 통해 마침내 그 과부촌의 모습을 확인한다. 물론 그가 확인하는 것은 과부촌이 아니라 선상병이 과부촌이라 주장하는 최전방의 민간인 마을이며, 정확하게는, 해질녘 강냉이밭 사이로 사라져가는 한 젊은 여자의 모습일 뿐이다. 그것도 멀찌감치서 군용 망원경으로 확인하는 것이다. 철책 근무를 할 수 없는 선상병은 물론 그조차도 볼 길이 없다. 작중화자는 매일 망원경 속의 여자를 향해 마음속으로 말을 건넨다 : "사랑하는 이여, 간밤에 어디 아프지는 않았는가!"(36쪽) 이 문장을 둘러싸고 형성되는 절실함의 정서적 자장이 이 소설의 핵심에 존재한다. 이 절실함이 지니고 있는 강도에 비하면, 두 편에 나오는 과부촌의 실상—그곳이 과거 인민군들의 마을이었고 그 때문에 실제로 한동안 여자들만의 마을이었다는 것—이나, 그곳을 찾아간 꼴리니 선상병의 비극적인 최후 등의 소재들도 현저히 부차적이다. 한때 내 마음을 사로잡았던 어떤 꿈이 있었다는 것, 그리고 그 꿈을 함께했던 사람들이 있었다는 것과 같은 방식으로, 곧 과거의 것으로 환기되는 유대감의 존재가, 그리고 그로 인해 생겨나는 정감의 깊이가 소설 전체에서 훨씬 더 핍진한 것으로 다가오고 있는 것이다.

「구름의 파수병」의 작중화자와 선상병 사이에 존재하는 유대감은 그들이 서로 같은 것을 그리워했다는 점에서 연유한다. 이들이 공유하고 있는 정서는 『나의 트로트 시대』에 등장하는 고향 친구들 사이에 존재하는 느낌과 조금도 다르지 않다. 당연한 노릇이다. 고향 친구들이나 군대 친구들이나 같은 강도의 그리움과 회한을 품고 있다는 점에서 작중화자에게는 동일한 위상을 지니고 있기 때문이다. 정서적 차원에서 보자면, 과부촌이라는 색다른 환상 대상은 그 자체의 독특함에도 불구하고 언제든지 다른 어떤 것으로 교체 가능한 대상에 불과하다. 중요한 것은 목적어가 아니라 주어(우리 함께)와 술어(그리워하다)다. 그들이 함께 무엇인가를 그리워했다는 것, 그것도 터질 듯한 충만함으로 간절하게 그리워했다는 사실이 지니고 있는 정서적 중요성에 비하면, 과부촌이란 다른 어떤 것으로 교체될 수 있는 대상에 불과한 것이다.

이와 관련하여 흥미로운 대목 하나를 들어보자. 『나의 트로트 시대』는 밀래미라는 이름의 장터에서 주인공이 겪은 1979년에서 1980년 사이의 경험들을 다루고 있는 작품이다. 쇠락의 기운이 완연해지는 시골의 장터를 무대로, 입대를 기다린다든지 방위생활을 하고 있다든지 하는 등의 이런저런 이유로 백수건달 노릇을 하고 있는 스물 어간의 젊은이들이 있다. 이들이 이른바 자칭 타칭 '매일 실업 이사' 들인데, 주인공 역시 그중 한 사람이 되어 백수생활을 한다. 그러던 중, 이들에게도 일거리가 생긴다. 이웃 장터와의 사이에 돗자리의 영업권을 둘러싼 분쟁이 일어나 젊은 실업자들에게도 드디어 할 일이 생긴 것이다. 그래서 이들에게도 드디어 창고 같은 사무실이 하나 생기는데, 재미있는 사실은, 김형수가 이들을 위해 마련된 사무실을 묘사하면서, 1987년 무렵 그가 일원이었던 '광주청년문학회' 사무실의 모습을 묘사하기 위해 동원한 것과 정확하게 같은 어휘를 사용하고 있다는 것이다. 이를테면 "써금써금한 석유곤로 하나에 번호판이 떼어져 타전 실력이 뛰어난 사람만이 사용할 수 있는 다이얼 전화기 한 대, 그리고 먼지가 하도 끼어 청결을 유지하기가 불가능한 상태에 이른 소파식 의자 두 개가 재산의 전부였다"(162쪽)와 같은 대목들이 그 예인데, 라면 세 봉지 값도 안 나오던 그들의 호주머니 사정과 친구 어머니가 하던 포장마차에서의 술판의 기억들로 이어져가는 대목들도 마찬가지다.(『동요하는 배는 닻을 내려라』, 180~184쪽)

요컨대, 1992년 광주청년문학회가 발간한 동인 시집에 발문 삼아 쓴 자연인 김형수의 추억담과, 젊은 날의 기억들을 아내에게 들려주는 방식으로 전개되는 『나의 트로트 시대』의 작중화자의 추억담이, 김형수에게는 동일한 정서적 위상을 지니고 있는 셈이 된다. 곧 1980년의 함평 밀래미 장터와 1987년의 광주의 문학회가 그의 글쓰기 속에서 등가의 위치에 놓여 있는 것이다. 회상이라는 형식을 놓고 보면, 둘 모두 가난했지만 행복했던 어떤 젊은 날의 기억들이다. 여기에서 불변의 토포스로 존재하고 있는 것은 공동체적 유대감이라는 정서이고, 그것이 어떤 계기로 만들어진 것인지 혹은 그 구체적인 모티프가 무엇인지의 문제는 이차적인 것이 된다. 1980년대 광주 청년들의 문학회라는 말이 상징하고 있는 어떤 이념적인 것이건, 장터 거리의 장돌뱅이 생활이 지시하는 삶의 원초적인 것이건 상관없게 되는 것이다. 중요한 것은 그 구성원들과 나누었던 정서적 교감, 공동체적 일체감이며, 또한 그런 추억을 회상하는 사람의 고즈넉함이다. 이런 정서적 실체가 지니고 있는 무게에 비하면 그 나머지 디테일이나 이념적인 요소조차도 교체 가능한 것이나 부차적인 것이 되는 것이다.

그리움과 회한을 가슴에 품은 인물들, 끈끈한 유대감으로 이어져 있는 정 많고 눈물 많은 인물들, 김형수의 방식으로 말하자면 시도 소설도 아닌 트로트 유행가 같은 인물들이, 김형수가 즐겨 그려내는 인물들의 전형이다. 흥이 오르면 거침없이 한도를 넘어서가되, 그 일탈이라는 게 탁자 위에 뛰어올라 트로트를 록으로 바꿔 부르는 정도이며, 그러다 이내 멋쩍게 머리를 긁고 내려오는, 무엇보다도 집단적인 것에 대해 충성도가 높은 착한 사람들이다. 이런 인물들의 시선에 의해 만들어지는 회상의 형식과, 그 형식에 의해 조성되는 서정적이고 정감 어린 분위기가 김형수의 소설세계의 주조다. 그 흐름 속에서는 장터와 군대의 활기도 추억이라는 포근한 느낌의 외피로 잘 감싸여 있다.

3. 고향으로서의 장터

출발점에 선 그의 소설세계에서 고향 사람들 이야기가 큰 비중을 차지하고 있다는 사실도 이런 점에서 보면 당연해 보인다. 정이 깊은 사람들을 그려낸 작가라면 그 자신이 정이 깊은 사람이 아니기 어렵다. 그의 세번째 시집의 권두시 「지난 봄」의 첫 연은, "늦봄 가시고 남주 시인 가시고/둘 데 없던 마음아 너도 가느냐/긴 세월 날 사로잡은 이들이/비워둔 서울/적막했다면 것도 거짓말 될까"(『빗방울에 대한 추억』, 11쪽)라고 시작된다. 늦봄 문익환 목사와 김남주 시인이 세상을 떠나버렸던 1994년 봄, 김형수는 자신의 마음의 풍경을 이렇게 그려놓고 있다. 두 사람은 한 시대 통일 운동의 상징이자 김형수를 긴 세월 동안 사로잡고 있었던 이들이었다. 그들이 연이어 세상을 등졌고, 게다가 시절은 냉전 이데올로기가 붕괴되면서 재야의 통일운동이라는 것 자체가 점차 힘을 잃어가던 때였다. 이런 시절에, 존경하던 이들의 연이은 죽음 앞에서 김형수가 느꼈음직한 것은 말 그대로 적막강산보다 더한 것이었으리라 짐작해볼 수 있다. 이 시의 마지막 연인 3연은 이렇게 끝난다 : "꽃도 새도 못 봤던 성부르다/쥔 없는 마루에 쉬어가는 손님처럼/반겼던 사람도 없었던 성부르다/아, 다들 푸욱 가라앉아/저무는 길목에서 고뿔이나 나눴던가" 함께 통일운동은 못하더라도, 하다못해 감기라도 함께 앓아야 하는 것, 그것이 김형수적인 인간상이다.

나이 마흔 넘어 책을 내는 자리에서도 감사의 말을 적으며 문단의 선배들을 꼬박꼬박 사적인 호칭으로 호명하는 작가 김형수도 그렇고, 또 만나는 사람들을 모두 일가친척으로 만들어버려야 직성이 풀리는 『나의 트로트 시대』의 이풍진이나, "전혀 낯선 여편네들도 불러세웠다 하면 오 분도 안 되어서 그냥 숙모, 조카 사이를 맺어버리고는"(『이발소에 두고 온 시』, 103쪽) 하는 「나뭇잎 옷을 입은 거짓말쟁이」의 리감초도 그 연장에 있다. 그 속내야 어떻든 간에, 함께함에서 의미를 찾는, 감정이 풍부하고 정이 깊은 사람들이다. 그래서 공적인 영역도 어렵지 않게 사적 관계로 치환되고, '무지막지한 과장법'과 '놀라운 친화력' '고성능 넉살' 들이 위력을 발휘한다.

이런 인물들이 모여 있는 곳이 김형수가 묘사해내는 고향이다. 그곳에도 물론 넉살이나 익살 같은 것 말고도 교활함과 위계 같은 험한 것들도 있으나, 여기에서는 교활함도 푸근푸근한 교활함이고 위계라 하더라도 헛웃음이나 치게 하는 정도의 것일 뿐이다. 그러나 아무리 작은 위계라 하더라도 당하는 사람에게는 아프기 짝이 없는 것일 터인데, 푸근한 교활함이나 위계 같은 것이 어떻게 있을 수 있다는 것인가. 푸근함과 교활함이 함께 있을 수 있는 것은, 말할 것도 없이 대상의 속성 때문이 아니라 그것을 바라보는 시선의 성격으로 인한 것이다. 작품의 중심에 존재하고 있는, 고향에 대한 그리움으로 가득 찬 탈향자의 시선, 따뜻하고 정감 어린 작중화자의 시선이 그것이다.

김형수가 그의 소설에서 묘사해내는 고향은 전라도 함평의 한 촌락에 있는 장터다. 김형수 자신의 출생지이기도 한 그곳은, 그의 첫 시집에 실려 있는 시 「밀래미에 살다」에 따르면, 정식 행정명칭으로는 '전남 함평군 해보면 문장리 문암부락'이고 보통은 밀래미라 불린다(『애국의 계절』, 19쪽). 「나뭇잎 옷을 입은 거짓말쟁이」「겨울귀」『나의 트로트 시대』 그리고 등단작인 「들국화 진 다음」 등의 무대가 바로 그 밀래미 장터이다. 장터란, 전통적인 질서가 유대의 핵심에 놓여 있는 고전적인 농촌 공동체와는 천양지차로 다른 곳이다. 장터의 주인은 농민이 아니라 상인이며 그런 점에서는 생활 질서가 농촌보다는 도시에 가깝고, 그것도 훨씬 더 원색적이고 노골적인 모습으로 그렇다. 이런 점을 가장 잘 보여주고 있는 소설이 『나의 트로트 시대』와 「나뭇잎 옷을 입은 거짓말쟁이」 등인데, 특히 뒤편의 주인공 리감초는 장터를 대표하는 인물이다. 이름하여 밀래미 장터의 대표적인 '안거서공'—'앉으면 거짓말 서면 공갈'의 준말—이고, 그의 별명 감초가 암시하고 있듯이 낄 데 안 낄 데 가리지 않고 참례를 하며 잇속을 챙기는 인물이다. 그러면서도 놀라운 친화력과 무지막지한 과장법으로 무장하여 어지간해서는 뒤탈을 남기지 않는 놀라운 수완가이며, 게다가 한번 마음을 먹으면 악착스럽게 관철해내는 독한 근성의 소유자다. 이런 절륜의 내공을 지닌 인물을 묘사하는 대목에서는 작가 자신이 먼저 신이 난다 :

> 그는 밥을 먹고 있는 이웃집 아이의 숟가락을 빼앗아서 팔고도 서운한 말 한마디 안 듣고 뒷마무리를 해내는 신기를 발휘하면서, 자리전, 달구전, 싸전, 어물전, 채소전 가릴 것 없이 밀래미에서 유통되는 모든 품목들의 매매에 사방통달로 두루 올림픽적 가치의 기록을 세울 지경으로 관여했다. 관을 상대해서도, 일개 민초 주제에 군청이 만들어낸 하천 매립지를 법원 신세 한번 안 지고 가로채는 기염을 토해 밀래미가 낳은 역대 안거서공 중에서 단연 우뚝한 명성을 떨쳤으니 가히 문화재급이라 해도 틀리지 않았다. 여기에 왕년의 이력까지 눈부셔서 앞에서는 비록 '어이, 감초! 감초!' 할지언정 속으로는 누구도 긴장을 풀지 않았다. 그 솜씨가 한때 농민운동에 복무하여 진리를 외칠 때 국록을 먹는 자들의 고통은

이만저만이 아니었다. 정보과에서 담당 형사를 둘씩이나 붙여서 잡아다 혼내켜도 보고 구속 수사해서 영창도 살려봤지만 상호 속고 당하고 행길에서 망신 사는 일을 반복해서 손해를 보는 쪽은 언제나 경찰 일당이었다. 리감초가 농민운동판을 떠나지 않는 한 그와의 전쟁은 말단 행정요원들에게는 흙탕물을 묻힌 사람과 양복 신사의 싸움이나 매한가지였으매, 그가 밀래미 지서 앞 매립지에 천막을 치고 빵꾸집을 개업했을 때 철거는커녕 헐값에 불하받도록 서두른 것도 경찰 간부요 군청의 서기들이었던 것이다.(80~81쪽)

이런 인물로 대표되는 것이 장터의 질서다. 이웃한 농민들로부터 장것들이라는 비아냥을 듣고, 그러면서도 오히려 그들을 촌것들이라고 비웃는 사람들의 공간, 어떤 교양어도 대적할 수 없는 고단위 능청과 말휘갑의 장터언어로 엮여진 사람들의 공간, 서로 잡아먹을 듯 앙앙불락하면서도 어떤 결정적인 대목에 가서는 한꺼번에 휘휘 풀어져버리는 원색적인 정서의 공간이 김형수가 그려낸 장터의 모습이다. 도시와 농촌의 점이지대에 있는 것으로서 실제 장터의 모습이 어떨지에 대해 우리는 그저 짐작만 할 수 있을 뿐이다. 아마도, "인간에게 신성한 것은 애오라지 파는 일뿐이라는 듯이 장것들은 손님만 구할 수 있으면 형식을 따지지 않고 일단 팔고 보았다. 자기에게 없는 것은 남에게서 꾸어다 팔기도 하고 얻어다 팔기도 하고, 종국에는 임자의 동의 없이 그냥 날치기로 빼앗아서 파는 행투까지 서슴지 않았다"(80쪽)라는 표현 속에 있는 것이 객관적인 장터의 모습일 듯싶다. 하지만 중요한 것은 실제 장터의 모습이 아니라 김형수에게 다가오는 장터의 모습, 작중인물들의 고향인 장터의 모습이다. 그것은 무엇보다도 그 어떤 원초적인 감각으로, 「나뭇잎 옷을 입은 거짓말쟁이」의 예를 들자면, 리감초의 사투리나 촌스럽게 사랑스런 여자 국효의 냄새—단순한 냄새가 아니라 말

투와 행색, 행동거지, 몸짓 등이 모두 포함된 — 같은 청각이나 후각 등의 감각으로 다가온다. 고향에 오랜만에 돌아온 「나뭇잎 옷을 입은 거짓말쟁이」의 화자는 그것을 "그간에 굶주린 장터 맛"(95쪽)이라 표현했다. 장날의 활기와 역동성이기도 하고, 무숫날의 적막함이기도 하고, 비오는 장터의 청승스러움이기도 하고, 촌스러움이기도 하고 인간다움이기도 한 어떤 것을 김형수는 장터의 맛이라 표현하고 있는 듯싶다. 소설의 화자들에게 그것은 우스꽝스럽고 호들갑스럽지만, 무엇보다도 가슴으로, 온기로 다가오는 어떤 것이다.

1) "오어이, 동생 반갑네야. 그나 누님이 고로코 서운허게 가부러서 어찌께. 그래 헹님은 무고허시제?"

이럴 때 뭐라고 해야 하나? 완전히 개족보였다. 내게는 동생이라 하고, 어머니에게는 누님이라 하며, 아버지를 일컬어서는 형님이라 하는, 순전히 자기와의 관계만을 놓고 호칭하는 이 모순된 어법에서 그이다운 훈김이 확 끼쳐왔다.(『나의 트로트 시대』, 50~51쪽)

2) 녀석은 두 달 전에 낙향하여 IMF 공공근로자로 방범근무를 하는 중이었다. 당장은 순찰중이니 두어 곳 둘러본 후에 회포를 풀자며 한사코 소매를 놓지 않았는데 불과 몇 시간 만에 나는 골목 안쪽에서 날품을 파는 공사판의 여편네들에게까지 속속들이 얼굴을 팔아버렸다. 마주치는 사람마다 거르는 법 없이, "아짐, 막둥이 오늘 풀려날 거여. 술 한잔 사야제" 혹은, "꼬마야, 이모 가게 일찍 닫으락 해라. 양가가 검문 갈 텡께 술상 봐놓고 이" 하고 다니는데 그 꽁무니에서 묻어난 뉴스들을 소화하기에는 내 가슴의 용량이 턱없이 부족함을 절감하지 않을 수 없었다.(『이발소에 두고 온 시』, 94쪽)

또한 「나뭇잎 옷을 입은 거짓말쟁이」의 화자는 장터를 세상살이의 경전이라고 했다. 그 속에서 그는 다양한 군상의 인간들이 뿜어내는 엄청난 에너지를 맛보았고, 또 "산 채로 천사의 모습과 악마의 모습을 동시에 연출하는 장면을 셀 수도 없이 보아버렸다."(90쪽) 그가 밀래미 장터에 대해 느끼는 심사는 그래서 단순하지가 않다. 장터의 느낌은 가슴으로 받아들이는 것이되 일방적으로 편하지만은 않은 것이다. 상반된 것들이 섞여 있는 상태에 대한 복합감정 때문만도 아니다. 그곳은 장터이면서 동시에 고향이다. 그가 오랜 동안 굶주렸다고 했을 때의 그 장터의 맛이란 고향의 느낌이나 정서 같은 것, 성인으로서 살아가기 위해 불가피했던 가식과 위선을 벗어던져버린 어떤 상태, 단지 충분한 가슴의 용량만을 필요로 하는 어떤 느낌이다. 그것은 곧 성인이 되기 위해 버리고 온 유년의 세계에 다름아니며, 그런 한에서 귀향이란 퇴행에 유비될 수 있다. 정상적인 사람들에게 있어 퇴행은 행복감과 동시에 부끄러움을 안겨준다. 게다가 김형수의 인물들이 바라보는 장터의 모습은 쇠락의 기운이 역력하다. 비 오는 밀래미 장터에서 낮술을 마시다 황혼을 맞는 두 사람의 풍경을 그린 대목은 그런 쇠락의 모습을 여실하게 그려내주고 있다 :

폐허가 된 장터에 곧 발 디딜 틈도 없이 개똥들이 구르고, 헐린 무덤보다도 처참하게 부서진 옛 장꾼들의 막사는, 그 을씨년스러운 슬레이트 지붕과 판자 쪼가리들 사이로 요즘엔 농가에서도 보기 힘든 잡초들이 우거져서 는개를 맞는데, 누가 말릴 것인가. 비 오는 밀래미는 황혼도 없이 곧 어두워지고 만다. 이제 어디서 흘러간 유행가 한 가락만 새어나와도 죽죽 울 판에, 장국을 파는 선술집은 지붕조차 없어서 술도, 술을 마시는 사람도, 비어가는 술잔도 처량히 실비에 젖는다.(109쪽)

쇠락해가는 장터의 모습과 귀향의 모티프 그리고 퇴영의 정서가 절묘하게 어우러져 있는 대목이다. 김형수는 이런 청승스런 풍경 속으로, 장터의 백수들이 만들어내는 약간은 퇴폐적이고 퇴영적이고 애잔하기도 한 가슴 저림 속으로 찾아들어간다. 고향이라는 말은 이미 그 자체가 이향을 전제하고 있다. 고향은 고향을 떠난 사람의 시선에 의해 포착된 단어이며 그러므로 거기에는 근본적인 애조가 스며들어 있다. 이런 정조는 또한 '성숙한 남성의 형식' 으로서의 근대소설 일반이 지니고 있는 원초적 멜랑콜리와도 맥을 같이 한다. 김형수의 인물들은 흡사 휴가를 떠나듯 귀향을 한다. 김형수는 밀래미라는 장터의 모습 속에서 귀향의 멜랑콜리를 알싸하게 그려내고 있다. 쇠락해가는 장터를 고향으로 가진 것은 작가 김형수의 행운이다. 물론 장터의 입장에서 보더라도 사정은 마찬가지다.

4. 경쾌한 신파의 비애

첫 창작집의 표제작 「그 이발소에 두고 온 시」는 이 책에서는 매우 이채로운 존재다. 책으로 묶인 여섯 편의 소설 중, 고향 이야기도 군대 이야기도 아닌 것으로서는 홍일점이다.

김형수는 『나의 트로트 시대』를 내는 자리에서, 이문구의 『관촌수필』 같은 소설을 쓰고 싶었다는 이십 년쯤 전의 소망을 밝혀두었다. 「나뭇잎 옷을 입은 거짓말쟁이」와 「겨울귀」 「들국화 진 다음」 같은 소설들이 그런 의도의 소산일 듯싶다. 「나뭇잎 옷을 입은 거짓말쟁이」에 등장하는 잘려진 버드나무가 『관촌수필』의 '잘려진 소나무' 에 대한 오마주로 보이는 것도 그 때문이다. 어떻든 밀래미 사람들의 다양한 삶의 표정들을 담아내겠다는 것이야말로 출발점에 선 김형수의 작가적 야심이었던 것으로 보이며, 군대 이야기를 다룬 「구름의 파수병」 두 편도 크게 보면 이런 연장선상에 있다.

첫 시집 『애국의 계절』을 내던 때의 김형수에게 밀래미 장터는 일제에 의해 제 이름조차 빼앗겨버린 식민지의 땅이었고 또한 동시에 동학농민군과 불갑산 빨갱이로 대표되는 저항의 땅이기도 했다. 김형수로 하여금 밀래미를 통해 이처럼 통시적으로 체계화된 상징의 질서를 포착하게 한 것은 1988년이라는 시절의 힘이자 서정시라는 장르의 힘이었을 것이다. 그로부터 십 년이 지나 그가 소설이라는 렌즈를 통해 포착해낸 밀래미의 모습은 어떤가. 리감초, 댓끼리, 돌팔이, 양갈보, 마포바지, 점백이, 코숙이, 뺑덕이 등의 별명으로 표상되는 촌스럽고 원색적인 삶이 전면에 부각되어 있다. 물론 그의 데뷔작 「들국화 진 다음」에 등장하는 국희라는 호스티스의 죽음에는 그의 『애국의 계절』의 흔적들이 짙게 남아 있다. 고향에서의 추억들이 지니고 있는 자연스러움에 비하면 이같은 죽음의 모습은 지나치게 꽁트적인 발상이어서 돌연하고 어색하다. 하지만 두번째 작품 『나의 트로트 시대』를 지나면서부터는 한결 부드럽고 유연해졌다. 죽었던 호스티스 국희도 「나뭇잎 옷을 입은 거짓말쟁이」에서는, 작중화자의 죽어버렸던 남성성을 되살려주는 촌스러운 매력의 주인공 국효로 부활한다. 그쪽이 훨씬 더 자연스럽고 소설답다. 밀래미의 장터 맛을 제대로 보고 난 다음이라 그랬을 듯싶기도 하다.

「그 이발소에 두고 온 시」는 일차적으로 소재적인 차원에서 밀래미 장터 이야기들과 구분된다. 그러면서도 장터의 이야기들을 통해 순식간에 체득해버린 듯한 신파조의 정감이 자연스럽게 무르녹아 있다. 시간의 강을 거슬러올라가는 한 남자와 한 여자의 이야기가 기둥 줄거리다. 두 인물의 시선이 번갈아 이야기를 끌어가는 독특한 플롯을 가지고 있으나, 우선, 이야기의 줄거리를 간추려보자.

1990년대 후반의 어느 봄날, 남자 주인공 최진영이 마흔 살의 생일을 맞는 날이다. 그는 느닷없는 후배의 호출로 담양 땅으로 내려가게 된다. 후배 결혼식의 주례를 맡게 된 것인데 물론 자기들끼리 하는 조촐한 결혼식의 주례다. 그래서 도착한 곳이 담양을 가로지르는 관방천변, 그가 십오 년 전 두세 달을 머물렀던 곳이다. 또 36세인 여자 주인공 이희순은 관방천변의 한 이발소 여주인이자 면도사 아줌마다. 결혼한 지 십 년째인 이 촌스런 이름의 여주인공은 오랜 동안 한 남자와 다시 만나게 되리라는 예감을 가지고 살아왔다. 그 남자가 최진영인 것은 물론이다. 십오 년 전의 봄날, 남자와 여자는 두 달이라는 짧은 기간 동안 연인 사이였다. 하지만 둘 사이는 남자의 옛 애인 미라가 남자를 찾아옴으로써 끝나고 만다. 고졸 학력의 착한 여자 희순이, 파리 유학에서 돌아온 어마어마한 경쟁자 미라 앞에서 제풀에 물러서버린 것이다. 그로부터 십오 년이 지나, 면도사 아줌마 희순 앞의 이발 의자에 조발이 끝난 진영이 누워 있다. 여자는 남자를 진작부터 알아보았지만, 남자는 여자를 제대로 볼 기회가 없었다. 진영은 이발소 출입구 위에 허름하게 걸려 있는 시 앞에서 멈칫거리다 나가고, 긴장이 풀린 여자는 이발소 곁방으로 쓰러져버린다.

십오 년 만의 이발소에서의 만남이라니, 좀 신파적이 아닌가. 줄거리만 보면 그럴 수 있다. 하지만 소설을 이끌어가는 진짜 힘은 이런 줄거리가 아니라, 매순간 소설 속으로 들어와 인물들의 행동에 주석을 다는 내레이터의 존재이다. 예를 들면 이런 식이다 :

> 그날은 그가 마흔 살이 되는 날이었다.
>
> 미리 말해두지만, 그가 그곳을 다녀오고 싶어서 다녀온 것은 아니었다. 바로 전날까지도, 아니 그날 그 직전까지도 그는 그곳에 갈 계획이 전혀 없었으니 모든 것이 각본에 있었다고 말해져서는 안 되는 것이다.

그가 그곳에 가기까지에는 숱한 우연의 순간들이 퇴적되어 있었다.(135쪽)

인간의 삶은 곳곳에서 마술의 융단폭격을 받는다. 그녀가 그것을 모르고 살아온 사람은 아니었다. 그럼에도 그날 그녀는 고스란히 폭파당했다.

그날은 아침부터 안개가 끼었는데, 그녀에게 공격이 개시된 것은 정오가 조금 못 된 참부터였다. 그날 오전에 그녀는 분명히 뭔가 할 일이 있었다. 그래서 경황이 없었고, 또 얼마든지 그 장소에 가지 않을 수 있었다. 만일 그랬더라면 스스로의 삶에 취해 멀미를 일으키는 그런 일은 생기지 않았을 것이다.(144~145쪽)

이 인용문들은 각각 남자와 여자의 시선이 시작되는 대목들이다. 첫 대목부터 내레이터는 대뜸 우연과 마술에 대해 말하고 있다. 삶은 그렇게 우연의 작용으로 결정되는 것이고, 또 마술의 융단폭격을 받는다는 것이다. 그러니 아무리 신파적이거나 드라마틱한 장면이 나오더라도, 모두가 우연 따라 사는 삼류 인생들이니 슬퍼하거나 노하지 말라고 말하는 것 아닌가. 이야기의 시말을 다 알고 있는 내레이터의 관점은 곧 신의 관점이다. 그런 관점에서 보자면 우연이란 존재하지 않는다. 우연은 운명의 다른 이름일 뿐이다.

김형수는 이른바 12·12나 5·18 같은 역사적 사건들도 연애담을 위한 가볍고 경쾌한 모티프로 유머러스하게 구사한다. 이를테면 1979년 12월 12일 밤, 막혀버린 한강다리 때문에 미라가 진영의 자취방 신세를 지게 되고, 그래서 둘 사이의 관계에 사단이 벌어지고, 또, 이래서 문제가 된 사이를 회복하기 위해 둘이 전라도 여행을 떠났는데 그때가 하필 1980년 5월 18일이었다든지 하는 식이다. 진짜 신파는 자기가 신파가 아닌 척한다. 운명 운운하며 나는 신파라고 내세우고 있는 이런 물건들은 그 자체로 이미 신파이기 어렵다. 물론 신파의 가면을 뒤집어씀으로서 신파가 아닌 척하는 신파일 수도 있다. 하지만 그 정도의 고단수 신파라면 독자로서는 얼마든지 환영이다.

소설의 투명한 화자가 구현해내는 이런 경쾌한 활기와 아울러, 소설 전체를 감싸고 있는 것은 짙은 회한의 분위기다. 마흔이라는 나이로 맞는 생일, 안개 낀 관방천 풍경, 허름한 이발소에서 흘러나오는 배호의 노래, 그리고 상처로 얼룩져 있는 남자와 여자의 스무 살 시절들이 이런 분위기를 더욱 짙게 만든다. 소설의 화자는 그런 회한을 가리켜 쿤데라 풍으로 불귀의 슬픔이라고 한다 : "이 대목에서 또 한번 거창한 말을 꺼내지 않을 수 없겠다. 삶의 곤혹은 언제나 전혀 예기치 않은 순간에 자기도 모르게 중요한 선택이 결딴나버린다는 데 있다. 그래서 인간에게 끝없는 불귀의 슬픔이 있는 것이다."(139쪽) 요컨대 누구에게나 돌이킬 수 없는 상처가 있다는 것이다.

십오 년 전 두 사람의 상처로 돌아가보자. 남자는 가해자고 여자는 피해자다. 남자는 그 상처가 의식의 수면으로 떠오르는 것을 두려워한다. 그래서 담양 땅에 이르러서도 이희순이라는 여자의 존재에 대해 모른 척한다. 반면에 여자는 그때의 일들을 소상하게, 디테일 하나까지 기억하고 있다. 둘 사이의 일이 독자들에게 공개되는 것도 여자 쪽의 시선을 통해서다. 관방천변을 따라 걷다 비로소 남자는 희순과의 기억들을 떠올리기 시작한다. 자기가 얼마나 비겁하게, 마음속의 알리바이까지 만들어놓으며 희순을 떠났는지를 새삼스레 깨닫고는 당황에 빠진다 : 지난 십여 년 동안 "거의 본능에 가까운 수치심으로 그녀에 대한 추억을 피해다녔다. 그것을 기어이 이 관방천에 닿아 낱낱이 회상해버리다니."(197쪽) 외적 요인으로 생긴 상처는 시간이 지나면 아물어진다. 무엇보다 견디기 어려운 것은 내부에서 생겨나는 상처, 자책과 자기 혐오다. 이제 사십대에 접어든 남자 최진영은 추억이라는 달콤한 이름 속에 숨어 있던 통렬한 자책을 경험하고 있는 중이다.

소설의 마지막은 이발소를 나온 최진영이 황급히 담양 땅을 떠나는 장면으로 되어 있다. 주례를 하기로 한 약속도 잊어버리고 뒤를 돌아보지도 못한 채 담양을 떠났다고 내레이터는 전해주고 있다. 왜 그렇게 황급하게 떠났는지에 대해서는 속시원하게 말해놓지 않았다. 단지 이런 느낌 정도를 전해주고 있을 뿐이다 :

> 이발소 문을 밀치고 나오자 세월이 한 뭉텅이 잘려나가버린 느낌이었다. 뒷덜미를 훑고 지나간 바람이 면도기가 지나간 자리를 어루만지고 있었다. 모습이 보일 듯 말 듯 꼬리치는 바람과, 희미해진 기억의 현기증 너머로 그는 가지 않으면 안 될 어쩔 수 없는 길을 보았다. 그와 더불어 곧바로 신호등 앞에 선 자동차의 깜빡이 불처럼 발길을 재촉하는 심장의 고동 소리도 들었다. 그것은 또다른 전인미답의 길이었다.(208쪽)

하지만 우리는 어느 정도 짐작할 수 있다. 주례 약속까지 팽개쳐버리고 도망갈 정도의 위력을 가진 것이라면, 추억과 회상이라는 고즈넉한 외피 속에 잠복해 있다 흡사 에일리언처럼 튀어나오는 공포스럽고 끔찍한 자기 혐오 이외에 다른 것이 있기 어렵다는 것을. '삶이 그대를 속일지라도 슬퍼하거나 노하지 말라'로 시작하여 '현재는 언제나 슬픈 것, 마음은 미래에 살고 모든 것은 순간이나니, 그리고 지나간 것은 다시 그리워지나니'로 끝나는 푸슈킨의 시가 유일한 위안이어서, 남자는 이발소 벽에 붙어 있던 그 시를 가슴속에 새겨가지고 돌아왔다. 다행스런 일이다.

김형수는 경쾌한 신파의 방식으로, 삶이 한번 크게 놓울쳐 흐르던 순간의 비애와 회한을 포착해냈다. 이렇게 보면 이 소설도 결국은 그의 밀래미 이야기들과 같은 층위에 놓여 있는 셈이다. 따지고 보면 당연한 일이다. 「그 이발소에 두고 온 시」의 주인공 남자는 밀래미 장터의 많은 사람들처럼 몸도 마음도 느릿느릿 움직이는 사람이다. 그런 그에게 아내는 말끝마다 21세기를 들먹였다. 하지만 그의 시선은 의연히 20세기를 향해 있었다. 김형수의 시선도 마찬가지다. 단순히 소재의 차원이 아니라 정서의 차원에서 그렇다는 말이다.

밀래미 사람들의 이야기를 들려주는 김형수를 보면 그가 얼마나 이야기하는 재미에 빠져 있는지를 느낄 수 있다. 본디 어떤 자리에서나 이야기를 많이 하는 사람은 권력자들이다. 하지만 권력자들의 이야기는 어김없이 미래를 향해 있다. 과거나 현재에 관한 것이라 하더라도 종당에는 미래로 연결되는 것이다. 김형수는 지난날들에 대해, 가슴 저미는 실패와 좌절과 회한과 그리움에 대해 이야기하고 있다. 회한과 정감이 뭉클거리는 대책 없는 순정파들의 동네, 밀래미 장터 출신이라는 그의 출신 성분 때문이 아닐까 싶다. 이 호화찬란한 21세기에 순정파라니, 얼마나 잘 어울리는가. 앞질러가는 21세기에 뒷걸음치는 순정은 아주 멋진 문학이다.

(2003)

유토피아 없이 사는 법 : 유령 작가 김연수

1. 호랑이 아가리

고전적인 의미에서 소설이 길 찾기의 양식이라면, 이는 두 가지의 의미를 포함하고 있다. 하나는 주인공의 길 찾기이며 다른 하나는 양식 자체의 길 찾기다. 뒤의 것이 글쓰기의 역사와 연관된 것이라면 앞의 것은 삶의 의미에 대한 질문과 결합되어 있다. 글쓰기의 방식에 대한 질문과는 달리, 삶의 의미에 대한 질문은 종종 치명적인 것이 되곤 한다. 모든 존재론적인 질문이 그렇듯, 거기에는 인간의 유한성이라는 명제가 근본적인 한계로 존재하고 있으며 그로부터 비롯되는 삶의 통렬한 무의미성이 호랑이의 아가리처럼 도사리고 있기 때문이다. 물론 인식의 차원에서라면 삶의 무의미함은 그다지 문제가 되지 않는다. 정상적인 성인이라면 누구나 알고 있는 것이며, 어떤 방식으로건 삶의 의미에 대한 나름의 답변을 준비해두고 있기 때문이다. 문제는 호랑이 아가리가 거기에 있음을 아는 것이 아니라, 거기에 있는 호랑이 아가리와 무방비상태로 대면하거나 접촉하는 일이다. 그것이 치명적이다.

테베의 왕이었던 오이디푸스는 장엄하게 물었다. 신의 분노를 사서 내 왕국의 대지를 황폐하게 만든 사람이 누구인가. 돌아온 대답은 자기 자신이라는 것이었다. 또 19세기 러시아의 청년 지식인이었던 이반 카라마조프도 내 아버지를 죽인 자가 누구냐고 물었다. 이번에도 돌아온 대답은 역시 자기 자신이라는 것이었다. 오이디푸스와 이반은 그들이 범한 죄로 인해 거세를 당했다. 스스로의 눈을 찔러 실명에 이르게 되는 것이건, 스스로의 정신을 파괴하는 것이건 마찬가지다. 그 이후의 삶은 모두 시체의 삶이다. 그들은 모두 자신의 의지나 의도와는 무관하게, 급진화된 존재론적인 질문 속으로, 호랑이의 아가리 속으로 걸어들어간 사람들이다. 좀더 정확하게 말한다면, 그들은 어느 순간 정신을 차려보니 호랑이 아가리 속에 있는 자신을 발견한 사람들이었다. 곧 그들에게 치명적인 것은 아버지를 죽였다는 사실이 아니라, 아버지를 죽였으면서도 그 사실을 몰랐다는 것이며, 어느 날 갑자기, 자신의 의지와는 무관하게 존속살해라는 천형을 받은 자신을 발견하게 되었다는 것이다. 그것은 곧 자기 삶의 주체일 수 없는 자신을 발견하게 되는 것이며, 먼지보다 작은 자신을 발견하게 되는 것, 자신의 의지와는 무관하게 작동하는 삶의 통절한 허망함과 대면하게 되는 것이다. 그러므로 나의 왕국을 황폐케 한 자가 누구냐는 질문이나, 또한 나의 아버지를 죽인 자가 누구냐는 질문은 저와 같은 치명적인 질문을 은폐하기 위한 방편에 지나지 않는다. 물론 그것을 은폐하고자 하는 사람은 오이디푸스나 이반이 아니라, 소포클레스이며 도스토예프스키다. 그 질문은 그을음을 입힌 유리가 되어, 작가와 독자로 하여금 태양을 바라보되 눈을 다치지 않을 수 있게 한다.

삶의 의미에 대한 질문과 맨몸으로 접촉하는 것은 라캉 식의 용어법으로 말하자면, 실재(the real)와 접촉하는 것이며 치명적인 트라우마를 야기하는 것이다. 그러므로 우리는 그 질문과 정면으로 맞서는 것을 피하기 위해 다른 질문들을 필요로 한다. 이를테면, 우리의 세계를 황폐케 하는 자는 누구인가, 우리를 허위의식 속으로 몰아넣는 자들은 누구인가, 우리의 자유를 구속하고 우리의 인간적 삶을 방해하는 자는 누구인가 하는 질문들이 그것이며, 나의 부모는 누구인가, 내가 진정으로 사랑하는 사람은 누구인가, 누가 진짜 나의 가족인가 하는 질문들이 또한 그것이다. 이 이차적인 질문들은 투사나 억압과 같은 방어기제로 작동함으로써, 삶의 의미에 대한 근원적 질문의 강력한 인력으로부터 스스로를 보호하는 안전장치 노릇을 한다. 저러한 방어의 메커니즘들이 작동하는 한, 우리 삶은 최소한 자기 파괴라는 공포스런 인력으로부터는 안전할 수 있다. 저와 같은 이차적 질문들은 언제나 어떻게 살 것인가 하는 질문으로 치환되어버리기 때문이고, 이에 대한 대답 또한 언제나 정해져 있기 때문이다. 한 그루의 사과나무를 심는 일이 곧 그 대답임에 이론의 여지가 없다. 곧, 어떻게 살 것인가라는 질문의 가장 큰 기능은, 왜 사는가라는 질문과의 치명적인 대면을 차단시켜준다는 것이다. 이 점은 현실 속에서건 소설 속에서건 마찬가지다.

그러므로, 이런 생각으로 소설을 읽는 독자들에게 두드러져 보이는 것은, 한 작가가 저 치명적인 첫번째 질문으로부터 비켜서기 위해 작중인물들에게 부과하는 두번째 군의 질문들이다. 물론 그 질문의 창고에 마땅한 것이 보이지 않을 때, 작가는 소설이 지니고 있는 두번째의 길 찾기, 곧 양식 자체에 대한 질문이나 형식 실험 같은 차원으로 이동해버릴 수도 있다. 그것은 작가만이 지닐 수 있는 특권이며, 경우에 따라서는 양식의 길 찾기가 주인공의 길 찾기를 위한 매우 유효한 대안일 수도 있다.

작가 김연수는, 데뷔작 『가면을 가리키며 걷기』[1)]에서 그 자신이 강조

1) 이 글에서 인용되는 김연수의 텍스트는 다음과 같다. 인용할 경우 본문에 쪽수만 밝힌다. 『가면을 가리키며 걷기』, 세계사, 1994 ; 『7번 국도』, 문학동네, 1997 ; 『스무 살』, 문학동네, 2000 ; 『꾿빠이, 이상』, 문학동네, 2001.

하고 있듯이 1970년생이다. 1990년대를 이십대로 보낸 세대이며, 그 시대에 386세대라 불렸던 사람들과 다른 정신적 입지를 지니고 있는 세대다. 1990년대라는 특별한 시대가 그 이전의 이십 년과는 매우 다른 것이었음은 새삼 부연할 필요가 없을 것이다. 김연수도 그 시대를 건너가기 위해 이전과는 다른 방식의 질문들을 준비해야 했으며, 그 점에 대해 특히 그는 매우 자각적이었다. 김연수의 소설을 논하는 첫머리에서 새삼스레 호랑이 아가리를 거론한 것도 그 때문이었다. 등단작 이후로 그는 소설집 『스무 살』과 두 권의 장편 『7번 국도』 『꾿빠이, 이상』을 상재했다. 그는 어떻게 저 호랑이 아가리의 인력으로부터 스스로를 지켜내는가.

2. '1970년대생'의 세대적 자의식

김연수의 소설집 『스무 살』에서 무엇보다 인상적인 것은 거기에 수록되어 있는 각편들이 보여주고 있는 다채로움이다. 리얼리티가 철저하게 배제된 「공야장 도서관 음모 사건」 같은 작품이 첫머리에 놓여 있는가 하면, 작가의 육성이 고스란히 드러나고 있는 「스무 살」 같은 작품이 가장 마지막에 실려 있다. 또 「구국의 꽃, 성승경」이나 「마지막 롤러코스터」 「*뒈져버린* 도플갱어」 등은 전자에 가깝고, 「죽지 않는 인간」이라는 제목으로 씌어진 세 편의 연작은 후자에 가깝다. 리얼리티를 기준으로 삼는다면, 가장 대조적인 작품들이 소설집의 처음과 끝에 있고, 그 사이에 다양한 스펙트럼의 작품들이 펼쳐져 있는 셈이다.

이런 다양함은, 이 작품이 씌어졌던 시기를 고려하면 당연해 보인다. 김연수가 장편 『가면을 가리키며 걷기』로 『작가세계』 신인상을 받으며 등단한 것은 1994년, 그가 25세의 나이로 대학 4학년에 재학중이던 때였다. 25세의 나이였다는 것, 그것도 등단작이 장편소설이라는 점을 감안한다면 상당히 조숙한 출발이라 할 수 있을 것이다. 소설집 『스무 살』에 실려 있는 작품들은, 그가 밝혀놓은 바에 따르면, 그후 삼 년 동안 씌어진 단편들을 묶어놓은 것이다. 그러니까 이십대 중반에 장편소설로 등단한 작가가, 등단 직후 자신의 문학적 가능성을 다양한 방식으로 타진해본 결과가 소설집 『스무 살』인 셈인데, 이런 점을 고려한다면 그의 단편들이 보여주는 형식적인 다채로움도 그다지 이상할 것이 없다는 것이다.

하지만 『스무 살』의 세계가 지니고 있는 방법적인 다양성을 이해하기 위해서는, 김연수의 등단을 전후한 이런 사정만으로는 충분치 않다. 그가 대학생활을 했던 1990년대 초반이 세계사적인 격변의 시기였기 때문이다. 물론 그것은 누구에게나 해당되는 객관적 조건이며, 문제는 김연수라는 한 청년이 그런 외적 상황을 어떻게, 어떤 절실함으로 받아들였는가 하는 점이다. 『스무 살』의 후기에서 김연수는 이렇게 썼다 : "여기 실린 소설을 쓰던 1994년부터 1997년까지 나는 마치 롤러코스터를 타고 질주하는 듯한 느낌으로 살았다. 전혀 다른, 새로운, 멋진 신세계가 펼쳐지고 있었던 것이다. 그로부터 불과 몇 년 전까지만 해도 마르크스의 책을 읽던 눈으로 24시간 뮤직비디오가 흘러나오는 스타 TV를 밤새워 봤고 대학노트에 고민을 빽빽하게 적어가던 손으로 컴퓨터 오락에 탐닉했다. 어떤 콤플렉스도, 죄책감도, 심지어 성찰도 없었다." (『스무 살』, 292쪽) 스타 TV나 컴퓨터 게임이 자기 세대의 문화 체험이나 감각에 속하는 것이라면, 마르크스는 한 시대를 이끌어갔던 정신의 상징에 해당된다. 그런 이행을 김연수는 활강의 감각으로 표현했다. 그는 롤러코스터에 타고 있었을 뿐이다. 그러니 어떤 심리적 부담도 없었다는 말이 가능할 것이다. 움직인 것은 그가 아니라 세계였을 뿐이기 때문이다.

그러나 저와 같은 진술을 액면 그대로 받아들여도 될까. 진정으로 아무런 심리적 부담도 없었다면, "어떤 콤플렉스도, 죄책감도, 심지어 성찰도 없었다"라는 문장은 아예 빠졌어야 했던 것이 아닐까. 김연수의 문장에서 두드러져 보이는 것은 "없었다"라는 술어가 아니라, 콤플렉스, 죄책감, 성찰 등과 같은 묵직한 명사들이 그런 정황을 기술하기 위해 선택되어 있다는 사실이며, "없었다"는 부정을 강조하기 위해 "어떤"이나 "심지어" 같은 관형어나 부사어들이 동원되었다는 사실이다. 게다가 김연수는 심리적 부담감에 대해, 마땅히 있어야 했을 것이 없었다는 투로 말하고 있다. 물론 이런 진술을 두고 프로이트의 용어를 빌려 반동 형성(reaction formation)이라고까지 말하는 것은 지나친 일일 것이다. 하지만 죄책감 같은 날카로운 형태는 아닐지라도 어느 날 갑자기 변해버린 세상에 대해 느끼는 당혹감의 존재를, 저와 같은 진술 속에서 읽는 것은 무리가 아닐 것이다. 앞의 문장에 뒤이어, 변해버린 세상, 롤러코스터의 활강과 같은 현실 감각에 대해 "그렇지만 실물감이 없다는, 가장 치명적인 불안은 남았다"라고 말하고 있는 것이 곧 그것일 터이다.

그가 유독 세대의식을 강조하고 있는 것도 마찬가지 맥락으로 보인다. 김연수의 세대의식은 무엇보다도 1980년대에 대한 대타의식 속에서 이루어진다. 「구국의 꽃, 성승경」에 나오는 표현을 빌리자면, "90년대는 이미 죽은 자들의 시대다. 이미 죽은 자들은 아무리 돌로 내리찍어도 죽지 않는다. 90년대를 살아가는 자들은 이미 죽은 자들이고 90년대가 오기 전에 죽은 자들이야말로 살아 있는 자들이다"(『스무 살』, 227쪽). 요컨대 김연수에게는 마르크스를 읽으며 유토피아를 꿈꾸던 시대가 진짜였고, 1990년대란 견디며 건너가야 할 환멸의 시대이자 허깨비들의 왕국인 것이다.

그러나 그 허깨비들의 왕국에서 김연수는 쓰기 시작했다. 중요한 것은

1990년대가 허깨비들의 시대라는 사실이 아니라, 김연수에게 1990년대가 그런 시대로 다가왔다는 사실이다. 그것이 그에게는 족쇄가 된다. 그의 등단작 『가면을 가리키며 걷기』가 슬랩스틱 수준의 풍자에 그쳐버린 것도 그 때문이다. 그가 첫번째 장편에서 그려낸 세계는 그의 표현대로 실물감이 없는 세계, 곧 우화이자 만화의 세계다. 이를테면 부활한 박정희로 대표되는 유신 세력이 있고, 박정희 식의 민족주의를 넘어 신민족주의로 나가고자 하는 소장 보수 세력들이 있어, 이 둘 사이에 암투가 벌어진다. 소설 속에서 박정희는 '제너럴 박'이라 불리고, 그 반대편에는 김형욱을 연상시키는 이형욱과 '겨레의 얼을 백 배로 부풀리는 모임'이라는 우스꽝스런 이름을 가진 모임의 대표 등이 있다. 물론 제너럴 박은 정말로 부활한 박정희가 아니라, 신군부 세력들이 유사시를 대비해 외모가 비슷한 인물을 교육시켜놓은 허깨비다. 또 그 밑에는 고문 기술자 이근안을 연상시키는 신고문이 있다. 이런 구도를 설정한 김연수의 의도를 읽어내는 것은 어렵지 않다. 그는 일그러진 근대화 세력과 일그러진 포스트모던 세력 들을 맞붙여놓은 것이다.

그러나 문제는 구도가 아니라 사건과 인물들을 묘사해내는 구체적인 방식이며 장편이 요구하는 디테일이다. 저와 같은 우화적 구도라면 더 철저하게 만화를 향해 나아가든지, 아니면 정치적 알레고리가 요구하는 논리적 정합성과 개연성을 확보해야만 했다. 그러나 김연수는 어느 쪽으로도 가지 못했다. 후자는 25세의 청년이 감당하기에 지나치게 버거운 일이었을 것이고, 전자의 길은 그 자신이 가지 않았다. 현실과의 끈을 놓지 않으려 했던 것이다. 그래서 그의 풍자는 고문 기술자 신고문을 물고문장에서 미끄러져 사망케 하는 정도의 유머로 그칠 수밖에 없었다. 이는 지난 시대에 대한 부채감이 그의 발목을 잡았기 때문이라고 말할 수밖에 없을 듯싶다.

『가면을 가리키며 걷기』의 주인공인 두 청년이 철저하게 수동적인 위치에 존재할 수밖에 없었던 것도 이런 관점에서 보면 당연해 보인다. 번역 사무실을 열고 있는 두 사람은 번역을 하고 여자를 만난 것 말고는 어떤 적극적인 일도 하지 않았다. 단지 대결을 벌이고 있는 두 파워 집단의 인물들이 그들에게 백지수표를 들고 접근해오고, 그들의 사무실을 도청하고 혹은 그들을 납치하여 한 사람을 고문하고 또 한 사람으로 하여금 고문 장면을 지켜보게 하고 했을 뿐이다. 그런 사건들이 마치 풍경이 지나가듯 그들을 스쳐갔다. 그들은 꼼짝없이 제자리에서 유혹당하고 고문당했다. 그 옆에서 작가 김연수는, 더러는 김천에서 방위생활을 한 이력의 주인공 최민식의 입을 통해, 더러는 작가 김연수라는 또하나의 가면을 쓰고 작품 속으로 들어와 "70년대생"들의 소설쓰기에 대해 반성하고 변호하고 정당화했다. 그들의 입을 통해 기술되는 그런 문제의식의 열도와, 또한 한번 정해진 서사적 틀을 하나의 장편으로 끝까지 완결시켜내는 집요함, 그런 고집스러움으로 인해 작품 전체를 관류하게 되는 서사의 활기 등이 『가면을 가리키며 걷기』가 지니고 있는 미덕이었다. 풍자도 알레고리도 만화도 아닌 엉뚱한 서사를, 문제의식의 열도가 지탱해주고 있었던 셈이다. 그러나 역으로 '나는 1970년대생이다' 라는 식의 의식이, 또한 우리에게는 월북한 삼촌도 없고 유토피아를 향한 열망을 담아낼 만한, 현실 체험이라는 화폭도 존재하지 않는다는 식의 과도한 세대적 자의식이 서사를 일그러뜨린 요인이기도 했다는 점을 감안한다면, 그런 세대적인 자의식이야말로 그것이 지니고 있는 유효성과는 무관하게, 김연수의 출발점이었다고 할 수 있을 것이다.

1960년대에서 1980년대까지를 각각 이십대의 나이로 보낸 사람들을 놓고 감각의 차이를 말하는 것은 큰 의미가 없다. 그들에게 문학을 선택하는 일이란 유토피아를 꿈꾸는 것에 다름아니었다는 점에서 그들은 같은 세대다. 유토피아에 대한 꿈이 있는 한 문학은 사람다운 삶에 대한 갈망의 표현일 수 있었고, 그런 갈망이 그들로 하여금 저 컴컴한 호랑이 아가리와의 직접적인 대면을 막아줄 수 있었다. 그러나 김연수의 세대는 다르다. 그들은 민자당 세대다. 피아와 진위의 경계가 허물어지고 순수문학과 서브 장르들의 위계가 무너져버리는 모습을 스무 살의 생생한 감수성으로 체감했던 세대다. 그들에게 문학적 글쓰기를 선택하는 일이란 그 위의 세대들과는 다를 수밖에 없다. 이 점에 대해서도 김연수는 매우 자각적이다. 그는 다른 친구들이 의대나 육사를 선택할 때 똑같은 방식으로 문학을 선택했다. 그러니까 그에게 문학은 삶의 다른 옵션들과 동일한 차원의 것이었다 : "애당초 나는 소설가가 되어서 집안의 일을 쓰는 것이 일생일대의 꿈이라든가, 어릴 적 충격적인 시집을 보아서 그 이후 쭉 시만을 쓰면서 자라온 사람이 아닌 것이다. 황지우와 김지하의 시를 너무 좋아했던 것을 빼고는 문학적인 배경에 있어서는 의대를 선택한 애와 같았다." (『가면을 가리키며 걷기』, 226쪽) 이런 정황 속에서 김연수에게 문학은 더이상 유토피아에 대한 꿈일 수가 없는 것 또한 당연할 것이다.

이런 세대적 자의식이 직접적이고 생경한 방식으로 드러난 것이 『가면을 가리키며 걷기』였다면, 『스무 살』의 세계가 보여주고 있는 다채로움은 그런 생경함이 연화되고 육화되어가는 과정의 산물로 보인다. 『스무 살』의 세계는 『가면을 가리키며 걷기』에 비해 훨씬 더 세련되고 안정된 모습을 보여준다. 하지만 그것은 세대적 자의식의 열도를 그 대가로 지불해야 했다. 그것은 순간적인 것이긴 했지만, 유토피아의 꿈이 있던 자리를 채워주고 있었다. 그러므로 이제부터 김연수의 소설에서 문제가 되는 것은 유토피아의 꿈이 있던 자리를 무엇으로 채워나가느냐 하는 것이다.

3. 진정성과 독창성

유토피아의 꿈이라는 화두가 의미를 지니는 것은 그것이 한 개인의 것이 아니라 집단이나 시대의 것이라는 점에 있다. 그러므로 그것이 사라진다는 것은 꿈의 사라짐도, 유토피아를 향한 갈망의 사라짐도 아니다. 그것이 없다면 어떤 문학적 글쓰기도, 인문학적 성찰도 존재할 수 없게 될 것이기 때문이다. 단지 사라지는 것은 꿈의 주체로서의 집단이며 공동체적 의식이다. 그러므로 그것은 좀더 정확하게 말한다면, 주체의 자리가 집단에서 개인으로 이동하는 것에 다름아니며, 꿈을 향한 집단적인 추진력이 사라져버리는 것에 다름아니다.

이런 의미에서, 집단과의 유대로부터 단절된 개인은 1990년대 문학적 현실의 원점이라 할 수 있다. 고립된 개인은 세계 앞에 선 단독자다. 그런 개인에게 세계와의 소통은 집단과의 공적 차원이 아니라 다른 단독자들과의 사적 유대의 차원에서 이루어지고, 공적 연대감도 감정 생활과 같은 사적 친밀성의 차원으로 전치된다. 이를테면 윤흥길이나 김원일, 이문열 등에 의해 묘사된 아버지와 삼촌의 세대들은 국가나 민족의 문제와 연관되어 있을 때에만 유의미할 수 있었다. 그러나 김소진이나 신경숙, 이혜경 등의 작품 속에서 등장하는 아버지들은 자식 세대와의 사적 친밀성이라는 코드를 통해 소설 속에 포착된다. 1990년대 문학에서 진정성이라는 요소가 소설의 중심적인 코드로 등장하는 것도 같은 맥락에서 이해된다. 민족의 역사나 인간 해방과 같은 공적 대의 앞에서 문제가 되는 것은 한 개인의 진정성이 아니라 정당성이다. 하지만 고립된 개인의 세계에서 중요한 것은 한 개인의 숨겨진 진실로서의 진정성이며, 그것은 내밀하고 섬세한 감정의 교호와 소통을 통해서, 혹은 한 개인의 비밀스런 고백을 통해서만 드러날 수 있는 어떤 것이다.

김연수가 『스무 살』『7번 국도』를 통해 묘사해내는 대부분의 인물들은 자기만의 독특한 꿈을 가지고 있다. 독창적인 선풍기를 만들고 싶어 하는 선풍기 전문가, 소백산 천문대의 생활을 꿈꾸며 천문학과를 지원하는 청년, 장엄한 불길 터널을 꿈꾸며 거리를 달리는 폭주족 청년, 불멸을 꿈꾸는 소설가 등이 그들이다. 물론 단 한 권의 소설집만을 꿈꾸었던 김연수 자신도 예외는 아니다. 이들의 꿈은 기이하거나 소박하거나 위험하기로는 제각각이지만, 다른 사람들과 공유하기 어려운 것이라는 점에서는 공통적이다. 유토피아의 꿈이 길을 밝힐 수 있는 횃불의 행렬이라면, 그들의 꿈은 그저 한 사람의 머리맡 정도를 밝힐 수 있는 촛불과도 같다. 김연수는 그런 꿈을 지니고 있는 사람들의 모습을, 더러는 「공야장 도서관 음모 사건」이나 「마지막 롤러코스터」에서처럼 기발하고 경쾌한 감각으로, 더러는 「죽지 않는 인간」 연작이나 「스무 살」에서처럼 추억이 지니고 있는 서정적인 톤으로 그려내고 있다. 이처럼 고립된 개인들의 모습을 묘사해내고 있다는 점에서 김연수의 소설들은 일차적으로 1990년대 문학의 주류와 맥락을 같이한다.

하지만 그런 고립의 상태란 저 호랑이 아가리를 향해 가는 것에 다름 아니므로, 지속적인 상태라기보다는 하나의 계기일 수밖에 없다. 어떤 방식이건 새로운 도약이 없다면 고통스런 절망의 표현 이외에 어떤 이야기도 불가능할 것이기 때문이다. 「마지막 롤러코스터」 「*뒈져버린* 도플갱어」 「구국의 꽃, 성승경」 등의 단편들은 그런 도약의 김연수적인 방식을 가장 상징적으로 보여준다.

이를테면 「마지막 롤러코스터」에 등장하는 승룡회라는 동호회가 있다. 롤러코스터의 작동 원리를 연구하고 새로운 형태의 코스터를 설계하기까지 하는 사람들의 모임이다. 놀이공원의 청룡열차를 연구하고 설계한다는 것이다. 말하자면 스피트와 텐션에 넋을 빼앗긴 사람들이다. 승룡회 회장은 스피드와 텐션을 결합시켜 최고의 자극을 줄 수 있는 코스터를 설계했다. 롤러코스터가 한 단계 진화한 것이 행잉코스터라면, 여기서 한 단계 더 나아가 플라잉코스터를 만들어낸 것이다. 물론 놀이공원의 활강 썰매가 레일을 벗어나 날아갈 수는 없다. 속도가 극한에 도달했을 때 마찰을 줄이기 위해 중간중간 코스터를 레일에서 떨어뜨려놓는다는 것이다. 너무나 자극적이기 때문에 비 오는 날은 운행을 하지 않도록 되어 있는 그 코스터에서 한 사람이 죽는다. 코스터를 두고 승룡회 회장과 논쟁을 벌이던 재인이라는 청년이었다. 재인도 코스터에 관한 한 회장 못지않은 식견을 가지고 있었으니, 비 오는 날 코스터에 올라탄다는 것이 얼마나 위험한 것인지는 알고 있었다. 그리고 재인이 죽어갈 때 그 옆자리에는 회장도 동승해 있었다. 그리고 다시 한 사람이 죽는다. 이번에는 승룡회 회장이다. 그는 재인이 탔던 그 자리에 올라 스스로 죽음을 향해간다.

두 명의 청년이 왜 죽는지는 자명하다. 그들이 원했던 것은 죽음에 이르는 스피드와 자극과 몰두다. 그것이 그들로 하여금 저 현실이라는 레일을 이탈하여 죽음을 향해 비상하도록 만들었다. 승룡회 회장은 죽음의 코스터를 향해 가면서 이렇게 말했었다 : "사람들이 상처를 잊어버리는 동안, 사람들이 우리에게 총을 쏜 빌어먹을 개새끼들까지 용서하는 동안, 인간의 목소리로 그 개새끼들의 이름을 부르는 동안, 나는 더욱더 스피드와 텐션에 몰두할 수밖에 없었어요. 흉악한 유령의 모습으로 내가 미쳐가고 있는 동안, 지난날의 기억이 내 머리를 짓누르며 달겨드는 동안, 친구들이 하나둘 떠나가는 동안, 세월이 흘러가는 동안……"(『스무 살』, 72쪽) 그는 지금, 가장 견디기 힘들었던 것이, 청산되지 않은 채 흘러가고 있는 야만의 세월들이라고 말하고 있는 중이다. 그것이 구체적으로 어떤 디테일을 가진 것이건 상관없다. 그들 앞에 놓여 있는 시간들을 견디기 위해 필요한 것은 몰두이며 망각이라는 것이다. 스피드도 텐션도 모두 망각의 다른 이름이며, 따라서 그 끝이 죽음으로 이어져 있는 것은 당연한 일이다.

「*퉤져버린* 도플갱어」에 등장하는 폭주족 청년의 경우도 마찬가지다. 월남에 파병되었던 전력을 지닌 아버지는 오토바이 사고로 하반신이 마비되어 반 년이나 끌다가 죽어버렸다. 아버지가 남긴 것은 국민주택 한 채와 삐삐보다 큰 라도시계다. 주유소에서 돈을 버는 폭주족 청년은 밤이면 라도시계를 차고 오토바이에 몸을 실은 채 거리를 누빈다. 그가 원하는 것은 자기가 달릴 수 있는 가장 빠른 속도에서 죽는 것이다. 제2차 세계대전 직후 오십 미터 정도의 불길 터널을 만들어놓고 시속 이백 킬로미터의 오토바이로 지나갔던 사람이 있었다. 그러나 그는 터널을 빠져나온 직후 다시 불길을 향해 오토바이를 몰아 잿더미가 되어버렸다. 삼십 년이 흐른 뒤 동일한 조건 속에서 스턴트맨이 실험을 했다. 그 스턴트맨도 똑같이 다시 불길을 향해 오토바이를 돌렸다. 그는 이렇게 대답했다. 너무나 아름다워서 뿌리치기 힘든 유혹이었다고. 폭주족 청년에게는 이 에피소드가 삶의 지침이다. 아름다움의 절정에서 맞이하는 죽음이 곧 그것이다. 사연은 다르지만, 승룡회 회장이나 폭주족 청년이나 죽음을 꿈꾸는 것은 마찬가지다. 그것이 곧 1990년대의 정신적 풍경이라고 김연수는 지금 우리에게 말하고 있는 중이다.

그런데 흥미로운 것은 김연수가 폭주족 청년으로 하여금, 불길 터널 속에서의 죽음을 일컬어 장엄한 것이라 부르게 했다는 점이다. 장엄함이란 그 어떤 한계를 초월해가는 거대하고 당당한 위력에 어울리는 말이다. 저 승룡회 회장을 못 견디게 했던 친구의 죽음은 역사와 시대의 부름이라는 장엄한 명사들과 함께 있었다. 또 대학로를 가득 메웠던 1980년대 후반 노동자들의 대열은 인간 해방이라는 장엄한 표어와 함께 있었다. 그 장엄함이 있었던 자리를 김연수는 불길 터널의 숨막히는 아름다움으로, 사람을 죽음으로 유혹하는 치명적인 감각의 세계로, 도취와 망아와 황홀의 세계로 채우고자 하는 것일까.

그러나 이 첫번째 장엄함은 그 옆에 병치되어 있는 또하나의 장엄함과 결합됨으로써 쉽게 부정되어버린다. 폭주족 청년이 차고 있는, 아버지로부터 물려받은 라도시계가 그것이다. 그는 그 시계를 장엄하다고 표현한다. 삐삐보다 큰 그 시계의 진가를 알아보는 여자, 소리나 질러대는 조무래기 여자아이들이 아니라 아무 말 없이 스피드에 자기 자신을 맡길 수 있는 여자, 죽음을 두려워하지 않는, 장엄의 세계를 아는 여자를 그는 자신의 오토바이에 태우고 싶어한다. 그러니 라도시계의 장엄이 무엇인지도 능히 이해할 수 있는 것이 아닌가. 옹졸하고 약삭빠른 자만이 살아남을 수 있는 자본제적 일상의 상징인 저 얍삽한 디지털 시계에 반대되는 그 무엇, 야생의 당당함이나 위엄 있는 족보를 지닌 그 무엇이 곧 그것일 터이다. 그러나 이 장엄의 세계는 전당포 주인의 한마디에 어이없이 무너져버린다. 오토바이 사고가 난 폭주족 청년이 전당포를 찾아가 시계를 맡기고 돈을 빌리고자 했을 때 주인의 말은 이랬다 : "이게 무슨 라도야? 가짜 아니야, 가짜. 라도의 라는 L이 아니라, R이란 사실도 모르냐?"

이 허망함을 보완하고 있는 것이 「*뒈져버린* 도플갱어」의 또다른 시점 인물인 사진작가의 시선이다. 1980년대의 함성과 행렬이 사라져버린 대학로 거리의 저 공허함을 프레임 속에 담아내고자 하는 젊은 사진작가가 있다. 그는 자기가 찍은 사진 속에서 자기 자신의 모습을 발견하고 경악한다. 물론 독자들은 그 사진 속의 인물이 가짜 라도시계를 망연자실 바라보고 앉아 있는 폭주족 청년임을 알고 있다. 사진작가는 말하자면 자신의 도플갱어를 자기 사진 속에서 만나고 있는 것이다. 그런 사진작가의 시선은 자기 세대의 상처를 바라보고 있는 김연수 자신의 시선이라 해도 좋지 않을까. 그들은 모두 집단적인 꿈꾸기가 사라져버린 시대를 살아가는 사람들이며 그 그림자들이다. 중요한 것은 그들이 정말로 그림자라는 것이 아니라 그들 스스로가 그렇게 느끼고 있다는 점이다. 그것은 오로지 사라져버린 꿈의 자리를 기억하고 있는 사람들, 그 꿈의 사라짐을 안타까움으로 바라보고 있는 사람들이기에 가능한 것이다.

『스무 살』의 세계는 그런 점에서 김연수 세대의 자기 관찰이자 자기 치유의 과정으로 읽힌다. 자신들의 세계를 김연수는 가짜와 허깨비들의 세계, 살아 있는 시체들의 세계로 그려내고 있지만, 그런 인식 자체가 이미 자기 치유의 첫 발짝에 해당되는 것이라 해도 좋다. 죽음을 꿈꾸거나 죽음을 향해가는 사람들이 있는 한, 세계는 더이상 죽은 자들의 세계일 수 없기 때문이다. 한번 죽어버린 사람들은 다시는 죽음을 꿈꿀 수도 죽음을 향해 갈 수도 없기 때문이다.

또한 김연수가 그들의 절망감을 포착해내는 방식을 보자. 그는 플라잉코스터라든지 도플갱어, 또한 성장을 중지하고 여자로 변해가는 인물(「구국의 꽃, 성승경」) 등과 같은 탈현실적인 모티프를 통해 자기 세대의 절망과 좌절을 포착해낸다. 그러한 모티프들이 지배적인 세계 속에서는 절망도 좌절도 현실이라는 지반에서 이탈하여 서사적 의장의 차원으로 옮겨가버린다. 작가와 독자의 목을 조르는 억센 손이 아니라 창 밖을 스쳐가는 흥미로운 풍경 중의 하나로 자리잡게 되는 것이다. 그것은 김연수의 상상력이 지니고 있는 유희적 감각의 결과라 해야 할 것이며, 그런 한에서 『스무 살』의 공간 속에서는 세계의 허위에 맞서는 개인의 진정성보다는 상상력의 밀도나 감각적 경쾌함이 좀더 우선적인 역할을 하고 있는 것으로 보인다. 작품의 완성도와는 무관하게, 표제작 「스무 살」이 지니고 있는 서정성보다는 태연하게 거짓말을 늘어놓고 있는 「공야장 도서관 음모 사건」의 발랄함이 훨씬 더 김연수적인 것으로 보이는 것도 그 때문이다. 요컨대 『스무 살』의 세계에서는, 고백의 절실함보다는 지적 유희의 경쾌함이, 진정성보다는 독창성에 대한 추구가 좀더 우세한 힘으로 작용하고 있다. 곧 출발점의 김연수에게 문학적 글쓰기는, 자신의 진실을 고통스럽게 토로하는 것보다는 상상력을 통해 세계를 재구성하는 쪽에 훨씬 더 가까이 있다는 것이다.

4. 유령으로서의 작가

글쓰기를 통한 자기 치유의 과정은 「죽지 않는 인간」 연작과 『7번 국도』에서 좀더 선명하게 드러난다. 이 소설의 주인공들을 괴롭히고 있는 것은 한때 자기를 스쳐 지나갔던 열렬함의 기억들이다. 그로 인해 그들은 자기에게 주어진 시간과 오지 않은 시간에 대해 힘겨워하고 있다. 그러니 세상을 향해 적극적으로 뛰어들 수도 없고, 그 무엇과 맞붙어 싸우고자 하는 의지를 실천할 수도 없다. 그들에게 가능한 것이 있다면 다시 저 기억 속으로 돌아가는 것, 그에게 상처가 되었던 시절들을 곱씹어보는 것이다. 김연수는 그것을, 이 땅을 탈출해버린 한 여자에 대한 기억을 통해 형상화한다. 이런 점에서 이 작품들은 「마지막 롤러코스터」나 「*뒈져버린* 도플갱어」 「구국의 꽃, 성승경」 등에서 표현되었던 세대적 자의식과는 다른 정서적 밀도를 지니고 있다. 물론 둘 모두 허깨비와의 싸움이라는 점에서는 동일하다. 하지만 한 여자와의 기억이 지니고 있는 정서적 감응력은, 시대와의 불화가 지니고 있는 추상적이고 건조한 불안과는 다른 차원에 있다.

「죽지 않는 인간」 연작은 세 개의 단편으로 구성되어 있다. 이 세 편의 단편과 『7번 국도』에 동일한 이름으로 등장하는 서연이라는 여자가 있다. 「죽지 않는 인간」에서는 미국으로 떠났고, 『7번 국도』에서는 캐나다로 떠났다. 서연의 부재는 두 소설의 주인공들에게 치명적이다. 「죽지 않는 인간」의 주인공인 소설가는 모니터의 텅 빈 화면에 토마스 만을 베끼고만 있을 뿐이고, 『7번 국도』의 주인공인 기타리스트는 마비된 왼손으로 인해 연주를 못 하게 되었다. 서연이 남긴 기억들 때문이다. 한번 떠나버린 여자가 다시 돌아올 리는 없다. 그러니 문제는 서연의 부재를 견디는 것이고, 서연의 부재라는 현실과 또한 자신의 기억들과 화해하는 일이다.

「죽지 않는 인간」에 등장하는 인물들은 세 종류이다. 떠나버린 사람과 죽어버린 사람, 그리고 떠나지도 죽지도 못한 채 홀로 기억에 붙들려 있는 주인공 소설가가 있다. 『7번 국도』의 기타리스트 재현도 마찬가지다. 이루지 못한 사랑으로 인해 괴로워하는 사람에게 궁극적으로 필요한 것은 사랑의 일회성과 절대성이라는 낭만적 사랑의 신화의 주박으로부터 풀려나는 것이지만, 당장 필요한 것은 희망 없이 사는 법을 배우는 것이다. 이를테면, 『7번 국도』의 기타리스트 재현의 곁에는 세희라는 여자가 있다. 그때까지는 죽은 것으로 알았던 아버지가 살아 있는 일본인이라는 사실을 알게 되어 집을 나온 여자다. 세희가 『7번 국도』라는 여정을 통해 궁극적으로 체득하게 되는 것은 아버지를 되찾는 일의 절실함이 아니라 아버지 없이 사는 법이며, 그 스스로가 다른 이의 어머니가 되는 것이다. 『7번 국도』의 재현이나 「죽지 않는 인간」의 소설가의 경우도 마찬가지다. 그들에게 필요한 건 새로운 희망이 아니라 희망 없이 사는 법을 익히는 것이다. 진짜 희망은 벼락처럼 하늘에서 떨어져내리는 것이 아니라 희망 없는 삶을 견디는 과정에서 새롭게 싹터오는 것이기 때문이다. 그것이 성년의 세계다.

이를테면 『7번 국도』의 화자로 등장하는 전직 방송국 PD이며 현직 시나리오 작가인 인물이 있다. 그는 교통방송을 즐겨 듣는다 : "새벽이나 아침에 잠을 자고 일어나면 나는 늘 교통방송을 들었다. 각 구간의 정체 상황을 수시로 보도해주는 교통방송에는 뭐라고 형언할 수 없는, 삶에의 의지가 들어 있었다."(17쪽) 그는 재현보다 세 살 위인 청년에 불과하지만, 정신적인 나이로는 아이와 어른의 차이가 난다. 재현이 스스로를 생활세계 한가운데로 진입시키는 것은 그와 함께 7번 국도를 자전거로 주파하고 난 후의 일이다. 그후에야 그는 비로소 마비된 왼손이 풀려 다시 기타를 연주할 수 있게 된다.

「죽지 않는 인간」의 주인공 소설가는 이미 이런 사실을 눈치채고 있다. 그는 연작의 첫번째 편인 '중세의 가을'에서 그 삶의 세계에 대해, 이미 우리에게 익숙해진 단어인 '장엄'이라는 말을 썼다. 그는 선배 소설가와 좌담을 하기 위해 출판사의 한 방으로 들어간 적이 있다. 터널처럼 길고 어두운 복도를 지나 도달한 그 방은 평소에는 열어두지 않는다는 신비로운 분위기의 방이었다. 아무런 장식도 없는 그 방의 벽에 걸려 있는 것은, 흡사 영정으로나 쓸 듯한 분위기의 흑백사진들이었고, 그 주인공들은 최남선과 이광수 김소월 염상섭 등이었다. 그 방에서 그는 신세대 문학이라는 것에 대해 좌담을 해야 하는 것이다. 그는 그 방을 납골당으로 느꼈다 : "나는 준비해온 말들은 모두 잊어버린 채, 멍하니 우리가 애당초 들어온 문을 바라봤다. 저 문 밖, 수십 미터에 달하는 어두운 복도 저편에서는 수많은 사람들이 서로 뒤엉키면서 세계라는 장엄을 이루고 있는데, 우리는 죽어 제사를 받기 위해서 지금 제사를 준비하고 있는 것인지도 모른다."(『스무 살』, 158~159쪽)

그는 지금 불멸을 꿈꾸었던 사람들의 납골당에 있다. 그 세계는 「공야장 도서관 음모 사건」의 작가 김연수가 꿈꾸었던 곳이기도 하다. 그곳은, 세상 어디에도 없는 선풍기를 만들고자 했던 사람과, 자신의 기억력 속에 도서관을 만들어놓고 있는 놀라운 사서, 그리고 손님들에게 주사위를 굴리게 하여 피라미드 모양의 안주를 주는 괴상한 술집 주인들이 있는 곳이지만, 정작 그 세계의 한복판에 있는 사람은 독창적인 상상력을 꿈꾸는 작가 김연수 자신인 것이다. 그러나 김연수는 그 세계의 한복판에서 그 바깥의 세계를 그려보며 그것을 장엄하다고 표현하고 있다. 불길 터널로 표상되는 황홀과 망아의 세계에 썼던 단어를 그는 지금 저 남루하고 초라한 생활의 세계에도 허용하고 있는 것이다.

그러나 장엄과 생활세계가 어떻게 결합될 수 있는가. 장엄이라는 말이 가능하기 위해서는 전체를 조망할 수 있는 새의 시선이 있어야 한다. 주체를 몰아의 상태로 몰고갈 수 있는, 유토피아와 같은 강렬한 환상이 필요하다. 그러나 일상적인 생활의 공간은 세금고지서와 바퀴벌레들이 존재하고 있는 곳이며, 새가 아니라 쥐의 시선에 의해서만 포착될 수 있는 곳이다. 생활세계를 장엄하다고 할 수 있기 위해서는 그 시선의 주체가 삶의 디테일들이 포착되지 않는 아주 먼 곳에, 역사의 흐름을 조망하는 사가의 자리쯤에나 있어야 한다. 그곳을 장엄하다고 말하는 김연수는 말하자면 유토피아의 꿈이 있었던 자리를 바라보는 시선으로 생활의 공간을 바라보고 있는 것이다. 출발점에 선 김연수의 세계에서 두드러지게 드러나는 관념성도, 정치적 상황과 결합되어 있는 강렬한 세대의식도 그런 시선의 산물일 것이다. 그는 자기 앞의 삶을 미메시스하기보다는 지적으로 파악하고 규정하고 재구성하고자 했다. 불길 터널의 장엄이 죽음으로 연결되고, 라도시계의 장엄이 쉽게 가짜가 될 수 있었던 것도 그 때문일 것이다.

「죽지 않는 인간」의 세계에서 유난히 두드러져 보이는 것은 어둡고 긴 복도나 동굴 등의 이미지다. 이 소설들의 서사가 파편화되고 시간대가 잘려져 앞뒤로 교직되는 것도 그가 동굴 속을 걸어가고 있는 중이었기 때문일 것이다. 그는 그 음습하고 어두운 곳에서 소설가의 운명에 대해 사유했다. 연작의 마지막 편인 '기억의 어두운 방'이 그것이었다. 그곳에서 그는 절친한 선배였던 한 소설가의 죽음과 아버지의 죽음을 목격했고, 자신을 사로잡고 있는 한 여자의 고통스런 기억에 대해 육성으로 밝히고 있다. 그럼에도 그것은 경험의 절절한 고백과는 다른 방식이다 : "그렇다면 불멸의 존재는 누구인가? 이 세 개의 소설을 쓰는 동안 한 번도 나타나지 않았던 '서연'이라는 존재인가? 지금 이 시점에서 나는 깨닫게 됐다. 이미 죽어서 이제 나의 소설 속에서 절대로 죽지 않게 되어버린 그 불행한 존재란 바로 소설을 쓰고 그 소설 안에서 부활하고 영원히 죽지 않기를 마다하지 않았던 바로 '나'라는 것을. 이제 영원히 죽지 않는 운명이 되어, 마치 납골당에 걸린 사진 속의 운명이 되어 소설 속에서 영원히 스스로 지나왔던 동굴 저편 멀리에서 장관을 이루며 서로 얽히고설켜들어가는 현실의 모습을 동경하면서 '나'는 중음신의 몸으로 소설이라는 공간 속을 떠돌게 된 것이다."(『스무 살』, 205쪽)

김연수는 지금 소설가인 자신의 운명에 대해 이야기하고 있는 중이다. 『가면을 가리키며 걷기』에서도 그랬듯이, 그는 거듭 스스로에게 묻는다. 소설쓰기란 나에게 무엇인가. 소설을 쓰고자 하는 나의 이 욕망은 무엇인가. 『스무 살』에 실려 있는 작품들의 다채로움도 우리에게는 그런 작가로서의 자각의 산물로 보인다. '기억의 어두운 방'이라는 마지막 편에 이르러 김연수는 자신이 통과해야 할 첫번째 터널의 끝을 보았던 것일까. 『7번 국도』라는 소설 속에서 다시 서연이 작중인물의 이름으로 호출되어야 했던 것도 그 때문이 아니었을까.

매력적인 작품 『7번 국도』의 밝고 경쾌한 분위기를 보자. 손이 마비되어버린 기타리스트가 있고 시간도 서사도 조각나 있지만, 퍼즐 게임 같은 유희적인 활기가 작품 전체를 감싸고 있다. 그것이 우리에게는 작가 김연수가 치러야 하는 입사의식의 마지막 절차였던 것으로 보인다. 스스로에게 부과했던 저 세대적 자의식이라는 굴레도 절반쯤은 벗어놓았고, 그와 동시에 그를 가로막고 있었던 부서져버린 유토피아의 잔영들도 스러져가고 있는 중이다. 이제 그 뒤에서 호랑이 아가리가 나타나 그에게 묻는다면 김연수는 대답할 수 있을 것이다. 나는 작가라고. 시체이고 유령이라고. 불행하고 고통스러운 것은 자기가 유령인지 모르는 유령들이고, 자기가 시체라는 사실을 인정하지 못하는 시체들이다. 스스로 중음신임을 자각한 김연수에게는 어떤 환상도 희망도 유토피아도 절실하지 않다. 그는 떠돌며 지켜보는 유령이기 때문이다. 유토피아 없이 사는 법 한 가지를 그는 확실하게 체득한 것이다.

5. 유토피아 없이 사는 법

김연수의 근작 장편 『꾿빠이, 이상』은 우리에게 일종의 작가로서의 결의나 각오 같은 것으로 다가온다. 이상의 삶을 소설의 제재로 선택했다는 것부터가 그렇다. 물론 높은 난이도에 도전하는 것은 김연수 특유의 기질로 보이지만, 이상의 삶과 문학이라면 경우가 또 다르다. 수많은 일화와 화제를 남기며 27세를 일기로 유명을 달리한 이상의 삶과 문학은 김연수 자신이 말했듯이 이미 하나의 신화이며, 근대문학에 대한 연구가 시작된 이후로 연구자라면 누구나 한 번쯤은 다루고 싶어했던, 그만큼 많은 연구가 축적되어 있는 대상이다. 그런 대상을 소설화하겠다고 덤벼드는 것이라면 그런 시도만으로도 예사롭지가 않은 것이다.

김연수가 이상에 접근하기 위해 선택한 모티프는 두 가지다. 하나는 유실되어버린 이상의 원고이고, 다른 하나는 이상의 임종 직후 병상을 지키던 사람들이 떠냈다고 전해지는 이상의 데스마스크다. 이 둘을 둘러싸고 벌어지는 진위에 대한 논란이 서사의 기둥 줄거리다. 이 줄거리를 채워나갈 디테일을 위해 그는 세 명의 시점인물을 선택했다. 첫번째는 출판전문 잡지사의 기자 김연화이고, 두번째는 사십 년 넘게 이상의 삶과 문학에 경도되어 살아온 이상의 추종자이자 실패한 시인 서혁민, 세번째는 이상 문학으로 박사학위를 받은 전문 연구자 피터 주다. 이 셋은 각각의 방식으로 이상의 유고와 접한다. 김 기자는 본의 아니게 이상 전문가인 사기꾼의 음모에 연루되어 이상의 유고를 접하게 되고, 서혁민은 자신이 필생의 업으로 생각하고 쓴 이상의 전기에 사라져버린 시 「오감도 16호」를 위조해 끼워넣고, 그리고 피터 주는 위조된 유고들로 인해 연이어지는 곤경에 처하게 된다. 요컨대 한 사람은 원고를 위조하고, 나머지 두 사람은 위조된 원고들로 인해 자신들의 이력에 심각한 오점을 남기게 되는 것이다.

그러나 이런 줄거리는 설정 자체에 문제가 있어 보인다. 무엇보다도 소설의 두번째 단락을 담당하고 있는 서혁민이라는 인물의 설정과 행동에 현실감이 없기 때문이다. 왜 그가 이상에게 평생을 바칠 만큼 경도되었는지, 그 사십 년 동안 무엇을 하며 무슨 생각으로 살았는지, 왜 그의 삶이 동경에서의 자살로 끝나야 되는지 등에 대해 작가는 납득할 만한 설명을 해주지 않고 있다. 주체 분열의 실천 속에서 또한 몇 겹의 가면 속에서 씌어진 것이 이상의 문학이라는 점을 고려한다면, 중국계 미국인으로 태어나 한국계의 가정에 입양되었던 이력의 소유자인 피터 주가 이 소설의 가장 적절한 시점인물이며, 그 하나로 충분했을 것으로 보인다. 그런데도 김연수는 이야기를 세 단락으로 나누고 세 명의 시점인물을 등장시켰다. 유부녀와 사랑에 빠진 기자의 이야기를 이상의 삶과 나란히 놓는 것은 그럴 수 있겠지만, 서혁민이라는 기인을 초점인물로 등장시킨 것은 무엇 때문인가. 이에 대해서는 다양한 설명이 가능할 것이나, 무엇보다도 작가 김연수 자신이 이상의 문학과 삶에 지나치게 경도되어버렸기 때문이라 해야 할 것으로 보인다. 이상이라는 인물과 그 주변에 있던 사람들의 삶을 재현해내고 있는 김연수의 저 집요한 태도를 보자. 흡사 『꾿빠이, 이상』의 작가 김연수에게 중요한 것은 문학 속에서 죽어간 작가 이상의 삶과 문학일 뿐, 그 나머지는 아무래도 좋은 서사적 의장에 불과한 것처럼 보일 정도다.

그러나 이런 서사적 결점에도 불구하고 『꾿빠이, 이상』에서 김연수가 보여준, 대상에 대해 접근해가는 집요하고 철저한 태도는 그 자체만으로 상찬의 대상이 되기에 족하다. 우리가 지적해본 결점이라는 것도 과유불급에서 비롯된 것이다. 김연수는 지금 자기 문학의 한 전기에 도달해 있는 것으로 보인다. 1999년 『작가세계』 특집호에서 김연수는 스스로의 글쓰기에 대해 술회한 적이 있다. 그 글의 제목은 '소수의 문학성이지 감각이 아니다'라는 것이었다. 감각과 직관을 대신할 수 있는 것으로서 그가 내세웠던 것은 실증과 이성을 통한 문학성이었다. 그것은 곧 『7번 국도』와 『스무 살』의 세계에서 『꾿빠이, 이상』으로의 전환을 지칭하는 것으로 보인다. 『꾿빠이, 이상』에서 지나쳤던 것은 단지 실증이었으며, 그것의 지나침은 작가로서의 열정과 결기의 강렬함에 다름아니다. 문제는 그것을 통제하는 것이되, 그것이 열정과 동일한 저울대에 올라설 수는 없음은 두말할 필요가 없다.

최근 김연수는 시골 소도시를 무대로 하여 다양한 사람들의 표정을 담아내기 시작했다. 「하늘의 끝, 땅의 귀퉁이」 「리기다소나무 숲에 갔다가」 「똥개는 안 올지도 모른다」와 같은 단편들이 그 예다. 김연수가 『스무 살』을 엮으며 수록하지 않았던 「우리집, 불타는 모습」의 몰락해 가는 남경식당의 모습도 같은 선에 있는 듯하다. 이 세계에는 이십대의 김연수가 지니고 있었던 관념성이나 세대적 자의식, 정치적 감각 등이 들어설 여지가 없어 보인다. 그런 점에서 이들은 『꾿빠이, 이상』의 세계와 동일한 지평에 놓여 있다. 둘 모두 유토피아 없이 사는 법을 실천하고자 하는 의식, 장인으로서의 작가라는 의식의 발현으로 보인다. 장인은 멋진 그릇을 빚는 데 실패할 수는 있으나 허위의식이나 호랑이 아가리 같은 것은 알지 못한다. 그는 장님이고 귀머거리이고 유령이기 때문이다.

『꾿빠이, 이상』의 후기에서 김연수는 매우 멋진 이야기를 했다. 그는 한 번도 세상에 나온 적이 없는 소설책들이 꽂혀 있는 헌책방의 꿈을 꾸었다. 그곳에서 얼핏 보았던 몇 권의 소설들을 읽고 싶으나 써줄 사람이 없다는 것, 그러니 천상 그 자신이 쓸 수밖에 없다는 것이었다. 그런 그에게 누가 동의하지 않을 수 있겠는가. 그가 멋진 유령 작가가 되어 돌아온다면 우리 또한 유령 독자이기를 사양하지 않을 것이다.

(2002)

충청도의 힘
—이문구론

1. 사투리의 수사학

이문구의 소설이 지니고 있는 매력이 그의 독특한 문체에 있다는 사실은 구태여 강조할 필요가 없다. 『관촌수필』(1977)과 『우리동네』(1981), 『유자소전』(1993) 등을 통해 구현되어온 저 유려한 토박이말과 구어체의 세계는 이미, 이문구만이 그려낼 수 있는 우리 소설사의 한 진경으로 자리잡고 있다. 그 세계의 한가운데에 있는 것이 충청도 사투리거니와, 충청도 말이 얼마나 매력적인 언어인지를 보여준 것만으로도 그의 작가적 소임은 충분했다 할 만큼 그 세계는 매력적이다. 그것이 사투리나 혹은 충청도 방언 자체의 힘만이 아닌 것은 물론이다. 거기에는, 그 말을 쓰는 사람들이 보여주는 토박이스런 삶의 다양한 체취들과 농민적인 정서, 그리고 『관촌수필』에서 드러나는 사위어가는 것들 혹은 사라져버린 것들의 잔영이 주는 애가적인 분위기 등이 모두 함께 뒤섞여 있다. 그 모든 것이 곧 사투리이고, 충청도스러움이고 촌스러움이다. 저 도시적인 강팍함에 비하면, 혹은 근대사의 공간을 이끌어온 모더니티의 저 거대한 힘에 비하면 지나치게 연약하여 이내 사라져 버릴 것처럼 느껴지는, 인간적인 유대의 공간이자 전통적이고 공동체적인 분위기다.

이문구 소설의 핵심적인 수사학적 기제인 충청도 사투리는 이 모든 것들이다. 이문구가 즐겨 그려온 것이 농촌이라는 사실은 이런 견지에서 보자면 지극히 당연해 보인다. 이문구 소설의 저 촌스러움은 논리이기 이전에, 이미 그가 즐겨 구사하는 소설 언어 속에 깃들어 있는 것, 일종의 생리나 기질이라 해야 할 것이다. 그래서 그의 소설에서 충청도가 아닌 농촌이나 충청도 사투리를 쓰지 않는 농촌 사람들은 상상하기 어렵다. 농촌의 제반사에 대한 세세한 앎에 있어서도 그렇지만, 이문구의 소설에서 무엇보다 두드러지는 것은 충청도 사투리로 구성되는 농투성이들의 마음의 풍경이다. 괴팍하고 뒤퉁맞으면서도 세상의 범사에 있어 자기 주견이 뚜렷한 사람들, 지식이 있는 것은 아니지만 세속의 경험을 통해 삶의 지혜를 체득한 사람들, 삶의 문리를 깨친 사람들, 이리저리 말휘갑을 치며 궁지를 빠져나가는 능청스런 사람들, 억압적이거나 허풍스런 관리들과 도시 사람들을 향해 혹은 그들의 논리에 대해 또박또박 이치를 따져묻는, 겉으로는 헐렁해 보여도 속으로는 야무지기 이를 데 없는 고집스럽고 의뭉스러운 사람들이 있다. 이문구의 세계에서 농촌은 바로 이런 사람들을 만들어내는 곳이다. 이들은 저마다 각양각색으로 다르지만 농사꾼 기질이라는 점에서는 일치하며, 수더분하면서도 고집스럽고, 학식은 짧지만 제반 일상사에서 경우 하나는 깍듯하게 바르다는 점에서, 자본제적 인간의 전형인 야멸차고 반지빠른 장사꾼 기질과 정반대되는 기질의 소유자들이다.

바로 이런 사람들의 표정을, 농사꾼 기질을 내장하고 있는 공간으로서의 농촌을, 혹은 농촌적인 정서를 생생하게 포착해냈다는 것이야말로 이문구의 소설이 지니고 있는 의미라 해야 하지 않을까. 이에 비하면, 산업화과정에서 소외된 지역으로서의 농촌이 지니고 있는 여러 모순과 실상을 그려냈다는 점은 오히려 부차적일 듯싶다. 충청도 사투리로 구성되는 그의 농촌은, 자본제적 시장 원리라는 시속의 주류 논리의 가장자리에 혹은 바깥에 존재하는, 일종의 타자의 공간으로 보인다. 그가 그려내고 있는 고집스런 농투성이들의 기질과 생리적이라 할 만한 '보수성'은 싸구려 개발 논리나 가짜 진보주의에 맞서는 삶의 진정성의 일단을 함축하고 있다. 그것은 무엇보다도 약삭빠르고 위선적인 인간들, 제 위세만 믿고 경우 없이 구는 사람들, 졸부근성을 지닌 속물들의 반대편에 놓여 있다. 물론 현실세계 속에서 어떤 쪽이 우세한 힘을 가지고 있는지는 자명하다. 촌스런 농투성이들은 자본제적인 현실 속에서는 살아남기 어려운 존재들이고, 기껏해야 그 주류 논리의 그늘 속에서 근근이 도생할 뿐이다. 충청도 사투리와 구어체로 구성되는 저 풍요로운 풍유의 세계는 그런 존재들을 조명해내는 수사학적 기제다.

그러나 그 빛은 여명이라기보다는 황혼에 가깝고, 그런 점에서 소설보다는 시에 가깝다. 이문구가 단편에서 훨씬 더 뛰어난 문학적 성취를 이루고 있다는 점도 이런 맥락에서 이해된다. 더이상이 가능할 수 있을까 싶을 정도로 능란한 구변의 소유자들에 의해 구연되는 소설 속의 대화들은 그의 단편들이 얼마나 정교한 수공예에 의해 이루어지는지를 짐작게 한다. 굼실굼실거리고 넘어가버리는 저 구어체의 수사학 앞에서는 그 어떤 대서사에의 요구도 무의미할 뿐이다. 일단 발동이 걸리면 거의 자동적으로 쏟아져나오는 듯한 느낌을 주는 이문구의 말잔치를 보자. 유희적 충동을 동력으로 하여 말놀이의 수사학을 향해 나아가는 단편적이고 에피소딕한 이야기들이, 거대한 역사나 정신의 구현물인 대서사에 맞서고 있는 형국이 아닌가. 이런 것들을 가능케 하는 근본적인 힘이 그의 구어체의 수사학임은 말할 것도 없다. 그와 같은 구어체의 수사학은, 근대적인 사유를 수목(樹木) 모델에 기초한 것이라고 비판하면서 그 대안으로서 『천 개의 고원』의 저자들이 제시한 리좀(rhizome) 모델을 연상케 한다. 자유롭게 유동하는 구어체의 말놀이와 말잔치는 넝쿨 밑 땅 속의 고구마나 감자 들처럼 그 종횡을 헤아리기 어렵다. 이문구에 의해 체현되는 그런 수사학적 장치야말로 이문구 문학의 본질적인 요소라 해야 하지 않을까.

역사를 바라보는 시선은 언제나 나무의 뿌리와 줄기를 따라 진정한 친자관계(filiation)를 추적해간다. 누가 진짜 나의 아들이고 내 진짜 아버지는 누구인가. 족보나 가문이나 아버지가 문제가 되는 것이다. 유소년의 나이로 한국전쟁을 겪어야 했고 그럼으로써 분단의 역사를, 아버지나 그의 형제들이 연관되어 있는 가족사적 체험으로 생생하게 받아들여야 했던 것이 이문구의 세대다. 그런 한에서 그들은 이런 역사의 요구와 역사에 대한 요구를 다른 세대보다 좀더 강렬하고 예민하게 감수해야 했으리라는 것은 구구한 설명 없이도 능히 짐작할 수 있다. 그런 세대적 존재 조건이 이문구에게서는 『관촌수필』에서 아버지의 이야기로 표현되고 있다면, 그것의 궁극적인 소유권은 이문구 개인이 아니라 그의 세대에게로 돌려져야 할 것이다. 문제는 그것이 어떤 방식으로 표현되는가 하는 점인데, 작가의 개성이, 체질이나 세계관이 말을 하기 시작하는 것은 여기에서부터일 것이다. 사라져버린 고향의 기억들을 다룬 연작 『관촌수필』이 그의 세대의 존재 조건에 좀더 가까이 다가가 있다면, 1970년대 농촌의 풍경을 그린 연작 『우리동네』는 그로부터 좀 더 떨어져 있다.

저 능청스런 충청도 사투리의 수사학은 아버지의 그늘이 엷어지는 곳에서 본격적으로 작동하기 시작한다. 할아버지는 아버지와 경우가 다르다. 『관촌수필』에 나타나는 할아버지의 모습은 『우리동네』 사람들의 모습에는 물론이고 1990년대의 나무 연작들에까지 투영되어 있다. 손자의 눈에 포착된 할아버지는, 보수적이고 복고적이기는 하지만 자애롭고 부드러운 모습이다. 이 점에서 할아버지는 두려움의 대상이었던 엄격한 아버지와 구분된다. 『관촌수필』에서 아버지는 표준어로 말을 하지만 할아버지는 자기만의 방언을 가지고 있으며 천자문 교육을 통해 그것을 일곱 살배기 손자에게 전수해준다. 이문구의 소설에서 충청도 사투리는 바로 그 할아버지의 방언의 자리에 놓여 있는 것으로 보인다. 그의 세계에서 할아버지는, 아버지가 상징하고 있는 엄격함이나 역사성, 정신성과는 다른 차원에 존재하는, 어떤 따뜻하고 부드러운 것, 여성적인 원리로 구현된다. 할아버지는 사투리가 결코 표준어의 세계를 이겨낼 수 없으리라는 것을 잘 알고 있다. 그러나 동시에 자신의 세계를 포기하고 싶어하지도 않는다. 작고 초라해 보이지만 그 어떤 자기 분열도 불행한 의식도 없이 안온하고 조화로운 세계를 할아버지가 상징한다면, 그것은 『우리동네』의 농민들을 거쳐 『내 몸은 너무 오래 서 있거나 걸어왔다』로 취합되는 1990년대의 나무 연작으로 이어지고 있는 것으로 보인다. 그 매개가 충청도 사투리라는 이문구 식 수사학인 것은 물론이다.

그러나 나무라 했는가. 그것은 촘스키의 변형생성문법과 진화론의 계통 발생의 지도가 상징하는 체계 지향적인 것, 표준어 지향적인 것이 아닌가. 곧 사투리의 반대말이 아닌가. 이 포스트모던한 시대에 왜 하필 나무인가.

2. 세 그루의 나무 : 이문구 소설의 원천에 대해

이문구의 세계에서 나무는 낯설지 않은 상징이다. 그의 문학의 원점격인 『관촌수필』에 등장하는 세 그루의 나무를 보자. 그중 무엇보다 뚜렷한 것은 『관촌수필』의 첫머리에 나오는 왕소나무다. 그 왕소나무는 할아버지의 상징이고, 또 할아버지는 고향이라는 말로 지칭할 수 있는 모든 것이다. 일찍 타계해버린 어른들 중에서 그리움의 대상이 되는 유일한 사람, "진실로 육친이며 조상의 얼이란 느낌을 지워버릴 수 없"는 사람은, 아버지도 어머니도 아닌 오직 할아버지일 뿐이다. 그 할아버지가 일곱 살 난 손자에게 왕소나무의 유래를 설명해주는 장면이 「일락서산日落西山」의 첫머리에 놓여 있다. "이애야, 이 왕솔은 토정 할아버지께서 짚고 가시던 지팽이를 꽂아놓셨는디 이냥 자란 게란다. 그쩍에 그 할아버지 말씀은, 요 지팽이 앞으루 철마가 지나가거들랑 우리 한산 이씨 자손들은 이 고을에서 뜨야 허리라구 하셨다는 게여……"(『관촌수필』, 11쪽)[1)]

그러나 수령이 사백 년이나 된 그 전설의 왕소나무는 자취도 없이 사라져버렸다. 십삼 년 만에 귀향하는 『관촌수필』의 화자에게 그것은 비로소 실감되는 실향의 경험이자 돌이킬 수 없는 실락원의 경험이다. 그것은 고향과의 작별이며 유년과의 작별이며 또한 "고색창연한 이조인(李朝人)이었던 할아버지"와의 진정한 작별이기도 하다. 그럼으로써 그는 비로소 고향 없는 존재가 되며 진정한 모더니티의 경험 속으로 들어오게 된다. 고향 상실성이란 말할 것도 없이 모더니티의 경험을 가리키는 특권적인 지표이기 때문이다.

그러나 고향의 상실이 어떻게 경험되는가. 고향의 상실은 고향의 존재를 전제로 하는 것이 아닌가. 모더니티의 경험은 무엇보다도 시간성에 대한 경험, 무상성에 대한 경험, 변화에 대한 경험이다. 그것이 지속의 왕국이었던 전통사회의 경험과 구분되는 요체이거니와, 개체의 발생과 성장에서 그 경험은 탈유년의 형식으로 반복적으로 추체험된다.

---

1) 이 글에서 인용되는 이문구의 텍스트는 다음과 같다. 인용할 경우 본문에 쪽수만 밝힌다. 『관촌수필』 3판, 문학과지성사, 2000 ; 『우리동네』, 솔, 2000 ; 『유자소전』, 벽호, 1993 ; 『내 몸은 너무 오래 서 있거나 걸어왔다』, 문학동네, 2000.

상급 학교로 진학하기 위해 고향을 떠나는 일, 아버지의 직장을 따라 타지로 이사가는 일, 아파트 평수를 늘리기 위해, 전셋값의 변화에 따라, 살림살이의 형편에 의해, 기타 등등 여러 가지 사정으로 나서 자란 동네로부터 떠나가는 일이 그것이다. 그 어느 날, 옛날에 살던 동네로 돌아가 작아져버린 길이나 변해버린 동네의 모습을 통해 시간성을 경험하는 일, 돌이킬 수 없는 유년의 기억을 반추하는 일이야말로 세대를 통해 반복되는 고향 상실성의 원형적인 경험이다. 아버지와 할아버지가 살던 마을에 태어나 아버지와 할아버지와 같은 교과서로, 같은 방식으로 공부를 하고 결혼을 하고 자식을 낳아 키우는 전통적인 세계 속에서는 있을 수 없는 경험, 곧 모더니티의 경험인 것이다.

왕소나무가 사라져버렸다는 것을 확인하는 것은 그러한 경험의 대표적인 예다. 게다가 소나무는 대나무와 함께 선비정신의 전통적 상징이고, 할아버지가 바로 그 정신의 마지막 계승자였다. 『관촌수필』의 첫 편 「일락서산」에 따르면, 할아버지는 사대부가의 후예라는 자부심으로 구십 평생을 망건과 탕건을 벗지 않고 살아왔으며, 일제의 갖은 핍박에 맞서 서원을 지켜냈던 사람이다. 또 아들과 큰손자를 앞세우고 세상을 떠나는 마지막 순간에도 족보를 부탁했던 사람이기도 했다. 아버지만 해도 할아버지와는 달랐다. 남로당의 지하 조직책이었고 염전과 어선을 경영하기도 했던 현대적인 아버지는 이미 할아버지와 다른 길을 걷고 있었다. 『관촌수필』의 화자가 고향으로 느끼는 것은 아버지가 아니라 할아버지임은 당연해 보인다. 아버지는 자신과 같은 세계에 속해 있지만 할아버지는 다른 세계의 사람이다. 할아버지의 세계는 사라져버린 낙원이고, 모든 것이 아늑하기만 했던 저 유년의 상징이며, 그것이 곧 왕소나무인 셈이다.

『관촌수필』에 등장하는 또하나의 나무는 어머니와 운명을 같이 하는 「일락서산」의 감나무다. 6·25가 나던 해 집안은 쑥대밭이 되었다. 그해 겨울까지 한 해 동안 아버지와 형과 할아버지가 세상을 등졌다. 마지막 남은 어른인 어머니마저 반년 이상 천식으로 앓다가 종신을 한 것은, 「공산토월空山吐月」에 따르면 화자가 중학교 2학년 때다. 「일락서산」에 등장하는 할아버지의 죽음이 국민학교 2학년 때이니 그로부터 육 년 만의 일이다. 삼일장으로 어머니의 초상을 치르고 났을 때 진기한 일이 일어났다. 며칠 전까지도 잎과 열매가 무성했던 울안의 감나무가 갑자기 죽어 있는 것이다. 푸른 잎새들이 그대로 말라 가랑잎이 되고 대추만큼 자란 어린 감들이 쪼글쪼글하게 말라붙어, 바람이 불 때마다 쏟아져 내릴 지경이 되었다. 그렇게 말라버린 나무는 어머니의 대소상을 치를 때까지 되살아나지 않았고, 고아가 되어 고향을 떠나는 화자는 결국 그 고사목을 베어내 태워버린다. 그는 당시를 이렇게 간단하게 회고한다 : "지금도 기억에 짙게 남아 있는 것은 그 벤 둥치와 가지를 장작개비로 패 쌓으면서 솟아나던 눈물을 걷잡지 못해 했던 일이다."(26쪽) 눈물은 언제나 슬픔의 절정을 넘어서서야 터져나오는 법이다. 제 손으로 나무를 베어내는 것이 고향의 부재를 추인하는 것이며 그것이 곧 성인식의 순간임은 강조할 필요가 없다.

왕소나무와 감나무가 각각 할아버지와 어머니에 대한 상징으로서 『관촌수필』의 첫 장인 「일락서산」에 나란히 등장하고 있는 것은 당연하고 자연스런 일이다. 두 나무의 최후에 대해 술회하고 있는 화자의 애틋한 태도는 구분 불가능할 정도로 동질적이다. 화자의 기억 속에서 할아버지와 어머니는 같은 층위에 놓여 있기 때문이라 해야 할 것이다. 우리는 앞에서 할아버지가 아버지에 대해 상대적으로 여성적인 원리로 존재하고 있음을 지적했거니와, 일곱 살배기 소년의 기억 속에 있는 자애로운 훈육자로서의 할아버지라면, 권위적이거나 억압적이지 않다는 점에서 어머니와 다를 바 없는 셈이다. 그러나 아버지의 경우는 다르다.

「일락서산」에 등장하는 아버지는 이재에 어둡지 않은 현실주의자였을뿐더러, 할아버지가 의지하고 있던 사대부의식에 대해 비판적인 사회주의자로 등장한다. 장날마다 한내천 모래사장의 강연회에서 무산자 대중을 향해 뜨거운 웅변을 토하던 정치가이자 세 고을의 지하당을 창설하고 이끌었던 조직가였다. 바깥에서 활동하는 그런 아버지에 대해, 화자는 공포에 가까운 경외감을 가지고 있었다고 술회하고 있지만, 아버지에 대한 화자의 기억들이 모두 열 살 이전의 것임을 고려한다면 이는 지극히 당연해 보인다. 그것을 화자는 "아버지에 대한 공포의식"이라 칭한다. 그런 아버지 앞에서 붓글씨를 써야 했고, 떨리는 마음을 가누지 못해 제대로 획을 그을 수 없었으며 그로 인해 아버지의 입에서 조용히 흘러나오는 벼락과도 같은 소리를 들어야 했었다. 그때의 아버지의 말은 화자의 기억 속에서 이렇게 재현된다 : "원, 아이 손마디가 이렇게 무뎌서야…… 천상 연장 들고 생일이나 헐 손이구나……" 그 한마디가 화자에게는 얼마나 대단한 충격이었는지 : "아, 그 아뜩하던 순간을 어찌 잊으랴. 아버지는 단 한마디, 할아버지 귀에도 안 들렸을 만큼의 한탄 아닌 푸념을 했건만 나에게는 뇌성벽력이나 다름없는 거였다." (58쪽) 또 아버지가 한 달 동안 읍내 유치장에 구금되어 있었을 때 화자는 조석으로 사식 차입하는 일을 맡았었다. 유치장을 나오던 날 아버지의 첫마디 말을 화자는 이렇게 기억하고 있다. "그새 할아버지 말씀 잘 들었니?" (57쪽) 이 장면을 술회하면서 화자는, 애썼다는 말 한마디 없던 아버지의 냉정함에 대해, 그가 아버지에게 느꼈던 그 차가운 거리감에 대해 언급한다. 요컨대 화자의 기억 속에 있는 아버지는 할아버지나 어머니와는 달리 이방인인 것이다. 그래서 아버지의 말은, 그나마 앞에서 인용한 단 두 마디뿐이지만, 다른 사람들과는 달리 단정한 표준어로 기록되어 있다.

아버지와 연관하여 가장 이채로운 삽화는 『관촌수필』의 제5편 「공산토월」에 등장하는, 아버지가 춤을 추는 장면이다. 아마도 『관촌수필』

전체를 통틀어서 가장 인상적인 장면이라 해도 좋을 것이다. 그날은 「공산토월」의 주인공 신현석이, 화자의 놀이터이기도 했던 그의 집 마당에서 신부를 맞이하는 날이었다. 그 장면은 가을 아침의 자연 풍경을 묘사하는 도입부에서부터 늦은 밤의 혼인잔치 풍경에 이르기까지 자연스럽고 아름다운 하나의 시퀀스를 이루고 있다. "그 무렵은 봄볕 든 양달보다도 더 눈부신 햇살이 온누리에 잦아드는 것처럼 산과 들에 그리고 개펄에 매일같이 내리쏟아지고 있었다"(198쪽)라는 문장으로 시작하여, 아직 떠나지 못한 제비들, 가시덤불에 있는 붉은 까치밥과 눈부시게 흰 목화다래들, 탱자나무 울타리에 매달린 샛노란 빛의 탱자들과 산등성이의 보랏빛 들국화들로 이어지는 아름다운 자연에 대한 묘사가 첫머리에 있다. 그리고 새벽의 참게잡이며 신부 구경에 정신없어하는 마을 사람들과 아이들 그리고 뒤이어지는 오동나무의 달밤, 모닥불, 콩깍지와 참깻대가 타는 고소한 냄새, 기러기 소리, 마을잔치의 풍경들. 아버지는 그 끝에 등장한다. 멀리서 들려오는 풍물 소리로, 노랫가락으로.

누구 음성이었을까, 생전 처음 들어본 그 구성진 가락은. 석탄 백탄이 타는데, 연기만 펑펑 나는데에…… 이 내 가슴 타는데, 연기가 하나도 안 나는데…… 나는 키가 모자라 사람 다리만 빽빽한 쪽마루에 비비대고 올라가 넘어다보았다. 그리고 놀랐다. 놀라지 않을 수 없던 것이다. 한 손으로 주안상 가장자리를 두들겨가며 앉아서 노래하는 어른, 코와 눈이 그렇게 크고 음성 또한 굵직한 신사, 그이는 아버지였다. 나는 가슴이 벅차올라 숨조차 제대로 쉴 수가 없었다. 황홀하기도 하고 의심스럽기도 하여 얼마를 두고 뚫어지게 바라보았으나 분명 아버지였다. 당신으로서는 도저히 있을 수 없는 일에 도취된 모습이기도 했다. 우선 석공네 울안에 들어왔다는 사실이 현실 같지 않았고, 노래를 하는 것도 사실일 수가 없으련만, 모든 것은 눈에 보인 그대로였다. 아버지는 안팎 동네 어느 누구네 집도 울안은 들어가본 적이 없는 터였다. 일가간인 한산 이가네로서 노인을 모시는 집안이거나 당내간의 사랑이라면 더러 출입이 있었을 따름이요, 그것도 울안에 발을 들인 일이란 한 번도 없던 터였으니, 하물며 전에 일갓집 행랑살이를 했던 사람네 집이겠던가.(211~212쪽)

화자에게 더욱 놀라웠던 것은 그 다음 장면이었다. 신현석(석공)의 아버지 신서방이 술잔을 바치고 노래를 부르자 이제는 아버지가 일어서서 어깨춤을 추기 시작한 것이다. 마당에 있던 다른 사람들까지 덩달아 어울려 춤을 추기 시작해 일약 달밤은 흥겨운 잔치판으로 변한다. 물론 이 정도면 예사로운 잔치 풍경일 수도 있다. 그런데도 경이로운 시선으로 아버지의 일거수 일투족을 지켜보는 저 어린 화자를 보자. 그에게 아버지는 할아버지의 훈육의 범위를 넘어서는, 누구에게나 선생님 대접을 받는 거인이다. 그런 점에서 아버지는 할아버지나 어머니와 구분된다. 그리고 아버지가 그런 모습으로 존재한다는 것이 아들에게는 여간한 부담이 아닐 수 없다. 할아버지나 어머니는 친구일 수 있어도, 저 거인 같은 아버지는 외계인이며 그런 아버지의 모습은 참을 수 없는 긴장과 억압의 원천이다. 긍정적이고 소망스런 아버지의 모습이 어린 아들에게 가장 직접적인 자아 이상(ego-ideal)으로 투영되는 것은 당연한 일이기 때문이다. 동네 잡인들의 잔치판에 저토록 스스럼없이 어울려주고 그럼으로써 동네 사람들의 우러름은 물론이고 사랑의 대상으로까지 될 수 있는 아버지의 저 거인스러움은, 상것들과 어울리지 말라는 할아버지의 엄격한 훈육을 받은 일곱 살 난 아들에게는 너무나 경이로워서 쉽게 수용이 되지 않는 것이다. 이 장면의 마지막 문장은 이렇게 끝난다. "이튿날 잠에서 깨어났을 때는 요 위가 질펀하니 한강이었었고 아랫도리가 걸레처럼 척척했으나 부끄러워 일어날 수도 없었다."(213쪽) 아마도 이는, 자아 이상의 광휘가 발하는 저 엄청난 긴장을 참아내지 못했던 탓이라 해야 할 것이다.

그러나 아버지가 발하는 저 빛은 짧고 순간적인 섬광과도 같아서 흡사 환상처럼 보인다. 이에 비하면 할아버지에 대한 기억은 훨씬 더 구체적이고 물질적이다. 아버지의 언어인 단정한 표준어의 기억과 대비되는, 유장한 충청도 방언의 기억들이다. 화자는 그 할아버지에게서 말과 글과 셈과 삶의 제반 법도를 배웠다. 푸성귀는 반드시 겨자와 생강이 들어간 것을 먹어야 한다고, 또 "생치(生雉)는 양반 반찬이구 비닭이는 상것들이나 입에 대는 벱이니라"(24쪽)고 했던 것도 할아버지다. 할아버지는 그렇게 일상의 구체적인 사물과 감각으로 기억된다. 독특했던 한자 발음으로, 벽장 속에 있던 각종 군입거리들, 갱엿, 꿀, 홍시, 대추, 인절미, 그리고 화자가 아침마다 청소해야 했던 타구와 요강으로, 체취로 기억된다. 어머니에 대한 기억도 감각적이라는 점에서 마찬가지다. 할아버지와 어머니는 그렇게 감각으로, 후각으로 기억되는 고향이다 : "싱금싱금한 청포묵 앗는 냄새는 그리 자주 맡은 게 아니었지만, 간수를 칠 때마다 부얼부얼 엉기던 순두부솥의 구수한 내음이며, 엿밥을 애잇 짜내고 조청으로 졸일 때 밥맛까지 잃도록 달착지근하게 풍기던 엿 고는 냄새만은 다시 한번 실컷 맛보고 싶은, 뼈끝에 매듭진 추억이었다."(35쪽)

요컨대 아버지의 기억이 정신의 차원에 있는 것이라면, 할아버지와 어머니의 기억은 육체와 감각 속에 혹은 영혼 속에 스며들어 있다. 할아버지의 훈육은 이미 그에게는 제2의 자연이, 몸의 기억이 되어 있는 것이다. 그런 점에서 아버지는 아버지일 뿐이지만, 할아버지는 할아버지이면서 동시에 어머니이고 옹점이고 대복이다. 아버지는 진정한 친자관계(filiation)를 심문하는 침묵하는 시선의 소유자이지만, 할아버지는 어린 손자에게 친구와 같은 연대감(alliance)으로 다가올 수 있다.

아버지는 잠시 빛이 나왔다가 다시 사라져버린 검은 구멍처럼 고립되어 있지만, 할아버지와 어머니와 친구들은 모두 고향이라는 하나의 이미지로 이어져 있다. 『관촌수필』에 등장하는 세번째 나무는 이같은 할아버지 모습의 연장으로 등장한다. 「관산추정關山芻丁」의 주인공 유복산이가 세번째 나무다.

「관산추정」의 주인공은 화자의 친구 유복산과 그의 아버지 유천만이다. 아버지 유씨는 왜정 때 징용에 끌려갔다 병을 얻어 돌아온 후 일도 못 하고 빈둥거리기만 하여 사람 취급을 못 받는 처지다. 그런데도 어린 시절의 화자만은 그에게 호감을 느꼈다. 심지어는 어린아이들이나 동네 개들까지도 그를 보면 피하고, 어른들 중에도 그런 사람이 여럿이었지만 유독 그만은 유씨를 좋아했던 것이다. 그 이유에 대해 그는 이렇게 말한다 : "그것은 복산이가 내 소꿉동무래서 그런 것 같지도 않았고, 그가 나를 받아주려고 해서 그리 보인 것도 아니었다. 그를 보면 그의 몸에서 무슨 구뜰한 냄새가 나기 때문이라고 해야 내 말이 될 터였다. 그러나 그것은 아무도 곧이듣지 않을 말이었다. 그는 사철 구수한 맛과는 거리가 먼 일만을 도맡아 하며 살았으니까."(271쪽) 요컨대 구수한 체취 때문이라는 것인데 그것은 곧 어머니와 할아버지의 세계에서 나던 냄새, 곧 고향의 냄새라 해야 할 것이며, 더 정확하게는 유씨가 지니고 있었던 마음 씀씀이였다고 해야 할 것이다. 그것은 또한, 그가 『관촌수필』 연작을 통해 기리고 그리워하는 사람들, 옹점이나 대복이 신현석 등이 공통적으로 지니고 있는 것이라 해도 좋을 것이다.

이제 유씨는 죽었지만 그의 아들 유복산이 고향 마을을 지키고 있다. 그의 아버지가 그랬듯이 복산이도, "동네 들무새로 남의 뒷수쇄로, 남 못 할 힘드는 일만 골라 자청해서 치다꺼리해주기 바쁘던 것"(314쪽)이라 표현되던, 자기 아버지와 똑같은 모습을 보여주고 있다. 그 모습에서 화자는 아직 남아 있는 고향의 유일한 흔적을 발견한다. 다음 인용문을 보자.

관촌부락도 어디 못지않게 변했다. 뭉개진 재에는 여자중고등학교가 보다 높은 봉우리로 솟아 있었으며, 여우가 길을 잃어 우짖었던 개펄은 사철 봇물이 넘실대는 수로를 가운데로 하고 농로와 논두렁이 바둑판으로 그어졌다. 상여가 돌아가던 서낭당터는 라디오 가게가 차지했고, 수백 년을 버티며 견딘 왕소나무 자리에는 2층으로 올린 붉은 벽돌 위에 슬라브 지붕을 인 농지개량 조합 청사가 풀색 새마을 깃발을 드높이 치켜들고 있었다. 서예당터에는 교회 십자가가 우뚝하고, 엉겅퀴와 패랭이꽃이 우북하던 버덩에는 담장에 가시철망이 돌아간 똑같은 모양의 집장수 집이 대여섯 채도 넘게 들어서 있었으니, 산과 바다가 사람보다도 더 못 미더운 동네로 변해버린 거였다. 그러나 유복산이는 거연(居然)했다. 오직 하나 변치 않은 것이 그였다. 재가 변하고 바다가 변했음에도 그 한 사람만은 아직 다치지 않고 남겨두고 있었다.(295쪽)

화자에게 유복산은 그곳이 고향임을 알려주는 유일한 징표다. 그를 일러 관산추정(關山芻丁), 고향에서 꼴 베는 농부라 했다. 그가 고향을 지키고 있어 마음 든든하다는 화자의 말에, 유복산은 "꾸부러진 나무 선산 지킨다더니 내가 바루 그 짝이지"(297쪽)라고 받는다. 왕소나무도 감나무도 사라져버린 고향을 구부러진 나무가 지키고 있는 것이다. 이 선산지기 굽은 나무는 다시 자라난 왕소나무이자 감나무일 것이다. 그러나 복산이만이 그 나무일 것인가. 경우 바르고 남 위하는 마음을 가진 따뜻한 사람들이라면 누구나 복산이일 수 있고 또 그 나무일 수 있을 것이다. 그런 뜻에서 「관산추정」은 『관촌수필』의 에필로그이자 동시에, 바로 뒤이어지는 『우리동네』 이야기의 프롤로그이기도 하다. 아버지 유씨는 관촌 사람이지만 아들 유씨는 '우리동네' 사람에 훨씬 가깝다.

이제 고향은 관촌에 있는 것이 아니라 유복산과 같은 사람들이 사는 곳이면 어디나 고향이 된다. 그들의 모습으로 저 할아버지의 왕소나무는 다시 태어난다. 『우리동네』의 충청도 촌사람들은 물론이고, 「유자소전」이나 「변사또의 약력」 그리고 「강동만필」에 등장하는 사람들을 거쳐 최근까지 이어지고 있는 나무 연작의 주인공들이 바로 그들이다. 1990년대 들어 이문구는 그들에게 갖은 나무들의 이름을 붙여주었다. 내용을 들여다보지 않더라도 그 나무들이 어떤 의미를 가지고 있는지는 어렵지 않게 짐작할 수 있다. 그들 모두 고향을 지키는 구부러진 나무들, 무용지용(無用之用)의 넉넉함으로 우리들에게 고향을 상기시켜주는, 저 장자의 나무들일 것임은 자명해 보이기 때문이다.

3. 풍속과 이념, 나무의 의미, 사투리의 힘

1990년대에 들어 시작된 나무 연작은 이문구 식의 소설쓰기가 어떻게 자기 이념성을 향해 나아가고 있는지를 보여준다. 소설가 이문구가 선택한 것은 표준어가 아니라 사투리였다. 정신의 언어에 맞서는 언어의 정신이라 할 수 있을까. 충청도 사투리와 토속어로 이루어진 저 놀라운 풍유의 세계는 이제 제 스스로 굴러가고 있는 것처럼 보인다. 한 시대 농촌의 풍속화라는 점에서 나무 연작들은 일차적으로 『우리동네』의 연장에 있다. 둘을 나란히 놓음으로써 이문구 소설의 행로에 대해, 그의 문체의 의미에 대해, 나무의 의미에 대해 이야기해보자.

『관촌수필』이 사라져버린 고향에 관한 이야기였다면 『우리동네』는 새로 찾아야 할 고향에 대한 이야기였다. 『우리동네』는 유복산과 같이 말 그대로 농촌에 사는 장삼이사들의 세계, 1970년대식 개발 논리에 의해 세계의 주변으로 밀려나가고 있음을 느끼고 그에 대해 분노하는 농민들의 심성과 그런 농촌의 실상이, 충청도 사투리를 통해 표현되는 해학과 풍자의 능청스러움으로 감싸여 있는 세계였다. 그래서 『우리동네』를 지배하고 있는 분위기는 묘하게 역설적이다. 농촌의 현실에 대한 분노와, 촌스러운 사람들이 보여주는 그 어떤 흥겨움이 동시에 존재하고 있는 것이다. 때는 산업화의 논리가 주도하던 1970년대다. 서민 생활 안정이라는 명목 아래 행해진 저곡가 정책과 농산물 수입 정책 등으로 전통적인 농촌의 경제적 판도가 재편되기에 이르렀고, 재래의 방식으로는 품값은 물론이고 생산비조차 안 나올 정도로 농사는 비경제적인 것이 되어버렸다. 게다가 농협이나 농정 관료들은 제 잇속 챙기기에 바빠 농민들을 분노케 한다. 농촌의 이런 현실이 『우리동네』의 밑그림이다. 그런데도 『우리동네』를 지배하고 있는 것은 그 어떤 흥겨움과 생동감이다. 절망적인 분위기가 아니라는 것이다.

물론 일차적인 이유는, 문제가 되는 것이 생존을 위협할 만큼의 절대 빈곤이 아니라 농민들이 느끼는 상대적인 결핍감이기 때문일 터다. 그만큼 절박함이 덜한 것이다. 그러나 이것만으로는 부족하다. 무엇보다 이문구 식의 문체와 수사학을 들어야 할 것이다. 『우리동네』 사람들이 느끼는 소외감은 일종의 복합심리의 공간이어서, 그 속에는, 촌사람들은 어쩔 수 없다는 식의 자조와, 세상을 이끌어가는 저 장사꾼들의 논리에 줏대 없이 휘둘리지는 않겠다는 고집이 양극단을 이루고 있다. 이문구 식의 문체가 위력을 발휘하는 것은 바로 이런 대목에서다. 충청도 사투리로 표현되는 그의 수사학은 풍자와 해학이 난무하는 어깃장이나 대거리 등의 대화적 상황에서 가장 빛난다. 힘은 없지만 지적이나 도덕적으로는 우위에 있는 사람의 언어가 풍자라면 어깃장과 대거리도 마찬가지다. 그로부터 공격성이 사라졌을 때, 혹은 그 공격성이 자기 자신을 향할 때는 해학이 된다. 『우리동네』 사람들이 벌이는 저 입씨름판을 보자. 아내와 남편 사이에서 벌어지는 질펀한 육담이 있고, 약삭빠르고 경우 없는 이웃을 둘러싸고 벌어지는 가시 돋친 대거리판이 있고, 또 민방위 교육장이나 공판장의 관료들을 향해 쏟아지는 어깃장들이 있다. 해학에서 풍자에 이르기까지 이들이 뱉어내는 질박하면서도 기지에 넘치는 어깃장과 대거리들은 그 자체로 하나의 정신이 된다. 복부인 노릇으로 돈을 번 도시에서 온 딸에게 들려주는 친정어머니의 충고는 이렇다 : "이런 디서 살어두 짐작이 천리구 생각이 두 바퀴란다. 말 안 허면 속두 읎는 중 아네. 촌것이라구 업신여기다가는 불개미에 빤스 벗을 중 알어라. 위에서 시키는 것두 반은 빌구 반은 눌러도 들을지 말지 헌 게 촌사람들이여."(『우리동네』, 254쪽)

대거리나 어깃장을 통해 벌어지는 입씨름판은 언제나 결정적인 파국은 피해간다. 씨름판이 아니라 입씨름판이기 때문이다. 『우리동네』 사람들 중 가장 성격이 괄괄한 강씨의 경우조차도 마찬가지다. 그것은 입씨름의 문체라는 형식 자체가 지니고 있는 성격을 드러내보여준다. 자기 자리를 지키려 한다는 점에서는 고집스럽지만 행동은 소극적이고 그런 점에서 일종의 체념이 포함되어 있다. 그래서 여기에서는 드라마틱한 갈등과 대단원을 향해 나아가는 서사적 방향성보다는, 말이 오고 가면서 형성되는 정서와 긴장의 리듬을 포착해내는 일이 더 중요하다. 대거리나 어깃장이나 모두, 상대에 대한 전면 부정이라기보다는, 몰리던 끝에 슬쩍 대들어보는 것이며 혹은 뒤를 터주고 몰아대는 것이다. 강씨가 몰아대자 면장은 도망가버리고, 김씨가 국어 사용 운운하며 어깃장을 놓고 다른 사람들의 호응이 이어지자 기세 등등하던 민방위 교육장의 부면장도 슬그머니 꼬리를 내려버린다.

『우리동네』의 주인공들의 입장도 마찬가지다. 농촌보다 도시가 우선시되는 세상의 흐름 자체를 통째로 부정할 수는 없다. 어느 정도 참아줄 수는 있지만 그렇다고 통째로 순순하게 받아들일 수는 없다는 것이다. 어깃장과 대거리는 이런 정서의 표현일 것이다. 말하자면 이는 사회적 소수자의 언어이며, 궁극적으로는 풍자적 정신에서 정점에 이르게 된다. 그런 뜻에서, 『우리동네』 사람들이 보여주는 휘황할 정도로 푸짐한 말잔치 입씨름판을 연작이라는 하나의 틀로 엮어줄 수 있었던 것은 마이너리티의 정신이고, 소수자의 언어로서 풍자가 지니고 있는 윤리적 정당성이었다고 할 수 있을 것이다.

이문구는 이와 같은 언어적 공간을 확보함으로써 비로소 저 『우리동네』 사람들의 다양한 표정을 채록해낼 수 있었다. 물론 이런 언어라면 이미 『관촌수필』에서도 모습을 보였던 것이다. 아닌 밤중에 가택 수색을 나오곤 했던 순경들에게 옹점이가 내뱉던 입담 좋은 대거리와, 대복이를 잡으러 온 순사에게 대복어미가 쏟아내던 이악스런 말들이 대표적인 예다. 그런 언어가, 세상의 흐름과 변화와 조류에 대해 투덜거리는 사람들의 입을 통해 본격적으로 발화된 것이 『우리동네』의 이야기다. 그것은 촌사람들과 사투리를 통해 사회적 소수자의 마음을 포착해낸 풍속화다. 물꼬 싸움에서부터, 모내기 풍경, 방앗간 모습, 보리 수매의 현장, 통일주체국민회의 대의원 선거의 모습, 운동회 풍경, 부동산 바람에 이르기까지, 농촌 사람들의 언어와 현실에 대한 묘사를 통해, 이문구는 소설이 디테일의 예술이라는 사실을 유감없이 확인시켜준다.

따라서 그들이 사용하는 사투리의 세계 속에서, 힘이 없을수록 말발이 세어지는 것은 이치로 보아 당연하다. 그래서 가장 말발이 센 사람은 『우리동네』 장씨의 부인처럼 소처럼 일해온 여자들이다. 그러므로 여기에는 아버지를 위한 그 어떤 자리도 있을 수 없으며, 이것이야말로 이문구다움이라 할 수 있는 것이다. 물론 「공산토월」에서 보이듯이, 그에게도 보름달처럼 환하게 빛나던 기억 속의 아버지가 있었다. 아버지는 할아버지가 존숭했던 세계를 부정하고 새로운 세계를 만들기 위해 역사 속으로 뛰어들었고 사라져갔다. 그러나 이문구의 소설 속에서 아버지는 그것으로 끝이다. 그 이상의 어떤 흔적도 남기지 않는다. 비슷한 처지였던 김원일이나 이문열의 경우에 비하면 이례적인 일이 아닐 수 없다.

요컨대 소설가 이문구에게 아버지는 영웅도 반영웅도 아니다. 경이로웠던 기억의 편린으로 저장되어 있을 뿐이다. 이런 태도는 무엇보다도 가족 로망스에 대한 부정으로 읽힌다. 할아버지에 대한 것이건 어머니에 대한 것이건 마찬가지다. 아버지가 영웅이 아니니 어머니도 할아버지도 영웅일 수 없음은 당연한 것이다. 이런 태도가 곧 역사의 낭만화에 대한 부정이라는 것은 이해하기 어렵지 않다. 이는 또한 그 어떤 거대한 것들, 거인적인 것들, 총체화하는 것들, 체계를 만드는 것들에 대한 부정으로 이해될 수 있지 않을까. 그 대신 그가 꺼내든 것은 저 촌뜨기와 무지렁이들의 사투리이며 그들의 언어 속에 배어 있는 여유와 슬기다. 그것이 곧 이문구의 문체이자 수사학임은 두말할 나위가 없다. 충청도 사투리가 주인인 곳에 아버지를 위한 자리는 없는 것이다.

물론 그렇다고 하여 사투리가 이문구의 수사학의 전부라 할 수는 없다. 그에게는 그 밖에도 할아버지로부터 배운 한문의 수사학이 있거니와 이는 무엇보다도 장엄하고 위엄 있는 대구법이나 문어체의 세계로 드러난다. 행장의 형식으로 씌어진 「유자소전」의 도입부가 대표적인 예다. 이를테면 "그는 어려서부터 타고난 총기와 슛기로 또래에서 별쭝맞고 무리에서 두드러진 바가 있어, 비색한 가운과 불우한 환경 속에서도 여러모로 일찍 터득하고 앞서 나아감에 따라 소년 시절은 장히 숙성하고, 청년 시절은 자못 노련하고, 장년에 들어서서는 속절없이 노성하였으니, 무릇 이것이 그가 보통 사람 가운데서도 항상 깨어 있는 삶을 살게 된 바탕이었다"(19쪽)와 같은 대목들이다. 이 뻣뻣하고 위압적인 대구법에 비하면 유자의 행적에 대한 구체적인 묘사나 또 대화에 나오는, 넉살 좋은 사투리와 촌티 나는 삽화들은 얼마나 유연하고 경쾌하고 활발한가.

충청도 사투리가 없는 『우리동네』를 상상하기 어렵듯이 사투리를 쓰지 않는 유자 역시 그렇다. 그런 뜻에서 『우리동네』의 촌사람들은, 그들의 해학과 능청과 풍자는 모두 충청도 사투리가 만들어냈다고 할 수 있다. 사투리는 무엇보다도 대화적 상황에서만, 구어체 속에서만 등장할 수 있으며, 그럼으로써 지식인을 배제하고, 계보학으로서의 역사를 배제하고, 총체성과 중심화된 사유, 화용론이 아닌 의미론, 고정된 원근법 들을 배제한다. 사투리가 배제하는 이 모든 것들은 오이디푸스 서사의 정점에 있는 아버지의 다른 이름들이다. 요컨대 그런 사투리의 힘이 할아버지와 아버지에 관한 이야기를 가족 로망스라는 함정으로부터 구해냈다고 할 수 있을 것이다.

대화적 상황 속에서는 그 어떤 영웅도 만들어질 수 없다. 영웅은 목숨을 담보로 한 싸움 속에서만, 그와 같은 방향을 보며 그의 뒤를 따르는 사람들에 의해서만 성립될 수 있다. 하지만 대화는, 대거리건 어깃장이건 간에 사람을 마주 보게 만든다. 그런 상황에서도 영웅이 있을 수 있다면 그것은 오로지 그런 상황을 가능케 한 주체로서의 이문구의 수사학일 것이다. 그런 의미에서 『우리동네』의 진정한 주인공은 바로 그 충청도 사투리라고 해야 할 것이며, 이문구 소설의 궁극적 주체도 그렇다고 해야 할 것이다. 그 사투리의 수사학이 포착해내는 풍속도는 이념과 일종의 옵션 관계에 놓여 있다. 이념을 포기했을 때만이, 아버지를 위해 비워둔 의자를 치우고 난 이후라야 포착 가능한 것이 풍속이기 때문이다. 그런 점에서 『우리동네』는 풍속을 포착하는 것이 이념과 등가일 수 있음을 보여주고 있었다. 1990년대의 나무 연작은 바로 그 연장에 놓여 있다.

1990년대의 나무 연작은 1991년 발표된 「장곡리 고욤나무」를 필두로 나무 이름을 제목으로 달고 나온 일곱 편의 단편을 일컫는 말이다.[2] 연

2) 이들은 모두 『내 몸은 너무 오래 서 있거나 걸어왔다』로 묶였다.

작이라 했지만 이는 우리가 그렇게 지칭하는 것일 뿐, 작가 스스로가 연작이라고 불렀던 『관촌수필』이나 『우리동네』와는 경우가 다르다. 그런 만큼 각 편들 사이에 등장인물이나 서사 공간 등의 직접적인 연관성은 없다. 그러나 모두가 나란히 나무의 이름을 제목으로 달고 있고 또 그 나무들이 하나같이 작고 볼품없는 것들, 이를테면 고욤나무나 으름나무, 싸리나무, 개암나무, 소태나무, 화살나무, 찔레나무 들이라는 공통점이 있다. 이 나무들은 소설의 내용에 따라 두 가지 상이한 비유적 의미를 지닌다. 하나는 주인공의 처지나 위상, 심성 등을 상징하는 경우이고, 다른 하나는 찔레나무나 소태나무처럼 부정적 인물이나 세태에 대한 비유로 쓰이는 경우다.

그러나 이런 차이에도 불구하고 이 세계에서 가장 중심적인 것은, 유실수도 아니고 관상수도 아닌, 으름나무나 개암나무 같은 비경제적이고 쓸모없는 나무들이 지니고 있는 이미지다. 그 의미는 선명하다. 자본주의세계를 움직여가는 주류 논리로서의 유용성이나 환금성의 원리와 정반대편에 있는 것, 그 세계로부터 추방당한 혹은 스스로를 유폐시켜버린 것들을 상징하고 있다. 그들은 곧 「관산추정」의 굽은 나무와 같은 차원에, 왕소나무와 감나무가 사라져버린 곳을 지키고 있는 『우리동네』 촌사람들과 같은 차원에 놓여 있는 것이다.

이런 뜻에서 나무 연작은 일차적으로, 『우리동네』와 마찬가지로 못생긴 나무들의 생김생김과 살림살이에 대한 풍속화로 존재한다. 여기에서 지배적인 것은 이문구 식의 풍속화가 지니고 있는 명랑성과 경쾌함이지만, 그러나 『우리동네』와는 달리 고립과 격절의 이미지가 배면에 깔려 있는 작품들도 있어 이채롭다. 또한 시속에 저항하면서 자기만의 방식을 고집하는 농투성이들도 더욱더 고집스럽게 내면화되어 있다. 이런 차이는 『우리동네』가 지니고 있었던 활발했던 기운과 공동체적인 유대감, 정치적인 풍자성이 엷어진 것과 동시적인 것으로 보인다.

이런 점에서 나무 연작의 첫편인 「장곡리 고욤나무」는 하나의 문지방 노릇을 하고 있다.

72세의 늙은 농부가 목매어 자살을 했다. 이농을 결심했으나 농지 매매를 제한하는 정부의 정책 탓으로 농지값은 바닥이 되고 그나마 원매자도 없는 상황이었다. 게다가 아들은 사업 자금 타령으로 늙은 농부의 심사를 흔들어놓고 마지막 기대를 걸었던 선거 국면마저도 별 소득 없이 끝나버렸다. 사는 일이 재미없어져버렸던 것이다. 이 사건을 중심으로 한 장곡리 풍경의 주조는 침울함이다. 청장년들이 이끌어가던 『우리동네』의 분위기와는 사뭇 다른 것이다. 물론 이런 분위기는, 바로 뒤이어지는 「인생은 즐겁게」라든지 「더더대를 찾아서」 「장척리 으름나무」 등을 통해 어느 정도는 반전이 되며, 또 고욤나무 이야기 자체도 기본적으로는 풍속화가 지니는 기본적인 유쾌함을 견지하고 있기는 하다. 그러나 분명한 것은 이제는 『우리동네』와 같은 청장년들이 함께 어울려 주도해가는 힘차고 발발한 분위기는 없다는 것이다.

이를테면 「우리동네 황씨」에서 면사무소 직원들과 대거리를 하고 또 고리대금업자 황씨를 닦아세우던 청장년 농부들은 다섯 명이었지만, 「장이리 개암나무」에서 말도 안 되는 기우제 건을 놓고, 고3 아들을 둔 전풍식은 혼자서 네 명을 상대로 말씨름을 벌여야 한다. 『우리동네』의 농부들은 같은 청장년 또래 집단에서 형성되는 유대감을 공유하고 있었지만, 장씨 돌림의 이름을 가진 나무 연작의 농촌에서는 그런 젊은 유대감은 찾아보기 어렵다. 또 『우리동네』 청장년들의 유대감은, 면사무소와 농협으로 대표되는 관료 조직의 권위주의와 기만성에 대한 반발, 그리고 유신정권의 독재로 대표되는 정치적 상황에 대한 비판의식 등을 기저에 깔고 있었다. 그러나 나무 연작에서는 세태에 대한 가벼운 풍자의식이 그런 정치적 감각을 대신하고 있다. 당연한 노릇이다. 벌써 그 사이엔 이십 년 가까운 시간의 격차가 있고 정치적 상황도 달라졌다.

나무들은 그런 풍속화의 한가운데 자리를 잡고 있다. 물론 못생기고 쓸모없는 나무들이다. 「장척리 으름나무」나 「장이리 개암나무」 등에서처럼 그 나무들은 스스로를 고립시킨다. 으름나무 이상만 옹은, 농민운동을 한다며 농사를 접고 선거운동원 노릇이나 하는 사위가 못마땅하기 짝이 없다. 개암나무 전풍식도 마찬가지다. 실세 이장이나 부녀회장은 물론이고, 지방의원인 매제, 그리고 친동생하고도 기우제를 놓고 의견이 갈려 그 넷과 대거리를 해야 할 판이다. 이상만 옹도 전풍식도 그런 돼먹지 않은 인간들이 판을 치는 세상이 보기 싫다. 이상만 옹은, 김일성의 죽음이나 서울 불바다 사건 등의 시사 문제를 가지고서 되지도 않는 말을 늘어놓는 사람들에게 면박을 주고, 전풍식도 경우 찾고 입바른 말 하기로는 둘째가라면 서러워할 위인이다.

그렇게 주변으로부터 스스로를 고립시켜버린 그들에게는 나무나 까치 같은 자연이 위안이다. 이상만 옹은 집터 주변에 자리잡고 있는 수많은 나무들 속에서 기쁨을 느끼고, 전풍식도 개암나무를 흐뭇하게 바라본다. 키가 다 커봐야 사람 키를 넘지 못하고 개암은 과일 축에도 끼지 못하는 터라 아무짝에도 쓸모없는 나무가 개암나무다. 그런데도, 아내의 지청구까지 들어가면서 개암나무를 가꾸게 된 사연은 이랬다.

전은 개암나무를 가을에 한 축씩 씀씀이를 보태주는 은행나무나 호두나무나 감나무보다도 한결 깊이가 있는 눈으로 쳐다본 지가 오래였다. 어느 해 시월이었던가, 종산(宗山)의 시향(時享)에 갔다가 푸네기 중에서도 유독 저 잘난 체가 심하던 꼴같잖은 이와 마주 보게 된 것이 마뜩찮아 뒷전으로 뒷걸음질을 치다가 개암나무 가지에 걸렸는데, 그것이 밭둑에 개암나무를 기르게 된 장본이었다. 그는 그 개암나무 밑에서 잘 여문 개암을 한 옴큼이나 주웠다. 그는 어렸을 때 누구에겐가 한두 개 얻어먹어본 기억밖에 없는 추억 속의 개암이 생각잖게 생기자 그 꼴같잖은 이로 하여 상했던 비위까지 대번에 고칠 수가 있었다. 개암은 열세 톨이었다. 여섯 톨은 아이들에게 주고 일곱 톨은 밭둑에 묻어두었다. 이듬해 봄에 보니 그 일곱 톨 가운데서 싹이 난 것은 하나뿐이었다. 그는 공을 들여서 가꾸었다.(『내 몸은 너무 오래 서 있거나 걸어왔다』, 101쪽)

요컨대 개암나무는 상한 비위를 고치는 데 소용이 된다는 것이다. 더 정확하게 말하자면 상한 비위를 고친 것은 개암나무가 아니라 개암이 상기시켜준 추억이며, 그 추억에 내장되어 있는 유년의 분위기라 해야 할 것이다. 곧 전씨가 공들여 가꾼 것은 개암나무가 아니라 추억이고 유년의 기억들이며, 유년이라는 말로 통칭할 수 있는 그 어떤 조화롭고 평화롭고 아늑한 세계, 힘을 앞세워 경우 없는 짓을 하는 "꼴같잖은 이"들이 없는 세계일 것이다. 그래서 전씨는 누가 뭐라건 간에 밭두둑에서 자라나는 개암나무가 소중하다. 게다가 세상이 바뀌어 아무런 쓸모가 없어져버리고 아무도 돌보지 않아 동네 사람들도 몰라볼 만큼 희귀한 나무가 되어버린 것이 개암나무다. 말하자면 전씨에게 개암나무 키우기는 시속의 흐름에 역행하는 것이며 거기에 맞서는 것이며, 그 변화의 흐름으로부터 스스로를 격리시키는 것이다. 누가 알아주건 말건 저 혼자 스스로 기꺼운 것이다.

이런 점은 「장동리 싸리나무」에서 더욱 두드러진다. 주인공은 하석귀라는 이름의 퇴직 공무원이고 세상이 못마땅해 낙향했다. 자식들은 모두 분가해 자립했고 아내도 자식들을 찾아다니느라 자주 집을 비운다. 저수지가 내려다보이는 고향 집에 홀로 남은 하석귀는 아름다운 달밤의 풍광에 잠 못 이룬다. 고립과 격절 속에서 저 혼자 여유롭고 저 혼자 아름답다. 주인공의 직업도 그렇고 소설의 분위기도 나무 연작에는 어울리지 않는다. 이것은 오히려 「더더대를 찾아서」와 마찬가지로, 낙향한 소설가 이문구의 직접적인 심경의 고백으로 보인다. 그런 사정이야 어떻든 간에 여기에서 돋보이는 것은 호반의 풍경과 숨막히는 듯한 일체감을 보여주고 있는 저 놀라운 자연주의다.

"해가 있는 날은 으레 점심나절이 기울어질 만해서부터 바람결과 함께 물이 설레게 마련이었다. 그리고 그에 따라 수채(水彩)가 되살아나고 뒤미쳐서 파란이 일기 시작하면, 물결마다 타는 듯이 이글대며 반짝이는 서슬에 누구도 저 먼저 실눈을 뜨지 않고는 물녘을 바라다볼 수가 없었다"(157쪽)라는 섬세한 묘사로 소설은 시작된다. 물론 그의 다른 소설과 마찬가지로 사투리의 해학이 없는 것은 아니지만 전체적으로 소설을 압도하고 있는 것은, 고적한 물가의 풍경과 그것을 바라보고 있는 사람의 내면이며 섬세하게 묘사되는 물빛의 황홀한 아름다움이다. 예를 들자면,

> 바람은 점심나절이 거울러질 만해서부터 일었다. 언제나 수심의 수채가 수갈색(水褐色)을 띠면서부터 수문(水紋)과 함께 일었다. 수갈색은 차츰 물가를 찾아서 수묵색으로 일었다. 수문도 파란으로 바뀌고 물은 물 위에서 타는 듯이 빛났다. 물이 물 같지 않게 황홀해지는 것이었다. 만약에 꽃밭이 그렇게 아름다운 꽃밭이 있을 수 있다면 그 꽃밭을 가꾼 사람은 끝내 실성을 하고 말 수밖에 없을 것처럼. 만약에 옷이 그렇게 아름다운 옷이 있을 수 있다면 그 옷을 입은 사람은 결국 이 세상 사람이 아닐 수밖에 없을 것처럼.(191~192쪽)

과 같은 대목이 대표적이다. 아름다운 자연 풍광에서 느끼는 이런 황홀경은 다른 도취의 경험과는 다르게, 망아나 몰아라기보다는 삶에 대한 관조와 달관의 분위기와 함께 있다. 또한 한밤중에 잠이 깨어 보았던 달밤의 풍경이 있다. 봄밤의 아름다운 달빛에서 시작하여, 그 빛을 받아 한 폭의 수묵화처럼 마룻바닥에 드리워진 춘란의 그림자, 그리고 창

밖으로는 달빛이 어려 있는 수면과 희미한 윤곽으로만 보이는 산의 능선들에 대한 아름다운 묘사가 이어진다. 이와 같은 풍경에 대한 묘사의 궁극적인 지향점은 자기 자신의 내면일 수밖에 없다. 풍경의 아름다움이란 그것을 발견할 수 있는 눈에 의해서만 포착되는 것이고, 그 눈을 만들어내는 것은 내면이다. 풍경과 내면은 서로가 서로의 타자다. 자연을 단순한 배경(background)이 아닌 풍경(landscape)으로 만들어내는 것은 고립된 주체의 내면이다. 풍경을 바라보는 하석귀가 궁극적으로 도달하게 되는 지점이 자기 인식임은 이런 뜻에서 당연하게 보인다 : "나 역시 저냥 저랬던겨. 저냥 물에 뜨는 물마냥 살아온겨. 못나게. 지지리도 못나게." (157쪽)

삶에 대한 깨달음이나 지혜가 자주 그렇듯, 여기에도 일종의 체념의 정서가 포함되어 있다. 이 경우 체념이란 성숙성과 어른스러움의 표지다. 그것을 절실하게 감수하는 순간은 자신의 유한성과 한계에 대한 통절한 자각의 순간이며, 또한 차가운 인식을 통해 자기 삶과의 화해에 도달하는 놀라운 자기 긍정의 순간이기도 하다. 따라서 이 순간이야말로 이 소설의 정점일 뿐 아니라, 이문구의 세계 전체를 놓고 보더라도 가장 높은 지점에 해당하는 순간이라 할 것이다. 삶 전체가 하나의 전체로 조망되는 새의 시선이 존재하고 있다는 점에서 그렇다. 그런데 놀랍지 않은가. 이 화룡점정의 순간조차도 이문구는 표준어가 아니라 사투리로 말하고 있다. 얼마나 굉장한 고집인가.

이런 점에서 보면 「장동리 싸리나무」가 나무 연작의 한가운데 놓여 있는 모습은 낯설기는 하되 이상할 것은 없다. 풍속에 대한 묘사를 통해 능청스러운 해학과 풍자들을 건져올리는 것, 키 작고 못생긴 나무들을 그려내는 것, 줏대와 주견을 가지고 살아가는 갑남을녀들의 모습을 포착하는 일이 모두 이런 자기 긍정의 실천일 것이기 때문이다. 이문구의 소설에 있어 세태와 풍속은 그 자체가 자족적인 풍경인 셈이다. 그래서 「장동리 싸리나무」는 흡사 나무 연작들의 존재 근거를 만들어주고 이들을 하나의 그물로 엮어주는 벼리의 구실을 하는 것처럼 보인다. 『우리동네』 연작에서 그 벼리 구실을 했던 것이 풍자의 정신이었다면, 여기에서는 고립을 실천하는 주체의 자기 긍정이라 할 수 있지 않을까 싶다. 고립을 향해 나아가는 것이 긍정일 수 있는 것은 세계가 그만큼 속되고 천해졌다는 말과 통한다. 「장평리 찔레나무」의 부녀회 김회장은 말한다 : "그래라. 누가 말려. 너는 상행선 나는 하행선, 좋다 이거여."(11쪽) 이것은 자발없고 뻔뻔스런 시동생을 향해 내뱉는 말이기도 하고, 매춘 광고지 따위를 집으로 들고 들어오는 보기 싫은 남편에게 하는 말이기도 하지만, 무엇보다 저들의 태도가 승리하는 약삭빠른 세상을 향해 던지는 말이다.

이문구의, 나무 같지도 않은 나무들은 바로 이런 자리에 서 있다. 으름나무 같은 덩굴도 있으니 그냥 자리를 차지하고 있다고 해야 할지도 모르겠다. 그 나무들은 물론 나무의 전통적인 형상, 우뚝한 수직성이나 굵은 줄기의 안정감이나 깊은 뿌리의 역사성 등과는 아무런 상관이 없다. 전통적인 수목 모델은 체계 지향성과 초월성, 중심화된 사유, 정신성 등을 통해 재생산된다. 뿌리와 줄기를 나누고 줄기와 가지를 나누고 가지와 잎사귀를 나눈다. 또 뿌리는 뿌리대로, 줄기는 줄기대로 중심과 주변이 구분된다. 또 모든 가지들의 분기는 이분법적이다. 이문구의 충청도 사투리와 풍요로운 풍유, 대거리와 어깃장의 수사학은, 높은 나무들이 우뚝 솟아 있는 저 엄숙주의의 숲을 이리저리 굼실거리고 돌아다니며 그 사이에서 나무 같지도 않은 나무들을 포착해낸다. 이문구의 나무가 있는 곳에는 그 어떤 엄숙주의도 가족 로망스의 환상도 있을 수 없다. 엄숙주의도 가족 로망스도 모두 남에게 보이기 위한 것이고, 그런 한에서 표준어로 표현되지 않는 엄숙주의나 로망스는 상상하기 어렵다. 이문구는 자신의 작가적 언어로 사투리를 선택했다. 그것이 그로

하여금 농촌으로 시선을 향하게 했고, 그를 풍속화가로 만들었고, 저 엄숙주의의 숲 바깥에서 나무 아닌 나무들을 발견하게 했다. 천박한 세상에 대해 고립을 실천하는 이문구의 고집스런 나무들은 그렇게, 미친 모더니티의 타자로 우리 앞에 있다. 촌스럽고 우직한 그것을, 한 영화 제목의 명명법을 빌려 '충청도의 힘'이라 부르고 싶다.

(2000)

사람다운 삶에 대한 갈망
—박완서론

1. 일상의 가벼움과 심연의 깊이

1970년에 시작한 박완서의 작가적 여정도 어느덧 삼십 년에 이르고 있다. 그 동안 그는 열세 편의 장편소설과 아홉 권 분량의 중·단편소설을 써냈다. 그 세계를 전체적으로 조망해보면 어떨까. 그의 세계는 흡사, 능란한 숙수(熟手) 장인의 손에 의해 그려진 한 폭의 거대한 풍속도처럼 보이기도 하고, 한 가족의 삶을 구메구메 잘 갈무리해놓은 한 권의 사진첩 같은 느낌을 주기도 한다. 서로 만나 인연을 맺고, 일하고 돈 벌고, 아이들을 키워 세상에 내보내고, 그렇게 그렇게 늙어가는 사람들, 평범하고 일상적인 이야기가 그 세계의 표면에 펼쳐져 있다. 세태와 풍속, 시정의 살림살이의 모습에 관한 한, 이보다 더 다채롭고 섬세할 수 있기는 쉽지 않을 것이다. 박완서의 세계는 일차적으로, 이와 같이 일상과 세태에 대한 뛰어난 풍속도로 규정될 수 있을 것이다. 소설이라는 것 자체가 당대의 시세와 풍속을 떠나서는 존재할 수 없는 물건이다. 박완서의 작품 세계가 보여주는 다채로운 일상의 세계는 작가가 지니고 있는 현실에 대한 탁월한 서사적 감수성과 포착력의 소산이다.

박완서의 소설을 그다운 것으로 만드는 또하나의 특징은, 그의 뛰어난 소설들이 보여주는 그 어떤 심연과도 같은 경험에 있다. 그의 이야기 솜씨가 얼마나 매끄럽고 능숙한 것인지는 새삼 강조할 필요가 없을 것이다. 그가 이끄는 대로 그 매끄러운 서사의 표면을 따라가다보면 우리는 어느덧 삶의 그 어떤 막다른 골목에 이르렀음을 깨닫곤 한다. 말 그대로 홀연, 마술처럼이다. 거기에는 표면으로 드러나지 않고 있던 삶의 어떤 긴절한 매듭이나, 인생이 한번 크게 놓울쳐 흐르는 순간의 절실함 같은 것들이 아무렇지도 않은 듯이 놓여 있다. 서사의 이면에서 서서히 모습을 드러내는, 그리하여 마침내 소설 전체를 감싸안아버리는 이러한 절절함 혹은 정서의 밀도야말로, 공감이나 경탄의 차원을 넘어 감동의 수준으로까지 육박해오는 것, 우리가 박완서적인 것이라 부를 수 있는 무엇보다 뚜렷한 특징일 것이다.

일상과 세태에 대한 다채로운 묘사와, 심연과 같은 경험에서 우러나오는 서사적 절실함, 일견 서로 상치되는 듯해 보이는 이런 두 요소를 박완서는 하나의 텍스트로 직조해낸다. 풍속화가로서의 작가 박완서는 일상의 다양한 표정들을 포착해내고, 심연의 경험을 간직하고 있는 작가 박완서는 그 소재들에 서사적 리듬과 깊이를 부여한다. 그의 뛰어난 작품들을 상기해보자. 이를테면, 「그 가을의 사흘 동안」(1980)이나 「엄마의 말뚝 2」(1981) 「아저씨의 훈장」(1983) 「어느 이야기꾼의 수렁」(1984) 「해산바가지」(1985) 「나의 가장 나종 지니인 것」(1993) 「환각의 나비」(1995)와 같은 작품들. 이들이 발휘하는 심미적 효과는 물론 작품 각각에 따라 다양한 편차를 가지고 있다. 경우에 따라 드라마틱하거나 예각화된 느낌이 강조된 것도 있고, 또 좀더 묵직하고 벅찬 느낌에 가까운 것도 있다. 그러나 한결같은 것은, 평범하고 일상적인, 더러는 수다스러워 보이기도 하는 화소(話素)로부터 시작하여, 독자들로 하여금 아픔과 감동과 처절함이 배어나오는 매우 특별한 정서와 경험의 세계로 자연스럽게 이르게 하는 구성력의 탁월함이다.

「나의 가장 나종 지니인 것」을 보자. 한 여자의 전화 수다로 소설은 시작된다. 그 수다에 귀를 기울이다보면 우리는 어느덧 목소리의 주인공이 칠 년 전 민주화투쟁의 과정에서 대학생 아들을 잃은 여인임을 알게 된다. 그렇게 자랑스럽고 귀한 아들을 잃은 어미의 심정이 어떤 것인지 우리는 알 수가 없다. 그 어머니도 우리에게 설명해줄 도리가 없다. 필설을 넘어서 있는 것이기 때문이다. 그러나 작가 박완서는 대뜸, 교통사고로 하반신 마비에 치매까지 된 아들과 그를 보살피고 있는 또 한 사람의 어머니를 등장시킨다. 그 어머니는, 자리보전하고 있는 기골이 장대한 청년을 요 위에 올려놓고, 아들의 몸무게와 자신의 팔자에 욕을 퍼부으며 무슨 신기한 묘기처럼 공 굴리듯 굴린다. 욕창이 나지 않게 하루에도 몇 번씩 그렇게 마사지를 해야 한다는 것이다. 옆에 있던 사람들이 도우려 들자 누워 있던 아들이 짐승 같은 괴성을 지른다. 다른 사람의 손길은 거부한다는 것이다. 그 장면을 보면서 여자는 마침내 그렇게 억눌러왔던 울음을 토해내고야 만다. 말할 것도 없이 그 모자에 대한 부러움 때문이다. 그 울음은 대성통곡으로, 방성대곡으로 이어진다. 죽은 아들에 대한 정을 표현함에 있어 이 이상일 수 있을까 싶을 정도다. 우리는 단지 전화 수다를 듣고 있었을 뿐인데 어느새 모성의 저 바닥 모를 심연에 도달해 있는 것이다.

이런 방식으로 박완서는 일상의 가벼움과 심연의 깊이를 하나로 결합시킨다. 일상의 풍속과 접촉하는 순간 그 심연과도 같은 절실성은 절대적 주관성의 영역에서 빠져나와 객관적 형상화의 통로를 확보하게 되고, 또한 그럼으로써 동시에 단순한 일상의 풍속도 넓고 깊은 마음의 풍경으로, 혹은 역사적 의미를 압축하고 있는 내포가 풍부한 그림으로 변화한다. 이런 변환을 가능케 하는 서사적 구성력이 곧 많은 독자들을 감탄케 한 박완서의 작가적 역량의 요체라 할 수 있을 것이다.

2. 박완서 소설의 감동의 원천

그러나 솜씨는 감탄이나 경탄의 대상일 뿐이다. 공감이나 감동은 또 다른 차원에 존재한다. 감동이 가능할 수 있기 위해서는 작품을 매개로 하여 작가와 독자 사이에 형성되는 경험과 정서의 공동체가 있어야 한다. 특정한 역사적 사회적 시공간에 속해 있는 것일 수도, 아니면 아무런 제약 없이 인간성이나 운명을 매개로 하는 보편적인 것일 수도 있다. 박완서의 소설이 경탄을 넘어 감동으로까지 육박해온다고 했을 때 그 힘의 원천이나 정체를 묻는 것은 곧 작가 박완서가 독자와 함께 만들어내는, 혹은 독자들로부터 이끌어내는 공동의 경험과 정서의 공간이 무엇인지를 묻는 일이며, 더 나아가서는 박완서로 하여금 작가의 길을 걷게 한 힘의 원체험이 무엇인지를 묻는 일에 해당된다.

이런 질문 앞에 가장 먼저 놓일 수 있는 작품은 중편 「엄마의 말뚝 2」다. 잘 알려져 있는 바와 같이 이 작품은 작가의 실제 체험을 바탕으로 한 것으로, 그 핵심에 놓여 있는 것은 6·25의 전란 속에서 느닷없이 벌어진 오빠의 죽음이라는 사건이다. 전쟁 속에서의 한 젊은이의 죽음은 그 자체로 비극임에는 분명하지만, 집합적인 의미에서의 전쟁이 지니고 있는 저 압도적인 비극성에 비추어보면 한 부분에 불과한 것이다. 그러나 박완서는 그것을 자식을 앞세운 부모의 심정으로 포착해내고, 그것도 사건이 발생한 지 삼십 년이나 지난 시점에서 그 적지 않은 시간의 지층을 뚫고 생생하게 분출하는 것으로 그려내고 있다. 정신을 잃고 병상에 누워 있는 늙은 어미의 무의식을 통해 되살아나는, 삼십 년 전 아들이 죽던 순간에 대한 분노와 공포와 슬픔은 말 그대로 참척의 극에

달하여, 전쟁 자체가 지니고 있는 육중한 질량의 비극성을 오히려 상회해버릴 정도다.

「엄마의 말뚝 2」에서 표현되고 있는 저 절실함은, 아마도 「나의 가장 나종 지니인 것」과 더불어 박완서의 세계 속에서도 가장 밀도 높은 것일 듯싶다. 그리고 그 절실함의 강도나 밀도가 그런 한에 있어 그것은 독자 못지않게 작가에게도 마찬가지로 해당되리라는 것은 짐작하기 어렵지 않다. 더욱이 오빠의 죽음이라는 모티프는 이미 그의 등단작 『나목』(1970) 이래로 장편 『목마른 계절』(1972), 「부처님 근처」(1973) 등에서도 나타난 바 있으며, 그것이 그 자신의 소설세계와 어떤 연관을 맺고 있는지는 스스로 밝혀놓고 있기도 하다. 이에 대한 사정은 「부처님 근처」에서 매우 인상적으로 드러나 있다.

6·25의 와중에서 「부처님 근처」의 화자의 오빠와 아버지가 비참하게 죽었다. 『목마른 계절』과 「엄마의 말뚝 2」를 참조한다면, 중요한 것은 오빠의 죽음뿐이다. 여하튼, 살아남은 모녀는 두 사람의 죽음을 감쪽같이 처리해 행방불명으로 만들어버렸다. 모녀는 남자들의 죽음을 "꿀꺽 삼켜버렸던 것이다". 후환이 두려웠기 때문이었다. 그로부터 이십여 년이 흘러 사회 전체가 그때의 상처에 대해 무뎌지게 되자 비로소 화자는 그 억울하고 원통했던 죽음에 대해 말하기 시작한다. 마치 "오래 묵은 체증을 토하듯" 그 이야기를 털어놓는다. 그러나 이제는 누구도 큰 관심을 갖지 않는다. 사람들은 그저 잘사는 데만 정신이 팔려 있을 뿐이다. 이제야 비로소 곡을 하며 두 사람의 상을 치르는 것인데 문상해주는 사람이 아무도 없는 것이다. 그래서 화자는 이야기를 재미있게 꾸며대기 시작한다.

나는 그 이야기가 하고 싶어 정말 미칠 것 같았다. 나는 아직도 그 이야길 쏟아놓길 단념 못 하고 있었다. 어떡하면 그들이 내 얘기를 끝까지

들어줄까, 어떡하면 그들을 재미나게 할까, 어떡하면 그들로부터 동정까지 받을 수 있을까. 나는 심심하면 속으로 내 얘기를 들어줄 사람의 비위까지 어림짐작으로 맞춰가며 요모조모 내 이야길 꾸며갔다.

나는 어느 틈에 내 이야기로 소설을 쓰고 있었던 것이다. 토악질하듯이 괴롭게 몸부림을 치며, 토악질하듯이 시원해하며.[1)]

화자에게 있어 소설쓰기란 삼켜버린 죽음을 토해내는 일이며, 제대로 토해낼 수 있기 위해 재미있게 이야기를 꾸며대는 일이다. 그가 토해내고자 하는 죽음이 곧 억울함이자 원통함의 다른 이름이라는 것은 두말할 나위가 없다. 그러므로 그에게 있어 소설쓰기란 곧 해원(解冤)이자 한풀이다. 억울함이 풀리기 위해서는 복수를 하거나 사죄를 받아야 한다. 그러나 어디에도 문죄(問罪)할 대상이 없다. 따라서 가능한 것이 있다면 그것은, 스스로의 상처를 드러내 그 존재를 인정받는 일, 그럼으로써 아픔과 절실함을 풀어헤쳐놓는 일, 풀어냄으로써 그 상처로부터, 원통함과 억울함으로부터 자유로워지는 일이다. 자유로워지면 가벼워지고 가벼워지면 상처 자체를 감싸안아버릴 수도 있을 것이다. 그런 의미에서 화자의 소설쓰기는 어머니의 절에 다니기와 등가라 할 수도 있을 것이다 : "내가 소설을 써서 그들을 내 내부로부터 토해내려고 몸부림을 치는 동안 어머니는 그들을 극락으로 천도하려고 열심히 절에 다니셨다."

망자들에 대한, 절에서 치르는 최초의 제사를 마친 후 어머니는 비로소 마음의 평화를 얻는다. 절에서 돌아오는 길, 화자는 택시에서 편안하게 잠든 어머니를 보면서 흡사 자신이 어머니의 어머니가 된 듯한 느낌을 받는다 : "나는 마치 내가 내 어머니의 어머니가 된 듯, 내 깊은 곳

1) 박완서, 「부처님 근처」, 『어떤 나들이 ― 박완서 단편소설 전집1』, 문학동네, 1999, 92쪽.

에서 자비심 같은 게 솟구치는 것을 느끼며 가엾은 내 어머니를 안았다." 그러나 어머니의 어머니일 뿐이겠는가. 그는 이미, 죽은 아버지와 오빠의 어머니이기도 하다. 그만큼 높아지고 넓어져 있는 것이다. 어머니가 절에서 제사를 드리고 그럼으로써 마음의 평화를 얻는 동안 그가 한 것은 무엇인가. 그 장면 장면들을 지켜보고 기억하는 일, 곧 소설을 쓰는 일이었다. 상처를 풀어내는 일에 관한 한 어머니의 제사 지내기와 '나'의 소설쓰기란 정확하게 등가인 셈이다.

「부처님 근처」의 화자는 어머니의 "고운 죽음"을 희구한다. 그것은 아버지와 오빠가 당해야 했던 처참한 죽음과 반대말이라는 것, 곧 사람다운 삶에 대한 희구에 다름아니라는 것은 말할 것도 없다. 그것이 어찌 어머니만의 것일 수 있겠는가. 그 자신의 것이어야 하고, 그의 자식들의 것이어야 하고, 우리 모두의 것이어야 한다. 상처와 원통함과 억울함을 풀어내고 그럼으로써 '나'로 하여금 어머니의 어머니가 되게 하는 방법으로서의 소설쓰기란 곧 '고운 죽음'에 대한, 사람다운 삶에 대한 열망의 표현이자 실천이라 할 수 있을 것이다. 이러한 의미의 화자의 소설쓰기는 동시에 작가 박완서의 것이기도 하다. 그는 「나에게 소설은 무엇인가」라는 산문을 통해 위의 인용문이 포함된 「부처님 근처」의 한 부분을 인용하면서 그것이 "나의 한 시절의 진솔한 자전적인 부분"임을 밝힌 바 있다. 그러나 구태여 그의 말을 기다리지 않더라도 우리들은 충분히 그런 사실을 짐작할 수 있다. 사십여 권에 달하는 그의 책 모두가 바로 그 증거이기 때문이다.

오빠의 죽음이라는 사건은, 이런 뜻에서 박완서에게 일종의 원체험으로 존재한다고 할 수 있다. 그것이 그로 하여금 작가의 길에 들어서게 했고, 소설쓰기의 의미와 소설가로서의 정체성을 규정하고 있다. 그것은 또한 6·25라는 저 참혹했던 기억과 맞물려 있으며, 그 이후로도 분단 상황과 냉전 질서라는 기형적으로 왜곡된 현대사로 연결되고 있다. 박완서의 원체험은 그렇게 한 공동체의 집합적인 기억 속에 내장되어 있는 가장 참혹하고 아픈 상처를 자극한다. 그 참혹한 현장을 떠나더라도, 사람다운 삶을 불가능하게 하는 억압적인 정치적 사회적 상황이 있고, 일상적인 삶에 속속들이 침투해 있는 위선과 가식의 구조가 있다. 전쟁의 참혹함과 억압적인 상황과 일상적 삶의 위선이 그렇게 하나의 선으로 연결되어 있다. 박완서는 그 선의 양극단을 자유롭게 왕래하며 세태와 시속의 풍경들을 포착해낸다. 흡사 세태라는 유장한 흐름을 타고 흐르며 능숙하게 고기를 건져올리는 낚시꾼처럼 보이기도 한다. 그의 작품이면 어디에나 오빠의 죽음에 대한 기억이, 사람다운 삶에 대한 갈망이, 그것을 가로막는 사람들에 대한 분노와 비판, 그들의 사회 속에서 무기력에 빠져 있는 사람들에 대한 연민이 놓여 있다. 이 같이 다양한 형태로 나타나는, 매우 강렬하면서도 조심스럽고 우회적으로 표현되는, 좋은 세상과 인간다운 삶에 대한 희구와 갈망이야말로 박완서의 뛰어난 작품들이 불러일으키는 감동의 진정한 원천이라 할 수 있을 것이다.

3. 박완서 소설의 몇 가지 테마들

사람다운 삶에 대한 갈망을 벼리로 삼아 박완서가 엮어내는 일상의 다양한 모습들의 바탕에는, 세계의 비인간성에 대한 비판적 시선이 놓여 있다. 일상적인 삶을 살아가는 비겁하고 교활하고 뻔뻔스런 속물들의 모습이 그 세계의 대표적인 이미지이며 허세와 위선과 가식은 그 세계에서 매우 유효한 생존 전략이다. 비겁하고 무기력한 남자들(「지렁이 울음소리」 「서글픈 순방(巡訪)」 「침묵과 실어(失語)」)과 일탈을 꿈꾸는 여자들(「닮은 방들」 「포말(泡沫)의 집」), 영악한 젊은것들과, 너무나 어른들을 닮아 있어 무섭게까지 느껴지는 어린것들이 있다(「맏사위」「무서운 아이들」). 부자들은 뻔뻔스럽고(「재수굿」「도둑맞은 가난」), 오만방자한 관료들은 협잡까지 부리고(「어떤 체험기」), 더욱이 냉전 상황에 편승한 매카시즘이 사람들의 숨통을 조인다(「집보기는 그렇게 끝났다」「꿈과 같이」「돌아온 땅」「꽃을 찾아서」). 이런 세계를 못 견디어하는 사람들은 이민을 떠나고 떠나지 못하는 사람들은 그들을 부러워하고(「세상에서 제일 무거운 틀니」), 미국으로 간 남편이나 유학 간 아들딸들은 돌아오지 않는다(「이별의 김포공항」「포말의 집」). 노인들은 아파트의 골방에 갇히고(「황혼」), 부동산 바람이 불어 어떤 이들은 졸부가 되고(「세모歲暮」「낙토(樂土)의 아이들」), 젊은 부부는 전세방을 구하기 위해 아이가 없는 척해야 하고(「서글픈 순방」), 김포공항은 중동 건설 현장으로 떠나는 사람들로 북적거린다(「여인들」「육복六福」). 박완서는 이런 세계를 비판적으로 응시한다. 이 속에서 사람들은 서로를 다치게 하고, 좌절하고 체념한다. 이런 모습들이 박완서 세계의 기본적인 밑그림이다.

또 한편에는, 이처럼 부정적인 세계와 대조됨으로써 더욱 두드러지는 긍정적인 세계가 있다. 먼저, 우울한 세계의 풍경을 유쾌하게 가로지르는 인물들을 들 수 있다. 저 속물스런 세계의 논리에 물들지도 주눅들지도 않은 채, 억척스럽고 당당하게 세상을 돌파해나가는 사람들이다. 「흑과부黑寡婦」(1977) 「공항에서 만난 사람」(1978) 「지 알고 내 알고 하늘이 알건만」(1984) 「저물녘의 황홀」(1985) 등에서 등장하는 여자들이 대표적인 예이며, 일상 속의 미시권력들과 맞서는, 「어느 시시한 사내 이야기」(1974) 「배반(背叛)의 여름」(1976) 등의 남자들도 그렇다.

다음으로, 따뜻한 인간애와 상호이해의 영역이 있다. 이 세계에서 중심을 차지하고 있는 것은 저 절절한 박완서적인 모성애의 영역, 무조건적인 애정과 절대적인 긍정의 세계다. 그 세계가 얼마나 강력한 것인지는 「우황청심환」(1990)의 결말부분이 상징적으로 보여준다. 연변 동포나 사회주의라는 문제까지도 모성애를 통해 접근하고 있는 것이다. 그 연장선상에 고부나 부녀, 부부 등의 사이에서 이루어지는 따뜻한 육친애의 세계가 있으며(「해산바가지」 「너무도 쓸쓸한 당신」 「길고 재미없는 영화가 끝나갈 때」), 더 나아가서는 노인이나 무당같이 주변적인 존재들 사이에서 형성되는 따뜻한 상호이해의 영역이 있다(「천변풍경 泉邊風景」 「환각의 나비」). 모성애를 중심으로 한 이같은 인간애의 세계야말로 박완서의 소설 속에서도 가장 힘있는 묘사와 서사가 돋보이는 세계로, 그의 소설의 주류라고 해야 할 것이다. 그의 대표작이라 할 만한 대부분의 작품이 여기에 해당되며, 특히 「저물녘의 황홀」이나 「환각의 나비」에서와 같은 이채롭고 독특한 서사적 모티프도 이런 의식의 소산이라 할 것이다.

이와 같은 두 가지 양상은 작품에 따라 서로 뒤섞이고 비켜가면서 박완서의 세계를 만들어낸다. 그것은 이미 삼십 년이라는 자기 역사를 가지고 있다. 초기에는 비판적이거나 풍자적 시선으로 포착된 부정적 세계의 모습 쪽이 우세하고, 현재에 가까워올수록 포용적이고 넉넉하고 긍정적인 상호이해의 모습이 우세하다. 또 표현에 있어서도 초기에는 예각적이고 드라마틱한 과장이 많았던 것이 현재에 가까워질수록 한결 부드럽고 자연스러워진다. 물론 달라지는 것은 양상일 뿐이다. 그 저변을 흐르고 있는 사람다운 삶에 대한 갈망은 시기와 상관없이 한결같다. 『아저씨의 훈장 — 박완서 단편소설 전집 3』에 실려 있는 작품들을 중심으로 하여, 그 세계의 모습을 좀더 자세히 들여다보자.

3-1. 속물성에 대한 비판과 인간애

이 책에 실려 있는 열일곱 편의 단편들은 1979년부터 1983년 사이에 발표된 작품들이다. 이때 박완서는 『살아 있는 날의 시작』과 『오만과 몽상』 『그해 겨울은 따뜻했네』 등 세 편의 장편소설을 연이어 일간신문에 연재하고 있었고, 「그 가을의 사흘 동안」이나 「엄마의 말뚝 2」 같은 뛰어난 중편들을 발표해 한국문학작가상과 이상문학상 등을 수상하기도 했다. 등단한 지 십 년이 넘어가는 시점이었고 이미 『목마른 계절』과 『휘청거리는 오후』 등 다섯 편의 장편소설과 『부끄러움을 가르칩니다』와 『배반의 여름』 등 두 권의 창작집을 가지고 있었다. 작가로서의 역량이 바야흐로 한 정점을 향해 치닫고 있을 때였던 셈이다.

그래서인지, 이 책에 수록된 작품들에서는 세태와 현실에 대한 비판의 예기가 무엇보다 두드러진다. 비판의 대상이 되는 것은 우선, 허세와 위선, 비겁, 속물성 등이다. 출세한 속물들의 허세와 위선을 풍자하고 있는 「내가 놓친 화합(和合)」(1979) 「그의 외롭고 쓸쓸한 밤」(1983)이나 부잣집 마나님의 위선을 고발하고 있는 「소묘」(1983), 맨션 아파트촌의 풍경을 풍자적으로 묘사한 「무중霧中」(1982) 등이 그 예다. 또한 토목일을 하는 남편의 중동생활에 대한 아내의 위선을 풍자하는 「육복」(1980), 어른을 모실 줄 모르는 젊은것들에 대한 비판을 담은 「황혼」(1979) 등도 있다. 대표적인 것으로 「내가 놓친 화합」을 들어보자.

주인공 창수는 대기업에 갓 입사한 서울대 출신의 신입사원으로 대학 시절 단골로 다녔던 포장마차에 들렀다. 그 시절 그렇게 맛있게 먹었던 것들이 졸지에 구질구질해 보인다. 사람들도 마찬가지다. 거기에서 창수는 우스꽝스러운 장면을 본다. 한 달 후면 중동으로 떠난다는 중년의 미장이와 삼류 대학생 청년 사이에서 벌어지는 일이다. 처음 만난 사인데도 소주잔이 오가는 사이에 금세 친해져 미장이는 청년에게 자기 월급을 맡아달라고 부탁하기에 이른다. 식구가 없기 때문이기도 하지만, 한국에 있는 누군가에게 월급을 부치고 싶기 때문이라고 한다. 청년은 사양을 하다 끝내 수락한다. 그들은 구체적인 수속을 위해 명동에 있는 다방에서 만나기로 한다. 문제는 이 다방의 이름이다. 미장이가 '시뭔다방'이라는 이름을 대며 찾을 수 있겠냐고 묻자 청년이 대답한다. "시뭔이요? 가보진 않았지만, 찾겠죠 뭐, 시뭔, 시뭔……" 이 장면을 창수는 한심하고 어이없는 눈으로 지켜본다. "저 늙은 무식쟁이가 시뭔이란 건 참아주겠지만, 너까지 시뭔이랄 건 또 뭐냐? 불어는 못 배웠어도 '시몽 너는 좋아하니? 낙엽 밟는 저 발자국 소리가' 쯤은 알 만한 처지에." 창수는 호기심에 그들의 약속 장소를 찾아가본다. 그러나 아무리 찾아도 시뭔다방은 없었다. 그후 한 달쯤 지나 무심히 그 길을 걸어가던 중 '深原다방'을 발견한다.

여기에서 돋보이는 것은 다방 이름을 포인트로 한 경쾌한 풍자적 감각이다. 그러나 상대적으로 서사적 설정이나 구성 자체는 극적으로 과장되어 있어 작위적으로까지 보인다. 결말부분에 놓여 있는 극적 전환의 강렬함을 염두에 둔 탓일 것이다. 이런 모습은, 물론 작품마다 편차가 있긴 하지만 이 시기에 씌어진 소설들에서 자주 보인다. 특히 비판의 대상이 되는 사람들의 모습에 극적인 과장이나 단순화가 행해지는데, 이는 드러나 있는 속물성과 감추어진 진실이라는 구도 혹은 부정과 긍정의 대조를 선명하게 하기 위한 것으로 보인다. 새벽 약수터에 모이는 노인들을 다루고 있는 「천변풍경」(1981)의 예를 보자.

여기에서는 세 개의 포인트를 지적할 수 있다. 첫째는 버릇없는 젊은 것들에 대한 비판, 둘째는 노인네들의 허세에 대한 묘사, 셋째는 노인들 사이에서 오고가는 따스한 인간애에 대한 포착이다. 이중 버릇없는 젊은이들에 대해 묘사하는 대목들에서는 극적인 과장이 엿보인다. 소설에 나오는 두 명의 며느리의 험악한 입초시라든지, 약수터에서 말참례하는 청년들의 행동거지에 대한 묘사 등이 그렇다. 이에 비하면 노인네들의 허세에 대한 묘사는 훨씬 사실적이다. 젊은 시절의 사회적 지위를 가지고 입회 여부를 결정하는 노인들의 모임인 백수회라든지, 미국의 맏아들네에 가기 위해 열심히 영어공부를 하는 왕년의 명문 나라(奈良) 여고사(女高師) 출신의 노 여사의 모습 등이 그렇다. 그러나 가장 볼 만한 대목은 소설의 초점인물, 60세의 홀아비인 해직 교수 배우성씨가 노 여사의 틀니를 닦아주는 장면이다. 사연은 이렇다. 깔끔하고 자존심 센 노 여사가 중풍으로 쓰러져 입원한다. 배우성씨도 다른 노인들과 함께 문병을 간다. 잠든 노 여사는 파파늙은이로 변해 있다. 틀니를 안 끼었기 때문이다. 그것을 본 배우성씨의 심사에 대한 묘사는 이렇다 : "의치는 하루만 안 닦아도 냄새가 지독한 법이라 깔끔한 노 여사가 그걸 견딜 수 있을 리가 없었겠지. 그렇다고 그 냄새나고 꼴 흉악한 걸 며느리한테 닦아달랠 만큼 뻔뻔스럽지도 못해 빼서 어디다 숨겨놓았던지 움켜쥐고 있는 거겠지. 배우성 씨는 속을 쥐어짜듯이 간절하게 노 여사의 의치를 손수 닦아주고 싶다고 생각했다." 뒤이어, 배우성씨는 깨어난 노 여사 곁으로 가 의치를 닦아주겠다고 말한다. 그 다음 대목이다.

노 여사의 남은 한 손이 허둥지둥 시트 밑을 뒤지더니 휴지에 싼 묵직한 걸 꺼내서 꽉 움켜쥐었다. 벌거벗겨도 필사적으로 치부는 가리려는 소녀처럼 앳된 수치심과 공포감이 홍조가 되어 노 여사의 쭈그러진 얼굴이 얼룩졌다. 배우성씨는 노 여사의 단단한 주먹을 어루만지면서 말했다.

"괜찮아요. 괜찮아. 나한테 맡겨요, 창피할 거 없어요. 먼저 간 우리 집 사람도 온통 틀니였거던요. 내가 아침저녁 닦아주었더랬죠. 아마 나만치 그 일 잘하는 사람도 없을걸요. 자아, 안심하고 한번 맡겨보세요."

배우성씨의 음성은 달콤하고도 진국스러웠다. 노 여사의 단단한 주먹이 스르르 풀렸다. 그리고 이심전심처럼 편안하고 완벽하게 손안의 것을 넘겨주었다. 배우성씨는 틀니에 엉겨붙은 휴지를 벗겨내고 나서 세면대에다 물을 받았다. 음식 찌꺼기가 말라붙은 틀니를 물에 담가 불린 연후에 대강 씻고 나서 다시 치약 묻힌 칫솔로 박박 앞뒤를 닦아냈다. 그 칫솔의 임자인 듯싶은 며느리가 눈살을 찌푸렸지만 그는 아무 말도 하지 않았다. 농담 좋아하는 백수회 늙은이들도 그 동안은 조용히 숨들을 죽이고 있었다.[2)]

이런 묘사는 말 그대로 핍절하다는 표현에 잘 들어맞는 대목일 듯싶다. 사실적이면서도 건조하지 않고, 어떻게 보면 다소 극적으로 과장되어 있는 듯한데도 풍부한 공감의 영역과 설득력을 지니고 있다. 이처럼, 틀니 손질과 같이 일상적이면서도 이색적이고 혹은 사실적이면서도 강렬한 객관적 상관물을 통해 따스한 인간애의 교류를 표현하는 방식은 박완서의 다른 소설에서도 어렵지 않게 찾아볼 수 있다. 「해산바가지」에서의 시어머니 치매 수발하기와 해산바가지의 기억이라든지, 「환각의 나비」에서의 아욱 다듬기, 「길고 재미없는 영화가 끝나갈 때」에서 늙은 아버지가 멋지게 노래를 불러젖히며 여자를 후리는 대목, 「어느 이야기꾼의 수렁」(1984)에서의 강물 속까지 촘촘하게 쳐져 있는 쇠창살, 「저물녘의 황홀」에서의 꾀병으로 중풍을 앓는 화초할머니 이야기 등을 예로 들 수 있을 것이다.

3-2. 육친애와 분단 상황

이런 모티프들을 통해 구현되는 핍절함이 정점에 도달하는 것은 앞에서도 지적한 바와 같이, 육친애나 분단 상황과 연관될 때다. 이는 이 둘 각각이 가지고 있는 정서적 보편성 때문일 것이며, 둘이 결합되었을

---

2) 박완서, 「천변풍경」, 『아저씨의 훈장—박완서 단편소설 전집3』, 문학동네, 1999, 150~151쪽. 이하에서 인용하는 단편은 모두 이 책에 실려 있다. 인용할 경우 본문에 쪽수만 표시한다.

때는 더욱 그렇다. 「아저씨의 훈장」 같은 작품이 그 적실한 예일 것이다. 이는 이 책에서 가장 돋보이는 작품일 뿐 아니라, 육친애를 통해 분단 상황의 고통스러움을 형상화해내는 박완서 소설의 한 근간을 이루고 있는 작품이기도 하다.

작가의 고향 개풍쯤으로 짐작되는 곳에 너우네 아저씨라는 사람이 있다. 형이 죽은 후 장조카를 거둬 키웠다. 아들과 명백하게 층하를 두어 키울 정도로 장조카에 대한 성의는 극진했고 그것이 그의 자랑이었다. 전쟁이 터지고, 1·4 후퇴 때 한 사람밖에 동반할 수 없는 상황에서 그는 당연하다는 듯 장조카를 택해 피난을 내려왔다. 예상 못 한 것이었지만 가족과는 그것으로 생이별이었다. 아들 대신 조카를 데려온 행위는 동향인들의 칭찬의 대상이었고 그 자신의 자랑이었다. 그러나 이제 그는, 부자로 잘살고 있는 장조카 부부의 외면 속에 홀로 자리보전을 한 채 죽음을 기다리고 있다. 그의 아들과 절친한 친구였던 소설의 화자는 그를 방문한다. 사람을 알아보지도 못하고 말도 못 하는 그에게 화자는 자기를 알아보겠느냐고 거듭 소리쳐 묻는다. 그리고 그 다음 장면이다.

이윽고 아저씨의 손에 힘이 쥐어지는 듯하더니 입놀림이 확실해졌다. 나는 그의 멍청하던 눈에 그윽한 환희가 어리는 걸 똑똑히 보았고 그의 입이 말하는 소리를 분명히 들었다.

"은표야. 아아, 은표야."

아저씨는 그렇게 말하고 있었다. 나는 아저씨가 그의 아들을 뿌리치고 대신 조카를 데리고 피난 내려온 뒤 한 번도 아들의 이름을 입에 올리는 걸 들은 적이 없었다. 은표의 단짝이었던 나를 보면 은표도 어느 하늘 밑에 죽지 않고 살았으면 저만할 텐데 하고 비감하는 눈치라도 보일 법한데 한 번도 그런 적조차 없었다. 그는 아들을 뿌리침과 동시에 아들의 이름까지 잊어버렸을 뿐더러 아예 기억에서 지우고 사는 사람 같았다. 아들 대신 장조카 데리고 피난 나왔다고 자랑할 때의 아들도 보통명사로서의 아들이지 은표라는 고유명사로서의 아들이 아니었다.

그가 처음으로 입에 올린 은표 소리는 나만 겨우 알아들을 만큼 희미했다. 그러나 내 귀엔 억장이 무너지는 소리로 들렸다. 그는 사력을 다해 억장이 무너지는 소리를 내고 있었다. 아아, 삼십여 년 전 은표 어머니의 억장이 무너지는 소리는 이제서야 앙갚음을 완수한 것이다.(320~321쪽)

소설의 화자는 피난 내려올 때 은표 아버지를 소리쳐 부르던 은표 엄마의 처절했던 울음소리를 들었었다. 그 소리를 기억하고 있었기 때문에, 늘 장조카를 앞세워 자랑거리로 삼는 너우네 아저씨의 저 철저한 언행이 허세에 지나지 않는다는 것, 가짜라는 것을 알고 있었고 반드시 진실이 드러나는 것을 보겠다고 다짐을 했었다. 이제 그것이 드러나고 있는 것이다.

여기에서 주목되는 것은 「아저씨의 훈장」이 드러내 보여주는, 그 어떤 허구적이거나 지적인 조작에 의해 만들어내기 어려운 사소설적인 절실함이다. 이는 한국전쟁과 분단 상황을 사적인 체험으로 절실하게 받아들인 세대만이 도달할 수 있는 한국 소설의 한 진경이 아닐 수 없다. 죽음 직전의 상태에서, 박완서의 소설에서 왕왕 모습을 보이는, 의식과 무의식의 경계가 허물어져 있는 상태에서, 전쟁으로 헤어져버린 아들의 이름을 쥐어짜듯이 간절하게 부르고 있는 장면 그 자체의 절실함만이 홀로 우뚝하다. 이에 비하면, 너우네 아저씨가 조끼에 주렁주렁 달고 장사 다니던 자물쇠들이 예전엔 영락없이 대단한 훈장 같았는데 지금 보니 그냥 자물쇠일 뿐이더라 하는 식의, 허세에 대한 비판이랄지 진실 드러내기라 할 수 있는 구성이나, 너우네 아저씨를 외면하고 있는 장조카 부부에 대한 비판적인 시선 등도 현저히 부차적이다. 아들을 못

보고 눈을 감아야 하는 부모의 통한이 너무도 핍절하게 묘사되어 있는 것이다.

3-3. 주부의 바람기와 일하는 여자의 당당함

박완서의 소설이 보여주는 또하나의 뚜렷한 특징은 여성성에 대한 문제의식이다. 그가 여성 문제를 다루는 방식은 두 가지이다. 하나는 여성에 대한 사회적 문화적 불평등에 대한 비판이고, 다른 하나는 여성의 심리에 대한 묘사다. 앞의 것은, 중년 여성의 이혼 문제를 다룬 장편 『살아 있는 날의 시작』(1980)이나 아들을 빼앗기지 않기 위해 외로운 싸움을 하는 여성의 모습을 그린 장편 『그대 아직 꿈꾸고 있는가』(1989) 등을 통해 널리 알려져 있으며, 이 책에서도 삼대에 걸친 여성 수난사를 간략하게 다룬 「아직 끝나지 않은 음모 1~3」(1979)에서 그 일단을 보이고 있다. 그리고 뒤의 것은 박완서의 득의의 영역이라 할 수 있는 것으로, 특히 여성의 비밀스런 성적 욕망이나 기혼 여성들이 느끼는 바람기와 같은 아슬아슬한 심리적 드라마 또는 늙은 여자들이 자신의 몸을 보면서 느끼는 심리에 대한 묘사 등이 압권이다. 박완서는 비밀의 정원이었던 여성의 성적 욕망과 환상을 시원시원하게 관통해버린다. 이 책에서는 「무중霧中」 「로열 박스」(1982) 「꽃 지고 잎 피고」(1981) 등에서 여성들의 성적 환상이 묘사되어 있는데, 그중에서도 남편을 정신병원에 보내고 홀로 지내는 부잣집 며느리의 심사가 드러나 있는 「로열 박스」의 경우가 뛰어나 보인다.

소설의 초점인물 선희는 장발의 청년과 함께 탄 엘리베이터에서 순간적으로 스쳐가는 외설스런 생각에 민망해진다. 다음 순간 "외설스런 생각 때문에 그녀는 전체적으로 쌀쌀하고 품위 있어졌다. 그 일은 또 안 일어나고 말았어. 그녀는 자기 집 열쇠구멍에 열쇠를 밀어넣으며 중얼거렸다. 그녀는 남자와 단둘이 엘리베이터를 탈 때마다 정전이 되어 그 속에 단둘이 갇히게 되는 사고를 예상하는 고약한 버릇이 있었다. 같이 타는 남자에 따라 그것은 기대도 됐다가 두려움도 됐다가 했다". 이와 같은 방식의, 여성 심리의 이중성에 대한 묘사가 박완서의 소설에서 돋보이는 대목들이다. 남편의 정신과 치료를 위해 선희도 의사와 면담을 해야 했다. 그 면담중 그들 부부의 정서 생활이나 성 생활에 대한 문답이 오고가고, 그 와중에 남편과 함께 섹스를 하던 중 다른 남자 생각을 한 적이 없느냐는 질문에, 냉소적인 선희는 아무렇지도 않게 알랑 들롱이라고 말해버린다. 그 장면을 회고하는 대목이다.

하긴 남편에게 안겨서 딴 외간 남자를 생각함으로써 쾌락을 한결 진하게 만든 적이 있었던 것도 같다. 그렇지만 그게 알랑 들롱이었을 리는 없다. 그녀는 평소 알랑 들롱을 좋아하지 않았다. 그렇다면 알랑 들롱의 이름을 빌려 은폐하고자 한 정작 그것은 무엇이었을까? 그것은 잘못 걸려온 전화 목소리의 감각적인 허스키, 정원 손질을 하다 말고 그녀가 내민 콜라를 받아 병째 벌컥벌컥 들이켜던 정원사의 건강하고 억센 손, 쓸쓸한 가을날 담배 냄새를 은은히 풍기며 그녀 옆을 스친 바바리 입은 남자의 우울한 실루엣, 온몸으로 젊음을 강한 체취처럼 풍기며 아침마다 달리기를 하던 이웃집 총각의 건각(健脚), 꽤 괜찮게 생겼다 싶어 지나치고 나서 되돌아보니 그 역시 되돌아보며 무심히 웃어준 신사의 따뜻한 인상, 몇 번 말을 물어도 못 알아듣고 제 일에 열중하고 있던 어떤 연구실 조교의 냉철하면서도 열정적인 눈빛…… 그녀의 무료한 일상을 순간적으로 빛내면서 지나간 이런 매혹들을 통틀은 것, 아니면 그 짜릿한 성적 감수성의 비밀 같은 것 아니었을까.(246~247쪽)

이런 방식으로 포착되는 여성의 성적 환상이 「꽃 지고 잎 피고」에서는 전형적인 중산층 가정주부의 심리를 통해 좀더 구체적으로 표현되고 있다. 「로열 박스」에서는 혼자 남겨진 여자의 추상적이고 맹목적인 형태의 성적 환상이 문제적이었던 데 비해, 여기에서는 사무적인 일로 만나야 하는 남편의 친구라는 구체적인 상대가 있고 그와의 접촉을 통해 생겨나는 미묘한 설렘과 비밀스런 감정의 동요나 기복 등이 문제적이다. 남편이 쓴 외간 남자라는 말에 "돌연하고 신선한 전율"을 느끼고, 그 짜릿한 느낌을 은밀하게 음미하기도 하며, 아주 구체적인 성적 상상에 빠지기도 하는, 유치원에 다니는 아들을 두고 있는 전업주부 형선의 저러한 설렘을 박완서는 별다른 가치 판단 없이 사실적으로 묘사한다. 그리고 그 반대편에는 일하는 여성의 당당함을 맞세워놓는다.

형선이 외간 남자라는 느낌으로 설레며 만났던 남편의 친구 석철에게는 공예점을 하는 부인이 있다. 그와 함께 공예점에서 만난 그 부인은 이른바 '여자끼'를 풍기지 않는, 중성적이고 털털하고 수더분하여 남자의 손위 누이처럼 느껴지는 사람이다. 그들은 "서로 좋아하고 신뢰하는 사이의 두터운 우정 같은 게 느껴지는 부부"로 보여 부럽고 샘이 난다. 이런 대조를 통해 박완서가 드러내고자 하는 바는 명백하다. 전업주부 형선은 그들에게 부끄럽고 민망한 마음을 가지게 되고, 그런 마음의 형선에게 석철은 일을 해보라고 권한다. 소설의 말미에 놓여 있는 그 권유의 말은 석철의 것이 아니라 흡사 작가 자신의 것처럼 들린다. 일하는 여자의 당당함을 맞세움으로써 중산층 여성의 바람기를 부끄러운 것으로 만들고, 부끄러워하는 여자에게 일을 가져보라고 작가 스스로가 따스한 어조로 권유하고 있는 형국인 셈이다.

그러나 이런 결말에도 불구하고, 여기에서 묘사되고 있는 중산층 주부가 느끼는 탈일상에의 충동은 그 자체로 강력한 호소력을 지니고 있다. 이런 점에서 우리는 작가 박완서가 지니고 있는 탁월한 풍속화가로서의 면모를 확인할 수 있게 된다. 그가 지니고 있는 사회적 모럴리스트의 면모가 그의 소설에서 뼈대와 정신의 역할을 한다면 풍속화가로서의 그것은 풍부하고 다양한 서사적 육체를 제공한다. 그의 소설이 강강한 정신성을 가지고 있으면서도 특정한 이념적 편향이나 정신을 앞세운 문학이 왕왕 초래하는 폐쇄성을 보여주지 않는 것은 그 풍부한 육체 때문이다. 그것이 그의 소설을 살아 있게 만드는 힘이다.

4. 맺음말

지금까지 박완서의 소설세계를 단편소설들을 중심으로 살펴보았다. 사람다운 삶에 대한 갈망이라고 했으나 그것은 유독 박완서만이 아니라 작가라면 누구에게나 해당되는 것일 터이다. 그럼에도 그의 소설세계에 대해 이런 표현을 쓴 것은 그의 세계가 밑그림으로 지니고 있는, 일상적 삶의 저 다양하고 풍부한 표정 때문이다. 저만큼 풍요롭게 일상적 삶을 묘사한 작가가 우리 소설사에서 누가 또 있을까. 아마도 염상섭 정도를 들 수 있지 않을까. 게다가 박완서는 아직도 현역이다.

마흔의 나이로 등단한 그는 흔히 늦깎이 작가의 대명사처럼 불려왔다. 고희를 코앞에 두고 있는 현재까지도 여전히 현역이다. 명색만 현역인 것이 아니라 왕성한 현역이다. 최근에 나온 그의 새로운 창작집은 점입가경이다. 한 인터뷰에서(『문학동네』 1999년 여름호) 그는 앞으로도 두 편의 장편소설을 염두에 두고 있다고 했다. 짐작건대 두 편이란 어느 정도 그림이 그려져 있는 것만을 지칭하는 것일 터이다. 집요한 장인정신이라는 점에서도 박완서는 저 초기문학의 거장을 닮았다. 박완서를 가지고 있다는 것은 한국 소설사의 대단한 행운이 아닐 수 없다.

(1999)

『봄날』에 이르는 길
—임철우론

1. 임철우 소설의 원점

1980년 5월의 광주항쟁을 정면으로 다룬 장편 『봄날』(1998)[1)]이 다섯 권으로 완간되었다. 임철우가 등단한 지 십칠 년, 그리고 광주항쟁으로부터는 십팔 년이 되는 해의 일이다. 이제야 비로소 우리는 임철우의 세계를 완료형으로 말할 수 있게 되었다.

어느 작가에게나, 소설로 끝장을 보겠다고 결심하는 순간 반드시 써낼 것이라 마음먹는 것이 하나쯤은 있게 마련이다. 가족이나 고향의 이야기라든지 유년이나 청년기의 상처와 같이 소재적인 차원일 수도 있고, 작가적 야심의 매개체 구실을 한 특정한 작가나 작품을 넘어서겠다는 구체적인 의지의 표현일 수도, 불멸에 대한 욕망이나 미학적 야심과도 같은 추상적인 충동의 소산일 수도 있다. 물론 대개의 경우 이런 초

1) 이 글에서 인용되는 임철우의 텍스트는 다음과 같다. 인용할 경우 본문에 쪽수만 밝힌다. 『아버지의 땅』, 문학과지성사, 1984 ; 『그리운 남쪽』, 문학과지성사, 1985 ; 『봄날』 1~5, 문학과지성사, 1998.

발심은 운명의 모습을 하고 있어, 작가의 길로 이끈 마성의 힘이 고도로 응축되어 있을 때 모습을 드러내기 마련이다. 이는 한 작가에 있어서 향후의 발전 가능성을 담고 있는 원천이나 서사적 감수성의 원점과도 같은 것이라서, 우리는 이를 통해 작가적 원체험의 절실함이나, 소설쓰기와 연관되어 있는, 채 정련되지 않은 욕망의 알몸을 엿볼 수 있으며, 이들을 들여다보는 것은 한 정신의 자연사를 더듬어보는 일에 해당된다. 물론 진정한 작가로서의 승부는 그 다음에야 가능하다. 누구나 삶의 어느 한 시점에 있어서 절실한 매듭이 없을 수 없듯이, 어느 작가도 사정은 마찬가지다. 최초의 매듭을 형상화하는 것은 일종의 순간적인 배설이나 토설과도 같은 것, 작가로서의 통과제의에 해당되는 것일 뿐이며, 정작으로 문제가 되는 것은 그 이후부터 시작되는 서사적 생산력이나 문제 구성력의 지속성이기 때문이다. 그러나 이런 경우에 있어서도, 서사적 원점의 영역을 크게 벗어나기는 어렵다. 한 작가에게 있어서 서사적 문제설정의 중심 역할을 하는 것, 출발점이면서 동시에 궁극적인 지향점으로 존재하고 있는 것, 이를 일러 우리는 지금 원점이라 부르고 있는 셈이다.

임철우의 세계에 있어 이런 뜻의 원점이라 한다면, 말할 것도 없이 5월 광주를 들어야 할 것이다. 이런 진술은 물론 새삼스러운 것이다. 임철우는, 1980년대라는 저 활화산과도 같은 시대의 한복판을 가로지르며 지속적으로 광주 문제의 형상화에 매진해온 유일한 작가이며, 바로 이런 점으로 인해 1980년대를 대표하는 작가의 한 사람으로 평가받았기 때문이다. 실제로 1980년대 초중반에 그가 써낸 중단편들은 신음 소리로 가득 차 있다. 비명도 아우성도 아니다. 입이 틀어막힌 상태에서 흘러나오는 신음 소리다. 모든 나무상자가 관으로 보이고, 냇물에 떠내려오는 꽃잎 같은 분홍빛 조각들이 아이들의 손톱인 세계, 처처에 시취가 물큰거리고, 스스로를 용서하지 못하는 살아남은 사람들이 자신의 정신을 파괴하는 세계, 거듭되는 악몽의 세계, 뚜벅거리는 발자국은 모두 군화 소리이고 모든 건장한 체격의 남자들이 공포로 다가오는 세계, 무기력한 아버지와 미쳐버린 어머니, 죽어가는 아들들의 세계다. 광주는 그 세계의 한가운데 우뚝 솟아 있는 상징의 성채다. 1980년대 임철우가 들려준 광주의 이야기는 그렇게 우의적이고 그로테스크한 색채를 지니고 있었다. 당연한 일이다. 1980년대 중반까지의 정치적 상황은 그 누구에게도 광주 문제에 대한 전면적인 접근을 용인하지 않았기 때문이다.

그러나 우리가 정작 강조하고자 하는 것은, 임철우의 소설세계에 있어 광주가 단지 소재적인 중요성만을 의미하는 것은 아니라는 점이다. 임철우의 소설에 있어 광주가 서사적 원점에 해당된다고 한 것도 그 때문이다. 단적으로 말하자면, 임철우의 세계에서 광주는 중요한 소재일 뿐 아니라, 서사적 감수성과 서사적 세계상까지를 제공하는 근본적인 토대다. 그에게 1980년 광주의 체험은 일종의 불의 세례였던 것으로 보인다. 그는 1980년 5월을 전남대 영문과의 복학생이라는 신분으로 광주에서 보냈다. 그가 그 봄날의 열흘을 어떻게 보냈는지 자세히는 알 수가 없다. 몇몇 자료에서 보이는 그의 소략한 진술에 따르면, 평범한 대학생이 할 수 있는 정도였을 것이라 추측할 수 있다. 그러나 구태여 그를 심문해보지 않더라도 우리는 능히 알 수 있다. 그가 써낸 소설 자체가 그런 고백의 기록이기 때문이다. 물론 이는 소설의 서사를 두고 하는 말이 아니다. 그것은 체험에 바탕을 둔 것일 뿐 다분히 허구에 의존하는 것이다. 그 가공의 세계에서 드러나는 내면의 진실이란 소설 속의 인물들이 내비치고 있는 절실하고 핍진한 속내를 두고 하는 말이다. 『아버지의 땅』(1984)에서 시작하여 『그리운 남쪽』(1985)과 『달빛 밟기』(1987)를 거쳐 『물 그림자』(1991)에 이르는 네 권의 작품집 자체가 이에 대한 최상의 텍스트다. 이를 통해 우리는, 광주를 대하는 작가 임철우의 태도를, 그리고 그의 광주 체험이 어떻게 그를 작가로 만들었으며 그로 하여금 자신만의 독특한 서사적 문법과 감수성을 체득게 하였는지를 넉넉하게 헤아려볼 수 있다.

임철우의 소설세계에는, 광주 못지않게 중요한 비중을 차지하고 있는 낙일도라는 의미공간이 있다는 사실 또한 지적되어야 할 것이다. 낙일도란 그의 실제 고향인 평일도의 다른 이름이며, 『붉은 산, 흰 새』(1990)나 『그 섬에 가고 싶다』(1991), 「붉은 방」(1988), 「물 그림자」(1990) 등의 무대이고, 그 자체로 하나의 모티프 구실을 한다. 그의 세계에서 낙일도는 일차적으로, 분단의 비극이 깃들어 있는 곳으로 형상화된다. 이는 「곡두 운동회」나 「물 그림자」 등에서 단편적으로 드러나고 있으며, 『봄날』의 전편 격으로 씌어진 『붉은 산, 흰 새』에서는 좀더 상세하게 묘사되고 있다. 그렇다고 무슨 대단한 이념의 갈등을 다루고 있는 것은 아니다. 전쟁이라는 상황 속에서 격화된 이데올로기적 갈등이 어떻게 사람을 야수로 만들었으며 그로 인해 사람들이 어떻게 상처받았는지, 그리고 그 상처가 어떤 방식으로 현재에 이르기까지 힘을 행사하고 있는지에 관한 이야기들이다. 따라서 이 이야기들의 중심을 이루는 것은 무자비하고 야만적으로 살육당하는 사람들의 처참한 모습이다. 무차별적으로 난사당하고 밤바다로 끌려가 수장당하는 장면들의 참혹함이 작품 전체를 지배하고 있는 것이다. 이런 모습의 낙일도는 정서적 환기력이라는 측면에서 본다면 광주의 경우와 크게 다르지 않은 위상을 가지고 있다. 말하자면 『붉은 산, 흰 새』 등의 낙일도는 광주의 부속섬인 셈이다.

그러나 『그 섬에 가고 싶다』의 낙일도는 어떠한가. 아웅다웅 다투고 사랑하며 살아가는 평범한 섬마을 사람들의, 천진하고 서정적이며 유머러스한 이야기의 무대로 돌연 변해 있는 것이 아닌가. 『등대 아래서 휘파람』(1993)과 짝을 이루며 그의 성장 체험을 다루고 있는 장편 『그 섬에 가고 싶다』는 이런 점에서, 1980년대에도 간간이 모습을 보였던 「사평역」(1983)이나 「달빛 밟기」(1987) 등과 같이 서정적인 작품과 같은 맥락에 있는 것이라 할 수 있다. 고향 사람들의 살림살이를 떠올리며, 사람은 별이라는 할머니의 말을 고스란히 딸에게 물려주고 있는 삼십대 후반의 착한 사내, 어쩌면 이것이야말로 임철우 자신의 본디 모습일는지도 모른다. 5월 광주라는 불의 세례가 없었더라면, 우리는 이 착한 심성의 작가가 들려주는 따스한 유머와 잔잔한 서정의 세계를 만끽할 수 있었을지도 모른다. 그러나 이는 호사스런 가정에 불과할 뿐이다. 그는 5월 광주라는 질풍노도의 한복판에 있었고 작가가 되었고 우리는 지금 『봄날』을 마주하고 있다. 『봄날』을 이미 읽었거나, '불의 얼굴' 이라는 제목으로 연재된 바 있던 그 앞 대목을 읽은 적이 있는 독자라면, 아마도 『그 섬에 가고 싶다』나 『등대 아래서 휘파람』과도 같은 소설의 존재 이유를 이해할 수 있을지도 모르겠다. 전편 격인 『붉은 산, 흰 새』의 연재가 시작된 후 『봄날』이 완간되기까지는 만 십 년의 시간이 필요했다. 그 기간 동안 임철우는 소설가가 아니라 무당이었다. 십팔 년 전에 산화한 광주의 외로운 혼령들에게 그는 육신과 목소리를 빌려주었다. 비참하게 숨져간 그들과의 대화가 얼마나 곤혹스런 일이었을지는, 광주항쟁 자료집이나 증언록 등을 한 권이라도 읽어본 사람이라면 능히 짐작할 수 있을 것이다. 그 사이에 놓여 있는 『그 섬에 가고 싶다』나 『등대 아래서 휘파람』 같은 아름다운 휴지부는 그래서 불가피했는지도 모른다.

광주를 향해 출발한 그의 여정은 『봄날』에 이르러 겨우 한 단락에 이르렀다. 여정이라는 말은 옳지 않을 수도 있다. 출발점에서 한 발짝도 움직이지 않고 있는 형국이기 때문이다. 『그 섬에 가고 싶다』의 저 아름다운 섬 낙일도가 임철우를 작가로 만들었을 수도 있다. 그러나 그 작가를 임철우로 만든 것, 임철우로 하여금 그 섬에 깃들어 있는 비극을 발견하게 한 것은 바로 광주라 해야 할 것으로 보인다. 따라서 그의 광주는 낙일도까지 끌어안고 있다고, 『그 섬에 가고 싶다』의 낙일도조차 광주의 소산이라고 할 수도 있을 것이다.

그런 흐름의 한 정점에 해당되는 『봄날』은, 광주항쟁을 정면으로 다루고자 하는 최초의 소설적 시도라는 사실 자체만으로도 기념비적이다. 그것은, 광주의 비극을 자신의 것으로 절실하게 받아들인 사람만이 감당해야 하고 누릴 수 있는 신역이자 영예다. 이제, 임철우의 소설 세계가 가지고 있는 이런 문제성들을 점검하면서 『봄날』에 이르는 그 짧지 않은 시간의 풍경들을 더듬어보자.

2. '광주 정서'의 양가성

1980년대 중반까지 광주는 정치적 금기의 상징이었다. 12·12 쿠데타와 5·18 광주 만행을 통해 집권한 신군부 세력들에게 있어, 광주는 자신들의 정치적 정당성에 치명타를 가할 수 있는 뇌관이었다. 불법 체포와 구금, 언론에 대한 폭압적 통제, 조작적인 이데올로기 공세 등을 통해서만 그들은 권력을 유지할 수 있었기에, 판도라의 상자 격이었던 광주의 진상에 대한 통제는 철저했다. 임철우는 그 가혹했던 시절, 광주라는 금지된 상징의 성채를 향해 접근해갔던 거의 유일한 작가였다. 물론 그의 접근은 우회적이었고 조심스러울 수밖에 없었으나 그것만으로도 임철우는 주목의 대상일 수 있었다. 무엇이 그로 하여금 그런 시도를 감행케 했는가.

1980년 5월의 광주항쟁은 1950년의 한국전쟁과 더불어 20세기 후반 한국 근대사에서 발생한 가장 비극적인 사건 중의 하나다. 후자가 동서 대립과 이념의 갈등이라는 당대의 세계사적인 상황으로부터 촉발된 것이라면, 전자는 군부독재 세력의 만행과 그에 따른 시민들의 저항의 양상을 보이고 있으며, 양민학살과 내전이라는 양상을 동반하고 있다는 점에서 정확하게 제3세계적 상황의 산물이라 할 수 있다. 이 둘은 이런 차이에도 불구하고, 합리성의 영역 바깥에서 발생한 비극이라는 점에서 현재까지도 여전히 여진이 남아 있는 심장한 충격 경험으로 존재하고 있다.

물론 규모로 보자면, 지역적으로 국한된 광주의 경험은, 국제적 전면전이었던 한국전쟁에 비할 바가 못 된다. 그럼에도 충격의 강도로 보자면, 광주의 경험은 결코 한국전쟁의 경우보다 못하지 않다. 상황의 피해자가 되어버린 일상인의 감각에서 볼 때, 한국전쟁의 충격은 그 엄청난 규모에도 불구하고, 현대적인 전쟁 일반이 초래할 수 있는 일종의 천재지변이었다는 식의 체념으로 합리화될 여지가 남아 있다. 그러나 광주의 경우는 사정이 다르다. 외부를 겨냥하고 있어야 할 군대의 무력이 자국의 시민들을 향해, 그것도 매우 구체적이고 야만적이며 집중적으로 퍼부어졌다는 점, 더욱이 이런 사태가 항쟁 기간 동안 외부 세계에 정확하게 전달되지 않았음은 물론이며, 그 이후 5공화국 칠 년 동안이나 불순분자들의 무장난동이라는 식으로 왜곡되어 있었다는 점 등에서 그렇다. 광주 경험의 충격은 한국전쟁의 경우와는 달리 어떤 방식으로건 내적 합리화가 불가능하며, 따라서 피해자의 입장에서 감당해야 할 충격이나 감정의 밀도는 광주의 경우가 오히려 더하다고도 할 수 있을 것이다. 요컨대 내적 합리화가 불가능했던 이같은 충격 경험은 지역적 국지성으로 인해 더욱 증폭되었고 그것이 이른바 광주 정서라는 심리적 현상을 만들어냈던 셈이다.

임철우는 그런 광주 정서의 한복판에서 작가로 성장했다. 이는 그의 소설세계 자체가 명백하게 보여주고 있다. 광주 정서라는 것도, 모든 심리적 현상이 그렇듯이 다분히 복합적이고 다층적일 수밖에 없다. 그 세부 사항에 관해서는 논리적인 추론보다는 임철우의 소설세계를 통해 역으로 조명해보는 것이 오히려 더 나을 것이다. 일차적으로, 그의 첫 번째 창작집 『아버지의 땅』은 이를 위한 좋은 텍스트로 보인다.

『아버지의 땅』은 정치적 상황이 가장 혹독했을 때 발표된 열한 편의 단편을 싣고 있다. 이중 광주를 소재로 한 작품은 한 편도 없다. 이 책에 수록된 작품들은 광주항쟁 이듬해인 1981년부터 삼 년 동안에 걸쳐 발표된 작품들임에도 그렇다. 실제로 광주를 소재로 한 작품이 등장하는 것은 「동행」 「불임기」 「봄날」 「사산하는 여름」 등이 실린 두번째 창작집부터다. 그렇다면 숨어 있는 것이 아닐까. 이런 생각으로 열한 편의 작품을 읽는다면 이제는 어느 한 편 남김없이 광주에 대한 이야기로 읽힌다. 비유나 상징을 통해 광주가 등장했다는 말은 아니다. 등장인물들의 내면에서 표출되고 있는 정서와 세계상, 곧 작가의 서사적 감수성이 그렇다는 것이다. 따라서 텍스트 곳곳에 산개되어 있는 이러한 정서를 읽는 것은, 곧 광주 정서의 세부 사항들을 읽어내는 일에 다름아닐 것이며, 또한 역으로 광주 정서가 첫걸음을 시작한 임철우의 서사적 감수성에 어떤 영향을 미쳤는지를 검토해보는 일이기도 할 것이다.

『아버지의 땅』의 세계를 지배하고 있는 가장 압도적인 이미지는 죽음이다. 죽음으로 얼룩져 있고 상처로 일그러져 있는 세계, 그럼에도 그 상처를 내보이지 못하고 안으로 간직하고 있는, 그래서 더러는 미쳐가고 더러는 자괴감으로 스스로의 정체성을 부정해버리는, 두렵고 어둡고 불길한 세계다. 이 세계에서 인물들이 보여주고 있는 가장 현저한 심리적 반응은 죄의식이다. 이는 자책감이나 수치심, 부끄러움, 자괴감 등으로 변주되고, 더러는 납득하기 어려울 정도로 강력하게 솟구쳐나와 서사 전체의 균형을 파괴해버리기도 한다.

그의 등단작은 1981년 서울신문 신춘문예에 당선된 단편 「개도둑」이다. 같은 해에 그는 「그들의 새벽」과 「뒤안에는 바람 소리」 등 두 편을 더 발표했다. 이 세 편은 모두 상이한 배경과 이야기를 다루고 있다. 그럼에도 불구하고 이 세 편에서 공통적으로 드러나고 있는 것은 바로 그 죄책감이다. 먼저 「개도둑」의 경우를 보자.

「개도둑」의 주인공은 도시에서 역무원 노릇을 하는 서른 넘은 총각이다. 아버지는 그가 어릴 적 실성을 하여 노상에서 횡사했고, 어머니는 출분해버렸다. 이 모든 것들이 그가 세 살 이전에 일어난 일이어서 부모의 얼굴조차 기억하지 못한다. 졸지에 고아가 된 신세를 백부 집에 의탁할 수밖에 없었던 한심한 처지로 자랐다. 이제는 철도청 직원이 되어 도시에 나와 있으나, 삼 년이 넘은 매표소 창구지기 노릇에 신물이 나고, 변변한 신부감 하나 없어 외로움에 지쳐 있다. 그런 사내에게 난데없는 개 한 마리가 나타난다. 하숙집으로 가는 골목길에서, 대문 밖에 갇혀 안으로 들어가지 못한 채 비를 맞고 있는 초라한 개 한 마리와 마주친 것이다. 성실한 공무원답게 그는 초인종을 눌러 개를 들여보냈다. 그런데 같은 일이 사흘 걸러 한 번씩 되풀이되어 개가 그를 알아보고 기다릴 정도가 된다. 이 심약한 사내는 개와의 만남이 까닭 모르게 싫어져 골목길을 피하게 된다. 그것이 벌써 일 년 전의 일이다.

지금 그는 또 하숙으로 돌아가는 쓸쓸한 퇴근길에 섰다. 낮에 고향의 백부로부터 편지를 받았다. 아버지의 묘가 홍수로 떠내려가버렸다는 것, 그래서 속히 고향에 들러달라는 내용이었다. 하숙으로 돌아가는 심란한 그에게 돌연, 빗속에서 떨고 있던 그 개의 모습이 떠오르고 애처롭던 개의 눈동자가 시야를 괴롭힌다. 그리고 어린 날 자신의 실수로 난 산불이 아버지의 묘지에 옮겨붙던 장면이 생생하게 살아나온다. 지금도 그날처럼 비가 내리고 있다. 어떻게 할 것인가. 개가 있었던 골목길로 갈 것인가, 개를 피해다녔던 큰길로 갈 것인가. 우리의 주인공은 갑작스레 마음을 바꾸어 골목길로 접어든다. 그리고 소설처럼, 일 년 전 보았던 그 모습 그대로의 개를 만난다. 어둠 속에 도사리고 있는 그 개의 눈빛이 흡사 아버지의 눈빛처럼 보여 와락 개를 끌어안고 골목 안을 내쳐 달려나간다.

이것이 임철우의 데뷔작의 모습이다. 일상의 이야기치곤 너무나 돌연한 결말이 아닐 수 없다. 무엇 때문에 임철우는 이와 같이 돌연한 결말을 끌어내야 했을까. 심약하고 내성적인 주인공으로 하여금 왜 갑작스레 개에게 격렬한 애정을 쏟아붓게 했을까. 임철우는 화자의 심리묘사를 통해, 주인공이 느끼는 죄의식 때문이라 말하고 있다. 그가 느끼는 죄의식이란 일차적으로 개에 대한 것, 곧 자기를 기다리고 있을 개를 피해 비겁하게도 도망다녔다는 생각이다. 그리고 이 죄의식은 좀더 근본적인 것, 아버지와 고향을 향한 것으로 연결되어 있다. 오랫동안 고향을 찾지 않았다든지, 어릴 적 실수로 아버지의 무덤의 풀을 태워버렸다든지 하는 것 등이다. 그러나 이런 것만으로는 화자가 느끼는 죄의식을 독자들에게 납득시키기에 충분치가 않다. 그럼에도 불구하고 임철우는 독자들에게 강변하고 있다. 화자에게 아버지와 개는 한 몸이며, 그는 아버지와 개를 배반했다고, 그러므로 그는 죄의식을 느끼고 있다고.

물론 이 소설에서 사내의 성격이나 행동, 개 이야기 따위는 그다지 중요한 것이 아닐 수도 있다. 표면의 이야기만으로는 쉽게 납득하기가 어렵지만, 스스로 그 누군가를 배신했다는, 좀더 정확하게 말하자면 그 어떤 골치 아픈 문제를 회피해버렸다는 식의 의식이, 그리고 이와 더불어 불행한 유년기의 상처의 기억들과, 역무원으로 살아가는 현재적 일상의 우울과 답답함이 그 무엇보다 선명하고 생생하게 드러나 있기 때문이다. 요컨대 이 소설에서 임철우가 강조하고자 하는 것은 주인공의 심리를 통해 나타나는 죄의식과 상처의 기억들이지 소설의 전면에 나타나 있는 구체적인 모티프나 이야기가 아닐 수도 있다는 것이다.

이런 사정은 「그들의 새벽」의 경우에서도 크게 다르지 않다. 「그들의 새벽」은 도시 변두리의 단독주택을 배경으로 하여 벌어지는 기이한 사건을 소재로 하고 있다. 여자들만 사는 집의 비어 있는 이층에 신원을 알 수 없는 괴한들이 밤마다 찾아온다. 한밤중의 침입자들은 아래층에 있는 사람들을 무시하듯이 당당하게 인기척을 내며 돌아다닌다. 그러나 사건은 그뿐으로, 이 집에서는 그 어떤 난폭한 일도 벌어지지 않는다. 단지 그 동네의 여러 집에서 밤강도 사건이 속출하고 있을 뿐이다. 이런 상황 속에서 소설의 초점은, 다섯 살 난 어린 아들과 함께 그들의 존재에 공포감을 느껴야 하는 젊은 안주인의 심사에 맞추어진다. 계속 반복되는 그러한 상황 속에서 여자는 진저리를 치고, 그런 상황에 적극적으로 대응하지 못하는 자신의 모습에 대해 부끄러움과 수치감을 느끼고, 마침내는 죄의식까지 느끼게 된다. 괴한들에게 적극적으로 대처하지 못하는 자신을 일종의 공범이라고까지 생각하게 되는 것이다.

그러나 여기에서도 석연치 않은 점이 있다. 여자는 무도한 괴한들을 물리치기 위해 나름대로 최선을 다했다. 경찰에도 알렸고 주말마다 귀가하는 남편에게도 호소했다. 그럼에도 불구하고 여자가 왜 죄의식까지 느껴야 하는가. 소설의 말미를 보자. 오늘은 기필코 괴한들의 정체를 확인하겠다던 남편은 어느덧 잠이 들고, 여자도 잠이 든다. 그 사이 다시 괴한들의 발소리가 들리고, 어린 아들이 여자를 깨운다. 그 다음 장면에 대한 묘사는 다음과 같다 : "순간 그녀는 어둠 속에서 초롱초롱 눈을 굴리고 있는 다섯 살 난 아들의 작은 몸뚱이를 세차게 끌어안았다. 그들이 잠에 곯아떨어져버린 시각에 아이는 혼자 깨어 발소리를 지키고 있었으리라. 아아, 용서하라. 용서하라 아들아. 절규하듯 그녀는 아이를 껴안은 팔에 으스러져라 힘을 주었다."(『아버지의 땅』, 83~84쪽) 말하자면 아들을 향한 여자의 부끄러움과 죄의식이 전면으로 부각되고 있는 형국인 셈이다.

이런 점은, 어머니의 죽음을 방치했고 그로 인해 아버지까지 죽게 했다는 소녀의 죄책감을 다루고 있는 「잃어버린 집」(1983)에서도 유사한 방식으로 반복되고 있다. 이 지점에 이르면 임철우가 말하는 저 죄의식과 부끄러움의 정체를 어느 정도는 짐작할 수 있지 않을까. 밤중의 침입자를 주요 모티프로 내세운 「그들의 새벽」의 서사적 설정도, 「개도둑」에서 개를 내세운 것만큼이나 일상의 논리에서 보자면 납득하기 쉽지 않다. 이에 비하면 이 두 소설의 시점인물들이 느끼고 있는 죄의식과 부끄러움은 너무나 선명하고 절실하다. 그렇다면 임철우에게 중요했던 것은 개나 죽은 아버지, 한밤중의 괴한 따위가 아니라 그들을 매개로 하여 형상화되는 바로 그 죄의식과 부끄러움이라고 할 수도 있지 않을까. 바로 그 부끄러움과 죄의식이야말로 작가로서의 출발점에 선 임철우에게 그 어떤 원형적인 것, 서사 전체의 균형을 무너뜨릴 정도로 강력하고 절실한 요소라고 해야 하지 않을까. 좀더 비약하자면, 광주로 상징되는 분단사의 비극을 누구보다 절실하게 받아들인 사람이 느끼는 부끄러움과 죄의식이야말로 작가 임철우로 하여금 소설을 쓰게 한 근본적인 동력이라고 할 수도 있지 않을까.

「뒤안에는 바람 소리」(1981)와, 두번째 창작집 『그리운 남쪽』에 실려 있는 「봄날」(1984)이 지니고 있는 구성적 유사성은 이런 우리의 짐작에 넉넉한 근거를 제공한다. 둘 모두 친구를 배신했다는 죄책감으로 미쳐가는 젊은이들의 이야기다. 「뒤안에는 바람 소리」는 한국전쟁 시절의 낙일도 이야기이고, 「봄날」은 '5월, 그 마지막 날 새벽'의 이야기다. 두 소설의 주인공들은 모두 친구가 밖에서 총에 맞아 죽어가고 있다는 사실을 알면서도 밖으로 나가지 못했다. 어머니 때문이다. 어머니들은 아들들을 살리기 위해 친구들의 목숨을 팔았다. 낙일도의 어머니는 아들의 안전을 위해 친구가 숨어 있는 곳을 경찰에 알렸고, 「봄날」의 어머니는 문을 두드리는 소리를 들으면서도 겁에 질려 문을 열어줄 수 없었다. 그리고 그 사실을 알게 된 아들들은 죄책감으로 미쳐가고 있는 것이다. 「뒤안에는 바람 소리」는, 앞에서 언급한 「개도둑」과 「그들의 새벽」에 연이어 발표된 그의 세번째 단편이다. 삶과 죽음의 경계에서 자신에게 도움을 청해온 친구의 죽음을 목전에 두고 속수무책으로 방관만 해야 했던, 이 소설의 주인공이 느끼는 죄책감과 심리적 갈등에 대해, 앞의 두 경우와는 달리 우리는 얼마든지 수긍하고 납득할 수 있다. 그만큼 절실하고 실감이 있다. 이는 낙일도의 이야기가 아니라 사실은 '5월, 그 마지막 날 새벽'의 이야기, 곧 그대로 광주의 이야기일 것이기 때문이다. 말을 바꾸면 그가 등단 직후 집요하게 묘사해냈던 죄책감이나 부끄러움은 곧 1980년 5월 27일 새벽 도청 진압을 알리는 천둥 같은 총소리를 들으면서도 어둠 속에 웅크리고 있어야 했었을 광주시민들의 심사, 혹은 작가 자신의 심사에 다름아닌 것이다.

소설가로서 첫발을 딛는 임철우에게 있어 광주는 일차적으로 이와 같은 죄책감과 부끄러움으로 표현되고 있다. 그것은 곧 광주 정서가 가지고 있는 근본적인 양가성을 의미하는 것이기도 하다. 어느 이방의 군대보다 잔인했던 계엄군과 그 수뇌들에 대한 격렬한 증오와 분노가 한편에 있지만, 다른 한편에는 순결한 청년들이 탱크와 기관총 앞에 노출되어 있는데도 아무런 대응도 할 수 없었던 그날 새벽의 스스로에 대한 자괴와 가책이 있다. 말하자면 그들은 피해자이면서 동시에 공범이라는 기묘한 위치에 놓여 있는 셈이다. 그러고도 세상은 바뀌지 않았다. 얼마나 죽었는지, 트럭에 실려간 사람들은 어떻게 되었는지 알 수가 없다. 도처에 무성한 소문뿐이다. 그리고 외부의 사람들은 불순분자의 폭동으로만 알고 있다. 심리적 양가성의 갈등이 핵을 이루고 있는 가운데, 이런 상황에 대한 또다른 분노와 좌절, 절망, 배신감, 타인의 심리적 외상에 대한 뜨거운 공감, 상처입은 사람들끼리 은밀하게 공유하는 유대감 등이 상호작용을 통해 고양되어 있는 심리적 상태, 아마도 그것을 우리는 광주 정서라 부를 수 있을 것이다. 임철우에게 있어 그것은 일차적으로 부끄러움과 죄책감으로 표현되었으며, 뒤이어 이런 복합

감정의 다양한 요소들이 펼쳐진다. 이런 점에서 그의 첫 창작집 『아버지의 땅』이 보여주고 있는 세계는 광주 정서의 일차적인 현상 형태라 할 수 있다.

3. 승화된 죄의식으로서의 서정성과 알레고리

임철우의 소설에서 드러나는 부끄러움과 죄의식의 강도는, 신군부의 만행에 대한 분노의 정도를 보여주는 지표이기도 하다. 죄의식의 크기는 그것을 초래한 범죄에 대한 충격 경험과 범죄자들에 대한 분노의 크기에 비례하는 것이기 때문이다. 그러나 그 분노는 물론이고 충격 경험조차 표현할 수 있는 길이 차단되어 있다. 따라서 표현 가능한 것은, 거두절미의 추상적인 모습으로 드러날 수밖에 없는 죄의식뿐이다. 그러나 이는 그 절실성에도 불구하고 뚜렷한 한계를 가질 수밖에 없다. 자칫하면 「뒤안에는 바람 소리」나 「봄날」의 주인공이 그랬듯이 자폐적이고 자기 파괴적인 속성으로 발현될 위험이 있기 때문이며, 더욱이 서사세계에서의 그것은 주관성으로의 과도한 경사로 인해 서사의 궁극적인 지향점인 드넓은 객관세계로의 개진을 제한할 수 있기 때문이다. 그리고 임철우의 세계에 있어 죄의식은 데뷔작 이후의 여러 작품을 통해 이미 출발점으로서의 소임을 충분히 수행했던 것으로 보인다.

이런 정황 속에서 임철우의 서사적 동력이 확보할 수 있는 영토는 무엇이었을까. 이후 그의 소설에서 또하나의 현저한 특성으로 드러나고 있는 서정성, 그리고 닫힌 상황 속에서 광주의 충격 체험을 표현하기 위해 선택한 서사적 전략으로서의 알레고리가 이에 대한 대답으로 보인다. 이 둘은 공히, 광주 정서라는 양가감정의 두 축에 대한 서사적 표현이지만, 그 바탕에 놓여 있는 계기는 부끄러움이다. 단적으로 말하자면, 임철우의 소설에서 나타나는 서정성과 알레고리는 승화된 죄의식과 부끄러움의 소산이라 할 수 있다.

죄의식과 부끄러움이란 자신의 허약성을 절실히 깨달음으로써 비롯되는 것, 곧 치열한 자기 반성의 소산이다. 스스로에 대해 성찰하지 않는 자에게 부끄러움이란 존재할 수 없다. 임철우의 소설에 있어 죄의식과 부끄러움은 소설의 인물들에게 내면세계의 풍부함을 제공한다. 작중인물이 풍부한 내면세계와 감수성을 가지고 있어 부끄러움이 형상화되는 것이 아니라, 부끄러움으로 인해 내면세계의 풍부함이 형성된다는 것이다. 그러므로 임철우의 인물들이 보여주는 저 대책없는 부끄러움의 깊이는 곧바로 한 대상이나 사건에 대한 감수성의 깊이, 그것을 자기의 것으로 받아들이는 정감의 깊이로 연결된다. 그리고 이런 점은 비단 작중인물들에만 국한되는 것이 아니라 작가 임철우 자신의 의식에도 고스란히 적용되는 것처럼 보인다. 광주의 비극으로 인해 싹튼 부끄러움이, 광주를 넘어서 분단사의 비극 일반에 대한 시각으로, 더 나아가서는 세계 일반을 보는 시각으로 확장되는 것이다. 이를 일러 우리는 승화된 죄의식, 승화된 부끄러움이라 부르고 있는 셈인데, 임철우의 소설에서 풍부하게 나타나고 있는 서정성은 그 구체적인 표현 형태일 것이다.

「사평역」이나 「달빛 밟기」, 그리고 장편 『그 섬에 가고 싶다』에서와 같이 그 자체로 서정적인 소재를 다루고 있는 경우는 물론이며, 분단문제를 다루었던 수작 「아버지의 땅」(1984)과 같은 소설에서도 이같은 서정성은 빛을 발한다. 그의 서정성은 일차적으로, 간결하고 서정적인 문체라든지, 눈 오는 겨울 톱밥난로가 타고 있는 시골의 기차역이나 달밝은 밤의 산길, 낙일도 사람들의 정감 넘치는 일상세계와 같은 배경 설정을 통해 드러나지만, 보다 본질적인 요소는 정감의 깊이이며 그를 통해 획득된 인간에 대한 시선의 따뜻함이다.

먼저 「사평역」의 경우를 보자. 『아버지의 땅』에 수록된 다른 작품들에 비해, 어둡지도 무섭지도 않은 세계, 슬픔과 비애가 있으되 우울과 절망으로 가라앉지는 않고 있는 세계다. 눈 내리는 겨울밤, 톱밥난로가 타고 있는 사평역 대합실에 마지막 완행열차를 기다리며 모여 있는 아홉 명의 사람들이 있다. 기침을 하는 농부와 그의 아들, 교도소에서 갓 출소한 중년 사내, 시위 때문에 제적당한 대학생, 고향에 다니러온 술집 여자, 행상꾼 아낙네들, 돈을 훔쳐 달아난 종업원을 찾아 서울에서 내려온 중년의 식당 주인 등이다. 이들은 서로에 대해 아무것도 알지 못한 채 난로 곁에서 함께 시간을 보낸다. 저마다 가슴에 상처와 회한을 지닌 채, 고즈넉하게 타오르는 톱밥난로의 불빛을 바라보고 있다. 아름답게 묘사되어 있는 한 대목을 인용해보자.

> 사람들은 누구도 입을 열지 않는다. 대합실 벽에 붙은 시계가 도착 시간을 한 시간 반이나 넘긴 채 꾸준히 재깍거리고 있었지만 누구 하나 눈여겨보는 사람은 없다. 창 밖엔 싸륵싸륵 송이눈이 쌓여가고 유리창마다 흰보랏빛 성에가 톱밥난로의 불빛을 은은하게 되비추어내고 있을 뿐. 사람들은 약속이나 한 듯 말을 잊었다. 어쩌면 그들은 열차를 기다리고 있다는 사실조차 망각하고 있는 것인지도 모른다. 중년 사내는 담배를 입에 문 채 성냥불을 당기려다 말고 멍하니 난로의 불빛을 들여다보고 있다. 노인을 안고 있는 농부도, 대학생도, 쭈그려 앉은 아낙네들도, 서울 여자도, 머플러를 쓴 춘심이도 저마다의 손바닥들을 불빛 속에 적셔두고 망연한 시선을 난로 위에 모은 채 모두들 아무 말도 하지 않았다. 저만치 홀로 떨어져 앉아 있는 미친 여자도 지금은 석고상으로 고요히 정지해 있다. 이따금 노인의 기침 소리가 났고, 난로 속에서 톱밥이 톡톡 튀어올랐다.(144쪽)

이런 풍경은 그 자체만으로도 충분히 시적이다. 그러나 이 소설 전체를 감싸고 있는 평화롭고 서정적인 분위기를 만드는 데 근본적인 요소는 인물들 각각이 지니고 있는, 세계에 대한 관대하고 따뜻한 시선이다. 작가는 번갈아가며 각각의 인물들이 지니고 있는 사연의 토막들을 들려준다. 더러는 갈등과 번민과 회한으로 얼룩져 있기도 하지만, 그 바탕에는 인간에 대한 본원적인 신뢰와 따뜻한 시선이 놓여 있다. 그런 따뜻함이야말로 「사평역」에서 형상화되고 있는, 또한 임철우의 소설 일반이 보여주는 서정성의 원천이다.

「사평역」이나 「달빛 밟기」 『그 섬에 가고 싶다』 등은 이미 서사적 설정 자체가 짙은 서정성을 가지고 있는 작품이다. 그러나 서정성과 다소 거리가 멀어 보이는 소재를 다루고 있는 「아버지의 땅」의 경우는 어떤가. 우리가 임철우의 소설에서 서정성을 운위한다면, 오히려 「아버지의 땅」과 같은 경우가 더 적실한 예일 것이다. 승화된 부끄러움으로서의 서정성, 정감의 깊이로서의 서정성은, 서사적 설정에서 보이는 그 어떤 특정한 의도의 산물이라기보다는 자연스럽게 우러나오는 것으로, 위의 특정한 작품 몇몇에만 해당되는 것이 아니라 임철우의 소설세계 전체를 감싸고 있는 특징이기 때문이다. 「아버지의 땅」은 분단 상황이라는 소재와 이런 서정성이 가장 행복하게 결합된 경우다. 1980년대 임철우의 대표작이라 해도 과언이 아닐 것이다.

이야기는 매우 단순하다. 소설의 주인공은 전방에서 기동훈련중인 사병이다. 작전용 참호를 파다 유골을 발견한다. 군용 전화선에 묶인 채 아무렇게나 묻혀 있는 유골이다. 동네 노인의 인도로 이 유골의 유택을 만들어주는 과정이 소설의 기둥 줄거리다. 여기에 주인공의 집안 내력이 중첩된다. 주인공의 아버지는 좌익 야산대로 6·25 때 월북했다. 그는 아버지의 얼굴조차 모르는 처지다. 그에게 아버지는 불길하고 저주스런, 가능만 하다면 잊어버리고 싶은 존재다. 그래서 아버지에 대한 희망을 버리지 않고 있는, 어김없이 아버지의 생일 따위를 챙기던 어머니도 못마땅했다. 이런 주인공의 생각은, 유해의 손목과 팔에 묶인 결박을 풀고 새로이 무덤을 만들어주는 마을 노인의 정성스럽고 경건한 동작을 지켜보며 점차 변하기 시작한다. 일이 끝난 후 주인공의 눈에는 환영이 떠오른다 : "저만치 웬 사내가 서 있었다. 가슴과 팔목에 철사줄을 동여맨 채 사내는 이쪽을 응시하며 구부정하게 서 있었다. 퀭하니 열려 있는 그 사내의 눈은 잔뜩 겁에 질려 있는 채로였다. 애앵. 총성이 울렸고 그는 허물어지듯 앞으로 고꾸라지고 있었다. 불현듯 시야가 부옇게 흐려왔다. 아아. 아버지는 지금 어디에 쓰러져 누워 있을 것인가. 해마다 머리맡에는 무성한 쑥부쟁이와 엉겅퀴꽃을 지천으로 피워내며 이제 아버지는 어느 버려진 밭고랑, 어느 응달진 산기슭에 무덤도 묘비도 없이 홀로 잠들어 있을 것인가."(107쪽)

아버지 세대의 아픔을 아들 세대가 절실하게 자기의 것으로 받아들이는 순간이다. 아버지는 이제 저주스런 대상에서 연민의 대상으로, 나아가서는 공감의 대상으로 변하고 있다. 여기에는 그 어떤 기구하고 비극적인 이야기도, 이념에 대한 문제의식도 존재하지 않는다. 단지 삐삐선에 묶인 채 고통스런 모습으로 죽어 있는 유골과 그것으로 암시되는 아픔의 절실함만이 있을 뿐이다. 그리고 그 반대편에는, 필연적으로 그 어떤 대상에 대한 지향성을 가질 수밖에 없는 총구와 그것으로 표상되는 폭력과 어둠의 세계가 있다. 그 어둠의 희생이 되어버린, 아버지와 그들의 세대가 경험해야 했던 아픔의 곡진하고 구구한 사연들을 아들은 알지 못한다. 알 수 없는 일인지도 모른다. 그는 단지 매우 추상적이고 부분적이며 사적인 형식으로 그 아픔의 절실함만을 느끼고 있을 뿐이다.

그러나 바로 이런 절실함, 이런 정감의 깊이야말로 분단소설로서의 「아버지의 땅」이 지니고 있는 독특함이자 정채(精彩)라고 할 수 있지 않을까. 물론 중요한 역사적 사건에 대하여 엄정한 평가와 판단에 입각한 인식이 있어야 한다는 점에는 이론의 여지가 있을 수 없다. 그러나 그러한 인식에 이르는 길의 하나로서, 역사적 사건의 공과를 따져보고 훼예포폄을 하는 일이 아니라, 그 아픔을 자기의 것으로 받아들이고 곡진하게 형상화하는 일이야말로 역사가 아닌 소설이 맡아야 하는 몫이 아닌가 하는 것이다.

우리는 앞에서 임철우의 세계가 보여주는 이런 서정성을 두고 승화된 부끄러움이라 했다. 그것은 주관적 심리나 정서의 영역으로부터 시작하여 세계를 이해하고 받아들이는 영역으로까지 고양된 것으로, 아마도 정감적 인식이라고도 할 수 있을 것이다. 이를 통해 주체는 타인의 숨은 상처를 찾아내고 이해할 수 있게 되고, 그럼으로써 역으로 자신의 상처를 다시 객관화하게 된다. 곧 이런 이중의 과정이, 한편으로는 타인의 상처에 대한 깊이 있는 감정이입을 가능케 하고, 다른 한편으로는 자신의 상처에 대한 집착과 심리적 속박감을 완화시켜주는 것이다. 이는 물론 죄책감과 부끄러움이 가장 극단에까지 이른 경우에만, 곧 자신의 상처 속으로 가장 깊이 침잠하여 밑바닥을 만져본 경우에만 가능한 일이다. 임철우의 세계에서 잠시 모습을 보이는 알레고리적 경향도 이런 과정을 통해 획득된, 죄책감으로부터의 상대적인 자유로움이 바탕이 되어 출현할 수 있었던 것으로 보인다. 두번째 창작집 『그리운 남쪽』에 수록되어 있는 「불임기」와 「사산하는 여름」이 그 대표적인 작품이다.

「불임기」는 시공간이 규정되지 않은 전형적인 우화의 형식을 취하고 있다. 한 마을이 있다. 분수대와 광장이 있는 마을이다. 어느 해 봄날 새벽 399명이나 되는 아이들이 감쪽같이 사라져버렸다. 길바닥에 흩어진 신짝들과 검붉은 피의 흔적만이 남아 있었다. 그 이후로 마을은 불모의 땅으로 변해버렸다. 그런데 돌연 아이 둘이 나타났다. 그들은 놀랍게도 혀가 잘려 있다. 결국 그들은 모든 마을 사람들이 보고 있는 가운데 백색 제복을 입은 건장한 사내들에 의해 다시 실려간다. 말 그대로 우화적인 줄거리다. 이를 뼈대로 하여 소설의 육체를 이루고 있는 것은, 죽음의 땅으로 변해버린 마을의 풍경과 아이의 출현으로 인해 야기되는 고양된 감정이다. 아이들이 사라진 이후로 그 마을에서는 어떤 생명 있는 것도 열매 맺지 못한다. 아이들이 수태되기는 하지만 모두 유산이나 사산으로 끝이 나고, 여러 해 거듭된 가뭄으로 모든 꽃과 풀이 사라져 버렸다. 마을 우물에서는 핏빛 물이 솟구치고, 빨래터 개울에는 아이들의 분홍빛 손톱이 떠내려오며, 사라져버린 아이들을 찾아 헤매는 젊은 여인은 미쳐간다. 아이들을 앗아가버린 힘에 대한 공포와 그날 그 새벽의 정황에 대한 죄책감, 터질 듯한 분노와 좌절감 등이 뒤섞여 있는 이런 죽음의 풍경은 극도로 충일한 긴장감을 조성해낸다.

「불임기」에서 묘사되고 있는 절망감이나 죄의식은 폐쇄적이지 않다. 마을 사람들이 함께 공유하고 있는 것이기 때문이기도 하지만, 보다 근본적으로는 고도로 응축되고 충전된 것, 흡사 터지기 직전의 풍선과도 같이 팽팽하게 긴장되어 있는 것이기 때문이다. 절망과 죄의식의 표현들은 서사가 진행될수록 고양되어 마침내 새로운 통로를 찾기에 이른다. 이런 흐름을 대표하고 있는 것은, 혀 잘린 아이들을 처음 발견했던 노파와, 잃어버린 아이를 찾아 헤매다 미쳐가는 여자다. 여자는 마침내 아이를 찾기 위해 마을 밖의 어둠의 성채를 향해 떠나고, "아이들을 죽인 것은 너희들이란 말야! 너나없이 우리는 공범이야! 모두가 똑같은 공범이라구!"(『그리운 남쪽』, 206쪽)라고 외치던 노파는 뒤이어 "기억해야 해. 아직 끝나지 않았어. 끝난 것은 아무것도 없어. 그때 그대로, 처음부터 끝까지, 모두가 고스란히 남겨져 있을 뿐야. 아이들이 다시 돌아오기 전까지는 아무것도 끝나지 않아. 아이들, 바로 우리의 아이들 말야!"라고 중얼거리고 있는 것이다. 소설의 말미에 자리잡고 있는 이

같은 노파의 독백은 요컨대, 절망과 죄의식이 고도로 고양되어 새로운 모습으로 승화되는 순간인 셈이다.

「사산하는 여름」의 경우도 사정은 비슷하다. 소설 첫머리에 드러나는 것은 두 개의 기이한 소문이다. 불륜에 빠진 형수와 시동생이 있는데 정사 현장에서 몸이 붙어버려 떨어지지 않고 있다는 것이 그 하나고, 가뭄으로 말라붙은 수원지에서 해묵은 시체 일곱 구가 발견되었는데 그로 인해 그 동안 수돗물에서 악취가 났었다는 소문이 다른 하나다. 이 두 개의 소문을 둘러싸고 사람들이 나누는 분분한 대화가 이 소설의 밑그림이다. 서사가 진행되면서 폐인이 된 한 사내의 내면 풍경이 점차 소설의 전경으로 부각된다. 그는 노동자들을 위한 야학의 지도자였고 광주항쟁에 참가하여 마지막까지 자리를 지켰던 사람이다. 잔혹한 고문과 구금으로 인해 그의 정신과 육체는 처참하게 짓이겨졌다. 주변 인물들의 시선을 통해 바깥에서 그를 묘사하던 임철우는, 마침내 그의 내면 속으로 들어가 그로 하여금 내적 독백을 하게 만든다. 잔인했던 고문의 장면들과 광주항쟁 마지막 날의 도청의 정경이 그의 눈앞에 생생하게 떠오른다. 나는 죄인이 아니다, 나는 폭도도 아니다, 회개와 참회가 필요한 사람은 우리가 아니다. 그는 이 더러운 누명을 벗겨달라고 외친다. 그의 영상에 마지막으로 떠오르는 것은 야학 교실에 모였던 그 천진하고 순결하고 눈이 맑았던 아이들이다. 지금 다 어디로 갔는가, "트럭에 실려 짐짝처럼. 떨어져 쌓인 꽃이파리들처럼. 넝마조각처럼 너희들은 모두 어디로 가버렸지? 누가 너희들을 데리고 가버린 거냐. 얘들아. 얘들아……"(286쪽)

이와 같이 극도로 고양된 절망과 소망이 전경화되는 순간, 소설의 기본적인 틀을 이루고 있던 두 개의 소문은 알레고리적 의장의 차원으로 물러서게 된다. 뒤집어 말하면, 두 개의 소문이 알레고리적 의장을 제공함으로써 비로소 저와 같은 충격 경험이 표현될 수 있었다고 할 수도 있다. 요컨대, 「불임기」와 「사산하는 여름」에서 등장하는 알레고리라는 의장은, 단순한 주관성에 머물러 있던 죄의식과 절망감과 분노를 응축하고 고양시킴으로써 승화의 계기를 부여하고 서사의 새로운 통로로 인도하는 향도의 구실을 하고 있는 셈이며, 이런 점에서 서정성과 더불어 알레고리를 승화된 죄의식의 소산이라 할 수 있다는 것이다.

그러나 알레고리적 경향은, 임철우의 소설세계에서는 이 두 작품 정도에 국한되는 순간적인 현상에 불과하다. 이는 새로이 변화되어가는 현실적 상황과 연관되어 있다. 이 소설들이 발표되는 1985년은, 그 동안 군부의 철권통치에 억눌려 있던 저항의 힘이 바야흐로 1987년 6월 항쟁이라는 정점을 향해 상승하기 시작하고, 상대적으로 신군부의 위력이 뚜렷한 하향곡선을 긋고 있을 때이다. 광주 문제도 여전히 통제의 대상이긴 했으나 그 정도는 현저히 약화되어, 광주항쟁에 대한 최초의 보고서 『죽음을 넘어 시대의 어둠을 넘어』(풀빛, 1985)와 같은 책이 간행될 수 있을 정도였다. 「불임기」와 「사산하는 여름」 이후의 광주 소설들, 이를테면 「동전 몇 닢」(1985)과 「관광객들」(1987), 「수의」(1987) 등을 보면, 광주 문제를 대하는 작가의 운신이 얼마나 자유로워져 있는지를 알 수 있다. '봄날 2' 라는 부제가 붙어 있는 「수의」는, 죄책감으로 미쳐가던 「봄날」의 초점인물을 화자로 내세워 상처의 치유 가능성과 극복에의 의지를 보여주고 있다. 또 「관광객들」에서는 광주가 그 어떤 의장도 걸치지 않은 채 실명으로 등장하고 있기도 하다. 이는 곧 「불임기」와 「사산하는 여름」의 알레고리가 단순한 서사적 전략에 불과했음을 말해주는 것이기도 하다.

한번 열린 새로운 지평선은 결코 사라지는 법이 없다. 학습과정의 불가역성은 계몽의 전개과정 자체가 보여주는 진리다. 「불임기」와 「사산하는 여름」은 광주항쟁의 비극성과 압제자들의 야수성에 대한 고발이라는 점에서 서사의 새로운 지평을 개진해냈다. 이런 계기를 통해, 「직선과 독가스」(1984)의 주관적인 세계는 고문의 실상과 비인간성을 생생하게 묘사해냈던 「붉은 방」(1988)이라는 객관적인 세계로 확장될 수 있었으며, 이는 다시 『붉은 산, 흰 새』와 장편 『봄날』로 이어지고 있다. 요컨대, 「불임기」와 「사산하는 여름」은 이런 흐름의 시발점인 셈이며 그 점만으로도 특필할 만한 의미를 지닌다.

4. 무당 임철우 : 『봄날』의 서사적 지향성

광주항쟁과 같은 역사적 사건의 소설화에 임하는 작가 앞에 놓여 있는 길은 아마도 두 갈래일 것이다. 하나는 사건 자체를 전경화하여 충실하게 재현하는 것이고, 다른 하나는 사건을 배경화함으로써 소설이 지닌 상상력의 묘미를 발휘하는 것이다. 『봄날』의 임철우는 첫번째 길을 택했다. 드라마를 만들어내는 일보다 역사 자체의 총체상에 대해 접근하는 쪽을 택한 것이다.

그의 이런 선택은 당연한 것으로 보인다. 우리는 『봄날』에 이르기까지의 그의 작가적 도정을 살펴보았다. 그의 소설세계에서 광주는 원점의 역할을 할 만큼 압도적인 비중을 지니고 있었다. 그러나 광주는 여전히 충분하게 규명되지도 청산되지도 않은 채로 남아 있다. 물론, 폭도들의 난동에서 시민들의 민주화운동으로 격상되었고, 1995년 5·18특별법이 제정됨으로써 신군부의 몇몇 수뇌들이 법정에서 실형을 받았다. 그러나 그 처리과정이 얼마나 즉흥적이고 졸속한 것이었는지는 구구하게 지적할 필요가 없을 것이다. 5월 21일 도청 앞에서 행해진 집단발포의 최종 책임자가 누구인지조차 밝혀져 있지 않은 상태이기 때문이다. 이런 상황의 압력이 더욱더 『봄날』의 작가 임철우로 하여금 광주항쟁 자체를 서사화하는 길로 내몰았던 것으로 보인다. 그러나 여기에도 적지 않은 난점이 있다. 진상이 정확하게 규명되어 있지 않은 상태에서, 소설이라는 형식으로 광주항쟁의 전모에 대해 접근하는 일이란 매우 조심스럽고 위험한 일이 아닐 수 없다. 아직도 생생하게 살아 있는 역사이기에 그만큼 허구적 상상력이 개입할 여지가 적고, 자칫하면 소설이라는 이름으로 채 정리되지 않은 사건에 대해 과장과 왜곡의 우를 범할 수 있기 때문이다. 『봄날』이 취하고 있는 독특한 구성은 이런 위험을 가능한 한 배제하고자 하는 의도의 산물로 보인다.

『봄날』은 에필로그까지 포함하여 전 87장으로 이루어져 있다. 이중 32장까지는 '불의 얼굴'이라는 제목으로, 1990년 봄호부터 이 년여 동안 계간 『문학과사회』에 연재된 바 있다. 에필로그를 제외하면, 소설 속의 현재 시공간은 항쟁이 발발하기 이틀 전인 1980년 5월 16일 새벽 산수동 오거리에서 시작하여 마지막 날인 5월 27일 아침 전남도청 앞에서 끝난다. 그리고 전체의 시공간은 시간 단위로 촘촘하게 세분되어 매 장이 시작할 때마다 구체적으로 명시된다. 이를테면, 5월 18일 14 : 00 금남로 5가, 5월 18일 14 : 30 누문동 제일고등학교 앞, 5월 18일 15 : 00 대인동과 같은 식이다. 그것이 87개의 단락을 이루고 있다. 그리고 각 단락마다 카메라 역할을 담당하는 시점인물들이 등장한다. 그 수효는 이십여 명에 달한다. 군중 시위 장면이나 계엄군 지휘관들의 회의 장면 같은 곳에서는 전지적 시점이 동원되기도 하고, 마지막 장면인 86장 같은 경우는 다수의 시점인물들이 등장하기도 한다.

이런 구성의 의미는 자명하다. 『봄날』의 임철우에게 문제가 되는 것은 오로지 광주항쟁의 총체상을 재현해내는 일이다. 인물간의 갈등이 빚어내는 드라마 따위는 부차적이다. 무엇보다 광주항쟁의 전개과정 그 자체, 저 봄날의 열흘이라는 시간이 만들어내는 드라마 자체가 『봄날』의 가장 큰 서사적 동력으로 자리잡고 있기 때문이다. 그래서 『봄날』은 다섯 권이나 되는 분량임에도 이렇다 할 주인공이 없다. 이 역시 당연한 일이다. 항쟁의 주인공이 이름없는 다수의 시민들이었던 것과 마찬가지다. 일정한 보폭으로 뚜벅뚜벅 걸어가며, 아수라장으로 변한 광주의 이곳저곳을 자신의 몸에 새겨놓았던, 그 봄날의 열흘이라는 시간이 이 소설의 진정한 주인공인 셈이다.

『봄날』의 주요 시점인물은 한씨 일족들이다. 서두에 등장하는 아버지 한원구는 낙일도 출신으로 『봄날』의 전편 격인 『붉은 산, 흰 새』에서 등장했던 인물이다. 그리고 그의 세 아들이 있다. 큰아들 무석은 서른 살 난 백수다. 아버지와의 갈등으로 일 년 전에 집을 나와 혼자 자취 생활을 하며 공무원 시험을 준비하고 있다. 둘째 명치는 중고등학교 시절 퇴학 경력이 화려한 말썽꾸러기로 11공수여단의 고참 하사로 근무하고 있다. 셋째 명기는 전남대학교 영문과 1학년에 재학중인 대학생으로 연극반 활동을 하고 있다. 이들 한씨 형제 셋이 광주항쟁의 현장을 포착해내는 주된 시점인물 노릇을 한다. 구도는 선명하다. 이들 세 형제는 일반시민과 계엄군과 대학생, 곧 광주항쟁이라는 비극적 드라마의 세 주역을 대표하고 있는 셈이다.

소설의 주요 인물들은 이들을 중심으로 크게 세 집단으로 나뉘어진다. 먼저, 큰아들 무석이 세들어 있는 광천동 시민아파트의 이웃들이 있다. 철물점 직원 칠수, 목공 봉배, 용달차 운전사 한기 등의 청년들과 제과공장 여공 미순, 술집 여급 은숙 등의 처녀들이 그들이다. 또한 둘째 명치를 중심으로 한 공수부대원들, 월남 참전의 경험을 입끝에 달고 다니는 잔인한 추상사, 명치의 동기이자 매사 깔끔하고 합리적인 오하사, 부산 출신의 고문관 유이병, 물정 모르고 무용을 발휘하는 대전 출신의 강상병, 담양 출신으로 고향 친구들의 죽음을 목격해야 하는 임상병 등이 있다. 셋째 명기 곁에는 연극반원들과 들불야학에서 활동을 하는 대학생들이 있다. 이들은 항쟁 기간 도중 투사회보를 만들어 배포하는 일을 하지만, 집단적인 이미지로 형상화되기 때문에 특기할 만한 면

모를 갖춘 인물은 없다. 오직 한 사람, 아마도 광주항쟁의 꽃이라 해야 할 인물 윤상현이 있다. 들불야학의 리더이며, 해방 기간 동안 항쟁지도부의 대변인으로 활동했고, 마지막까지 도청을 사수하다 죽어갔던 30세의 청년 윤상원을 모델로 한 인물이다. 한씨가의 큰아들 무석의 고교 동창생으로 설정되어 있기도 하다. 이 밖에도 이들과 이러저러한 관계를 맺고 있는 간호사, 의무장교, 신부, 기자, 전투경찰, 남녀 고등학생 등이 시점인물로 등장하여 각자의 자리에서 광주항쟁의 디테일들을 포착해낸다.

이들의 시선이 교차하며 잡아내는 광주항쟁 열흘 동안의 처절하고 비극적인 모습은 그 자체가 한 편의 드라마를 이룬다. 『봄날』의 절반 이상이, 그중에서도 5월 18일에서 21일에 이르는 나흘 동안의 사건에 할애되어 있다. 21일은 도청 앞에서 계엄군의 집단발포가 있었던 날이며 시민들의 저항에 의해 계엄군이 퇴각했던 날이기도 하다. 이런 점은 임철우의 서사적 의도를 짐작게 하기에 충분하다. 나흘 동안 도시 곳곳에서 벌어졌던 참담한 살육의 현장을 꼼꼼하게 형상화해내는 것, 그리고 이에 맞서 싸우는 시민들의 격렬한 저항의지와, 비극적인 경험을 함께 함으로써 너나없이 하나의 힘으로 결집되는 저항 공동체의 감동적인 유대감을 포착해내는 것, 아마도 이것이 『봄날』에 임하는 임철우의 의도였을 것이라 추측할 수 있다.

노동자들로 구성된 무석 일행과 대학생인 명기 일행의 눈에 의해 포착되는 처참한 진압의 현장은 말 그대로 야만의 극을 달린다. 가해자의 입장이었던 명치의 경우도 마찬가지다. 머리를 향해 주저없이 날아가는 진압봉과 피를 뿜게 하는 대검, 소총, 기관총이 거리 곳곳에서 난무하고 있다. 도처에 피의 흔적들이다. 그중에서도 매우 특별한 세 개의 삽화가 있다. 5월 21일, 24세의 가정주부 최미화씨는 집 앞에서 남편을 기다리다 공수부대원의 조준사격으로 머리에 총상을 입고 절명했다. 그녀는 임신 8개월이었다. 죽은 어머니의 뱃속에서 불뚝불뚝 뛰어오르다 죽어가는 태아의 모습에 대한 임철우의 묘사는 잔인하다. 또 총상을 입은 환자들로 지옥이 된 병원이 있다. 그들을 위해 헌혈을 하고 돌아가는 길, 전남여고 3학년이었던 박금희는 계엄군의 사격을 받고 현장에서 절명했다. 부처님 오신 날이었다. 이틀 후인 5월 23일, 주남마을에서 벌어졌던 학살 사건이 있다. 관이 부족하여 화순으로 구하러 가던 차였다. 여공과 여고생들을 포함한 일행 18명 중 15명이 11공수여단 소속 계엄군의 집중사격으로 사망했다. 살아남은 세 명 중 남자 두 명은 총살당해 죽었고 확인사살까지 당했다. 세 경우 모두 증언록에 나와 있는 실화들이다. 리얼리티가 떨어진다고 생각했던 탓일까. 임철우는 이 사건들을 소설화하면서 확인사살하는 장면은 짐짓 빼놓았다.

또 계엄군에게 체포된 사람들이 겪어야 했던 지옥의 날들이 있다. 이는 철물점 종업원인 칠수의 시선에 의해 포착된다. 그는 5월 20일 저녁 광주역 앞 시위현장에서 체포되어 다음날 광주교도소에서 죽는다. 만 24시간도 안 되는 시간 동안 그는 지옥을 경험한다. 그들은 계엄군의 분풀이 대상이었다. 잔혹한 구타는 말할 것도 없고, 날 선 대검까지 동원된다. 소년이나 청장년 가릴 것이 없다. 깨지고 부러지고 찔리면서 극도의 공포 속에서 사람들은 오줌과 똥을 흘린다. 사람들이 쌀포대처럼 쌓여 있는 밀폐된 탑차 속에서는 최루탄이 터지고, 죽은 시체는 아무렇지도 않게 치워진다. 칠수의 발은 대검의 난도질로 피칠갑이 된다. 대검의 임자는 웃음을 흘리며 그것이 닭발요리라는 것이라고 가르쳐준다. 칠수는 차라리 죽이라고 외친다. 그리고 죽는다.

소설에서 묘사되고 있는 이런 피의 현장들을 거론하자면 끝이 없다. 도처에 시취가 물큰거리고 혈흔이 낭자하다. 그러나 또한 이런 피의 경험을 통해 시민들은 놀라운 유대감을 경험한다. 계엄군들의 만행을 보고 시민들이 느꼈던 최초의 경악 속에는 분노와 더불어 공포가 함께 있었다. 그러나 점차 그들의 얼굴에서 두려움이 사라지고, 그 저항이 대열을 이루었을 때, 그들은 비극적 경험을 함께했다는 것, 이렇게 한자리에 같이 있다는 것만으로도 가슴 벅찬 유대감을 느끼게 된다. 5월 20일 저녁, 방송국이 불타고 있고 버스를 앞세운 대대적인 차량 시위대가 금남로로 밀려들었던 날, 광주 주재 기자 김상섭은 오층 건물에서 금남로를 가득 메운 십만이 넘는 시위군중들을 내려다보고 있다. 저항의지로 한데 어우러진 그 인파의 아름다움은, 냉소주의자 김상섭조차 눈시울을 적시게 한다. 오직 비극적인 희생제의의 처절함을 통해서만 가능할 듯한 그 놀라운 연대감이 생성되는 순간을, 임철우는 5월 19일 금남로에 모인 사람들을 통해 이렇게 묘사하고 있다.

> 아주 짧은 동안, 알 수 없는 침묵이 주위를 감돌고 있었다. 잔잔하면서도 소리없이 끓어오르는 어떤 엄청난 힘을 아슬아슬하게 감추고 있는 듯한 그 침묵 속에서, 그들은 불현듯 저마다 이상한 감동을 경험하고 있었다. 불씨. 그것은 바로 불씨였다. 저마다의 가슴 밑바닥 어딘가에 지금껏 아스라하니 잊혀져 있던 한 오라기 자그맣고 희미한 불씨 하나가 이 순간 불현듯 깜박하고 깨어나, 마침내 꿈틀 피어나기 시작하고 있었던 것이다. (……) 그것은 어느 틈에 소리없이 그들의 어두운 가슴을 환히 밝히면서 전신을 따뜻한 온기로 채워가고 있었다. 울컥 목젖이 뜨거워짐을 느끼며, 그들은 저마다 등과 어깨를 마주하고 있는 주변의 낯선 얼굴들을 새삼스레 돌아다보기도 했다. 그러자 이름도 얼굴도 모르는 타인들이 불현듯 형언하기 어려운 애정과 슬픔으로 다가왔다. 이 도시에 함께 살고 있는 광주 사람이라는 것, 오직 맨주먹만으로 지금 이 자리에 자신과 함께 몸을 맞대고 서 있다는 것—바로 그 사실 하나만으로도 그들은 갑자기 서로에게서 형언키 어려운 신뢰감과 동질감을 확인하는 느낌이었다.(2권, 177~178쪽)

이런 유대감은 잔인한 살상의 현장을 배경으로 하고 있어 더욱더 아름답게 다가온다. 그로테스크 리얼리즘의 세계를 가로지르고 있는, 빛나는 숭고의 줄무늬들이다. 항쟁의 마지막 날 도청을 사수하기로 결심하는 몇몇 인물들의 내면은 그중에서도 가장 정채 나는 부분이다. 이는 한씨가의 큰아들 무석과 그의 친구 윤상현을 통해 형상화된다. 도청을 지키고 있는 시민군은 300명이 안 된다. 탱크를 앞세운 계엄군은 8700명이고 게다가 정규군이다. 그들에 대한 저항의 결과가 죽음뿐이라는 사실은 자명하다. 그럼에도 무석과 윤상현은 목숨을 건다. 무석은 피를 흘리며 쓰러져간 많은 사람들을 생생하게 지켜보았다. 그래서 총을 들었고 그뿐이다. 거창한 생각은 없다. "나는 다만 이 추한 현실을 용서할 수 없었을 뿐이야"라고 스스로에게 답하는 무석의 생각은 다수의 보통 시민들의 생각을 대변하고 있다. 또한 죽음을 목전에 두고, 총을 든 채 텅 빈 광장을 내려다보고 있는, 다음과 같은 윤상현의 내면의 드라마는 『봄날』의 절정에 해당된다.

그는 참담한 절망감을 느낀다. 열흘 동안의 그 길고 힘들었던 싸움을 하면서도 버리지 않았던 희망이 있었다. 그들이 죽음으로 버티어낸다면 서울과 부산, 대전과 대구의 사람들이 달려오리라는 믿음이었다. 이제 무참하게 좌절되어버린 그 희망 앞에서 그는 절규한다 : "아아, 지금 이 순간 당신들은 도대체 무얼 하고 있는가. 왜 이 도시를 잊어버렸는가. 우리는 이렇게 죽어가고 있는데, 지금 당신들의 잠자리는 평안한가. 당신들이 꾸는 꿈은 아름다운가. 그대들과 우리들은 이 순간 얼마나 아득하게 멀리 떨어져 있는 것인가……" 그리고 그는 이 잔인한 음모의 수괴들의 웃음소리를 듣는다. 처절한 절망감과 외로움 속에서 그는 죽음을 준비한다. 왜 죽어야 하는가. 이렇게 대답한다 : "누군가는 이 자리를 지켜야 해. 지난 열흘 동안 수많은 사람들이 목숨을 바쳐 이어온 이 뜨거운 항쟁의 마침표를 누군가는 찍어야 해. 그리고 그것을 누군가 해야 한다면, 그렇다면, 내가 하겠다는 거야. 이유는 다만 그것뿐이야. 저 불의한 압제자들에게 이 자리를, 아무 일도 없었던 것처럼, 그냥 고스란히 내어줄 수는 없어. 절대로. 그것이야말로 저들의 승리를 완전히 인정해주는 것이 되고 말 터이므로……" 살아서 할 수 있는 것이 있지만 죽음으로써만 할 수 있는 것도 있음을 깨닫는 순간이다. 모든 심리적 갈등을 정리하고 담담한 마음으로 창 밖을 내려다보는 윤상현의 마음을 형상화하고 있는 다음과 같은 대목은 이 소설의 정점이다.

> 윤상현은 말없이 광장을 내려다보았다. 먹물 같은 어둠이 무겁게 가라앉아 있을 뿐 광장은 텅 비어 있었다. 그러나 윤상현은 저 열흘 동안의 뜨거운 싸움을 또렷하게 기억하고 있었다. 한덩어리로 격렬하게 끓어넘치며 밀물처럼 저 광장으로 쏟아져나오던 수만 수십만의 사람들을. 그들의 노도와 같은 함성을. 저마다 가슴속에 간직한, 한겨울 보리싹마냥 작고도 지순한 인간애의 불꽃, 자유와 정의와 생명을 향한 찬란한 그리움의 불꽃들을. 그리고 그 작은 불꽃들 하나하나가 모여 수백 수천 수만의 불기둥이 되고, 마침내 거대한 불의 강을 이루며 뜨겁게 굽이쳐 흘러가는, 그 찬란한 인간의 신화를. 그리움과 희망의 신화를…… 바로 그 모든 것들을 윤상현은 지난 열흘 동안 똑똑히 지켜보았었다. 그리하여 이 순간, 그 아름다운 불꽃의 기억들을 가슴속에 간직하게 된 것만으로도 윤상현은 행복하게 죽을 수 있을 것 같았다. 불현듯 가슴 저 깊은 곳에서 불꽃 하나가 환하게 피어나는 것을 윤상현은 느꼈다. 그것은 그의 가슴을 소리없이 녹이고, 살과 피를 녹이고, 마침내는 영혼까지를 환하게 밝히는 것만 같았다. 윤상현의 입가에 희미한 미소가 떠올랐다.(5권, 401쪽)

이들의 죽음으로 소설은 끝난다. 남은 것은 살아남은 자들의 고통이다. 마지막 날 새벽 도시 전체를 뒤흔드는 총소리로 잠에서 깨어, 순결한 영혼들의 비명을 환청으로 듣고 있었던 정베드로 신부의 절망감, 그리고 도청 진압이 끝난 후 화연과 시취가 가득한 도청 앞에서 군가를 부르고 있는 공수부대원들을 지켜보고 있었던 김상섭 기자의 분노, 마지막 날 도청을 빠져나와 수배를 피해다니고 있는 명기의 죄의식 등은 이런 고통을 대변하고 있다.

또한 임철우는 만행의 하수인 노릇을 했던 계엄군 사병들의 심리적 고통에 대해서도 묘사하고 있다. 시위대 속에서 동생 명기의 흔적을 보아야 했던 11공수여단 하사 한명치의 갈등이 있고, 또 민간인들을 즉결처분하는 현장에 있었던 고문관 유이병은 실성하기에 이르며, 담양 출신의 용감무쌍한 임상병도 고향 친구가 쓰러지는 장면을 목격한 후 마침내 오열을 터뜨리고, 지적이고 합리적인 오하사는 도청 진입을 앞두고 자결한다. 그들도 결국 피해자일 뿐이었다고 임철우는 말하고 싶은 모양이다.

당초 『봄날』은, 작가 자신이 밝힌 바와 같이, 『붉은 산, 흰 새』의 속편으로 구상되었던 듯싶다. 『붉은 산, 흰 새』가 다루고 있는 것은, 낙일도에서 발생했던 1977년의 간첩단 사건과 그 근원으로 존재하고 있는 6·25 시절 낙일도의 비극이다. 말하자면 그는, 낙일도 출신의 한씨 집안과 그 친족들을 다시 『봄날』의 주요 시점인물로 설정함으로써, 한국전쟁과 광주항쟁이라는 두 개의 비극 사이의 모종의 연관성을 추적하고자 했던 셈이다. 그러나 이런 의도는 서사가 진행될수록 현저히 축소되어, 가출한 큰아들 무석과 아버지 한원구 사이의 갈등과 화해라는 모습으로 간신히 흔적만을 남기고 있을 뿐이다. 『봄날』 전체를 지배하고 있는 것은 계엄군과 시민들의 대결이 분출하고 있는 열기다. 이런 열기와 연관을 맺지 못하는 한, 어떤 갈등도 『봄날』에서는 부차적인 것이 될 수밖에 없다. 따라서 이런 시도의 실패는 『봄날』이 제 스스로 찾아가버린 서사의 궁극적인 지향점과 핵심이 무엇인지를 선명하게 드러내 보여주는 지표일 것이다.

『봄날』의 작가는 임철우가 아니다. 『봄날』의 모든 디테일 속에 생생하게 살아 있는, 『광주민중항쟁사료전집』을 위시한 증언록 속의 인물들이야말로 『봄날』의 진정한 작가다. 임철우는 그들에 의해 선택된 무당에 지나지 않았다. 임철우는 『봄날』의 머리말에서 누구보다 광주 시민들의 눈이 두렵다고 했다. 그것은 무당이 몸주에 대해 느끼는 두려움에 다름아닐 것이다. 임철우는 살아남은 사람들의 증언과 죽은 혼령들의 목소리를 촘촘하게 누벼냈다. 그것이 『봄날』이고 그래서 『봄날』은 소설이 아니다.

그러나 소설이 아니라 한들 무슨 상관일 것인가. 한때는 소문의 벽 속에 갇혀 있었고 지금은 다시 저 거짓 화해와 역사라는 낡은 기록 속으로 묻혀가는 광주의 진실만이 그에게는 중요했다. 사정은 우리에게도 마찬가지다. 소설이 아니라도 상관없다. 처절하고 치떨리는 야만의 기록들을 임철우는 되살려놓았다. 그것만으로도 『봄날』은 기념비적일 뿐 아니라 지금의 우리에게는 소중한 작품이다.

(1998)

이야기꾼으로서의 소설가
—김소진론

1. 회상, 세기말의 감각에 맞서는 힘

김소진의 소설은 미아리에서 시작하여 미아리에서 끝난다. 그의 데뷔작은 1991년 발표된 「쥐잡기」이고 마지막 작품은 1997년 발표된 「눈사람 속의 검은 항아리」다. 둘 모두, 미아리 산동네를 배경으로 한 이야기이며 동일하게 민홍이라는 화자가 등장하고 있다. 단순한 우연만은 아니었을 것이다. 34세를 일기로 짧은 생애를 마감하기까지 김소진은 동화와 콩트집을 포함하여 여덟 권의 책을 썼다.[1)] 『열린 사회와 그 적들』에서부터 연작소설집 『장석조네 사람들』을 거쳐 『눈사람 속의 검은 항아리』에 이르기까지, 그의 세계를 관통하고 있는 핵심적인 줄거리가

1) 김소진이 쓴 여덟 권의 책은 다음과 같다. 가) 단편소설집 : 1. 『열린 사회와 그 적들』(솔, 1993) 2. 『고아떤 뺑덕어멈』(솔, 1995) 3. 『장석조네 사람들』(고려원, 1995) 4. 『자전거 도둑』(강, 1996) 5. 『눈사람 속의 검은 항아리』(강, 1997), 나) 장편소설 : 『양파』(세계사, 1996), 다) 엽편소설집 : 『바람부는 쪽으로 가라』(하늘연못, 1996), 라) 동화 : 『열한 살의 푸른 바다』(국민서관, 1996). 이 글에서 주로 언급되고 있는 것은 다섯 권의 단편소설집이다. 인용할 경우 위의 숫자로 제목을 대신한다.

바로 그 미아리 산동네다. 물론 반드시 미아리이거나 산동네일 필요는 없다. 전기 기술자로 변신한 왕년의 무정부주의자가 꺽실한 아내와 함께 살아가는 서울의 모모한 산동네일 수도 있고, 기차 기관사 조수와 신발 행상, 막걸리집 주인 노파 등의 고만고만한 허릅숭이들이 공동체를 이루어 살아가는 신도시 외곽의 원주민촌일 수도 있다. 김소진은 집요하게도 그런 삶의 시시콜콜한 모습들을 소설로 담아냈다. 신기한 일이 아닌가. 이 휘황찬란한 시대에 산동네 이야기라니.

물론 산동네 이야기, 혹은 도시빈민들이나 룸펜들, 변두리 인생들의 이야기라면 우리에게 그다지 낯설지 않다. 저 일제 강점기의 빈궁소설이나 세태소설들은 말할 것도 없이, 전후문학에는 손창섭이 보여준 피난민들의 세계가 있었고, 1960년대에서 1970년대로 넘어오는 과정에는 서울 외곽을 배경으로 한, 박태순의 「정든 땅 언덕 위」「한오백년」 등과 조선작의 「지사총」이나 「성벽」「영자의 전성시대」 등이 있었으며, 1980년대에는 황석영의 『어둠의 자식들』과 양귀자의 『원미동 사람들』이 있었다. 이런 유의 계보 파악은 물론 소재적인 차원에서 본 것에 불과한 것이다. 그러나 그 소재가 빈궁이나 도시빈민이라면 문제는 단순하지가 않다. 도시빈민이란 20세기에 들어 진행된 근대화와 도시화가 낳은 원형적인 현상이어서 그 자체만으로도 한 시대의 풍속도가 될 수 있을 만큼, 경우에 따라서는 한 시대 삶의 존재 조건이라 할 수 있을 정도로 비중이 있는 것이기 때문이다. 이런 이유로, 뿌리 뽑힌 사람들이나 변두리 인생들의 삶은 일제 강점기에서부터 1980년대에 이르기까지 지속적으로 소설의 중요한 소재로 등장해왔으며, 이런 역사는 곧 우리 근대사의 부침과 맥락을 같이하고 있다고 할 수 있다.

이런 소설들을 통시적으로 배열해볼 때 소재 자체보다 더욱 두드러져 보이는 것은 소재를 포착하고 육화하는 방식의 차이다. 시대나 작가에 따라, 적극적인 사회적 실천의식에서 비롯된 것에서부터, 관찰자로서의 관조적인 태도로 다루거나, 혹은 작가의 소설미학을 구현하기 위해 단순한 세태 풍속의 일환으로 취급하는 경우에 이르기까지, 다양한 편차의 스펙트럼을 이루고 있다. 이들 각각이 궁극적으로는 자기 시대의 정신과의 조응 속에서 생성된 것이며, 이들이 보여주는 차이도 그로부터 비롯된 것임은 당연한 것이다. 그렇다면 김소진의 경우는 어떤가. 그는 1990년대 작가다. 이 사실이 강조되어야 하는 것은, 말할 것도 없이 1990년대가 거대한 전환의 시대, 한국전쟁 이후 삼십여 년을 지속해 온 냉전 이데올로기와 대항이념이라는 틀이 사라지고 새로운 패러다임이 형성되고 있는 시대이기 때문이다. 그런데도 그는 1970년대 풍의 산동네 이야기를 그의 소설세계 전체의 밑그림으로 삼고 있다. 왜 아직도 산동네인가.

박태순과 조선작 등이 그려낸 1970년대적인 밑바닥 인생들의 이야기는 근본적으로 르포적인 문제의식의 소산이었다. 물론 조선작의 「성벽」은 개백정 사내의 파탄나는 가정과 죽음이라는 무거운 문제를 다루면서도 아이의 시점을 도입함으로써 블랙코미디 풍의 경쾌함을 가지고 있고, 박태순의 「정든 땅 언덕 위」 역시 철거민들의 이주촌인 외촌동을 배경으로 하면서도 유머러스하고 경쾌한 감각의 화자의 목소리가 텍스트 전면으로 등장함으로써 무거울 수도 있는 이야기를 한결 가볍게 전달하고 있다. 그럼에도 불구하고 이들 소설이 지니고 있는 근본적인 주제의식은, 그런 비인간적이고 비참한 삶에 대한 고발정신이며, 그러한 결과를 빚어낸 당대의 현실에 대한 비판정신이라고 해야 할 것이다. 도시빈민을 대상으로 한 이와 같은 양식을 일러 르포적인 것이라 한다면, 이는 1980년 황석영의 『어둠의 자식들』에서 한 정점에 이르고 이후에는 차차 문학적 관심권의 주변으로 사라져간다. 1980년을 분기점으로 하여 새로이 재편된 사회적 정황과도 무관하지 않을 것이며, 도시빈민 문제보다 더 핵심적인 쟁점으로 등장한 노동문제가 있었기 때문일 것이다. 이런 상황 속에서 도시 주변의 삶을 소설화하는 일이란 양귀자의 『원미동 사람들』이 보여주듯이 이미 르포적인 것일 수는 없다. 양귀자가 포착한 원미동 사람들의 풍경은 빈민이나 부랑자들의 소외된 삶이 아니라, 다양하고 풍부한 삶의 표정을 가지고 있는 소시민들의 평범한 삶이 되고 있는 것이다.

그런데도 김소진은 또다시 저 1970년대식의 산동네 이야기를, 그것도 매우 집요하게 우리에게 들려주고 있다. 구멍가게 주인, 삯바느질꾼, 양은장수, 고물상, 석수장이, 막걸리집 주모, 건축 노무자, 레슬링 선수, 연탄가게 배달부, 양공주, 똥지게꾼, 폐병쟁이, 성냥공장 공원, 무당, 들병이, 노름꾼, 미친 여자, 찐빵집 주인, 약사, 주정뱅이들 그리고 고철 부스러기를 주우러 돌아다니는 산동네 아이들. 김소진의 세계는 이들의 삶에 의해 구성된다. 그리고 그 세계의 앞뒤에는 그의 첫 소설 「쥐잡기」와 마지막 소설 「눈사람 속의 검은 항아리」가 도시의 경계 표지판처럼, 흡사 몽유록에서의 입몽(入夢)과 각몽(覺夢)의 절차와도 같이 놓여 있다. 그렇다면 그의 세계는 일종의 꿈과도 같다는 것인가. 아마도 그렇다고 해야 할 것이다. 1970년대식의 산동네가 이제 와서 현재형으로 등장한다면 그것은 일종의 시대착오에 불과할 뿐이다. 김소진의 이야기가 앞서 지적했던 도시빈민들의 이야기과 구분되는 것은 바로 이런 지점에서일 것이다. 현재의 이야기가 아니라 과거의 이야기라는 것, 관찰과 기록과 고발의 양식이 아니라 기억과 회상과 반추의 양식이라는 것이다. 그의 작가적 역량이 단편에 모아졌던 것도 이런 사실과 무관하지 않은 것으로 보인다. 김소진은 꿈처럼 단속적이고 단편적이고 계기적으로 떠오르는 기억 속으로 순례의 여행을 다녔고, 그가 써낸 다섯 권 분량의 단편들은 그 순례의 기록인 셈이다.

이를테면, 김소진은 그의 마지막 소설 「눈사람 속의 검은 항아리」에서 미아리 산동네의 마지막 모습에 대해 이야기하고 있다. 강북에서 마지막 남은 그 산동네가 이제는 재개발로 철거된다는 것이다.「쥐잡기」의 화자이기도 했던 민홍은 그 동네를 찾아간다. 아버지의 사진을 찾아온다든지 하는 등의 몇 가지 용무가 있지만, 진짜 이유는 다른 데 있었다. 이미 철거가 시작된 산동네를 한번 둘러보고 싶었던 것이다. 돌아가는 길, 아랫배가 묵직해져 빈집을 찾아들어가 깨진 항아리 속에 변을 본다. 용을 쓰느라 기침이 터지고 기침 끝에 눈물이 난다. 그 장면에서의 민홍의 심사는 이렇게 서술되어 있다 : "그런데 나는 왜 구린내가 진동하는 깨진 항아리 속에서 똥을 누는데 울고 싶어졌을까? 늙은 어머니와 아내 그리고 이제 막 초콜릿 맛을 안 네 살배기 아이, 이렇게 세 사람의 식솔을 거느린 가장이 비록 속눈썹이나마 이렇게 주책없이 적셔서야 되겠는가, 아아. 하지만 여태껏 나를 지탱해왔던 기억, 그 기억을 지탱해온 육체인 이 산동네가 사라진다는 것이 아니겠는가, 나를 이렇게 감상적으로 만드는 게. 이 동네가 포크레인의 날카로운 삽질에 깎여가면 내 허약한 기억도 송두리째 퍼내어질 것이다. 그런데 나는 기껏 똥을 눌 뿐인데…… 그것밖에 할 일이 없는데……"(5 : 32~33쪽)

이런 민홍의 심사는, 제반 요소들을 고려한다면 곧바로 작가 김소진의 심사라 해도 좋을 것이다. 미아리 산동네가 사라지는 것은, 그가 유소년기와 청년기를 보낸, 형과 아버지를 떠나보낸 고향이 사라지는 것, 그의 소설의 원천이 사라지는 것에 다름아니다. 따라서 저와 같이 감상적인 심사가 드러나는 것도 무리는 아닐 것이다. 이런 상황에서 그가 할 수 있는 것은 고작 '빈 항아리 속에 똥 누기'라고 했다. 미완인 채로 마지막 소설집에 실려 있는「내 마음의 세렌게티」에서도 역시 똥에 관한 이야기가 나온다. 사원 연수 프로그램의 일환으로 씌어진 화자의 유서의 다음과 같은 대목이다 : "이제 나는 세상의 똥으로 돌아갑니다. 더럽고 냄새나고 아무짝에도 쓸모없이 버려지는 똥 말입니다. 저 다양하고 갖가지 표정을 짓고 있는 똥을 한번 들여다봅시다. 똥은 거짓말을 못 합니다. 짜장면을 욱여넣고 싼 검은 똥, 김밥을 먹고 눈 푸르딩딩한 똥, 땡감을 마구 먹고 싼 된똥, 비곗살을 먹고 나와 기름기가 둥둥 뜨는 똥, 매운 김칫국물에 말아먹고 싼 빨간 똥, 변비에 걸려 토끼처럼 동글동글하게 쏟아지는 구슬 똥, 단물을 하도 먹어서 단내가 물씬물씬 나는 물똥, 라면 먹고 심사가 뒤틀려 배배 꼬여서 나오는 똥, 껍질 벗긴 군고구마처럼 한덩이로 쑤욱 크게 떨어지는 똥, 천둥 치는 소리만 요란한 방귀 똥, 폭탄주 마시고 술내가 풀풀 풍기는 까칠까칠한 똥, 돈만 보며 달리다 똥끝이 타서 새카맣게 그을러 나온 똥, 이게 바로 저입니다." (5 : 367쪽) 아무짝에도 쓸모없는, 그러나 거짓말을 못 하는 것으로서의 똥이라면, 그것은 곧 기억을 밥으로 하는 그 자신의 글쓰기를 두고 하는 말이 아닐까. 그렇다면 사라지는 기억의 원천을 앞에 두고 그가 할 수 있는 유일한 행위로서의 '항아리 속에서 똥 누기'를, 우리는 곧바로 회상으로서의 소설쓰기라 생각해도 좋지 않을까.

앞의 인용문의 첫 문장을 보라. 민홍의 내면을 묘사하는 대목이라 현재형으로 씌어져야 마땅하며, 더욱이 산동네가 철거되는 것은 서사적 현재에 속하는 것인데도, 김소진은 그 장면의 첫 문장을 "그런데 나는 왜 (……) 울고 싶어졌던 것일까"와 같이 회상으로 표현하고 있는 것이 아닌가. 더욱이 김소진의 대부분의 소설은 두 겹 세 겹의 시간대를 가지고 있다. 서사적 현재로 표현되는 사건이 있고, 그 사건 뒤에는 과거가 있으며, 경우에 따라 그 과거는 더 이전의 과거로 거슬러올라가기도 한다. 이를테면, 「쥐잡기」에 등장하는 쥐는 세 마리이다. 현재의 민홍이 대결하고 있는 쥐가 있고, 지금은 세상을 떠난 아버지가 구멍가게를 지키기 위해 싸움을 벌이던 쥐가 있고, 또 그 이전에는 거제도 포로수용소에서 아버지로 하여금 남쪽을 선택하게 했던 쥐가 있다. 「갈매나무를 찾아서」의 갈매나무도 세 개의 시간대에 걸쳐 나타난다.

소설의 화자로 하여금 과거의 기억으로 거슬러올라가게 만드는 모티프들의 등장도 돌연하기 짝이 없다. 회사가 부도가 나서 도피중인 대리가 있다. 목로주점의 늙은 주모가 썹고 있는 양파 한 조각이 그로 하여금 돌연 과거의 기억으로 인도한다(「길」). 김지하의 시 「황톳길」에서의 "나는 간다 애비야"와 "가마니 속에서 네가 죽은 곳"이라는 구절이 화자로 하여금 아버지가 깔고 있던 가마니때기에 대한 기억을 불러일으키고(「지붕 위의 남자」), 옛 치부책 갈피에서 돌연하게 튀어나온 사진 한 장이 어린 날 아들이 보았던 아버지의 상처를 상기시킨다(「고아떤 뺑덕어멈」). 이런 예들은 다 헤아릴 수 없을 정도다. 궁색한 아버지를 피하는 듯한 어린 딸의 태도가, 영화의 한 장면이, 병원 로비에서 만난 서적 외판원의 생물도감이, 낡은 여관 건물이, 아픈 사랑니가, 친구의 아버지들이, 여자의 알몸에서 맡은 살냄새가, 허연 허벅지가, 우연하게 만난 과거의 인물들이 소설을 돌연 과거의 기억으로, 회상으로 끌고 가는 것이다.

회상은, 역사와 마찬가지로 현재가 과거와 나누는 대화다. 현재도 소설도 똥이지만, 그 똥에는 과거의 싱싱한 푸성귀와, 맑은 샘물, 토실토실한 살코기, 깊은 바다 속에서 헤엄치던 생선, 투명한 공기와 햇살의 표정들이 숨겨져 있다고 김소진은 말한다. 그가 고집스럽게 견지했던 회상의 형식은 바로 그 표정들을 그려내기 위한 것이 아닐까. 그를 통해 김소진은 냄새나는 똥과 싱싱한 푸성귀 사이의 긴장에 대해 말하고 싶었던 것이 아닐까. 그렇다면 이 탈이념의 시대에도 산동네 이야기를 고집했던 김소진의 속내에 대해 이렇게 말할 수 있지 않을까. 그가 정작 쓰고자 했던 것은 미아리 산동네 이야기가 아니라 기억에 관한 이야기일 뿐이었다고. 회상의 형식으로 나타나는 기억에 관한 이야기라면, 그것도 산발적이고 단편적으로, 어느 순간마다 난데없는 폭죽처럼 터져나오는 기억들의 순례기라면, 자발적이고 무의지적으로 꼬리에 꼬리를 물고 이어져나가는 풍요로운 기억의 환유적 연쇄로서의 소설쓰기라면, 그 자체가 가지고 있는 무게만으로도 능히 이 화려무쌍한 세기말의 감각에 맞설 수 있는 것이리라고. 김소진의 저 집요함 — 그것이 의식적이건 생래적이건 간에 — 은 우리에게 그렇게 말하고 있는 것은 아닐까.

2. 회상 속의 아버지, 상징의 죽음

51편의 단편으로 구성된 김소진의 세계는 흡사 한 권의 사진첩과도 같다. 양친을 위시하여 형과 누이와 이모, 동네 사람들과 친구들이 반복적으로, 다양하게 변주되면서 등장함으로써 작품들간의 대화적 관계를 만들어낸다.[2)]『장석조네 사람들』에 실려 있는 각 편들이 그런 것은 연작이므로 당연한 일이지만, 여타의 작품에서도 사정은 크게 다르지 않다.

다양한 모습으로 반복 변주되는 회상 속의 인물들 중에서 가장 큰 비중을 차지하고 있는 것은 당연히 양친이다. 그중에서도 특히 아버지의 무게는 압도적이어서, 분량으로만 치더라도 아버지가 등장하는 소설은 전체의 삼분의 일에 달하고 있을 정도다. 그런데 흥미로운 점은 김소진의 세계에서 아버지는 예외없이 아버지라는 일반명사로만 존재하고 있

---

2) 철원댁으로 등장하는, 아명이 음전이었고 철원에서 아버지를 도와 군수품 밀매를 했던 어머니는, 「건널목」에서는 탈옥한 아들을 두고 경찰들과 당찬 거래를 하려 하는, 같은 이름을 가진 막걸리집 노파로 모습을 바꾸어 등장하고, 「수습 일기」의 깡패 두목 육손이는 동방계의 왕초였고 곰살스런 동네 형이었던 「그리운 동방」의 강광수를 거쳐, 레슬링 선수, 삼청교육대 출신의 학생 백정, 정치 깡패 등을 전전하다 행려병자로 생애를 마감하는 「비운의 육손이형」의 강광수에 이르기까지 다양한 모습으로 등장한다. 또 「혁명기념일」과 「개흘레꾼」에서 모습을 보이는 대학 선배의 이름 석주는 「적리」에서 나왔던 이름이고, 파월 해병대 출신인, 「춘하 돌아오다」의 얼금뱅이 상호도 더러는 육손이의 모습과 얼굴이 겹쳐지기도 하며, 또한 「문산행 기차」의 여자 동기생 영선은 「길」에서의 옛 애인 지선이나 「경복여관에서 꿈꾸기」의 예숙 등과 유사한 모습을 보여준다.

다는 사실이다. 물론 소설 속의 아버지도 이름은 있다. 「고아떤 뺑덕어멈」과 「두 장의 사진으로만 남은 아버지」 「목마른 뿌리」 등의 세 편에서 각각 홍수, 김홍수, 김응삼 등의 이름이 공개되고 있으나, 그저 한번 슬쩍 지나치면서 언급되고 있는 것에 불과하다. 그의 소설에서 아버지와 거의 같은 비중을 가지고 있는 어머니가 자주 철원네나 음전이, 김영혜 등의 고유명사로 언급되기도 하고, 경우에 따라서는 독립적인 시점인물로 등장하고 있는 것에 비해, 아버지의 경우는 시종일관, 아들과의 상대적인 관계에 의해 규정되는 일반명사 아버지로만 등장하고 있는 것이다. 또한 김소진의 소설에서 아버지는 언제나 세상을 떠난 과거형의 인물로만 취급되고 있기도 하다. 요컨대 김소진의 세계 속에서 아버지는 언제나 아들의 회상에 의해서만 포착되고 있다는 것이다. 이는 물론 작가 김소진의 전기적 사실 — 그의 아버지 김응수는 작가가 대학 3학년 때 세상을 떴다 — 과도 무관하지 않을 것이나, 이것만으로는 불충분하다.

아버지가 한 번도 독립적인 시점인물로 등장하지 못하고 언제나 아들의 시선에 의해서만 포착되고 있다는 것, 이는 아버지를 바라보는 작가 김소진의 그 어떤 독특한 태도와 연관되어 있는 것으로 보인다. 이를테면 앞에서 인용했던 「눈사람 속의 검은 항아리」의 한 대목을 보자. 감상으로 인해 눈물이 글썽여지는 심사를 표백하는 자리에서 화자 민홍은 "세 사람의 식솔을 거느린 가장이 비록 속눈썹이나마 이렇게 주책없이 적셔서야 되겠는가"라고 표현하고 있었다. 쉽게 눈물을 보여서는 안 되는 자신의 처지를 일러, 다 큰 남자 어른이 아니라 식솔을 거느린 가장이라고 표현하고 있는 것이다. 아들의 눈에 의해 포착되는 아버지는 언제나 아버지라는 자리, 아버지라는 어떤 이념형에 의해 규정되는 것일 수밖에 없다. 그렇다면 아버지라는 일반명사로만 지칭되는 아버지, 김소진에 의해 그려진 아버지는, 김홍수나 김응삼이라는 남자가 아니라 민홍이나 민세 등의 아버지라는 자리에 의해 규정된, 마치 헐거운 사진틀에 끼워진 작고 귀퉁이가 너덜거리는 사진 모양으로 아귀가 제대로 들어맞지 않는 것이 아닌가. 그렇다면 김소진은 아버지가 아니라, 아버지의 자리에 대해 말하고 있었던 것이 아닌가. 살아 있는 아버지가 아니라, 죽어버린 아버지, 아버지가 남기고 간 빈자리에 대해 말하고 있었던 것이 아닌가. 그래서 그는 아버지를 두고 개흘레꾼이라고 외쳤는가.

김소진의 이야기 속에 등장하는 아버지는 처참하기 짝이 없는 모습이다. 무능력하고 나태하고 심약한, 치유할 수 없는 상처를 지닌 채로 기신기신 연명해가는, 사줄 것이라고는 오로지 고운 심성밖에는 없는 인물이다. 그런 아버지를 바라보는 아들의 심사가 어떠하리라는 것은 두말할 필요가 없다. 중학 입학을 앞두고 있던, 「춘하 돌아오다」의 화자 병문의 눈에 비친 아버지의 모습을 보자. 아버지는 아들의 중학교 등록금을 동네 들병이 춘하의 치마폭에 털어넣었다. 막상 등록 마감일이 닥치자 아버지는 돈을 구하지 못해 춘하에게 다시 돌려달라고 애걸을 한다. 바로 그 장면을 아들이 목격하는 것이다. 아버지는 담뱃가게 앞 평상에서 중인환시리에 춘하에게 닦음질을 당하고 있다. 춘하는 아버지의 낯짝을 후려치고 술을 끼얹는다. 아버지라는 대머리 까진 사내는 그 망신 속에서도 이마를 짚으며 눈물을 훔치는 처량한 시늉을 하고 있다. 그 장면을 속속들이 목격했던, 현재의 대학생인 아들은 이렇게 회상한다 : "무조건 아버지라는 인간을, 아니 그 말 자체를 이 세상에서 지우고 싶었다. 그 위에 칼을 물고 고꾸라져 죽고만 싶었다. 그리고 춘하의 그 허연 살덩이를 한칼에 베어 으적으적 씹고 싶은 충동적 허기에 이후로 끊임없이 시달렸다. 마른 등짝에 식은땀 흐르는 꿈속에서, 차창 밖으로 빨려드는 멍한 공상에서, 방독면 없이 쫓겨들어간 군기교육대 가스실에서, 그리고 꽃병 투척조로 뛴 후텁지근한 가투에서." (1 : 123쪽)

또하나의 기억이 있다. 「자전거 도둑」에 나오는 그 사연은 이렇다. 약한 풍을 맞아 불편한 아버지는 한 평도 안 되는 작은 구멍가게를 꾸려가고 있었다. 함경도 출신 혹부리 영감이 운영하는 도매점에서 물건을 떼어오는데, 어느 날 보따리를 열어보니 스무 병이어야 할 소주가 두 병이 부족했다. 그만한 규모의 가게에서 소주 두 병이면 나머지 물건을 다 팔아야 벌충이 될 만큼 적지 않은 것이었다. 아버지 대신 아들이 도매점에 가서 사정을 말했지만 혹부리 영감은 요지부동이었고, 아버지는 망연자실 아들 앞에서 눈물까지 보이고 만다. 며칠 후, 아들과 같이 간 혹부리 영감 도매상에서 아버지는 그날 치 물건 외에 소주 두 병을 더 담았다가 들통이 난다. 영리한 아들이 나서서, 지난번에 축난 것 때문에 자기가 몰래 담은 것이라고 말한다. 거래가 끊길까봐 전전긍긍하는 아버지에게, 혹부리 영감은 거래를 끊지는 않는 대신 자기가 보는 앞에서 함경도 식으로 호되게 아들 단속을 하라고 한다. 아버지는 호령을 하며 아들의 따귀를 모지게 후려친다. 혹부리 영감에게 고개를 굽신거린 다음 또 한 차례 뺨을 올려붙인다. 아버지의 눈에 흐르지도 못하고 고여 있는 눈물을 보며 아들은 다짐한다 : "차라리 죽는 한이 있더라도 애비라는 존재는 되지 말자."(4 : 112쪽)

이런 아버지를 보는 아들의 심사는 착잡한 것일 수밖에 없다. 그러나 그뿐인가. 산동네 판잣집에서 도전을 하다 그것이 빌미가 되어 주정뱅이 전공(電工)에게 외상술을 뜯기던 아버지, 그에게 복수하기 위해 미량의 메틸알코올을 소주병에 타넣으며 비로소 단 한 번 야생의 눈빛을 보여주었던 아버지다. 발정기가 된 암캐들의 중신애비를 자청하여 동네 사람들에게 개홀레꾼이라 비웃음을 사고, 쥐약 먹고 죽은 셰퍼드를 잘못 먹어 죽은 인물이며, 노름방에 들어앉아 아들이 태어나는지도 모르던, 부엌 벽의 옹이구멍으로 옆집 아낙의 알몸을 훔쳐보고, 폐가에서 동네 과부와, 아들이 보고 있는 줄도 모르고 정사를 벌이던 사람이다.

물론 아버지도 돌산 둔덕 양지쪽에서 신문지에 싼 돼지머릿고기를 먹이며 아들 얼굴에 핀 버짐꽃을 걱정하고, 청소부 차림새가 민망하여 운동회를 하는 어린 아들을 후문으로 불러내 빵과 사과 봉지를 건네주는 자상함도 있었고, 한밤중 대학생인 아들과 함께 메밀묵을 먹으며 지난 시절의 이야기를 들려주고, 데모하다 유치장에 갇힌 아들에게 빵봉지를 들고 면회 오던, 마음만은 맑고 고운 사람이다. 또 이러저러한 사연으로 난데없는 대타로 출마하게 된 대통령 선거인단 선거에서, 비록 공동 연설회장에서 마지막 열두번째 연사로 나와 여러분 소리 한번 제대로 못 해보고 내려왔으나, 무수한 후보 사퇴 종용만은 끝내 물리치고 후보 자리를 지켰던, 그렇게 아들에게 단 한 번이라도 주어진 현실과 당당하게 대결하는 모습을 보여주고 싶어했던 인물이기도 했다. 그래서 아버지를 바라보는 아들의 시선은 더 착잡하다.

물론 아버지를 향한 아들의 양가감정이라면, 프로이트가 오이디푸스 콤플렉스라 불렀으며 그것을 종교와 문화, 사회, 예술, 곧 모든 문명의 시초로 파악하고자 했을 만큼 뿌리 깊은 것이다. 『토템과 터부』에서의 프로이트는, 동일한 대상에 대한 애증이 복합되어 있는 것으로서의 양가감정이라는 말 자체가 아버지에 대한 콤플렉스에서 비롯된 것이라고까지 말하고 있다. 여기에서의 아버지는 경외와 극복의 대상으로 존재하는, 그래서 공포와 애착, 경외와 질투가 복합되어 있는 존재이며, 근본적으로는 동경의 대상이다. 그와 같은 아버지의 자리를 대치한 것이 토템이고, 그 이후에 등장한 신이라는 관념도 동물이 신성함을 상실하면서 생겨난 일종의 인간화된 토템으로서, 결국 고양된 아버지의 형상에 다름아니라는 것이다. 말하자면 아버지와 토템과 신은 그 어떤 신성성의 지시체이며, 초월적 시니피에라고 할 수 있는 대상인 셈이다. 그러나 김소진의 세계에 등장하는 아버지는 어떠한가. 아들로 하여금 저 착잡한 양가감정을 일으키게 하는 그 아버지는 결코 동경이나 경외의 대상이 될 수가 없는, 오히려 증오와 조소의 대상이고 기껏해야 연민의 대상일 뿐이다. 그리고 무엇보다 김소진의 세계에 등장하는 아버지는 결코 회복될 수 없는, 마치 원죄와도 같은 상처를 가지고 있다. 가족을 방기한 죄가 그것이다.

아버지는 한국전쟁의 와중에서 북에 가족을 두고 남쪽을 택했다. 김소진의 소설에서 그 사연은 두 가지 모습으로 나타난다. 먼저, 아버지가 반공포로 출신으로 되어 있는 「쥐잡기」와 「개흘레꾼」 「첫눈」 등이 있다. 여기에 등장하는 아버지의 모습을 종합해보면 다음과 같다. 함경도 출신인 아버지는 스물여덟에 거제도 포로수용소에 있었다. 앞에총이 무언지도 모르는 상태에서 군수물자 담당 요원으로 남하했다가 영천 어디쯤에선가 미군의 포로가 되었다. 북에는 부모와 갓 결혼한 아내, 그리고 이름조차 짓지 못한 채 두고 온 아들이 있었다. 그런데도 그는 북쪽이 아닌 남쪽을 택했다. 「쥐잡기」의 아버지는 그것이 쥐 때문이라 했고, 「개흘레꾼」의 아버지는 개에 물려 사내 구실을 못 하게 된 몸 때문일 것이라 했고, 「첫눈」의 아버지는 단팥빵 때문이라 했다. 북에는 안타까운 식솔들이 있고 부모가 있는데도, 그리고 자신의 의지에 따라 얼마든지 남과 북을 선택할 수 있는 상황인데도 남쪽을 선택한 이유가 고작해야 쥐나 개나 빵 때문이라면 누가 납득할 수 있을 것인가. 변명치고는 빈약하기 짝이 없는 것이 아닌가.

그러나 「고아떤 뺑덕어멈」에 등장하는 아버지는 이와는 사뭇 다르다. 한국전쟁 당시 아버지는 원산의 한 의원에서 약품 담당 서무원으로 일하며 인민군 부상병 뒤치다꺼리를 하고 있었다. 미군의 원산 점령과 인민군의 후퇴가 순식간에 이루어졌고, 더욱이 신혼의 아내가 만삭이었던 터라, 부모가 있는 함경도 성진 땅으로 갈 수가 없었다. 원산에 남은 아버지는 부역자로 몰리지 않기 위해서라도 대한청년단에 가입해야 했다. 그리고 두 달 뒤, 인민군의 반격으로 정반대의 상황이 벌어진다.

아버지는 아내와 포대기 속의 아들을 두고 단독으로 원산항을 빠져나와야 했다. 가족은 다른 선으로 남하한다는 조직의 지침이 있었기에 그것이 영원한 이별이 되리라고는 생각지 않았다는 것이다. 이와 같은 이야기는 첫번째의 경우에 비해 훨씬 현실적이다. 그리고 김소진이, 『장석조네 사람들』의 연재가 시작되었던 1993년 『소설과사상』 겨울호에서, 자작 연보의 일환으로 밝혀놓은 아버지에 관한 기록과도 거의 일치한다. 요컨대 김소진의 아버지를 기준으로 한다면 「쥐잡기」보다 「고아떤 뺑덕어멈」 쪽이 훨씬 더 전기적 사실에 가깝다.

「고아떤 뺑덕어멈」의 아버지는 가족을 방기한 일에 대한 책임감에 관한 한 비교적 자유로울 수 있다. 자신의 의지를 압도할 만큼 거대한 외부의 힘이 존재했기 때문이다. 그렇다면 「쥐잡기」 등의 아버지는 어떤가. 가족을 포기한 것이 쥐나 개나 빵 때문이라고 했었다. 이런 것들은 아마도 소설적 너스레일 것이다. 이를테면 「쥐잡기」의 아버지의 경우를 보자. 그가 거제도 포로수용소에서 우연히 기르게 된 흰쥐 한 마리가 있었다. 그 쥐 덕에 생명을 구한 일도 있었다. 남과 북을 선택하는 기로에서 쥐가 남쪽으로 갔기 때문에 남쪽을 선택했다고 했다. 말하자면 운명이라는 것, 자신의 의지와는 무관하게 흰쥐로 표상되는 그 어떤 숙명적인 힘에 의해 자신의 운명이 결정되었다는 것 아닌가. 그 장면의 심사를 아버지는 이렇게 술회했다 : “웬 쥐였냐고? 글쎄 모르지. 기러다보니 맹탕 헷것이 눈에 끼었는지두.”(1 : 28쪽) 그의 눈을 가리고 있었던 허깨비라면 아마도 폭압적이고 압도적으로 다가왔던 현실, 그래서 차마 저항할 엄두도 내지 못했던 거대한 상황의 힘이라고 이해해야 하지 않을까. 이런 사정은 자포자기의 상태에 있었던 「개흘레꾼」의 아버지나, 어디 가나 마찬가지라는 체념에 빠져든 「첫눈」의 아버지도 마찬가지가 아닐까. 물론 가족을 포기하게 만든 힘이 내부에 있다는 점에서 「고아떤 뺑덕어멈」의 경우와 다르기는 하다. 그럼에도 스스로의 의지로 저항할 수 없다는 점에서는 결국 마찬가지가 아닌가. 그래서 이 아버지의 자책감과 회한을 일러 우리는 원죄와도 같은 것이라 했다. 그렇다면 그것은 민홍의 아버지뿐 아니라 그런 상황을 초래하게 만든 그 시대의 모든 아버지들이 함께 책임져야 하는 것이 아닌가.

김소진의 화자들이 경멸과 연민이 복합되어 있는 양가감정으로 아버지를 바라보았던 것도 그 때문일 것이다. 아버지는 추레하고 비루하여 아들에게 부끄러움만 불러일으키는 존재이지만, 그것은 아버지의 원죄에서 비롯되는 것이므로 전적으로 아버지 탓만은 아닌 것이다. 그럼에도 김소진의 아버지는 결코 저 프로이트적인 아버지의 자리를 차지할 수는 없다. 고작해야 연민의 대상인 아버지는 그 어떤 권위도 가질 수 없기 때문이다. 이 점은 작가 자신의 경우에도 마찬가지로 보인다. 그의 어머니 철원네는 본명뿐 아니라 아명까지도 태연하게 공개된다. 그럼에도 아버지의 본명 김응수는 김홍수와 김흥수, 김응삼 등으로 끝까지 감춰지고 있다. 부정할 가치조차도 없으나 엄연한 실체로 존재했기에 전적으로 무시될 수는 없는 아버지다. 그래서 김소진은 아버지에게서 그 어떤 긍정성을 찾아내고자 안간힘을 쓴다. 『장석조네 사람들』 연작 속에 슬쩍 끼워져 있는 「두 장의 사진으로 남은 아버지」와 같은 경우가 그 예다. 김소진은 그 책의 서문에서 이렇게 말하고 있다 : "이 열 개의 이야기 속에는 다행히도 아버지 얘기가 한 편 들어가 있다. 내숭처럼."(3 : 작가의 말) 이 소설에 등장하는 아버지는 유일하게 현실과 대결을 벌이는 긍정적인 모습이다. 그러나 그조차도 '내숭' 이라는 것인가.

이와 같은 아버지에 대한 극단적인 양가감정과 그로부터 비롯되는 내적 갈등이야말로 김소진 소설의 핵을 이루고 있다. 그는 아버지가 아니라 아버지의 자리를 바라보고 있지만, 그러나 그가 요구하는 아버지의 자리는 결코 존재할 수 없다. 아버지의 자리를 바라보는 김소진의 시선은 아버지를 죽이는 화살이다. 김소진의 아버지는 개에 물려 죽고,

급체에 걸려 죽고, 중풍으로 기신을 못 하다가 죽는다. 아들은 아버지의 임종 자리조차 지키지 않는다. 아버지에 대한 반감 때문이다. 김소진이 방관하는 아버지의 죽음은 곧 우리 소설사에서 신화처럼 군림해 왔던 아버지라는 상징의 죽음, 아버지라는 보편적인 상징이 의미하는 정신의 죽음으로 보인다. 그 죽음 뒤에 남는 것은 저 산동네 사람들로 표상되는 육체의 향연일 뿐이다. 이런 상황 속에서 김소진은 더러 새로운 아버지를 찾아나서기도 했다. 그러나 그가 요구하는 아버지의 자리가 결코 채워지지 않을 것이라는 점은 그 또한 잘 알고 있었던 것으로 보인다. 그래서 90년대 작가 김소진의 소설에서 일어나는 아버지라는 역사화된 상징의 죽음은 결코 돌이킬 수 없는 영원한 것으로 보인다.

3. 옹이구멍과 지평선, 소설과 역사

아버지가 아니라 아버지의 자리를 바라보는 것은, 아버지를 명제의 주어로 내세우는 것이며 또한 역사를 바라보는 일에 해당된다. 우리 소설사에서 아버지라는 상징이 어떤 위치를 차지하고 있는지에 대해서는 두말할 나위가 없는 것 아닌가. 외세에 의한 국권 상실로부터 분단과 열전, 냉전으로 이어지는 상황 속에서 아버지는 쉽게, 유린당한 나라이자 동강난 국토, 이분된 이데올로기로 치환되었다. 이런 상황에서 아버지는 언제나 부재하는 것으로, 그래서 더러는 뜨거운 동경과 그리움의 대상으로, 더러는 역사 속으로 사라져간 비극적 영웅의 모습으로 나타났다. 이광수의 시대에서부터 1980년대에 이르기까지, 이런 아버지를 대하는 아들의 의식의 근저에 놓여 있는 것을 일컬어 고아의식이라 할 수 있을 것이다.

이런 의식의 한 초석처럼 놓여 있는 계몽주의자 이광수의 경우를 보

자. 『무정』의 형식에게 박진사도 김장로도 진짜 아버지는 아니다. 진짜 아버지는 누구인가. 내가 바로 아버지다. 아버지가 살해되어 사라진 땅에서 그는 스스로 아버지로 등극하여 아버지로 살았다. 계몽주의 그 자체가 이미 고아의식과 살부의식의 산물이라 할 수도 있을 것이다. 그리고 또 실패한 계몽주의자, 거세당한 아버지를 착잡한 눈으로 바라보았던 『삼대』의 염상섭, 그리고 새로이 맞아들인 양부의 진정한 아들이 되기 위해 애를 썼던 카프의 조직원들이 있었다. 전후 문학에서도 장용학의 아버지는 근친상간의 죄를 범하고 아들을 버린, 그럼에도 자본가이자 국회의원이 되어 떵떵거리는 인물이며, 손창섭의 세계에서도 아버지는 아득하고 신비로운 부재로 그리고 아들은 철저한 고아로 존재한다. 김승옥은 아버지가 없는 곳에서 꿈틀거리는 에로스의 환영에 눈이 아득해지고, 최인호의 고아 「술꾼」은 아버지의 부재를 알고 있음에도 아버지를 찾아 술집을 순례한다. 1970년대와 1980년대에 들어 김원우와 이문열, 임철우의 소설들을 통해, 고아의식은 구체적인 역사와 만났다. 어린 아들에게 아버지는 금기와 같은 존재, 신성하고 영웅적이지만 금지된 대상이며, 역사 속에서 사라져간 비극적인 아버지들을 바라보는 장성한 아들들의 시선은 착잡한 회한으로 얼룩져 있다.

그렇다면 김소진의 경우는 어떠한가. 1980년대의 대학생이었던 김소진의 화자들이 요구하는 아버지의 자리란 무엇인가. 두 개의 명제로 정리된다. '아버지는 남로당이었다' 가 그 하나이며 '아버지는 자본가다' 가 다른 하나다. 하나는 테제이고 다른 하나는 안티테제다. 이 둘 중 하나라야 아버지의 자리는 명제가 될 수 있다. 그러나 개흘레꾼인 아버지는 어떤가 : "아버지는 테제도 그렇다고 안티테제도 아니었다. 그저 하릴없이 암내 난 개 목에 낡아빠진 개줄을 걸고 다니며 상대 수캐를 고르고 한적한 돌산 같은 데로 올라가 흘레를 붙여주는 일을 보람차게 수행하는 사람일 뿐이었다. 그러니 내가 나가야 할 출구를 아버지가 미리다 막아놓은 셈이었다."(2 : 44쪽) 그에게 아버지는, 경외나 동경은 가당치도 않으며, 현재의 비참 속에서나마 실패한 열정의 흔적조차 찾아볼 수 없는 인물이다. 그럼에도 그는 그런 아버지를 명제로 내세웠다. 「개흘레꾼」의 병수를 보라. 사회주의자 출신의 아버지를 둔, 대학 시절 운동권 친구를 만나 술을 마신다. 그 자리에서 그는 개흘레꾼이었던 아버지와 대학 시절 자신이 가졌던 아버지 콤플렉스에 대해 고백한다. 그러나 끝내 아버지가 개에 물려 죽었다는 말은 하지 못한다. 그 끝에 술주정처럼 다음과 같이 덧붙인다 : "그런 사실마저 다 까발리면 난 기운이 죽 빠져버리고 말 것 같았다. 두말하면 잔소리겠지만 사실 나도 이제는 이런 명제로 뭔가 얘기 좀 해보고 싶었던 거다. 이런 명제로…… 아비는 개흘레꾼이었다. 오늘도 밤늦도록 개들이 짖었다."(2 : 61쪽)

그러나 그가 말하고자 하는 명제는 '애비는 개흘레꾼이었다'가 아니라 '애비는 개처럼 죽었다'이다. 요컨대 그는 지금 아버지의 죽음을 확인하고 있는 중이다. 김소진은 첫 소설집의 서문에서 자신의 소설을 일컬어 아버지를 위한 제문이라 했다. 그러나 정말 아버지가 죽었는가. 정작 죽어버린 것은 개흘레꾼 아버지가 아니라, 저 지리산 산자락에서 피흘리던 아버지이고, 그 아버지를 둘러싸고 있던 신화이고, 그 신화를 만들어낸 역사가 아닌가. 그의 텍스트 속에서 개흘레꾼 아버지와 그의 분신들은 천방지축으로 돌아다니며 사고를 치고 있고, 역사 기술의 담당자인 지식인들은 오히려 변절의 그늘이나 내적 갈등의 어둠 속으로 움츠러들고 있는 것이 아닌가.

우리는 앞에서 김소진이 쓴 것은 산동네 이야기가 아니라 기억에 대한 이야기라고 했다. 기억을 만들어내는 것은 시간이되, 김소진의 시간은 역사로서의 시간이 아니라 세월로서의 시간이다. 그가 아버지를 개흘레꾼이라 규정하고 고백하는 순간, 사라지는 것은 아버지가 아니라 아버지를 개흘레꾼으로 만든 역사이며, 바로 그 순간 아버지의 자리에 갇혀 있던 개홀레꾼 아버지는 다시 살아난다. 그러나 다시 살아나는 아버지는 정신이나 육중한 에토스로서의 아버지가 아니다. 풍요로운 이야기의 원천이자 생동하는 육체로서의 아버지, 어머니의 에로스와 분리 불가능한 것으로 얽혀 있는 새로운 아버지다. 아버지의 자리로부터 벗어나 아들과 술을 마시며 여자에 대한 이야기를 하는 순간 아버지는 아들의 형이자 친구가 된다. 그리고 아버지의 자리라는 틀은 해체되어 버리고 아버지는 마치 신생아와도 같은 모습으로 다시 태어난다. 그 지점에 놓여 있는 인물이 동네 양아치 왕초들인 육손이와 상호라면, 그 반대편에는 대학의 운동권 선배들인 석주와 달원이가 있다.

육손이와 상호는 모두 어린 시절 화자의 우상들이었다는 점에서 동일한 위상을 지닌다. 특히 육손이를 향한 김소진의 애정은 극진하다. 첫 소설집 『열린 사회와 그 적들』에서 두 편에 걸쳐 육손이의 이야기를 들려주었고, 『장석조네 사람들』에서는 한 편이 온통 그에 관한 이야기다. 그리고 이 소설 「비운의 육손이형」은 『장석조네 사람들』 연작 열 편 중에서 아버지를 다룬 「두 장의 사진으로 남은 아버지」와 함께 일인칭 화자로 씌어진 단 두 편 중 하나이다. 일인칭 화자를 등장시키지 않을 수 없을 정도로 절실했다는 것이며, 이런 점에서는 아버지와 동격에 해당된다는 것이다. 그러나 단지 이 정도로 그치는 것이 아니다. 그는 실제로 아버지의 위상을 차지하고 있다. 새로 태어난 아버지, 아버지처럼 무식한 밑바닥 인생이지만 아버지에게는 없었던 강한 힘을 소유한 호방한 유목민으로서의 아버지, 그가 보고 싶어했던 모습의 아버지다.

김소진의 텍스트 속에서 우리가 마주치는 첫번째 모습의 육손이는 첫 소설집에 실린 단편 「수습 일기」에 나타나 있다. 경찰서에서 수습 생활을 하는 기자인 화자가 유치장에서 만난 육손이파 두목 강병호가 그이다. 또 같은 책의 「그리운 동방」에서는 강광수라는 이름의 떠돌이 노무자로 등장하고, 「비운의 육손이형」에서는 단편으로나마 강광수에 대한 삶과 죽음의 전모가 드러나 있다. 그는 똥지게꾼 아버지의 아들로, 학교도 다닌 적 없는 동네 양아치 왕초였다. 우람한 체구와 완력을 갖춘 싸움꾼이었으나 마음만은 착해서, 어린 날의 화자가 그의 부하가 되고 싶어했을 만큼 동네 아이들의 우상 노릇을 했다. 그리고 그는 산동네를 벗어나 저 넓은 세상에서 유목민과도 같은 자유로운 삶을 살았다. 그가 레슬링 선수를 했다든지, 대학생을 체포하는 삼청대 출신의 백골단 노릇을 했다든지 하는 것들은 그저 소설적 흥밋거리에 지나지 않는다. 우리가 문제 삼고자 하는 것은 화자가 보여주는 육손이라는 인물에 대한 동경이며 정서적인 친화력이다. 화자에게 강광수는 흡사 친형과도 같고 아버지와도 같다. 그리고 그가 아내로 삼은 여자는 화자가 첫 몽정을 경험할 때 꿈속으로 찾아왔던 바로 그 여자이기도 하다. 또 「그리운 동방」에서의 화자는 육손이와 아내의 육체를 공유해도 좋다고 생각할 정도로 강한 친화력을 느끼고 있다.

바로 이런 점에서 보자면 얼금뱅이 상호는 육손이 강광수와 동일한 위상을 지니고 있다. 그는 「춘하 돌아오다」에서 춘하의 남편으로 등장한다. 춘하라면 화자의 아버지가 자식 등록금을 바쳐가며 탐내했던 바로 그 들병이 아닌가. 춘하는 산동네 사람들에게 빚을 걸어놓은 채 야반도주를 했고 그로부터 십육 년이 흘러 십 년이나 연하인 상호의 아내가 되어 다시 산동네로 돌아온다. 춘하는 어린 시절 화자에게 최초의 에로스로 다가왔던 여인이기도 했다. 아버지의 여자이자 아들이 비밀스런 에로스의 대상으로 삼은 여자라면 곧 어머니 아닌가. 그렇다면 상호는 아버지의 자리에 있는 것인가. 어린 시절 화자는 이마의 종기 때문에 위태로웠던 적이 있었다. 부모조차 망지소조 어쩌지 못하고 있을 때, 그 이마의 종기를 엄지손톱으로 터뜨리고 피고름을 입으로 빨아낸 사람이 바로 상호였다. 그는 또한 파월 장병 출신으로 어린아이들의 우상이기도 했다. 화자가 느끼는 친화력으로 치자면 그 역시 육손이나 아버지와 정확하게 같은 자리에 놓여 있는 것이다. 이와 같은 모습의 육손이 강광수나 얼금뱅이 상호야말로 김소진이 그리고 싶었던 진짜 아버지의 모습이라 할 수는 없을까. 아버지의 죽음으로부터 잉태된, 그러나 가짜로 판명되는 또하나의 아버지의 모습을 맞세워보면 좀더 분명해질 것이다.

그의 마지막 소설집에 실려 있는 「지붕 위의 남자」를 보자. 약사 아내를 둔 셔터맨의 이야기다. 그는 자칭 직업 시인이다. 아내가 자리를 비울 때 약국을 지키고 셔터문을 열고 닫는 게 그의 가장 큰 소임이다. 그 약국 건물 옥탑에는 이상한 사내가 산다. 연금술사와 같은 솜씨로 고물들을 수리하는 것이 직업인 사내다. 우리의 주목을 끄는 것은 강광수라는 그의 이름이다. 강광수라면 이미 『장석조네 사람들』에서 죽어버린 육손이의 이름이 아닌가. 연금술사 강광수는, 노래방과 약국과 비디오방과 술집과 식당과 교회로 이루어진 그 건물 옥상에서 천체망원경을 보며 사는 사람이다. 말하자면 현실로부터 스스로를 추방한 허깨비 같은 인물인 셈이다. 그런 점에서 육손이의 이름 강광수는 그에게 매우 잘 어울린다. 이와 정반대편에 있는 인물은 셔터맨의 대학 선배 달원이다. 달원은 대학 1학년이었던 셔터맨에게 세미나의 지도 선배였고 김지하를 소개하여 셔터맨을 시인으로 만든 장본인이었다. 이제는 국회의원 보좌관을 거쳐 시의회 의원이 되어 있다. 시의원이 된 선배는 셔터맨에게 시인 노릇을 집어치우라고, 자신의 후원회에 계좌나 하나 채우라고 한다.

「혁명기념일」의 대조는 이보다 좀더 극단적이다. 대학 시절의 화자에게는 두 명의 선배가 있었다. 한 명은 프롤레타리아 혁명을 부르짖던 열혈청년 윤석주이고, 다른 한 명은 낭만적인 무정부주의자 목진기다. 윤석주의 아버지는 자유당 말기에는 혁신당 운동에 참여해 옥고까지 치렀으나 1980년 이후 군부 세력과 결탁하여 집권 여당의 거물이 된 인물이다. 그런 아버지에 대한 반발로 석주는 학생운동을 시작했다고 한다. 화자는 강남 복판의 호화주택인 석주의 집에서 그 자신의 입을 통해 그런 이야기를 들었다. 석주의 권유로 화자는 시위의 주동 노릇을 했고, 그 때문에 옥살이까지 했다. 이에 비해 무정부주의자 목진기는 반조직적인 낭만성 때문에 화자에게 테러를 당했던 인물이다. 이제 그들은 어떻게 변했는가. 자명하다. 석주는 잘나가는 외교관이 되어 프랑스 대사관의 리셉션 자리에 있고, 진기는 위장취업자가 아닌, 전봇대를 타는 진짜 전기 기술자가 되고, 우람한 체격의 선술집 딸과 결혼하여 산동네에서 살고 있다. 이 둘을 바라보는 화자가 심사가 어떨지는 말할 필요조차 없다.

이 두 부류의 인물들은 이와 같은 모습으로 대조되고 있다. 한쪽은 대책없는 낭만주의자들이고 다른 한쪽은 영악한 현실주의자들이다. 육손이의 이름을 물려받은 철부지 연금술사는 물론이고 우람한 아내와 사는 선배 진기도 결국은 육손이의 다른 모습이다. 그렇다면 달원이나 석주는 어떠한가. 그들은 아버지가 갖지 못했던 모든 것을 다 가지고 있었다. 무능력한 아버지를 부정하는 대학생인 화자에게 있어 그들은 새로운 아버지였다. 그러나 이제는 어떤가. 어김없이 가짜가 되어 있는 것이 아닌가. 이에 비해 저 추레한 모습의 육손이들은 어떠한가. 그들이야말로 진짜가 아닌가. 아들은 아버지를 부정하고 새로운 아버지를 받아들였었다. 그것은 곧 아버지를 죽이는 것이기도 했었다. 그럼에도 아버지는 더욱더 생생한 모습으로 살아나고, 오히려 새아버지가 가짜임이 드러나고 있는 것이다. 새로이 살아나는 아버지는, 아들의 손에 쥐어진 새아버지의 칼날까지 덤덤하게 받아들이면서도 살아 있는 아버지, 결코 죽을 수 없는 진짜 아버지, 저 큰 칼날이 벨 수 없을 정도로 작은 아버지들, 아들의 회상 속에서만 살아 있는 아버지들, 육손이들이다.

그래서 육손이의 여자들이 가지고 있는 이미지는 서로 넘나들며 겹쳐진다. 생활력이 강하고, 몸집이 크고, 힘이 세고, 육덕이 푸짐한, 그리고 화자에게 원초적인 에로스로 다가왔던, 어린 시절 화자의 우상이었던 여자들, 그리고 거기에 다시, 억척스럽기 짝이 없었던 어머니의 이미지가 겹쳐진다. 성에 눈뜰 무렵 우연히 어머니의 홑치마 속을 들여다보게 된 경험의 충격에 대해 「용두각을 찾아서」의 화자는 고통스럽게 술회하고 있다. 김소진의 소설 속에서 이들은 모두 그 하나의 이미지로 응축된다. 그러므로 육손이들이 아버지라는 하나의 자리로 모아지는 것 또한 당연한 것이 아닌가. 눈 내리는 산동네 마당에서 오십대의 들병이 춘하와 사십대의 얼금뱅이 상호가 벌이는 결혼식의 풍경처럼, 김소진의 텍스트 속에서 이 두 쌍의 이미지는 서로 넘나들고 얽히면서 한 몸으로 결합된다. 그리고 김소진은 바로 그런 육체의 향연을, 아버지와 어머니의 결혼을 훔쳐보고 있다. 「첫눈」에서처럼 부엌 벽의 옹이구멍 틈새로, 「부엌」에서처럼 다락방의 마루 틈새로, 「그리운 동방」에서처럼 열린 대문 사이로.

옹이구멍은 시야를 제한하고 대상으로부터 주체를 은폐시킨다. 또한 옹이구멍 속의 시선은 대상을 에로스로, 은밀함과 생명력을 지닌 육체로 만들고, 동시에 시선의 주체를 호기심과 순정함이 뒤섞여 있는 청춘기의 영혼으로 규정한다. 그와 같은 주체와 대상이 만남으로써 만들어진 세계, 그것을 김소진의 소설이라 해도 좋을 것이다. 들판의 시야를 요구하는 당당한 정신의 처소가 그의 소설에는 존재하지 않는다. 지평선을 등지고 들판 한가운데 서 있는 대상은 자신의 전모를 숨김없이 드러내고, 자신을 바라보는 시선의 주체로 하여금 총체성을 포착하라고 요구한다. 그것이 역사이고 역사의식이다. 그러나 지평선은 주체가 한 발만 앞으로 나가는 순간 새로이 솟아오르는 또하나의 지평선 밑으로 사라져버린다. 그것이 지평선의 속성이다. 또 그 들판의 지평선은 옛 사진관의 배경 그림처럼 종종 가짜일 경우가 있다. 그러나 옹이구멍이 포착해내는 대상은 지극히 제한된 부분이며 파편이고 짧은 섬광과도 같이 순식간에 사라져버리는 것에 불과하다. 단편적인 기억과 주관적인 경험으로만 존재한다. 따라서 기록에 관한 한, 진리보다는 진실 쪽이 더 긴 생명을 가질 수 있는 것인지도 모른다. 소설이, 지평선을 배경으로 하는 진리가 아니라 그 옹이구멍에 의해 존재하는 진실에 해당되는 것이라면, 51편의 단편으로 구성되어 있는 김소진의 텍스트는 바로 그 자리에 놓여 있다.

집요하게 아버지의 자리를 바라봄으로써 그가 획득할 수 있었던 것은, 대상 속에서 풍화의 흔적들을 발견해내는 세월이라는 시간 감각이었다. 그리고 그것은 주체의 에토스를 성숙하고 유연한 것으로 만든다. 그것은 옹이구멍 이쪽에 있다. 그리고 옹이구멍 저쪽에는 생명력으로 충일한 어머니의 에로스가 있다. 김소진의 소설은 유연한 에토스와 생동하는 에로스가 결합함으로써 만들어졌다. 아버지의 삶은 시선을 제공했고, 어머니의 육체는 대상을 제공했다. 그리고 이 둘의 결합은 오로지 옹이구멍을 통해서만 가능했다. 그는 아버지를 죽이고 새로운 아버지를 받아들이고자 했었다. 그러나 정작 사라진 것은 아버지의 자리, 역사화된 상징으로서의 아버지일 뿐이었고, 죽은 아버지는 어머니의 에로스로, 육체의 모습으로 되살아났다. 아버지는 옹이구멍을 통해 이쪽과 저쪽을 넘나들고 있는 것이다.

김소진은 아버지를 역사적 상징으로 받아들일 수 있는 최후의 세대다. 그의 세대는 동시에, 아버지를 그런 아버지의 자리로부터 풀어놓을 수 있는 최초의 세대이기도 하다. 김소진의 텍스트를 통해 펼쳐지는 아버지의 죽음과 재생의 드라마는, 그래서 아버지라는 역사화된 상징의 최종적인 죽음으로 보인다.

4. 이야기꾼으로서의 소설가

김소진의 소설은 어떤 문제도 제기하지 않는다. 삶이나 죽음과도 같은 그 어떤 보편적인 것의 의미에 대해 묻지도 않는다. 그는 단지 이야기하고 있을 뿐이다. 천연덕스럽게, 자기 자신과 주변의 이야기를 들려주고 있을 뿐이다. 그 이야기는 대개 회상의 형식을 가지고 있으며, 그 회상을 불러일으키는 동기 또한 돌연하게 등장한다. 그의 소설 전체를 하나의 텍스트로 본다면, 그의 이야기들은 서로 환유적 연쇄로 이어져 있다. '원숭이 똥구멍은 빨개, 빨간 것은 사과, 사과는 맛있어, 맛있는 건 바나나' 와 같은 모습이다. 그 사슬은 아버지로부터 시작하여 아버지로 끝난다. 그러나 그것은 어머니로부터 시작하여 어머니로 끝난다는 말과 같은 것이다. 아버지와 어머니는 죽음과 삶을 가로지르는 육체를 통해, 에로스의 기억을 통해 연결되어 있기 때문이다. 그가 이야기하는 것은 그러므로 사건이 아니라, 회상과 기억의 형식을 통해서만 존재할 수 있는 것으로서의 경험이다.

벤야민이 경험의 가치하락에 대해 언급한 것은 1936년의 일이었다. 그는 경험을 바탕으로 하는 이야기 문학의 쇠퇴에 대해 말하면서, 이를 대체하고 나선 새로운 의사소통의 형식에 대해 말했었다. 그것은 시민사회의 완성과 동시에 새로운 소통의 매체로 정착된 신문에서 제공되는 것, 곧 정보였다. 이야기 문학의 쇠퇴를 초래한 또하나의 것으로 그는 소설을 들었다. 물론 소설은 정보보다 앞선 시대의 것이다. 이 경우 소설이란 삶의 의미에 대한 탐색의 형식으로 존재하는 것, 곧 정확하게 루카치적인 의미에서의 소설이다. 그는 이야기에서의 모럴과 소설에서의 삶의 의미를 대립시켰다. 그리고 이야기꾼을 교사나 현자와 동일한 반열에 놓았다. 그러나 이런 말이 오해되어서는 곤란하다. 이야기꾼이 교사나 현자가 될 수 있다면 결과로서 그럴 뿐이다. 처음부터 교사의 자리에서 이야기를 시작하는 사람은 종국에 가서는 이야기 자체를 일그러뜨려버리고야 만다. 이런 예의 대표적인 것은 이문열의 작품에서 종종 볼 수 있다. 모럴은 이데올로기가 아니라 예지나 지혜의 차원에 존재하는 것이기 때문이다.

그로부터 육십 년이 지난 오늘, 정보는 이미 한 시대나 사회를 규정할 만큼 비중 있는, 존재론적인 형식이 되어버렸다. 김소진의 소설을 정독하고서 얻을 수 있는 정보라면 아마도 김소진과 그 주변 인물들의 신상에 대한 것, 혹은 1996년 강북에 마지막 남은 산동네가 재개발에 들어갔다는 것 정도일 것이다. 또 모럴이라면, 그의 아버지처럼 살아서는 곤란할 것이라는 정도일 것이다. 그렇다면 우리에게 그의 소설은 무엇인가. 이런 질문을 염두에 둔다면 벤야민의 말은 수정되어야 할 듯싶다. 이야기꾼이 경험을 통해 말하고자 하는 것은 모럴이 아니라 진실이라 해야 하지 않을까. 진리에 맞서는 것, 역사에 맞서는 것, 정보에 맞서는 것으로서의 진실 혹은 진정성이다. 진리도 역사도 정보도 궁극적으로는 사회적인 유용성을 지향하고 있으며, 이제는 처세술이 되어버린 예지조차도 그렇기 때문이다. 그리고 그 유용성은 지금 우리 사회를 규정하는 최고의 척도다. 김소진이 자신의 경험을 통해 집요하게 들려주는 저 추레하고 단편적인 이야기들, 그의 표현에 따르자면 '아무짝에도 쓸모없이 버려지는 똥'과 같은 이야기들은 결국 그 유용성의 신화에 맞서는 저항으로 보인다. 이런 뜻에서 그를 이야기꾼이라 부르고 싶다.

(1997)

알레고리에서 심연으로
—최인석론

1. 젊은 작가 최인석

최인석은 1953년생이다. 우리 나이로는 마흔다섯이다. 1980년 6월 희곡 「벽과 창」이 한국문학 신인상을 받음으로써 문단에 발을 들여놓았고, 1986년 장편 『구경꾼』이 소설문학사 주관의 제6회 소설문학상에 당선됨으로써 소설가가 되었다. 이후 지금까지 그는 다섯 권의 장편소설과 세 권의 소설집을 상재했고, 또한 희곡 작가이자 시나리오 작가로서도 왕성하게 활동해왔다.[1)] 문단 경력으로는 십오 년이 지났고, 소설 경

1) 그 동안 그가 써낸 작품들을 일별해보자. 장편으로는 『구경꾼』(소설문학사), 『잠과 늪』(실천문학사, 1987), 『새 떼』(현암사, 1988), 『내 마음에는 악어가 산다』(살림, 1990) 등과 연작 장편 『안에서 바깥에서』(푸른나무, 1992)가 있고, 소설집으로는 『인형 만들기』(한길사, 1991), 『내 영혼의 우물』(고려원, 1995), 『혼돈을 향하여 한 걸음』(창작과비평사, 1997) 등이 있다. 그가 쓴 희곡들은 데뷔작 「벽과 창」(1980)을 위시하여 「도둑 천가평전」(1983), 「북위 91도」(1985) 등이 문학지에 실려 있을 뿐이고 나머지 작품들은 활자매체로 공간된 바 없어 찾아보기 어렵다. 단지 그가, 「그 찬란하던 여름을 위하여」와 「어떤 사람도 사라지지 않는다」 등의 희곡으로 각각 대한민국문학상과 백상예술상을 받았다는 사실만을 그의 창작집 날개에서 확인할 수 있을 뿐이다. 아쉬운 일이나, 최인석에 대한 우리의 판

력만으로도 벌써 십 년이 넘은 작가인 셈이다. 그런 그에게 젊은 작가라는 칭호는 어색하다. 십오 년 경력의 마흔다섯된 작가라면 이제 중견 소리를 들어도 부족함이 없을 것이다. 그럼에도 불구하고 우리는 그를 젊은 작가라 부른다. 당연히 다른 어떤 연유가 있지 않겠는가.

최인석의 텍스트들을 통독해본다면 어떨까. 아마도 첫 느낌은 모종의 당혹감이 아닐까 싶다. 우선적인 이유는 그의 세계가 보여주는 복합성 때문이다. 십 년여에 걸쳐 상재된 그의 여덟 권의 책이 모두 서로 다른 출판사에서 나왔듯이, 각각의 텍스트들이 보여주는 세계는 다양하다. 현실의 모순이나 소시민성에 대한 풍자와 야유, 지식인의 허위의식에 대한 비판이 있는가 하면, 난데없이 시체애호증(necrophilia) 환자의 이야기가 등장하기도 하고, 비극적 반복이라는 저 신화적인 세계가 현실의 모습을 하고 천연덕스럽게 등장하기도 한다. 소설의 공간도 다채롭고 인물들도 다양하다. 한마디로 이것이 최인석적인 것이라고 꼬집어 말하기 곤란하다는 것이다. 그러나 그의 텍스트들이 보여주는 공간과 인물 설정, 주제의식 등의 다양함은 외견에 불과한 것일 수도 있다. 최인석의 텍스트들이 독자들에게 안겨주는 당혹감의 처소는 좀더 깊은 곳에 존재할 수도 있다는 것이다.

그의 텍스트에는 어딘가 허물어져 있는 대목들, 빈틈이 보인다. 그가 지금까지 발표한 작품들을 하나의 텍스트로 본다면, 흡사 텍스트 전체에 여러 개의 구멍이 뚫려 있는 형국이다. 이것이 구멍 뚫린 엉성한 직물과도 같은 모양이라면 말 그대로 작가적 역량의 미숙이라고 해도 항변할 수 없을 것이다. 그러나 그 구멍들은 균열된 지각의 틈새나 우물과도 같이 어둡고 음습하며 깊고 그윽하여, 명확하게 규정하기는 어렵지만 그 어떤 힘이 도사리고 있는 듯하다. 그저 짐작일 뿐이지만, 작가

단은 활자매체로 공간되어 있는 텍스트들만을 대상으로 할 수밖에 없다.

자신도 통제하기 어려운, 정신적 불수의근의 모습을 하고 있는 그 어떤 심연의 힘이 있어, 최인석의 텍스트 속으로 때로는 돌연하게 솟아나와 서사 구성의 균형을 흔들어버리기도 하고, 더러는 병리적인 모습으로 현상하는 인간의 마성을 포착하게끔 작가를 이끌어가기도 하고, 더러는 작품 속의 인물들로 하여금 납득하기 어려운 행동을 감행하게 하기도 하는 것은 아닐까. 그렇다면 그것은, 작가 자신의 것이기는 하되 결코 작가적 의도의 합리성 안에 속하지는 않는, 말하자면 무당의 신기처럼 오히려 작가를 부리는, 아도르노 식으로 말하자면 그 어떤 미메시스적인 것은 아닐까.

이런 몇 가지의 의문들은 물론 그저 의문에 불과할 뿐이다. 최인석의 텍스트 속에 잠복하고 있으리라 짐작되는 저 심연의 힘들이 아직은 확실한 형태로 드러나 있지는 않기 때문이며, 또한 그런 요소는 그의 텍스트에서 간헐적이고 부분적으로만 현출하고 있어 그 전모에 대해 어떤 식으로든 쉽사리 판단하기가 곤란하기 때문이다. 그러므로 지금 우리에게 가능한 것은 그의 텍스트를 들여다보면서 다만 그런 가능성들을 추측해보는 것 정도이지만, 그것만으로도 최인석은 매력적이다. 우리가 그를 젊은 작가라 부르는 것 또한 바로 이런 가능성에 근거하고 있다. 그에게는 이런 칭호가 오히려 불쾌한 것일 수도 있다. 아직도 여전히 가능성이라니! 그럼에도 불구하고 우리는 바로 그 가능성에 대해 논의해보고자 한다. 비록 미세한 흔적으로만 존재하고 있으나 우리 소설의 역사를 염두에 둘 때 그것 자체만으로도 귀한 것이고, 또한 그 가능성이 장차 좀더 확실하고 분명한 모습으로 현상한다면 그것은 일대 장관이 아닐 수 없기 때문이다. 먼저 그의 데뷔작 주변을 살펴봄으로써 논의를 시작해보자.

2. 두 개의 힘 : 알레고리와 심연

어느 작가의 경우에건 데뷔작을 들추어보는 것은 그 자체만으로도 흥미로운 일이다. 한 작가의 데뷔작에는 그만의 독특한 기질이나 성향, 숨기거나 드러내 보여주고 싶어하는 것들이 맹아의 형태로 보존되어 있기 때문이다. 특히나 최인석처럼 이미 십오 년이 넘는 작가적 이력을 거치며 어느 정도 자신의 모습을 드러낸 작가의 경우에는 더욱 그렇다. 일종의 고고학적 흥미의 대상인 셈이다. 이런 의미에서의 데뷔작이라면, 최인석의 경우에는 장편 『구경꾼』(1986)보다는 희곡 「벽과 창」(1980)이 더 적실한 대상일 것이다.

「벽과 창」은 『한국문학』 1980년 6월호에 발표된 단막 희곡이다. 많은 경우에 그렇듯, 단막 희곡이란, 서정 양식과 서사 양식의 지양태로서의 드라마라든지 운동의 총체성이니 하는 개념들과는 거리가 멀기 마련이다. 오히려 그 어떤 시적 상태를 지향한다고 해야 옳을 것이다. 거기에는 시간의 흐름으로부터 분절되어 나온 한 토막의 공간이 있다. 그 공간은 시간의 흐름을 가두어놓은 둑과도 같은 것, 응축됨으로써 엄청난 폭발력을 내장하게 된 시간의 다른 모습이다. 정지상태의 변증법이라 해도 좋을 것이다. 도약 직전의 충전된 힘들이 서로에 대한 인력과 반발력의 상호작용으로 팽팽하게 긴장하고 있는 이러한 공간이 단막극적인 것이라면, 그 공간을 채우고 있는 언어와 행동은 말할 것도 없이 그런 극적인 긴장감으로 충일한 것일 수밖에 없다. 제목 또한 「벽과 창」이다. 제목 자체에서 이미 실존주의적 취향이 물씬 풍긴다. 벽은, 고립된 인간의 단자적인 상태를 지칭하는 실존주의적 상황의 대표적인 상징물이고, 여기에 나란히 놓여 있는 창의 의미 또한 부연의 여지없이 자명하다.

감옥이 있고 세 명의 죄수, 무기수와 왕초와 똘마니가 있다. 초점인물은 무기수다. 그는 탈옥을 꿈꾼다. 지금이 바로 그 시간이다. 거듭되는 쇠톱질에 창살은 거의 잘려져 있고, 이제는 그를 데려갈 밧줄이 창 밖으로부터 올라오는 일만 남았다. 창 밖은 이백 미터의 벼랑이다. 누군가 오기로 되어 있다. 무기수는 그를 기다린다. 왕초는 그런 무기수를 조롱하고 똘마니는 맞장구친다. 밧줄은 오지 않을 것이라고, 설령 밧줄이 와서 탈출한다 한들 무슨 소용이 있겠느냐고, 어차피 창 밖은 또다른 감옥이 아니겠냐고. 그러나 탈출을 꿈꾸는 무기수는 이들의 말을 완강하게 부정한다.

그리고 마침내는 밧줄이 도착한다. 그러나 바로 그 순간부터 상황은 역전된다. 이제는 무기수가 나가려 하지 않는다. 나간다고 하여 자유로울 수는 없다고, 그를 조롱하던 왕초의 말을 이제는 무기수가 정확하게 반복하는 것이다. 보다 못한 왕초가 무기수를 비웃으며 그렇다면 자기가 가겠노라고 밧줄을 타고 나선다. 탈출하는 왕초를 돕기 위해 똘마니가 망을 보고 있는 순간 무기수는 창으로 다가가 밧줄을 지탱하고 있는 고리를 풀어버린다. 창 밖에서는 추락하는 왕초의 비명이 들린다. 이런 모습으로 상황이 종료되고 난 후, 무기수는 두 달 후 출감 예정인 똘마니에게 돈을 주며 부탁한다. 출감하고 나면 자기의 탈출을 도와달라고.

이런 내용의 「벽과 창」은 일견 부조리극의 외관을 가지고 있는 것처럼 보인다. 전과 5범이며 절도에서부터 강도, 강간, 폭행치사까지 두루 거쳤다는 초점인물 무기수에게 정작 중요한 것은, 탈출이 아니라 탈출에 대한 기다림이라는 것, 그래서 막상 탈출의 순간이 오자 탈출을 포기해버린다는 것이 이 작품의 핵심적인 줄거리다. 그럴 수도 있다. 단막극에서 중요한 것은 리얼리티가 아니라 상징성이므로. 또한 이런 무기수의 행위는 쉽사리 소시민성에 대한 비유형상으로 읽힐 수도 있다. 일상으로부터의 일탈을 꿈꾸지만 감히 일탈을 시도하지는 못하는, 단지 일탈에 대한 기대만을 영혼의 양식으로 삼아 감옥과도 같은 삶을 살아가는, 지지리도 못난.

그러나 여기에서 아무래도 이해가 되지 않는 대목이 있다. 왕초가 매달려 있는 밧줄을 풀어버리는 무기수의 행동이다. 스스로 탈출을 포기하는 것은 그렇다 치더라도 왜 왕초를 죽게 만들어야 하는가. 이에 대한 답변은 최소한 텍스트 내부의 맥락에서는 불가능한 것으로 보인다. 탈출에 대한 기다림만을 강조하기 위한 일종의 극적 과장이라 할 수 있을지도 모르겠다. 그러나 그것만으로는 불충분하다. 무기수의 이런 행동은 지나치게 돌연하여 텍스트 내부의 합리성을 벗어나 있기 때문이다. 그렇다고 하여 그냥 무시하고 지나칠 수도 없는 일이다. 작품의 말미에 위치해 있는 그의 행동은 작품 전체로 보아 일종의 절정에 해당되는 부분이기도 하고 또한 그 자체만으로도 매우 강렬하기 때문이다.

우리는 앞에서 최인석의 텍스트에 존재하고 있는 것으로 보이는 심연의 힘에 대해 언급했지만, 그것은 이와 같은 대목을 염두에 두고 하는 말이다. 물론 이렇게 반박할 수도 있다. 스물일곱 난 청년 작가가 쓴 짧은 데뷔작을 놓고 그런 말을 하는 것은 좀 지나친 것이 아니냐고. 물론 이런 것이 일회거나 일시적인 것이라면 문제될 것이 없다. 그러나 십오 년여에 걸쳐 있는 다양한 텍스트 속에서 부분적이기는 하지만 지속적으로 나타나고 있다면 문제는 좀 달라지는 것이 아닐까.

이에 대한 좀더 구체적인 논의를 위해서는 약간의 우회로를 거쳐야 할 듯싶다. 데뷔작과 연관하여 또하나의 흥밋거리인 그의 신인상 당선 소감에 대해 살펴보자. 제목은 '확신과 편견' 이다. 스물일곱 살의 신인 작가 최인석의 변을 요약하자면 이렇다 : 인간이 서로를 완전히 이해하는 것은 불가능하다, 인간 자체가 불완전하고 소통의 매체인 언어 또한 불완전하기 때문이다, 그러므로 보다 큰 완전성으로 나아가기 위해서는 서로의 차이와 다양성을 인정해야 하며 그 어떤 폭력적인 확신도 편견에 불과하다는 것이다. 당시의 정황으로 미루어볼 때 가치의 다양성을 강조하는 이런 진술이 어떤 맥락인지는 쉽게 알 수 있다. 물론 그가 육 년 후부터 발표하는 소설들, 이를테면 『구경꾼』이나 『잠과 늪』 같은 장편에서는 노조 문제를 소설의 핵심에 놓고 있어 이런 진술과 상치되는 면이 없지 않다. 그러나 이 또한 1980년 5월이라는 불의 세례를 사이에 두고 발생한 것이어서 크게 괘념할 바 없을 것이다. 우리의 관심과 연관하여 흥미롭게 느껴지는 것은, 정작 글의 요지와는 무관하게 끄트머리에 붙어 있는 다음과 같은 대목이다 : "스물여섯 해를 살았으면서도 세계의 핵심에 이르는 글은 아직 한 줄도 쓰지 못했다. 부끄럽다."[2)]

이는 당선소감으로 능히 있을 수 있는 겸사이며 또한 작가적인 야심의 표현이기도 하다. 그런데 여기에서 눈길을 끄는 것은, 그가 쓰고자 하는 이상적인 글의 모습을 일컬어 '세계의 핵심에 이르는 글'이라 하고 있다는 점이다. 요컨대 청년 작가 최인석이 써내고자 하는 글은, 자신의 느낌이나 생각을 표현하는 것이라기보다는 세계의 그 어떤 본질적인 대목을 포착하고 파악하는 글이라는 것, 곧 주관적인 감성을 자유롭게 풀어놓는 일보다는 그 어떤 객관적인 인식에 도달하고자 하는 일에 해당된다는 것이다. 물론 여기에서의 인식이 반드시 과학적이고 객관적인 것만을 의미하는 것은 아니다. 지혜나 예지의 모습으로 존재하는 직관적인 앎을 뜻할 수도 있다. 그러나 어느 편이건 간에 출발점에 선 최인석에게 있어 중요했던 것은 자기의 글쓰기라기보다는 세계 인식으로서의 글쓰기였다고 하는 최소한의 판단은 크게 달라지지 않을 것이다.

그렇다면 서사의 영역에서 나타나는 세계 인식으로서의 글쓰기란 어떤 것일까. 아마도 질료로서의 현실과 이에 대한 정확한 반영태로서의 작품이라는 재현의 패러다임이나, 지시체들의 작은 세계를 통해 의미

2) 『한국문학』 1980년 6월호, 336쪽.

들의 큰 세계를 재구해내고자 하는 알레고리적인 구성력을 생각해볼 수도 있을 것이다. 이런 요소들이 최인석의 작품세계에서 어떻게 드러나고 있는지 아직은 알 수 없으나, 서사의 구성에 임하는 혹은 서사적인 글쓰기에 임하는 그의 태도가 논리적이고 조직적일 것이라는 추측은 충분히 가능하다.

그러나 이런 태도는 앞에서 우리가 그의 작품의 중요한 특징으로 지적했던 심연의 힘이라는 요소와는 크게 상치되는 것이 아닐 수 없다. 자유롭게 풀어헤쳐진 심연의 힘이라면 서사 구성의 합리성과는 가장 반대편 극단에 존재하는 것이기 때문이다. 그렇다면 이 두 개의 극단적인 힘이 최인석의 작품세계 속에 동시에 존재하고 있다는 것인가. 만약 그렇다면 서로 길항하는 이 두 개의 힘은 어떤 방식으로 작동하는 것일까. 물론 작가의 의도에 해당되는 것으로서의 구성적 합리성과 이에 저항하는 미메시스적 충동으로서의 심연의 힘이라면, 구태여 최인석의 작품에만 해당되는 것은 아닐 것이다. 이 두 힘은 서사를 구성함으로써 작품을 만들어내는 작가에게 있어 가장 원초적인 힘으로 존재하고 있는 것이라 해야 마땅하기 때문이다. 그러나 대부분의 작가들에게 있어 이 두 요소의 힘겨루기는 당연하게도, 합리적 구성력이 미메시스적 충동을 길들이고 편입시킴으로써 혹은 잠재움으로써 종식되는 것이 상례다. 최인석의 경우는 유난히 그 심연의 힘이 텍스트의 전면으로 돌출하고 있는 흔치 않은 예에 속한다. 우리가 최인석의 세계를 논의하는 자리에 있어서, 이 두 요소를 애써 강조하고 있는 것은 이런 까닭이다. 1986년 이후 본격적으로 전개되는 그의 소설세계를 살펴봄으로써 논의를 좀더 구체화시켜보자.

3. 알레고리적 구성력에 관하여

장편 『구경꾼』은 그의 두번째 데뷔작이자 첫번째 소설이다. 우리의 관심과 연관하여 이 작품에서 눈길을 끄는 것은 주요 인물들의 구도다. 일인칭으로 등장하는 화자는 삼류 대학 영문과 3학년에 재학중인 대학생이다. 특별히 하고자 하는 바도 없고 적당하게 연애하고 적당하게 학점 따며 살아가는, 좋아하는 것이 있다면 싸움 구경 정도인 그저 그런 평범한 학생이다. 따라서 그는 작품 속에서 어떤 적극적이거나 문제적인 행동도 감행하지 않는다. 애인을 임신시키고 중절수술비 마련을 위해 쩔쩔매는 정도가 고작이다. 소설 속의 주요 인물들은 이런 모습의 화자를 중심으로 하여 종횡으로 펼쳐져 있는데, 이들이 매우 정연한 대칭의 구조를 가지고 있다는 사실이 흥미롭게 다가온다. 대표적인 예를 들어보자.

화자의 양 옆에는 두 명의 친구가 있다. 왼편에는 왕빈대라는 별명의 운동권 학생이 있고 오른편에는 도살업자 출신의 부동산 재벌을 아버지로 둔 호화 대학생이 있다. 왕빈대는 도시락에 찬 없는 밥만 싸올 정도로 가난하고 야학 선생을 하고 6개월간 교도소생활을 하고 공장 노동자로 전신한다. 호화 대학생은 여의도에 있는 45평짜리 아파트에서 이른바 자취를 하고 포르노테이프를 모아 도서관을 꾸미고 포커판을 벌여 친구들의 호주머니를 털어간다. 또 화자의 앞뒤에는 아버지와 동생이 있다. 아버지는 고리대금업자 출신으로 교활하고 비인간적이며 노조를 탄압하는 전형적인 악덕기업주로 묘사되어 있다. 동생은, 고교 3학년으로 아버지의 삶을 비판적인 시선으로 바라보고 고교생으로서는 굉장한 독서체험을 가지고 있으며 그래서 학교 성적이 바닥으로 떨어지고 아버지의 폭력에 맞서 가출을 감행하고 아버지의 공장에 취업을 하여 마침내 아버지의 공장을 불살라버리는 모습으로 그려져 있어 정확하게 아버지의 반대편에 서 있는 것이다.

요컨대, 제목 그대로 모든 일에 있어서 구경꾼 노릇만 하는 화자가 중앙에 있고, 한편에는 긍정적인 가치를 향해 나아가는 진지한 인물들이, 다른 편에는 그 반대에 속하는 인물들이 정확하게 대칭적인 모습으로 자리하고 있는 것이다. 사정이 이렇다면, 이들에게 한동규나 한동철 한풍일 등의 고유명사는 불필요하지 않겠는가. 평범한 삼류 대학생, 가난한 운동권 대학생, 악덕기업주, 사회적인 의식에 눈뜬 고등학생, 치매증에 걸린 할머니, 바람 든 가정부 등의 일반명사로 족하기 때문이다. 이들은 좀처럼 이런 일반명사가 규정하고 있는 행동의 영역을 벗어나지 않는다. 말하자면 『구경꾼』의 최인석은 몇몇의 전형적인 인물들을 만들어내어 장기판의 말들처럼 운용해나가고 있는 셈인데, 이런 모습이라면 알레고리적인 글쓰기라 해도 좋을 듯싶다. 물론 『구경꾼』은 장편소설답게 화자인 삼류 대학생의 학교생활과 가족관계를 중심으로 풍부한 일상의 풍경들을 담고 있으며, 이들은 대학 교수를 교수 아저씨라고 부르는 화자의 경쾌하고 유머러스한 입담에 의해 하나의 넉넉한 이야기로 직조되고 있다. 그러나 이런 사실을 감안한다 하더라도, 주요 인물들의 짜임새가 저렇듯 선명하게 위계화되어 있다면, 이 소설을 지탱하고 있는 가장 중요한 골간은 이와 같은 알레고리적 구성력이라 해도 좋을 것이다.

물론 우리가 여기에서 사용하는 알레고리라는 개념은 단순한 수사학이나 서사적 기법으로서의 우화가 아니라, 서사를 구성해내는 힘 혹은 사고의 패턴을 지칭하는 것이다. 다양한 요소들의 복합체로 존재하는 실제 세계로서의 원상(原象)과 이로부터 핵심적인 골자들만을 간추려 새로이 구성해낸 축도로서의 모상(模像)이 존재한다는 식의 사고가 그것이다. 여기에는 당연히, 원상에는 어떤 모양으로건 핵심이 존재해 있다는 혹은 핵심을 추려낼 수 있는 것으로서의 원상이 실재한다는 생각이 전제되어 있다. 이런 의미의 알레고리적 구성력은 현실과 반영태를 전제로 하는 재현의 패러다임과도 유사하다. 그러나 후자에 있어 현실과 반영태의 관계는 전체와 부분의 방식으로 이루어지는 데 반해, 전자의 경우는 원상과 모상이 지시 대상에 대한 도상(icon)의 경우처럼 전면적으로 관계한다. 재현의 패러다임이 현실의 어느 한 부분에 접근하는 방식이라면, 알레고리적 구성력은 세계 전체를 포착하고 파악하여 재구성하는 방식이라는 것이다. 따라서 서사적 구성력으로서의 알레고리의 경우에 있어, 원상과 모상의 관계는 상호의존적이다. 핵심을 가지고 있는, 곧 중심화되어 있는 원상이 없다면 모상도 존재할 수 없으되, 역으로 모상의 존재를 통해서만 중심화된 원상의 존재도 보장될 수 있다는 것이다.

최인석의 『구경꾼』이, 그 자체만으로도 혹은 전체적으로 정확하게 이와 같은 사고의 소산이라고 단언하는 것은 다소 성급한 일이다. 그러나 앞의 당선소감에서 등장했던 '세계의 핵심에 이르는 글'이라는 구절과 연관지어 생각한다면, 최소한 이런 사고로부터 그다지 멀리 떨어져 있는 것은 아니라고 할 수 있을 듯싶다. 그리고 이를 뒤집어 말한다면, 분명한 의미를 짚어내기가 어려웠던, 세계 인식으로서의 글쓰기라는 1980년의 최인석의 생각은, 허구적 서사의 영역에 관한 한 알레고리적인 구성력의 형태를 지칭하는 것이라 생각해도 좋을 듯싶다. 이듬해인 1987년에 발표한 그의 두번째 소설인 『잠과 늪』도 이런 판단을 뒷받침해주고 있다.

『잠과 늪』에는 짧은 장편 「잠과 늪」을 필두로 「변명, 또는 알리바이」 「독수리」등 여섯 편의 단편이 함께 실려 있다. 표제작 「잠과 늪」은 삼십대 회사원의 일상을 다루고 있는 작품이다. 충청도 산골 출신으로 시계제조회사의 재무관리과에 대리로 근무하는 35세의 회사원이 있다. 김대리는 가끔씩 이른바 '비작업 인원 통제업무'를 위해 출장을 나간다.

쟁의중인 노조원들, 출근 투쟁에 나선 해고된 노조 임원들을 현장으로부터 격리시키는 것이 구체적인 임무다. 물론 두둑한 출장비가 보장되어 있다. 그리고 중학교 윤리교사 출신의 아내가 있다. 김대리와는 대학 시절 만난 사이고 결혼 후 시어머니의 말에 따라 고분고분하게 직장을 그만두었으며 지금은 전업주부로 허심하게 살아간다. 결혼 오 년째인 그들은 재개발지역 입주권을 매입하여 21평짜리 주공아파트를 어렵사리 마련했다. 남편은 과장 승진을 꿈꾸고 아내는 남편의 용돈을 단속하면서 살아간다. 말 그대로 평범한 소시민들의 삶이다.

그런데 문제는 역시 『구경꾼』에서와 같이 노조다. 그들이 사는 아파트 단지에 용인들이 노조를 결성하여 문젯거리가 되었는데 노조 위원장이 다름아닌 대학 시절 아내의 애인이라는 것이다. 위원장은 대학 시절 운동권의 핵심적인 인물이었고 감옥 생활을 거쳐 지금까지도 홀몸으로 곤핍한 생활을 하며 노동운동을 하고 있는 것이다. 그가 노조 위원장의 모습으로 나타나면서부터, 그 동안 세상사에 허심하기가 말린 꽃 같았던 아내가 돌변한다. 지금까지의 생활을 청산하고 옛 애인에게로 돌아가겠다는 것이다. 질투심에 가득 찬 남편은 폭력을 휘두르지만 아내는 차분하고 냉정한 모습으로 집을 떠난다. 그래도 김대리는 걱정이 없다. 그의 품에 안기고 싶어하는 회사의 젊고 매력적인 여직원이 있으므로.

이와 같은 줄거리의 「잠과 늪」에서도 주요 인물들의 위상은 선명하게 위계화되어 있다. 이는 이미 「잠과 늪」이라는 제목에서도 규정되고 있으며, 결별을 선언하는 아내의 입을 통해 다시 반복되고 있다. 한편에는 늪에 빠져 허우적거리고 있는 남편 김대리가 있고, 그 반대편에는 청정하고 맑은 세계에 거주하는 노조 위원장 태재영이 있으며, 아내 박경선은 그 중간의 점이지대에서 잠들어 있다는 것이다. 물론 소설의 전면에 가장 큰 비중을 가지고 등장하는 것은 김대리의 생활이 보여주는 늪의 삶이다. 김대리도 아내와 마찬가지로 대학 시절에는 시위로 인한 몇 번의 구류 경력을 가지고 있으나, 직장에서의 삶은 딴판이다. 관리직 사원으로서 공장의 노조활동을 방해하는 일을 해야 하고, 같은 아파트 단지에 사는, 스스로를 택시 합승 동기생들이라 부르는 그만그만한 직장인들과 함께 방석집과 룸살롱에서 질펀한 술자리를 갖기도 하며, 어린 작부들의 육체를 탐하기도 한다. 가짜 롤렉스 시계를 가짜인 줄 알면서도 남 보란 듯이 차고 다니는 김대리의 삶, 그것을 아내는 늪의 삶이라고 한다. 이로부터 한 발짝 물러서 있는 곳에 아내의 삶이 있다. 자포자기한 사람 모양으로 어느 것에도 집착하지 않은 채 그저 주어진 테두리 안에서 허심하게 살아가는 삶이다. 그리고 그로부터 다시 한 발짝 떨어져 있는 곳에 태재영의 삶이 있다. 요컨대, 가장 전면에서는 늪의 삶, 그 다음에는 잠 속의 삶, 그리고 저 멀리 아슴한 곳에는 맑게 깨어 있는 삶, 이 셋이 정확한 원근법적 구도에 의해 위계화되어 존재하고 있는 것이다.

최인석의 두번째 소설 「잠과 늪」은 이런 점에서 첫번째 소설이었던 『구경꾼』과 거의 동일한 모습을 보여주고 있다. 주요 인물들이, 일상에 매몰되어 사는 사람들과 진정한 가치를 추구하는 사람들 그리고 중간에 끼어 있는 사람들로, 정확하게 삼분되어 나타나고 있는 것이다. 이런 모습을 일컬어 알레고리적 구성력의 소산이라 한다면, 이는 곧 소설가로서의 출발점에 서 있는 최인석에게 있어서 일종의 창작방법론에 해당된다고 해도 좋을 것이다. 곧 세계를 인식하고 포착하고 서사를 구성해내는, 현실을 그 어떤 의미의 체계로 분류하고 해체하여 재구성하는 방법이라고 할 수 있다는 것이다.

이런 알레고리적 구성력은 그의 소설세계를 규정하는 지배적인 힘이지만, 텍스트 전체를 장악하는 전면적이고 전일적인 것은 못 된다. 이를테면 『구경꾼』에 등장하는 한동숙이라는 매우 독특한 인물이 있다.

화자인 대학생의 이복누이로, 아버지의 집에서 쫓겨나와 술집에서 통기타 가수 노릇을 하면서 살아가는 인물이다. 어머니와도 사별하고, 술 먹고 주먹질해대는 트럼펫 연주자와 동거하다 만 24세의 나이로 쓸쓸하고 외롭게 죽어간다. 한동숙은 우리가 『구경꾼』의 특징으로 지적했던 인물들의 대칭구도 어디에도 속하지 않는다. 말하자면 그 어떤 의미에 대한 비유형상으로 기능하지 않는, 전체의 의미망으로부터 유리되어 있는 인물인 것이다. 그러므로 한동숙의 존재는 알레고리적 서사의 논리적 평면에 뚫려 있는 구멍과도 같다. 물론 이런 요소는, 최인석의 이 두 편의 소설에서는 매우 미미한 존재에 불과하다. 그러나 그의 초기 소설세계를 지배하고 있던 알레고리적 서사의 완강한 의미의 사슬이 점차 풀려지고, 알레고리적인 구성력이 소설 전체의 윤곽을 잡아주는 좀더 부드러운 은유적인 장치 정도로 변해가면서, 심연의 힘들은 좀더 확실한 모습으로 등장한다. 이런 변화의 시발점이 장편 『새 떼』(1988)다.

4. 알레고리에서 은유로

장편 『새 떼』는, 수배를 피해 도피중인 운동권 청년을 초점인물로 하여 탄광촌의 삶을 그리고 있는 작품이다. 탄광촌이라면 노자의 힘이 가장 극렬하게 대치하고 있는 곳이 아닌가. 더욱이 작가는 소설의 서문에서 1980년대적인 매우 장엄한 어조로, 존재이전을 감행한 지식인들을 위해 이 소설을 바친다고, 그들과 더불어, "민중이 주체가 되어 획득해내는 변화만이 이 나라를 진정으로 민주화시킬 것이요" "마침내는 진정한 인간 해방의 지평으로 우리를 인도할 것"이라 믿고 있다고 말하고 있다. 그 어떤 강렬한 노동소설의 세계를 예상케 한다.

그러나 소설의 실상은 우리의 예상과는 딴판이다. 무엇보다도, 삼 년째 도피생활중인 초점인물 한태훈이 자신의 신념에 투철하고 운동에 대한 현실적인 전망과 이에 어울리는 실천력을 가진 강력한 인물의 모습이 아니라, 세상으로부터 그 어떤 저주를 받아 정처없이 떠도는 방랑자나 추방자인 듯한 모습으로 형상화되고 있기 때문이다. 이는 또한 소설의 첫머리에서 한태훈의 심사에 대한 묘사를 통해 공개되고 있기도 하다. 강력한 권력 앞에 무기력하게 분열되고 도주했던 지식인들을 일컬어 그는 '새 떼'와 같다고 한다. 그들이 힘의 원천이라 생각했던 민중이라는 것도 환상에 불과할 뿐, 지식인들과 마찬가지로 사냥꾼의 총소리에 무기력하게 흩어져버리는 '새 떼'에 불과하다는 것, 그리고 그 자신은 그나마 무리를 잃고 떠도는 한 마리 무기력한 참새에 불과하다는 것이다. 그래서 그는 탄광촌으로 가더라도 그곳의 핵심인 탄전으로 들어가지 못한다. 일자리를 찾아 중국집과 식당 주변을 배회하다가 우연히 연탄공장에 잡역부로 취직하는 정도일 뿐이다. 그곳에 있는 한 탄광의 파업도 노동운동도 그에게는 단지 배경일 뿐이다. 따라서 이 소설 속에서 한태훈은 반드시 도피중인 운동가여야 할 이유는 없다. 단지 어떤 이유로 신분을 감춘 채 낯선 땅을 헤매야 하는 지식인 정도로 생각해도 상관없다는 것이다.

이에 비해 탄광촌의 생활에 대한 작가의 묘사는 매우 치밀하다. 이들은 주로 한태훈이 취직해 있는 연탄공장과 그 주변의 인물들이다. 사장은 사채업자 노릇까지 하고 있는 그악스런 인물이고, 그 아들은 공수부대 하사 출신으로 공장 돈을 들고 나가 술과 여자를 사는 것으로 소일하는 망나니다. 신명나게 삽질을 하는 오십대의 공장장이 있고, 어머니와 생이별한 채 아버지의 옥바라지를 위해 연탄공장에 취직한 소년이 있다. 사북사태로 감옥살이 경험을 했던 직원, 진폐증으로 입원한 남편의 뒷바라지를 위해 혹은 막장에서 남편을 잃고 자식을 먹이기 위해 공장에 나오는 아낙네들, 열다섯에 가출하여 십 년 넘게 몸 파는 일로 먹고 사는 티켓 다방 종업원, 이제 갓 환로에 들어선 순박한 지서 순경, 그리고 석탄회사의 직원들과 어용 노조 위원장, 호시탐탐 한 건 올리기만 기다리는 좌천당한 형사, 막장에서 사고를 당해 실명을 하고 대금을 불며 살아가는 피리 아재, 빨치산 출신으로 이십 년 옥살이 끝에 출옥하여 만화가게를 지키고 있는 노인 등등. 이들 탄광촌의 인물 군상에 대한 묘사는 풍부하고 생생하여, 오히려 주인공 한태훈의 존재가 묻혀버릴 정도다.

이런 구도 속에서는 특정한 가치를 준거로 한 인물들의 위계화나 원근법이 거의 불가능하다. 대부분의 인물에 대한 묘사가 복합적이어서 단일한 논리로 재단하기 어렵기 때문이다. 요컨대 『새 떼』의 세계는, 가치나 이념이 존재하지 않는, 단지 다단한 사연과 사건으로 얼크러져 있는 날것 그 자체인 삶만이 우뚝한 모습으로 드러나고 있는 것이다. 이런 세계 속에서 중심화된 사고로서의 알레고리적 구성력이란 존재할 수 없다. 단지 '새 떼' 라는 비유만이 작품에 의미를 부여해주는 장치로서 퇴화해버린 알레고리적 구성력의 흔적을 보여주고 있을 뿐이다.

소설의 말미에 등장하는 주인공 한태훈의 돌연한 변신은 이와 같은 사실과 맥을 같이한다. 그의 정체를 파악한 형사가 그를 체포하기 위해 다가왔을 때, 그는 태연하게 자신의 이름을 부정하고 은신을 위해 빌렸던 공사판 동료의 이름을 자신의 본명이라 주장한다. 그 모습이 너무도 천연덕스러워 형사도 의아해할 정도다. 그는 말하자면 지식인 운동가로서의 자신의 정체성을 전면적으로 부정해버리는 것이다. 그러나 그 부정은 노동 해방 전선의 전사로 다시 태어나기 위해 존재를 이전하는 적극적인 모습이 아니라, 흡사 삶에 지쳐서 스스로를 포기해버린, 혹은 운명의 손에 모든 것을 맡겨버린, 마치 삶이라는 껍질을 벗어버린 해탈한 사람의 모습처럼 묘사되고 있다. 그는 이미 자신의 정체가 탄로날 것이라 짐작되는 상황이 있었음에도 어떤 준비도 하지 않았다. 실심한 사람처럼 순순하게 끌려가고 있는 것이다. 수갑 찬 손에는 아침 햇살이 부서져내리고, 맹인 악사의 대금 소리가 그들을 감싼다. 여기에는 그 어떤 구성의 논리도 통용될 수 없다. 대금산조로 표상되는 허망하고 신산한 운명의 표정만이 소설 전체를 감싸고 있는 것이다.

『새 떼』에서 또하나 흥미로운 점은, 비록 삽화적인 모습으로나마 최인석 자신으로 보이는 인물이 작품 속에 등장하고 있다는 점이다. 최인석의 작품중에는 사소설적인 형식이 거의 등장하지 않는다. 성장소설의 모습을 한 연작 장편 『안에서 바깥에서』(1992) 정도가 그의 성장 체험을 담고 있으리라 추측되지만 이 또한 유년의 이야기에 그치고 있어, 실제로 그의 작품 속에서 현재형으로 서술되는 작가 자신의 육성을, 더욱이 글쓰기에 대한 생각을 확인해볼 수 있는 경우는 매우 드물다. 그런데 『새 떼』에는 초점인물 한태훈의 친구로 젊은 희곡작가가 등장하여, 운동 현장으로 뛰어든 친구들에 대한 일종의 부채의식과 연관된 자신의 글쓰기에 대한 생각을 드러내는 대목이 있다. "너희들이 피 흘리는 동안, 나는 쓴다" 그래서 "나는 쓰는 행위로 싸운다, 펜은 나의 칼이다"라는 것이 그 핵심이며, 그 끝에 다음과 같은 묘사적인 문장이 덧붙여져 있다 : "펜은 칼이었으나, '칼' 이라고 말할 때의 그런 칼은 될 수도 없고, 되어서도 안 되는 것이라는 생각이 그의 내면에서 끈질기게 그를 괴롭히고 있었다." (『새 떼』, 17~18쪽)

물론 이는 희곡작가 영석의 생각을 묘사한 것이지만 소설 속의 상황을 고려할 때 최인석 자신의 육성이 짙게 투영된 것이라 해도 큰 무리는 없을 듯싶다. 말하자면 그에게 있어 글쓰기란 일차적으로 1980년대의 야만적인 상황과 맞서는 행위였다는 것인데, 광기 어린 폭압과 이에 맞서는 대항력의 열기가 맞부딪침으로써 생겨난, 모든 정신들을 극한점까지 작열케 했던 저 거대한 1980년대의 용광로를 생각한다면, 최인석의 경우라고 예외일 수 없음은 당연하다. 세계 인식으로서의 글쓰기라는 태도가 알레고리적 구성력이라는 일종의 계몽주의적 양태로 구체화 되었던 것도, 또한 지금까지 살펴본 소설 속에서 주요 인물들의 행동이 돌발적으로 변화했던 것도 결국은 이 열기의 소산이라 해야 할 것이다.

그러나 그에게 있어 대항으로서의 글쓰기는 운동으로서의 문학과 같은 직접적인 방식은 아니었다고 한다. 그럴 수도 없었고 그래서는 안 된다는 생각이 그를 괴롭혔다고 말하고 있다. 무엇 때문일까. 지나가는 말처럼 심상하게 언급되어 있는 다음과 같은 구절은 이에 대한 답변으로 보인다 : "말에는 그렇게 돌변하는 힘이 있다. 말을 다루는 작가인 영석 자신마저 그 정체를 알 수 없는 힘이. 물론 그 말의 힘은 그 말이 이야기되는 사회와 상황, 인간에 의하여 일정하게 영향을 받는다. 그러나, 말이 행사하는 그런 힘을 포함한 모든 힘이 온전히 사회와 상황, 그리고 인간에 의하여 생겨나는 것이라고 할 수 있을까? 말 자체가 가진 고유한 힘이 있는 것은 아닐까?"(같은 곳) 말하자면 최인석은 희곡작가 영석의 심리묘사를 통해 언어의 투명성에 대해 의문을 제기하고 있는 것이다. 그러나 언어란, 『새 떼』의 주인공 한태훈의 생각처럼(160쪽) 무엇보다 이성의 다른 이름이 아닌가. 그렇다면 언어의 투명성에 대한 의문은, 알 수 없는 힘을 자기 안에 가지고 있는 언어 곧 언어의 물질성에 대한 생각으로, 그리고 이성의 투명성에 대한 의문으로 연결되고 있는 것은 아닌가. 더욱이 『새 떼』는 그의 소설을 달구어냈던 1980년대적 열기가 점차 식어가고 있다는 것을 보여주고 있는데, 그렇다면 이제 그는 서사적 긴장의 처소를 어디에서 찾아내겠다는 것인가. 최인석의 네 번째 장편 『내 마음에는 악어가 산다』(1990)는 이에 대한 매우 적극적인 답변이다.

5. 네크로필리아, 일상의 병리학

『내 마음에는 악어가 산다』는 자본제적 일상의 병리학을 형상화하고 있는 작품이다. 이 세계는 기괴하기 짝이 없다. 초점인물 박형욱은 방송국의 드라마 PD 노릇을 하며 사는 삼십대의 사내고, 또 이십대 후반인 연극배우 출신의 아내 오명실이 있다. 이들의 생활과 갈등이 소설의 주된 줄거리다. 남편은 미니시리즈를 만드느라 정신이 없고, 아내는 남편의 반대를 무릅쓰고 연극을 하느라 고달프다. 이 정도라면 특별할 것 없다. 그러나 문제는 남편이 네크로필리아(necrophilia)적인 인물이라는 데 있다. 그는 사채업자였던 어머니의 시신을 지하실의 비밀의 방에 보관하고 있다. 어떻게 땅에 묻어버릴 수 있느냐는 것이다. 이런 사실은 소설의 말미에 가서 아내에 의해 드러나며, 아내는 그 충격으로 유산을 하고 과다 출혈로 세상을 뜬다. 병원으로 옮겼으면 살릴 수도 있었으나 남편이 일부러 방치한 탓이다. 아내를 자신으로부터 떠나지 못하게 하기 위해 절반쯤은 살인을 저지른 것이다. 당연히 아내의 시신도 미라가 될 처지다. 그러나 네크로필리아라니 너무나 돌연하지 않은가.

물론 네크로필리아의 의미를 찬찬히 짚어보면 이런 당혹감은 어느 정도 해소될 수 있다. 우선, 단순한 시체애호증일 수도 있고 시간(屍姦)을 뜻하기도 하는 네크로필리아는 일종의 페티시즘이다. 생명 없는 것에 대한 애착과 숭배라는 점에서 그러하며, 프로이트 식으로 말하자면 성의 대상이 전도되어 있는 도착의 일종이기도 하다. 바로 이런 점에서 네크로필리아는 화폐에 대한 물신숭배라는 자본제의 멘탈리티와 일치한다. 시체에 대한 것이나 화폐에 대한 것이나 생명 없는 물건에 대한 집착이기는 한가지이기 때문이다. 또한 네크로필리아는 철저한 지배욕의 산물이기도 하다. 시체는 결코 부정하지도 항변하지도 반항하지도 않는다. 이런 병적인 지배욕은 역으로 자아의 나약함을 드러내주는 것이다. 그래서 어김없이 대상에 대한 의심과 감시가 수반되고, 결국은 살아 있는 대상에 대한 파괴에 이르게 된다.

박형욱이라는 인물의 설정은 이런 의미와 정확하게 아귀가 맞아떨어진다. 죽은 어머니는 사채업자로 엄청난 재산을 남겼고, 그는 대리인을 고용하여 재산을 증식해간다. 저절로 늘어가는 어머니의 재산을 보면서 아들은 어머니가 살아 있는 듯한 희열을 느낀다. 또 그는 녹음기에 대해 강박적 집착을 보이며 집 안에 도청용 녹음기를 설치해 아내를 감시한다. 연극을 그만두라는 자신의 말에 대해 복종하기를 거부하던, 그럼에도 결코 포기할 수 없는 애정의 대상이었던 아내를 죽음에까지 이르게 하고 미라로 만든다. 그의 영역에 속하는 모든 사람들이, 아내는 물론이고 그 밑에서 드라마의 대본을 쓰는 작가까지도 그에게는 오로지 지배와 소유의 대상인 것이다. 또 그는 지금껏 잠자리를 같이한 백이십 명이 넘는 여자들의 신상명세를 작성해두었다. 이것을 그는 악어수첩이라 부른다. 매력적인 신혼의 아내를 두고도 돈을 주고 여자를 사는 일이란 시간(屍姦)과도 흡사하다. 반항하지 않는 대상을 통해 자신의 지배욕과 소유욕을 확인하는 일에 다름아니기 때문이다. 이 점은 같은 해에 발표된 「그림 없는 그림책」의 주인공도 마찬가지다. 그리고 박형욱은 여자를 사고자 하는 격렬한 충동을 일컬어 악어라 부른다. 그의 마음속에는 한 마리 광포한 악어가 살고 있다는 것이다. 그러므로 그 악어란 실상은 이와 같이 미쳐버린 소유욕이자 지배욕 그리고 물신숭배에 다름아닌 것이다.

『내 마음에는 악어가 산다』가 궁극적으로 말하고자 하는 것은 곧, 소유욕이란 죽음에 대한 사랑에 불과하다는 명제로 집약될 수 있다. 그렇다면 작가가 네클로필리아적인 인물을 형상화한 것은 결국 자본제의 본질에 대한 비판인 셈인가. 아마도 그렇다고 대답할 수 있을 것이다. 말하자면 그는 네크로필리아라는 매우 비현실적이고 낯선 비유형상을 통해 자본제의 본질에 접근하고자 했고 그럼으로써 그 미친 욕망의 모습을 형상화하고자 했던 것으로 보인다. 말을 바꾸자면, 그는 우리가 살고 있는 사회의 본질을 소유욕으로 파악하고 그 미친 모습을 형상화하기 위해 네크로필리아라는 기괴한 모습을 동원한 것이라고도 할 수 있을 것이다. 그렇다면 이는 우리가 일반적으로 소설이라고 부르는 물건에 어울리지 않는 다소 관념적인 태도가 아닐 수 없다. 『구경꾼』이나 『잠과 늪』에서와 같이 알레고리적 구성력이 위계화된 가치의 체계나 원근법으로 등장했을 때의 경우와도 사뭇 다르다. 이제는, 저 두 작품의 든든한 배경이 되어주었던 1980년대적 현실의 열기나 긴장감이 존재하고 있지 않기 때문이다.

그러나 아마도 작가는 바로 이런 이유 때문에, 말하자면 새로운 서사적 긴장의 처소를 마련하기 위해, 비현실적이고 기괴한 모습의 네크로필리아적 전형을 내세웠을 것이라 추측된다. 또한 『내 마음에는 악어가 산다』는 장편이다. 장편은, 말 그대로 체험소설이 아닌 다음에는 어떤 방식으로건 세계의 총체상에 대한 나름의 인식과 이를 형상화하는 창작방법의 논리가 필수적이다. 그래서 순수하게 상상력에 의존하는 장편에서는 알레고리적 구성력이나 재현의 패러다임과 같은 것이 불가피한 것인지도 모른다. 그럼에도 저 1980년대적 열정의 잔해 위에 벌거벗은 비유의 골격을 드러내고 서 있는 『내 마음에는 악어가 산다』는 기괴한 모습이다. 소재 때문이 아니라 소재를 다루는 방식의 벌거벗은 관념성 때문이다. 드라마 PD인 남편과 연극배우인 아내는 둘 다 드라마라는 같은 직종에 속해 있다. 한 사람은 수공업자이고 또 한 사람은 공장장이다. 한 사람에게 있어서는 예술인 것이 다른 사람에게 있어서는 판촉용 플라스틱 그릇에 불과하다. 돈 때문에 이혼했다고 할 만큼 돈이 삶의 전부인 어머니가 있고 또 그 반대편에는 예술가로도 평론가로도 실패한 생활 무능력자 아버지가 있다. 이에 비하면 소설 속에 '승부'라는 이름으로 잠깐 모습을 보이는 최인석의 희곡 「북위 91도」의 세계가, 그 신화적 상상력의 시적 공간이 오히려 돋보인다.

이런 이유로 우리는 이 작품을 실패작이라 불러야 마땅할 것이다. 이 이후로 최인석은 지금까지 칠 년이 되도록 본격적인 장편을 발표하지 않고 있다. 등단 이후 줄곧 장편을 발표해온 것에 비하면 이례적인 일이 아닐 수 없다. 그 곡절은 단지 짐작해볼 수 있을 뿐이나 이 작품의 실패와도 무관하지 않을 듯싶다. 그러나 이는 또한 1990년대적인 서사의 새로운 패러다임을 위한 탐색의 소산임을, 곧 1980년대라는 한국적인 특수성의 형상화를 넘어서 자본제적 욕망이라는 좀더 보편적인 문제틀을 서사적으로 구성해내기 위한 지난한 시도의 산물임을 지적해두자. 『내 마음에는 악어가 산다』는 그래서 주목해야 마땅한, 최인석에게도 우리에게도 의미 있는 실패작이다.

6. 감옥의 삶, 심연의 힘

그 이후로 만들어진 최인석의 세계는 도처가 감옥이다. 그는 현실 곳곳에서 감옥의 삶을 발견한다. 직접적으로 감옥을 배경으로 한 「내 영혼의 우물」로부터 「노래에 관하여」의 삼청교육대, 「인형 만들기」의 정지된 엘리베이터, 「심해에서」의 창녀촌, 「세상의 다리 밑」의 군대 등에 이르기까지, 그의 소설세계는 철저하게 닫힌 공간으로 형상화된다. 그 안에서 사람들은 갈등하고 절망하고 미쳐가고 죽어간다. 탈출의 가능성도 없다. 세상 그 자체가 감옥이므로, 세상을 훌훌 벗어던질 수 없는 다음에야 그 감옥의 삶을 견디는 수밖에 없다. 이런 비극적이고 절망적인 세계 인식이, 『내 마음에는 악어가 산다』 이후로 그가 발표한 세 권의 소설집, 『인형 만들기』(1991), 『내 영혼의 우물』(1995), 『혼돈을 향하여 한 걸음』(1997) 등의 주조를 이루고 있다.

이런 의식은 일차적으로 극적인 상황 속에서 긴장된 삶의 표정을 묘사해내는 방식으로 나타난다. 『인형 만들기』에 실려 있는 두 편의 작품 「안개」와 「인형 만들기」의 예를 보자. 군 교도소에서 총살형이 집행된다. 여섯 명의 집행자가 있다. 다섯 발은 실탄이고 한 발은 공포탄이다. 사형이 집행되고 난 후 여섯 명의 사병들은 하나같이 공포탄의 임자가 자기라고 믿으며 마음 가벼워하지만 모두가 그런 심사라는 것을 똑같이 확인한다. 그러므로 결국 여섯 발의 총탄은 모두 공포탄이면서 또한 모두가 실탄이다. 또 재벌 기업 본사 건물의 고장난 엘리베이터에 남자와 여자가 갇혀 있다. 밖에서는 파업이 진행중이라 엘리베이터를 고치는 문제는 농성자들 사이에서 왈가왈부 의견이 분분하다. 남자는 서른아홉의 모범적인 관리부 차장이고 여자는 술집에 나가 아르바이트도 하는, 스물여섯 난 오퍼레이터다. 남자는 그 밀폐된 공간의 어둠을 못 견뎌하고, 여자는 머리칼 인형을 만들며 묵묵하게 참아낸다. 그들은 이내 은밀한 교감 속에서 하나가 되지만 그것은 어디까지나 엘리베이터 안에서만 그럴 뿐이다.

이와 같은 양상이 『내 영혼의 우물』의 표제작이나 『혼돈을 향하여 한 걸음』에 수록된 「노래에 관하여」에 이르면 좀더 격렬한 모습으로 표현된다. 「내 영혼의 우물」은 감옥이 배경이다. 신경증 증세를 보이는 자동차 정비공 출신의 절도범과 개 훈련소를 운영했던 살인범이 있다. 절도범은 결백을 주장하며 혼자 중얼거리다 훌쩍거리고, 살인범은 실어증에 걸린 사람 모양으로 말이 없다가 이따금씩 개 울음소리를 낸다. 절도범은 사기범 출신 범털의 집요한 요구에 남색의 대상이 되고 마침내는 목을 매어 자살한다. 살인범은 그가 죽은 후 개처럼 짖고 달려들고 물어대는 완연한 분열증의 증세를 드러낸다. 「노래에 관하여」에서도 사정은 유사하다. 삼청교육대라는 저 섬뜩한 폭력과 광기의 공간에서,

열아홉 살 난 순박한 고아가 탈출을 시도하다 죽는다. 탈출은 애초부터 불가능했으므로 그 죽음은 자살이나 다름없다.

앞의 두 작품에서는 역설적인 상황을 구성해내는 작가의 상상력이 돋보이고, 뒤의 두 작품에서는 비인간적이고 폭압적인 공간에 대한 비판적이면서도 생생한 묘사력이 특징적이다. 그리고 그 배후에는 다양한 인물들의 입을 통해 언급되는, 세상은 감옥이고 교도소이고 동굴이라는 잠언이 버티고 있다. 인형 만들기와, 인간들보다 인간적인 개의 세계로 표상되는 진정성이, 또한 극악한 상황 속에서도 정서적 유대를 형성해주는 힘으로서의 노래가, 그 어떤 희망의 표정으로 감옥의 삶 저 위편에 자리하고 있다. 그럼에도 이는 아직 감옥의 삶을 뒤흔들 만큼 강력하지는 못하다.

이와 같은 비극적 인식이 「새, 떨어지다」「심해에서」「평화의 집」 같은 작품에서는 추상적이고 신화적인 서사의 형태로 좀더 분명하게 드러난다. 『내 영혼의 우물』에 수록되어 있는 「새, 떨어지다」에서는 돌연 거인이 등장한다. 다리통 한 짝이 웬만한 사람 몸통만큼이나 되는, 씨름 선수 같은 체형의 진짜배기 거인이다. 그는 미니스커트 차림에 매력적인 몸매의 여자를 동반하고 전라도 고향 땅에 도착했다. 거인과 여자는 각각 교도소와 술집에서 나온 것이라고들 하지만 상관없다. 우람하고 씩씩하며, 화가 나면 눈에서 퍼런 불꽃을 뿜는 거인, 그리고 '난 안 바쁜데, 난 피곤한데, 난 싫은데' 와 같은 투의 말버릇을 가진, 매력적이고 순진한 여자, 이로써 족하다. 그들은, 형사반장의 멱살을 뽑아들고 흔들어버릴 정도의 용력을 지닌 여걸 남원댁의 도움을 받아, 자전거포를 운영하며, 밤이면 요란한 방사 소리를 내지르며 천연덕스럽게 살아간다. 이들의 시원시원한 삶을 보는 우리는 걱정스럽다. 그들이 도착하는 모습을 근심스럽게 지켜보았던 10월의 하늘의 심정을 우리는 잠시 들여다본 적이 있기 때문이다. 끝내 이들의 삶은 비극적으로 끝나고 호주로 가서 새를 키우며 살겠노라던 여자의 희망은, 여권도 비행기표도 다 나왔는데 마지막 순간에 사라져버린다. 창녀촌을 탈출하기 위해 애를 쓰다 끝내 좌절하고 마는 중3짜리 착한 소녀의 이야기를 다루고 있는 「심해에서」, 그리고 일곱 살 난 소녀에게 복권처럼 다가온 행복과 그 행복의 돌연한 파탄을 그리고 있는 「평화의 집」의 경우도 사정은 유사하다.

평화와 행복은 위태롭기 그지없고 불행은 소나기처럼 난데없다. 주인공들이 앙망하는 저 평화와 행복의 나라는 도달할 수 없는 곳에 있다. 그들을 둘러싸고 있는 불행한 감옥의 담은 요지부동으로 완강하여 행복은 그 벽 위에 잠시 머물다가 날아가버리는 새처럼 순간의 일에 불과할 뿐인 것이다. 그 짧은 행복을 사이에 두고 반복적으로 출현하는 불행은 이미 논리의 영역 바깥에 있다. 행복도 불행도 돌연하고 우발적이기 때문이다. 마치 신화적인 서사가 그렇듯 인물들을 이끄는 어떤 운명적인 반복의 힘만이 전체를 감싸고 있는 것이다. 그래서 우리는 그 힘을, 신비주의 같은 의도된 비합리성의 영역에도 속하지 않는, 그 힘을 일컬어 심연에 속하는 것이라 부를 수 있을 것이다. 그렇다면 그것은, 십오 년 전의 데뷔작 「벽과 창」에서 처음 모습을 보였고, 알레고리적 구성력이라는 논리적 갑옷 사이로 가끔씩 엿보이다가, 이제야 비로소 좀더 분명한 형태로 드러난 최인석적인 서사의 맨살이라고, 그래서 진정으로 최인석적인 것이라고 할 수 있지 않을까.

7. 혼돈을 향하여 한 걸음

최인석의 소설 속에서 가장 빈번하게 출현하는 삽화는 아마도 난폭한 아버지의 모습일 것이다. 난폭하다는 말은 술만 마셔대다, 외도하다, 돈을 들고 잠적해버리다, 무책임하다 등의 말로, 또 아버지는 내무반장, 감옥의 범털, 어머니 등으로 변용될 수 있다. 이런 난폭한 아버지의 형상은 데뷔작에서부터 최근작에 이르기까지 그의 소설 도처에서 등장한다. 더러는 삽화적으로, 더러는 핵심적인 갈등을 야기하는 주요한 모티프로, 초점인물들에게 있어서 난폭한 아버지는 일종의 존재 조건이나 세계상태에 해당된다고 할 수 있을 정도로 빈번하게 출현한다. 우리가 앞에서 최인석적인 것이라 언급한 심연의 힘도, 경우에 따라 주체나 대상 혹은 그 자체의 양상 등으로 변하기는 하지만 어김없이 폭력적인 것과 연관되어 있다.

가장 최근의 작품에서 최인석은 아들로 하여금 아버지를 만나러 가게 했다. 아버지는 죽었다. 그러나 이제는 아들이 다시 아버지의 모습으로 살아나고 있다. 그러니 아들이 만나고자 하는 것은 아버지가 아니라 자기 자신의 모습인 셈이다. 선반 위에 두텁게 쌓여 있는 먼지와 같은 일상이 있고, 그 일상으로부터 비상하고자 하는 날개의 이미지가 있다. 아들은 자살 충동을 경험했고, 아버지의 여자는 마약을 하고 있다. 아버지는 이렇게 말하곤 했다. "이건 사는 게 아니여." 또 아들은 길을 잃었다고, 이제야 새삼 그것을 깨달았다고 한다. 그래서 그가 내딛는 걸음은 오직 혼돈을 향한 것이다. 혼돈을 향한 걸음이란 어떤 것일까. 혼돈 그 너머의 세계를 향한 것일까. 아니면 저 신화적인 반복의 세계 속으로 스스로를 몰아가는 것일까.

최인석은 세계의 폭력을 묘사하는 대목에서 가장 큰 힘을 발휘한다. 마지막 두 창작집에 실려 있는 작품들이 그 예다. 그래서일까. 그의 소설에서는 구성의 논리에 비해 한 발 앞서 있거나 뒤처져 있는 대목들, 리얼리티에 상처를 입힐 정도로 과장되어 있는 대목들이 빈번하게 출현한다. 그의 서사세계는 균제라든지 조화나 균형 등의 미덕과는 다소 거리가 있다. 흡사 한편이 일그러지거나 부풀려져 있는 조상을 보는 듯한 느낌이다. 그러나 바로 이런 요소들, 알레고리적 서사 표면에 뚫려 있는 구멍들, 네크로필리아라는 시니피앙 그 자체의 기괴함, 반복적으로 등장하는 다양한 '난폭한 아버지'들, 광기와 자살로 세상을 등지는 사람들의 모습이 마치 심연 속의 거대한 힘처럼 느껴진다.

이러한 힘을 규정적으로 논리화하는 것은 아직은 다소 성급한 일일 것이다. 또한 그 힘이 어떤 방식으로 분출하게 될지에 대한 그 어떤 예상도 지금으로서는 겉짐작에 불과할 뿐이다. 그의 텍스트는 아직도 살아 있는, 완결되지 않은 것이기 때문이다. 다만 그 힘의 일단을 확인해 본 독자로서 우리는, 혼돈을 향해 떠나는 한 젊은 작가의 뒷모습을 향해 기대에 찬 시선을, 조금은 조심스럽게 던질 수 있을 뿐이다.

(1997)

연금술적 상상력과 원근법의 우수
—송대방의 『헤르메스의 기둥』 읽기

1. 연금술과 원근법

『헤르메스의 기둥』은 매우 지적인 소설이다. 서양 미술사에서 가장 찬란하고 풍요로운 시대였던 르네상스 시대의 회화가 소설의 한복판에 자리잡고 있으며, 이를 중심으로 연금술의 이념과 성당기사단의 역사, 성배와 어부왕의 전설 등이 하나로 어울려 소설의 단단한 육체를 만들어내고 있다. 그리고 그 배후에는 이집트와 그리스, 북구의 신화들과 신플라톤주의 철학이, 또한 근대 범신론의 한 뿌리를 이루는 니콜라우스 쿠자누스의 사상이 버티고 있다. 이같은 거점들을 바탕으로 작가는, 근대와 더불어 시작된 저 원근법의 세계, 냉혹한 이성의 세계에 대해, 헤르메스의 기둥이라는 연금술의 상징을 맞세워놓는다. 원근법의 산물인 소실점 너머의 세계, 모든 평행선들과 대립항들이 사라지는 바로 그 지점 너머의 세계, 신의 세계이자 무한자와 절대정신의 세계, 또한 모든 신비주의들의 영토인 바로 그 세계를 작가는 꿈꾸어보는 것일까.

연금술적 상상력은 원근법의 힘이 소진되는 곳에서 움직이기 시작한다. 소설의 출발점이자 끝자리에 놓여 있는 것은, 파르미지아니노라는 화가의 그림 〈긴 목의 성모〉다. 이 소설의 풍성한 육체를 만들어주고 있는 연금술도, 헤르메스 신화도, 신플라톤주의도 모두 이 텍스트로부터 출발하여 이 텍스트로 수렴된다. 〈긴 목의 성모〉라는 그림을 이해하기 위해 소설 『헤르메스의 기둥』이 존재하고 있다고 해도 좋을 만큼, 이 그림의 중요성은 압도적이다.

파르미지아니노는 이탈리아 동북부의 소도시 파르마 태생으로 16세기 전반기에 활동했던 화가다. 16세기 전반이라면, 저마다 서양 회화사의 한 장을 차지하는 이탈리아 출신의 위대한 거장들이 활동했던 시기이기도 하다. 이 시대의 한편에는 피렌체의 거장들이 있다. 레오나르도 다 빈치와 미켈란젤로, 라파엘로, 이들은 14세기의 지오토로부터 시작하여 15세기의 브루넬레스키와 마사치오, 보티첼리로 이어지는 계보의 완성자들이다. 피렌체의 화가들은 회화의 평면으로부터 입체감을 만들어냈고 르네상스 건축 양식을 창시했으며, 원근법이라는 마법의 언어를 발명했다. 16세기의 또 한편에는 빛과 색채의 마술사들이었던 베네치아와 북부 이탈리아의 거장들이 있다. 벨리니와 지오르지오네, 티치아노, 코레지오 등이 그들이다. 곰브리치의 『서양미술사』는 르네상스 미술가들을 일컬어 조화의 완성자들이라 칭하고 있다. 그러나 파르미지아니노는 코레지오의 제자로 이들과 동시대인이면서도, 르네상스 미술사가 아니라 매너리즘이라는, 상대적으로 격이 떨어지는 예술사조의 맨 앞자리에 놓여 있으며, 그의 대표작 〈긴 목의 성모〉는 또한 이 사조의 가장 대표적인 그림으로 평가되고 있다.

〈긴 목의 성모〉를 들여다보자. 제목 그대로 목이 긴 성모의 모습이 있다. 목뿐 아니라 몸도 손가락도 길다. 비슷한 시대에 그려진, 우아하고 풍성한 라파엘로의 성모상이라든지 아름답고 자연스러운 티치아노나 벨리니의 성모상과 견주어보면, 파르미지아니노의 성모상이 얼마나 부자연스러운지는 더욱 분명하게 드러난다. 또한 이 성모상에 등장하고 있는 아기 예수의 모습은 다른 등장인물들에 비해 유난히 파리하고 칙칙한 모습으로 그려져 있어 흡사 죽은 아이처럼 보인다. 이런 표현방식을 두고 곰브리치는 "이 화가는 정통적인 수법을 피하고 싶어했다. 그는 완벽한 조화에 관한 고전적인 해결 방식만이 우리가 생각할 수 있는 유일한 방법은 아니라는 사실을 보여주려고 했다"[1]라고 말하고 있다. 요컨대, 파르미지아니노를 비롯한 매너리즘 시대의 작가들은 16세기 초반 르네상스 미술사의 저 거장들에 맞서, 객관적인 자연스러움과 조화만이 능사가 아니라고, 자신의 독특성과 스타일을 표현하는 것이 중요하다고 강조하고 있다는 것이며, 바로 그런 점에서 모던 아트와 연결이 된다는 것이다.

그러나 이런 미술사적 맥락과 시각보다 『헤르메스의 기둥』과 관련하여 더욱 우리의 관심을 끄는 것은 〈긴 목의 성모〉라는 그림의 내용에 관한 것이다. 성모상의 배경에 놓여 있는 기이한 모습의 기둥이 바로 그것이다. 배경의 기둥은 성모의 옷자락에 의해 상하가 나뉘어져 있다. 그런데 흥미로운 것은, 기둥의 아랫부분은 원근법적으로 처리된 열주의 모습을 하고 있는 데 반해, 기둥의 윗부분은 하나의 기둥으로 되어 있다는 것이다. 바로 이 점이 문제라고 작가 송대방은 작중인물의 입을 빌려 지적하고 있다. 물론 이런 사실 자체는 크게 문제될 것이 없다. 곰브리치의 말마따나 그림이 미완성이라고 생각하면 되는 것이다. 그러나 『헤르메스의 기둥』의 작가는 그 그림이 미완성이 아니라 신비로운 알레고리라고, 통상 완성된 작품임을 나타내주는 작가의 사인이 엄연히 그림 안에 있다는 것이 그 근거라고 주장한다. 이런 주장은, 그림 자체만으로 보자면 미완성이라고 하는 쪽보다 더 설득력이 있게 보인다.

---

1) 곰브리치, 『서양미술사』, 백승길 · 이종숭 옮김, 예경, 1994, 281쪽.

기둥을 반분하고 있는 성모의 옷자락이 의도적이라고 생각될 만큼 기이하게 튀어나와 있고, 배경에 있는 두번째 희미한 휘장의 바깥선이 기둥의 아랫부분인 열주의 바깥선과 연결되어 있어, 이를 화가의 고의적인 트릭이라고 생각하는 쪽이 훨씬 더 자연스럽기 때문이다.

바로 이 기둥이 이 소설의 시발점이다. 이 기묘한 기둥의 의미는 무엇인가. 물론 단도직입적으로 기둥의 모습이 그 어떤 심각한 의미를 숨기고 있는 알레고리라고 파악하는 것은 비약일 것이다. 파르미지아니노가 단순한 트릭의 유희를 즐기고 있을 수도 있기 때문이다. 그러나 작가 송대방은 시종일관 이 기묘한 기둥이 연금술의 이념을 함축하고 있는 알레고리라고 주장하며, 이를 입증하기 위해, 기둥의 도상학(iconology)이라 할 수 있을 정도로, 동시대 다른 화가들의 그림과 다양한 신화의 예를 들어가며 수많은 방증들을 제시한다. 그것이 이 소설이다. 말하자면 작가 송대방은 파르미지아니노의 그림 〈긴 목의 성모〉를 시발점으로 하여 기둥의 도상학을 위한, 나아가 르네상스 시대 명화들 속에 숨겨져 있는 알레고리들을 위한 멀고 긴 해석의 여행을 떠나고 있는 셈이다.

2. 모험소설의 외관과 초현실적 상상력에 대하여

이 해석의 여행은 일차적으로 모험소설의 외관으로 형상화된다. 소설에서 모험은 두 개의 시간대에 걸쳐 나타난다. 하나는 소설 속의 현재로 진행되는 모험이고, 다른 하나는 16세기 초 유럽을 배경으로 진행되는 모험이다. 첫번째 모험의 주인공은 영국령 지브롤터에 유학중인 청년 미술사학도 김승호와 마드리드 대학원에서 화학을 전공하고 있는 그의 여자친구 유하영이다. 승호는 파르미지아니노를 연구하기 위해 르네상스 미술사의 세계적인 권위를 찾아 지브롤터까지 왔다. 파르미지아니노의 〈긴 목의 성모〉에 관한 논문을 발표하는 장소에서 승호는 잭이라는 낯선 사람과 만난다. 잭은 승호에게 논문의 허점을 지적하며 파르미지아니노에 관한 정보를 제공하겠노라고 한다. 그들이 만나기로 약속한 장소에서 승호가 잭의 죽음을 목격하면서부터 모험은 시작된다. 두번째 모험의 주인공은, 파르미지아니노의 시대였던 16세기 초 프랑스 왕의 궁정비서이자 프랑스 대학의 교수였던 연금술사 미셸이다. 그는 당시 프랑스 왕이었던 프랑수아 1세의 신임을 얻어 이단의 지식이었던 연금술에 몰두하고 연금술의 성패를 좌우할 현자의 돌을 찾아나선다. 동시대인들의 그림에 대한 해석을 통해 미셸이 현자의 돌 및 성배의 행방을 포착하게 되는 과정이 두번째 모험의 줄거리를 이루고 있다.

5세기 가깝게 유리되어 있는 이 두 개의 모험은 소설 속에서 나란히 진행되면서 서로 대화를 나눈다. 이 둘의 대화를 가능케 하는 매개자는 점성술사 마이클이다. 마이클은 승호와 하영의 충실한 조언자 역할을 하고 있으며, 하영은 마이클을 통해 『미셸의 연대기』라는 책을 읽게 된다. 두번째 모험인 미셸의 이야기는 바로 이 책의 내용을 통해 독자들에게 공개된다. 그런데 이 두번째의 모험 이야기는 소설 전체의 절반 정도 분량을 차지하고 있어 삽화라고 하기에는 지나치게 길다. 단순한 군신관계를 넘어서 있는 미셸과 프랑수아 1세 간의 우정이라든지, 성배와 현자의 돌을 둘러싸고 벌어지는 당시 유럽 제국간의 암투들이 별도의 소설이라 해도 좋을 만큼 상세하게 묘사되어 있다. 또한 마이클이라는 인물 역시 미술사에 대한 폭넓은 교양과 지식을 갖추고 있어 단순한 점성술사라기보다는 흡사 학자나 현자의 모습처럼 묘사되고 있다. 그리고 소설적 현재의 가장 큰 관심거리인 잭의 죽음 역시 종잡을 수 없는 수수께끼의 모습을 하고 있다. 그는 총격에 의해 사망했으면서도 그 시신은 손발이 잘려나갔으며 더욱이 시체가 사라져버린다.

소설의 말미에 가면 이 모든 수수께끼들은 결국 파르미지아니노의 그림이라는 하나의 핵심으로 통합된다. 16세기의 연금술사 미셸은 파르미지아니노의 그림을 해석해냄으로써 현자의 돌을 발견하여 프랑수아 1세 앞에서 행한 연금술 실험에 성공하고, 20세기의 점성술사 마이클은 하영에게 자신의 정체를 공개하며, 잭은 살아 있는 모습으로 승호 앞에 나타난다. 이 지점에 이르면 독자들은 비로소, 왜 미셸과 프랑수아 1세의 이야기가 그토록 길게 서술되었는지를 이해할 수 있게 된다. 현재 시간 속의 인물인 마이클과 잭은 실제로는 16세기 초반의 시대를 살았던 미셸이자 프랑수아 1세였던 것이다.

그러나 오백 년에 가까운 시간 동안 죽지 않고 살아 있는 인물들이라니, 황당하지 않은가. 『미셸의 연대기』라는 책이 전해주고 있는 16세기 초반 유럽의 상황을 좀더 거론해보자. 당시 유럽에서는 세 명의 군주가 힘 싸움을 벌이고 있었다. 신성로마제국 황제인 카를 5세, 프랑스의 프랑수아 1세, 영국의 헨리 8세, 이들은 모두 자국민의 지지를 등에 업고 세력 확장에 나선다. 이들 중 이 소설과 관련하여 중요한 인물은 프랑수아 1세와 카를 5세이다. 이 둘은 1519년 새로운 신성로마제국 황제 선출을 위한 선거전에서 일합을 겨루었던 라이벌 사이로, 몇 차례의 전쟁을 치른다. 프랑수아 1세는 카를 5세와의 전쟁에 패해 포로로 잡혀 있던 중에 연금술사 미셸을 만나 돈독한 우정을 맺게 된다. 미셸이 프랑수아 1세의 후원 아래 파르미지아니노의 그림을 해석함으로써 찾아낸 현자의 돌은 동시에 생명의 물이기도 하다. 미셸은 임종에 이른 프랑수아 1세에게 현자의 돌을 먹임으로써 그를 불사의 몸으로 만들고, 자기 역시 불사의 몸이 된다. 이들과 함께 불사의 몸이 된 또 한 명의 동시대인이 있다. 프랑수아 1세 치하에서 소르본 대학 교수였던, 그러나 실상은 신성로마 황제 카를 5세의 신하였으며 성당기사단 소속이었던 카를이 그다. 이들은 오백여 년이라는 긴 시간 속을 떠돌며 서로를 찾아헤맨다.

노스트라다무스의 예언에 따르면, 그들은 동양에서 온 현자에 의해 파르미지아니노의 그림의 비밀이 밝혀지는 날 헤르메스의 해협인 지브롤터에서 만나기로 되어 있다. 미셸은 점성술사 마이클의 모습으로, 프랑수아 1세는 잭의 모습으로, 그리고 성당기사단의 기사 카를은 승호의 지도교수 제롬 퍼의 모습으로 나타난다. 그들은 모두 시간을 견뎌내는 데 지쳐 있다. 현자의 돌로 인해 불사의 몸이 된 사람은 현자의 돌을 다시 먹음으로써만 죽음에 이를 수 있다. 미셸은 자신의 왕이었던 프랑수아 1세를 그리워하고, 카를은 미셸의 손에 남아 있는 현자의 돌을 원한다. 승호와 하영이 이들의 비밀스런 만남의 목격자가 된다. 바야흐로 소설이 저 황당한 초현실의 세계로 비약하는 순간이다.

물론 초현실의 세계가 자신의 모습을 드러내는 것은 창졸간의 일에 불과하다. 초자연적인 비밀의 전모가 드러나는 순간 미셸과 프랑수아 1세는 현자의 돌을 먹고 홀연히 사라져버리고, 제롬 퍼 교수는 정신병원에 감금된다. 그리고 이 초현실적인 순간의 유일한 증거인 파르미지아니노의 그림들—소설에 따르면 파르미지아니노는 연금술의 12과정을 그림으로 그려 남겼다. 〈긴 목의 성모〉도 그중의 하나인데 나머지 11점의 그림은 세상에 공개되지 않은 채로 교회 지하에 숨겨져 있었다—역시 불에 타 사라져버린다. 남은 것은 오로지 승호와 하영이라는 두 사람의 목격자일 뿐인 셈이다.

그러나 그렇다고 하여 이런 초현실적인 설정 자체가 사라지는 것은 아니다. 무엇보다도 이 책을 읽는 수많은 독자들 모두가 저마다 이 사건의 목격자들이기 때문이다. 그렇다면 작가는 무엇 때문에 이런 황당한 설정을 했을까. 우리에게 저 신비로운 연금술의 존재를 믿으라고 말하고 있는 것일까. 아니라면, 단지 분방한 상상력의 공간을 보여주고 싶었던 것일까. 물론 우리는, 한 세기 전의 프랑스 작가 쥘 베른과 그 이후의 다채로운 SF소설들이 개진해놓은 저 만화적 상상력의 세계를 알고 있다. 이런 소설들에서 현실성을 문제 삼는다면 그것은 연목구어의 우행과 다를 바 없다. 단지 저 풍요롭고 다채로운 상상력의 세계 속에서 자유로운 유영을 만끽하면 그것으로 족한 것이다. 그럼에도 우리가 『헤르메스의 기둥』을 두고 서사적 설정의 비현실성을 문제 삼는다면 무엇 때문인가. 한국 소설사의 전통과 맥락을 염두에 두고 있기 때문이 아닐까. 『헤르메스의 기둥』이 제시하고 있는 저 상상력의 공간이 그런 전통적 문법으로부터 너무나 유리되어 있는 당돌한 것이기 때문이 아닐까. 『헤르메스의 기둥』의 작가 송대방은 그런 문법적 전통을 단번에 훌쩍 뛰어넘고 싶었던 것일까.

그러나 이런 비약은 매우 위험스런 것이 아닐 수 없다. 현실성이라는 무거운 추를 떼어내고 초자연적이고 신비적인 세계로 일시에 도약을 감행하는 일은 자칫하면 말 그대로 만화적인 세계, 당대 현실과의 그 어떤 연관성도 찾을 수 없는 허랑한 세계로 빠져버릴 위험을 감수해야 하는 것이기 때문이다. 그러므로 이런 시도를 위해서는 철저하고 집요한 사전준비가 필요하다. 비현실적인 서사적 설정을 바탕으로 현실성의 환상을 만들어내는 일이 얼마나 지난할 것인지는 구태여 강조할 필요가 없을 것이다. 1980년대가 낳은 걸작 중의 하나인 복거일의 『비명을 찾아서』를 떠올려보자. 디테일의 치밀성과 정합성은 물론이고 이들을 아우를 수 있는 소설적 담론의 깊이와 견고성, 그리고 더 나아가 당대 현실과의 연관성 및 강력한 문제 환기력 등이 요구되는 작업인 것이다. 만약 이런 조건들이 충족된다면 서사적 설정의 비현실성은 전혀 문제가 되지 않을 뿐더러, 오히려 작품의 성가를 높일 수 있는 유력한 무기가 될 수 있다. 작가에게는 분방한 상상력의 자유 공간을, 그리고 독자들에게는 훨씬 더 강력한 문학적 환상의 즐거움을 제공할 수 있는 것이다. 더욱이 소설에서, 특히 장편소설에서 중요한 것은 사건을 만들어내고 극적으로 전개하는 것 따위의 서사적 골간의 문제가 아니라, 풍부한 육체를 만들어줄 소설적 담론의 문제라는 것은 구태여 강조할 필요도 없을 것이다. 그렇다면 『헤르메스의 기둥』은 서사적 설정의 비현실성에 놓여 있는 함정을 어떤 방식으로 건너뛰고 있는가.

3. 기둥의 도상학과 연금술

『헤르메스의 기둥』의 소설적 담론은 두 개의 중심을 가지고 있다. 하나가 르네상스 시대 회화에 대한 도상학이라면 다른 하나는 연금술이다. 이 두 개의 중심을 축으로 하여 풍요로운 소설적 담론의 타원 궤도가 형성된다. 그리고 이 두 중심이 연결되는 곳에 헤르메스의 신화가 있다.

작가 송대방이 작중인물들의 입을 빌려 해석을 시도하고 있는 그림들의 목록들을 살펴보자. 가장 먼저 〈긴 목의 성모〉를 위시한 파르미지아니노의 작품들, 〈장미와 성모〉 〈성모자와 성 제롬〉등이 있다. 그리고 그와 동시대의 명작들, 보티첼리의 〈봄〉, 미켈란젤로의 〈최후의 심판〉, 벨리니의 〈구세주의 피〉와 〈성스러운 우의〉, 지오르지오네의 〈폭풍〉, 티치아노의 〈전원의 합주〉, 코레지오의 〈큐피드를 교육시키는 머큐리〉 〈낮〉, 첼리니의 공예품 〈소금그릇〉 등이 있으며, 좀더 멀리로는 신고전주의 화가 니콜라스 푸생의 〈아르카디아의 목자들〉등이 있다. 이 작품들에 대한 해석과 평가의 문제는 20세기 초현실주의 화가 데 키리코나 폴 델보에까지 연결되고 있다.

소설의 일차적 초점은 이런 작품들 속에 감추어져 있는 알레고리적인 의미를 해석하는 일에 맞추어져 있다. 이중 가장 집요하게 추적되고 있는 것이 파르미지아니노의 〈긴 목의 성모〉에서부터 출발하는 기둥의 도상학이다. 앞에서 언급한 바와 같이 이 기묘한 기둥의 모습에서 작가는 르네상스 시대를 풍미했던 헤르메스 신화와 연금술적 상상력을 읽어내며, 이런 논리는 기둥이라는 도상이 등장하는 또다른 작품들의 해석에까지 연장된다. 미켈란젤로의 〈최후의 심판〉의 예를 보자. 시스티나 성당의 벽화로 1541년에 완성된 〈최후의 심판〉은 말할 것도 없이 르네상스 시대 미술사의 걸작으로 손꼽히는 작품이다. 그림의 중앙에는 부활한 예수와 마리아의 모습이 있고 그 주변에는 베드로 바울 요한 등의 성자들이 있다. 그런데 문제는 기둥이다. 예수의 왼편 위에 있는 십자가와 정확하게 선대칭을 이루는 오른편 위쪽 하늘엔, 십자가와 동일한 비중과 구도로 기둥이 그려져 있다. 이 기둥의 의미, 나아가 그림 전체의 알레고리적 의미에 대한 해석은 소설 속에서 『미셸의 연대기』의 저자인 연금술사 미셸의 입을 통해 개진된다.

1544년 피렌체의 메디치 가를 방문한 미셸은 시스티나 성당의 벽화를 마치고 쉬고 있던 미켈란젤로를 만나 이야기를 나눈다. 피렌체의 로렌초 성당의 묘역에는 미켈란젤로가 만든 조각상들이 있다. 낮과 황혼, 밤과 새벽을 각각 남자와 여자의 형상으로 표현한 알레고리 조각상들이다. 이중 새벽은 새벽의 여신 에오스의 모습을, 그리고 황혼은 헤르메스의 아들 케팔루스의 모습을 형상화한 것이다. 그런데 에오스의 상 밑에는 연금술사들의 상징인 소머리뼈 모양의 부크레니움이 조각되어 있다. 미셸은 미켈란젤로의 입을 통해, 연금술사들에게 현자의 돌을 가져다주는 새벽의 여신 에오스의 특별한 의미에 대해 들으며 그의 예술세계를 짐작한다. 그리고 바티칸의 시스티나 성당으로 가 〈최후의 심판〉을 본다. 그 장면을 『미셸의 연대기』는 다음과 같이 기술하고 있다.

> 나는 피렌체를 떠나 로마로 갔다. 바티칸의 시스틴 예배당에 들러 〈최후의 심판〉을 올려다보았다. 그 웅대한 상상력의 세계는 가히 압도적이

다. 나는 절로 무릎을 꿇었다. 나는 천장에 그려진 수많은 에피소드를 지나 정면의 〈최후의 심판〉을 주시했다. 천장과 정면 벽이 시작되는 사이, 곧 천장과 벽이 만나는 접점에 요나가 그려져 있다. 중간의 세계! 요나는 물고기에 먹혔다가 살아난 재생과 부활의 상징이다. 요나의 밑에 분노한 그리스도가 그려져 있다. 말하자면 요나는 이 최후의 심판 전체를 주관하는 대 지휘자이다. 그리스도는 요나요 요나는 곧 그리스도이다. 왼쪽에 십자가를 들고 날아오는 무리들이 있고 오른쪽에는 수난을 상징하는 기둥을 들고 날아오는 무리들이 있다. 사람들은 이 기둥이 단지 예수의 수난을 상징한다고만 알고 있다. 과연 그럴까?

그리스도 옆에는 어머니 마리아가 있다. 마리아는 역시 젊은 부인으로 그려져 있다. 마치 예수의 부인처럼. 그리스도 밑에 성 바르톨로메오, 미켈란젤로의 벗겨진 살가죽을 들고 있는 성 바르톨로메오가 그려져 있다. 그는 살이 벗겨지는 죽음을 당했다. 여기서도 미켈란젤로는 자신의 사상을 표출하고 있다. 재생과 부활, 영원한 기쁨을 소망하는 미켈란젤로의 영혼.

그 밑으로 많은 성인들이 그려져 있다. 제일 밑에 죽은 자들이 깨어 나오고 오른쪽에는 죽은 이들을 저승으로 안내하고 있는 카론의 나룻배가 있다.

〈최후의 심판〉은 재생과 부활, 영원한 삶의 교향곡이다. 나는 십자가와 함께 그려진 그 기둥이 단순한 수난의 상징이 아님을 알 수 있었다. 기둥은 헤르메스를 상징한다. 헤르메스의 기둥은 거기 그렇게 그려져 있다. 미켈란젤로는 재생과 부활을 상징하는 헤르메스의 기둥을 그렇게 교묘히 그려넣고 있는 것이다.[2)]

---

2) 송대방, 『헤르메스의 기둥』 2권, 문학동네, 1996, 177~178쪽.

요컨대, 미셸의 눈에 비친 〈최후의 심판〉은 단순히 기독교적 세계상을 표현해내고 있는 것이 아니라 헤르메스로 대표되는 그리스적 세계와의 융합을 나타내고 있는, 혹은 그때까지 지배적인 인식의 틀이었던 기독교적 세계상을 뚫고 솟아오른 그리스적인 세계의 모습으로서, 말하자면 르네상스적 예술정신의 표현에 해당되는 것이다. 물론 여기에서의 기둥이 곧바로 헤르메스를 상징하는 것이라는 점은 이 그림만으로는 알 수 없다. 기둥이라는 상징과 헤르메스 사이의 연관성에 관해서는 현재 시간의 미셸인 마이클이, 그리스 판 소돔과 고모라 이야기에 해당되는, 필레몬과 바우키스라는 이름의 노부부에 관한 이야기를 다룬 그림을 통해 승호에게 설명해주고 있다. 제우스와 헤르메스가 프리기아 지방을 방문하여 이 부부의 집에서 음식을 대접받는 장면을 그린 그림인데, 헤르메스가 앉아 있는 테이블 위에 작은 원기둥이 놓여 있어 헤르메스임을 표현하고 있다는 것이다.

이와 같은 방식으로 진행되는 기둥의 도상학 혹은 알레고리에 대한 해석학은 마이클과 승호, 하영의 대화 그리고 『미셸의 연대기』를 통해 다채롭게 전개된다. 그리고 이들은 다시 헤르메스 신화와 연결되고, 나아가 연금술의 이념과 결부된다. 곰브리치의 책에 "무엇을 표현하고 있는지 정확히 알 수 없다. 아마도 고전 작가나 고전을 모방한 작가의 작품에 나오는 한 장면을 그린 것인지도 모른다"(251쪽)라고 기술되어 있는 지오르지오네의 작품 〈폭풍〉의 경우나, 의미에 관한 한 종잡을 수 없는 알레고리화로 유명한 벨리니의 〈성스러운 알레고리〉와 같은 작품의 경우가 그 대표적인 예다.

〈폭풍〉을 보자. 번개가 치는 하늘을 배경으로, 어린아이에게 젖을 먹이고 있는 젊은 나부와 그 광경을 지켜보고 있는 한 젊은이가 전경의 좌우에 배치되어 있고, 그 중앙에는 상단부가 잘려나간 두 개의 기둥이 있다. 문제는 여전히 기둥인 것이다. 그 잘려진 기둥에 대한 도상학적

해석을 통해 이 그림은 전체가 연금술의 세계를 우의적으로 표현하고 있는 그림으로 읽히게 된다. 벨리니의 〈성스러운 알레고리〉에서는 기둥이 나무로 바뀐다. 그림의 중앙에는 화로에 심어진 나무가 있다. 나무 주변에는 네 명의 어린아이가 있고 또 그 바깥에서는 세바스찬과 욥과 성모가 그 나무와 아이들을 향해 경배하는 자세로 서 있다. 나무를 경배하고 있는 기독교의 성인들이라니 이것은 또 어떻게 된 일인가. 헤르메스의 기둥의 자리를 대신한 이 나무는 또 무슨 의미를 가지고 있는가. 이에 대한 마이클의 설명은 명쾌하다. 북구의 신 오딘은 신비의 지식을 얻기 위해 이그드라실(Yggdrasil)이라는 나무에 목을 매단다. 그래서 그 나무는 지식의 나무, 지혜의 나무, 생명의 나무, 철학의 나무라 불리며, 연금술사들에게 있어서는 현자의 돌에 대한 비유로 쓰이기도 한다. 또한 오딘은 문자를 만든 지혜의 신으로 세계의 궁극적 원리와 인간을 매개한다는 점에서 그리스의 헤르메스나 이집트의 토트와 동일한 위상을 가지고 있고, 오딘의 자기 희생은 곧바로 십자가에 매달린 예수의 행위와 동일시되곤 한다. 곧 나무의 신 오딘과 기둥의 신 헤르메스, 십자가의 신 예수는 모두 동격이 되는 것이다. 사정이 이렇다면 십자가와 기둥을 동격에 놓았던 미켈란젤로의 경우도, 나무와 어린아이를 향해 기독교의 성인들이 경배를 하고 있는 모습을 그려낸 벨리니의 경우도, 어렵지 않게 이해할 수 있게 되는 셈이다.

문자를 만든 신이며 도서관의 신이자 도둑과 나그네와 양치기의 신, 제우스의 전령으로서 인간과 신의 매개자 역할을 하는, 그래서 예수와 동일시되기도 하는 신 헤르메스는 또한 연금술사들의 신이기도 하다. 연금술사들은 유황과 수은을 결합시켜 금을 만들어낸다. 유황은 남성의 성질을 가지고 있고 수은은 여성에 해당된다. 따라서 연금술사들은 서로 대립되는 세계를 결합시켜 새로운 세계를 만들어내는 일을 하는 셈인데, 헤르메스 역시 신의 세계와 인간의 세계, 일자의 세계와 다자의 세계, 조화로운 합일의 세계와 분열되어 있는 상호대립의 세계, 서로 다른 두 세계를 넘나드는 경계의 신이다. 헤르메스의 지팡이, 두 마리의 뱀이 서로의 몸을 꼬아 나선의 형상을 만들어내고 있는 카두세우스는, 대립의 통일이자 평화를 상징한다. 또한 헤르메스가 아프로디테와의 사이에서 낳은 헤르마프로디투스는 양성구유 자웅동체의 모습을 하고 있기도 하다.

파르미지아니노의 〈긴 목의 성모〉로부터 시작된 기둥의 도상학은 이와 같은 모습으로 전개된다. 기둥에서 헤르메스로, 다시 토트와 오딘과 예수를 거쳐 연금술의 이념으로 이어지는 이런 연쇄는 궁극적으로 '일자이자 만물' 이라는 신플라톤주의 세계관으로 그리고 '대립자들의 일치(*coincidentia oppositorum*)' 라는 니콜라우스 쿠자누스의 사유 체계로 집약된다. '일자이자 만물' 이라는 말은 신플라톤주의에서 세계의 통일성을 표현하기 위해 사용된 문구로, 본래는 헤라클레이토스에 의해 최초로 사용된 것이며 후대에는 레싱이 범신론의 근본 원리를 표현하기 위해 다시 사용한 것이기도 하다. 그리고 15세기 독일의 사제 쿠자누스의 중심사상을 집약하고 있는 '대립자들의 일치' 라는 말 또한 유사한 의미를 지니고 있다. 유한자 속에서의 모든 대립들은 무한자 속에서 융화된다는 것, 서로 대립하는 유한자들은 모두 무한자로부터 동일한 거리에 놓여 있다는 것이다. 이런 입장에 설 때, 신과 세계 사이는 매개적인 단계들로 가득 차 있다는 스콜라적인 세계관은 위력을 상실하며, 신을 정점으로 한 이런 위계적인 사유가 사라지는 순간, 세계의 무한성이라는 쿠자누스적인 테제는 이내 범신론적인 것으로, 곧 근대인 사유 형식으로 몸을 바꿀 수 있다. 쿠자누스가 코페르니쿠스에 앞서 탈중심적인 우주관을 가졌던 것, 그리고 가톨릭의 사제였으면서도 종교적 광신과 유아론적 사유야말로 평화를 해치는 주범이라고 생각했던 것 등도 이런 맥락에서 이해될 수 있다.

이 지점에 이르면, 『헤르메스의 기둥』이 그토록 집요하게 추적해온 기둥의 도상학이나 연금술의 이념이 거의 정체를 드러내고 있는 셈이다. 이 둘을 중심으로 펼쳐지는 신화적 담론과 인문학적 상상력의 풍성한 성찬에 비하면, 저 신비로운 연금술의 존재나 현자의 돌을 통해 불사의 몸이 된 연금술사들과 왕과 성당기사와 성배의 이야기는 말 그대로 단순한 서사적 의장에 지나지 않는다. 파르미지아니노가 만들어놓은 저 신비로운 기둥의 세계를 들여다보자. 성모자를 중심으로 한 정형화된 세계가 전경에 있다. 그 투명하고 맑은 세계 배후에 내력을 알 수 없는 전혀 이질적이고 신비한 모습으로, 결코 단순한 배경일 수는 없는 기둥과 예언자의 세계가, 구름이 끼어 어두운 하늘과 희미한 산등성이 너머 희미하게 드러나는 빛의 세계가 버티고 있다. 이 두 세계의 기묘한 어울림을 두고 『헤르메스의 기둥』의 작가는 감각적 지각 밖의 세계를 표현하고자 한 형이상학적인 것이라 했다. 우리가 이를 연금술적 상상력의 세계라 부른다면, 아마도 그것은 쾌적하고 단정하며 투명하고 균형 잡힌 저 원근법의 세계와 맞서는 것이 될 수도 있을 것이다.

브루넬레스키에 의해 발명되고 르네상스 시대의 거장들에 의해 개화된 근대적 원근법의 세계는 철저하게 합리적인 공간이었다. 그것은 시선의 단일성이라는 전제하에서 성립된 것, 그러므로 철저한 주체중심주의적 사유의 산물이기도 하다. 인간이 바야흐로 역사의 새로운 주체로 등장하기 시작하던 르네상스 시대의 원근법은 쾌적하고 아름다울 수 있었다. 그러나, 『헤르메스의 기둥』의 등장인물들이 파르미지아니노와의 연관성을 거듭 강조했던 20세기 초현실주의 화가 데 키리코의 경우는 어떠한가. 그의 원근법은 르네상스 시대의 거장들처럼 단일한 시선에 의해 형성되는 단정하고 투명한 세계와는 거리가 멀다. 과장되고 극단화된 원근법, 더러는 서로 다른 시선들에 의해 형성된 착종된 원근법이다. 일그러진 원근법, 미친 원근법, 극단화된 원근법의 세계는 황량하고 메마르고 우수에 찬 느낌으로, 더러는 신비적이고 몽환적으로 다가온다. 극단화된 주체중심주의적 사유는 파시즘으로 변모한다. 극단화된 원근법은 세계를 사막으로 만드는가. 데 키리코의 세계는 바로 그 사막의 표현으로, 오만방자한 이성, 미친 이성, 독아론에 빠져 있는 이성이 주재하는 세계에 대한 공포심과 절망감의 표현으로 다가온다. 신비롭고 기묘한 모습으로, 원근법의 힘이 소진되었을 때 솟아나오는 것, 원근법의 견고한 표면으로도 어느 틈으론가 홀연히 솟아나오는 것, 그것을 연금술적 상상력이라 해도 좋지 않을까.

4. 헤르메스 송대방

『헤르메스의 기둥』은 작가 송대방이 쓴 첫번째 소설이다. 오컬티즘(occultism)과 르네상스 예술사라는 망망대해 속으로 아무런 부적도 없이 단도직입한 그의 모습 속에서 우리는 흡사 돈키호테와도 같은 무모함과 열정을 본다. 물론 우리는 문학사를 통해 서구의 신화나 역사 속으로 투신한 몇몇의 예를 알고 있다. 그러나 그 대부분은 단편이었으며, 장편으로는 김동리의 『사반의 십자가』나 이문열의 『사람의 아들』과 같은 경우가 드문 예에 속할 것이다. 단편소설은 설령 서구의 정신사 속에서 소재를 빌려온다 하더라도 크게 문제가 될 것은 없다. 단편소설은 소설이라기보다는 시의 차원에 속하는 것이어서 장편이 요구하는 디테일과 소설적 담론의 하중으로부터 자유로울 수 있기 때문이다. 그러나 장편은 문제가 다르다. 서사적 골간이 아니라 그것을 채워낼 서사의 육체를 어떻게 확보하는지가 성패의 관건이기 때문이다. 『사반의 십자가』는 유대의 세계 속으로 들어갔음에도 불구하고 헤브라이즘의 핵심으로 접근하지는 못한 채 서사의 극적 전개만을 문제 삼는 무협지의 차원에 그치고 말았다. 이런 전례를 앞에 두고 있었던 『사람의 아들』은 훨씬 더 조심스러웠다. 헤브라이즘의 핵심으로 들어가고자 했던 『사람의 아들』은 유대 신앙의 신크레티즘(syncretism)적인 모습을 담아내기 위해 이중의 액자를 만들어냈고, 그럼으로써 디테일의 압박으로부터 자유로울 수 있었다.

이에 비하면 『헤르메스의 기둥』은 르네상스 예술사에 대해 정면으로 도전하고 있는 모양이다. 『미셸의 연대기』라는 액자가 있으되 그 액자는 열려 있다. 르네상스와 현대라는 서로 다른 시간대가 뒤섞임으로써 오컬트의 세계가 소설의 전면으로 드러나고 있는 것이다. 이는 흡사 헤르메스의 도움 없이 제우스와 직접 대면하는 일과도 같다. 자칫하면 눈이 멀거나 재로 변해버릴지도 모를 일이다. 『헤르메스의 기둥』을 두고 무모하다고 함은 이런 점을 지적하기 위한 것이지만, 그러나 무모함 없는 열정이 어디 있겠는가. 『헤르메스의 기둥』이 가지고 있는 모험소설이라는 외관은 어색하고 버성기지만, 그러나 스스로가 헤르메스가 되어, 우리를 연금술과 신화와 르네상스 예술의 세계로 안내하고 있는 작가 송대방의 모습을 보자. 이제 막 출발선을 떠난 이십대의 이 젊은 작가가 내뿜는 열기의 뜨거움이라면 그런 몇몇의 흠쯤이야 능히 메워버리고도 남음이 있을 것이다. 더욱이 그가 제공하고 있는 저 풍요로운 도상학의 세계만으로도, 파르미지아니노의, 〈긴 목의 성모〉가 아닌 '기둥과 성모'를 깊이 들여다보게 된 것만으로도 충분히 행복한 독자일 수 있다. 그런 행복을 맛본 독자라면, 또한 그 열정의 성숙을 바라며 그에게 기대에 찬 시선을 던지는 독자라면 아마도, 송대방이 우리에게 들려준 저 연금술사들의 좌우명을 다시 작가에게 돌려주고 싶을 것이다. 천천히 서둘러라(*festina lente*)!

(1996)

문학동네 평론집
문학의 윤리

초판인쇄 | 2005년 3월 23일
초판발행 | 2005년 3월 30일

지 은 이 | 서영채
펴 낸 이 | 강병선
책임편집 | 조연주 이상술 김송은
펴 낸 곳 | (주)문학동네
출판등록 | 1993년 10월 22일 제406-2003-000045호

주 소 | 413-756 경기도 파주시 교하읍 문발리 파주출판도시 513-8
전자우편 | editor@munhak.com
전화번호 | 031) 955-8888
팩 스 | 031) 955-8855

ISBN 89-8281-962-2 03810

www.munhak.com